KUWEI
酷威文化
图书 影视

青云台

【终章】

沉筱之 著

上

目录

卷四

第三十九章 金风玉露 003
第四十章 白袷蓝衫 023
第四十一章 闻味寻根 039
第四十二章 佳期如梦 053
第四十三章 水落石出 067
第四十四章 西楼望月 095
第四十五章 四景图现 111
第四十六章 失画疑云 129
第四十七章 风檐寸晷 143
第四十八章 师徒重逢 157
第四十九章 瞻云陟屺 173
第五十章 白襟无垢 189

卷五

第五十一章 不负尘缘 209
第五十二章 索图寻踪 225
第五十三章 青云之台 243
第五十四章 循迹矿山 261
第五十五章 智取卷宗 277
第五十六章 山风满楼 293
第五十七章 鬼出电入 311
第五十八章 死生契阔 329
第五十九章 不见洗襟 351

终卷

第六十章 重回上京 365
第六十一章 既见君子 379
第六十二章 雁渡寒潭 395
第六十三章 夙愿成疾 409
第六十四章 玉帛成空 423
第六十五章 忘尘难归 439
第六十六章 青山在望 453
第六十七章 劫北旧恨 467
第六十八章 武不死谏 485
第六十九章 洗襟尘下 499
第七十章 兰因絮果 525
第七十一章 魂归劫北 543
第七十二章 坠身洗襟 555
尾声 尘埃散尽 571

番外

番外一 花开烂漫 583

番外二 朝朝暮暮 609

卷四

第三十九章

金风玉露

五日后，上京，紫霄城。

“……真没想到会出这样的事，当年竹固山的山匪一死，朝中其实有人提出过异议，不过……官家知道的，没顾得上，加之剿匪令一年前就下了，剿匪的兵马师出有名，朝廷便没有过多追责。”

宣室殿上，大理寺少卿孙艾向赵疏禀道。

上溪县令骤死，师爷带兵与巡检司发生冲突的消息昨日一早就传到上京城里了。乍闻此事，满朝文武震惊，连着两日早朝都等着嘉宁帝诘问，这位年轻的皇帝却比任何人都沉得住气，一直到今天下午，才召集了一干重臣于宣室殿中议事。

“好在玄鹰司及时赶到，死伤多是县衙中的暴徒，有昭王殿下参与，善后无须担心。”孙艾继续说道。他没提昭王殿下为何出现在陵川，也没有过多猜测玄鹰司此行的意图，玄鹰司本来就是天子近卫，他们行事的道理就是天子的道理，只要不曾逾制违律，言官都不会多说，更莫提他们这些臣下了。“只不过，洗襟台重建伊始，附近的上溪却出了这样的乱子，影响终归不好，臣以为，虽然有玄鹰司、巡检司善后，各部衙门还应当从旁帮协才是。”

赵疏颔首，问道：“章兰若、张忘尘近日都在柏杨山中？”

“回官家，正是。”章鹤书已经猜到赵疏的意思，先一步答道，“洗襟台重建公务已逾一月，臣以为，可调二位大人中其中一个人前往东安府，协助昭王殿下及陵川齐州尹办案。”

今年开春，章庭卸任大理寺少卿，擢升工部侍郎，而自从回上京城一直赋闲的张远岫被御史大夫钦点，刚入御史台就任侍御史一职，又三月，因外出办案有功，被破格提拔为御史中丞，跻身年轻一辈朝官的翘楚。

章鹤书说到这里，有些犹豫："不过出事前夜，左骁卫校尉伍聪擅自离开上溪，以致县衙发生冲突时，调配人手不足，险象环生。臣已写好急函发去东安，以枢密院之名问责左骁卫，昨日收到中郎将的手书，称伍聪离开上溪事出有因，已将内情奏明官家，不知有此事否？"

赵疏道："这事枢密院不必管了，内情朕知道，左骁卫并无渎职之过。"

"官家！请官家责罚……"这时，曲不惟越众而出，径直跪下。

赵疏："曲侯这是何意？"

曲不惟："官家，臣教子无方，这回去上溪查闹鬼的案子，是官家给犬子的机会，没想到……没想到竟然出了这样的岔子！臣不用问都知道，上溪能乱成这样，定是那不世出的杀才成日玩忽职守，若他及早觉察到上溪县衙的端倪，何至于惊动了玄鹰司，惊动了官家！"

这话一说出来，赵疏还未开口，一旁的几位大员就劝道："曲侯何必自责？上溪县衙的暴徒正是令公子带着巡检司剿灭的。"

"是啊，曲校尉半年来长进了不少，官家想必都看在眼里，曲侯这是爱之深，责之切。"

赵疏说道："今早朕接到了老太傅回上京的消息，想必亦为上溪所惊动。老太傅避居庆明已久，颐养天年，不应为此间事生虑，眼下张忘尘不在上京城中，众卿若有闲暇，还望去太傅府劝解一二。"

"是。"

赵疏于是道："今日便这样，诸位回吧。"说完，他先一步离开蟠龙宝座，殿中的大员们立刻分列两旁，躬身垂首。

不过半年时间，这个曾经游离于深宫宦海边缘、足踏浮萍的帝王已不必如从前那般如履薄冰。何氏倾倒，留下来的坑被赵疏迅速填上自己的人，他甚至没有对何氏赶尽杀绝，反倒施恩于何家的旁支小辈，知人而用。

天恩泽被之下，朝野新贵如雨后春笋一般冒出来，加之何氏一案后，赵疏的做法深受士大夫的青睐，深宫之中，再无一人敢轻视这位大器初成的帝王。

日暮将近，天际先时还覆着层层叠叠的云，看着像要下雨，等曹昆德取了伞回来，漫天的云被晚风一吹，竟是要散去的架势。

曹昆德等在拂衣台下，看赵疏出来，迎上前说：“官家这是要回会宁殿了？”

赵疏的脚步停顿了一下，他说：“去元德殿。”

元德殿是皇后的宫所。

四月芳菲尽，先头几日还凉爽，到了四月中，入夏几乎是转瞬之间，一阵潮闷一阵雨，叫人心里直发慌。

章元嘉几日前就传出身子不适，无奈赵疏实在繁忙，几乎夜夜看奏疏看到天光将明，加上上溪又出了事，一直拖到今日才得闲。

他还在殿外，只听宫院内传来一阵银铃般的笑声。赵疏顺着宫门看去，院中花圃边，一袭紫衣的身影如翩跹的蝶，看见他，一双杏眼流露出欣喜之色，快步过来行了个礼：“官家是来看娘娘的？”

此女姓赵名永妍，赵疏的堂妹，乃昭化帝的胞弟裕亲王之女。裕亲王生前身子不好，平生只得一女，视若明珠，昭化帝还在世时，就赐了赵永妍郡主封衔，封号仁毓。后来昭化帝过世，赵永妍随着母亲迁去大慈恩寺为国祚祈福，这几年频繁往来寺庙与王府之间，宫里倒是来得少了。

想来今日章元嘉病了，赵永妍进宫探望她。

赵疏“嗯”了一声。

赵永妍粲然一笑：“娘娘知道官家来，定然高兴！”她说着，很快行了个辞别的礼，“那官家快些去看娘娘，仁毓就不多打扰了。”说完，她领着自己的侍女在宫门口向赵疏揖下，俨然一副不看着他进去就不走的意思。

赵永妍的年纪小，还不到十七岁，兼之养在宫外，做事多少有些不合礼数，可贵在天真烂漫，赵疏于是不多与她计较，迈进宫门。

元德殿里的人听到外间的动静，知道是嘉宁帝到了。

芷薇已经带着一干侍婢迎在宫门外，赵疏径直进了内殿，见章元嘉正掀了被衾，要下榻来与他见礼，伸手将她一扶：“你我之间何必拘礼。”

赵疏在榻边坐下，见榻前小几上的丹荔动也未曾动过，不由得诧异起来。

刚入夏，荔枝尚是少见，章元嘉殿中的这一盘是贡果，从南国快马加鞭运来的。她向来喜欢丹荔，每年一入夏，都要抻长了脖子等着，赵疏还是太子时，总把东宫的那份偷偷藏起来给她，后来做了皇帝，也没忘记这事，叮嘱内侍省每年丹荔一到，头一份就给元德殿送去。玉盘里的丹荔应该是今早送到的，她竟一个都没吃？

赵疏看向章元嘉，她的脸色很不好，天明明有些热，身上却搭着条被衾。

“太医院那边说了吗？皇后是什么病症？”赵疏知道章元嘉报喜不报忧的脾气，径直问芷薇。

“回官家，娘娘没什么大碍，前阵儿天一转热，娘娘有些不适，夜里总也睡不着，吩咐下头的凌人上冰，不承想受了风寒。”

赵疏听了这话，微松一口气：“你也是，到底不是小姑娘了，怎么还学小时候贪凉？”

章元嘉只称是、官家垂训得是。她的身子不适，心里又装着事，思来想去，到底还是问出口：“臣妾听说日前陵川那边一个县城闹事，表兄带兵过去，遇到危险，跟在他身边的护卫还落了崖，不知眼下怎样了？”章元嘉停顿了一下，不待赵疏回答，又解释道，“臣妾病了，裕王妃让仁毓进宫来探望，清执表兄也是她的表兄，这事臣妾是从她那里听来的。”

赵疏似乎没觉得什么，只道：“表兄安好，至于他身边那个护卫，叫……”

“官家，叫朝天。”曹昆德在一旁接话道。

赵疏：“是，朝天，听说受了重伤，他命大，找到的时候尚有一息，眼下怎么样了，朕却是不知。”

章元嘉颔首：“那表兄去陵川……”

“你倒是提醒朕了。”不待章元嘉把话问完，赵疏很快道，“曹昆德，命中书那边备笔墨，去信东安，问问朝天的伤势。”

曹昆德端着拂尘应是，笑着道：“这个孩子，受个伤竟得官家亲自过问，真是好大的福气。”

赵疏也笑了笑：“他怎么说都是长渡河遗孤。”他看了章元嘉一眼，声音温和地道，“你是不知道，跟在表兄身边的两个人，一个德荣，一个朝天，他们的父亲原先都是在长渡河阵亡的将士，这两个人后来被中州一名顾姓商人收养，在户籍上，其实都姓顾的，唤作顾朝天，顾德荣。”他不着痕迹地将话头岔开，章元嘉起先想要问的，却是无从问起了。

两个人又沉默下来。其实到了这等境地，赵疏早该告辞，说一声尚有政务便可以离开了，但赵疏今天有心多陪她，又在她的身边多坐了一会儿，待到霞光染就窗棂，才起身说：“你近日好生养着，别的事不必忧心，朕明日有了闲暇再来看你。”

“官家。”赵疏还没走到门口，便听章元嘉唤道。

赵疏回过头：“怎么？”

章元嘉道：“刚才仁毓来探望臣妾，臣妾想起来，仁毓也到了年纪，是时候该议婚嫁了，此事裕王妃早就托付过臣妾，臣妾想问一问官家的意思。”

赵疏：“裕王妃托付过你此事？”

章元嘉“嗯”了一声。

赵疏沉默下来，他们这一辈的皇室人丁单薄，所以堂亲、表亲间也走得很近，仁毓虽然只是郡主，她的父亲到底是裕亲王，当年裕亲王过世，嘱托昭化帝看顾仁毓，如今昭化帝崩逝，照顾仁毓的责任，自该落到赵疏的肩头。

赵疏走回寝殿，重新在榻边坐下：“你怎么想？”

章元嘉道：“她在宫外长大，天真烂漫，臣妾想着，不如就为她寻一个世族出身的，人品、前途俱佳的西官，这样她后半生有所倚仗，裕王妃也能安心。不过……”章元嘉说到这里，停顿了一下，“臣妾刚才试探过她的意思，她似乎……已经有喜欢的人了。”

赵疏问：“你可知道她喜欢的是谁？”

章元嘉微一摇头：“她没说，看样子已经喜欢了很久，她说她想嫁的人，天上的明月似的，旁人都比不上。”

赵永妍虽说养在宫外，素日往来的大都是宗亲。天上明月似的人品？

“表兄？”赵疏稍微一愣，立刻道，“这可不成。”

“臣妾看不像，她说是这几年认识的，这几年清执表兄不是一直在江家吗？”章元嘉轻声道，“再说表兄什么心思，臣妾多少还是知道的，他心里头有放不下的人。”

赵疏颔首道：“好，那此事你多费心，仁毓还小，情人眼里出西施，她看上的，未必就是好的，你从旁帮着掌眼，确定是谁了，来与朕说，只要家风清正，前景光明，朕都会应的。”说完，他再次叮嘱章元嘉好生将养，离开了。

章元嘉倚着窗，看着赵疏远去的身影。赵疏是踩着夕阳第一缕晖色来的，天际霞光未散，他就走了。

待赵疏的身影彻底消失在元德殿外，章元嘉终于忍不住胸口一阵阵发闷，闭眼捂住心口，芷薇见状，忙吩咐一旁的宫婢：“快，快拿渣斗来！”

章元嘉对着渣斗干呕良久，奈何没能吐出东西。倒也是，吃什么吐什么，腹中早已空空如也，她还能吐出什么呢？

芷薇见状，不由得忧心道：“娘娘真是，怎么不提自己的事？却与官家说些不相干的？这样下去生分了不提，这样大的事娘娘瞒着官家，仔细官家知道了还要恼了娘娘。”

宫婢为章元嘉的手腕缠上姜片，章元嘉稍微舒缓了些，轻声道：“仁毓的亲事，怎么就不相干了？”她垂眼看着几案上的丹荔，“再说，我何尝不想与他把话说开，可你也瞧见了，我一问起陵川，他就把话岔开了。”她的目光移向窗外的夕阳，“罢了，这是他的心结，且再等等吧……”

夕阳的最后一缕霞光收尽，赵疏已经回到了会宁殿，殿外一名身着甲胄的殿前司禁卫静候着，见了赵疏，迎上来拜道：“官家。”

这名禁卫名唤封尧，是最得嘉宁帝信任的禁卫之一。

赵疏见了封尧，对曹昆德道：“你先去吧。”

封尧跟着赵疏往会宁殿内走，等曹昆德走远了，压低声音禀道：“听春宫里的那位前辈，今天日暮时分已经离开了。”

赵疏“嗯”了一声：“前往陵川？”

封尧称“是”。

那位前辈已被软禁在听春宫五年，半年前何氏大案结案，赵疏愿恢复他自由，但他婉拒了，称时候未到。直到前日清早，上溪祸乱传到上京，他就像有预感似的，道是要前往陵川，请嘉宁帝安排。

“官家。”封尧有些犹豫，“岳前辈这一去，洗襟台一案，再无回旋的余地了。”

赵疏看了封尧一眼，没有出声。

前日密函传来，谢容与称当初士子登台或涉及名额买卖，只是不知道名额从谁的手中流出。洗襟台下的真相，小昭王已经查到了这一步。

赵疏知道封尧的意思，再往下深挖，牵一发而动全身，福祸都在一念之间。

但是赵疏没有犹豫，他看着入夜时分星辰遍天的晴朗夜空：“接下来的每一步只会更艰难，陵川那边，表兄有任何吩咐，尔等务必配合。”

封尧：“是。”

上京的夜是晴朗的，东安的夜却晦暗不堪。黄昏时积蓄在天际的云霾未散，霞光还未在穹顶抹开，一场急雨落下，直到夜深都不曾歇止。

亥时已过，寻常人家到了这个时辰，早就歇下了，然而东安归宁庄灯火通明，尤其庄西的依山院，院外玄鹰卫层层把守，院内屋中，谢容与、青唯和祁铭等几个人在外间等候，他们的左首边侍立着的正是德荣。

德荣是这天后晌到的。他接到朝天的信后，马不停蹄地往陵川赶，近千里路，只跑了短短五日，没想到刚入陵川地界，惊闻朝天落崖的噩耗，整个人几乎要失了魂，直到跟着玄鹰卫来到归宁庄，才渐渐缓过心神。

朝天落下山崖，伤得很重，肋骨断了三根，腿骨也折了，他起先与死士们拼斗，身上就挂了彩，若不是他的运气好，落崖时断刀一路擦剐枯枝，缓冲了他的下落之势，凭他流了那么多血，也足以要了他的命。

饶是如此，几日下来，朝天的伤势依旧险象环生，大夫说只要撑过七日便可性命无忧，然而这才五日，朝天已经起过三次高热，今天后晌的这回高热更是来势汹汹，甚至惊动了正审讯嫌犯的小昭王。

不多时，内间的门“吱嘎”一声开了，祁铭立刻迎上去：“大夫，敢问顾护卫怎么样了？”

大夫向谢容与等几个人揖了揖：“禀殿下、几位官爷，顾护卫身子底子好，虽然落崖，但触地平缓，并未震裂心肺，高热来得快，去得也快，眼下已有渐愈之势，只要仔细看顾，待到明日清早热毒散去，伤势应该就能见好了。”

这话一说出来，众人皆松了口气。

然而德荣还不放心，上前问道："大夫，照看时可有什么要注意的？"

大夫说道："倒是没什么，他毕竟在昏睡，少食少水，梦中若有痉挛，记得记下次数。"

德荣仔细记了，谢容与遂命人将大夫送回偏房歇息。

日前上溪一场祸乱，不但孙谊年被暗杀，师爷秦景山、李捕头也葬身乱兵之中，好在蒋万谦、余菡等人都被保了下来，尚有线索可循。五日前，青唯确定朝天生还，连夜带人去追孙谊年的夫人李氏，李氏逃跑的路线极为隐秘，直到昨日早上，青唯才顺利把人寻回。

上溪县衙倾颓，急需调度善后，玄鹰卫虽有陵川州府、巡检司、左骁卫帮忙，依旧忙得分身乏术，不提别的，单是这几日提审的证人便有百余，供状加起来足有几寸厚，至于蒋万谦、余菡等人，谢容与更是亲自审问了数次，线索纷杂，头绪繁乱，直到眼下还有诸事待议。

谢容与素来是今日事今日毕的性子，想到卫玦等人还在书斋等自己，起身对青唯道："你先回拂崖阁，今晚就不必等我了。"说着，他便要往书斋走去。

青唯看着谢容与的背影，目光有点儿复杂，踌躇片刻，追了两步："哎，等等。"

"怎么？"谢容与问。

祁铭在，德荣也在，周围还有几名常跟在谢容与身边的玄鹰卫，青唯欲言又止，半晌后才道："没什么，你先去忙吧。"

德荣跟在谢容与的身旁走出依山院，夜风拂来，谢容与思及刚才青唯的神情，停住脚步，还未出声，德荣心领神会，立刻道："公子您先去书斋，小的这就去少夫人那里看看。"

归宁庄是东安一户尹姓人家的庄子。早前卫玦等人到陵川后，经陵川州尹安排，在此暂住。庄子很大，庄子中有数个院子，祁铭、章禄之等人为方便照顾朝天，歇在依山院，青唯跟着谢容与单独住在西边的拂崖阁。

拂崖阁院狭屋深，地方不大，胜在清静。青唯几日前跟玄鹰卫一起去追出逃的李氏，连着数日未歇，昨天回来，整个人筋疲力尽，被庄子中的侍女带到拂崖阁，她也没多想，倒头就睡，直到今早黎明时分醒来，瞧见谢容与回房，才惊觉自己又与他同住一屋。

他们明明都说清楚当初是假成亲了，这样总以夫妻之名同行同住，底下的人也一声声“少夫人”地喊，他们俩之间的关系，什么时候才理得分明呢？

其实经过这几日，青唯也想明白了，追查洗襟台坍塌真相她责无旁贷，跟着谢容与，自然能够一步一步地厘清案情，可她到底是重犯，见不得光，与玄鹰司一起行事，难免会成为他们的拖累。既然如此，她还不如单独上路，竹固山牵扯出来的线索千头万绪，谢容与总有鞭长莫及的地方，如果她能暗中查访，不但不会给他添麻烦，还能襄助于他，再说竹固山的葛翁也说了，岳鱼七失踪前曾在陵川一带出现，她一个人行事，也能顺带探访师父的下落。

青唯坐在榻边，透过窗隙看着黑沉沉的夜色，盘算着等谢容与回来，就和他说明去意，谁知还没等上一会儿，外间就传来叩门声：“少夫人，您歇下了吗？”

来人是德荣。这个时辰了，德荣怎么忽然过来？

青唯立刻把门拉开：“可是朝天的病情有什么反复？”

“朝天尚好。”骤雨初歇，德荣拢着袖子，站在夜色里，“是公子打发小的来的，公子想问问少夫人可是在庄子上住得不习惯？”不等青唯回答，他接着说道，“出门在外，难免不如家中周到，不过少夫人放心，留芳与驻云已经在前来陵川的路上，有她们在，少夫人的起居想必会方便许多。”

青唯问：“留芳和驻云也来？”

“是，公子吩咐的。”德荣道。

让留芳和驻云赶来陵川，谢容与自然是为了她考虑，青唯想到这里，心中动容，可她去意已决，说道：“你去信一封，让她二人不必来了。我日前和你家公子已经把话说开了，我二人当初是假成亲，不便再以夫妻之名相处，眼下住在同一屋实在不妥。等到上溪的案子厘清，我即刻动身去辰阳。辰阳那边的工匠多，说不定能找到有用的线索，再者，我师父在辰阳有一所山居，我想回去寻一寻他的踪迹。”

“少夫人要走？”德荣愣道。

青唯“嗯”了一声：“所以这几日，麻烦你在庄子上为我另寻一处住所，我先搬过去，若庄子上不方便，我自己出去住也行。”

德荣闻言沉默下来，良久，长叹了一声：“好，既然是少夫人的吩咐，小的照办就是。”

青唯见德荣面色为难：“怎么，这事不好办？”

“倒不是不好办。”德荣道，“眼下朝天重伤，小的多少要分神照顾，可是这样一来，公子身边便没个体己的……”德荣十分犹豫，仿佛下了很大的决心，才说出后头这话，“少夫人应该知道的，公子这些年一直病着，近来虽然养好了一些，难防病情反复，身旁是离不得人的。别的不说，公子忙于公务，单是他的药汤，便需有人在旁边提醒着吃，偶尔梦中犯了魇症，醒不过来也是有的，若无人帮忙唤醒，心病复发，一时半会儿就养不好了。”

青唯一愣：“可我这回见到他，他的气色很好，也未曾服过药汤，俨然是病势已愈，怎么这病这么难治吗？”

德荣问：“当初少夫人初嫁进江家，可曾见过公子服药汤？”

青唯摇了摇头。

“这就是了，公子不想让少夫人担心，不会当着您的面吃药，朝天又是个粗心眼，在上溪的几日，怕是忘了提醒公子。”德荣道，“公子为了上溪的案子殚精竭虑，小的生怕他一个不慎，心病反复，原先想着有少夫人在，夜里从旁帮着照看，小的只需把药汤备好即可，眼下少夫人要走……”

德荣停顿了一下，问道：“少夫人真要走吗？”

青唯没吭声。不知怎么，她想起去年冬天，她在宫中见到谢容与的那夜，他披衣在灯下写公文，脸色十分苍白。

德荣继而道：“眼下驻云、留芳还在路上，少夫人若真要离开，小的只好在庄子上借几个侍婢到拂崖阁来伺候公子，但是……少夫人是知道的，公子天人似的模样，难免会招来一些不必要的麻烦，当初那个佘氏，公子不过是与她多说了两句话而已……也罢，既然少夫人去意已决，小的这就去为您另行安排住处。”

“哎，等等。”见德荣要退出院外，青唯唤住他，犹豫了一下，“算了，我再多留一阵。”

反正她和谢容与同进同出也不是一两日了，当初在江家同榻而眠都没什么，眼下他病了，她从旁帮着照看，又能如何呢？等案子审完了，驻云、留芳到了，她再走不迟。

德荣远远地停住脚步，朝青唯行了个礼：“是，知道少夫人愿意留下，公子也会安心。”说完，他立刻往院外去了。

出了拂崖阁，德荣寻到刚才为朝天看诊的大夫，急忙问道：“大夫，可否为我家殿下配一服药？”

这个大夫是东安名医，陵川州尹专程为朝天请来的，他平生见过最大的人物不过州府里的大人，乍闻宫中王爷问他讨药方，不由得惊道：“怎么？殿下身上可是有什么不适？”

“倒不是。”德荣道，“殿下的身子很好，只是……因为一些意外，需要服一阵药汤。药汤倒不必真的是药，看起来像就成，气味浓，不难吃，安神养生的即可。”

大夫想了想：“那就人参、当归，加几颗甜枣儿？”

德荣点头：“劳烦大夫写一个方子，我这就去煎。”

直到寅初，谢容与才从书斋出来。他回到屋中，青唯已经睡下了，他轻手轻脚地拿了干净衣衫，去隔间洗漱完回来，就看到青唯已经从床榻上坐起身了。

屋中残烛未灭，灯火朦胧。

“怎么醒了？”谢容与坐到榻边，帮她整理了一下乱发，声音温和地问。

青唯就没怎么睡好。自从听闻他大病未愈，她闭上眼睛便觉得不踏实，一忽儿是深宫那夜，他在灯下苍白的脸色，一忽儿是折枝居拆毁那夜，他伏在朝天的肩头人事不省的模样，青唯做了半宿的噩梦，刚才他一进屋，她就醒了。

青唯还没答话，外间传来叩门声，德荣的声音压得很低，仿佛是怕吵醒青唯：“公子，药汤备好了。”

谢容与“嗯”了一声：“送进来吧。”

德荣目不斜视地进屋，将药汤与一碗清口的盐水搁在桌上，躬身退了出去。

谢容与在桌边坐下，面不改色地将药吃了。

青唯看着谢容与，虽然知道内情，仍然问道："你怎么还在服药？那病还没养好吗？"

"小病，不碍事的。"谢容与服完药，回到榻边，掀开被衾就要上榻，青唯犹豫了一下，往里面让了让。她本来想分床睡的，但刚才德荣说了，谢容与这几日殚精竭虑，为防止病情反复，梦中犯了魇症，须得有人从旁边看着。也罢，他们又不是头一回睡一起，多这几日，她还能掉块肉不成？她问心无愧。

谢容与并不立刻歇下，用铜签拨亮榻边的烛火，拿过案宗，径直翻看起来。

想查洗襟台的真相，不是在外追敌搜查证据就完了，更多的是要从相关案宗中甄别疑点，获取线索。五年下来，各地与洗襟台有关的案宗能堆满半个书斋，一一翻看，十分枯燥、烦琐，大概只有谢容与有耐心日复一日地看下来。

青唯念及刚才已经提及他的病症，心道干脆问清病由，也方便她照顾："你这病，是当初在洗襟台落下的？"

谢容与"嗯"了一声，沉默了一下，竟然没有避开这个话头，靠坐在引枕上，看着她："有一年时间，几乎不能离开昭允殿，闭上眼睛全是噩梦，不断地回溯洗襟台坍塌当日的情形，直到后来戴上面具，才稍微好一些，单是踏出宫禁，就用了三个月。"

青唯想起来，去年在折枝居，章庭请谢容与去拆毁折枝居，他明明知道自己的心病，还是去了。或许早在那以前，他就在不断地试着从那场噩梦中走出来吧。青唯突然不想提洗襟台了，问起别的："长公主不是在宫外有公主府吗？为何你一直住在宫里？"

"幼时是住在宫外的，《论语》《诗经》都是我的父亲亲自为我启蒙的，后来……"谢容与的目光看向远处，他淡淡地笑了一下，"后来竟不承想，父亲那么逍遥不羁的一个人，会去投河。"

谢容与道："大周自开朝便重文重士，父亲是英才，他过世，母亲还不是最伤心的，那些伤心到极致，惋惜到极致的，反倒是朝堂上的翰林士人。何况……沧浪江士子投河太惨烈，活着的人总该有个寄托，舅父于是便把我接进宫，为我封王，以皇子的规格，教我学文习武。”

谢氏容与，三岁能诵，五岁成诗，天资可比肩其父谢桢。逝者已矣，活下去的人还想看到未来，所以他被接进宫，被一代君王悉心教养，成了那个士人的未来。全然不顾他情愿与否。

青唯听得好奇，遂问道：“这就是先帝后来让你去督建洗襟台的原因？”

“嗯。”谢容与看着青唯，她的一双眼睛是清亮的，亮得几乎带了星光。青唯有个特点可能自己都不曾察觉，虽然她在陌生人面前擅长掩饰，但是一旦卸下防备，全心全意地信任一个人，她其实不太会掩藏自己的心绪，什么都搁在眼里，满心满眼都写着想知道。谢容与笑了笑：“是，可能从舅父决定修筑洗襟台的那一刻起，我注定是该被派去的。”

青唯心中一沉，不由得问道：“可是那些年，你在宫里，过得当真开心吗？”

沧浪江士子投河时他才五岁，五岁除了丧父之痛，他还懂什么？他却要被拘在一座深宫里，走一条既定的路，承载别人的期望。

谢容与注视着青唯。片刻后，他忽然笑了，舒展着身体靠在引枕上：“怎么？娘子对我的过去很感兴趣？”

青唯一愣，这才意识到自己不知不觉间竟然问多了。她立刻道：“不许唤我‘娘子’，上回都说不是娘子了。”她又解释，“是德荣说你的病还没养好，让我从旁帮着照顾，我才多问上两句的。”不等谢容与出声，她紧接着说，“再说你上回不是说要重新认识一下，你这个人，来龙去脉我一概不知，我问一丁点儿怎么了？”

谢容与看着青唯，他上一回说重新认识的前提，她恐怕忘了。他听着她东拼西凑出来的道理，没拆穿，半晌，只道：“不怎么开心。”

青唯愣了一下，这才意识到谢容与是在回答她方才的问题。可乍然听到这样的答案，她竟然不知道该说什么好了。那是一代帝王的恩泽，是圣眷龙恩，可到了他这里，却成了……不怎么开心。

谢容与并不在意，只道：“都是过去的事了。”见青唯不出声，他又问，“你呢？”

青唯：“我什么？”

“来龙去脉总该相互交换才有意思，你问过我，换我问你了。”谢容与搁下手里的卷宗，拨暗烛火，倾身过来，含着笑意的声音很低沉，离得很近，带着他特有的清冽气息，终于不再唤她娘子，“你呢？我的小野姑娘？”

我的……小野姑娘？什么叫“我的”？

青唯的脑海里有一瞬间的空白，手指无措地捏紧被衾，她想发作，可谢容与的目光十分平静，似乎这样的称呼没什么不妥，而“我的”二字只是信口道来，只是因为他们关系很近罢了。

他们关系很近吗？近的，至少在她流落的这些年，没有人比谢容与与她更近了。他眼下也离她很近，她的鼻尖距离谢容与的下颌不到三寸，她能感受到他的气息，与他笼罩下来的目光。

青唯捏在被衾的指尖渐渐收紧，她不敢动，甚至不敢往后挪一寸，仿佛一旦她退却，就会败下阵来似的。她就这么注视着谢容与，仿佛对峙一般：“我出生在辰阳，父亲是那里的人，我早就说过了。”

谢容与刚才就是那么随口一唤，没有其他的意思，她千万不要在意。

谢容与垂着眼，也注视着她：“我知道你是辰阳人，你小时候，家里的后山腰有一片竹林，春来竹海如涛，十分宜人，后来你为了追一只野兔子，一夜间把竹林劈毁了半片，有没有这事？”

青唯愕然道：“你怎么知道？”她很快反应过来，“我爹告诉你的？”

谢容与“嗯”了一声，温阡这一辈子，精于营造修筑之业，若说他最在乎什么，除了岳红英，便只有一个温小野了。在柏杨山的时候，修筑楼台枯燥无聊，他偶有闲暇，不知不觉间总是提起小野，谢容与便听去不少。

谢容与：“温叔对我说过不少你的事。”

父亲对谢容与说过不少她的事？父亲都说什么了？她小时候野得很，干过的糗事可太多了，追兔子还算好的，她还拆过家里的灶房，将鸭子赶去茅屋顶教它们飞，有一回跟一条鱼比谁凫水快，大半日游走二十多里，找不到回家的路，直到第二天岳鱼七把她拎回去。青唯很担心谢容与听说过她的这些糗事，甚至不知道自己为什么这么在意。

青唯望着谢容与，心跳如雷：“我爹……都说我什么了？”

谢容与垂眼看青唯，目光更深了些："想知道？"

声音又沉又缓，沉到了青唯的心里。青唯只觉床帐中漾着一江水，山石滑落，搅动着旋涡骤起，山风裹卷着水星子，在她身后推了一把，让她眼睁睁地看着他靠近，越来越近。

山岚江雨中，唇上触及一片柔软，却没有像上回在宫楼下那般稍触即分，带着十万分的爱惜，流连缱绻。咫尺间，青唯看到他密如鸦羽的长睫毛，清冷的眼尾。

青唯的心忽然乱了。滔滔江水掀起百丈高澜，要将她拖入刚才的旋涡里。帐中仿佛雷动，说不清是惊涛拍岸，还是她的心跳。

青唯的思绪也零落成片，恍惚中她居然想起些有的没的——他不是刚吃过药吗？哪怕用了盐水漱口，余味也应该是苦的，怎么有点儿回甘？当初假意嫁给他，她想过会到这一步吗？她怎么没像新婚之夜那样，预备着把他一掌劈晕了？

要是阿爹、阿娘，或是师父知道了这事，会不会责骂她？她要怎么和他们交代呀？

爹娘还好说，到他们的墓前认个错，百年以后到忘川河前大不了受一顿鞭子，师父那里该怎么办？他会不会像上回她跟鱼比凫水那次一样，把她拎回去，捉了十条鱼让她一一比个够，她险些累死在小河里。

青唯的水性好，溺水的感觉她分明是不熟悉的，此刻却仿佛陷落江水，被那旋涡卷着不断下沉。沉沉的坠力让青唯在恍惚中感觉到一丝危机。她忽然意识到，如果再这样下去，她将会沉溺在这一江水里，再也浮不上来了。

唇间缠绵未歇，青唯伸手扶上谢容与的前襟，一下子推开他。她有点儿无措，不知道该怎么面对刚才的事，只目不转睛地望着谢容与。

谢容与也在昏暗中看着她，片刻后说道："小野，我……"

"你轻薄我！"不等谢容与说完，青唯很快下了定论。

谢容与愣了一下，不由得失笑："我怎么轻薄你了？"

青唯不安极了，心跳到现在都犹如雷动，谢容与千万不要听见才好。她抿了抿嘴唇："你……你刚才那样，还不是轻薄我吗？"这话说出口，连她自己都觉得心虚。

谢容与靠近她，她就没有靠近谢容与吗？就跟着了魔了似的，那一刹那她不知道怎么就甘愿了。这事都怨德荣！她都说了不想与谢容与同住一屋，德荣非让她照顾他。他有什么病？她才真的患了病，病由不明，总之不能靠近他。

青唯只觉得这张床榻是待不下去了，越过他就要下床。

谢容与拦住青唯："你做什么？"

"德荣让我看着你，"青唯道，"我去搬张椅子，在床边上守着就是。"

谢容与又失笑起来："你坐着还怎么睡？"

青唯："不睡了，反正天都快亮了。"

谢容与握住青唯的胳膊，想把她拽回来，奈何青唯眼下真是敏感得很，手肘被缚住，立刻回身一式擒拿，单腿侧压在他的膝头："你是不是又想占我的便宜？"

谢容与觉得无可奈何："温小野，你且看看你眼下的架势，谁能占得了你的便宜？"

青唯愣了一下，这才意识到自己以人为锁，将他困在床头一隅，整个人几乎是贴着他的。

还不等青唯撤开，谢容与抬眼看她："把衣裳穿好。"

青唯出门在外，轻装简行，身上的中衣还是他日前借给她的，她洗过一回没还，穿着十分宽大。青唯的目光循着他方才的视线下移，衣襟前的内扣不知何时开了，露出锁骨与一小片……

青唯的脑子里"嗡"的一声，手忙脚乱地下了床，系了三次才把内扣系好。

床榻有些凌乱，谢容与起身把被衾整理好："过来睡觉。"

然而话音刚落，那边却没有回应。谢容与回过头，只见青唯手足无措地站在那里，目光有点儿茫然，有点儿复杂，大概是没想明白今夜是怎么回事。

青唯小时候野天野地惯了，刹那间天塌地陷，独来独往了数年，为求自保一直与人疏离，有些事想不明白倒也正常。再者，她这五年独行，痛失生父，沦为重犯，何尝不曾有心结？她自己都说了，若非一场阴错阳差，他们天差地别，连相遇都难。

温小野在某些方面极其执拗，不是仅凭他一两句话，一两个承诺，她就能心结纾解，将自己交付于人的。她得让自己真正心甘情愿。

谢容与心道罢了，他愿意再等等他的小野姑娘。他声音温和地道："过来睡，不轻薄你了。"

青唯看了谢容与一眼，还是没吭声。她的目光落在一旁的木桌上，桌上的药碗没收，德荣说了，他的宿疾未愈，时有反复，也不知道这么闹了一阵，对他的身体有没有影响？她刚才是不是有点儿无理取闹了，他说得很对，她是谁？谁能轻薄得了她呢？她磨蹭了一会儿，垂首回到榻上，掀开被衾进去，乖顺得像一只被顺好了毛的小狼。

谢容与落了帘，在她的身边躺下，在黑暗里唤她："小野。"

青唯有时候真是伶俐极了，听了这声呼唤，便听明白了其中的千言万语，她睁眼望着帐顶："我得自己好好想一想。"

谢容与于是应道："好。"

过了一会儿，青唯转过身来，借着从窗外洒进来的月光望着他："你还能睡几个时辰？"

谢容与："明日不必早起，还能睡一个来时辰。"

一个来时辰，那就是他卯正要起了。这还不叫早起？谢容与为了上溪的案子连日操劳，昨天就在书斋小憩了一刻，今日竟然又不能睡足。

青唯这一路走来，为了一条线索从来都是不辞辛劳，不畏艰难，这还是头一回，她竟恨上了这个案子的烦琐难查。可惜她一向只擅长搜查证据，追捕证人，审案并不是她擅长的，她问："眼下有我能帮上忙的吗？"青唯想了想道，"那个李氏，就是孙谊年的夫人，昨天我寻到她，本来想从她的嘴里套出点儿线索的，但她犟得很，什么都不肯说。"

"可能是孙谊年生前跟她打过招呼，她只要什么都不说，至少能保一双儿女不受牵连，今日章禄之审她，也是什么都没审出来。"谢容与道，"所幸眼下审出来的线索已经整理得差不多了，抽丝剥茧，一定能找到真正卖名额的人。"

上溪最后留下来的疑团太多了，登洗襟台的名额是从谁的手中流出来的？孙谊年是被谁所杀？孙谊年与秦景山的关系究竟如何？如果关系不好，他们又为何会协力保蒋万谦离开？

千头万绪理下来，审问了足有上百人。

谢容与道：“眼下只须等上京城里的一封密函，我们要的线索差不多就齐了。”

青唯问：“有我能帮上忙的地方吗？”

谢容与垂眼看着青唯，笑了笑：“明早玄鹰司要把蒋万谦、余氏、李氏等几个人一起重审一遍，到时你也来？”

青唯连忙点头：“好。”她抿了抿嘴唇，思量半晌，还是解释道，“那个……我这一路，就准备了一身换洗的衣裳，今天下雨，衣裳洗了没干，你……上回不是借了我一身中衣？我就穿你的了。”她说着，很快又道，“我明早洗了就还你。”

“没什么，穿着吧。”谢容与的笑意清浅，“再说这是中衣，你不穿我的，还能穿谁的？”

第四十章

白袷蓝衫

翌日，东安府衙。

“……方留屡试不第，你老了，等不起了，为了让他仕途鹏程，给家中争光，你不惜花重金，为他买下一个登洗襟台的名额，是也不是？”

公堂上，章禄之盯着蒋万谦喝问道。

蒋万谦已经被连审了五日，整个人心乱如麻，几乎日夜不寐，昨夜好不容易睡着了一会儿，今早竟被带到东安府衙，由玄鹰司虞侯、掌使以及鹗部校尉一起重审。

蒋万谦不敢有欺瞒，唯唯诺诺地答道：“是……”

章禄之：“你说买名额的门路，是上溪县衙的师爷秦景山介绍给你的，你和秦景山究竟是什么关系？他为何会介绍你做这等黑心买卖？”

“回……回官爷，草民跟秦师爷，早年就是同乡，并不是很熟，后来……他考中秀才，到东安来参加乡试，他穷得很，身上没几个铜子儿，只好在街边摆摊卖画，草民见他可怜，又念及是同乡，有回路过，便买下了他的画，因此结下情谊。不过秦师爷那回考举人没考上，乡试前，他失足落水，生了一场大病，还是草民托人把他送回上溪家里的，这件事上溪不少人知道，已故……已故的孙县令也知道。

“至于官爷说秦师爷介绍草民做黑心买卖，倒不尽然。官爷知道的，早年秦师爷家中有个表兄，是个杀千刀的赖皮，秦师爷少年时母亲过世，听说就是被这个赖皮偷走了治病的银子，后来秦师爷中了秀才，又能卖画挣些铜板，这个赖皮眼热，便来问秦师爷讨要禄米，秦师爷不给，这个赖皮才故意将他推落水。之后秦师爷不是养了几年病嘛，待到病好，他再次到东安来考举人，这个赖皮居然又找上他，说自己要讨媳妇，逼他给自己银钱。秦师爷忍无可忍，大概是想以其人之道还治其人之身吧，便将这个赖皮推下了水。也是巧了，这个赖皮当日吃醉酒，下了水就没能浮起来，死在河里了。听说把这个赖皮捞起来的时候，人都泡肿了，秦师爷因此被褫夺了功名，受了牢狱之灾。

“然后又过了两三年，孙县令中了举人，回到上溪当县令。孙县令和秦师爷是挚友，一心想找门路把秦师爷从东安牢里捞出来。后来有一日，孙县令忽然找到草民，说他有法子了，只要草民愿意在一份状词上画押，证明秦师爷是无心杀人的即可。草民不识字，但那份状词，草民让方留帮着看过，大抵是说事发当日，本来是那个赖皮欲杀害秦师爷，秦师爷拼命反抗，才将赖皮推下水的。”

“那份状词你画押了？”章禄之问。

蒋万谦抬头看了章禄之一眼，点点头：“方留说，状词上用了些春秋笔法，不过无伤大雅。草民想着秦师爷是个好人，就这么被耽搁在狱中实在可惜，就……画押了。”

秦景山到底是怎么将他的赖皮表兄推落水的，没人知道。所谓春秋笔法，大抵就是说这个赖皮生前是如何恶毒，又是如何扬言要从秦景山那里杀人夺财的云云，让人误以为他一早就对秦景山起了杀意。

章禄之点了点头：“说下去。”

“草民先后帮了秦师爷几回，秦师爷……不管旁人怎么看，在草民这里，他是个知恩图报的人。自他从被放出大牢，逢年过节都会带上厚礼到草民家拜访，一直……一直到昭化十二年。”蒋万谦咽了口唾沫，目光越过章禄之，看了一眼最上首坐着的谢容与一眼，很快垂下来，“官爷们审了这几日，也都知道了，草民做桑麻生意发了家，钱财早就攒足了，这辈子若再想往上一步，家中怎么说都得出个举人老爷，可……可方留屡试不第，草民年纪大了，等不起，着急啊！正好那几年，秦师爷不是常来家中拜访嘛，他回回来，草民就回回托他想法子帮忙……”

蒋万谦自从到了堂上，一直十分冷静，直到说到这里，才掩饰不住语气中的懊悔，长长地一叹：“若是早知道后来的事，草民是无论如何都不会向秦师爷开这样的口的，可是人就是这样，不知足，永远都不知满足！昭化十二年的冬天，忘了是什么节了，秦师爷照例来草民家里拜访……”

当日下着雪，那个总是穿着长衫的秦师爷叩响了蒋家的门后，将厚礼交到了阍人手上，急匆匆便要离开。他回回来，蒋万谦回回托他想法子让方留中举做官。可功名都是要凭真本事考的，他一个师爷，能想出什么法子呢？

若不是念在蒋家老爷数次在他危难时出手相帮，他打定主意这辈子都要善待恩人，蒋宅这个门槛，他是再也不要踏才好。

岂知秦景山还没走出巷口，便听身后一阵急唤：“秦师爷，哎，秦师爷，既然来了，怎么不进宅子里吃口茶？”

秦师爷回头一看，果真是蒋万谦提着袍子追出来了。

秦景山停住脚步，低头道：“衙门里还有事，就不吃茶了。”

蒋万谦看着秦景山，谁都不是傻子，他也知道自己数次强人所难，秦景山都害怕来见他了，可他也没法子，除了秦景山，他不认得别的官老爷。

蒋万谦四下一看，见四周无人：“怎么？这大冷天，你竟然是走来的？穿得也这样单薄！”说完，蒋万谦立刻吩咐跟来的下人去套马车。

蒋宅的下人倒也伶俐，很快将马车赶来，秦景山却之不恭，只好上了马车。

蒋宅离衙门不远，驱车一刻钟就到，蒋万谦坐在马车上，开门见山地道：“秦师爷，方留的事您看……”

秦景山不等他说完便道：“蒋老爷，我早已说过了，功名只能凭真本事考，令公子今年不过而立，所谓三十老明经，五十少进士，只要倍加苦读，日后他一定能为蒋家门楣争光，不必急在这一时。”

“他不急，我急啊！”蒋万谦道，“你到底要年轻些，体会不到我眼下的心境，我老了，这辈子就盼着家中能有人考取功名，能当个哪怕芝麻大点儿的官也行！你是不知道，前阵子大夫已经诊出我的肝肺有疾，若养得好，或许还能撑个十年八载，若养不好，恐怕只在一岁枯荣之间了，人死灯灭，荣辱皆尘土，待到那时，我还能盼什么？”

“蒋老爷既然知道荣辱皆尘土，何必执着于令公子的功名？”秦景山情急之下，高声道，“况且偷功取名并非正道，好好的光明路不走，偏要走羊肠野径，一步错，步步错，行到涯涘，终会万劫不复！”

“秦师爷一直是个很温和的人，那日他与我说这番话时，整个人简直义愤填膺。”蒋万谦回忆起当年的事，目光有些茫然，“可惜我当时没听明白他的话，反倒觉得他不帮忙，生起他的气来。”

蒋万谦做了这么多年腰缠万贯的老爷，到底是有脾气的，听秦景山这么说，立刻驳斥道：“秦景山，你莫要忘了你当年深陷牢狱，究竟是怎么被放出来的？若不是我在那张似是而非的状词上画了押，让官府相信你误杀你表哥，你能有今天？你这些年为何对我感恩戴德，你忘了吗？眼下我不过求你帮个忙，竟然这样难！”

“我倒情愿你不曾在那份状词上画押，我倒情愿我至今都是一个杀人犯！”秦景山道，“蒋老爷既然把话说到这个份上，那我也把话说开了，蒋老爷的恩情我偿还不起，还请蒋老爷去东安府衙告发我，说当年确实是我杀的人，我知道那杀千刀的吃醉了，我是故意推他落水的！”秦景山说着，叫停了马车，径直掀帘下车，扔下一句，“坐不起贵宅的车！”

其实蒋万谦刚才也是一时嘴快，自问当初帮助秦景山，是因为看重他的人品，绝没有半点儿挟恩图报的意思。蒋万谦当即也下了马车，追着秦景山道：“秦师爷，你……你这是哪里的话？我说错话了还不成嘛，我给你赔罪！”

秦景山快步前行，并不理他。

“你……”蒋万谦被逼无奈，“难道你还要我这个年过五旬的老朽给你下跪认错吗？”他说着撩袍，“也罢，我这就跪！”

秦景山听了这话，回过头来，见蒋万谦的膝头已经要触到雪地，急忙过来扶起他：“蒋老爷，你真是……”秦景山长长地叹息一声，转过头去，“蒋老爷是恩人，景山万万受不起这一跪。”

秦景山是典型的读书人的样子，长袍方巾，十分清癯，因为生过大病，脸色一直很苍白。

蒋万谦握住秦景山的手，恳切地道："秦师爷，我知道你只是个师爷，说是官，其实也算不上是官，方留的事我拜托你到底为难……可是，你和孙大人是多年挚友，这件事你就不能帮我去问问孙大人吗？"他停顿了一下，又说道，"我知道孙大人定然认识陵川州府的大官，否则当年你被放出大牢，单凭我一纸状词定然是不能成的。也罢，既然师爷不肯帮忙，我这就亲自去求孙大人！"

"回来！"秦景山见蒋万谦冥顽不灵，厉声道，"你近日绝不可去衙门寻孙大人，决不能让人知道你想让方留做官，否则……否则我今日就与你恩断义绝！"

章禄之问："秦景山为何会说这样的话？"

"还能为什么？"蒋万谦苦涩地一笑，"那时上溪衙门来了我不能见的人，他担心我心急，飞蛾扑火。"

章禄之："什么人？"

"不知道，我没有去衙门。"蒋万谦哀叹道，"可惜秦师爷已经劝我劝到这个份上，我当时到底没听他的话。"

蒋万谦本来就病了，听秦景山这么说，一时间只觉得进退维谷。一口气卡在喉咙里上也不是下也不是，胸口跟漏了风似的，剧烈地咳起来，伏地咳出一口鲜血。

秦景山见状，连忙扶住蒋万谦："蒋老爷，你怎么……你且等等，我这就帮你请大夫去……"

蒋万谦却一把拽住秦景山，双眼紧盯着他，一字一句地道："你请大夫，我不治，你开药，我不医，我今日回家，不吃不喝，不眠不休，只等着一死。我不会告诉任何人我为何求死，怎么死的。但是，秦景山，你是个读书人，最在乎恩义仁孝，我知道你有法子帮我，就像当初孙谊年把你救出大牢一样，你应该知道，是你逼死我的！"

"你……"秦景山听了蒋万谦的话，一时间气结难言。

蒋万谦最后道："你知道我当初为何买你的画吗？我是看在你天资聪颖，那么小的年纪就考中秀才，将来一定前途无量，想多条门路。可惜你命途多舛，两回乡试蹉跎，命里与功名无缘，我实在可惜你的人才，这才在状词上画押，帮你做了伪证。秦景山，论学识，你远在孙谊年之上，连他都可以做县老爷，你却要一辈子屈居他之下，做个师爷，连不入流的吏目都称不上，只能算个幕僚，你甘心吗？这种一辈子不能实现的缺憾，你应该懂的，你应该理解我的！”

蒋万谦至今都记得秦景山在听完他这一番话后的眼神。他的眼神是空茫的，复杂的，到最后几乎是绝望的。可他终于从之前的义愤填膺中平静下来，平静得几乎寂冷。良久，他说：“你有银子吗？很多银子。”

“有。”蒋万谦看到了希望，立刻问道，“要多少？”

秦景山沉默许久：“十万两。一个铜板都不能少。”

哪怕蒋万谦家底殷实，可是乍然听闻要这么多银子，仍是感到震惊不已。寻常富足人家一次能拿出上千两银子已是了不得，十万两，桑麻生意不做了吗？一家老小不养了吗？可是等了这么久了，这是他唯一的机会，银子没了还能再赚，再说方家还有产业可以变卖，怕什么！

蒋万谦一咬牙：“有！”

秦景山：“好，七日后，你凑足银子来找我。”

“凑足银子，方留来年就能考中举人？”蒋万谦问。

“明年洗襟台建成，陵川不设乡试，何况我也没那么大能耐，能左右乡试的结果。”秦景山的声音很平静，仿佛跟冰雪一样冰冷，“但我有一条门路，能让他在一年后，登上洗襟台。”

章禄之问：“他哪里来的门路？”

“我没问，他也什么都没说。”蒋万谦道，“他只是让我以后莫要再说孙大人的不是……”

雪夜里，秦景山低垂着双眸：“被朝廷褫夺了功名，这是我的命，怨不得他人，没什么甘心与不甘心的。至于谊年，我与他是多年挚友，他待我的厚意我永远都会记在心里，便是这辈子只能做他的幕僚，我也情愿，以后蒋老爷莫要说这些话来刺激我了，我不听的。”说完，秦景山拢了拢裘氅，径直远去。

十万两，实在太多了，蒋万谦虽然一口答应下来，为了筹足银子，之后几日简直焦头烂额。好在他为了帮方留谋官职，这几年家中的银子都攒着，又跑了一趟东安，把原来方家的产业一一变卖，总算凑齐了数目。

七日后，便如葛翁后来所说的那般，蒋万谦上了竹固山，跟耿常做了一笔买卖。拿十万两银子，买下了一个登上洗襟台的名额。

谢容与问：“这么多银子，你是怎么弄上山的？”

十万两，单是装箱都要装上百箱。

蒋万谦：“当时正值年节，草民是借着送礼的名头上山的。耿常占了竹固山下的商道，有不少商贾上山给他送礼，草民借口说谈了笔新买卖，往后要从商道过，上山跟弟兄们认个熟脸，这样不会惹人生疑。也不是一次性就抬十万两银子上山，先给了两万两银子定金，后来借着‘贺寿’‘过道’的名义，陆续又上了几回山。”

青唯听到这里，想起洗襟台修成前，徐途也曾频繁往来竹固山，难道也是张罗着给徐述白买登台的名额？她问：“当时除了你，还有其他的人上山做这样的买卖吗？”

蒋万谦摇了摇头：“不知道，我上山以后，除了耿常和几个亲信，没见过其他人，他们很小心，不但不让我多留，什么凭据都不给，只说这事妥了，让我等三月钦定的登台名录即可。”

三月份，名录下来，方留的名字果然在册，蒋万谦简直乐昏了头，觉得这十万两银子花得值，连做梦都盼着昭化十三年的七月快些到来。他最终盼到的却是洗襟台坍塌的噩耗。

昭化十三年七月初九，洗襟台在一场涔涔浇下的急雨里塌了。

上溪闭塞，蒋万谦听闻洗襟台坍塌，头一个反应竟然是不信。他觉得消息一定是假的，与孙谊年、秦景山一起往柏杨山赶。他们直到骑马赶到东安，看到朝廷的兵马入驻，满城宵禁，人心惶惶，心才彻底凉下来。

而在这一刻，蒋万谦最先想到的竟然不是方留的安危，也不是打了水漂的十万两白银。他想到的是自己的命。

能够出卖洗襟台名额的人必定在朝堂上举足轻重，蒋万谦搅和进这一场肮脏的交易里，真的能够自保吗？蒋万谦退缩了。他忽然急切地想回到上溪闭塞的山中，甚至不想多打听方留究竟是死是活。是因为这个儿子自小没养在身边，没有多少感情吗？还是因为他在这一场兵荒马乱中，看到大厦将倾之时无力反抗的碎砾尘埃？而他很清楚，他就是这样的碎砾尘埃。蒋万谦感觉要大祸临头，丢盔弃甲地回到上溪。

蒋万谦的感觉没有错，果然没过几日，秦景山就找上门来，告诉他："洗襟台下死的士子太多了，朝廷要彻查，说不定就会查到名额买卖的内幕，你上竹固山，让耿常带着山匪赶紧离开，越快越好。"

蒋万谦起先没听明白这话，问秦景山："耿常带着山匪逃了，那我们呢？朝廷如果查过来，我们也得逃啊。"

秦景山看着他，片刻后，露出一个荒唐的、苦涩的笑："他逃了，我们就不必逃了，毕竟朝廷早就下了剿匪令，师出有名，今后你我只要闭嘴，就能苟延残喘地活下去，不是吗？"

蒋万谦这才惊觉，原来所谓的让山匪"逃"并非是逃跑，而是灭口，是杀。

"我还有妻有子，有一大家子要养，我没办法，那些人怎么吩咐，我只能怎么做。我上山劝说耿常快逃，下山以后……下山以后，就去县衙报官，说他带人劫了我的货物，杀了……我的人。"蒋万谦说到这里，眼眶全红了，整个人几乎是瘫坐在地，连目光都是空茫的，"我原以为……他们只会把耿常、寇唤山等几个人灭口，没想到……这些人做事是真干净、真狠心啊，一夜之间，竹固山几百个山匪，全死了……全死了……"

谢容与问："剿匪的时候，听说孙谊年也在竹固山上？"

蒋万谦点点头："那些卖名额的人最初找上的就是孙大人，后来朝廷的剿匪将军到了上溪，自然也是由孙大人带去竹固山的。"蒋万谦苦笑一声，"其实孙大人和草民一样，没想到那些人会把山匪全杀了。要说孙大人，原来也是个勤勉的好官，可竹固山这事过后，他整个人就垮了，对衙门的事几乎不闻不问。都说上溪衙门是秦师爷的一言堂，可孙大人不管，有什么差务，可不得去问秦师爷嘛，久而久之，自然什么事都由秦师爷定夺了。”

蒋万谦与秦景山的关系更好些，言辞间难免偏向这位师爷，不过从这几日玄鹰卫搜集的线索来看，他这话倒是不假。

卫玦问：“照你这么说，孙谊年和秦景山的关系倒不像外间传的那般不睦？”

蒋万谦：“常人总爱捕风捉影，恶意造谣。其实这些年，秦师爷从未在草民面前说过一句孙大人的不是，对衙门的差事也是任劳任怨。虽然……竹固山那件事过后，孙大人一蹶不振，两个人到底疏远了些，可是在秦师爷的心中，他与孙大人永远都是挚友，有回吃醉酒，秦师爷还跟草民说，他哪怕只剩最后一丝力气，托也要把孙大人托起来。”

劫难真正考验的是人心。

竹固山一场屠戮之后，孙谊年与秦景山疏远了，反倒是蒋万谦与秦景山劫后余生，走得近了些，成了忘年之交。忘了是哪一年的冬天了，天气格外冷，雪积得也格外厚，秦景山在蒋宅的院中喝完一杯酒，长长地叹了口气：“我这一辈子，欠谊年的永远也还不清，哪怕要辛苦到死，剩下最后一丝力气，我托也要把他托起来。”

谢容与听到这里，想起余菡提过，上溪兵乱的前一夜，孙谊年曾说，不希望有人再因为竹固山没命了。

谢容与：“这么说，送你离开上溪，是孙谊年和秦景山共同的主意？”

蒋万谦：“大人说得不错，从上溪闹鬼伊始，孙大人和秦师爷就开始筹谋此事了。”

谢容与听了这话，心中却生出疑虑。上溪闹鬼这件事的始作俑者是玄鹰司，他们借着闹鬼，引出山匪遗余葛翁与葛娃。相应地，上溪一闹鬼，孙谊年觉察到朝廷有人要查洗襟台，决意送蒋万谦离开。

可是，有一点谢容与想不通，既然孙谊年那么早就决定要送蒋万谦离开，为何还要封山呢？最正确的做法难道不应该是高高拿起轻轻放下，闹鬼传言一起，任它传得满城风雨，趁乱送蒋万谦远走高飞？他们把上溪变为一座禁城，最后不惜与巡检司、左骁卫拼杀一场，有什么意义？还是说，上溪县衙另外有人做主，无论是孙谊年还是秦景山，都只是傀儡罢了？

不过这个问题，单靠推测是推测不清楚的。

谢容与一念及此，对青唯道："小野，你去落霞院，把余氏和李氏带过来。"

孙谊年的夫人李氏犟得很，章禄之审了她几回，关于竹固山，她半个字不肯透露。让她和余菡住在一起是谢容与的主意，她们二人不对付，一句话说不拢，能吵上半日，谢容与在落霞院外放了录事，嘱其将两个人争吵的内容一字不漏地记下来，果然两日下来，白捡了不少线索。

不一会儿，青唯就把李氏和余菡带来了。

李氏生得富态，跪在堂下，足有两个余菡宽。她知道自己这两日与余菡吵闹，心急嘴也快，被人听去不少关节，俨然没了刚来时理直气壮的架势，在一众官爷里认出个熟脸，立刻喊冤："章大人，民妇当真冤枉！那竹固山的山匪究竟怎么死的，民妇区区弱质妇孺，真的什么都不知道！"

章禄之冷笑一声："你怎么不是冤枉的呢？玄鹰司刚要拿你，你就跑了，逃跑路线之隐匿，没个三天三夜，都追不上你，你要不是冤枉的，寻常弱质妇孺，都不敢效仿你这个逃法。"

李氏听出章禄之言辞里的讥讽之意，面不改色地道："章大人，您这可就误会民妇了！让民妇离开上溪，都是民妇那死去的相公的主意，怎么逃，往哪里逃，也是他一早就计划好的，民妇哪里做得了主呢？"

这个李氏倒不傻，反正眼下孙谊年已经死了，管什么罪名、筹谋，全由他一个人担了去，自己这里咬定什么都不知道就是。

李氏："再说官爷都查了这么些日子了，应该知道那个死鬼的魂早就被城西庄子上的狐狸精勾走了，寻常连话都很少跟民妇说，这样大的事，他哪会多跟民妇提呢？"

余菡听李氏含沙射影，“哼”了一声扭过头。

章禄之没理会她们二人之间的机锋，继续道：“你说你离开上溪的路线是孙谊年一早计划好的，那么本官问你，孙谊年第一次让你离开上溪，是什么时候？”

“好像……好像就是上溪闹鬼前后吧……”李氏道，目光中浮起一丝不确定，随即埋怨道，“本来一早走了万事大吉，结果拖了几日，硬生生地拖到上溪封山了！”

谢容与听到这里，离开上座，走到李氏跟前：“他为何拖了几日？”

李氏：“这……民妇不知。”

谢容与又问：“照你方才的说法，上溪此前的封山令，似乎并不是孙谊年下的？”

李氏不敢看谢容与，她昨日与余菡争吵，隐隐得知这一位乃是上京城里来的王爷，听谢容与问话，言语间也不由得恭敬起来：“官爷是知道的，那死鬼……不，我家老爷，他这些年在衙门里就挂个职，正经差事不干，这上溪衙门，哪里是他能做主的呢？”

“所以你的意思是，上溪衙门里，另外有一个人能越过师爷甚至县令，掌握上溪的生杀大权？”谢容与盯着李氏，“这个封山禁令，最后是谁下的？你可知道？”

“……不知。”李氏茫然地摇了摇头。

谢容与料到她不知情，并不心急，缓声道：“上溪近年来多有闹鬼事件，但传闻中的这个鬼是一个穿着灰袍、身形清瘦的野鬼，它时而出现在山林中，并不怎么伤人，你是上溪人，这件事你是知道的，对吗？”

李氏点点头。

谢容与：“但是一个月前，竹固山上忽然出现了一个红衣鬼。这个鬼出现的第二天，上溪城中就死了人，死的这个人，正是县令府上的丫鬟绸绸，这件事你也应该记得。”

李氏又点头：“记得……”

谢容与：“绸绸的死相很惨，不似人为，又因为上溪城中刚好有红衣鬼出现，所以官府怀疑是‘鬼杀人’，以此为契机，立刻封了城，并在山外设关卡，严查人员出入。”

县令府上的绸绸，正是李氏五岁幼女身边的丫鬟。

李氏听谢容与提及绸绸的死，不由得心虚起来：“官爷……官爷想要问什么？”

“不问什么。”谢容与道，“你刚才说，孙谊年早就决定送你与蒋万谦等几个人离开，可是临到头了，他忽然拖了几日，以致上溪封山了，你们都没有走成。本官问你他为何要拖几日，你说不知道，所以本官帮你回忆，在他拖的几日里，上溪死了一个绸绸，那么本官再问你，孙谊年拖沓误事，与死去的绸绸，有关系吗？”

李氏一听这话，脸色突然发白。她低着头，手指捏紧裙裾：“官爷，民妇……民妇都说了，衙门里的事，民妇从来不过问的。”她到底不是什么能人，面对谢容与的再三追问，那一点儿慌张的心绪哪里能藏得住呢？

谢容与垂眼看她，不出所料，这个李氏果然隐下了不少内情。孙谊年到底是她的夫婿，是她一双儿女的生父，哪怕要离开，她如何能走得这样干脆？再者，小野的脚程谢容与是知道的，加上玄鹰司的兵力，追李氏这样一个妇人居然用了三天，即便有孙谊年的事先筹划，李氏如果不是心里有鬼，如何能躲得如此隐匿？

李氏听上头半晌没有声音，微一抬眼，对上谢容与冰冷的眼神，吓得打了一个激灵：“官爷……不，王爷，民妇……民妇是真的什么都不知道。对了，”李氏慌不择法，竟伸手指向余菡，“封山前的几日，老爷一直与她在一起，王爷想知道老爷为何拖沓误事，可以问她……”

余菡一听这话，登时来气了：“你自己答不出官老爷的问话，推到我身上，哪里来的道理？”

章禄之一看两个人吵起来，本来要出声呵斥，却见谢容与摇了摇头，明白过来他的意思，登时住了嘴。

李氏：“怎么不该问你？也不知道那个死鬼上哪儿找了只野狐狸，还在外面搭了个狐狸窝，魂儿都被勾去了，那阵子连着几日不着家，要不是你，我早走了，哪儿还能拖到今日？”

“哦，这竟然怪到我身上了！”余菡也不是个好脾气，回嘴道，“你去上溪城中问问，谁不知道老爷家养了一位河东狮？那几日不是你跟他闹，说他不顺着你的心意行事，将他撵出家门，他至于到我这里来？至于拖到封山了还走不了吗？当初他好心让你离开上溪，你不买账，这回他死了，你倒是跑得跟只兔子似的了，夫妻本是同林鸟，大难临头各自飞，他给了我一个狐狸窝，我这只狐狸好歹知道折回去看他一眼，你跑的时候，想过他的安危吗？”

李氏道：“你是回头看了，可你救得了他吗？”她冷笑一声，“一个戏子，倒在我面前唱起情深义重了，他是不是还给了你一箱金子，让蒋万谦扮作老管家送你离开？”

余菡扭开脸：“是又怎么样？”

“你当那死鬼这是关照你呢？”李氏道，“竹固山的山匪一死，他的心早就凉透了，这几年你在他的眼里，不过是一个让他醉生梦死的温柔乡罢了，你是谁其实根本不重要。他真正想送出城的是蒋万谦，让蒋万谦扮成你的车夫，不过是借着你的身份给蒋万谦打掩护，到时候要真被人拿住，出头鸟也是你，是不是？你当他真的在乎你？戏子薄情，他再清楚你这个人不过了，只要给你一箱金子，你就能什么也不问，干净利落地走。他这是拿这箱金子，买你的命！”

余菡听了这话，愣了一下，目光不由得一片空茫。她忽然想起那日她担心孙谊年有性命之忧，徒步折返山间，求玄鹰卫带自己去找他，她想起终于找到孙谊年时，他望着自己，难以置信的神情。孙谊年最后说，他对不住她。原来这句对不住，不是因为他死了，以后不能陪着她了，而是他从来就没有在乎过她这个戏子。

李氏的话跟刀子似的戳着余菡的心窝子，余菡忍不住站起身，狠狠地一跺脚：“这冤家！他怎么能这么对我？”她虽然是个低贱的戏子，她也是人，也有自己的尊严，就这么输了，那叫什么话？情字上败下阵来，她就要在理字上争个长短！余菡叉着腰，指着李氏：“我原想着我到底是个妾，你是我的当家主母，话里话外都与你客气，帮你隐瞒。你既然把话说到这个份上，那我们就把当初绸缪的死摊开了说个清楚明白！别以为我不知道，一个多月前，老爷催促你离开上溪，可你偏偏不愿，说什么绸绸干了脏事，非要让他处置了绸绸才肯离开。老爷不想处置绸绸，你就把他撵出家门，他没地方去，只好到我这里来。后来没过两日，绸绸就惨死在县衙附近，我当初还道这事怎么这么巧？眼下看来，害死绸绸的就是你！”

第四十一章

闻味寻根

“我……我什么时候害死绸绸了？”李氏的脸色更白了，“那个绸绸手脚不干净，好几回偷拿了家里的东西，我一年前就想处置她了，但是老爷总不当一回事。老爷让我离开，难道要留这么一只硕鼠在家里？没有我看着，她岂不是得把家里的物件儿都拿光了？可不得处置了她吗？哪里知道……哪里知道，她竟然死了……”

余菡冷哼一声：“你还抵赖！老爷都和我说了，说你想处置绸绸，可他不想害人性命，又拗不过你，只好到我这里来躲几日。没想到你心狠手辣，还是把绸绸害死了！”

“我说处置绸绸，不过是希望老爷把她带去衙门，敲打敲打她，何至于要了她的命？”李氏道，“诚然……诚然绸绸之死，我的确有责任，可是那天早上，我只是让衙门的人把她带走而已，我怎么知道她后来会死……”

这话一说出来，谢容与的眉心微微一蹙。

章禄之问：“衙门的人把绸绸带走？什么时候？”

“就是……就是她死的那天早上。”李氏怯怯地说道。

章禄之：“你说你想处置绸绸，就是把她告到衙门？”

李氏先是点点头，忙又解释：“也不是真的告官，她到底跟了我这么些年，要是真的闹到衙门，她的名声坏了，找不到糊口的生计，往后还怎么活？我就是想让老爷吓唬吓唬她，让她跪在公堂里认个错，再也不敢偷拿东西了就是。当日老爷终于肯了，让衙门的人来带走她，没想到……”

“你又在扯谎，老爷惯来什么德行，他从来不肯理会衙门的差事的，怎么会为了府上的一个丫鬟费这番周折？”余菡道，“再说当日老爷一直在我的庄子上，你说老爷让衙门的人把绸绸带走，他在梦里使唤的人吗？”

李氏一听这话，急忙道：“我真的没有说谎，当真是老爷让人来把绸绸带走的。我还以为……还以为是老爷杀了绸绸，所以我才……”她说着，愣愣地道，“绸绸不是老爷杀的，那是谁杀的？”后来她每次问起绸绸的死因，孙谊年总是言辞闪烁，她一直以为绸绸是孙谊年害的，不敢声张此事，听余涵这么一提，难道绸绸的死另有内情？

谢容与问：“当日从你家中带走绸绸的是谁？”

“是衙门的李捕头。”李氏说着，立刻解释道，“王爷，民妇当真没有骗您，绸绸被李捕头接走的时候，家中的小儿、幼女皆在一旁，民妇还让他们引以为戒，小儿不会打诳语，王爷差人过去一问便知。”

谢容与看祁铭一眼。祁铭点点头，亲自去问了。

谢容与道：“这么说，绸绸近年来手脚一直不干净，你念及她跟了你这么多年，对她多有包容，一直到一个月前，孙谊年忽然让你离开上溪，你担心自己走了以后，家中无人约束丫鬟绸绸，所以你希望孙谊年把绸绸带去衙门，对她小惩大诫。但是孙谊年不肯，他与你大闹一场，然后去了余氏的庄子上。你在家中等了几日，一日清晨，衙门的李捕头忽然找上门来，说孙县令愿意处置绸绸了，要把她带走，对吗？”

李氏讷讷地颌首：“对……”

谢容与问：“你想把绸绸送去衙门这件事，跟多少人提过？”

“回王爷，除了老爷，民妇没跟什么人提过。”李氏蹙眉回想，“不过……不过有一回，民妇恼老爷一直不答应此事，去衙门找过他，逼他把绸绸带来衙门，当时有几个人在老爷的身边，应该将此事听去了。”

谢容与：“这几个人中，有没有李捕头？”

李氏竭力回忆了一会儿，忽然答道：“有，有的。”

谢容与细思片刻：“那么有没有一种可能，当日真正想从你的家中带走丫鬟绸绸的，不是孙谊年，更与怪力乱神无关，正是这个李捕头，而后来杀害绸绸的，也是李捕头。”

李氏道：“……有是有，可是，为什么……”

“是啊，虞侯，为什么？”一旁的章禄之听谢容与审问李氏，前面的问题尚且跟得上思路，到了这里，他不由得一头雾水。

谢容与看了一眼众人，玄鹰卫中除了卫玦都面露困惑：“我且问你们，上溪是因何封山的？”

“这……自然是因为绸绸之死，‘鬼杀人’的事件。”

谢容与：“那么这个因‘鬼’而死的人，可以是别人吗？”

“不能。”卫玦道，“既然要封山，那么这个因‘鬼’而死的人，绝不能是寻常人，起码引起的波澜足够大才行。绸绸是县令府上的人，在上溪这样一个山城中，最尊贵的地方就是县令大人自己的府邸，只有县令府上的人死了，这场‘鬼杀人’事件才足以引起震动，以至于县衙颁下封山令时，任何人都不会起疑，此是其一。其二，就当时的情况来看，只有绸绸的死，才不会引人怀疑，让人真的相信是鬼杀的。

“如何相信一个人是被鬼杀的？第一，死相够惨，第二，死因莫名，但这两点都是人为可控的，最关键的是第三点，她死后，不会有人质疑，不会有人鸣冤，所有相关的人都会闭上嘴，所有相关的人都宁肯相信她是鬼杀的，不会多过问这个案子半句。

“与绸绸相关的人都有谁？第一，李氏。李氏自然不会过问，因为李氏以为绸绸是孙谊年命人杀害的。第二，余氏。余氏不算相关人，她只是知情人，但李氏是她的主母，正如她自己所言，她纵然心中有所怀疑，但仍然帮李氏隐瞒了此事。第三，孙谊年。孙谊年为何不会多过问？因为他早就知道了绸绸会死，他甚至知道有人想利用绸绸这个最佳人选，做一起‘鬼杀人’的案子，封禁上溪整座城，所以当李氏想把绸绸送去衙门时，他极力反对，因为他知道，绸绸可能会因此丧命，这也是为什么他后来去余氏的庄子上，说出了‘李氏想处置绸绸，但他不想害人性命’这样前言不搭后语的话。”

卫玦说到这里，深吸了一口气：“上溪封山的前提是‘鬼杀人’事件，孙谊年知道绸绸会死，却敢怒不敢言，恰恰证明了上溪县衙中，能做主的既不是孙谊年，也不是秦景山，而是这个利用‘鬼杀人’事件封山的李捕头。”

仿佛就是为了证明这个推测似的，祁铭很快回来了，说道：“殿下，属下刚才已经回归宁庄问过了，孙家的两名小儿证实，当日从县令府上带走丫鬟绸绸的确系李捕头不假，另外，属下还问了几名孙府的家仆与巡检司抓捕回来的衙差，他们都证明，丫鬟绸绸死的那日，只有李捕头与一名典簿在衙门，孙县令、秦师爷都不在。”

谢容与颔首，看向李氏与余氏：“最后一个问题，上溪有什么地方，是不能去的吗？”

孙谊年最后留下的一句话是：不要……去。可他没来得及说究竟不要去哪里。

李氏与余菡对视一眼，一起摇了摇头：“回王爷，民妇不知。”

谢容与猜到她们不知情，吩咐一名玄鹰卫将她们送回去。

待李氏与余菡被带走，谢容与问：“李捕头找到了吗？”

当日上溪衙门暴乱，秦景山死于乱兵之中，衙门里的人也四散而逃，李捕头就是在那时不见的，这几日巡检司、左骁卫、联合玄鹰司共同追捕出逃的吏胥与差役，除了李捕头，其余人都已经寻回。

章禄之抱歉地道：“虞侯，属下失职，至今……也没找到李捕头的踪迹。”

谢容与的眉心微微蹙了蹙，他倒不是责怪章禄之失职，只是奇怪巡检司、左骁卫、玄鹰司布下的巨网密不透风，这个李捕头究竟有怎样的神通，居然能逃脱三方军衙的追捕？

谢容与：“不必在山外找了，调派人手回上溪，试试在山中搜捕。”

章禄之：“是。”

谢容与见章禄之的目光里难掩自责之色，继而道：“不必过虑，这个李捕头既然是线人，身上的蛛丝马迹想必很多，找得着也好，找不着也罢，查清楚他的生平，也能找出线索。祁铭，上京城里的密函到了吗？”

这封密函查的是秦景山与孙谊年的过往。

祁铭道：“应该已经在送来的路上了。”

谢容与点点头：“再去信一封，请官家顺着孙谊年、秦景山这条线，着人查查这个李捕头。”

“是。”

一众玄鹰卫都有些气馁。想想也是，他们找到了孙谊年，可孙谊年被杀，查到了李捕头这个线人，李捕头却失踪了。纵然他们这一行人也曾勘破迷踪，揪出葛翁、葛娃，寻回蒋万谦，找出了竹固山的山匪之死的真相，但总有临门一脚怎么也迈不过去的感觉，实在让人力乏。

谢容与的视线扫过众人，他觉得他们不必如此。其实还有一条很关键的线索被他压在了心中，他仔细思量一番，到底没提，只道："就审到这儿，回吧。"

玄鹰司今日是跟陵川州府借的地方，出了公堂，一名候在外衙的官员急忙迎上来，先拜了拜："殿下审完案子了？"随后他解释，"州尹大人外出办差去了，殿下有什么吩咐，指使下官也是一样的。"

这名官员姓宋，是陵川齐州尹身边的长吏。

谢容与还真有差事要吩咐，停住脚步："本王记得巡检司左骁卫目前在西郊二十里的蒙山营扎寨？"

"殿下说得是。"这个宋长吏一点即通，"殿下可是要见曲校尉与伍校尉？下官这就命人去通传。"

谢容与想了想："让巡检司的人来就行了。另外把近十年上溪官员吏胥的任免记录，人事存档一并送来归宁庄。"

这些卷宗玄鹰司上回已经要过一次了。

宋长吏熟门熟路地道："是，下官这就去整理，只要是与上溪县衙近十年人事任免有关的，包括吏胥生平、犯案及立功记录，下官都送去庄子上。"

谢容与看了宋长吏一眼，微微颔首，往衙门外走了。

卫玦跟在谢容与的身后，对宋长吏道："今日多谢州府借玄鹰司地方。"

"卫大人哪里的话。"宋长吏客气一番，把人恭恭敬敬地送了出去。

今日审案的过程虽然曲折，但好在离真相又近了一步。众人回到归宁庄，玄鹰卫各司其职，梳理证词，调兵追捕要犯，很快各忙各的去了。州府的宋长吏动作也快，谢容与刚到书斋，他就把整理好的卷宗陆续送来了。

其时正午刚过，谢容与却也不歇，将卷宗逐一分好，径直坐在案前翻看起来。

青唯也在书斋里，她在桌前总坐不久，好在谢容与知道她的习惯，在地上为她搁了蒲团。她反正无事，盘腿往蒲团上一坐，顺手也捞过一份卷宗。

不一会儿，德荣叩门进来，将一碗药搁在书案上，躬身道：“早晚两遍药，早间的一遍耽搁了，公子快些补上吧。”

谢容与颔首，一口将药饮尽：“朝天怎么样？”

“好多了，高热也退了，晨间醒过来，精神很好，还与小的说了好一阵话呢。”德荣说着，又放了一碟新鲜的荷花酥在案头，“今日公子回来得早，小的已经吩咐厨房那边备膳了，公子与少夫人过会儿是回拂崖阁用膳，还是就在书斋里用？”

谢容与看了青唯一眼，见她盘腿坐着，一副懒得挪地方的样子：“就在书斋。”

德荣称“是”，顺势将药碗收了，退出书斋。

卷宗上的文字艰涩难懂，青唯也是念过书的人，小时候读《论语》《孟子》，她是被温阡逼着背诵过的，可眼下一页还没读完，读了三行觉得头晕，读了十行觉得脑涨，青唯觉得自己三页之内必然被放倒。也不知道谢容与成日成日地翻卷宗，究竟是怎么看下来的？她想到这里，忍不住偷偷地看了谢容与一眼。

谢容与昨晚被她闹了一回，没怎么睡好，眼下手边搁着一杯酽茶，已经快吃尽了。

青唯想起谢容与刚服过药，眼下却吃这么浓的茶，会不会对身子不好？不是说他的病还没养好吗？他这病少见，也不知道应该怎么调理。德荣真是，让她照顾谢容与，怎么连方法都不对她说？她又不会照顾人。

“看不进去就去歇会儿，看我做什么？”谢容与将手里的卷宗翻了一页，目光不离开卷宗，说道。

青唯一愣：“你怎么知道我看不进去？”

谢容与扫了她手中的卷宗一眼：“一页序言，你看了快半炷香的时间了。”

青唯也不含糊，将卷宗往边上一搁：“不看了，这些读书人写的公文，掐头去尾，言简意涩，好像多写一个字要让他赔一百两银子似的，太难懂了。”她说着，站起身拍了拍衣摆，“我出去一会儿。”说完，她不等谢容与回答，已经推门离开。

青唯是出去找德荣的。她在依山院转了一圈，没寻到德荣的踪影，于是转身去了药房。

药房里只有韩大夫在。

韩大夫正是近日为朝天看诊的大夫，所以青唯的身份他是知道的，一见她，韩大夫连忙拜道："少夫人。"

药房内药味浓郁，甘苦掺杂，青唯犹豫了一会儿，说明来意："大夫，我想跟您打听打听我官……殿下的病。"她又停顿了一下，不知道为何，总觉得自己接下来这番话有点儿难以启齿，"是这样，殿下他病了好几年了，近日贴身的丫鬟不在，又总这么操劳，我……担心他这样下去病情反复，希望大夫指点一二，殿下什么时候该服药？有什么忌口？素日都应该注意什么？"

韩大夫恍然大悟道："少夫人是想问如何照顾殿下？"

早在一日前，德荣就叮嘱过他了："要是我家少夫人问起殿下的病，劳烦大夫只管往'心病难愈'上说，万万不能让夫人知道殿下的病已经好了。"

韩大夫没问德荣为何要这么做，他年过半百，家中夫唱妇随，小夫妻间那点儿蜜里调油的意趣，他能不懂吗？

"这……殿下这病的病因，少夫人应该是知道的吧？"韩大夫道，"起因虽然是心病，但心病过重，长此以往，就有了症状。"

青唯点点头。

韩大夫长叹一声："少夫人担心得很是，本来这病并不是没得治，可少夫人知道的，殿下日夜操劳，实在辛苦，病情不发作还好些，一旦发作……总之，身边是离不得人的。"

青唯一听这话，也有点儿着急："我见他刚吃过药就吃酽茶，总觉得不大好，怕药性与茶冲撞，本想劝他不吃茶，可他夜里少眠，白日里案牍劳形，不吃茶难以提神，就没个折中的法子吗？"

韩大夫："哦，这个少夫人倒是不必担心，在下开的方子与茶是不相冲的，吃些茶无妨。不过少夫人担心得很是，养生之道讲究调和，过犹不及，茶吃多了终归不好。少夫人且记下，殿下的药早晚各一遍，饮食上虽然没有什么忌口，多少须吃得清淡些，平日养好精神，不能着急、生气，身边常跟着人，尤其是夜里。殿下是心病，夜里易犯梦魇，身旁是不能少人的，长此以往，慢慢也就养好了。”

青唯颔首：“我记下了，多谢大夫！”

韩大夫见青唯十分知礼，不由得笑了笑：“不过少夫人也不必太担心，殿下的药汤，在下早晚会准备好，少夫人若想尽心，给殿下备几颗蜜饯即可。”

“备蜜饯？”青唯一愣。

韩大夫：“极是。殿下这病，心苦，身苦，药也苦。那药汤涩苦难以入口，少夫人备上几颗蜜饯，殿下就知道少夫人尽了心了。”

那药汤……苦吗？可是他昨晚吃过药后，她跟他……她明明是尝过的，不但不苦，还有点儿回甘。纵然她当时神思恍惚，可他们昨晚毕竟不是稍触即分，甚至还……有点儿久，那一丝温柔辗转里的甘，到底是他齿间残留，还是因为她沉溺其中的错觉，她还是分得清的。

青唯到底不是一个擅长关心他人的主儿，听到这里，刚才的担忧如雾般散去，满心满眼被一个“苦”字勾走，生出了丛丛疑云。她面上不显：“不知大夫能否给我一个药汤的方子。”

谢容与那服药汤的方子是人参、当归加甜枣儿，不过无妨，德荣未雨绸缪，早就嘱咐韩大夫另外准备了一张药方。

韩大夫答应下来，从药箱里取出准备好的药方，递给青唯：“少夫人可是要抓药，不必麻烦，在下这里的药材足够。”

青唯将药方收好：“不过是留着有备无患罢了，倘若以后去了别的地方，没有韩大夫这样的名医，有这张方子，我也心安一些。”

韩大夫：“是，只要照着方子好生调养，假以时日，殿下定能痊愈。”

青唯离开药房，很快往庄外走去。东安她是来过的，附近哪儿有药铺子她很清楚。她攥着药方，心中疑窦丛生，那药汤分明是甘甜的，大夫为何说苦呢？总不至于这个大夫故意瞒她，想对她官人不利？

她刚走到前庄，庄门口传来训斥声。

青唯一眼望去，来人正是曲茂。上午谢容与让宋长吏去请巡检司，曲茂得了通传，带着人到了。

曲茂照旧穿着一身湖蓝色的衫子，身旁跟着邱护卫与几名巡卫，跟前还垂首站着一名女子。

曲茂扫了女子一眼，继续呵斥道："带个路也不便，沏盏茶也不会，你们这座庄子上就是这么教下人的？"

青唯离得远，遥遥只瞧见这个女子的年纪很轻，衣饰十分素净，想来是庄子上的丫鬟。

归宁庄是东安一户尹姓人家的庄子，谢容与到了东安后，经齐州尹牵线，在此暂住。因为庄子上还看押着余菡、蒋万谦等重要证人与嫌犯，所以玄鹰司借住的依山院等地，并不允许庄子上的下人出入，这个小丫鬟不会带路情有可原。

青唯见这个小丫鬟被曲茂呵斥得双肩轻轻颤抖，本想上前帮忙解释一二，但她到底是钦犯，不宜在外人面前露面，只得隐在一道墙后静观其变。

幸而没过多久，谢容与和卫玦等几个人就过来了。

祁铭先一步上前，跟曲茂行了个礼："曲校尉，出什么事了？"

曲茂越过祁铭，径直对谢容与道："这庄子上养的都是什么下人？我刚才在门口撞见她，让她领我去书斋，她说找不着路，我说渴了，让她帮我沏壶茶，她说不知道前庄沏茶的地方，要回后庄取茶叶，让我等小半个时辰！我是没什么，你好歹是昭王殿下，敢情到了这穷乡僻壤，就这么让人怠慢？"

谢容与闻言，不由得看了那个小丫鬟一眼。

这时，一个嬷嬷从侧边廊上匆匆过来，在小丫鬟的身边跪下，急忙解释："贵人们恕罪，婉姐儿不是庄子中的下人，她是家里的姑娘！刚才……她赶着回家，走了前面庄门，冲撞了贵人，奴婢这就代她赔不是，官爷要吃茶，奴婢为您沏去……"

这话一说出来，余下人等皆是一愣，曲茂愣道："她是府上的姑娘啊？"

"是呢，家里的四姑娘。"

卫玦不由得蹙眉："既然是府上的姑娘，近日为何不回府中住？留在庄子里成何体统？”

倒不是他不通人情，玄鹰司都是一帮大男人，这个小姑娘尚未出阁，与一帮男子同住一庄，传出去到底有损她的名声。

嬷嬷瞥了尹婉一眼：“回这位贵人，四姑娘的身子不好，这几年都在庄子中静养，她住得远，在西北角的抚翠阁，寻常出入也走小门，叨扰不到贵人，所以老爷把贵人们请来庄子上，就……就忘了说这事。”

自家的女儿，也有忘的？不过名门望族，家家有本难念的经，其中的弯弯绕绕谁说得清呢？

曲茂不由得打量起尹婉来。

尹婉跟一只受惊的兔子似的，只这么一会儿工夫，脸都吓白了，其实也不怨曲茂将她当作丫鬟，她穿得真是太素净了，发间除了一支簪花，什么饰物都没有，还比不上侯府里那些伺候他的侍婢呢。

曲茂虽然有些少爷脾气，还算讲理，刚才他呵斥尹婉，那是因为他以为尹婉是丫鬟，眼下得知她与自己一样都是养尊处优的主子，什么不会带路，不会沏茶，全在情理之中了。曲茂道：“哦，那没什么，刚才是我怠慢了，你免礼吧。”

尹婉不敢动，她知道眼前都是贵人，可这些人中，最尊贵的那一位还没发话呢。

谢容与于是亦道：“姑娘免礼吧。”

尹婉这才点头，她本来是要出庄子的，经这么一番折腾，再不敢走前门，福身辞了辞，匆匆回后庄去了。

曲茂闹了一场乌龙，并不往心里去。他跟着谢容与去依山院，沿途见庄子内奇花异石，亭台飞檐，山水萦绕，不由得奇道：“这尹家是做什么买卖的？把这座归宁庄修得五脏俱全。哎，干脆我搬来你这里住好了。你是不知道，那个蒙山营，就不是人待的地方，夜里睡在帐子里，都能听到隔壁的呼噜声。”

谢容与看了曲茂一眼：“听说曲侯写信训斥你了？”

“何止训斥？他还跟官家请旨，罚了我一年的俸禄！”曲茂冷哼道，“罚俸没什么，我姓曲，名败家，号散财居士，朝廷不给银子，我还不会从家中自取吗？但你说上溪这事，那能赖我吗？去上溪是我爹的主意，查案是你查的，闹起来是他们自己衙门闹的，我就是个滥竽充数的，充其量不干正事，可我不干正事，我也没添乱子啊！眼下好了，我爹觉得我是个废物，觉得我善不了上溪的后，跟朝廷请旨，要把章庭、张远岫从隔壁崇阳调过来，跟着一起把这事结了。张忘尘就算了，但是章兰若……上京城中谁不知道，我曲散财跟那个姓章的不对付，还让我跟他一起共事？说好了，我过几日搬到你这里来，要是那个姓章的找上门来，你帮我挡着。”

曲茂与人相交惯来不在乎身份高低。他是侯府的嫡出公子，从前跟“江辞舟”往来，算是“江辞舟”高攀他，但他们二人性情相投，他便把“江辞舟”引为知己。后来江家少爷摇身一变，成了高高在上的小昭王，曲茂心中很是别扭了一番，但他心大，半年过去，那点儿芥蒂早没了，他管“江辞舟”是谁，只要还是这个人就成。

见谢容与不答应，曲茂顺口就道：“怎么？不希望我搬过来，山高皇帝远的，难不成你还在这座庄子上金屋藏娇啊？”

这话一出，谢容与的脚步停顿了一下，身后跟着的祁铭咳了一声，引开话头：“曲校尉，虞侯今日请您过来，是想问一问当日上溪发生暴乱的情形。”

曲茂公务上迷迷瞪瞪的，打起来第一个反应就是躲，杀起来头一个反应就是跑，天塌了只要不砸着他就是万事大吉，果然，曲茂道：“这我哪儿知道？我当时躲在公堂里，就掀窗瞧了一眼，看到那个秦师爷带着人拼命往衙门里闯，唉！太乱了，后来他们放箭，我就没敢伸头，等到再出去，该死的都死光了。”

谢容与道：“衙门里有个李捕头，当日你瞧见他了吗？”

曲茂“啊”了一声：“上溪衙门里有姓李的捕头吗？”

谢容与：“……”

祁铭：“……”

敢情这位爷在上溪办了大半个月公差，连衙门里天天打照面的人都没认全？

还是跟在曲茂身后的护卫邱茗道：“回殿下，上溪衙门暴乱之前，李捕头人就不见了，当日属下与您禀过此事的。”

谢容与颔首："后来你可曾见过他？"

邱茗想了想，拱手回禀："不曾。"

谢容与："衙门暴乱之后，本王记得玄鹰司、左骁卫、巡检司分别从东、西、南，三个方向追捕逃跑的吏胥，巡检司也未曾发现李捕头的踪迹？"

邱茗道："未曾，属下只捕回了在逃的录事。"

谢容与"嗯"了一声。

几个人说着话，书斋到了，祁铭先一步上前推开书斋的门。

青唯罩着纱帷，原本跟在玄鹰卫最末听他们议事的，但是巡检司的人在，她不便跟去书斋，到了依山院外便停住脚步。

天色尚未暗下来，青唯还记挂着谢容与的药汤，略一思索，觉得反正谢容与打听完李捕头的踪迹，夜里会与她细说，当即出了庄子。

曲茂说东安是穷乡僻壤，实则不然，东安是陵川府城，十分繁华的，城中酒楼、商铺林立，直至月上中天，灯火不歇。

青唯打马到附近的一家药铺，把药方递给药铺中的坐堂大夫："大夫，劳烦您帮我看看这个方子是主治什么病的？"

这位大夫的年纪有些大了，发须花白，接过药方眯着眼睛一看，见上头是苏合香片、丹参、川芎等药材，说道："此药方主治心病，内服外调，以安神为主，服此药者，应该是时有心悸、梦魇、暴汗不止等症状，不过……"

"不过什么？"青唯立刻问道。

"不过这个药方的用药极其名贵，非富贵人家是吃不起的。"

这么说，韩大夫给她的这张方子没有错，的确是治谢容与的病不假。

青唯思量一番，拿着药方请掌柜的配了服药，然后问道："敢问掌柜的，贵铺可有煎药的地方？"

掌柜的手指指左手边的门帘："穿过这道帘子往后院走，左手边有个药房，里面有帮忙煎药的药童，姑娘把配好的药材给他即可。"

青唯点点头，到了药房，把药材拿给药童，耐心地熬过大火急煮又熬过小火慢炖，直至药汤微沸，浓郁的涩苦气息溢散出来，药童问："姑娘，敢问这药汤是装罐回家，还是就在这里吃？"

青唯咬咬牙："这里吃，帮我倒一碗。"

浓黑的药汤跟墨汁似的倾入碗中，青唯等它温了些，舀了一勺送入口中。舌尖腥苦难当，如同生吞黄连。当真不负韩大夫说的一个"苦"字。

青唯的脑中"轰"的一声乱了，她将勺子往碗里一扔。这药味不对啊！

第四十二章

佳期如梦

亥时，谢容与从书斋里出来，德荣迎上来："公子。"

谢容与"嗯"了一声："小野呢？"

德荣跟着谢容与往拂崖阁走："戌末才回来，小的问过少夫人是否要用晚饭，少夫人说不吃。"

青唯出入自由，谢容与从来不拘着她。

听了这话，谢容与也没多想，只问道："她可说去了哪里？"

德荣："没提。夜里倒是听依山院的人说在药房附近瞧见过少夫人，大约是想探望朝天，没进屋。"

谢容与又"嗯"了一声。他心里还记挂着失踪的李捕头，虽然没能从巡检司那里问出线索，翻了大半日卷宗，到底找到了些蛛丝马迹。谢容与的心思在公务上辗转思量，直到他到了拂崖阁。德荣停住脚步："公子，那小的过会儿照旧把药汤送来。"

谢容与答应了，只身入院，穿过静悄悄的池塘边的小径，推门进屋。他本来以为青唯睡了，推开门才瞧见她笔挺地坐在临窗的罗汉榻前。

"小野？"

青唯抬起眼皮来看谢容与，过了一会儿，才说："怎么这么晚才回来？"

谢容与拿起铜签将烛火拨亮了些，隔着方几在她旁边坐下："翻卷宗查到这个李捕头曾经在东安府衙当过差，觉得这件事有些蹊跷，找卫玦等几个人来商议了一下，所以晚了。"

青唯"嗯"了一声。

谢容与不由得转过头看她，她身上的衣裳换了，不再是白日里掩人耳目的玄鹰袍，而是她自己的青裳，佩剑也解了，眼下手边搁着的，是她自己找铁匠打的短剑，德荣说她回来得晚，想来尚未用饭，但方几上果腹的荷花酥她一块没动，她不是一向喜欢这酥饼吗？她总不至于病了吧？小野哪儿这么容易生病？

谢容与稍微蹙了蹙眉，正要开口，这时，屋外响起叩门声，德荣道："公子，该服药汤了。"

青唯坐着不动，谢容与答应了一声，任德荣将药碗送进屋里，照例将药汤一口饮尽，随后吩咐："收了吧。"

等德荣再次将屋门关上，青唯忽然冷冷地开口："你这药汤，吃了多久了？"

"……五六年了。"隔着一张方几，谢容与对上青唯的目光。

"从五六年前吃到今日，病就一点儿没好？"青唯的声音微微抬高。

谢容与没吭声。若是平常，他只要一提起案子的线索，青唯必定会追问，可刚才他说李捕头曾经在东安府衙当差，她竟然似乎没听进去，只顾着问他药汤的事。看来她不是生病，而是动了气。她为何会生气？

谢容与："其实已经好了许多，只是偶尔病情反复罢了。"

青唯盯着谢容与，继续追问道："那你这药汤的方子，一直是同一张吗？"

依山院的人说她今日在药房附近出现过，难道不是去探望朝天，是去打听他的病情？

谢容与不动声色，凭直觉答道："不是，大夫不同，开的方子也不同，不过药效大同小异，微有调整罢了。"

青唯："怎么个调整法？"

谢容与："根据病情调整。"

青唯："会调整到连药味也大相径庭吗？"

谢容与注视着青唯，她下午还出过庄子，总不至于是试药去了吧？

"那药汤太涩了，淡一些的方子也是有的。"

青唯："真的只是淡一些？"

谢容与停顿了一下，一字一句地问："那娘子觉得是什么？"

青唯见谢容与防得滴水不漏，心中越来越生气，她隔着方几，目不转睛地望着他："那药汤若真的只是味道淡一些，为何每一回德荣把它送来，你缓也不缓总是一口饮尽？为何从前在江家时，你每次都避着我吃，眼下服药次次都当着我的面？"她停顿了一下，斩钉截铁地道，"你以为我不知道吗？你的病早就好了，眼下不过与德荣合起伙来哄骗我罢了！"

谢容与沉默了一会儿，声音温和地道："小野，我的病的确好些了不假，至于那药汤……"

"你休想再糊弄我！"想到当初在江家，她和谢容与数次在言语上交锋，她就没一回占过上风，青唯急忙道，"我告诉你，我手上可是有证据的。"

谢容与听了这话，不由得失笑，看着眼前奓了毛的小狼："哦，你拿到什么证据了？"

青唯冷冷地盯着谢容与，"啪"的一声，将一张药方拍在方几上："这张，是你和德荣拿来诓骗我的药方，药汤的味道我试过了，苦涩得很，但是你这几日服的药汤……"

"我这几日服的药汤怎么了？"谢容与看着她。

谢容与的声音明明很低沉，甚至是温柔的，带着安抚之意，可是眼下的青唯听来，却觉得话里话外带了一丝讥诮，尤其是他眼里的笑意，不是挑衅又是什么？

她这个人激不得。本来她说不过已经要动手了，眼下再被这么一激……青唯闭上眼睛心一横，想着反正一回生二回熟，再来一回又不会掉块肉，她怕什么？她当即倾身越过方几，朝谢容与贴过去。

谢容与几乎是愣住了，眼睁睁地看着青唯毫无预兆地贴过来，除了本身的柔软、濡湿，简直是剑拔弩张的。她全无章法地在他的唇齿间攻城略地一番，甚至还没等他悉心相迎，又全无章法地撤开，随后停在他一步开外，喘着气逼视着他，吐出两个字："甜的。"

谢容与："……"

青唯："昨晚是甜的，今晚又是甜的。"她随后伸出手指敲了敲方几上的方子，"但这个方子的药汤是苦的。这还不是证据吗？铁证如山。"

她离谢容与太近了，气息都纠缠在一起，他的眸色渐深："你下午出去，真的是去查这张药方了？”

“你以为呢？”青唯道，“你的病早就好了，却和德荣合起伙来骗我，还有那个韩大夫，说什么你的心病难医，身边离不得人，分明是你们的同党！”她怒不可遏，“亏我还担心自己不会照顾人，好心跟大夫打听你的病情，担心这个大夫拿了假的方子对你不利，去城中的药铺问明药效。担心了大半日，原来却是我被蒙在鼓里！你喝的药汤的味道，分明就是……就是甜枣儿兑的糖水，是甜枣儿！”

谢容与愣了一下。青唯的舌头还挺灵。他见青唯要撤开，伸手抓住她的手腕，将她困在自己的身边，声音缓下来：“小野，药汤这事，我没的辩，是我故意瞒了你，是我的不对。”他停顿了一下，又说，“我应该好好与你解释的，可是近日十分繁忙，你又总想搬出庄子，我只是……不希望你离开，又不知道应该怎么把你留下来，很担心你像上回一样，忽然不见了。”

“小野。”他唤道，微垂的眼睛稍稍抬起，眸中的清光一下子笼罩过来，将她包裹住，声音轻得像叹息，“为什么不愿意留在我的身边？我哪里不好？”

这一声近乎叹息的提问让青唯一下子愣住。那一夜帐中的山岚江雨突然重现。是啊！她为什么不留在他的身边呢？她和他在一起，有什么不好？

下一刻，青唯突然反应过来。谢容与太容易让她动摇了。她活了快二十年，就没见过这么能蛊惑人心的人，一言一行，一个眼神，一声叹息，简直堪比巫术。

青唯飞快地挣脱开谢容与，抓起自己身边的短剑，快步回到床帐中取了早已经收拾好的行囊，推门而出，头也不回地说道：“既然你的病好了，也不需要人照顾，那我……那我就先走了。”

其实她也不必这么急着离开。她知道谢容与为何骗她，不怎么生气了。她只是莫名有一种如临深渊的危机感，觉得再不走，怕是再也走不了了。

院中月华如水，夜色清致。

谢容与跟出屋，唤道：“小野。”

青唯听到谢容与追来，一咬牙，足尖在地上一个借力，飞身落在院子中的一棵榆树上，横剑在身前一挡：“你别过来！”

青唯的落脚之处并不好，是一根细脆的枝条，身后就是池塘，好在她的轻功好，堪堪稳住身形。她望着站在院子中的谢容与，说道："我早已经想过了，我是钦犯，跟在你的身边只会成为你的拖累。玄鹰司里有卫玦，有祁铭与章禄之，你的身边还有朝天，不缺我一个打手。上溪的案子了结，今后不如你查你的，我查我的，以信函互通有无。"

青唯亡命天涯这么多年，枕戈待旦是她的宿命，去岁暂得片刻安宁，她竟然半年不曾缓过来，夜里经常梦见谢容与和江府。温小野是野生野长的野，不应该将根扎得这么深，上回已经伤筋动骨，下一回会不会九死一生？

谢容与安静地看着青唯："上溪发生暴乱当日，左骁卫校尉伍聪擅离职守，消息传到上京城里，中郎将上奏为伍聪求情，我请官家允了，但作为交换，我已令左骁卫暂缓追捕温氏女。洗清你身上的罪名，我未必能够立刻做到，但你相信我，我一定能保护好你。"

站在院子中的男子素衣青带，眉眼好看极了，仿佛就是这月色、清霜所化，是她这半年反复在梦里看到的样子。

青唯道："去年我离开岳州，除了送芝芸去上京，更想找我的师父。他是我在这世间唯一的亲人，五年杳无音讯，眼下上溪案已结，我既为自由身，自当前去辰阳寻他。"

谢容与："我半年前就派人去辰阳打听过，这五年来，岳鱼七从未在辰阳出现。你如果不放心，想亲自去一趟辰阳，待此间事了，我陪你同去。"

"为何要同去？"青唯道，"待此间事了，我的愿望是像我阿翁与师父一样，踏足江野，行侠仗义。你是王，你的父亲是士人，你是被先帝教养长大的，我们的出身不同，经历不同，以后的愿望也必然不会相同。"

谢容与淡淡地道："你不是我，你怎么知道我的愿望？"

青唯道："那不说将来，只说今日。我眼下这么每天跟在你的身边，跟你同进同出又算什么，你将来不娶妻吗？当断不断，必受其乱，不如就此分开。"

谢容与看着青唯："我不想与你分开。"

青唯："不分开还要一辈子在一起不成？上京城里千百高门贵户，到时天家为你择妃，你又作何说法？难道你还让我这个草莽做你的王妃吗？"

谢容与："温小野，你在想什么呢？"

谢容与听到这里，突然笑了，声音温柔得像月色："你本来就是我的王妃啊。"

你就是我的王妃啊。夜风轻轻拂过。青唯的脑子一下子蒙了。她看着谢容与，到了嘴边万般辩白与夜色一起缠成千千结落回胸腑，心神一片空空茫茫的。

青唯张了张嘴，忘了要说什么。她本来是以轻功站在脆枝上的。然而或许因为她卸去了力道，脚下踩着的脆枝再也支撑不起一个人的重量。细脆的榆树枝"咔嚓"一声折断。

下一刻，谢容与就瞧见，青唯连人带剑，在他的眼前掉进池塘里。

"公子，参汤煮好了。"屋外传来德荣的声音。

"送进来吧。"过了一会儿，谢容与应道。

德荣称"是"，目不斜视地推门而入，将参汤搁在桌上，不敢往寝房里看。公子也真是，这大半夜的，又是备浴汤，又是煨参汤，他一个伺候人的下人倒是不觉得麻烦，这么血气方刚，干柴烈火的，累着少夫人如何是好？

德荣低头退出去，掩上门才道："公子，那小的去隔壁把浴房收拾了？"

谢容与："去吧。"

参汤热气腾腾地搁在桌上，谢容与端到床边："小野，过来吃了。"

青唯裹着被衾坐在床榻上，将头扭到一边："不吃。"

"不吃也行。"谢容与见她仍在别扭，笑了笑，"病了我照顾你。"

青唯转过头来，不敢抬眼看他，目光落在他的衣衫上，见前襟洇了一大片水渍，大约是刚才抱她出水时弄上的："……你去沐浴吧，这参汤搁着，过会儿我自己吃。"

谢容与"嗯"了一声，似乎叮嘱了一句什么，出屋去了。

青唯压根儿没听清谢容与的话，他一出屋，她便抬手遮眼，倒在枕头上。直到此时，她的脑中都在嗡鸣作响，恨不能将今夜落水的一幕从记忆里抹去。当时她的脑子中几乎是空白的，沁凉的池塘水未能将一句掷地有声的"王妃"驱逐出脑海，待到她反应过来，谢容与已经把她打横抱起来，唤德荣去备浴汤了。

身上宽大的、洁净的中衣又是谢容与的，洗过的长发还是他帮忙擦干的，她今夜本来打定主意要走的，可惜一鼓作气，再而衰，三而竭，振翅的鸿雁失足成了落汤鸡，她莫名其妙地败下阵来，还败得难堪，败得困窘，身上的中衣茧子似的缚住她，她觉得自己走不了了。

谢容与沐浴完回来，看到青唯抱膝坐在榻上，参汤倒是老实吃完了，案几上只余一个空空的碗。她落入水中的一刹那太突然，别说青唯了，连他都没有反应过来。

其实青唯并没有自己想象中那么狼狈，池塘的水也不深，只及她的腰，或许是从小习武的习惯，她竟然在池子里站稳了，只是飞溅的水花落下后，她依旧一脸迷糊的样子实在引人发笑。

自然，谢容与也顾不上笑，把她从水中捞起来，她缩在谢容与的怀里僵成一团，谢容与便知道她还没缓过来。后来他把她放进热气氤氲的浴房，多问了一句："怎么，要我帮你宽衣？"她才如梦初醒，手忙脚乱地把谢容与推出门去。

谢容与熄了烛火，撩开纱帐坐入帐中，声音温和地唤道："小野。"

青唯转过头来看谢容与。月光很明亮，透过窗户流泻入户，渗入帐中，薄霭一般萦绕在她身周，将她衬得如梦如泽。谢容与看着她，刚要再开口，温小野忽然动了，伸腿跨过他的膝头禁锢住他的下半身，手上一式擒拿法，随后跨坐在他身上，目光冷冷的，声音也冷冷的："两个问题。"

谢容与："……"她怎么又这样？她知道这样不太妥吗？不过也好，她终于从刚才的困窘中缓过来了。

谢容与"嗯"了一声："你问。"

青唯的语气带了点儿迟疑："我听人说，当年朝廷下达海捕文书，是你在我的名字上画了一道朱圈，你为何要画朱圈，是为了救我吗？"

谢容与："……是。"

青唯："那时我与你素不相识，你为何要救我？"

谢容与注视着青唯，安静地道："我觉得我对不住那个小姑娘，是我从辰阳请走了她的父亲，让她没了家，无论怎么样，我得保住她的命。"

青唯愣了一下，没想到谢容与竟然这么以为。可是去修筑洗襟台是父亲自愿的，后来洗襟台坍塌，也怨不到谢容与的身上。

青唯张了张嘴，刚要出声，谢容与又淡淡地笑了一声："再者，去辰阳的那一次，是我十二年来第一回真正出宫。"

青唯愣着问道："在那之前，你都没离开过紫霄城吗？"

"如果不算去寺院，祭天祭祖，偶尔回公主府探望祖母，"谢容与道，"从未。"他五岁被接进宫，如皇子一般学文习武，恪守宫规，几乎无一日怠惰，昭化十二年，他十七岁，第一回离开上京去辰阳，在山野间看到那个小姑娘，才知道这世间竟有人与自己活得截然不同，眼中无虑，身后无忧，爱则爱，恨则恨，从不会被任何人拘着，拎着一个行囊、一柄重剑就可以说走就走。那是他那些年可望不可即的自在恣意。

青唯："那你后来娶芝芸，发现误娶了我以后却不退婚，也是为了帮我？"

谢容与的目光悠悠："小野，这是第四个问题了。"

"回答我。"青唯不依不饶地道。

"不是。"谢容与道。

青唯愣了一下，不知怎么有点儿失落。似乎她在问出每一个问题时，心中早已有了期待的答案。

"当初城南暗牢被劫，玄鹰司在京兆府传审你和崔芝芸，我便猜到是你做的。随后官家传我入宫，拿出王元敞揭发瘟疫案的信，希望我作为玄鹰司的都虞侯查清此事，我其实是不愿的。"谢容与道，"我那时……尚在病中，很排斥一切与洗襟台有关的事，后来应下，一半是先帝的托付，另一半，就是为了帮你。"

那时青唯为救薛长兴，被玄鹰司盯上，谢容与知道她无人暗中相助难以逃脱，所以接下了玄鹰司都虞侯的职衔。谢容与对她说过的，那些年谢容与其实派人找过她，直到猜到她寄住在崔家，他才放下心来。

青唯听了这话，先前心中百般不是的滋味渐渐散了，擒拿在他手臂间的力道卸去，她松开手，垂下眼睛："最后一个问题……是我当初问过你的。我嫁给你，和芝芸嫁给你，有什么不一样吗？"她的确问过一回，当时还不待谢容与回答，她忽然就不想听了。

谢容与抬起眼皮看着她，声音如染夜华："想知道了？"

青唯别开脸："你最好如实回答。"

谢容与稍稍坐起身，回想了片刻："娶崔芝芸，是为了保住崔家，我那时已经与母亲说好了，崔芝芸嫁过来，母亲便将她接到大慈恩寺，待此间事了，将来亲自为她寻一个好归宿。可是后来……"

后来，新婚夜，谢容与挑开盖头，看到的人是青唯。这些年，谢容与找过她，不仅知道她寄住崔家，化名崔氏女。他还知道她经年流离，为了寻找她唯一的亲人，只身漂泊。那个在山野里自由自在的小姑娘没了家，成了浮萍，在这世间辗转奔走，可是有一天，她误打误撞，居然撞到他这里来了。新婚之夜，他的确吃醉了，但他挑开盖头看到是她，混沌的识海立刻变得清明起来。

谢容与看着青唯的眼睛："我当时只是诧异，这个小姑娘，怎么会撞到我这里来了？"

"然后我便想……"谢容与俯下身，在她的额头上落下一个温热的、轻柔的吻，"从今以后，我一定要好好待她。"

帐中再没了别的声音。温热的手掌揽过青唯的后腰，那个吻从她的额头滑落，如夜里徐来的清风，温柔地擦过她的鼻子、脸颊，最后停在她的唇上。

这个吻没有太深入，像暮春第一片离梢的花瓣，无声地落进池塘中，漾开圈圈涟漪，随后被风送着，去往这世间最静谧、安宁的地方。这滋味太让人沉迷。

青唯觉得难以抽身，几乎是用尽全身力气，才稍微离开了寸许。她的手撑在谢容与的前胸，胸口微微起伏，她低垂着眼睛道："可是我没办法做你的王妃。"

不仅仅因为她是钦犯。哪怕有一天她洗清了罪名，洗襟台血鉴在前，她这辈子也注定与那座繁华的上京城无缘。何况温小野之所以是温小野，便是因为她野生野长，自由自在，哪怕漂泊的这些年，她也是来去随心的，倘若有朝一日她要被拘在高门深府里，成为恪守宫规的王妃，她便不是温小野了。

谢容与看着青唯，声音低沉得像浸在夜色里："你未必要做王妃，你可以一直做我的娘子。"

这句话包含的承诺与让步都太多，但谢容与没有解释。青唯伶俐极了，许多时候一点即透，她要过的，往往是她自己心里那关。果然青唯抬眼看他，目光明亮，带着慎重："要是天家为你择妃，你怎么办？"

"温小野。"谢容与笑了，"择妃这件事上，没人能做得了我的主，除了你。"他将青唯颊边的发丝拂去耳后，语气缓下来，带着安抚之意，"你那天说要自己想一想。你可以再想想，我愿意等你。"

青唯垂下眸，思量一阵，然后轻声道："那我有几个规矩，你守不守？"

谢容与："你说。"

"你……"青唯有点儿慌乱，她不知道自己眼下算不算私订终身了，要是父亲、母亲知道，尤其是师父知道了，会不会责骂她呀，"在我想好之前，你暂时不可以把我当作你的娘子。"

谢容与："好。"

青唯："如果我想明白了，还是决定要走，你不可以再拦我。"

谢容与："……好。"

"还有……"青唯抿了抿嘴唇，"在我想好之前，你的房里，除了驻云、留芳，不许有别的丫鬟伺候，你出门在外，身边也不可以带别的女子，若非公务，你不得去勾栏瓦舍，也不能像上回一样，跟曲停岚在酒楼招歌姬、舞姬，我知道自己强人所难，也知道你们王孙公子，自小身边总不乏莺莺燕燕……"

"温小野，你是听戏听多了还是话本看多了？谁和你说我自小身边不乏莺莺燕燕了？"谢容与听到这里，忍不住道。也不知道是从前假作江辞舟的风流秉性给她留下的印象太深，让她误以为他也蹚过花丛，但他十七岁之前都被拘在深宫，然后迁去江府，病中那几年心上阴霾未散，哪儿有心思在万紫千红中采撷燕雀？

谢容与："这么多年，我只在辰阳的山野中邂逅过一只青鸟，好不容易她飞到我身边，停歇片刻，却成日想着要再次展翅苍空，我只担心我留不住她。"

青唯听了这话，知道谢容与说的是自己，心间仿佛被那山野的风拂过。她紧抿着嘴唇，过了好一会儿才道："你也可以有你的规矩，我也守的。"

她不是个不讲理的人，定下了规矩让他守，礼尚往来，他自然也能定规矩。不过他待她向来包容，青唯以为他什么都不会说的。

谢容与看着青唯，明眸皓齿，长发如瀑，辰阳山间的那只青鸟长大了，化身为鸾，顾盼间已会夺魂。

谢容与道："我的规矩很简单。我可以等你，但是，小野，我是个男人。在你想明白之前，以后夜里，禁止和我靠得这么近，尤其……"他停顿了一下，声音带着一丝微哑与蛊惑，"以这个姿势。"

什么姿势？谢容与靠坐在榻上，她为了制服他，顺势就跨坐在他的身上。可方才他倾身过来，她与谢容与就贴得很近了。

温小野少时离家，与人疏离，只不过是在情字上懵懂了些，但她漂泊这么多年，三教九流均有接触，怎么会不懂男女之事呢？谢容与这么一说，扶在她后腰上的手掌莫名就烫了起来，然后她忽然觉察到了一个从方才就存在的，非常明显的，他的异样。

她如同被掷进剑炉，耳根子突然烫得像要烧起来，她手忙脚乱地翻身而下，拿薄衾罩住脸，几乎要在榻角团成一团。

谢容与带着笑意的声音隔着薄衾传来："记住了？"

"记……记住了。"她再也不敢忘了。

"皮肉伤都好养，肋骨伤是骨伤里最易痊愈的一种，照理应该多走走，要紧的是你右腿的骨裂。不过你都躺了快半个月了，出去晒晒太阳无妨。"

依山院的厢房中，朝天穿戴齐整，正由德荣搀扶着下床，青唯就在一旁盯着，谨防他一个不慎摔了。

德荣十分迟疑地问："真的可以出去吗？他的伤势重，伤处也多，小的以为还得再躺上一个月。"

韩大夫站在床边笑着说："少夫人所言不虚，肋骨骨折，三日就可以下地行走，但腿骨骨裂，寻常人是应该躺上一个月，顾护卫非寻常人，除了最初那几日病势凶险，骨伤好得极快，今日太阳好，出去拄着拐杖小走一圈，应该是无碍的。”

朝天有了青唯与韩大夫的支持，忙道：“少夫人说得极是，大夫说得也极是，我自小习武，什么长处都没有，就是耐摔打，眼下身上已经不怎么疼了，再躺下去骨头缝里只怕要生霉，很想出去走走。”

朝天说着，不顾德荣的阻拦，径直拄着拐杖起身。他的力气大，单手执杖，仅以一只左腿便能行动自如。德荣忙跟了两步，又回头请示韩大夫，见韩大夫含笑点了点头，这才为难地跟出屋。

朝天喜动不喜静，平日让他坐在桌前抄个书便跟要了他的命似的，更莫提在床上躺的这些日子了。他沿着石径走了一段，觉得浑身舒坦，眼见着院门就在前方，立刻道：“我给公子请个安去。”

德荣拦他：“我看你是想被公子呵斥了。”

朝天看向青唯，见她跟只轻盈的鸟似的，跟在自己的附近，一会儿落在树梢，一会儿在假山顶歇脚，羡慕极了，不由得问道：“少夫人在练功夫吗？”

青唯：“……轻功不好，我再练练。”

朝天没明白青唯为何竟然觉得自己的轻功不好，只道少夫人都这样厉害了，还这样努力，他更应该迎头赶上才是，忙说：“上回少夫人被左骁卫追捕，不也受了伤，几日之内独自离开上京，眼下不也好好的。”

青唯道：“我和你不一样，上回我的运气好，没伤到筋骨。”她说着，朝厢房扬了扬头，“回去歇着吧。”

少夫人都吩咐了，朝天只能照做，折返身，由德荣搀扶着往回走。

青唯也不刺激朝天了，从假山上纵身跃下，问德荣：“你上回不是说驻云和留芳要来，她们何时到？”

“回少夫人，大约还有些日子。”德荣道，“她们二人与小的和朝天不同，是正经宫人出身，路上总要慢些。”

这个青唯是知道的，驻云是医女出身，留芳似乎最早在尚服局学艺，而朝天与德荣出身劼北，是长渡河遗下的孤儿，直到六年前才迁去上京，跟在谢容与的身边。所以谢容与待他们总比寻常下人宽厚许多。

青唯想到劼北，念及阿翁与师父曾征战于此，正要向朝天、德荣询问，这时，院外忽然传来急匆匆的脚步声，来人是祁铭，一见青唯，向她拱手一拜：“少夫人，不知您是否得闲，请去落霞院一趟。”

青唯一颔首，同他一起往院外走：“出什么事了？”

祁铭：“是这样，上京城中关于孙县令、秦师爷的信函到了，虞侯似乎查到了重要的线索，命属下去搜李氏、余氏的贴身物件。但这两个人不肯配合，联合起来撒泼打滚，属下念她二人是证人，不想用强，还请少夫人帮忙说服一二。”

第四十三章

水落石出

他们还没到落霞院，院中便传来余菡与李氏的吵闹声。青唯隔着院门望去，余菡正拦在两名幼童前，似乎要阻止玄鹰卫上前搜身，她厉声道："搜我跟主子夫人就罢了，连小娃娃也搜，这么丁点儿大的娃娃，身上能藏什么？"

青唯不由得蹙眉。谢容与治下的玄鹰司一贯遵规守礼，哪怕要搜幼童，何至于搬出这等阵仗，将孙谊年这一双儿女吓得啼哭不止？

祁铭见青唯的神情有异，不由得道："少夫人且慢。"他解释道，"其实审讯当日，虞侯曾怀疑蒋万谦与李氏勾连，一起隐下了一些线索，虞侯可对少夫人提过？"

青唯点了一下头："他跟我说过。"

当日公堂问话，谢容与是刻意把蒋万谦和李氏分开审的。可他们每每问到关键处，譬如这二人为何出逃上溪？由何人筹划？孙谊年与秦景山的关系如何？两个人给出的供词如出一辙。更古怪的是，既然李氏与孙谊年的夫妻关系并不像传言中那般不睦，如今孙谊年丧命，李氏作为他的结发妻，为何一点儿不显悲痛？

"虞侯怀疑，孙谊年与蒋万谦是交易。"祁铭道。

青唯："交易？"

"就是孙县令用自己的性命，跟蒋万谦交换了一枚保下自己家人的'护身符'。"祁铭紧蹙着眉头，似乎不知道该怎么解释，想了半晌，只能先给出结论，"虞侯说，整个上溪，只有蒋万谦有法子保住孙县令的家人，所以孙县令拿自己的性命，跟蒋万谦买下了一枚'护身符'，李氏早就知道孙县令会死，因此并不悲痛。如今上京城中来信，证实了虞侯的猜测，玄鹰司眼下搜的，正是这枚‘护身符’。”他停顿了一下，“其实属下来找少夫人是虞侯的意思，虞侯说了，只要跟少夫人一提‘护身符’，少夫人自然会明白该搜什么。”

青唯却不太明白。

落霞院中再次传来骂骂咧咧的声音，青唯转头看去，原来是一名玄鹰卫想进李氏的房间，被余菡拦在屋外，一时间双方僵持不下。青唯见还有时间，问祁铭道：“上京城中的来信写了什么？”

“虞侯，听说上京城里的信函到了？”

卫玦在衙署一接到消息，快马回庄，很快到了谢容与的书斋。

书斋宽敞，蒋万谦就瑟瑟缩缩地跪在谢容与的边上，身后除了章禄之，还有两名玄鹰卫看押。

谢容与“嗯”了一声，径直将桌上的信函递给他：“看信吧。”

信纸是上品白笺，卫玦接过信，先前没在意，然而待他展开信，辨出字迹，目光随即一滞，双手端着信施了一礼，然后才敢细看。这封信竟然是赵疏写给谢容与的私函。

陵川州府的库录里，当年竹固山屠戮相关的枝节，尤其孙谊年、秦景山的过往早被抹去了，所以谢容与托赵疏在上京城里查，这个卫玦知道，但查案烦琐，并不是审几个证人，寻几份证据就能有进展的，更多的时候要翻阅大量卷宗，卫玦没想到官家竟会亲力亲为到这个份上。

清执表兄安，日前你托朕查的孙谊年、秦景山二人，朕近来比对吏部、刑部存档，已有所获。

孙、秦二人乃咸和初年生人，祖籍上溪，昭化年间考中秀才。秦景山先后考过两回举人，乃昭化四年与昭化七年。昭化四年，秦景山于乡试前落水，不第。昭化七年，秦景山在乡试前，因误杀其表哥张岐，惹上官司，被褫夺功名，并判以终身不得入仕。

不过，朕与大理寺翻查存档，比对线索，发现这桩人命官司或有误判，真正的杀人者并非秦景山，而是孙谊年。

孙、秦乃至交。昭化七年，他二人共同参加乡试，因张岐数次向秦景山讨要禄米，并以性命相胁，孙谊年早对其心生不满。案发当日夜里，张岐酗酒而归，在水畔邂逅孙、秦二人，张岐再次向秦景山索要钱财。孙谊年为维护好友，失手将张岐推入水中，张岐随后溺毙。隔日，张岐的尸体被发现，孙、秦二人到衙门投案，均称杀人乃自己所为。因案发时无目击者，二人各执一词，相争不休。而彼时断案的，乃东安府衙一名岑姓推官。

卫玦看到这里，停顿了一下，不由得抬眼看向谢容与：“岑姓推官……东安府失踪的岑通判？”

谢容与颔首。

岑推官后来结案，断定是秦景山过失杀人，并上奏朝廷褫夺其功名。孙谊年为秦景山鸣冤过多回，均无果。事后，孙谊年发奋苦读，于昭化九年中举，试守一年，回上溪做了县令。

自秦景山落狱，直到孙谊年中举，这段时日刑部、大理寺卷宗上有关张岐落水案的记录均被销毁，可见始作俑者手腕滔天。而朕之所以笃定凶犯是孙谊年，乃是因为衙门录事在整理案宗时，誊录过一份供词，原供词虽然被销毁，备份幸而留存。供词附于信后，表兄稍后可细看，从中不难辨出，张岐落水案发后，孙、秦二人到衙门受审，其中秦景山的供词先后颠倒，矛盾重重，反是孙谊年条理清晰，笃定是自己杀了张岐。

另外，昭化十三年五月，即洗襟台坍塌的两个月前，孙谊年曾将一封述职书递交陵川州府，书中附上一封认罪信，信中写明当年是自己杀了张岐。

据孙谊年说，昭化十年，他做上溪县令之后，良心难安，于是找到当年断案的岑雪明，想为秦景山洗冤。彼时岑雪明已升作东安府通判。他对孙谊年说，要救秦景山，只需以春秋笔法伪造一份供词，将秦景山的过失杀人，改作是防卫过当即可。因为上溪商人蒋万谦与秦景山是旧识，岑雪明于是联合孙谊年、蒋万谦，伪造供词，为秦景山翻案。

秦景山回到上溪，成为孙谊年身边的幕僚，直到昭化十二年，岑雪明忽然找到二人，要求二人为其办一件大事。至于是何大事，孙谊年并未在认罪书上说明，只称他此时意识到，当年岑雪明判错案乃故意为之，一切都是为了将上溪县衙的把柄握在手中，而自己为虎作伥，自食其果，甘愿以死认罪。孙谊年的这封认罪书，朕也附在信后，表兄亦可细看……

卫玦看到这里，翻到末页一看，孙谊年的认罪书上果然写着“孙某自食其果，终生后悔，朝廷若问罪，自甘以死谢罪”一行血字。

……表兄说竹固山屠戮或源于洗襟台登台名额买卖，朕如今想来，洗襟台登台名额自上京城中流出，而孙、秦二人居于庙堂之远，与上京难有接触。朕是以猜测，竹固山卖出的名额，或许最初是在岑雪明的手中。岑雪明乃通判，而通判之责，即是上京城中与地方的桥梁，此其一；其二，孙谊年在认罪书中所述，昭化十二年，岑雪明寻他所办大事，极可能正是买卖洗襟台登台名额。

至于名额为何不由孙谊年直接卖出，而是假借竹固山山匪之手，朕不在陵川，难以查证，此事还当托付表兄。

昭化十三年，孙谊年的述职书最初是交到陵川州尹手上，因彼时陵川州尹乃是魏升。魏升其人，渎职怠惰，攀附成性，所以并未验过孙谊年的述职书，直接将此书转递上京城。而此书抵京之时，恰逢洗襟台坍塌，上京城中各部忙乱，亦错过查验，未遭贼人之手。幸于此，这封认罪书得以留存至今，可谓天网恢恢，疏而不漏。

写信之前，朕派人查过岑雪明。他少时效力于军中，因受伤，后至地方衙门为官，为人八面玲珑。洗襟台坍塌后不久，即昭化十三年秋，岑雪明莫名失踪，至今杳无音讯，表兄既在东安，可细查此人。

提笔匆匆，万望君安，切勿操劳。

赵疏或许知道这封信谢容与会交给玄鹰卫看，措辞并不讲究，写的都是白话。

卫玦看完信，看向谢容与：“日前虞侯查到李捕头曾与东安府衙的一名官员有接触，不正是这个岑通判？”

捕头连吏都算不上，是下等职差，而通判常与上京城中往来，品级虽然不高，却凌驾州府之上，李捕头与岑通判，可以说是一个在泥地里打滚，一个华衣紫带向天看，这两个人却有过接触，因此才引得谢容与在意。据查，李捕头到任上溪，就是由岑通判派去的。

谢容与看着下头跪着的蒋万谦：“这个岑雪明，你知道吗？”

蒋万谦没有看过信，不知道谢容与早已知悉了当年的真相，怯怯地道：“听……听说过，不太熟。”

谢容与不疾不徐地道：“既然知道，此前本王审你，你为何丝毫不提此人？”

“回……回王爷，草民以为……此人不太重要，所以没提。”蒋万谦垂着头，不敢看谢容与，“王爷当日问的是草民跟竹固山买登台名额的案子，草民想着，岑大人……跟这个案子的关系不大，所以……”

“关系不大？”谢容与稍微停顿了一下，起身，绕过书案，在蒋万谦的面前停住脚步，“那么本王换个问法。洗襟台士子登台名额的买卖，为何会选在上溪这样一个地方？为何会由耿常这样一个山匪卖出？”

蒋万谦摇了摇头：“草……草民不知。”

“你不知道，那本王替你回答。”谢容与淡淡地道，“上溪地处偏僻，四面环山，发生任何事，不易被外间知道，此其一；其二，耿常占了竹固山下的商道，与商户结交甚广，买卖名额时，与商户往来，不会惹人生疑；其三，也是最重要的，当初朝廷决定要修筑洗襟台，就对陵川下过剿匪令，有了这张剿匪令，就相当于有了陵川山匪的生杀大权，狡兔死，走狗烹，一旦出事，单凭‘剿匪’二字，灭口就能灭得理所当然。所以，在上溪买卖登台名额，不是意外，上溪这个地方，天时地利人和，它是被选中的。而选中上溪的人，正是这个岑雪明，这一点你不知道吗？”

蒋万谦咽了口唾沫，没敢回答这个问题。

谢容与继续道：“岑雪明利用孙、秦二人的错案，拿住他们的把柄，逼他们利诱耿常，在竹固山出售洗襟台登台名额。而你一早就参与在这桩错案之中，岑雪明所为，你不可能一点儿不知道。恐怕当年你一直苦苦相逼于秦景山，并非单纯地想为方留谋个前程。真相其实是反过来的，你知道岑雪明挑中了竹固山，希望为方留买下登台名额，可惜登台名额有限，而秦景山感念你的相救之恩，也苦劝你不要蹚这趟浑水，但你不听劝，拿着早就凑齐的十万两白银，硬是托秦景山带你上山，买下了登台名额。”

十万两白银不是小数目，哪怕蒋万谦是富商，也不可能在短短几日内凑出来。当日谢容与听蒋万谦说他是在七日内凑出的银两，便觉得他有所隐瞒，但谢容与按下不表，直到今日才将其拆穿。

蒋万谦擦拭着额头上的汗，他本以为自己当日的说辞已经天衣无缝了，没想到小昭王竟连这么小一个枝节都不曾放过。

谢容与：“本王再问你，洗襟台坍塌，那些人连竹固山几百名山匪都敢灭口，而你作为一个买下登台名额的人，他们为何不杀你？”

“本王也替你回答。”不等蒋万谦开口，谢容与淡淡地道，“因为你不能杀，你是登台士子的父亲，洗襟台坍塌后，丧生的登台士子被推向风尖浪口，你若在此时死了，太容易惹人起疑，同理，彼时陵川风波太盛，孙谊年身为上溪县令，那些人亦不好灭他的口。”

谢容与继续道：“第三个问题，你好不容易花十万两白银为方留买下登台名额，最后却人财两空，你除了自危，当真一点儿也不怨恨？洗襟台坍塌后，你第一时间与孙谊年、秦景山赶去东安，只是为了打听究竟发生了什么，没有一点儿想要向岑雪明讨个说法的意思？”

蒋万谦瑟瑟缩缩地跪着，听到这里，鼓足勇气抬眼看了谢容与一眼。

谢容与也正看着蒋万谦，目光非常冷淡，带着威压的逼视，蒋万谦的心头陡然一颤，话语从齿间溢出：“王……王爷说得不错，草民当时……的确是找岑大人讨要说法去的。”

细究起来，当日蒋万谦的招供，许多细节不合理。譬如洗襟台坍塌后，蒋万谦为何赶到东安就立刻折返？譬如蒋万谦身为人父，方留死后，他为何能够将丧子之痛隐于心头连续数年不表？更譬如，在上溪这一场事端中，该死的不该死的或失踪或被灭口，如今都不在了，为何偏偏蒋万谦能好好活着？

谢容与道：“真正卖登台名额的人也不是岑雪明，而是岑雪明的上峰，想来必是朝中的大人物。只是你是登台士子的父亲，在当时的情况下，这位大人暂时不能杀你，他必须让你好好活着，怎么办？他只能补偿你。你赶去东安，问岑雪明讨要说法，此后不久，岑雪明亲自来过上溪，想来正是给你带来了那位大人的补偿。”谢容与俯下身，紧盯着蒋万谦，“眼下事实已经很明白了，在这场事端中，洗襟台的登台名额由朝中一位大人手中流出，岑雪明是他的下线，是岑雪明为那位大人选定的上溪，筹划了这场买卖。孙、秦二人是岑雪明在买卖中控制上溪的傀儡，竹固山的耿常是鸟尽弓藏的工具，你是买登台名额的人。然后洗襟台坍塌，你去东安向岑雪明讨要说法，岑雪明依照那位大人的意思，给予你补偿，可是不久之后，岑雪明却失踪了，为什么？因为如果本王是那位大人，下一个要杀的，就是岑雪明。买卖登台名额，包括竹固山的一切都是岑雪明筹划的，岑雪明知道得太多了，岑雪明知道本王是谁，更知道本王做了什么，如果杀了岑雪明，切断本王与你等的联系，余下的人如你，如秦景山，只知岑雪明不知本王，本王便可以置身事外。这就是岑雪明失踪的原因。”

岑雪明做的最后一件事是为上溪带来了李捕头，那位大人的另一只爪牙，自此以后，上溪这个地方，就换了李捕头做主，而岑雪明猜到自己的作用到此为止，不久后会被灭口，所以他被迫自行失踪，生死不明，再也不曾出现。

“五年前岑雪明失踪，如今孙谊年、秦景山也死了，连李捕头也不知所终，可是你为什么活得好好的？”谢容与注视着蒋万谦，最后问道。

蒋万谦颤抖着声音道：“王爷……想知道什么……”

“护身符。”谢容与言简意赅地道。

蒋万谦：“什么……护身符？”

谢容与：“五年前洗襟台坍塌，你去东安向岑雪明讨要说法。那位大人让岑雪明带给了你一份补偿，这是唯一一次能够直接与那位大人有接触的机会。而且他给你的这份补偿，必然分量足够，足够让你能够以此保命，甚至以此威慑到他，否则你身负丧子之痛，人财两空，何至于哑口数年没有半点儿怨恨？如今上溪风波再起，旋涡中人相继死于非命，你却活着，为什么？不正是因为你的手里有一枚当年那位大人补偿给你的护身符吗？”

“我知道了。”青唯听祁铭说完，“蒋万谦并没有自己说的那么无辜，方留死后，他也不是一点儿怨恨没有。他去上溪找过岑雪明。岑雪明代替上峰，给了他一份补偿。这份补偿，因为与那位上峰有直接的关系，成了蒋万谦手里的护身符，这也是为什么几年过去，那位上峰宁肯派李捕头盯着蒋万谦，也没有杀他灭口的原因。直到今年开春，我官……你们虞侯查到了上溪，这位上峰担心竹固山登台名额买卖的秘密泄露，想要将上溪活着的知情人都灭口。孙谊年早就不想活了，所以孙谊年拿自己的性命，跟蒋万谦做了交易，希望蒋万谦能用手里的护身符，保住孙谊年的妻儿。

“少夫人聪慧。”祁铭道，“李氏与余氏都是证人，并非嫌犯，玄鹰司照理是不该搜她们的贴身物件的，而且虞侯说了，这个保命的‘护身符’可能是任何事物，一个物件，一封信，一个地方，甚至一句话，单凭搜也许搜不出来。虞侯眼下已经传审了蒋万谦，但虞侯并不怎么相信他，希望能与少夫人双管齐下。”

青唯懂了。正如谢容与所说，保命的护身符未必是物件，可能是一个地方，一句话，所以单凭搜是不行的，得靠诱骗，靠诈术，得让她们甘愿把东西交出来。

青唯再往落霞院中看了一眼，见余菡与玄鹰卫僵持不下，思量半刻，道：“我有办法。”说完，她径直走入院中。

余菡一见青唯，当即道：“你来得正好！”她捏着帕子指向眼前的玄鹰卫，“你不是与那位王爷相熟吗？快去跟王爷告他们，真是没了王法了，连无辜小儿也欺负！”

青唯见状并不理会，只问眼前的玄鹰卫：“搜好了吗？”

院子中的玄鹰卫均向青唯一拜，回道："尚没有，还有李氏的厢房与两名稚子身上尚未搜查。"

青唯于是道："不必搜了，孙谊年死前曾给了余氏一箱金子，拿走便是。"

"……凭什么拿我的金子？"余菡愣道，随即一跺脚，指着青唯，"我还当你是好人，是过来帮我的，当初我好心收留你，你……你拐走了我的绣儿还不算，简直恩将仇报！"

青唯道："小夫人，我这已经是在帮你了，孙县令的罪名已定，眼下上奏朝廷，只等连坐。你只是他外头养的妾，受不了多少牵连，拿走一箱金子，算是你认罪心诚，今后便是自由身了。"

余菡不相信青唯。李氏说了，老爷死了，就死无对证，什么罪名都牵连不到她们身上。

"你要拿金子，怎么不拿她的？"余菡指着李氏厉声问，"老爷可是给了我们一人一箱金子，你只拿我的，往后我还怎么活？"

青唯看了李氏一眼，李氏却不敢看她，护着一双儿女往墙角缩了缩。

"不拿她的金子，自然是因为她的罪名不是一箱钱财可抵的，诓骗朝廷命官，罪大恶极，何况你们以为孙谊年死了就死无对证了吗？"青唯停顿了一下，"蒋万谦已经把什么都招了。"

蒋万谦到了最要紧处竟然嘴硬起来："草民……草民不知道王爷说的什么护身符。"

谢容与道："你如果没有护身符，方留死后，你赶去东安向岑雪明讨来的是什么说法？"

蒋万谦："岑……岑大人只是给了草民一笔钱财，说那位大人不会伤害草民。草民……彼时已经心灰意冷，想着只要能保住命，保住根基，别无他求了。"

谢容与却冷冷地道："是谁告诉你，你能保住性命？"

"她能不能活着，会不会被株连还两说。"青唯又看了李氏一眼，淡淡地道，"竹固山的山匪死了多少人？当年杀山匪的将军不在了，这笔账自然要算到孙谊年的头上。你们都知道那些山匪有多冤，一两条命填进去，远不够偿的。她人都要没了，我拿她的金子做什么，等人不在了，金子自然上交给朝廷。”

“你……你胡说。”李氏道，“老爷说了，他上竹固山是被迫的，他后悔得很，这件事本来非他所愿，更与我没有关系，我一个妇人，何故要因此丧命？”

青唯道：“你家老爷是不是还说，只要你拿好蒋万谦交给你的东西，你余生必能平安无忧，可你眼下在哪里呢？出逃数日不一样被追回来，待到蒋万谦伏诛，你确定你过得了眼下这关吗？”

谢容与道：“蒋万谦，你所谓的保命，究竟是在谁的手中保命？是当初卖给你登台名额的那位大人物，还是在本王的手上？”

“王……王爷是名声昭昭的小昭王殿下，难道还会冤枉了草民的性命不成？”蒋万谦听了这话，颤抖着道，“草民是买了登台名额不假，但草民……草民也是一时猪油蒙了心，哪怕要治罪，王爷如何就能取走草民的性命？”

青唯不搭理李氏，径直对余菡道：“小夫人，我在上溪蒙你收留，知道你实则是个知恩重情的人，否则你被孙谊年所负，眼下为何要一再维护李氏？不正是念在孙谊年给了你一处安身的庄子，为你挡了五年风雨，你心中多少是把李氏当作自己的主母的。孙谊年被人杀害在衣冠冢，你是亲眼瞧见的，他连自己都保不住，你还相信他能保住活着的人吗？可别白白错过了生机。”

余菡听了这话，犹豫着道：“可你再三骗我，我为何要相信你？”

青唯见余菡没有否认，淡淡地道：“你不必相信我，但你得相信事实。你为何不想想，我怎么知道蒋万谦曾交给过她东西呢？”

“买下登台名额，贿赂朝廷命官，其罪一；伪造证词，错改张岐落水案案情，其罪二；不知悔改，当堂欺瞒本王，其罪三。”谢容与数着蒋万谦的罪状，“数罪并罚，朝廷轻判不了，何况你的罪名都与洗襟台有关，即便死罪可免，活罪也难逃。”谢容与知道蒋万谦苟活了这么多年，未必真的怕死，他这么抵死不肯交出“护身符”，坐实自己的罪名，恐怕还是为了保住蒋家的名声。毕竟他这辈子，最在意的就是蒋家的名声，当初不惜花十万两白银让方留登台谋取前程，不正是为了给蒋家门楣争光吗？打蛇打七寸，谢容与道：“你知道本王说的活罪，是怎样的活罪吗？”

不知怎么，谢容与的语气让蒋万谦的心中蔓生出一丝骇然：“怎样的……活罪？”

“朝廷已经找到了孙谊年的认罪书，没有‘护身符’，单凭葛翁这个证人以及你的供词，照样可以坐实你买登台名额的罪名，有了这样一条罪名，”谢容与停顿了一下，一字一句地道，“余后百年，凡上溪蒋氏子孙，终生不得入仕。”

“小夫人。”青唯道，“你如果真想帮你这位主母，还是想想没了银钱以后，怎么照顾好一大家子吧。”

李氏与孙谊年的夫妻之情消磨殆尽，到了最危急的关头，李氏却愿意相信他，甚至不惜背离故土，远走他乡，不正是为了他们的一双儿女吗？

打蛇打七寸，青唯道：“毕竟李氏没了，这一双儿女还要靠你照顾，你要是没点儿本事，只怕他们要跟着你吃苦。”

李氏闻言，脸色立刻白了。余菡愣道：“竹固山的那些山匪又不是她杀的，跟她一点儿关系没有，就没有……能保住她的法子吗？”

蒋万谦瘫坐在地：“我辛苦了一辈子，都是为了……为了蒋家的门楣……”

“有。”青唯道，“只要小夫人把实情告诉我，以后我都可以为小夫人想办法。”

青唯盯着余菡：“小夫人知道的，我有这个本事。”

余菡也看着青唯。她有吗？有的，当初在上溪，只有她一个人不怕鬼；叶绣儿也喜欢她，是甘心情愿地跟着她走；还有那个长得跟谪仙似的王爷，他总把她带在身边，很看重她。

“罢了。”余菡一咬牙，径直走向李氏身后的三岁女童，“还藏着做什么，给她！”

李氏却扑上来拦她："不能给！老爷说过了，只有这个能保住我们的命！"

"老爷都死了，你还相信老爷！再说上京城里的大官放过你们，庄子上这位王爷不会要你的命吗？"余菡从女童衣裳的内兜里掏出一物，"啪"的一声扔在地上，"拿去就是！"

"我说，我说……"蒋万谦喃喃地道，"岑雪明他……给了我两块木牌。"

青唯一看地上的东西，竟然是一块刻着繁复纹路的木牌，她拾起来一看："这是什么？"

谢容与："木牌？"

"木牌。"蒋万谦讷讷地点了一下头，"两块可以写入登台士子名录的木牌，与当初方留拿着登台的那枚一模一样。岑雪明说，那位大人承诺我，经年之后，必定会让洗襟台重建，而我因为洗襟台坍塌，折掉的一个登台名额，他日后双倍补偿给我，就以两块登台士子的木牌做凭证。"

谢容与明白了。蒋万谦说的不是木牌，而是当年士子登台，礼部特制的一批木牌，每一个登台士子都有一块，上面刻有他们的名字与籍贯。

谢容与问："那块木牌现在何处？"

"不在我这里……"蒋万谦道，"我给了孙县令，眼下……应该在李氏那里。"

这时，书斋外一名玄鹰卫禀道："虞侯，少夫人过来了。"

书斋的门一开，青唯径直进屋，将一块木牌递给谢容与："你看看，你找的是不是这个？"

谢容与接过来一看，檀香方木，金线镶边，上面刻有鎏金浇铸的紫荆花纹，工艺几乎无法复刻，是昭化十三年礼部铸印局特制的。唯一的不同，他手里的这块牌子没有刻名，是一块空白木牌。

蒋万谦瑟瑟缩缩地往书斋门口一看，见祁铭已经将李氏与余菡带了过来，知道负隅顽抗已经无用，干脆把什么都招了："草民……不，罪人，罪人虽然隐下了岑大人的罪行，但是关于孙大人和秦师爷的种种，罪人此前说的都是实话，他二人一直是挚友，竹固山被屠戮后，孙大人心灰意冷，所以秦师爷担起了县衙的差务……方留死在洗襟台下，罪人心中不是没有后悔过的，可是逝者已矣，罪人能怎么办呢？当年拿十万两白银买下登洗襟台的名额，只有秦师爷一个人苦劝罪人不要这么做，奈何罪人鬼迷心窍，到底走上了这条不归路……王爷，罪人是当真知道错了，不管王爷定什么罪，罪人都认，只求王爷不要牵连蒋氏门楣……”

谢容与看了蒋万谦一眼：“你说岑雪明给了你两块木牌，另一块呢？”

蒋万谦愣了一下，忙道：“罪人不敢欺瞒王爷，离开上溪前，罪人把两块牌子都交给了孙大人。”

谢容与又看向李氏，李氏十分惧怕他，畏惧地道：“民妇这里，只有这一块牌子。”

章禄之听到这里已经不耐烦了，“啧”了一声，径直揪住蒋万谦的后领：“还不老实交代？你把剩下的那块木牌藏到哪里去了？”

“木牌不在他那里。”不等蒋万谦回答，谢容与便道，“他带着木牌，反而不安全。”

这话一说出来，青唯先一步反应过来。是的，若蒋万谦带着木牌出逃，贼人追到他，正好能杀人销证，反之，若木牌不在他身上，不知被藏到何处的木牌永远是一个隐患，贼人反而不敢轻易动他。到了最后关头，这块木牌，放在他人身上是护身符，放在蒋万谦身上却是催命符。

青唯问蒋万谦：“你把木牌交给孙谊年时，他可有说过什么？”

蒋万谦回想了许久：“他说，他只想保住家里人的性命，早就不在乎自己的生死了。余下……就是交代了我一些出逃事宜，让我扮作府上的管家，由他庄子上的小妾为我做掩护，从小路出逃，如果被贼人发现，”蒋万谦说到这里，犹豫片刻，看了余菡一眼，“就先行离开，不要管他的小妾……”

饶是知道孙谊年负心薄情，余菡听了这话，心头像被狠狠揪起一般：“他真这么说的？他让你先行离开，不要管我？”

蒋万谦点了一下头，忙又道：“不过他还说了，他说他对不住你，说你一个原本该跟着戏班子行走四方的戏子，被他拘在一个庄子上，陪了他这么多年……”

“他还知道我陪了他这么多年！”余菡跺脚，又气又悲，“那他还说过会把我当自家人，会好好待我，临了临了，却是拿一箱金子买我的命！”

这话一说出口，谢容与似乎想到了什么，突然看向余菡。

青唯瞧见谢容与的这个眼神，意识到什么，她问：“小夫人，孙县令最后除了给你一箱金子，还给了你什么？”

“……只有一箱金子，再没有了。”余菡道。

谢容与看了章禄之一眼，章禄之会意，三两步抢出门去，余菡本来就在气头上，见状，猜到章禄之想拿自己的金子，不管不顾地就要追出书斋，无奈却被一名玄鹰卫控制住，破口大骂道：“你们……你们这些当官的，平白拿人钱财，真是黑了你们的心肝肺……”

五年时光付之东流，数载的陪伴，她什么好都没落着，好在得了一箱子钱财，她可不能舍它予人！

章禄之很快回来了，他的脾气急躁，等不及将金锭子一一拿出来，将木箱往地上倒去。余菡挣开玄鹰卫，扑过去接，将金锭子一块一块地拢在绢帕上，像是要拢住她这些年错付的年华。

木匣空空如也，看上去什么异样都没有，章禄之屈指敲了敲，匣壁发出一阵空响，章禄之毫不迟疑地将木匣狠狠地往地上一砸。“啪”的一声，木匣裂开，底板错位，竟然隐隐露出一道暗格，卫玦手疾眼快，玄鹰刀出鞘，锋利的刀芒不偏不倚地撬开底板，露出里面一块完好无损的、刻有繁复纹路的木牌，与李氏的那块一模一样。

余菡瞧见这块牌子，拢金锭子的动作顿时停住了。

这不是刚才他们争论不休的牌子吗？这不是主子夫人说，那块可以保命的牌子吗？怎么会在她这里呢？

茫然中，她的耳畔忽然回响起刚才蒋万谦说的话：“他说他对不住你，说你一个原本该跟着戏班子行走四方的戏子，被他拘在一个庄子上，陪了他这么多年……”

他还知道她陪了他这么多年。余涵垂下眼，重新慢慢地归拢好她的金锭子，可这片金灿灿晃得她眼花，莫名像是瞧见孙谊年说这些话时，脸上那惨然的笑，像是他每回在她的温柔乡里醉生梦死以后的样子。他读了圣贤书，做了父母官，可惜因为一桩错案走岔了路，竹固山一场屠戮后，他在后山垒起一方衣冠冢，也将自己的生念葬了进去，从此成了行尸走肉。可行尸走肉也是人，到底还是贪恋那么一点儿温暖，五年的陪伴多少在他的心上烙下了印痕，未必是爱，可能就是淡薄的为人之情。让他最终把这块护身符藏进了她不会舍去的箱子里。他能做的不多，这已经是他所能回报的全部了。

卫玦拾起木牌，呈给谢容与："虞侯。"

谢容与接过来，扫了余菡等三人一眼："将他们带下去，让他们重新口述一份供词。"

"嘉宁二年中，重建洗襟台是由礼部的一名员外郎率先提出的，在朝堂上引起水花，当时大多数朝臣反对，官家问过老太傅后，以一句'再议'压了下去。直到嘉宁三年初，以章鹤书为首，一共八名大员再次奏请重建洗襟台，其时赞成与反对各半，两边相争不休，又过一个月，赞成者近六成，官家于是首肯，并承诺吸取昭化十三年洗襟台坍塌的教训，重新彻查当年未定案件……"

夜幕初临，书斋中的人一个都未走，卫玦立在书案前，将洗襟台重建的缘由从头道来："其年春，由大理寺、御史台钦差领行，去往陵川、岳州等地追查当年嫌疑人，并将罪行重者押解回上京，其中就包括何氏一案中的关键证人崔弘义。而何氏倾倒后，替换木料、囚禁药商，哄抬药价的罪行昭告天下，引起士人愤懑，为安抚士人，朝廷终于一致达成重建洗襟台的决定，于今年开春从各军衙抽调卫队派往陵川，并由工部侍郎小章大人，御史台张大人前往督工。"

卫玦说到这里，停顿了一下，又说道："自然，官家最初答应重建洗襟台是被迫为之，彼时官家……处境十分艰难，唯有答应重建，才能换来玄鹰司复用，然后……总之，追本溯源，抛开最初名不见经传的礼部员外郎不提，洗襟台的重建，朝堂上是以章鹤书为首提出来的。"

谢容与知道卫玦略去不提的话是什么。然后，也只有扳倒何氏，赵疏才能掌权，才能在各部衙填上自己的人，才能真正有能力彻查洗襟台坍塌的真相。帝王权术罢了，无关紧要。

只是今日蒋万谦说，给他木牌的人，曾承诺经年之后，一定会让洗襟台重建。那么也就是说，那个搅起这场风云的人，一定是重建洗襟台的拥趸。

“虞侯，我们眼下可要去信给官家，请求彻查章鹤书及章氏一党？”卫玦问。

谢容与靠在椅背上，抬手揉了揉眉心：“还不是时候。”

章禄之叹息了一声：“那两块牌子是岑雪明给蒋万谦的，根本碍不着那个章鹤书什么事，再说眼下说要重建洗襟台的人那么多，单凭蒋万谦的一句供词，没法拿人不说，还容易打草惊蛇。”

“不止。”谢容与道，“章鹤书也许不干净，但是……”他停顿了一下，又说道，“我怀疑，在竹固山卖登台名额的人不是他，而是军队的人。”

青唯一愣：“怎么说？因为剿灭竹固山山匪的人是军队吗？”

谢容与看了青唯一眼，声音温和地道：“还记得县令府的绸绸是何时死的吗？”

青唯：“朝天扮鬼在竹固山出现的第二天。”

谢容与道：“而李氏的供词是，早在绸绸死的几天前，孙谊年就开始安排她离开上溪了，说明了什么？”

“虞侯的意思是，玄鹰司到上溪前，那个卖登台名额的人就知道了玄鹰司的动向，并打算前往上溪灭口了？”卫玦问。

谢容与道：“年初朝廷重建洗襟台，从各军衙抽调卫队前往柏杨山，玄鹰司是借这个名义到陵川来的，然后玄鹰司一直留在东安，只有十余人随我去上溪。数百人的卫队少了十余人而已，除了随我们同来的军队的人，其余人不可能觉察。”

而章鹤书是枢密院的，枢密院虽掌军政，但与真正的掌兵权还有一定距离。这个人这么清楚玄鹰司的动向，必然是军队的人无疑。

这时，祁铭道：“虞侯，你可记得官家的来信上也说，那个失踪的岑雪明，少时效力于军中？他是那位卖登台名额的大人的下线，说不定当中会有联系。”

谢容与点了一下头：“你立刻去府衙，打听一下岑雪明曾经在谁的军队中效力，这个应该不难查。”

祁铭称“是”，很快离开了。

谢容与总有一种感觉，似乎他们已经很接近答案了，可能是遗漏了某个枝节，导致他们一直在答案边上兜圈子。

书房中只余下翻查卷宗的沙沙声，章禄之是个粗人，莫说卷宗了，他连整理好的供词都看不进去，盘腿坐在地上，倚着书架闭目养了一会儿神，陡然睁眼：“虞侯，您觉不觉得哪里古怪？”

谢容与转头看他。

章禄之挠挠头：“属下是个莽夫，也不知道想得对不对，我总觉得，我们被人盯着。”

谢容与道：“说下去。”

章禄之：“其实属下一早就有这个感觉了，从我们进入竹固山开始，我们就被人盯着了。您看，我们查到孙谊年，孙谊年就死了，我们查到李捕头，李捕头就失踪了，就连蒋万谦，也是朝天拼死保下来的。似乎我们走的每一步，都有人暗中与我们对抗，可是我们在明面上，根本看不到敌人，尤其是……当时我们还在上溪，上溪县衙包括孙县令和李捕头都是我们的猎物，可是，除了上溪县衙，还有什么人在阻止我们查他们呢？能和玄鹰司对抗的难道是左骁卫与巡检司？”

谢容与道：“我其实怀疑过左骁卫与巡检司，但左骁卫不可能，否则伍聪不会在暴乱发生之前离开上溪。”

“巡检司也不可能。”卫玦道，“去年阳坡校场起火，邹家父子落狱，巡检司从上到下是被官家亲自清理过的，尤其是派来陵川的这一支。”

年初曲不惟请命让曲茂带着这支卫队来陵川，赵疏应允，就是为了方便谢容与行事，曲茂再怎么不务正业，却是值得谢容与信赖的。

“最古怪的一点是，玄鹰司此行不顺利吗？”青唯问。

不顺利吗？不，他们其实是很顺利的。到上溪的短短数日内，他们就寻到了葛翁、葛娃，得知了买卖登台名额的秘密，此后上溪虽然发生暴乱，但他们到底救下了蒋万谦，还险些保住孙谊年。他们只是在最后的、最关键的一步，被人使了绊子。似乎对方也不敢轻举妄动，哪怕连死士都派出来了，却还是小心翼翼的，只肯在紧要的时候伸手稍稍一拦。

就好像毒蛇与鹰，玄鹰司是鹰，而对方是潜在草里的毒蛇，吐着芯子，睁眼盯着天上的鹰，小心地捕捉草丛里的猎物，又不敢探头，唯恐被天上的鹰发现。而这条如影随形的，潜伏在暗处的，一直盯着他们的毒蛇让书斋中的每一个人脊背生寒。

青唯再没了帮忙整理供词的心思，只觉得这间本来宽敞的书斋逼仄不堪，正想出去走走。这时，一名玄鹰卫来报："虞侯，证人余氏口述完供词，称想求见少夫人。"

青唯随即对谢容与道："我去见她。"

夜很深，院中月华如练，余菡没施妆粉，细眉细眼的，看上去十分干净。她的手里捧着一个布囊，她并不看青唯，盯着一旁的一株椭兰："我刚才听审我的官爷说，等我在供词上画了押，你的那个王爷就会放我走，真的吗？"

余菡算不上什么要紧的证人，谢容与不会留着她。

青唯点头："真的。"

余菡："你们拿走了那冤家给我的牌子，我以后会遇到危险吗？"

青唯道："不会，木牌已经在玄鹰司手上，那些人动你也是枉然。"

"那就好，那块牌子，就算我送给你们了。还有这个，"余菡犹豫一下，把手里沉甸甸的布囊往青唯的手里一塞，语气几乎是不耐烦的，"拿着！"

青唯打开布囊一看，里头竟是孙谊年留给她的金子："小夫人？"

余菡看向月亮，伸手撩了一下发丝："竹固山死的人太多了，有的人什么都不知道，就咽了气，被一把火烧没了，我到底是上溪人……"她似乎不知道该怎么表达，她从没有说过这样的话，甩了甩绢帕，"唉！总之，我那冤家一个穷地方的县令，哪儿来这么多金子？这些金子铁定不干净，八成就是用人命换来的。我跟了他五年，他五年都在后悔。我这个人，不是知恩不报，五年前戏班子散了，我无家可归，是他收留我，后来他利用我，让我犯险保姓蒋的离开，我认了，就算我欠他的。可他……到底留了一块牌子给我，你们说这块牌子可以保命，我也不知道怎么保命，只是觉得……他终归还是念着我的一点儿好的。既然念着，我这几年就不算错付。金子我不要了，你们拿去，分给那些山匪的家人、亲戚，要不给那些吃不上饭的人，算是我为他做的一点儿补偿，希望他在九泉之下，可以心安吧。不过他待我凉薄，为他还了这笔债，从此之后，我跟他就算两清了，再也没有关系了。”

余菡之前拼命保住金子，不过是觉得年华错付，总该换来别的什么。可能人就是这样，付出了，总想要点儿回报。所以只要证明有这一星半点儿的情意在，不干净的金子，她竟然可以舍下。

青唯看着余菡，才发现自己还是看轻了她，原来她不止重情，人所以是人，低贱得陷在泥地里，还能凭一身倔强取舍。青唯问："小夫人以后去哪里？回上溪吗？"

"不知道，可能重操旧业，回戏班子唱戏去吧。他不是说我该行走四方吗？行走四方就不必了，陵川这么大，我在陵川走走就行了。"余菡说着，又得意起来，"你是不知道，戏唱好了，得来的赏钱就能吃香的、喝辣的，原来我在的戏班子里，有个四五十岁唱老生的，上溪人都抢着听他的戏哩。"

余菡看了青唯一眼："绣儿什么时候回来？"

青唯摇了摇头："我不知道。"

余菡也不在意："你跟她说，记得回来找我，我就在陵川等着她，等她回来以后……以后就不做主仆了，反正我也不是谁的小夫人，她聪明，跟我做姊妹吧。"

青唯点头道："我记住了，余姑娘。"

余菡听了这个称呼，粲然一笑："对了，刚才官爷寻我问话，有一点我忘了说，离开上溪的那天早上，老爷从我的庄子上离开，是秦师爷来接他的，好像劝他去衙门跟王爷投案，他们不是犯了事嘛。要不我那天跑到半路，怎么会觉得他想不开，掉头回来找他呢？"她说完这话，对青唯道，"好了，我先回了，过两天我离开，你就不用来送我了。你这人晦气，你一到上溪，竹固山被掀了个底掉，藏在夜里的都涌来了青天白日里。不过也好……"她朝青唯招招手，跟着玄鹰卫，掉头往落霞院走，"人不可能一辈子活在一个梦里，梦总会醒的。

以后记得来听我的戏呀。”

青唯目送余菡离开，又在夜色中站了一会儿，才回到书斋。

谢容与正跟卫玦说话，见青唯回来，转过头来看她：“余氏走了？”

青唯“嗯”了一声，将手里的布囊搁在桌上：“她还回来的金锭子，说是想给竹固山山匪的亲人做抚恤金。”

谢容与看了一眼布囊，回头唤章禄之：“明早你去府衙查一查余氏的户籍，如果还是奴籍，想个法子，改成良籍吧。”

章禄之挠挠头，哦了一声。

青唯道：“余氏还说，上溪县衙发生暴乱的那个早上，秦师爷到城西的庄子，见过孙谊年一面。”

卫玦听了这话，停顿了一下：“秦景山？他可有说过什么？”

“他劝孙谊年去跟你们认罪。”青唯这话一说出口，卫玦不由得与谢容与对视一眼。

一名常跟在谢容与身边的玄鹰卫精锐解释道：“不瞒少夫人，刚才虞侯与卫掌使正好发现秦师爷有异。”

青唯问：“怎么说？”

谢容与将一份证词移过来，指着上面一处，修长的手指敲了敲：“你看看这句。”

上面一句是蒋万谦的招供，称他是说了假话，他和秦师爷的关系并没有那么好，当年买登台名额，确实是他挟恩图报，逼着秦景山带自己上竹固山的。

卫玦道：“既然秦师爷跟蒋万谦的关系并不好，那么县衙发生暴乱的那天早上，他带兵来县衙的目的是什么呢？我们一开始以为他是为了拦住玄鹰司，不让玄鹰司去追逃跑的蒋万谦，可眼下看来，他并没有足够的动机这么做。蒋万谦是跟孙谊年有交易，但秦景山并没有参与这笔交易。自然他也可能是为了帮挚友完成交易，最后搏命一回，这个猜测牵强不提，秦景山自己搏命就算了，带这么多衙差一起搏命是为了什么？他不像这样的人。”

“所以我们有了另一个猜测。”谢容与道，“秦景山，会不会不是来阻止玄鹰司的，相反，他其实是来投案的？”

“而刚才余菡的话，证实了这一点？”青唯问道。她不由得蹙眉：“这说不通啊，如果秦景山是来投案的，当天县衙根本不可能发生暴乱。跟巡检司、左骁卫一起打一场，最后连命都没了，对他有什么好处？”

章禄之道：“我也这么想，当天你们去追蒋万谦了，虞侯让我留在县衙，我是亲眼看着秦景山带着衙差跟巡检司的人马起冲突的。说他是来投案的，这不合理。”

谢容与闭上眼睛。谢容与感觉秦景山当日就是来投案的，这个念头一生，就在他心中萦绕不去。不过小野说得也很对，秦景山如果是来投案的，为什么要和留守在县衙的巡检司与左骁卫起冲突，直接招供不好吗？还是说，秦景山知道县衙里，有人会伤害他？谁会伤害他？左骁卫？不可能。巡检司？刚才他们已经说过了，不会是巡检司。

还是说巡检司是无辜的，但是他们里有人不干净？但是这支巡检司卫队的校尉是曲茂，曲茂恐怕连手下的脸都没认熟，成日能干一桩正事就很不错了。他一到上溪，大半差事是他的护卫邱茗帮忙办的，连上溪的善后也是邱……

谢容与想到这里，陡然睁开眼睛。是了，邱茗？

“章禄之，上溪发生暴乱的那天早上，是谁告诉我们李捕头不见了的？”谢容与并不是不知道答案，问出这句话，他只是想再确定一次。

章禄之：“虞侯，是曲校尉身边的邱护卫。”

卫玦道：“虞侯，数日前您寻曲校尉打听李捕头的踪迹，也是邱护卫告诉我们，巡检司从未发现李捕头。”

可是李捕头区区一个人，怎么可能躲得过玄鹰司、巡检司、左骁卫三大军衙的追踪？除非……有人刻意隐下了他的踪迹。

这时，书斋外传来叩门声，是祁铭回来了。

祁铭一进书斋，将一份簿册呈上来：“虞侯，查到了，岑雪明从前分别效力于蒙山军、西北同留军，最后因为受伤，在征西大军虎啸营辞去军职，来到陵川。”

同留军、虎啸营都属于征西大军。而当年征西大军的军帅，正是军侯曲不惟。

谢容与闭了闭眼睛，耳畔忽然回想起初到上溪时，曲茂跟自己抱怨的话："也不知道我爹怎么想的，非要让我来陵川，我本来就是个废物，他还指着我这个废物起死回生吗？"

"往常我的身边好歹有尤绍跟着，再不济，巡检司还有史凉呢，我老子不放心我，指了个邱茗盯着我，那敢情好，差事都让邱茗办去，我只管找个戏馆子听戏就是。"

谢容与想到这里，站起身，在书案上抚平一张白宣纸："小野，你可记得孙谊年最后留下的话是什么？原封不动地告诉我。"

孙谊年最后留话时，是青唯凑近听的。青唯点了一下头："他说，'你们不要去……去……'后来我重复问了一次，他只说，'不要……去'。"

谢容与在白宣纸上写下前六个字："你们不要去……去"。他注视着这行字，目光沉静如水，突然，"嗒"的一声，将笔往笔山上一搁，"我们此前，一直以为，孙谊年是让我们不要去一个地方，其实不是，他早就把答案告诉我们了。第一个不要去，他是让我们不要回去。那么为什么不要回去？"

谢容与说着，换了一支朱笔，将第二个"去"字一划，改成另一个字，一个朱红的"曲"："因为城中有曲侯的人。"

谢容与抬眼看向众人："而当初那个吩咐岑雪明贩卖洗襟台登台名额，派将军屠杀竹固山的山匪，一路派人盯着玄鹰司动向的，就是军侯曲不惟。我们的推测不假，左骁卫是干净的，巡检司也是干净的，曲不惟没办法染指这两个衙门，但曲不惟知道曲茂玩世不恭，不务正业，曲不惟于是利用曲茂的不务正业，故意为曲茂争取机会，让曲茂来到上溪，又借口担心曲茂办不好差事，名正言顺地派了一个自己的得力扈从跟着曲茂来到上溪，暗中接手巡检司，让巡检司为自己所用。李捕头不用问，早在邱茗告诉我们李捕头消失的那一刻，就已经死了。而秦师爷，或许在最后一天早上，从孙谊年处得知了当初真正卖登台名额给他们的人是曲不惟，又因为曲茂是曲不惟之子，秦师爷以为整个巡检司都是曲侯的人，所以带兵来到县衙，决定搏命。而邱茗，便是利用秦师爷的这个'不确定'，在秦师爷靠近衙门，靠近任何一个可以保住他的人前，先一步在乱兵中杀他灭口。"

三日后，上京。

“侯爷这是从北大营过来？”正值黄昏，枢密院的值勤守卫刚交完班，就看到一个身着细鳞甲，粗眉虎眼的人纵马而来，在衙署门口收缰，正是当朝三品军侯曲不惟。

曲不惟径直往衙内走：“章副使在衙门吗？”

“在的，章大人廷议后回了衙门，眼下还没走。”守卫跟在曲不惟的身后答道。正说着，他看到章鹤书从衙门里头出来，立刻拜道：“章大人。”

章鹤书瞧见曲不惟，目中微露讶异之色：“侯爷今日怎么到枢密院来了？”

曲不惟：“户部说去年劼北一带报上来的屯粮跟他们算的有出入，老夫过来讨劼北驻军的账册看看。”

自长渡河一役后，苍弩十三部相继瓦解，十余年不成气候，如今大周北面边境除了偶有滋事的境外乱民，并无战事。留下统将驻边，回上京的军侯们主要精力都放在了大周境内，除了缉匪捕盗，操心最多的就是军屯，所以时不时要跟户部打交道。

章鹤书只道不巧：“劼北的账册章某想细看，昨晚带回府上了，侯爷着急吗？不急的话明日章某让人送去军衙？”

“急是不急，只是老夫明早要回北大营，来去要耽搁三天。”曲不惟道，招呼来刚才的守卫，把手里的缰绳交给他，让他帮自己看马，随后对章鹤书道，“也罢，反正你我顺路，我去你宅子上取就是。”

章鹤书颔首，淡淡地笑了笑：“那辛苦侯爷了。”

散值的时辰早过了，章家的厮役驱赶着马车等候在衙署外。章鹤书与曲不惟相让着上了马车，等到车行一段，章鹤书淡淡地问：“上溪出纰漏了？”

车室里点着藿香块驱蚊，有些闷，曲不惟撩开车帘，往外头看了看，确定无人跟着，这才道：“本来以为让邱茗跟着茂儿去陵川，把上溪该了结的了结了，就不可能出岔子。没想到竹固山那帮山匪里居然有一个活口，是个住在后山的老头，好像姓葛，在深山里藏了快六年！”

章鹤书“嗯”了一声，这件事他已经听说了。

曲不惟：“你也知道，当年卖登台名额的事是岑雪明帮我办的。他这个人极其聪明，又惯来长袖善舞，当年他用一桩错判的杀人案拿捏住孙谊年，就是觉得这个孙县令有本事，有朝一日说不定能派上用场。洗襟台修建之初，朝廷不是要剿匪嘛，上溪的竹固山上正好有匪，孙谊年又在上溪当县令，岑雪明就和我说，没有比上溪更好的地方了。”

一来，上溪闭塞，没有人会想到一个闭塞的山寨中的山匪头子手上有洗襟台的登台名额；二来，朝廷的剿杀令已下，一旦出事，方便灭口。

曲不惟：“后来洗襟台坍塌，竹固山处理干净以后，我找了个底子干净的捕头去上溪盯着孙谊年等人。岑雪明太聪明了，知道有了李捕头，他就没用了，猜到我下一个就要动他，趁我不注意，神不知鬼不觉地跑了，几年了，一点儿踪迹也没露，也不知道这个姓葛的老山匪是不是岑雪明故意留下来的活口，想给自己留一条后路，要不是这回我派邱茗跟着茂儿去上溪，还发现不了。而且，岑雪明还故意让孙谊年知道了真正卖登台名额的人是我！”

岑雪明就是故意漏风给孙谊年的，希望有人知道自己不是主谋，这样有朝一日朝廷降罪，他不至于承担所有的罪责。

曲不惟：“竹固山料理干净以后，孙谊年心灰意冷，听说这几年连衙门的差务都不办，找了个外室醉生梦死，我还当他书生意气，受不得半点儿打击。这回邱茗去上溪，觉察到他对茂儿的态度有异，稍作试探，这才发现他竟然什么都知道。邱茗动作快，提前埋伏好死士，把他了结了，眼下就是不知道小昭王查到了多少。”

章鹤书问：“邱茗呢？”

曲不惟道：“已经处理干净了。”

章鹤书闭上眼睛，靠在车壁上养神，过了一会儿才道：“你不必猜了，谢容与一定什么都知道了。”

曲不惟：“这话何意？他知道岑雪明卖登台名额的事了？”

“不止。”章鹤书说到这里，睁开眼睛，看着曲不惟，“一个通判手里哪来的登台名额？他已经猜到是你了。”

章鹤书的一双眼睛狭而长，颧骨很高，章庭就是这两处像章鹤书，因此时人都说小章大人生得孤冷，章鹤书看上去却不孤冷，或许因为年逾不惑，微垂的眼角平添一丝慈和，说起话来不疾不徐："你忘了何氏的案子里，谢容与是何等见微知著了？他这个人，天资高，有魄力，慧敏难当，不枉先帝当年那么辛苦地栽培他，如今他到了上溪，查到孙谊年，孙谊年死了，查到李捕头，李捕头失踪了。他不可能相信这是巧合。他知道上溪有人跟他对着干，左骁卫他不会怀疑，巡检司是他跟官家亲自清理过一遍的，虽然很困难，最后通过邱茗查到你，不难，说不定眼下他连岑雪明都知道了。"

曲不惟听了这话，不由得咋舌："可你从前不是说小昭王慧极必伤，所以洗襟台坍塌他一蹶不振，五年时间囚桎于心病，眼下勉力振作，并不足为虑，为何一年之间，他的病忽然全好了？"

"……是我小看他了。"章鹤书闻言，目光沉下来。

曲不惟忍不住狠狠地叹了口气："要我说，当初就不该听你的！反正竹固山都死了那么多人了，干脆一个活口都不留，把孙谊年、蒋万谦全了结了，也不至于有今日的烦恼，还让木牌落到了小昭王的手上！"

章鹤书淡淡地道："洗襟台坍塌，士人群情激奋，蒋万谦是丧生士子之父，你那时想杀他灭口，是担心自己被发现得不够快，想要添一把干柴吗？何况单是竹固山山匪的死，已经足够让谢容与在经年之后发现蹊跷，你如果把上溪的县令一并灭口，只怕朝廷立刻就会顺藤摸瓜查到你，到今日有没有曲侯府还两说，倒是真的不必为眼下忧愁、烦恼。"章鹤书说着，语气微凉，"何况当年我只是告诉你，我手上有些许登台名额可以由我们做主，把登台名额拿出去卖是你瞒着我擅作主张，如果不是我发现后及时止损，等你再多卖几个登台名额，纸如何包得住火？本该徐徐图之的计划，你却利欲熏心，想要一步登天，眼下出了岔子，要被人连根拔起了，却来与我说，我当年帮你善后善得不够好？"

曲不惟听了这话，张了几次嘴，却说不出话来。章鹤书斥责得不错，娄子的确是他捅的，当年的确是他利欲熏心："那你说，我们眼下该怎么办？"

这时，驾车的厮役吁了一声，微提马缰，马车渐行渐缓，最终停下。章鹤书道："到了。"随即他撩开车帘下了马车。

曲不惟也收起眸中的急色，泰然自若地下了马车，跟着章鹤书进了府邸。

暮色已深，章鹤书到了正堂，屏退下人，端起手边的热茶吃了一口："你确定李捕头已经死了吗？”

“确定。”曲不惟道，“这件事是邱茗亲自办的，已经回我了。”

章鹤书深思了片刻：“那眼下的情况也不算危急。谢容与的手上虽然有士子登台的空白木牌，这木牌是礼部特制的，可以指向任何人，查不到你的身上，蒋万谦的证词最多指向岑雪明，单凭岑雪明曾经效力于镇北军的经历，你也沾不上嫌疑。他没有实证，李捕头死了，谢容与没有直接证人，他查到你，全是一步一步推出来的，但推测不能作为呈堂证供，他动不了你。”

“而他的下一步，”章鹤书停顿了一下，“应该是直接查失踪的岑雪明，因为这个岑雪明为了自保，很可能留下了一些线索，所以当务之急，除了让人盯着谢容与的动向，更重要的是派一个嗅觉灵敏的人到东安，尽早辨出岑雪明留下来的线索，先一步抹去。”

可是谁能盯着谢容与的动向？谁又是这个嗅觉灵敏的人呢？曲茂是个什么样的废物，曲不惟是他亲爹，比谁都清楚，让他败家散财他在行，但凡交给他差事，只有办砸的，没有办好的。若让曲茂盯着谢容与，不被谢容与反将一军已经很不错了。

曲不惟道：“眼下兰若不是在东安吗？不如让他帮忙盯着小昭王？”

上溪发生暴乱，县衙空置，许多差务亟待处理，数日前赵疏就下令让章庭与张远岫前往东安了。然而这话一说出口，章鹤书却沉默下来。

曲不惟道：“我知道兰若这孩子一根筋，凡事太讲究方正，但这不是着急吗？小昭王哪是那么容易让人盯着的，眼下只有兰若能名正言顺地跟他共事，大不了你先找个借口糊弄住兰若，让兰若帮我们先盯几日，我这边想法子派个机灵的人过去。去年你说想借拆除酒舍，试试那‘江辞舟’是否是小昭王，兰若虽然不情愿，不也办了吗？”

曲不惟见章鹤书仍旧沉默不语，不由得道：“再不济，你找张远岫！他不是一直想重建洗襟台吗？小昭王要是把什么都揭开来，洗襟台如何还能重建？”

“忘尘不行，他不是一路人。”章鹤书道。他稍一停顿，沉声说：“这事容我再想想，你也仔细回忆回忆岑雪明会遗留下来的线索，这才是当务之急。”

曲不惟听章鹤书这么说，点点头应了。他们眼下是一根绳上的蚂蚱，一荣俱荣，一损俱损，他若出了事，章鹤书也跑不了：“你说得对，岑雪明那边我……”

话未说完，屋外忽然传来急促的叩门声，府上的老仆禀道：“老爷，不好了，宫里出事了。”

章鹤书把门拉开：“出什么事了？”

“是皇后娘娘宫里的人传的信，说娘娘近日身上一直不适，今日后晌忽然晕过去一回，刚才官家去探望她，不知为何，忽然发了好大的脾气，连……连皇后娘娘柜阁上收着的连理枝纹玉杯，官家都砸了。”

章鹤书一愣。赵疏待元嘉怎么样，他是知道的。他们自小要好，莫要说对元嘉发脾气，赵疏甚至不曾对元嘉大声说过话。

“老爷，可要让夫人进宫看看？”

章鹤书思量一阵，却问：“眼下宫中有人去元德殿劝和吗？”

“像是不曾，长公主近来去大慈恩寺了，至于太后……”

何氏一倒，虽然未牵连太后，但太后经此一事，心灰意冷，成日与青灯古佛相伴，已许久不问宫闱中事了。

章鹤书想了想：“让夫人去裕亲王府找仁毓郡主。”

官家对章氏一直心存芥蒂，章鹤书怎么可能感觉不到。眼下官家与皇后起争执，皇后的母亲就进宫，官家只会疑心章家是如何这么快得了消息，无异于火上浇油。反正近来皇后操持仁毓郡主的亲事，这位郡主进宫与皇后见礼也正常。

夜深时分，赵永妍在宫门口递了牌子，跟着小黄门往元德殿赶。她知道章元嘉近来身子不好，原想着皇后年轻，养上些时日足以痊愈，没承想听章家的表婶说，皇后不但没养好，反而愈加羸弱了。

赵永妍担心，脚下的步子越发快起来，岂知刚到元德殿外，只见院子中的侍婢跪了一地，她还没走近，只听“啪”的一声，杯盏碎裂，接着传来赵疏的怒斥：“这样大的事，你也敢瞒着朕！”

第四十四章

西楼望月

赵永妍吃了一惊，官家向来温和，对皇后更是一句重话都不曾说，几时见过他发这样大的脾气？她愣在宫门口，一时间进也不是，退也不是。

引路的小黄门跪在殿外通禀："官家，仁毓郡主来宫里探望娘娘了。"

过了许久，元德殿中才传出赵疏冷淡的一声："都退出去。"

这就是暂时不让赵永妍探望的意思了。

见芷薇从殿中出来，赵永妍担忧地问："芷薇姑姑？"

芷薇看了赵永妍一眼，摇了摇头，轻声道："郡主随奴婢去宫外暂候吧。"

赵永妍只好答应了，跟着往宫院外走，忍不住回头望去，只这么一会儿工夫，夜色更浓了，浓云遮蔽月光，元德殿就矗立在这片黑暗中，只有窗前映出一团模糊的影子，赵永妍认出来，这团影子是皇后寝殿中的榕枝连盏灯架。

章元嘉倚在灯架边的暖榻上，刚入夏，夜里不算凉，她的身上却搭了一条绒衾，脸色十分苍白。地上碎裂的杯子碎片是争执过的痕迹，其中有只连理枝纹的，玉色浑然天成，她最为喜欢，原本是一对，另一只在赵疏那里，是他刚做太子那年寻来送她的。

赵疏立在一旁，一言不发地等着太医在章元嘉的手腕搭上丝帕，为她看诊。他面沉如水，近来元嘉的身子一直不好，他是知道的，他虽然不曾日日探望，但凡得闲，他都过来陪她，可惜她不但不见好转，今天后晌只不过在太阳下多待了片刻，居然晕过去了。若不是他不顾她的阻拦，执意唤了太医院掌院董太医为她看诊，他竟然不知道她已经有了两个多月身孕！

赵疏这才想起章元嘉近日来的异样，畏冷畏热，胃口大变，嗜睡易惊。其实她初初显露这些症状，他不是没有上心，也曾唤太医院的人问过，但他想着她是皇后，子嗣关乎国祚社稷，她断不可能瞒着，所以便没往这方面想。没想到她竟妄为至斯，医官上宫中问诊，她便让芷薇隔着床帷伸手给医官切脉，把自己的身子亏成了这副样子。

董太医诊完脉，收了丝帕，对赵疏一拜：“禀官家，娘娘因为害喜，饮食不佳，身子的确有所亏欠，这是没法子的事，好在娘娘孕中并不任性，滋补的膳食一直在吃，腹中的胎儿十分康健，微臣为娘娘配一服调理的方子，接下来只需仔细看顾，静心休养，熬过三个月，害喜的症状自可缓解。”

赵疏负手看着章元嘉：“把方子写好，拿给朕过目。”

董太医称“是”，退去殿外写方子了。

赵疏沉默半刻，撩袍在榻边坐下，淡淡地道：“太医既然说了你应该由人仔细看顾，朕看你这宫里的人却不仔细，当朝皇后有了两个月的身孕，除了与你一起欺瞒圣听的芷薇，竟无一个人发现。这些不省心的宫人，换了也罢，这事回头朕会亲自办。”

章元嘉的目光落在榻前的榕枝连盏灯上，语气也很淡：“官家知道的，臣妾认人得很，莫要说臣妾的贴身侍女，哪怕是元德殿中跟了臣妾几年的侍婢，官家若换了，臣妾不习惯，身子越发养不好了。”

赵疏转过头看章元嘉，都这时候了，她不反思自己做错了什么，还在想怎么保芷薇，保自己宫里的人：“但凡你把自己的身子当回事，把腹中的孩子当回事，你也不至于将这么大的事隐下，若非朕今日执意请董太医来，你还打算瞒到什么时候？”

章元嘉垂下眼睛，许久，才说：“官家说得是，此事是臣妾不对，臣妾是皇后，断不该拿天家子嗣当儿戏。臣妾是关心则乱，见官家近日政务操劳，太辛苦了，不希望官家为旁的事分心，所以瞒了官家一阵。”他们已经吵过一场，他不快，她也不快，眼下她嘴上说着知错，语气却是冷硬的，拿来搪塞他的借口不能再敷衍了。

赵疏：“旁的事？你我有了子嗣，这叫旁的事？你若真的关心朕，当真在心里放着朕，你都不会说出这三个字，寻常百姓人家，结发妻有了身孕，做夫君的何尝不是第一个知晓？可是朕……”

“官家说寻常百姓人家，可是我们到底是帝王家，如何与寻常夫妻相提并论？”不等赵疏说完，章元嘉看过来，“从前臣妾也愿与官家做一双无话不说的寻常夫妻，可官家是君，总要为家国大事分神，臣妾自然只能谨守做皇后的本分，不敢逾越一步。”

赵疏听了这话，不由得被气笑了。

“什么叫不敢逾越一步？什么叫作皇后的本分？”他起身，负手来回走了几步，“你若真的要论本分，那么朕告诉你，于国，你是皇后，是一国之母，你腹中的这个孩子，他会是朕的嫡长子、大公主，此事关乎天下社稷，你执意瞒着，便是不对；于家，你是朕的妻，朕有了孩子，不是你亲口告知，而是一个太医着急忙慌地来禀给朕，你就没有做到你的本分！”他盯着章元嘉，“这么大的事，你瞒了朕这么久，究竟为什么？”

“为什么？臣妾刚才不是说了吗？”章元嘉的声音冷冷地道，“我们是帝王家，比不上寻常夫妻，有许多看不见的规矩、礼数和边界，臣妾一直想做好这个皇后，自问十分努力了，可能是臣妾做得不尽如人意吧，总是让官家失望，如今也只能尽量做到不给官家添麻烦。”她把有了身孕当作添麻烦。

赵疏的语气冷厉：“章元嘉，从今夜伊始到现在，朕就没从你的嘴里听到过一句实话！朕究竟做错了什么？要让你待朕疏离至斯？朕忙于政务，可能对你有所疏忽，但这通通不是你瞒着朕的借口，从前你我亲密无间，有什么是不能……”

“因为官家不信任臣妾！”章元嘉突然回头看过来，声音冷冷地打断道，“官家不是要听实话吗？这就是实话！官家如今不再信任臣妾了。自从我做了皇后，官家可曾有一日对臣妾卸下过心防？官家忙于政务，宵衣旰食，劳心劳力地点灯直到天明，臣妾每每心忧，前去探望，官家哪一回对臣妾不是搪塞敷衍？官家当真只是不想臣妾陪着您操劳吗？还是您在防着臣妾？这些年我总是扪心自问，我到底哪里做错了？为何我竭力做好你的妻子，你的皇后，依旧换不来丝毫信任？后来我反思，是不是我父亲、我哥哥的缘故，这几年他们起势太快，而你是帝王，讲究的是制衡驭下。可章氏是名门，朝中能盖过章氏的还有许多，从前有何氏，何氏倒了，还有诸多元老与军侯、重臣，还有翰林文士。若不是因为章氏，官家如此防着臣妾，又是因为什么？”

赵疏看着章元嘉。她自小饱读诗书，聪慧明敏，知道在后宫找不到的答案，便该去前朝找。赵疏避开她的目光：“这些事与你无关，你无须猜测。”

章元嘉：“官家不是想让我给一个答案吗？怎么我眼下说了，官家却不肯听了？还是官家希望你我永远这么疏离下去，永远隔着一道泾渭分明、不知所谓的界限？”

赵疏：“……如果因为朕待你疏离，冷落了你，所以你有不满，朕不怪你，朝中政务庞杂，有的事朕不方便与你说，但无论如何，这些都不该是你瞒着朕你有身孕的理由，朕只是希望你在做一个皇后的同时，还能记得你是朕的妻子。”

“但是我做不到。”章元嘉道，“官家想要一个得体的皇后，那么我就得体到底，官家想要一个结发妻子，那我们为何不能像从前那样无话不谈？”

章元嘉望着赵疏：“你我一起长大，能嫁给官家，就是我从小到大唯一的愿望。洗襟台坍塌那年，官家消沉得像变了一个人，那时我无时无刻不盼着能早日与官家完婚，我以为有我陪着官家，官家总能渐渐好起来的。大婚之日，官家掀开我的盖头，我没有在官家的脸上看到笑容，我又安慰自己，官家只是刚做了皇帝，被朝政压得太累了，一切会好转的。可是几年过去了，我与官家除了不明因由地渐行渐远，丝毫不见任何起色。”

“官家不是想知道我为何瞒着你孩子的事吗？”章元嘉说到这里，牵了牵嘴角，露出一个很淡的苦笑，“是，不想让官家分心，谨守做皇后的本分，都是我搪塞官家的借口。我就是故意瞒着的，最亲密无间的人对自己忽然失去了信任，无论如何都换不来一个解释，这样的滋味我尝了几年，我想让官家也尝一尝！”她说着，嘴角的苦笑变作冷笑，“一个位高的名门外戚，就这么让官家忌惮吗？还是帝王心性从来如此……”

“章元嘉！”赵疏声音冷冷地打断，“你可知道你在说什么？”

章元嘉却不理会他，径直把要说的话说完：“还是帝王心性从来如此，忌惮生疑，猜忌生疮，站在人间无法企及的高处，冷热亦不是常人能体会的了？我从前以为官家会不一样，平心而论，官家只是凡人，到底不能免俗，问鼎九重云上，再也不是从前那个心怀赤诚的皇太子了。”这一席话说得太狠，太寒人心。

殿外的太医写好药方，刚欲呈进内殿给赵疏过目，听到这一席话，膝头不由得一软，径直跪在冰凉的地上，等着帝王的雷霆之怒。可出乎意料地，他并没有等来嘉宁帝的怒火。

赵疏在听完这一番话后，目光先是震惊，随后转为茫然，最后他垂下眸，眸中的沉静里带着几许无能为力的怅惘。可能他还是太温和了吧，连长相都是适宜的清秀俊雅，尤其待她，他从不会真正动怒。他只是觉得无能为力，他觉得自己没办法解释这件事。他该怎么说自己对她的疏离，并不是源于帝王猜忌，而是源于多年前那场天塌地陷，源于一个必践的承诺，不仅仅是对父皇，还是对自己。而她秉性至洁，如果知道了这一切，该怎么接受？

赵疏觉得茫然，好看的长睫毛在下眼睑压着一重深影，这一路真是踽踽独行啊，连他以为最亲密的人也被他亲手推去了远方。

章元嘉却看着赵疏。那些早已在他眼中积蓄已久的云霾最终未变作雷雨落下，而是化作点点微霜，化作他唇边无声的咨嗟喟叹。他这么一言不发地、寂寥地站着，似乎又回到从前少年皇太子的模样。而她分辨出他眸中的迷惘，忽然就后悔了。

他们从前那么好，无话不谈，无时无刻都想在一起，他的每一个笑容，说的每一句话，从始至终都牵动她的心神。这么多年，他们总是尽力为对方着想，从来没有一回像这样吵过。

她本来就是皇后啊，几年都忍过来了，为什么不再多忍忍呢？章元嘉一下子就心软了，觉得她不该说那样的话，她不知道是不是自己的话伤了他，让他看上去竟然这样落寞，她的眼圈红了："官家，我……"

"今日的事，朕不怪你。"赵疏安静地道，"这几年朕总忙于政事，疏忽你了，你有脾气也正常。你身边的人，去留都由你做主，朕刚才说的都是气话，不会随意换你宫里的人，你有了身孕，好好养着，朕只要得闲，就过来看你。"他说着，沉默了许久，低声道，"可能朕的做法，真的让你无法理解，但是，你可能不知道……"他停顿了一下，"你腹中的这个孩子，朕其实很期待，无关乎家国，无关乎社稷，只因为是你我的孩子。"他说完这话，再没看章元嘉，折身走向门口，叮嘱了太医几句，随后推开殿门，独自走入夜色中。

赵永妍被宫人引入内殿时，地上的碎杯盏已经收拾过了。从宫人讳莫如深的样子，她仍能感受到争执后的余冷。

赵永妍并不知道发生了什么，见章元嘉的一双眼睛微红，颊边隐有泪痕，在她的膝前蹲下，仰头轻声问："娘娘，你跟官家吵架了？"

章元嘉抬手拭了拭眼角："你怎么过来了？"

"娘娘近来身上不适，多日不见好转，仁毓所以进宫探望。"赵永妍靠坐在她的膝头，语气里带着哄她欢欣的意思，"反正仁毓不守规矩惯了，为了确定娘娘安好，仁毓多晚都要来的。"

夜里宫门宵禁，这个时辰进宫是逾制的，她是裕亲王的女儿，宫门的守卫便睁一只眼闭一只眼了。

"一到元德殿就听见官家发了好大的脾气，侍婢们在院墙外跪了一地，仁毓也吓到了。但仁毓担心娘娘，说什么都不会走，一直守在外头。本来以为要守上一夜呢，官家就出来了。"赵永妍说到这里，轻轻摇了摇章元嘉的手，笑道，"是官家亲自让仁毓进来陪您的呢，他还特许仁毓今晚留住元德殿。娘娘，官家知道错了，您不要与他置气了。"

章元嘉沉默许久，安静地道："不是官家的错，是我错了，官家他……一直在包容我。"

"娘娘这样好，怎么会做错事？"赵永妍故作讶异，又道，"不过官家也很好，你们之间一定是有误会，只要说明白了，误会很快就能解开了。"

章元嘉听了这话，不由得看向左侧多宝槅最上面一格，那是她用来收那只连理枝纹玉杯的地方，眼下却空空荡荡的。

玉杯是赵疏送给她的。或许因为自幼丧母，昭化帝教养严苛，赵疏身为皇长子，身上并没有多少人上人的矜贵，他待任何人都很谦和。章元嘉记得那年他刚被封为太子，在礼部清点贡品时，瞧见一双由中州敬献的连理枝纹玉杯，玉色纹理浑然天成，他很喜欢，想赠给她，但他从小到大从未拿过除自己份例以外的事物，思量再三，打听到这双玉杯被收入内库，要待年节当作赏礼分发给各宫，才让人带上份例，找到曹昆德，客客气气地问：“等年节到了，能否把这双玉杯分给东宫，本宫可以拿些东西来换。”

皇太子都这样问了，内侍省哪儿有不答应的，隔日就将玉杯送到了东宫。

章元嘉至今都记得赵疏得了这双玉杯的欣喜模样，记得他穿着碎叶青衫，快步穿过重重宫楼，来到她跟前，将其中一只赠给她，眼里带着非常好看的笑。

芷薇端了药汤过来，低声说：“娘娘，服药吧。奴婢照着董太医给的方子煎的，官家亲自看过方子。”

赵疏是君，哪儿懂什么医理？他只是识得许多药材，知道哪些味苦，因他记得她最吃不得苦。章元嘉点点头，接过药碗一尝，药汤果然不苦，应该是他特地叮嘱过。其实他身为帝王，已经做到了他所能做的全部了。章元嘉知道自己今夜不该与他发生争执的，她是皇后啊，云端之上才是荆棘之地，身在高位，本就该忍常人所不能忍。怎么一直想得明白的道理，腹中有了骨肉，反倒计较起来了呢？

章元嘉心神渐缓，吃过药，没再提自己与赵疏为何争执，看着赵永妍：“上回问起你的亲事，你说你早已经有了意中人，天上明月似的人品。本宫近来思量了许久，这个人可是……”她微微停顿了一下，“张二公子，张远岫？”

赵永妍愣住，一双杏眼圆睁：“娘娘如何知道？”

果然是张远岫。

章元嘉笑了笑：“本宫与官家提过此事，官家说，这个人应该不是宗室中人。你是郡主，除了宗室里的，上京城中余下未许婚配的公子你见过几个？本宫自然能猜到是他。”

赵永妍的耳根渐渐红了，她垂下眼，声音非常轻：“仁毓……仁毓是在两年前的琼林宴上见过他。他是榜眼，是进士中最年轻、最引人注目的一个。那次大宴仁毓是偷偷溜去的，原本只是躲在后苑瞧个热闹，没想到拾到了他遗留在亭子中，写在扇子上的墨宝。仁毓将墨宝还给他，他还与仁毓说过话。”张远岫这个人章元嘉知道，气质温和，如白云出岫，说起话来让人有如沐春风之感。

赵永妍：“当时觉得没什么，没想到之后……”没想到之后，那道修长的月下清影便映在了她的心中，余后两载总在梦中再见，至今都无法抹去。赵永妍只觉得这些话难以启齿，转而道："今春仁毓随母亲从大慈恩寺回上京，在十里亭外又见过他，他正与兰若表哥启程前往陵川……他竟然记得仁毓，见到裕亲王府的车驾，与仁毓说，'郡主别来无恙'……"

章元嘉见赵永妍这副羞涩的样子，不由得问："你很喜欢他？"

赵永妍却不答，抬头望着章元嘉："娘娘，当年姑母是怎么嫁给谢姑父的？"

赵永妍的姑母即谢容与的母亲，荣华长公主。谢桢出身中州名门谢氏，风华无双，惊才绝艳，一手文章可震惊四海，那年荣长华公主喜欢上他，听说便是在琼林宴上多看了谢家公子一眼。后来天家为赵荣华与谢桢赐婚，才子佳人，公主与名门公子，不失为一段佳话。

"清执表哥天人一般的人物，单看他，就知道谢姑父当年的风姿，仁毓……"赵永妍微咬朱唇，"自不敢与姑母相比，但也十分羡慕她的际遇。"

昭化帝膝下无女，所以赵永妍是这一辈宗族女中位份最高的。

公主与驸马，郡主与郡马，倒是真的效仿二十年前的佳话了。

"娘娘。"赵永妍看着章元嘉，"娘娘问仁毓是不是很喜欢他，仁毓也不知道，但是除了他，仁毓没想过嫁给其他人。"

章元嘉听了这话，思量半晌："倒不是不行。只是张二公子虽非出身名门望族，他的父亲是沧浪江投河的士大夫，兄长丧生在洗襟台下，老太傅心疼他，将他视如己出。你的意中人若是他，这亲事就不是一旨赐婚可以定下的，恐怕官家得亲自问过老太傅的意思。"

大周重士重文，何况老太傅德高望重，当年执掌翰林，桃李如云。张远岫是老太傅最看重的人，他的亲事，自然应该由老太傅做主。

"仁毓愿意。"赵永妍立刻道，"还请官家、娘娘费心。"

章元嘉颔首："好，待来日官家闲暇，本宫自会将此事禀给他。"

"贵客里边请。"

东安入夏快，刚到五月下旬，街头巷陌就翻起滚滚热浪。

藏锋阁的许掌柜刚开张，就看到四名贵客登门。他还是头一回见到这样的客人，当中穿着云色长衫的公子简直不似凡人，山河作的眉眼，气度清冷，一迈进铺子，似乎这街巷中的滚滚热浪都要被他逼退。他身边跟着的女子一身青衫，身姿纤纤，可惜罩着纱帷，看不清脸。就连他们身后的两名随从也气度不凡，一看就是大户人家出来的。

许掌柜不敢怠慢，连忙迎上去：“贵客是来选防身兵器的？”

青唯“嗯”了一声，先一步道：“有好刀吗？拿来看看。”

“有、有。”许掌柜连声道，将他们往里引，“铺面上的这些只是凡品，好的刀剑都在里间铺子，贵客们请随在下来。”

藏锋阁是留章街的一家兵器铺子。留章街是东安府最繁华的街巷之一，文人墨客聚集的顺安阁就在这里。早年陵川穷，并不崇文，六年前朝廷修建洗襟台，崇文之风日盛，留章街上除了顺安阁，书画铺子、笔墨铺子鳞次栉比，顺安阁更有一月一度的诗画大会。后来洗襟台坍塌，留章街萧条一时，自嘉宁帝继位，动荡趋稳，伤痛渐愈，尤其今年朝廷决定重建洗襟台，留章街再次恢复当年的盛景。藏锋阁剑走偏锋，是留章街一排书画、笔墨铺子里唯一的刀锋兵戈，修得十分雅致，是为习文不能忘武，生意居然不坏。

“这把刀的刀形我没见过。”朝天见墙壁上挂着一把弯刀，径直取下，这把刀刀身细，刀头微弯，像苗刀，却比苗刀短一截。

“这是弯头苗刀。”青唯道，“陵川多山匪，这种兵器最早源于匪，刀形可以贴臂用，既可做刀，近身又可以做匕首，用起来很方便。”她虽然不是陵川人，但岳氏起源于此，小时候在辰阳故居，常听母亲和师父说起这里的事。

朝天道：“少夫人懂得真多！”

许掌柜笑道：“这把弯头苗刀不算最好，在下店里还有至铭大师特制的。”说着，许掌柜将朝天等几个人引向另一面墙，“至铭大师是陵川最有名的刀剑师傅，他做的刀剑，没有一个人不夸好的，贵客尽可以看看。”

朝天看向眼前一面墙，这些刀剑还藏锋于鞘中，已是大巧不工。其实他一到陵川就打听过哪里的刀好，至铭大师的名字他早已如雷贯耳，没承想公子竟肯亲自带他来买。

外间来了新的客人，正在招呼掌柜，许掌柜回应了一声，对朝天等几个人道：“沿着小门出去有个演武场，贵客若看上了哪把刀，可以去试试。”说着，他出了外间。

朝天悉心挑了一把，没试，先拿给青唯过目。

青唯拔刀而出，刀身在手里挽了个花，随后仔细看了看：“刀姿、刀纹都好，刀刃也磨得很漂亮，柄部不滑手，我拿着略重了些，你拿着应该正好。”

朝天得了青唯的肯定，只道真是把好刀，比他从前用过的任何一把都好，又请示谢容与。

谢容与掂了掂刀：“是不错。”

朝天兴冲冲地出去试刀了。

青唯在一边等他，自己也不闲着，将墙壁上挂着的兵器逐一看过，心道至铭大师不愧是大师，但凡出自他之手，没有一把不好的。

谢容与看着青唯，声音温和地道：“喜欢哪个，挑就是。”

软玉剑不能常用，玄鹰司的佩刀是云头刀，她用着不称手，平常与人打斗，她惯来是手边有什么便用什么，倒是真的需要一件好兵器。

青唯于是不客气，摘下一把重剑，对谢容与道：“我想试试这把剑。”

谢容与只扫了这把重剑一眼，便跟德荣道：“去把银子付了。”

德荣称“是”，快步去了外间，过了一会儿回来，说：“公子，银子付好了，掌柜的说这就给少夫人取剑匣去。”

青唯咋舌，看了看手里的剑：“可我还没试过。”

谢容与道：“眼下再试不迟，不喜欢另挑便是。”

这把重剑一看就价值不菲，青唯岂能再挑？当即拔剑而出，她就要出去试剑，谢容与拦住她：“这柄重剑次了些，你带回去用几天便罢，回头我找人给你做一把好的。”

青唯道：“怎么就次了？”

这把重剑也是出自至铭大师之手。

谢容与道：“兵姿虽流畅，厚薄均匀稍欠；花纹耐看，缺乏工艺；锋刃虽利，离吹发可断还有一定距离，尤其是柄部，柄部虽然不滑手，到底没镶嵌温玉，仔细震鸣时伤着虎口。”

青唯愣道：“可是这把剑的做工与朝天试的那把刀差不多。”刚才朝天问他刀如何，他明明说不错的。

谢容与淡淡地道："他用是不错，你用就太次了，你若不想浪费，回头不用了，把它扔给朝天。"

刚兴冲冲地试完刀回来的朝天："……"

"重剑七十两白银，刀便宜一些，五十八两白银。刚才客官买剑，给了在下一张一百两的银票，余下只要二十八两白银。"

朝天选好刀，到了柜台，许掌柜一边拨着算盘，一边把账报了一遍。

德荣放了三锭十两的银元宝在柜上，许掌柜收了，正要找，德荣道："掌柜的，不必找了，我家公子想跟您打听些事。"

眼前的客官出手阔绰，许掌柜听他这么说，哪有不答应的："贵客只管问来。"

德荣："是这样，我家公子是中州人士，到陵川来拜访故友，打算买些书画相赠，早就听闻留章街一带书画铺子繁多，不知道哪家最好？"

许掌柜："几位真是问对人了，在下在这条街做了六七年买卖，跟附近铺面的掌柜都很熟。如果单论书画，墨香斋、拾山楼，都藏有名品，要论哪家买卖做得最好，没一家能跟顺安阁相比。"

德荣道："可我们听说顺安阁卖的书画大都出自自家画师之手，我家公子担心买不到珍品。"

"客官说得不假，顺安阁的确雇有画师。"许掌柜道，"唉，这事还得从头说起，其实顺安阁最早只是个寻常的笔墨铺子，六年前朝廷不是修筑洗襟台吗？陵川崇文之风渐兴，普通百姓人家，但凡家中有几个余钱，无一不想买墨宝的。顺安阁的郑掌柜脑子灵光，想着百姓们买书画多是为了附庸风雅，并不舍得花大价钱，雇了几个擅画的书生在他的铺面上写字、卖画，又定期在铺子里操办诗会，召集文人雅士赋诗唱和，就这么，顺安阁的名声就打了出去，他家卖出去的书画价格不贵，但是盖了顺安阁的戳，受人认可，一时间人人都爱到顺安阁买画。客官担心在顺安阁买不到珍品，叫在下说，倒不必有这个顾虑。这几年顺安阁的名声不减，许多名家雅士愿意将自己的画送到那里寄卖，阁中更有一月一度的诗画会，掌柜的但凡得了珍品，都会在诗画会上拿出来供人鉴赏、出售。客官知道的，陵川四面环山，近几十年山匪虽多，但回溯百年前的前朝，也是隐士、名家最向往的归隐之所，出过许多书画大师，也有许多珍品流落民间。客官想买好画，不如去顺安阁问一问，讨个月底诗画会的座次，想必不会失望。”

许掌柜介绍得详尽，德荣听他说完，回头跟谢容与请示，见谢容与点了点头，说道：“多谢掌柜的，我们这就去顺安阁看看。”

许掌柜忙说“客气”，将他们送到铺子外。

谢容与要务缠身，今日舍得出门，自然不是为了给朝天买刀。买刀只是顺便，目的就是为了打听这个顺安阁。

卖登台名额的人是曲不惟，奈何谢容与手里没有实证，无法直接彻查这位军侯。谢容与后来反应过来，依照岑雪明的缜密性格，竹固山上没理由余下葛翁一个活口，恐怕葛翁是洗襟台坍塌后，岑雪明担心曲不惟会让自己背黑锅，故意留的后路，这也解释了孙谊年为何会知道曲不惟——岑雪明故意告诉他的。岑雪明既然煞费苦心地为自己留了证人，那么他必然会留下更多的证据。谢容与于是辗转追查，发现岑雪明在失踪之前，曾到访顺安阁数次，这才起意来留章街。

顺安阁经过几年经营，眼下已经是一座门庭开阔的楼阁，楼中竹屏典雅，内设方灯长案，不像商铺，反倒像专供品茗鉴画的雅阁，郑掌柜正在收拾画轴，一见谢容与等几个人，连忙迎上来：“贵客里边请，贵客是看画还是有画寄卖？”

德荣道：“我家公子想要挑几幅珍品。”

“不知是什么样的珍品？”郑掌柜问道，“山水写意、人物工笔、闲情逸趣，抑或出自哪位名家之手？”

德荣道：“是这样，我家公子是中州人士，到陵川来祭拜故友，这位故友生前喜好收藏字画，听说曾数次光顾顺安阁，我家公子不拘着买什么样的画，只要是故友喜欢的即可。”

郑掌柜只道眼前的几个人非富即贵，结交的必定是大人物：“敢问阁下的故友姓甚名谁，阁下如果方便告知，在下可以查一查往年的账簿。”

谢容与道：“他姓岑，叫作岑雪明。”

郑掌柜愕然道：“原来是致仕的通判大人，大人竟然过世了？”

洗襟台坍塌以后，陵川太乱了，外间不知岑雪明失踪，朝廷亦不会对外说，所以常人以为他只是卸任了。

郑掌柜想了想，唤来一名伙计，吩咐他去取昭化十三年的账簿，随后把谢容与等几个人引到雅阁，为他们斟上茶。不一会儿，伙计就把账簿取来了，郑掌柜翻了翻：“客官说得不假，岑大人致仕前，的确到敝阁来买过几幅画。”

青唯问：“他什么时候来的？还记得是什么画吗？”

郑掌柜：“是年九月。至于是什么样的画，在下实在记不清了。通判大人买的画都不贵，画师也名不见经传，叫‘漱石’。”郑掌柜指着账簿上的“漱石”二字给青唯与谢容与看，“这位画师后来不曾送画到顺安阁寄卖，否则在下不会对他没印象。阁下如果想知道通判大人生前买过哪些画，不如到他的故居去看看。”

青唯问：“掌柜的能否把岑大人的买画记录抄一份给我们？”

“这个自然。”郑掌柜说着，吩咐伙计过来抄录，抄完相送谢容与等几个人去楼阁外，取出一份请柬，“敝阁这个月末有诗画会，到时会展出不少奇画、名画，阁下若有兴趣，尽管来看。”

德荣将请柬收了：“多谢掌柜的。”

甭管顺安阁布置得如何风雅，说到底还是做生意的，诗画会说白了就是放出珍品价高者得，郑掌柜毕竟是买卖人，见了谢容与这样的出尘风华，只当是遇到了金主，热情地道：“几位既然是从中州远道而来，不如去尝一尝陵川特色，锦东里那一带的食馆名头是响，多少有点儿唬人，味道其实一般，在下知道一家，离留章街不远，叫‘月上食’，顺着前面街口出去，穿过两个巷子就到。这家的菜肴样样好，尤其是芋子烧，做得尤其正宗。”

青唯一愣：“芋子烧？”

郑掌柜：“正是呢，这道菜其实出自陵川的山匪。早年陵川穷，山匪没肉吃，便把芋头拿烈火一烤，撒上盐，权当鱼肉，火候尤难把控，能做得正宗的不多，月上食这家做得最好，再佐上一壶烧刀子，人间美味。”

一方一俗，匪多了不是好事，但久而久之，也成了新俗。

青唯记得当年在辰阳，岳鱼七也常烤了芋子来吃，配的就是烧刀子。他说他小时候没吃的，在陵川山间扒树皮，后来被岳翀捡回去，塞给他一个烈火烤出来的芋子，他觉得天人吃的珍馐也不外如是了。青唯很想再尝一尝芋子烧的滋味，但她知道谢容与办事一刻不拖，谢容与今日既然是为了查岑雪明而来，得了岑雪明的买画记录，眼下自然该去衙门。

外间暮色缭绕，白日的热浪被这暮色浇退，四下起了风，有些凉。

德荣套了马车过来，到了近前，从车厢里取了两件遮风的斗篷，递给谢容与，问：“公子，眼下去衙门吗？”

谢容与接过斗篷，看了青唯一眼，正要开口，忽然见到青唯的眉心微微一蹙。她似乎觉察到什么，突然回头看去。

正值掌灯时分，长街中的铺面上灯的上灯，招呼客人的招呼客人，往来行人不算多，一眼就能望到头，什么异样都没有。可是青唯刚才明明觉察到不对劲。似乎那一瞬间，有什么人正盯着她。

谢容与顺着青唯的视线看过去，也是什么都没瞧见，但他知道小野的感觉一向灵敏，吩咐道：“朝天，你过去看看。”

朝天答应了一声，提着新刀就要往长街的另一头去，青唯拦住他：“算了，你的伤刚好，可能是我看错了。”她的感觉敏锐，眼力也好，只要被她觉察，几乎没有人能逃脱她的视线，她的反应都这么快了，可街巷中一点儿异样都没有，可能是风起时的错觉吧。

青唯说着就要上马车：“去衙门吧。”

谢容与却拉住青唯，她身上青衫单薄，他将手里的斗篷抖开，罩在她的肩头，声音温和地问：“去衙门吗？”

青唯问：“不去吗？”

谢容与帮青唯系斗篷的系带：“小野姑娘不是想去月上食吃芋子烧吗？”

青唯一愣：“你怎么知道？”

谢容与淡淡地笑了笑，却反问：“是啊，我是怎么知道的？”

温小野的想法有时候实在好猜。芋子烧是要佐烧刀子的。去年，青唯刚嫁给他，身上永远揣着一囊烧刀子。她那时与人疏离，一心只想找岳鱼七，她自己又不嗜酒，这一囊烧刀子是孝敬谁的，不用想都知道。

青唯有点儿恼，她都把这个念头压下去了，他不提也就罢了，这么一提，她就更想去了。她小心翼翼地问："可以吗？"

谢容与看了青唯一眼："你说呢？"但凡她有要求，他什么时候不答应了？

月上食说远不远，说近也不近。

谢容与朝青唯伸出手："乘马车过去，还是一起走着去？"

夜色正好，华灯初上，风是大了点儿，但是穿着斗篷呢，一点儿也不冷。

青唯将刚买的重剑往朝天的手里一塞，几步走到谢容与的身边："走着去！"

几个人的身影渐行渐远，刚才长街的一间铺子后面绕出来一个人。这个人也罩着斗篷，身形修长、挺拔，手里还拿着一支竹笛，兜帽遮住大半张脸，只露出棱角分明的下颌。他盯着远处青唯的背影。

青唯跟在谢容与的身边，雀跃无比，夜风拂开她的斗篷，露出两个人相牵的手。

长街上的人再也忍不住，非常嫌弃地"啧"了一声。

第四十五章

四景图现

翌日。

眼前的宅子看上去毫不起眼，像是哪户农耕人家的瓦舍，宋长吏摸出铜钥匙，将宅门推开："岑通判收藏的书画不多，下官几年前整理过一回，余后只是定期派人打理，以防蚁虫啃噬。"

这间宅子不是别人的，正是岑雪明的故居。岑雪明虽然奸猾，做官的几年，名声倒是不错，他的发妻早逝，不曾续弦，失踪前一直独居于此。

谢容与让祁铭带着玄鹰卫进去整理书画，问宋长吏："当年岑通判失踪，怎么是你帮忙收拾故居？"失踪案是挂在东安府衙的，宋长吏是陵川州衙的官，照理这个案子归不到他头上。

宋长吏赔笑道："那会儿陵川不是乱吗？魏升被斩，许多官员被连带问责，还有不少卸任的，州衙的案子，府衙的案子，全都混在一起一锅乱炖，下官当时是一个跑腿的知事，办的就是常人不管的杂差。"宋长吏将谢容与和青唯往宅子里引，又长叹一声，"照说通判大人失踪，这案子合该细查，但一来，衙门匀不出这么多人手。二来，谁能料到他是失踪呢？只当是与魏升有染，连夜卷铺盖卷跑路了——那会儿跑的官员可不少。后来齐大人到任，倒是派人找过一阵，没下文，也就不了了之了。"

谢容与"嗯"了一声。此前卫玦已经带人搜过这座宅子，他的习惯非常好，物件分门别类地规整，还罗列出了一张清单。所以祁铭今日带人来整理书画，丝毫不费功夫，很快整理好画轴。

画轴一共六个，谢容与在厅中一一展开，当中除了两幅无名氏的画，余下四幅都是漱石所作。

谢容与还当这些画有何稀奇之处，眼下看来，除了浓淡相宜，晕染得当，技法不过平平，谢容与道："把另外两幅无名氏的画拿给我看。"

无名氏的画是仿画，照着前朝名作依葫芦画瓢。

谢容与不由得蹙眉，照这么看，岑雪明并不是爱画人，否则他不可能只收藏这两幅仿画。

岑雪明既然不爱画，为何在失踪前，买下四幅漱石的画作呢？看来症结不在画上，而在漱石这个画师身上。

谢容与问宋长吏："张二公子今日可在衙门？"

宋长吏道："在的，张大人与小章大人近日都在衙门。"

谢容与颔首，让祁铭把画收起来，一面往外走，一面吩咐："给张远岫递帖子，请他午后到庄子上见本王。"

章庭和张远岫数日前就到东安了，他们是办事大员，都住在官邸，兼之途中又去了趟上溪，还未曾拜会过谢容与。

帖子是早上发出去的，张远岫不到正午就回了帖，称午后会准时到。

青唯在上溪与谢容与重逢，把自己当初是如何逃离左骁卫追捕，又是如何离开上京城的告诉了他。谢容与自然知道张远岫救了青唯，青唯后来能平安离开上京城，也多亏张二公子筹谋。年初张远岫到中州办案，还与青唯见过一面，青唯能到陵川，离不开张远岫的帮忙。可惜彼时青唯行色匆匆，待张远岫隔日寻去驿舍，早已人去楼空。

今日张远岫要来，青唯称愿当面谢过张二公子的相助之恩，谢容与自然答应下来。

午时刚过，祁铭就来通禀："虞侯，张大人到了。"

书斋外阳光正好，张远岫穿着一身青衫，眉眼清雅如温玉，被玄鹰卫引了过来。

到了近前，他跟谢容与见礼，随后目光移向一旁穿着青衫的女子，似乎感到有些意外："温姑娘？"

青唯道："年初中州一会，我走得太急，没来得及对张二公子道谢，张二公子勿怪。"

张远岫带着淡淡的笑意："举手之劳罢了，温姑娘何必放在心上。"随后他对谢容与道，"听说殿下传下官过来，是有画要鉴？"

谢容与颔首，把张远岫引入书斋，将上午搜到的画作展开："这些画是本王从一个故人的旧舍里寻来的，此人眼下失踪了，本王想寻他，不知张二公子能否从画上看出端倪？"

张远岫的目光落在画上："殿下稍候。"

说起来谢容与和张远岫颇有渊源。他们的父亲同是沧浪江投河的士人，张遇初早谢桢几年考中进士，谢桢入仕时，文章备受张遇初推崇，说谢家公子笔墨风流旷达，深藏济世胸怀。是故后来沧浪水洗白襟，朝廷最可惜的也是这二人。

二人投江之后，年仅五岁的谢容与被接进宫，而当初执掌翰林的老太傅则收养了张正清、张远岫两兄弟。

昭化帝教养严苛，谢容与虽为王，直至十六岁考中进士，几无闲暇，除了赵疏几乎不与人深交，所以他与张远岫的交情很淡，只在宫宴上说过几回话。

老太傅则是把希望都倾注在张正清身上，对待张远岫开明许多，尤其洗襟台坍塌之后，张正清丧生在洗襟台下，老太傅心灰意冷，醉心于书画，他本来就是画艺大师，对张远岫更是把一身技艺倾囊相授，正因为此，谢容与今日鉴画，才会请来张二公子。

张远岫一一看过画作，请教谢容与："殿下可知道这些画作的收藏顺序？"

谢容与："无名氏的画作他一直有，另外四幅漱石的画作，是他失踪前忽然买下来的。"

"这就有些奇怪了。"张远岫的看法与谢容与一般无二，"无名氏的画作是仿画，技法平平，可见殿下的这位故友不是爱画人。至于这位漱石，画技稀松寻常，晕染写意倒是出众，但是比他好的有许多，无论如何不至于买下四幅。照在下看……"张远岫深思片刻，得出与谢容与一样的结论，"画作或许不重要，重要的是人。"

换言之，岑雪明最后买画不是为画，而是冲着漱石这个人去的。

张远岫拿起漱石的画又看了片刻，忽然问道："不知殿下可听说过东斋先生？"

"前朝隐居山野的大画师吕东斋？"谢容与问。

"正是。"张远岫道，"东斋先生的画便是轻技艺，重写意，最初并不受时人认可，称他作画只注重意境，却连基本的笔法都掌握不透，一直到《四景图》问世，东斋先生才备受推崇，成为一代名家。"

青唯问："《四景图》是什么？"

谢容与声音温和地道："东斋先生的名作，简言之，一幅可以变出四幅风景的画。"

青唯错愕不已，什么样的画竟然可以变化？

张远岫看了他们二人一眼，收回目光："如果下官所观不错，这位唤作漱石的画师，仿的就是东斋先生的技法。走笔之姿，墨色晕染，都很像。"

谢容与停顿了一下："确定？"

张远岫合袖向他一揖："下官受教于太傅恩师，于鉴画上多少还是有些把握的。"

吕东斋传世的画作不多，最出名的《四景图》多年前现世过一回，后又遗失。时有画师愿效仿他的画风，但最后的画作被人嘲弄东施效颦，彼时就有大画师说，"效东斋之风，非本人教习，非得其画苦练十年不可初成"，就是说，想要学吕东斋的画风，如果不是本人教，必须照着真迹仿练十年，这样才能初窥门道。

张远岫这话倒是指明一条线索。漱石的画技平平，浓淡晕染上却出众，不正是当年吕东斋初窥门道的样子？看来这个漱石不简单，手上也许有吕东斋的真迹。

谢容与鉴画是为了查案，张远岫知道，他十分得体，但凡关于案子，半句也不多问，专心看画，点到为止。谢容与到底是请张远岫来帮忙的，鉴完画，亲自送他出去。

时候尚早，暑气刚退，回廊清风缭绕，到了前庄，谢容与停住脚步，看跟在身旁的青唯一眼，说道：“听小野说，当初在上京，多亏张二公子相救，谢某还未亲自与公子谢过。”

张远岫听得“小野”这个称呼，也看了青唯一眼，淡淡地道：“殿下客气了。”

两个人正说着话，祁铭快步过来拜道：“殿下，小章大人与曲校尉在庄子外起了争执，还请殿下过去看看。”

谢容与诧异地道：“他们怎么过来了？”

祁铭：“听说在留章街遇上的。章大人让曲校尉去衙门，曲校尉不肯，转头却来了归宁庄，章大人是跟过来的，庄子上的尹四姑娘似乎跟曲校尉一路。”他说的是那位因为身子不好，僻居在归宁庄一隅的尹家四姑娘尹婉。

归宁庄到底是尹家人的庄子，玄鹰司只是暂住于此，章庭与曲茂争执倒也罢了，把尹婉卷进来，谢容与只能出去看看。

青唯停住脚步：“张二公子，我不方便见外人，今日便送你到这儿。”

张远岫声音温和地道：“温姑娘留步。”

“小章大人处理完上溪事宜，打算给官家交劄子，上溪发生暴乱当日，衙门只有曲校尉一个校尉在，小章大人让他附一份呈文，曲校尉推三阻四，这么些日子过去，恐怕连笔都没提过。昨晚曲校尉到临水河，在河畔听了一宿的戏，小章大人今早听闻，震怒不已，直接带上衙差去河边堵人。两拨人是在留章街撞上的，曲校尉的身边当时跟着尹四姑娘，曲校尉称是要送尹四姑娘回庄子，根本不跟小章大人去衙门，眼下二人在庄子外吵得厉害。”祁铭一面跟着谢容与往庄子外走，一面说道。

谢容与听了这话，目中掠过一丝冷肃，章兰若几日前就从上溪回来了，劄子怎么到现在都没交上去？

他们到了庄子外，果然见到章庭与曲茂相争不休，尹婉的手上抱着字画，她瑟瑟缩缩地躲在曲茂身后，似乎被吓得不轻。

老远见谢容与和张远岫过来，章庭先一步收了声，与两个人见过礼，忍着怒气问张远岫：“忘尘今日怎么到归宁庄来了？”

张远岫没提鉴画的事，只道："到东安数日，还未拜会过昭王殿下，今日得闲，特地前来。"

章庭听张远岫这么说，再次向谢容与一揖："下官到东安后事务繁杂，早就想到庄子上来拜见殿下，无奈一拖再拖，殿下莫要怪罪。"

谢容与还没应声，曲茂却阴阳怪气地道："哦，没见到人时不见你殷勤，眼下站到小昭王跟前了，你倒'万望莫怪'起来了。你到东安这么久了，拜会个王爷推三阻四，为了给你曲爷爷添堵，你倒是煞费苦心。怎么着？陵川的衙差眼下都听你章兰若使唤了？想把你曲爷爷带回衙门，告诉你，没门儿！你曲爷是军衙的人，跟州府衙署八竿子打不着，那劳什子的呈文合该你自己写，想劳动你曲爷爷动笔杆子，做梦去吧！"

"曲停岚！"章庭惯来不喜与人相争，何况眼下小昭王与忘尘就在跟前，无奈遇上曲茂，实在忍不住，他们二人可以说是从小吵到大的，"你少混淆视听，上溪发生暴乱当日，只有你一个校尉在衙门，莫要说一份附在劄子后的呈文，整个奏表都该由你来写！本官待你已是客气，你再这么推三阻四，莫要怪本官呈报朝廷时告你玩忽职守，革了你这巡检司校尉的职！"

曲茂满不在乎地道："怎么着？拿革职来威胁你曲爷爷了？好像我多在乎这个校尉似的。告诉你，你曲爷爷当官早就当得腻烦了，趁早革了这官职，我继续做我的纨绔公子，还落得耳根清净！"

他们二人又吵起来，谢容与的目光落在尹婉身上："尹四姑娘怎会在此？"

尹婉本来就怯生，谢容与又是王爷，乍然被他问话，双肩一抖，她支吾了半晌才道："民女……民女早上去留章街，在那里遇到了曲公子，公子让民女引路，问哪里有好的字画卖。"

谢容与的目光扫过她怀里抱着的画轴，一旁的祁铭立刻会意，跟尹婉讨来，将画一一展开来看过，是寻常的山水画，画技娴熟但并不出众。

谢容与示意祁铭把画还给尹婉："这画是谁的？"

"回……回王爷……是民女的二哥的。"尹婉怯怯地道，"民女的二哥是秀才，自小喜欢书画，常常……私下画了画，拿去留章街寄卖，他不敢让父亲、母亲知道，所以但凡有画卖不出去，便让民女帮忙取回，今早民女去留章街，就是帮二哥取画的。”

写字、作画虽然风雅，对大多数人家却是读书之外的享乐。尹家富庶，钱财攒够了，希望族中子弟入仕，自然要防着他们耽于山水字画，误了正业。尹家二少爷背着家里人，偷偷寄卖画作，这一点儿也不稀奇。

跟在曲茂身边的巡卫道：“禀殿下，侯爷大寿将近，曲校尉想买一幅字画孝敬侯爷，今早在留章街撞上尹姑娘，想着她是当地人，请她指路，随后便遇上了小章大人。”

谢容与听了这话，吩咐人将尹婉送回庄子上，问章庭：“章侍郎要的呈文可有什么规制？”

章庭不跟曲茂吵了，回谢容与的话：“没什么必要的规制，只需要把上溪发生暴乱的情形叙述阐明即可。”他解释道，“下官知道这份呈文不是必需的，但是递交御前的劄子关系到上溪后续官职的任免、人事的去留，不能有丝毫马虎，所以下官想做得尽善尽美。”

谢容与颔首，章庭细致谨慎，这是好事。谢容与道：“祁铭，你让章禄之跟停岚一起去衙署，上溪发生暴乱当日，他也在衙门。”

曲茂磨不开脸，吵了这么久，还是要去衙门，他不是败下阵了吗？但他知道谢容与在帮自己，不好逆着：“章禄之一个粗人，跟我合在一起，三天凑不出一个字来。”

张远岫道：“有玄鹰司和曲校尉相互佐证，曲校尉口诉事由即可，呈文可由衙门的录事来写，余后二位只需署名。”

曲茂看了张远岫一眼：“果真？”

张远岫道：“兰若也是想把差事办好，章程如此，还望五公子多体谅，到时呈文写好，五公子若不放心，忘尘可帮忙再过一遍。”

张远岫这话说完，曲茂心里头的憋闷散了大半，他还不忘讥讽章庭：“但凡你有忘尘一半知礼，那呈文你曲爷爷早八百年就写好了。”

章庭根本懒得搭理曲茂，对谢容与辞行，掉头就走。曲茂等来章禄之，也一并打马而去，张远岫看着他们的背影，对谢容与道：“殿下，那下官也告辞了，殿下来日若需鉴画，着人知会忘尘一声即可，不必再递帖子。”

谢容与颔首："有劳张二公子。"

白泉驱赶着马车等在街口，见张远岫过来，撩了车帘将他请入车室，奉上清茶。暮色四合，马车在阔街上不疾不徐地行了一段，绕进一处僻静的巷子。

白泉这才问："公子在庄子上见到温姑娘了？"

张远岫撩开车帘朝外面看去，霞光被巷边的高墙遮去大半，他极薄的眼睑几乎不胜暮光，眼底雾气缭绕。许久，他才"嗯"了一声："见到了。"

白泉是自小跟在张远岫身边的书童，仆随主，说起话来也温煦如风："见到了便好，温姑娘如今有小昭王照拂，公子也不必为寻她而费心。"

青唯是张远岫亲自送离上京城的。直到今年开春，张远岫任御史一职，赴中州办案，青唯也刚好漂泊至中州。她想明白徐述白之死有异，想改道去陵川查一查徐途，无奈洗襟台重建伊始，出入陵川查得极严。

青唯离开上京前，张远岫曾交给她一份名录，青唯见上头有一名中州衙署的办事大员。青唯依着张远岫教她的法子，给办事大员留了信，没承想当晚来见她的不是办事大员，而是张远岫。

阔别三个月，冬去春来，张远岫也没想到会这样与青唯再见。她看上去很不好，奔波辗转，路途辛苦，以至于早该养好的伤迟迟不曾痊愈。

张远岫于是想，似乎他每回见到青唯，她总是这样狼狈，易碎而坚定，仓皇又匆匆。但她丝毫没提及自己的伤势，只请他帮忙，帮助她去陵川。

张远岫道："举手之劳罢了，温姑娘暂候两日，待在下为姑娘备好文牒，派马车亲自送姑娘一程。姑娘可还有别的所需？"

青唯想了许久，只说："我想在客舍好好睡一夜。"

奔波千里，枕戈待旦，她已经许久不曾好生歇过，遑论夜里入梦，梦中总是不断地回到江府，惊醒时分发现自己已经流落荒郊，不得不睁眼到天明。青唯说这话的语气分明很平淡。

可张远岫竟听明白了其中的寂寥，心间不知怎么生出一丝空茫的感觉，颔首道："好，在下为姑娘安排。"

可惜到了隔日清早，张远岫寻去客舍，舍间早已人去楼空。他为青唯准备好的行囊被她寄放在柜上，钱财分文未取，只拿走了那张文牒。他又去房中，除了一张留着“多谢”二字的字条，房中收拾得一尘不染，连被褥也整整齐齐的，就像她从未来过。

到了官邸，张远岫问：“恩师的信到了吗？”

老太傅的信半月一至，信上除了闲话家常，偶尔也指点诗文，张远岫通常隔日就回，然而眼下已经五月下旬了，老太傅这个月的信迟迟未到。

白泉道：“不曾，小的今日还去邮驿问过。”

官邸很安静，张远岫在暮色里停住脚步，折身去了书斋。

张远岫在桌案前坐下，抚平一张白笺，白泉顺势就从檀香匣里取出一块墨锭。墨锭是簇新的，张远岫看了一眼，认出这是辰阳绛墨，十分珍贵。白泉道：“府尹大人早上派人送来的，小的是仆，不好推却。”

大周重士重文，如今洗襟台重建，朝廷文士的地位再次崛起，俨然有当年昭化朝之风。兼之何氏一倒，朝堂格局重整，影响的除了世家大族，还有老一辈的大员，人才新旧更迭，张远岫便在这场大浪淘沙中如明珠一般浮现，到了地方上，自然有人向他示好。

张远岫没说什么，这样的谄媚他近一年遇到得多了，实在没工夫在模棱两可的小事上矫情。反正他们住的是官邸，待改日离开，墨锭留下就是。

白泉往砚台里添了点儿水，换了块墨：“中州的俞大人倒是来信了，称公子要的宅子已经找好了，在中州锦屏县，那里的县令是他的故人，宅子记在县令的名下，等闲不会被人发现，地契也寄来了。”白泉停顿了一下，“只是，眼下温姑娘有昭王殿下庇护，未必愿意避居中州，公子可要托俞大人将宅子转手卖了？”

张远岫没应这话，墨磨好了，他提起笔在右首写下一行：“恩师夏安。”张远岫继续写道，“近日不见恩师来信，不知安否。洗襟台重建逾两月，诸事渐定，上溪暴乱之案业已审结，不日将递奏报于御前，忘尘近日留驻东安，又见故人，欣然自胜……”

俞大人就是青唯流落中州时，找到的那位办事大员。后来青唯不辞而别，张远岫便托此人在锦屏县秘密置办一座宅邸。宅邸的确是为青唯置的，倒不是张远岫有多么殷勤，当年洗襟台出事，老太傅不止一次跟他提过温氏的冤屈。年迈的师长喟然叹息，说温阡一代筑造巨匠，却这样葬送了自己。何氏偷梁换柱、瞒天过海，是温阡的错吗？然而温阡作为总督工，无论洗襟台因何坍塌，他都要承担责任的。不过温阡并非被朝廷处死，与许多士子一样，丧生在了洗襟台下，所以老太傅每回提及温氏之冤，张远岫觉得老太傅只是悲天悯人罢了。直到遇见青唯，张远岫才明白了“冤屈”二字背后的意义。

那一回相见，是在翰林诗会上，明明貌美如花的女子，不得不在左眼画上丑陋的斑纹。后来她为取得何氏的罪证，不惜犯险去囚牢见崔弘义，她身受重伤，不敢昏倒在街头，闷不吭声地跟他走进避难之所时，张远岫一直在想，她究竟有什么错呢？她只是一个十九岁的姑娘罢了，甚至比他还小了两岁，洗襟台坍塌时，她都还没长大。年少不经世事便要飘零天涯，青唯独自离开上京城那天，张远岫不放心，到底还是掉转车头，远远地看了一眼。

纷飞的大雪天里，青唯牵着马的身影孤零零的，以至于这半年时间，张远岫每回想起来，都觉得自己做得不够好，后来在中州再见，便起了要给她一处安身之所的念头。生了情谈不上，他对温小野，多少还是有些怜惜的。不过眼下看来，原来是多此一举了。

一封信转眼已经写到末句，张远岫提笔蘸墨：“昔先帝提出修筑洗襟祠，士人中异声扰攘，然兄长心志弥坚，力持先帝之见。兄长日夜期盼洗襟之台高筑，奈何天意弄人，楼台坍塌。如今故人已逝，前人之志今人承之。兄长曾说，‘白襟无垢，志亦弥坚’，忘尘亦然，或待来年春草青青，柏杨山间将有高台入云间。行笔至此，夜色已深，敬叩恩师金安。”

“王爷金安！这是小儿尹弛，字月章，在家中行二。小儿自幼是个杀才，脑子灵光，心思却不在念书上，一心钻研字画，秀才早就考了，乡试一直不中。听闻小儿、小女日前唐突了王爷，草民带他二人来跟王爷道歉。”

日前曲茂和章庭在归宁庄闹了一场，尹家老爷听说这件事，没两日便带着尹二公子和尹四姑娘上门来了。他说道歉其实不必，当天尹婉撞见曲茂纯属倒霉，尹弛更是连面都没露过，尹家老爷大约是想借着这个机会，跟昭王殿下结个善缘罢了。

一旁的宋长吏道："殿下一到东安，尹老爷就想前来拜访，无奈殿下公务繁忙，尹老爷唯恐打扰，今日才登门，殿下莫要怪罪。"

谢容与道："尹老爷慷慨出借宅邸，本王尚未谢过，如何怪罪？再说，日前庄外纷争乃政务所致，尹四姑娘是被无端卷入的，希望没有唐突姑娘。"

尹老爷早就打听清楚了，小昭王是中州名门谢氏之后，是昭化帝亲自教养长大的，十六岁就考中进士。尹老爷一向仰慕读书人，渴盼家中也能出一个这样的英才，当即就让尹弛将自己的文章念上一篇，请求谢容与指点一二。尹弛念书不行，考中秀才全赖父亲的棍棒、先生的戒尺，念起文章来磕磕巴巴，半晌道不出个意思，尹老爷在一旁看得着急，恨不得能替他上阵，谢容与看着尹弛，待他不知所云地念完一段，问道，"尹二公子喜欢字画？"

尹弛一听"字画"二字，立刻来了精神，舌头也不打结了："回殿下，草民自幼喜欢字画，陵川风光宜人，草民恨不得能活上百年，将此间山水尽收于白宣之上。"他停顿了一下，想到父亲就在一旁，又文绉绉地说起大道理，"不过草民只是想想罢了，读书人当以匡扶天下，救济苍生为己任，字画不过消遣尔。"

谢容与笑了笑："醉心字画没什么错，本王也喜欢。"

"殿下也喜欢？"尹弛看着谢容与，这位传闻中的昭王殿下十分年轻，看上去甚至比自己还小几岁，不由得生了同辈之间的亲近之意，"不知殿下喜欢哪位画师的画？"

谢容与道："本王喜欢吕东斋，实不相瞒，这次到了陵川，本王托人寻过东斋先生的真迹，无奈未果。"

尹弛道："东斋先生传世的画作极少，最出名的《四景图》上一回现世还是十余年前，眼下不知被哪户人家收了去。"尹弛笑着道，"东斋先生这个人也传奇得很，他旷达不羁，乐于山水，一生没有成家，称是'结交三两知己，此生足矣'。人生在世数十载，踏遍山河，最后回到陵川，背着墨宝消失于山水之间。草民每每读他的生平小传，只当他最后是在深山踩了一片云，归于九霄上，做他的画仙去了。"

尹弛爱画成痴，提起字画，话匣子便关不住，说话间看了尹老爷一眼，见他并没有拦着自己的意思，对谢容与道："昭王殿下喜欢东斋先生的画，不如今晚去顺安阁的诗画会看看。"

诗画会谢容与知道，日前顺安阁的郑掌柜给了他帖子。他问："怎么？诗画会上有东斋先生的画作？"

"那倒不是。"尹弛道，"东斋先生是陵川人，陵川有不少他的仰慕者，多的是模仿他的画风的。不过东斋先生的画风不好仿，大都是东施效颦，偶尔有那么一两幅好的，殿下可以买来收藏。"

其实谢容与提起吕东斋，并非单单想聊字画，日前张远岫说过，漱石仿的就是吕东斋的画风。岑雪明失踪前，唯一的异常便是买了几幅漱石的画，看来今夜这诗画会他有必要去一趟了。

两个人转而又说起其他，话头总绕不开字画。尹弛称自己少年习画，技法成熟后，便将画作拿去顺安阁寄卖。如此几年，有卖出去的，也有卖不出去的，因为不敢让家里人知道，所以每次都让僻居归宁庄的小妹尹婉帮自己寄画、取画。他是画痴，提起画来什么都忘了，直至日暮将近，才回过神来，他自觉与谢容与相谈甚欢，临别相约下回再见。

德荣送走尹家人，匆匆回来："公子，这就去留章街吗？"

谢容与看了一眼天色："我娘子呢？"

德荣："少夫人在内院等了一阵，这会儿大概去依山院了，小的这就去唤少夫人。"

朝天的伤势痊愈，每日练武一个时辰，青唯去指点朝天了。

谢容与道："让祁铭唤他们，你把马车套好，去膳房备些荷花酥。"诗画会不知要开到几时，那荷花酥小野近来最爱吃。

德荣忙称"是"，到膳房将荷花酥装进食盒，想了想，又回拂崖阁取了少夫人爱穿的斗篷、少夫人喜欢的香片、少夫人用惯的瓷杯，总之只要是少夫人独一份的，一样也不能落下。哪怕舍了公子的便利，也不能让少夫人有一丁点儿不舒坦。

夜里，华灯初上，一行人到了留章街，郑掌柜已经在顺安阁门口等着了。

因为被尹弛耽搁了一会儿，他们算来得晚的，所幸诗画会尚未开始，郑掌柜亲自将他们请入阁内，穿过楼间窄径、花木庭院，便来到了顺安阁的内楼。内楼楼高三层，呈回字形，中间设平台，四面设雅阁座次。内楼并不大，所以无论坐在哪一间雅阁，都能看清平台上展出的字画。

郑掌柜将谢容与等几个人引入一间名唤“卧雨”的雅阁，说道：“顺安阁的诗画会不同于别处，所到贵客各自有一间雅阁，若想看画，贵客请看这个。”郑掌柜从桌案上拿起一本简册递给谢容与。

谢容与接过来一看，册子上依次罗列出阁内所藏画作的名称，又附上风格、技法的介绍，最下方还有画作的评级，画师的名字，如果藏品是字，书者在册子上写上几笔也是有的。

“顺安阁有今天，凭的就是照规矩办事。贵客到诗画会来，都在自己的雅阁中，彼此并不相见，如果想看哪幅画，从册子上点了，伙计待会儿自会呈来。这样一是为了避免冲突，二是防止贵客簇拥看画，伤了画师的心血之作。如果贵客看过画，觉得心仪，想要与画师相见清谈，又或聘回府上教习画技，当问过顺安阁。顺安阁遵从画师的意愿，画师愿见便见，时有画师不愿露面，顺安阁绝不会透露他的身份。再有，”郑掌柜见谢容与放下册子，提起茶壶为他斟上茶，“简册上的字画虽然是上品，离珍品尚有一定距离。待会儿戌正一到，顺安阁会将近一个月收来的珍品放在台上依次展出。贵客见了若喜欢，以举牌的形式出价，说白了就是拍卖，价高者得。如果有人出价，伙计会唤雅阁的名称，譬如贵客这间雅阁叫卧雨，贵客有心仪的画，愿出一百两银子，伙计待会儿就会喊‘卧雨阁，一百两’，贵客记好自己的雅阁名字，稍待片刻，诗画会就要开始了。”

雅阁面向台子的那一面设了轩窗，透窗望去，每一间雅阁都掌着灯，星星点点，煞是好看。青唯站在窗前看了一会儿，辨不出每间雅阁里都坐着什么人，悻悻地回到谢容与的身边。

谢容与见青唯一副兴致不高的样子，声音温和地问：“怎么了？”

青唯摇了摇头。她不是对诗画会不感兴趣，不知怎么，她总觉得有人盯着她。刚才他们刚到顺安阁，那一道伴着风从街口送来的视线如芒针轻刺，然而当她回头寻去，居然什么异样都瞧不出来。这已经是她近日第二次有这样的感觉了，青唯不确定是不是错觉。

戌时一到，四角的挂灯暗了下去，台子上点了一排高灯，将那一片照得如白昼一般，郑掌柜上了台子，不说冗言，很快让伙计去请今夜要展出的珍品。

第一幅是前朝水松画师所作，郑掌柜道："水松以花鸟见长，将一隅一景展现得淋漓尽致，这幅《山崖杜鹃》乃他致仕之年的名作……"

青唯坐在轩窗前，撑着下颌看了一会儿，没看出个所以然。说起来，温阡也擅长书画，奈何青唯在这一点上丝毫不随他，一幅丹青摆在她跟前，她至多能辨出好次，哪里好哪里次，她却说不出来。

谢容与今夜是为漱石来的，台子上展出的只要不是吕东斋的画风，他便垂下眼看册子，一连点了几幅，无奈仿得都不像。

谢容与正意兴阑珊，只听台子上的郑掌柜道："近来本阁得了一幅画，珍品谈不上，画师也寂寂无名，之所以放在画台上展出，乃是因为这幅画很特殊，它是一幅《四景图》。"

《四景图》？这三个字一说出来，莫要说青唯与谢容与了，雅阁之间顿时一片哗然。

吕东斋的《四景图》闻名遐迩，但凡爱画人，没有不曾听说过的。可《四景图》失传已久，上一回现世还是十余年前，顺安阁的《四景图》又是哪儿来的？郑掌柜说是无名氏画的，这又是怎么回事？

郑掌柜并不多话，拍拍手，两名伙计径直将一幅画在台上展开。画作泼墨挥毫，乃是山雨欲来的山野之景。

谢容与仔细看去，只见这幅画果真与吕东斋的画风很像，光影晕染得当，浓淡转换适宜，无论是天上的云霾还是山风里的树影，都有雷动之势，画技可见一斑。可是单是这样一幅图，还不足以称之为珍品。

青唯想起来，谢容与说过的，《四景图》是一幅可以变化的画。

正在这时，另一名伙计捧来一卷画轴，将其展开，丹青所绘乃山野亭台一隅，从技法风格上看，与前一幅画出自同一个人之手。

伙计将画举了一盏茶的工夫，待众人看清，与前一幅画重合贴放。两幅画合为一幅画，墨浅之处沉下去，墨浓之处浮上来，浓淡光影交织，形成新的线条，突然之间，漭漭山雨中，出现一座亭子，山径上正有行人快步赶往亭子里避雨。

这还没完，又有伙计展开新的画作，新画与底画再次重合，又现新的风景，有雨过天晴，人们在山巅赏虹的，有月朗星稀，人们向着暮色里炊烟归家的，最后一幅没有人，画的是雨丝细了些，一只躲在叶下探头的猫儿。

在座的都是惜画人，都听说过《四景图》，然而亲眼见到，到底还是与耳闻不一样，雅阁里不断传出赞赏之声，连青唯也被这幅画作深深吸引。她问谢容与："东斋先生的《四景图》也是这样五幅？"

谢容与颔首："用来做底的那幅画叫作底画，覆上去的叫作覆画。不过东斋先生的四景图较之我们眼下看到的更加巧夺天工，他的底画是陵川闹市晚照，覆上覆画，就成了陵川最出名的盛景，越山古刹钟鸣、白水浣衣女涤足、曲江流入海、郢山百丈飞瀑。"

《四景图》现世前，常有人指责东斋的画作只讲究写意、用墨，忽略走笔技法，直到《四景图》问世，影中埋线，光中藏笔，质疑声才彻底消弭。

谢容与道："吕东斋于丹青是天才，但《四景图》的问世证明了一点。"

青唯："什么？"

谢容与："哪怕是天才，想要成为真正的大家，也没有捷径可走，唯有苦练功法，得其要领，才能突破要领。故而继他之后的画师，一改前人的浮躁之风，直到本朝，多是功底凝练的踏实之作。"

谢容与的目光重新落在台子上展出的画上。这幅无名氏画的《四景图》让他想起漱石，只是隔得远，实在无法确定。

郑掌柜让伙计把新《四景图》收起来，说道："诸位看过画，想必对《四景图》有所了解，本阁虽然无法寻到东斋先生的真迹，但能习得其画风要领者，万中无一，这幅画的价值诸位当知，三百两起，诸位请出价吧。"

"三百两！"很快有人举牌。

"三百五十两。"

“四百两。”

“五百两！”

出价声此起彼伏，不过片刻，这幅无名氏所画的《四景图》已经叫到了八百两。

“无香阁，八百两，还有没有更高的？”

谢容与看了德荣一眼，德荣会意，头一次举了牌。

“卧雨阁，一千两！”

这话一说出来，满场哗然，到底是一幅仿作，画师也寂寂无名，卖到一千两，实在是有些高了。谁知哗然声未歇，居然又有人出了价，伙计高呼：“听涛阁，一千五百两。”

德荣回头请示谢容与，见他没什么表情，再次举牌。

“卧雨阁，一千八百两。”

“听涛阁，两千两！”

“卧雨阁，两千三百两。”

“听涛阁，两千五百两！”

到了这时，在雅阁观画的众人已经不是哗然了，间或传来诧异不已的唏嘘，甚至有人直言不讳：“到底是一幅仿作，再好也不值这个价！”

谢容与也蹙起了眉，他买画是为了查案，所以不惜重金，但寻常爱画人肯出高价买画，多少都是冲着画师的名头去的，这幅《四景图》的画师乃无名氏，什么人竟会跟他抢？

德荣问：“公子，我们还出价吗？”

谢容与淡淡地道：“出，试试他的底线。”

不待片刻，卧雨阁又举了牌。

“卧雨阁，两千七百两。”

听涛阁紧跟：“听涛阁，三千两！”

“卧雨阁，三千一百两。”

“听涛阁，三千五百两。”

“卧雨阁，三千六百两。”

内楼中一片静谧，众人屏住呼吸，只待看这幅名不见经传的新《四景图》会卖到何等高价，然而这时，听涛阁那边却安静了下来。

郑掌柜只当是听涛阁放弃了，正欲敲定买家，这时，却见听涛阁又举了牌。

“听涛阁，五……千两！”

德荣再次回头请示：“公子？”

谢容与不疾不徐地道：“不举了，查查这个买画的人。”他想看画多的是法子，这个出高价买画的人，才是着实有意思。

有了《四景图》明珠在前，余后的画作多少有些索然无味。郑掌柜也知道这一点，《四景图》拍出后，只放出了几幅风格别致的丹青，诗画会很快就散了。

来时薄暝初至，到了散场时分，夜色已深。

谢容与从内楼出来，并不走，吩咐卫玦等人去顺安阁门口守着，带青唯坐在外楼二层的雅阁里，盯着从内楼出来的人。

不多时，祁铭竟然在众人中辨认出一个熟悉的蓝袍身影，不由得讶然道：“曲校尉？”

不待谢容与吩咐，祁铭很快下楼，对曲茂行了个礼：“曲校尉怎会在此？”他又说，“虞侯正在楼上隔间吃茶。”

曲茂一脸郁闷地到了隔间，四仰八叉地瘫在圈椅上，吃了口茶：“你怎么在这儿？刚才这座楼里有诗画会，你去了吗？”

谢容与道：“来迟了，没去。”

曲茂伸手往桌上一拍，破口大骂：“刚才也不知道是哪个浑蛋，穷得只剩下银子了，拼命跟我抢画。一幅名不见经传的无名氏画作，他给我抬到五千两！五千两！我曲散财是吃素的吗？”曲茂大手一挥，咬牙切齿地道，“跟我比败家？曲爷爷今天就让你知道‘散财居士’这个名号不是白来的！”

谢容与：“……”

第四十六章

失画疑云

这时，卫玦等几个人也从前门过来了，一见曲茂，卫玦稍微一愣，鹰目中掠过一抹疑色：“《四景图》是曲校尉买的？”

曲茂犹自愤怒：“要让曲爷爷知道了是谁抬价？小爷我非扒下他一层皮不可。”

漱石的画效仿的是东斋画风，今日诗画会拍卖的《四景图》恰好落在曲茂的手里，这也太巧了。

谢容与不动声色地问：“你怎么想着买这幅仿作？”

曲茂“啊”了一声：“我爹的寿辰不是快到了吗？我之前在上溪办砸差事，他写信来，将我好一顿痛批，我琢磨着备份寿礼哄哄他。本来也不是一定要买画，前一阵我在这附近转悠，遇到尹家那个四姑娘，这地儿我是跟着她来的。顺安阁的掌柜一听我说想挑寿礼，就说自家的画好，给了我一张诗画会的帖子，我这不就来了吗？”

五千两白银对食邑千户的侯府来说不算什么，曲茂跟谢容与说了一会儿话，也不生气了，他将头往椅背上一仰，揉着眉心：“叫我说，这诗画会真是无趣透顶，掌柜的跟那些文人雅士学的一口文绉绉的，险些没把爷爷我唱睡着了，我就挑着贵的买，哪幅抢手我买哪幅……”

外间有人叩门，是郑掌柜把《四景图》送来了。为防止有人觊觎画作，找买主的麻烦，诗画会结束后，通常由买主身边的小厮跟特定的伙计结账，随后由掌柜的亲自把画作请出。

郑掌柜见曲茂与谢容与在一处，并不感到意外，这两个人说话都是标准的上京城中的官腔，相互认识不奇怪。他在长案上将《四景图》依次展开，说道：

“一幅底画，四幅覆画全在这里了，还请贵客验过。刚才为了引人关注，在下故意称这幅画为《四景图》，实际上画师寄卖此画时，称是不敢冒犯东斋先生，为其命名为《山雨四景图》，贵客看这里。”他抬手往底画的左下角指去，果真写着“山雨四景图”一行小字。

眼下离近了看，这幅丹青的用墨技法与漱石的确很像，然而是否真的是漱石所作，谢容与不能确定，《山雨四景图》的画技十分成熟，短短五年精进至斯，难道漱石真是天生的丹青大家不成？

曲茂收了画，郑掌柜亲自送他们离开，对谢容与道：“今夜后堂还有许多画师留候，贵客看过册子，若有瞧得上眼的画师，在下可为阁下引见。”

今夜跟曲茂竞价的人是谁，别人不知道，郑掌柜可是一清二楚。眼下见这两个人是好友，打个商量一千多两就可以买到的画，生生让顺安阁白赚了几千两，故而郑掌柜这么问，也有补偿的意思在里头。

谢容与道：“不必了，在下只喜欢吕东斋的画，倘若有类似画风，还请掌柜的帮忙留意。”

谢容与一个金尊玉贵的王爷，难得见他喜欢什么，曲茂听谢容与这么说，不由得好奇起来：“吕东斋是谁？”

谢容与：“……”

郑掌柜：“……”

敢情你这幅画是闭着眼睛买的，台子上掌柜的说了什么你压根儿没听？

他们说话间到了顺安阁外，郑掌柜在门口停住脚步：“贵客买了画，付了银子，在下把贵客送出楼，这笔买卖就算银货两讫了，这是本阁的规矩，打这一刻起，《山雨四景图》就和本阁没关系了。贵客们好走。”

曲茂把郑掌柜的话当耳旁风，见斯役套来马车，也不上，跟谢容与往街口走：“上回我不是说想搬去你住的庄子上吗？这事怎么样了啊……”

青唯跟在他们身后，夜晚的风拂过，她觉得有些凉，拢了拢斗篷。她的斗篷是玄色的，纱帷也用的黑纱，不知道的还当她是玄鹰司的一名暗卫。

就在这时，左旁又拂来一阵轻风。青唯觉得不对，转头看去，只见一名窃贼鬼魅一般出现在曲茂的身边，在众人反应过来前，钩手一捞，径直取走斯役手中的画轴。画轴正是《山雨四景图》的底画，没了它，余下的四幅画再好也失去了价值。

见此人要逃，青唯快步跟上，举掌直劈他的后肩。这个窃贼的背后像是长了眼睛，掌风袭来的刹那，他回过头，从容地接下青唯的一掌，足尖在墙面借力，几乎是飘上了屋檐。

青唯立刻飞身追去，与此同时，玄鹰卫中卫玦、祁铭等人也反应过来，与青唯一起追捕窃贼。

此时已是夜深，留章街一带灯火不歇，这个窃贼穿着夜行衣，罩着宽大的斗篷，别说脸了，连身形也辨认不清，他的身法快而且从容，足底像是踩着风，除了青唯，只有卫玦和祁铭跟得上。

青唯不知道为什么，感觉这个窃贼就是近日总盯着自己的那个人，软玉剑她不敢用，谢容与倒是给她买了一柄重剑，可惜没带在身上——带了也没用，一旦负重，她更追不上。一看街边铺面有晒画的绳索，她钩手取来，绳子一到她的手上，顷刻间犹如活物，只见丈长的绳身如蛇一般向前探去，直袭窃贼的背心。

这个窃贼的反应真是快得很，身后蛇芯袭来，他侧身避开，随后面对着青唯，足尖在檐角一点，被风鼓起的斗篷如同翼翅，朝更高的屋檐掠去。几乎是转瞬之间，窃贼与青唯等几个人在屋脊、檐头几个纵跃，消失在众人的视野之中。

曲茂这才反应过来，对跟着自己的巡卫道："你们还愣着做什么，快去追啊！"曲茂倒不是心疼银子，他曲五爷好不容易来一趟诗画会，买来的画竟然被一个窃贼偷了，这口气他怎么咽得下去？他负手在街口来回踱了一阵，青唯等几个人很快就回来了。

谢容与见他们两手空空，感到有些意外："没追到？"

青唯罩着纱帷，没吭声。

祁铭道："这个窃贼的身法太快了，而且他似乎知道我们不想伤画，但凡我们出手，一定举画来挡，他对这一带的街巷很熟悉，我们合三人之力，还是……没跟上。"

卫玦道："我们回来时遇到了齐州尹与宋长吏，他们二位听说了此事，已经连夜调齐衙差，在附近搜寻了。"

曲茂身边的扈从尤绍问道："五公子，我们刚买了画就被人窃走了，这也太巧了，能让店家赔吗？"

祁铭道："刚才我们离开顺安阁，那个掌柜的说了，出了楼门，便算银货两讫，《山雨四景图》就和他们没关系了。"

祁铭说这话只是为提个醒，没有旁的意思，奈何曲茂今夜诸事不顺，十分气愤，闻言反倒起了逆反之心，当即道："怎么不让他们赔？就应该他们赔！"说着他掉头便往顺安阁走去。

顺安阁还有客人，并没有关张，郑掌柜正在为人引见画师，见曲茂一行人回来，以为是谢容与要买画，迎上来殷勤地问道："贵客们怎么折回来了？"

"怎么折回来了？掌柜的倒是有脸问。"尤绍冷哼一声，"我家公子刚才在你这儿买了这幅画，转头就被人窃走了，掌柜的做的怕不是黑心买卖，一面卖画一面安插窃贼在外头守着，只怕是盗回来再卖一回。怪不得说不让任何人知道买主的身份呢，原来打的竟是二手买卖的主意。"

郑掌柜听了半晌，才听明白尤绍的意思，愕然道："《山雨四景图》被窃了？"

曲茂道："刚才我们在外头追了半晌窃贼你听不见啊？出了你的楼那幅画就被盗，还不是你做的？小爷告诉你，要么赔小爷的画，要么赔小爷银子，你自己挑吧！"

郑掌柜得知《山雨四景图》被盗，本来十分惋惜，然而见曲茂一副认定自己是窃贼同伙的架势，不由得动了怒，声音冷冷地道："贵客此言差矣，阁中繁忙，在下刚才在内楼结账，确实不知《山雨四景图》被窃。贵客丢了画，在下自然觉得遗憾，但在下送贵客离开时已经说了，出了这楼，银货两讫，那《山雨四景图》跟顺安阁再无任何瓜葛了。顺安阁开了这么些年，实话实说，卖出五千两的丹青不是没有，去年在下收了一幅前朝裕德皇帝的真迹，更是拍出了逾万两，这么多次诗画会，从来没出过事，阁下如果单单凭着在顺安阁附近遭窃，就把脏水泼在顺安阁身上，恕在下不认。"他这一番话振振有词，一时间引来许多人，连楼里的画师也出来了。

想想也是，哪怕顺安阁与那个窃贼是同伙，哪有在自家门口窃画的？再者说，留章街一条街都是卖字画的，顺安阁为何独占鳌头？归根究底还是靠诚信。

谢容与觉得今夜之事有蹊跷，正思索间，忽然听到有人挤到他的身边，轻声唤了句：“殿下。”

谢容与转过头看去，竟然是尹弛、尹婉兄妹二人：“二位也来诗画会了？”

尹弛道：“草民是顺安阁的画师，今夜，”他掏出诗画会的册子，越过祁铭，把自己的画作指给谢容与看，“今夜草民的运气好，有幅画被贵客瞧上了，正在楼里等着结账呢。”

谢容与看了一眼册子，尹弛用的署名乃是“月章”二字，画的是一幅仕女图，今夜他还点来看过。

其实尹弛从内楼过来，一眼就看到谢容与了，那副青衫广袖的冷清样子，谪仙一般，让人想不注意都难。他白日里和谢容与相谈甚欢，觉得天底下没有比小昭王更风流倜傥的贵公子了，老远就想打招呼，好不容易挤到边上，忙不迭地攀谈起来：“今夜月章能来诗画会，该谢过殿下才是。殿下知道的，我的父亲不喜月章沉溺丹青，莫说诗画会，平日哪怕来留章街一趟，父亲都会不悦。今日与殿下一番闲谈，父亲得知殿下也喜欢丹青，道是诗画不分家，这才默许了月章赴会。”他说着，看了曲茂一眼，“怎么，买下仿《四景图》？的这位公子是殿下的朋友？”

曲茂与郑掌柜仍在争执。

尤绍道：“你去上京城中流水巷打听打听，从来只有我们五爷让人吃瘪的，想在五爷这儿捡肥丢瘦，这人只怕还没生出来呢。我们今夜就把话放这儿了，这《山雨四景图》你们顺安阁势必得赔，不赔就请官府来断，总之没个结果不算完！”

请官府来断？眼前这几个人一看就和官府有瓜葛，官差来了，那还不是断家务事吗？

郑掌柜虽然感到气闷，到底还是让了步：“顺安阁规矩如此，画一旦卖出去，出了顺安阁的门，银货两讫。既然阁下的画是在附近丢的，也罢，你我各退一步，《山雨四景图》一共是五千两，刨去与画师的分成，顺安阁拿两千两，这两千两顺安阁原数不动奉还。但画师将画拿到顺安阁寄卖，是信任我们，丢画之事与画师无关，顺安阁做不到让画师把收到的银子吐出来，倘若失了诚信，顺安阁的买卖就不必做了！”

两千两银子对曲茂来说跟打发叫花子似的，他回来理论纯属是因为咽不下这口气，哪儿是真的讨银子呢？

尹弛在一旁看着，见两边说不拢又吵起来，不由得替郑掌柜着急。

郑掌柜不知道谢容与和曲茂的身份，尹弛却是知道的，为了一笔数千两的买卖，得罪公侯、皇亲之家不值当。

其实郑掌柜争了这么久，无非是为了阁里的“规矩”。尹弛上前劝道：“依在下看，这事不如算了吧，权当顺安阁今夜没卖出去这幅画，将五千两银子尽数退还就是。反正覆画在，失的只是底画，那无名氏的画艺这样高超，比着覆画补一幅底画想必不难。况且经此一事，无名氏也不算亏，东斋先生的画风这样难仿，他的名声算是打出去了，今后他的画作还愁卖吗？把卖画的银子退回，客人满意，也显得顺安阁与画师仁义。”

这番话虽然有点儿慷他人之慨，但已经是最好的解决办法了。郑掌柜看了尹弛一眼，沉默不语。他似乎终于得了台阶下，半晌后终于叹道：“行吧，仅此一次，下不为例。”

说着他让伙计取了银票，递给曲茂身旁的尤绍：“客官接好了，五千两，一分不少。不过在下也多说一句，今夜奉还银钱，是顺安阁的决定，画师若不愿，权当这画已经卖了出去，三千两白银便算我顺安阁亏给画师，尽管来取就是。”

这时，只听楼外的阍人高喝一声：“齐大人到了——”

齐大人正是陵川州尹齐文柏，身形中等，白面长须，年纪四十上下，一副文质彬彬的模样。刚才青唯等几个人去追窃贼，刚巧遇到了齐文柏与宋长吏，他二人立刻调集附近的衙差，分去各街巷搜寻了，卫玦见齐文柏到了，先一步问：“齐大人，可是寻到窃贼了？”

齐文柏道：“尚未寻到。”

齐文柏看了谢容与一眼，担心暴露他的身份，不敢行礼，说道：“今夜诗画会的事端本官已经听说了，刚才本官着人查了查，初步看来，丹青失窃似乎与顺安阁无关。既然曲……公子要的是画不是银子，这五千两的银票掌柜的先收起来，待来日官府抓到窃贼，倘若画有损伤，再商量赔偿不迟。”

当年洗襟台坍塌，昭化帝震怒之下斩了魏升，齐文柏是继魏升之后的陵川州尹，他在任五年，风评极好，在民间素有青天之称。不过官民之间很少往来，郑掌柜听过齐州尹的名声，不以为意，如今见他断案不偏不倚，丝毫不向着显贵，大为感动，忙道：“一切由齐大人做主，草民绝无二话。”

曲茂闹这一场就是为了《山雨四景图》，齐文柏愿意插手，他也不是不讲理的人，姑且等上几日，看看这个州尹能否将画寻回。

有了官府做主，看热闹的人便散了，齐州尹一路将谢容与送到街口，这才躬身道：“听说殿下来了诗画会，下官本打算过来作陪，没想到撞上窃贼窃画，还请殿下放心，那画下官一定帮曲校尉寻回。”

谢容与颔首：“辛苦齐大人。”

曲茂累得很，跟着道一声“辛苦”，连搬去归宁庄这茬儿都忘了提，打着哈欠便要上马车。谢容与看了曲茂一眼，唤了声：“停岚。”

曲茂回过头来。

谢容与站在夜色里：“那几幅覆画，能否借我一看？”

曲茂想也不想：“行啊。”随即他冲尤绍招招手，“把画给他们。”

一旁的祁铭没想到借画这么容易，接过画：“多谢曲校尉，虞侯赏几日，定然完璧归还。”

曲茂唉了一声，跟谢容与说：“没事儿，这画你要喜欢，送给你也成啊。再说那底画能不能找回来还两说呢。”他困意上头，连打了几声哈欠，一边就着尤绍的手上马车，一边嘀咕道，“陵川名气大的除了字画还有什么？根雕？行吧，曲爷爷赶明儿瞧瞧根雕去吧……”

曲茂一走，谢容与也带着青唯打道回府。

齐文柏连声恭请，和宋长吏让到一旁，直到玄鹰卫的身影彻底消失在街巷，齐文柏才上了自己的马车，对车夫道：“快！”

子时过半，留章街一带虽然热闹，越往西走越冷清。州衙就在城西，马车在衙门口停下，齐文柏一刻不停地下了车，带着宋长吏往内衙走，来到一间点着灯的值房前，齐文柏停下脚步，叩门唤道：“岳小将军？”

里头没人答应。

齐文柏把屋门推开，不大不小的值房中搁着一张竹榻，那个窃贼一身夜行衣未脱，以手为枕靠在榻上，正对着牛皮水囊醉饮，而他手边随意摊放着的不是那幅《山雨四景图》的底画又是什么。

齐文柏当即急忙说道：“岳小将军，您真是……您没事窃这幅画做什么？”

曲茂倒也罢了，这《山雨四景图》明摆着是小昭王想要。

岳鱼七不以为意：“私事，你们别管。”

“这……”齐文柏与宋长吏面面相觑，“究竟什么私事？岳小将军要拼着得罪小昭王？”

岳鱼七听得“小昭王”三个字，翻身坐起来，手臂搭在膝头，漫不经心地说：“二十年前吧，我在辰阳的山里养了一只鸟儿。这只鸟儿不听话，野得很，我这个人吧，一向没什么耐心，唯独对这只鸟儿，我一点儿一点儿地教养，半辈子的好脾气全给她了。可是有一天，我不得已，跟她分开了。”岳鱼七坐在背光处，连语气都很低沉，他笑了一声，“等我再见到她，小青鸟已经长大了，她飞离了辰阳山间的竹林，歇在了富贵人家的檐头上，居然没问过我的意思。你们说，小青鸟和镶了金的檐头哪个更珍稀？”

齐文柏与宋长吏不知道他想听什么，一时间说不出话来。

所幸岳鱼七也并不等他们回答，继续自行说道：“自然是青鸟。勋阀权贵代代有，皇帝老儿也朝朝更迭，可一只野逸自在的青鸟，百世难求。所以不管他是什么人，想要得到我这只青鸟，过了我这一关再说。”岳鱼七说完，再次往竹榻上一躺，双手为枕，懒洋洋地道，“不就是找幅画吗？有人想做我的外甥女婿，我自然得试试他的本事。”

“过来！躲什么躲？”山林里传来一声痛斥。

“泅痛快了？怎么不多泅几里，直接泅到海里去？”时近正午，阳光灿烂，岳鱼七逆光站在一片茂密的树林前，盯着眼前尚不及自己腰身高的小姑娘。她光着脚，身上的衣裳刚晒干，皱巴巴的。矮岩下的草堆应该是她昨晚栖身的地方，不远处的火堆显然刚被她扑灭，因为她的手里还拿着一条烤得焦煳的鱼，他老远就闻着味儿了："找了你一个晚上，你倒是逍遥，幕天席地睡了个饱觉，天亮了还知道给自己开小灶。你的胆子挺大啊，是不是打算在这儿修个土寨子，甭管野兔子、野狼，都得管你叫山大王？"

青唯沉溺在梦中，清楚地记得这是她七岁那年，跟鱼比凫水，大半日游了二十多里，迷了路，只好在深山里睡了一夜。

奇怪的是，她明明知道这是梦，就是醒不过来，瑟瑟缩缩地站在岳鱼七跟前，不敢看他。她的鞋早不知道丢哪儿去了，早上去小溪边捉鱼，又把火石弄丢了，还好昨晚的火堆没灭，足够她把鱼穿起来烤熟，不知怎么烤焦了，但仍是香的。她饿极了，昨天几乎一天没吃东西，眼下听岳鱼七训完，没回答，小心翼翼地拿起烤鱼吃了一口。

岳鱼七简直气笑了，转身就走。

青唯知道是自己错了，连忙跟上去，小声辩解："我想学你那套上天入海的本事，你不肯教，我还不能自己悟吗？阿爹都说了，只要我肯把《论语》《孟子》背下来，就可以跟着阿舅学功夫。阿娘也应了，阿舅却不教。阿舅这样小气！"

岳鱼七突然回过身来，气势如风，直将温小野吓退半步。他冷笑道："你要自己悟？你当练功夫是传奇本子上的修仙，吸日月之精华大周天小周天运转个百八回就功德圆满了，那可是淬骨流血的苦差事。"

"小野不怕吃苦！"温小野立刻道。

岳鱼七的目光落在她的双脚上，裤脚高高挽起，腿上尽是泥点子。

"上来。"他道。

还不等温小野反应过来，下一刻后襟被拎起，她就到了岳鱼七的背上。

"想做我的徒弟，不是不行。"翌日，岳鱼七把温小野领到小河边，淡淡地道。他的脚边搁着一只木桶，桶里有十条鱼："看到河对岸那棵白杨了吗？你跟这十条鱼比凫水，游到对岸，摘下一片白杨树叶，你如果比这十条鱼先回来，我就收你为徒。听明白了吗？"

温小野点点头。

“那么就——”岳鱼七拎起木桶，就要往河里倒，然而正在这时，温小野也动了，她从怀里摸出早就备好的饭团，尽数撒进河里，随后一个猛子扎入了水，飞也似的游到对岸，将叶片叼在嘴里，等她游回来，鱼儿刚在原处抢完食。

温小野将叶片递给岳鱼七，抹了一把脸上的水，志得意满地道：“我赢了。”

岳鱼七不言不语地注视着温小野，突然笑了。他负手立在一片碧水青山中，声音淡淡地道：“跪下拜师吧。”

温小野：“阿舅愿意教我了？”

岳鱼七：“我什么时候说过不教你？”

她以为学武就是花拳绣腿地比画一番，半点儿功底都不要？若不是他指点她，她小小年纪，这一身野天野地吃不了半点儿亏的本事哪里来的？

温小野依言跪地，像模像样地行了个拜师礼。

岳鱼七道：“你既然入了我的师门，有几句话我说在前头。学武一道，跟习文弄画没什么两样，看着有趣，过程十分枯燥，切忌功底不扎实。你昨日提起要跟我学武，说到一个‘悟’字，这个悟没有错，等你的功夫底子打牢了，想要百尺竿头更进一步，就得靠悟，悟不拘泥于一格，譬如你刚才以鱼食惑鱼，先行取得杨树叶，这也是功夫的一种。迂回百转，方便为上，这就是我岳鱼七的武道。”

温小野认真地点点头：“记住了。”

岳鱼七看着温小野：“还有，你眼下拜我为师，今后便不再叫我阿舅，改叫师父吧。一日为师，终身为父。你是我师门的第一个弟子，极可能也是最后一个，以后行事的规矩，姑且按照我的习惯来，你听好了——被人欺负了不能欺负回去的，为师打断你的狗腿。被人占了便宜却不能占回去的，为师打断你的狗腿。被人骗了而不自知，辱了而不怒，反倒顾影自怜，伤春悲秋，为师不但要打断你的狗腿，还要掀开你的天灵盖看看你脑子是不是进水了。记好了吗？”

温小野点头：“记好了。”

“再有……”岳鱼七盯着温小野，半晌才道，“以后凡大事，尤其是终身大事，必来问过为师的意思，让为师为你把好关，否则……”

不待岳鱼七说完，温小野仰起头，十分不解地问："师父，什么样的事才算终身大事呢？"

"跪下！"

记忆中的青山绿水骤然退去，突然间，青唯来到辰阳山林间的竹舍。这是师父的故居，她十四岁那年离开后，再也没有回来过。她眼下已经长大了，但师父还是记忆中的样子，他的身形挺拔修长，背对着她站着，手上握着一把竹笛，声音格外冷厉："长大了，胆子也练肥了是不是？竟然背着你父亲、母亲，背着为师私订终身，还不跪下？"

青唯听到这一声呵斥，双膝突然落地。她想解释的，她跟谢容与就是假成亲，一开始谁都没当真，后来不知怎么，就成了眼下这般说不清、道不明的关系。她低垂着头，心中也觉得内疚，本想好好跟岳鱼七认错，可话到了嘴边，不知怎么变成一句："我……我就是想跟他在一起。"

岳鱼七道："你想跟他在一起，他也想与你在一起吗？哪怕他想，你能保证他日后真的娶你吗？你们的身份天差地别，今后你随他去王府做王妃，还是他离开上京跟你做一对平凡夫妻？他出身谢氏名门，自幼封王，由先帝亲自教养长大，他在上京城中还有家人，他甘心舍下这一切同你归于江野共度此生吗？"岳鱼七停顿了一下，"温小野，你喜欢他，他也这么喜欢你吗？"

青唯一听这个问题，脑子"嗡"的一声乱了。她喜欢他？谁说她就喜欢他了，她不也正在考虑呢吗？

然而不等青唯思量下去，岳鱼七道："拜师那天，为师告诫过你什么？"

青唯支吾着："……光吃亏不能占便宜，师父要打断我的狗腿。"

岳鱼七："还有呢？"

青唯："骗了不自知，辱了不生气，反倒自怜自艾，师父要打断我的狗腿。"

岳鱼七："还有呢？"

青唯停顿了一下："凡……凡大事，尤其是终身大事，要问过师父的意思，否则……"

岳鱼七："否则什么？"

否则什么，青唯忘了，师父当年好像也没说，她顺势往下猜："否则师父要打断我的狗腿？"

岳鱼七冷笑一声："为师是傻子，打断你的狗腿岂不便宜了那个人？为师不但要打断你的狗腿，还要送那个人去见阎王，管他天王老子，谁拦都不好使！"

"阎王"二字一说出来，青唯吓出一身冷汗，她突然睁开眼睛，迎面对上一双清浅的眸子，才惊觉方才原来在梦中。

谢容与声音温和地道："醒了？"他其实也刚起不久，洗漱完，穿好外衫，刚俯下身来看她，就见她长长的睫毛微微颤抖，突然睁开了眼睛。

青唯四下看了看，还好，她尚在归宁庄的厢房中，晨间日光鲜亮，师父还没有找上门来。她尚未完全醒转，看了谢容与一会儿，忽然心有余悸地道："我跟你说一件事。要是我师父找上门来……你就跑吧。"她这双狗腿断就断了，朝天摔断腿，养了月余不也好了吗？师父刀子嘴豆腐心，对她这个逆徒想必不会下狠手。

谢容与愣了一下，不由得失笑道："你师父如果来了，不该是我跟他求娶你吗？"

他们昨夜回来得很晚，眼下已经快辰时了。谢容与将青唯拉起来，为她罩上外衫，亲自端了清茶与木盆来让她洗漱。

青唯的目光犹自茫然，她闹不清自己是怎么了。不知为何，昨晚那个她怎么也追不上的窃贼总让她想起师父，她知道天外有天，人外有人，江湖之大，多的是功夫比她厉害的人，不能单凭追不上就妄自猜测那人的身份。再说如果真是师父，师父怎么可能不来见她？

青唯神色复杂地看着谢容与："你如果跟师父求娶我，我师父的问话很刁钻，你答得上来吗？"

谢容与为青唯系披风，唇边的笑容很淡，语气不疾不徐地道："那小野姑娘能不能跟我漏个底，岳前辈都会问我什么刁钻的问题？"

第四十七章

风檐寸晷

青唯很认真地点点头。她把梦里岳鱼七的质问一一拎出来想了一遍。

“你能保证他日后真正娶你吗？”这个官人早就说过了，她就是他的王妃。

“他自幼封王，在上京城中还有家人，他甘心舍下这一切同你归于江野共度此生吗？”这一问有点儿强人所难了，难道自己跟他在一起，就一定要让他舍下家人？她问不出口。

“温小野，你喜欢他，他也这么喜欢你吗？”青唯抿了抿嘴唇，就这个吧。

青唯看向谢容与：“你……是不是喜欢我？”

谢容与刚把屋门推开，晨间的风一下子灌进来，他在风中停住脚步，回过头来，觉得好笑：“温小野，我以为你应该知道？”

她知道吗？懵懵懂懂间，她好像是知道的。因为从很久之前开始，他就对她很好了。那是一种独一无二的好，无可比拟的放肆、宠溺与十足的安宁，以至于她每次和他一起，总是不由自主地信赖他。

然而这个问题一问出来，她心上某个地方像是被打开了闸门，那份被她小心存放，不曾触碰的好奇如泉水般汩汩涌出，她忍不住又问：“你是从什么时候开始喜欢上我的？第一眼？”

温小野就是温小野，太直白了，一点儿也不会拐弯抹角。

谢容与看着青唯：“这也是你师父要问的刁钻问题？”

青唯抿唇不语。

谢容与笑了笑：“不是第一眼。不过很快，你嫁过来不久后吧。”

青唯道：“这也太快了。”

其实眼下回想起来，确实有些快了。大概是从第一眼起他就觉得她很特别，那个山间孤零零的身影在他的心头烙下的印象太深，就跟命中注定似的，后来再相见，自然而然就动了心，更何况缘分使然。

他们尚未用早膳，走在通往外院的回廊上，谢容与仔细想了想，温和地道："因为小野姑娘就是这样讨人喜欢，跟你认真相处几天，就会很喜欢你。"

青唯望着谢容与："真的？"

谢容与的长睫毛微微抖动，他垂眼看她，冷清的眸光里染着日光："怎么，我的小野姑娘不相信自己有这样的魅力？"他倾身过来，抬手轻轻钩起她的下颌，微哑的声音里带着一丝蛊惑，"那我证明给你看。"

突然间，唇上被一片柔软倾压，伴着一丝带着侵略的意味，碾磨间辗转深入。青唯被他圈着，倚在回廊的长柱上，长风袭来，鼓动衣衫。可她的耳边除了她的心跳，他微喘的呼吸，已经听不到任何声音了。

像蝴蝶停歇在花蕊上，春阳当头，静谧无声，鸟不叫了，风也很小心，只有鲜亮夺目的日光，与他的气息、温度融在一起，化作无声潜入的雨，将万般滋味融汇相交。

青唯几乎能感受到他的情难自禁，直到回廊那边传来脚步声，他才慢慢放缓攻势，将春雨散成浅雾，小荷塘上蜻蜓点水几番，然后稍离寸许，眼里带着沉醉的微醺，注视着她："相信了吗？"

青唯的脑子里一片空白，她已经忘了他要让她相信什么，不明所以地点点头。

谢容与笑了笑，重新牵了青唯的手往廊外走。德荣就等在回廊的尽头，见他们过来，根本不敢抬头，落后二位主子半步，目光黏在地上："早膳在花厅，已经备好了，刚才祁护卫来了，正在书斋等公子。"

漱石的画风与《山雨四景图》的作者无名氏很像，谢容与怀疑这两个人是同一个人，不过他在丹青一道上钻研不深，为了证实自己的猜测，昨晚一回来，便吩咐祁铭把漱石的画作与《四景图》的覆画拿给张远岫验看，祁铭一早就去办了，眼下想必刚到。

谢容与也不耽搁，与青唯匆匆用完早膳，到了书斋，祁铭上前拜道："虞侯，属下早上把画作送去官邸，张大人看过后，也称漱石与无名氏应当是同一个人。

他的猜测与虞侯一样，这二人的走笔技法十分相似，不过，此人五年之内画技精进至斯，必是天生的丹青大家无疑，张大人称还需细验，请虞侯允他一日，一日后，他自会遣人来禀。”

贩卖洗襟台登台名额的人是曲不惟，玄鹰司苦于没有直接证据，只能从中间人岑雪明入手。岑雪明失踪前，唯一的异样就是买了几幅漱石的画作，漱石无疑是突破口。倘若他们能证明漱石与无名氏是同一个人，那么不但说明漱石就在陵川，他近一个月内还在顺安阁出现过，甚至出售了自己的画作，这样便大大缩小了玄鹰司的搜查范围。他们找到漱石，找到岑雪明就有希望了。

双管齐下，谢容与这边请张远岫验画，那边自然要派人去顺安阁查无名氏。

午过，谢容与在玄鹰司里挑了一张生面孔，扮作富家公子去顺安阁卖画。

不到傍晚，这名玄鹰卫就回来了。这名玄鹰卫叫作韦怀，年纪与祁铭一般大，刚刚及冠，个头却比祁铭矮半截，模样斯斯文文的，穿上襕衫，不知道的还当他是个文弱书生。

韦怀向谢容与禀道：“虞侯，属下今早领命去顺安阁卖画……”

昨晚曲茂在阁里闹了一场，顺安阁一上午生意萧条，郑掌柜见有贵客临门，喜出望外：“贵客是买画还是卖画？”

韦怀是中州人，说话也是中州口音，他似乎有些踌躇，好一阵才说：“卖画。”

他将手里的画轴在桌上摊开，郑掌柜看过去，一眼认出这幅画正是前朝月扉大师的《日暮涉溪过山舍》，十分珍贵。

不过郑掌柜对名画司空见惯，他含笑点点头，算是认可了这幅画，不动声色地等韦怀发话。

韦怀道：“这……这是我家中藏画，听说贵阁每月有诗画会，童叟无欺，所以想拿过来估个价。”

郑掌柜道：“贵客说得不错，顺安阁收画、卖画向来童叟无欺，绝不让买主卖主做折本买卖。贵客让在下估价，在下便给您一个实在价，月扉虽然是前朝有名的画师，说是丹青大家还谈不上，名声也在水松之下，远不及东斋，不过这幅《日暮涉溪过山舍》倒是有名得很，足以拿到诗画会上卖了。这样，在下标五百两起，价高者得，所卖价钱四六分成，顺安阁四，阁下六。”

这个郑掌柜果真识货，谢容与把画交给玄鹰司时，就说这幅画作大概五百两起价。

韦怀听是五百两，似乎对价钱并无异议。他低垂着头，声音细若蚊蚋：“价格好说，只是……只是这幅画作，是我从家中偷拿出来的，也就是来了陵川，我才敢偷偷拿出来卖，不知贵阁能否为我保密？”

“这个好说。”郑掌柜听他这么说，心中有了数，这样的败家公子他见得多了。

“顺安阁一向注重保护私隐，诗画会上，莫要说是卖主与买主之间，即便买主与买主之间都不会相见，谁也不知道彼此买了什么画。一桩买卖敲定后，当场结银子，只要出了顺安阁的大门，银货两讫，自此与顺安阁、卖主再无关系。”郑掌柜说着，从柜阁里取出一张现成的契约，指着其中一条，“贵客请看，买家只要带着画出了顺安阁的大门，这笔买卖三方之间都算成了，顺安阁须得尽早跟卖主结银子，从此一账三清，贵客不必有后顾之忧。”

韦怀看了契约，露出若有所思的表情。

这么说，昨晚曲校尉想让顺安阁赔偿画作，郑掌柜之所以不情愿，不仅仅是因为楼里的规矩，还因为曲茂踏出楼阁的那一刻，顺安阁与无名氏之间的买卖即成，之后无论发生什么，顺安阁都得付给无名氏三千两银子。

韦怀心中渐明，脸上却露出犹豫之色：“可是……我听说贵阁昨晚黄了一桩买卖，画师本该到手的三千两纹银，最后退还给买主了……”

“昨晚之事，在下不好透露太多。”郑掌柜听了这话，神色变得严肃起来，到底关乎今后的生意，他还是解释了一句，“在下只能告诉您，顺安阁能有今日，全靠画师与卖家的信赖。买画人常有，稀世名品却不多见，顺安阁在留章街为何独占鳌头，不正是有像您这样的卖家愿意把画拿过来寄卖吗？实不相瞒，顺安阁卖家至上，无论是画作的价格，还是诗画会的拍卖，我们对于卖家，都是公开透明的。譬如贵客您的这幅画，我们是要拿到诗画会寄卖的，那么诗画会当日，我们必会邀您前来。您不愿透露身份，这个好说，一来，您可以扮作画师，在后堂等候，诗画会一结束，会有伙计前来跟您结账；二来，您甚至可以扮成买主，顺安阁会单独为您分一间雅阁，您可以见到您这幅画是如何拍卖的，又卖出了怎样的价格。至于昨晚那幅《山雨四景图》，在下只能告诉您，顺安阁绝没有牺牲卖家的利益，无论是之前顺安阁决定将买卖撤回，还是后来决定让官府来做主，我们都是征求过画师无名氏同意的……"

"……属下担心引他起疑，没有再追问，将《日暮涉溪过山舍》寄存在顺安阁就离开了。"韦怀道。

谢容与思量半刻，拎出一个重点："他说，如果卖家有画在诗画会拍卖，诗画会当日，顺安阁必会请卖家前来？"

韦怀称"是"："不过属下想，那个无名氏的身份这样隐秘，哪怕顺安阁请了，他未必前来。"

"不，他来了。"谢容与淡淡地道。

"为何？"书斋中，祁铭与韦怀齐声问道。

"还记得昨晚，郑掌柜是何时决定将《山雨四景图》的买卖撤回的吗？"谢容与问道。

郑掌柜是在和曲茂争执时，当场撤回的。

祁铭恍然大悟："虞侯的意思是，从《山雨四景图》卖出，到后来起争执，郑掌柜一步都没有离开过顺安阁，他既然说'撤回《山雨四景图》买卖，我们是征求过画师无名氏同意的'，他到哪儿征得那无名氏同意的？只能在顺安阁。"

谢容与的心中渐渐生出一个猜测，他问："章禄之呢？"

章禄之近日十分郁闷。他日前在上溪，跟着虞侯破迷障，斗智斗勇十分过瘾，如今到了东安，虞侯竟然不让他跟在身边了，先让他去打听漱石的身份，后来又让他去查尹家。

漱石只在几年前出现过一回，在顺安阁留下几幅画便飘然无踪，莫要说郑掌柜了，连楼里的伙计都对他全无印象，章禄之用尽千方百计，辗转得知当年为漱石送画的，好像是一名小书童。

尹家就更没什么可查的了，清清白白的一户商家，想要知道什么，去州府一问便知。

章禄之把这些林林总总的差事办完，近日都在归宁庄待命，他不敢打扰谢容与，闲来无事只好去跟朝天切磋武艺，几日下来，武艺竟然精进不少。

不一会儿，章禄之就被传来了。谢容与问："尹家的根底都查清楚了？"

"回虞侯，查清楚了。"章禄之早把尹家的老底背得滚瓜烂熟。

"尹家祖上是做绸缎生意发的家，咸和年间萧条过一时，到了昭化年间，可能因为日子好了，买卖也做得顺风顺水。这位尹家老爷是个正经商贩，自小跟父辈学管账，长大后继承家业，娶了东安纺织大户的独女林氏为妻，后来又纳了两个妾，都是良妾。这一妻二妾这些年为尹老爷生了三位少爷、四个姑娘。大少爷是嫡出，早早就娶了妻，他跟尹老爷一样，自小是个生意人，尹老爷盼着他以后接手家中的买卖，已经把城东的铺面交给他打理了。三少爷还小，是个玩泥巴的娃娃。至于二少爷，就是虞侯见过的尹弛，和大哥一样，都是林氏生的，因为尹弛自小念书过目不忘，家中三位少爷中，尹老爷最看重的就是尹弛，希望尹弛以后能考取功名，为尹家争光。故而到了尹二少爷进学的年纪，尹老爷不惜请了一位举人老爷来为尹弛开蒙。"

所谓万般皆下品，唯有读书高。商人不缺钱财，可惜地位不高，想要百尺竿头更进一步，无不盼望着家族中能出一个士人的。徐途、蒋万谦皆是如此，尹家这样的巨贾，自然不能免俗。

章禄之咂咂嘴："像属下这样的粗人都知道，教一个小娃娃开蒙，用得了多大学问？请个秀才顶天了，尹老爷当年请来举人，固然是望子成龙，没想到正是请的这个举人，请出了事。"

众人一听这话，不由得面露疑色。请个举人先生能出什么事？难不成一个秀才都能教的小娃娃，一个举人却教不了？

"倒不是什么大事。"章禄之道，"就是这个尹二少爷，自幼是个画痴。两三岁还不认字，就喜欢拿竹枝在地上乱画，见鱼画鱼，见猫画猫，小娃娃画画是好事，显得机灵不是吗？所以尹老爷就没拦着。不过丹青到底是闲情雅趣，太沉迷影响考功名，所以到了开蒙的年纪，尹老爷就叮嘱尹二少爷，让他收起他的爱画之心，先把书念好。尹二少爷本来答应得好好的，千算万算，没算到尹老爷为他请的这个先生，居然也是丹青痴。”

那年间，一个举人在陵川有多金贵呢？打个比方，直到昭化十三年，朝廷从各地遴选的洗襟台登台的士子中，大多是进士，只有零星几个举人，而在陵川，进士只有三个人，举人几乎占了半数，余下都是秀才。

陵川本来就穷，咸和年间匪乱四起，能识字的百里未必挑得出一个，考秀才的自然便少，乡试更是好几年办不了一回。这种情况到了昭化年间虽然有改善，可士人稀缺是沉疴，想要祛瘀生新，少则花上数十载。

尹弛六岁开蒙时，昭化帝才登基几年，正值陵川举人最金贵的时候，所以尹老爷自请来这位举人先生，对他万般信任，把尹弛的学业尽皆交给他，自己便当起甩手掌柜，自此不闻不问了。

章禄之：“举人先生痴迷丹青，尹弛也痴迷丹青，两个人一拍即合，从此以后，举人先生每每授完课，便指点尹弛画技，更将自己平生所习得的技法悉数教给他。”

“小娃娃喜欢什么，那就跟野地里一簇小火苗似的，倘若没人理会，可能一场雨，一阵风，突然就灭了，正是这位举人先生，把尹弛引入丹青世界的大门，自此野火燎原，一发不可收拾。就这么过了四五年吧，有一回，举人先生领着尹弛去白水边画……画什么来着，属下忘了……总之，那日他们去白水边画画，尹四姑娘也跟在一旁，后来一个没留神，尹四姑娘落了水，虽然举人先生很快就把四姑娘救了起来，当时正值深秋，把人送回尹家，到底还是病了一场。尹家于是对举人起了疑，想着他没事带两个娃娃去水边做什么？再者，他们家这个尹四姑娘，自小胆子就小，唯一的喜好就是看她的二哥画画。她若跟着尹二少爷，必是尹二少爷又去画画了。尹老爷于是另外招了一位先生来考尹二公子的学问，结果果然大失所望，尹二少爷不但没有像尹老爷希望的那般竿头日上，几年下来，天资聪颖的尹弛在学问上只是平平，大半工夫都用在丹青上了。尹老爷痛心疾首，很快遣走举人，另外请了教书先生，而林氏担心有尹四姑娘跟着，尹二少爷的心思不在念书上，等到尹四姑娘大了些，就把她送来归宁庄单独住了，说是要等到尹二少爷考中举人才把她接回去哩。”

青唯听到这里，随即了然。她就说尹婉一个姑娘，怎么会僻居庄子上，原来前头有这样的故事，上回尹老爷来庄子上，父女二人显然生疏了。这位尹老爷看着是个善人，对待儿女，多少偏心了些。

章禄之道："虞侯让属下查尹家，吩咐过多查书画文墨相关的。尹家跟书画相关的就这么多，后来的事虞侯都知道了，尹老爷虽然给尹二少爷换了教书先生，无奈尹二少爷已经爱画成痴，考中秀才全靠先生的戒尺，眼下尹老爷心灰意冷，已经不太想管他了。"

谢容与听到这里，"嗯"了一声："就查到这些？"

章禄之道："就这些，这个尹家明明白白的一家子，底子干净得很，他们的事去州府一问就知道。"

这时，卫玦道："虞侯，属下怀疑画《山雨四景图》的无名氏，正是尹弛。"

谢容与淡淡地道："何以见得？"

"依照虞侯所说，昨晚无名氏就在顺安阁，而郑掌柜是在征得无名氏的同意后，才决定撤回买卖的，那么郑掌柜彼时无暇分身，这个无名氏，只能是在争执过程中，上前劝说他的人。昨晚劝说郑掌柜的人很多，但是显而易见，郑掌柜是在听完尹弛的提议后，才决定退还银子。既然能够让郑掌柜改主意的人只能是无名氏，那么《山雨四景图》的画师，极可能正是尹弛。"卫玦停顿了一下，"本来属下还在想，凭尹弛年纪轻轻，究竟有无可能画出《山雨四景图》这样的画作，听了禄之所言，眼下已有七八分确定。"

祁铭道："卫掌使这么一说，属下也想起来了，郑掌柜退还银票时还放话说，如果无名氏想拿回三千两，尽可以来讨，就算顺安阁亏给无名氏的。当时属下还觉得这句话多余，买卖的事，到底不好摆在明面上来提，眼下看来，他是故意说给尹二公子听的。"

这时，屋外传来叩门声，一名玄鹰卫在外面道："虞侯，张大人那边回话了。"

章禄之是个急性子，闻言立刻把门推开："怎么说？"

玄鹰卫躬身呈上数幅漱石的画作："张大人称，虽然画技精进之快令人难以置信，但是几年前的漱石，与今日《山雨四景图》的作者无名氏，确系同一个人不假。”换言之，如果无名氏就是尹弛，那么无论是几年前岑雪明所购的漱石之画，还是今日曲茂以五千两拍得的《山雨四景图》，皆出自尹弛一个人之手！

这也太巧了！众人心中无不生出这样的感慨。他们借住在归宁庄，归宁庄的尹二少爷恰好就是他们要找的漱石。

谢容与问章禄之：“那个教尹弛丹青的举人先生你可查了？”

“查了。陵川那几年的举人就那么些，这位举人姓沈，他离开尹家后，自己谋了份差事，眼下举家老小已经迁去了庆明府，齐州尹与他是旧识，这些都是齐州尹亲口告诉属下的。”章禄之道。

祁铭暗自思忖一番，说：“虞侯，顺安阁称，五年前帮漱石送卖画作的人是一个小书童，既然尹四姑娘经常帮尹二少爷送画，当年那个小书童，会不会是尹四姑娘扮的？”

谢容与闻言，看了一旁的玄鹰卫一眼。玄鹰卫会意，拱了拱手，很快退出书斋，不一会儿便从后庄将尹婉请了过来。

虽然身边跟着嬷嬷，尹婉仍是害怕得很。她绞着帕子站在书斋外，行完礼，连眼睛都不敢抬。

卫玦问道：“昨晚顺安阁诗画会，你怎么也去了？”

“回……回官爷的话，二哥喜欢丹青，不敢让父亲晓得，每次有画拿去顺安阁寄卖，都是民女帮忙跑腿打点，昨晚乃是二哥第一次去诗画会，民女……自然作陪。”尹婉轻声道。

第一个问题不过是引子，卫玦见她如实作答，便进入正题：“听说尹弛如此喜欢丹青，乃是被一位教他学问的举人先生领进门的，你可记得那位举人先生叫什么？”

尹婉摇了摇头：“叫什么民女不记得了，只记得他姓沈，二哥唤他沈先生。”她说完，那头的卫玦却没有应声，是等着她往下说的意思。尹婉只好接着道：“二哥很喜欢沈先生，丹青的技法、用墨、走笔，二哥都是跟着沈先生学的，后来沈先生离开了，二哥伤心了好久，逢年过节还给先生写信，试着把自己的画作寄给他看，可惜……一直没有寄成。”

卫玦:“为何没有寄成?”

尹婉沉默片刻:“听说沈先生离开陵川了,不知道去了哪里。”她微微抿了抿嘴唇,“所以在那之后,二哥苦练画艺,等到技法成熟了些,他便将自己的画作送去顺安阁寄卖,倒不是为了银子,他希望有朝一日,他的画能够流传出去,被沈先生看到。”

卫玦道:“照你这么说,尹弛必然不是从今年才开始卖画的,想必好几年前,他就让你把他的画拿去顺安阁出售了吧?”

尹婉听了这个问题,犹豫了半晌,点点头:“是。不过几年前,二哥的画作十分少,父亲不满他沉迷丹青,他终归……终归是要避着父亲的,直到前年考中秀才,二哥的画才多起来。”

这倒也解释了为何五年前,漱石的画只是昙花一现。

卫玦道:“那么你仔细回忆回忆,五年前,即昭化十三年,你二哥可曾让你往顺安阁送过画?”

五年前?这个时间似乎引起尹婉的戒心,她绞着手帕的指尖一下子收紧。她生得纤细、娇小,单是站在那儿不动,已经像一只受惊的鸟儿,听了这个问题,忍不住抬头,看了卫玦一眼。

卫玦:“怎么?不好说?”

对上卫锐利的目光,尹婉突然垂下视线,慌张得双肩发抖,低声喃喃着:“是……是送过几幅,二哥让民女扮成小书童,这件事谁也不知道……”她咬着嘴唇,似乎鼓起了好大的勇气才问,“官爷,二哥只是喜欢丹青罢了,官爷这样逼问,二哥他……可是惹上了什么事?”

卫玦并不回答,回头跟谢容与请示,见谢容与点了点头,道:“你们回吧,今日之事切记不要向任何人提起。”

待尹婉离开,祁铭拱手对谢容与道:“虞侯,眼下看来,当年在顺安阁遗下画作的漱石正是尹弛。”

谢容与看向卫玦:“你怎么看?”

卫玦道:“虽然巧了些,不过丹青这样的嗜好,不是普通人家消遣得起的,何况那位漱石仿的是东斋先生的画风,东斋先生的画风难仿,也只有像尹家这样的巨贾，才有机会得以欣赏东斋先生的画作。属下进入玄鹰司时，听老指挥使说过一句话，排除所有的可能，最后余下的一种便是不可能也是可能了，照我们手上的线索来看，当初岑雪明找的漱石，只能是这位尹家二少爷。”

章禄之立刻道：“虞侯，既然岑雪明失踪前找了尹弛，我们不如立刻捉拿尹弛，审问岑雪明的下落。”

“不可。”祁铭道，“章校尉真是急昏头了，尹弛没有任何过错，只不过是画作被岑雪明买去了而已，我等师出无名，如何捉拿他？”

谢容与道：“德荣，我日前让你从家中取一幅吕东斋的画作，那幅画作送到了吗？”

谢容与口中的家中并非上京天家，而是中州名门谢氏。东斋先生的画作虽然少，但像谢氏这样的大族，想要在坊间收一幅真迹并不难。

德荣道：“回公子，族中人回话说，画作已经在送来陵川的路上了。”

谢容与道：“等画作一到，把它送去张忘尘处，请他照着临摹一幅，随后把仿作拿去留章街寄卖，不要找顺安阁，随意寻一个画铺子，称是东斋先生的真迹，送画人，”谢容与稍微停顿了一下，“漱石。”

三日后。

“来来来，都往里搬——”

“一、二、三，使劲儿——”

日暮刚至，官邸前来了数名壮汉，依次从牛车上抬下来七座人长人宽的根雕。

官邸是朝廷命官的下榻之所，哪儿容得如此喧哗？里头的管事听到动静，当即赶来前门，正欲呵斥，一眼瞧见巷子中站着的曲茂，当即住了声，上前道：“曲校尉，您这是……”

曲茂是昨日搬来的。他在兵营睡得不踏实，本想搬去归宁庄与谢容与同住，奈何谢容与忙得席不暇暖，未必有时间陪他玩乐，正好他日前在府衙写呈文，听宋长吏提起朝廷命官下榻的官邸。宋长吏说，上京城里来的钦差，惯来在官邸下榻，眼下官邸的几个院子，一个住着张远岫，另一个院子被章庭占了去，余下的都还空着。曲茂回头一琢磨，他虽然只是个七品校尉，可不正是从上京城里来的吗？他勉强算是钦差了，既然是钦差，搬去官邸不为过吧。曲茂把这个想法与宋长吏一提，宋长吏大概是看在他老子的面子上，很快应下了。

曲茂身边的尤绍道："我们侯爷下个月大寿，校尉买了些根雕回来，打算过一阵子送去上京城里给侯爷祝寿，扰到管事了，还请管事海涵。"

他把曲不惟抬出来，那位管事还能说什么，当即让到一旁，任他们抬根雕去了。

巷子前远远地立着一名厮役，听了尤绍的话，回到巷子口，对停驻在此的马车一揖："少爷，是曲五爷买了根雕回来，打算给曲侯祝寿。"

马车上坐着的人正是章庭，他刚散值回来，见官邸外的巷子围得水泄不通，打发身边的厮役去问。

得知是曲停岚干的好事，章庭倒也见怪不怪了。他跟曲停岚从小一起长大，这厮除了惹是生非，就没办过一桩正事。听说曲停岚前阵子在顺安阁一掷千金买了幅画，前脚刚出楼门，后脚画就被人盗走了。眼下州衙的齐大人还张罗着给曲停岚找画呢，曲停岚却把这件事抛到九霄云外，转头就置办起根雕来了。

陵川的山多，乃前朝文人、逸士向往的归隐之所，出名的除了画师、画作，再有就是根雕。根雕最初是做家居摆设之用，因造型各异，后来渐渐变成赏玩之物，有刻人的，有雕物的，还有仿景的，丈尺之间能将盛世楼阁，海阔山川都涵盖在内。曲茂近日在坊间搜寻一番，竟让他凑齐了一组"七仙贺寿"。七个人长人宽的根雕仙人栩栩如生，当中托着蟠桃的正是慈眉善眼的老寿星。

章庭冷笑一声，拂袖下了马车，目不斜视地入了官邸，看也不看曲茂一眼。

官邸的管事见状，心中直呼不好，跟着章庭进入院子，一面唤人沏茶，一面解释道："下官想着曲校尉一片孝心，不好相阻，本打算等他搬完根雕就唤人清道，没承想阻了章大人的路，章大人莫怪。"

章庭没怎么往心里去，只是"嗯"了一声。

离入夜还有一会儿，官邸的晚饭尚未备好，章庭随即入了书斋，在书案前坐下，抚平一张白宣。管事的得了茶，也跟着进书斋，将茶奉在案头，一见章庭在白宣的右首写下一行"安国取仕之道"，不由得咋舌："这……这不是昭化十年恩科，殿试的策论考题吗？章大人竟然这样刻苦。”

官邸的管事并不算下人，他从前中过举，领着衙门录事的差，今日来官邸，不过是在此轮值。

章庭见他居然一眼认出策论的考题，不由得多看重了几分，声音淡淡地应道：“本官是个没什么天资的人，苦读百日未必能得寸进，如今承蒙官家恩德，忝居高位，闲暇时更不敢有丝毫懈怠，况乎家风如此，谈不上刻苦。”

章庭说家风如此，此言不虚。

章鹤书出身章氏名门，奈何却是旁支，荫官落不到他头上，他当年走上仕途很经了一番坎坷，听说单是乡试就考了七八次，所以后来做了官，章鹤书亦不敢懈怠，上下值往来衙门的车程他皆用来苦读，闲时亦写策论，四书随便说上一篇闭目能颂。而章庭身为章鹤书之子，自然承袭其父之风，格外勤勉刻苦。

章庭说自己的天资不好，其实不然，只是看跟谁比罢了。

他们这一辈，或许是受当年沧浪水洗白襟的影响，佼佼者众，谢容与、张远岫这样的便不提了，就连早已伏诛的何鸿云也比章庭多了几分机敏，所以章庭只好夙兴夜寐，他盼着自己能像父亲一样，有朝一日能凭自己的本事考上进士，只是三十老明经，五十少进士，年纪轻轻就能折桂的人又有几何呢？

书房里散发着墨香，灯火的映照下，章庭的神情越发显得冷傲专注，管事见状，再不敢打扰，无声地退出去了。

第四十八章 师徒重逢

一篇策论写完，屋外的天已经黑透了。章庭写策论时，厮役们不敢打扰，直待他搁了笔，一名扈从才推门道："公子，晚膳已经备好了。"

章庭难得写上一篇满意的策论，待墨迹晾干，将策论仔细收入匣子里，递给扈从："明早帮我拿给忘尘，请他指点一二。"

章庭出了屋，这才发觉夜色已深，刚在偏厅坐下，还没动筷子，只听隔壁的院子中隐隐约约传来一阵琵琶声，须臾，伴着女子的浅唱，低扬悠婉，如泣如诉。

章庭不用问都知道这个琵琶女是谁请的。曲茂刚才指使人搬根雕，在外头好一通吵嚷，好在章庭写策论时专注忘我，没有受他的打扰，眼下这都几时了，他竟然还不消停，再说他们的住所是官邸，这是能请琵琶女的地方吗？

章庭当即将竹箸一扔，大步走出屋子，到了隔壁院中，只见正屋门窗紧闭，窗上影影绰绰地映出琵琶女的影子。

章庭大步上前，把屋门猛地推开："曲停岚，你是一日不惹事浑身不痛快是吗？你也不看看你脚下是什么地方，琵琶女都请到这儿来了？"

曲茂见是章庭，愣了一下。他今夜聊赖，本来打算去白水边听曲儿的，奈何挑了一整日的根雕，实在累了，便命人偷偷请了琵琶女来。他想着等琵琶女唱上两首就打发她走的，没想到这个章兰若，顶着一张谁见谁不痛快的冷脸，居然长了一对兔子耳朵，他都紧闭门窗了，居然还是被章兰若揪住了尾巴。

曲茂不想惹事："我这不是无聊了听听曲儿嘛，丝竹雅乐，又坏不了大规矩，这点儿小事，也值得你一通申斥？"

"小事？"章庭的眼底浮上怒气，"你管这叫小事？曲停岚，你是军衙的人，搬来官邸已是逾矩，你却不守礼制，招了琵琶女来，陵川的大小官员碍于你爹的面子自然不会说什么，传出去丢的却是我们京官的颜面！”

曲茂最看不惯章庭这副凡事一板一眼的样子，冷笑一声：“你再大点儿声，叫那些没听见曲儿的都知道你曲爷爷今晚请了琵琶女。我看你才是一日不找你曲爷爷的麻烦一日不痛快，我都紧闭门窗了，你却竖着耳朵听我院子中的动静，张忘尘也住在我的隔壁，怎么不见他来与我说道？”

章庭：“曲停岚，我看你这个人就是等着被参，我……”

他二人你一言我一语，眼看着又要吵起来，这时，章庭的扈从匆匆过来：“公子，老爷来了急信，请您速回。”

章庭一听这话，脸上的怒容稍退，章鹤书遇事从容，很少会写急信。他看了曲茂一眼，心道是懒得管了，回上京他就参曲茂，折身往院外走，低声问：“父亲信上说什么？”

“说是朝廷派了封原将军来陵川，要视察一处矿上，让公子暂留东安，帮着封原将军查一个几年前失踪的大人，好像姓……哦，姓岑……”

曲茂盯着章庭的身影远去，优哉游哉地回了自己屋中，不过经过此番折腾，他再没了听曲儿的心思，打发走琵琶女，自斟自酌几杯，一时间困意上头，挪去寝屋，摊手往榻上一躺，正待堕入梦乡，只听一旁的尤绍道：“五爷，那小的明早卯时来唤您？”

曲茂的眉头一皱：“这么早喊我起身做什么？”

尤绍为曲茂脱靴子：“五爷，您忘了？你日前在顺安阁丢了画，陵川的齐大人说了要帮您找，请了您几回去录供词，您在外面寻根雕，都推辞了，明儿可不能再拖了。”

曲茂勉强睁开眼睛，想了想，又烦躁地闭上：“哎，卯时太早了，起不来。反正那四什么的图，我爹已经有了，再来一幅他未必喜欢。我看清执好像挺喜欢这幅画的，你明儿去跟齐州尹说，等底画找到了，都给小昭王，算曲爷爷买给他的。”

尤绍道：“这话可不能小的去说，得五爷您亲自去州府打招呼才成。”

然而话音刚落，那头再没了音信儿，尤绍转头看去，只这么一会儿工夫，他的曲爷爷已经睡着了。

曲茂一直睡到翌日午时才起，午过溜达到白水边吃了小点，一直到暮色四合才乘马车缓缓来到州衙。

州衙的官员似乎没想到曲茂今日会来，一名吏胥上前来问道："曲校尉怎么过来了？真是不巧，眼下齐大人与宋大人都不在。"

那陵川州尹齐文柏是个格外勤勉的大员，通常不到天黑是绝不离开衙署的，今天太阳是打西边出来了，霞光刚覆上云端，他居然不在。

吏胥知道曲茂和谢容与的关系，解释道："齐大人与宋大人去了留章街，那边似乎闹了一桩假画案子，玄鹰司破获的，听说昭王殿下也在留章街。"

曲茂听说谢容与也在留章街，只道是近日正愁没乐子寻呢，利索地回到马车，吩咐道："去凑凑热闹。"

留章街并没有想象中的繁乱，凑热闹的百姓都被官差拦在外围，根本瞧不清里头发生了什么，往里走，只见一间叫作"点墨斋"的铺子前站了数名玄鹰卫，除了齐州尹与宋长吏，尹弛与尹婉居然也在。

顺安阁的郑掌柜是一刻钟前被请来的，此刻他的手中拿着一幅画作，正在仔细验看。片刻后他将画作收起来，呈给谢容与："回官爷，这幅画作的确是东斋先生《西山栖霞留景》的仿作不假，仿画人画技高超，然形似神不似，只要认真查验，不难辨出真伪。"

谢容与点点头，将画作接过来。

点墨斋的马掌柜的双膝一软，当即跪在地上："官爷，求官爷明察，小的实在是冤枉啊……"

说来他也真是倒霉透顶，昨日他接到一笔买卖，卖画人自称手上有东斋先生的真迹《西山栖霞留景》，想请他估个价。

点墨斋的马掌柜不比顺安阁的郑掌柜眼光毒，并不能一眼辨出画作真伪，又不想错过这笔买卖——几日前诗画会上，一幅仿《四景图》卖出了怎样的高价，留章街一带传得沸沸扬扬。

马掌柜于是请卖画人暂将画作留下，待他请人来验看后，再估价不迟，没想到验画的人还没来，玄鹰司就来了，称他贩卖假画，要立案彻查，又命人去请了尹弛、尹婉兄妹。

马掌柜声泪俱下："那卖画的自称漱石，把画留在这里，再也没来过，想来是听到风声，早就逃之夭夭了，官爷若不信，可查小铺的账簿。"

谢容与却是不答，问一旁的郑掌柜："几年前，一个名叫漱石的画师也曾到贵阁寄卖过画作，可有此事？"

这事谢容与才跟顺安阁打听过，郑掌柜的印象深得很，连忙点头："有、有。"说着他唤来身边跟着的伙计，回楼阁取来当年的账簿。

谢容与比对过账簿，对卫玦道："拿人吧。"

卫玦拱手称是，两名玄鹰卫应声而出，到了尹弛身边，当即就把他扣押了。

尹弛似乎根本不解自己为何会被请来，眼下忽然被人扣押，更是觉得莫名其妙，他看着谢容与："王爷您……您这是何意？"

卫玦道："玄鹰司已经有证据，尹二少爷正是几年前出售东斋仿画的画师漱石。证据为何玄鹰司不便透露，不过眼下你既然以赝品牟利，只能请尹二少爷跟我们走一趟了。"

尹弛听了这话，似乎松了一口气，说："那王爷真是误会了，月章学画时，仿的不是东斋画风，月章的开蒙恩师沈先生说过，东斋的画风莫测，非天生丹青大材难以精深。月章画风踏实，学的乃水松、停梅居士一派，这个王爷只要看过月章的画，一眼便知。"

卫玦道："这些话，只能等尹二少爷跟我们回衙门再说了。"他停顿了一下，补充了一句，"不瞒尹二少爷，你曾经以漱石之名出售画作，玄鹰司是亲自跟人证实过的。"

尹弛似乎十分信任谢容与，听了这话，点点头："也好，那月章姑且跟随王爷回衙门，有的误会一个人解释不清，若有人对质，想必不消三言两语就能辩说分明。"他说着，回头见尹婉望着自己，一脸焦急之色，不由得安慰道，"你放心，我无事的，你回家对爹娘说一声，就称我有事要去衙门，今日晚些时候回家，让他们不必等我。"

尹弛既然配合，卫玦便没给他上刑枷，吩咐人将他带上马车，与点墨斋的掌柜一起，一并押解去州衙了。

尹婉站在长街上，揪着帕子在原地踌躇许久，这才转身离去。尹府在留章街以东，然而尹婉出了留章街，想也不想便往西走，她的脚步越来越快，几乎要跑起来，娇嫩的脸涨得通红，眼睛里流露出惊慌之色。她抄小路到了州衙，却并不走正门，而是来到西墙的侧门前，将荷包里一个深色的令牌取出来，交给门前的守卫一看，央求道："官爷，我得进去见个人。"

两名守卫一看令牌，对视一眼，放了行："去吧。"

尹婉点点头，进了侧门，径直穿过一条窄道，到了一处点着灯的值房前，拍门道："岳前辈，岳前辈，您在里头吗？出事了。"

须臾，只听屋内传来悠闲的一句："出什么事了？"

尹婉把门推开，急忙说道："岳前辈，我二哥被人误会是漱石，眼下已经被官府的人带回衙门，正待审问。"她说着，咬着下唇，眼眶渐渐红了，"是我害了二哥。"

岳鱼七"啧"了一声："我道是什么事呢。"他从竹榻上翻身坐起来，走出屋子，"走，看看去。"他又问，"你二哥是怎么被人拿住的？齐文柏不管吗？"

"是玄鹰司亲自拿的人，齐大人管不了。"尹婉道，"好像是坊间出现了东斋先生的仿画，玄鹰司误会是……是漱石画的，怀疑到二哥的身上去了。"

"仿画？"岳鱼七的脚步停顿了一下。他心思急转，忽然道："不好，你中计了。"

此时是暮色刚退的初夏，朦胧的夜色在值房院中铺了一地，不等岳鱼七退回房中，只见前方的院门口，忽然绕出一道修长如玉的身影。

谢容与的声音淡淡地传来："不知前辈是何方高人？何故要偷盗《山雨四景图》？"

岳鱼七负手立在院中，并不作答。四下没有点灯，他与谢容与均被夜色笼罩，彼此看不清对方。

谢容与继续道："又或者，前辈可否让您身边这位救兄急切的尹四小姐跟在下回一趟衙门，否则耽搁久了，玄鹰司冤枉了好人就不好了。"他停顿了一下，看向尹婉，"漱石画师，我说得对吗？"

尹婉一听“漱石”这个称呼，脸色一下子变得煞白。

夜晚的院中无风，四下安静得落针可闻，下一刻，岳鱼七忽然动了，他的身形如鬼魅，几乎是飘着过来的，五指相并为刃，直劈谢容与的面门。谢容与料到此人应当对自己没有恶意，不解他为何出手。谢容与快步后撤，没有还手，侧身躲过这一击。

岳鱼七岂肯放过他？岳鱼七逼到谢容与的跟前，整个人忽然消失不见。紧接着，谢容与的身后忽然有劲风袭来，谢容与的反应极快，他从旁边掠去，不待在院墙边站定，方才站着的地方便扎满叶片——岳鱼七不知道从哪儿拢来一堆树叶，当作暗器偷袭。

岳鱼七见谢容与退到墙边，轻笑一声，正欲出招再试，这时，墙头忽然跃出一道青影。

青影凌空，如同翩跹的鸟儿，手中的长鞭急出，带着疾风直袭向岳鱼七。要不是岳鱼七反应快，只怕要被这根鞭子劈折手臂。

长鞭“啪”的一声扑了个空，青唯收鞭落地，半句不废话，屈指向岳鱼七面门袭去。

来之前谢容与跟青唯打过招呼，说这个窃画贼没有恶意，如非必要，不必动手。她刚才在墙头猫了一时，原本还好好的，怎料窃画贼居然跟说好的不一样，一言不合就拳脚招呼，若不是她官人避得及时，那些叶片做的暗器只怕会伤了他！既然这样，她也没必要客气了，管这个窃画贼是好的还是坏的，终归是个不讲理的，先拿鞭子狠打一顿不为过。

岳鱼七见青唯招招凌厉，忍不住“啧”了一声，几年过去，这个野丫头的脾气是一点儿没变。

岳小将军何许人也，当年长渡河一役，他能带着手下在千军万马中突围，凭的都是真本事，莫要提谢容与了，便是他亲手教出来的温青唯，离他的身手都差之远矣。

天边云遮月，院中黑灯瞎火的，岳鱼七掠去院中一棵柳树旁，扯下一根柳条，见青唯的鞭势来袭，不避不躲，手中的柳条抢出，与鞭身相互缠绕，很快就卸去长鞭的力道。

青唯见了这一招式，不由得愣住，脑海中突然闪过记忆中的某一刻。

“瞧见这石子儿了吗？这是什么？”溪水边，岳鱼七从水中拾起一枚鹅卵石，问道。

尚且年幼的温小野抬头望着他：“就是……石子儿啊。”

“不，这是你的兵器。”岳鱼七又折下一根菖蒲，问，“瞧见这根草了吗？这是什么？”

这一回温小野举一反三：“兵……兵器？”

岳鱼七满意地点点头：“是，也是兵器。”他又从脚边的草地里摘下一朵指甲盖大小的野花，“瞧见这朵花了吗？这是什么？”

温小野笃定地道：“兵器！”

“兵器个鬼！你的眼睛今儿搁家里没带出来？”岳鱼七呵斥道，“这朵野花娇小，形状浑圆，打出去一点儿力道没有，有这工夫还不如摘片叶子，哪能做兵器？这是师父扯来给你插小辫儿上的，戴好了，回家吃晚饭。”

温小野“哦”了一声，迎着夕阳，跟着岳鱼七往回走：“师父，我们有刀有剑，为什么还要捡石子儿、菖蒲做兵器呢？”

岳鱼七：“大市镇多禁兵刀，你一个平头百姓，身上最多藏一把匕首，真跟人打斗起来，哪儿这么巧，有称手的兵器，自然是手边有什么用什么。记住了，万事万物相生相克，以柔克刚，以刚破柔，花叶枝条，或是锅碗瓢盆用好了，未必比不上刀剑……”

青唯愣了一下，口中喃喃地说出两个字：“……师父？”

然而与人拼斗时，最忌分心，青唯这么一分神，岳鱼七倒抽柳条，青唯的鞭子就落到了他的手里。长鞭易主，顷刻间犹如活了一般，犹如吐信的毒蛇，径直击向青唯的面心。

“小野当心。”谢容与先一步反应过来，拽住青唯的手往后急退，手中的扇子抵住鞭尖。

鞭子被挡了来势，稍稍后撤，犹如吊在半空的蟒蛇，蛇头凌空拐了个弯，随后血口大张，再次袭来。

青唯得了这么一刻喘息，也回过神来，她的脚尖在地上一踢，挑起一块坚石，凌空接过，“嘭”的一声打偏蛇头。

鞭身回缩，那头传来一声轻笑：“丫头，以柔克刚，以刚破柔，学得还不赖。”

值房中的烛火适时燃起来，尹婉端着烛台出了屋，青唯借着灯火望去，只见岳鱼七只身立在一根细枝上，如同世外剑仙，数年过去，他几乎没怎么变，长眉星目，就连左眉上那道凹陷的疤痕都是老样子。

谢容与立刻收了手：“岳前辈？”

“师父，当真是您？”青唯心中已经有猜测，然而真正见到，多少还是不一样。青唯心中激动难耐，不管不顾，足尖在地上轻点，也要纵上枝头。

岳鱼七一惊，立刻从枝头上跃下，退到值房前，呵斥她：“你当自己是只蛾子，见人就往身上扑？都多大的人了？”他的目光掠过院子中的谢容与，“你们两个跟我进来。”

值房的四角都有灯台，灯火朗照，房中亮得如白昼一般。

岳鱼七大马金刀地在桌边坐下，看向谢容与：“小子，你一个人来的？没让你那些鹰犬跟着？”

谢容与道：“是。我猜前辈对我并无恶意，加上您又认识漱石，所以独身前来与前辈交涉……除了小野，她的身份有异，晚辈一直让她跟在身边。”他说着，对岳鱼七施以一揖，“晚辈不知岳前辈来了东安，此前多有冒犯，还请前辈见谅。”

岳鱼七本来还在计较他喊青唯“小野”，见他的态度谦和有礼，反倒不好多说什么了。

“师父，您怎么会在东安？”这时，青唯道，“我找了你好几年，我还……”

“快打住吧！”岳鱼七冷笑一声，“你还有心思留在我身上？辰阳的燕子倒是记得年年春来廊下筑巢，我养的鸟儿早不知道歇在哪家裹了金的檐头上了。”

青唯听了这话，眨了眨眼睛，似乎没明白岳鱼七冷言冷语地在说什么。

“先不提这个。”岳鱼七盯着谢容与，“说说吧，你是怎么知道尹婉是漱石的，又是怎么知道跟着漱石，就能找到我的？”

谢容与颔首：“想要知道尹四姑娘是漱石，不难，一共三点。”

“第一，顺安阁的郑掌柜亲口透露的。”谢容与道，“当日曲停岚买画被盗，返回顺安阁要求退画。郑掌柜本来坚持买卖即成，概不退换，然后尹弛上前相劝，他立刻答应退还银子。郑掌柜事后言明，顺安阁规矩严苛，若非经画师本人同意，顺安阁不会轻易撤回买卖，由此可见，漱石若非尹二少爷本人，必是与尹二少爷相关。第二，漱石仿的是东斋画风，凡略懂丹青的人都知道，东斋画风极难学成，除非有天生丹青之才，又得数年苦练不足以小成。尹月章的画我其实看过，画风踏实稳健，擅长画人物花鸟，并不以景见长，如尹月章所说，学画伊始，仿的都是水松、停梅居士一派，试问一个人在短短二十年中，如何兼顾两种艰深的画风呢？这是不可能的，所以深得东斋精髓的漱石，既与尹二少爷有关，却又不可能是尹二少爷。”

谢容与这么一说，青唯就想起来了，当夜在诗画会上，每间雅阁都配了一本书画册子，上头记有顺安阁收藏字画的名称，谢容与见内里有尹弛的画作，跟伙计点来看过。

谢容与继续道：“至于第三点，其实是尹四姑娘亲口告诉我的。”

站在一旁的尹婉愣了一下，怯怯地问：“我……我亲口告诉王爷的？”

谢容与颔首：“是的。尹四姑娘可记得，当日我怀疑尹弛就是漱石，曾传你到书斋问过话？”

尹婉点了点头：“记得的，王爷问我，五年多前，我可曾去顺安阁帮二哥送过画。”她的声音细若蚊蚋，“可我当时跟王爷说的是，我送过……”

漱石五年前在顺安阁留下过画作，送画的人是一个小书童。如果尹婉承认自己就是这个小书童，当年是帮尹弛送画，等同于指认尹弛就是漱石。

“正是尹四姑娘这句‘送过’，让我知道漱石不是尹弛，而是你。”谢容与道，“漱石隐藏了这么久，是不会轻易让我猜到她是谁的。如果漱石是尹弛，那么当我问起几年前送画的事，他会叮嘱尹四姑娘怎么答呢？”

尹婉轻声道：“……没送过。”

谢容与：“是，没送过。如果尹弛是漱石，他会撇清自己，说自己五年前没让书童去顺安阁送过画。除非漱石是尹四姑娘你本人，你才会说自己送过画，从而把嫌疑推到你二哥身上。你想的是，反正你二哥的画风与东斋先生不像，等玄鹰司看到你二哥的画，便会陷入死胡同里出不来了。你想的是，没有人会猜到，一个女子会是天生的丹青大家。”

尹婉咬着嘴唇，半晌，点了点头：“可是王爷您又是怎么猜到的呢？”

谢容与道：“常人提到丹青大家，第一个总会想到男子，殊不知才能其实是不分男女的。而且女子不易为仕途与功名利禄分心，如果肯悉心钻研，更容易精于一道。前朝的辛蕊夫人，诗词纵横豪阔；百年前中州首富凌娘子乐于生意买卖，走南闯北，一生未嫁；还有小野，她自小跟着岳前辈习武，冬练三九夏练三伏，论单打独斗，我身边这些玄鹰卫，没有一个是她的对手。尹四姑娘自小跟着沈先生，如果你来学画，无论是时间还是精力，都会比尹二少爷更多，漱石为什么不能是你呢？”

尹婉听了谢容与的话，轻声道：“王爷高智，民女……的确是漱石。五年前在顺安阁留下画作的是民女，这次，也是民女把《山雨四景图》和二哥的丹青一并送去了顺安阁。那顺安阁的郑掌柜不知情，以为这些画作皆出自二哥之手，所以当日丢了画，二哥上前劝说，郑掌柜才会听他的劝。王爷，这一切我二哥都被蒙在鼓里，还请王爷不要把他牵连进此案。”

谢容与却道：“如果我猜得不错，尹四姑娘应该同那位教画的沈先生关系匪浅吧？”

否则当年那位沈先生一个举人老爷，怎么肯教一个年仅四五岁的女童丹青呢？就算是伯乐与千里马，难道那位沈先生慧眼如神，能够辨出这样一个小小的女童会是丹青大材？

尹婉听了这一问，不由得看向岳鱼七。

“此事容后再说。”岳鱼七道，“你先回答我的问题，你是怎么知道跟着她就能找到我的？”

谢容与：“因为太巧了。”

岳鱼七：“太巧了？”

“是。”谢容与道，“我到东安暂住归宁庄，而庄子上的这位四姑娘，恰好就是漱石，这是巧合一；我刚发现漱石的画风类似吕东斋，坊间就流出了《山雨四景图》，这是巧合二；曲茂买下《山雨四景图》，此图底画被盗，这是巧合三；

齐州尹数日间忙得席不暇暖，《山雨四景图》被盗当夜，他却意外在留章街出现，这是巧合四。”

谢容与道：“其实齐州尹当夜出现在留章街也没什么，可能是他散值夜归，恰好路过此处，令人生疑的是他之后的表现——他得知《山雨四景图》的底画被盗，一方面称窃贼狡猾，难以追捕，一方面又将责任大包大揽，声称官府一定会寻回画作。齐州尹这个人我知道，他是先帝亲自提拔的陵川父母官，肯办实事，是个少说多做的脾气。当夜玄鹰卫几大精锐追捕窃画贼未果，他如何轻易做出承诺？除非他手上本来就有窃画贼的线索，却故意按下不表。加之我住去归宁庄，也是经由齐州尹安排，我便猜测，或许齐州尹、窃画贼，还有漱石三个人，原本就是相识的。”

如果巧合从始至终只有一个，是意外不为过，但是巧合接二连三地发生，冥冥之中必有关联。

“单凭这样你就确定了齐文柏跟我是一伙的？”岳鱼七问。

谢容与道：“不，真正让我确定三位相识的是另一件事。”

岳鱼七：“什么？”

谢容与：“事后我让玄鹰司的章校尉细查尹家。这位章校尉的脾气虽然急躁，办事一丝不苟，唯一的缺点，就是相信的人太过于相信，疑心的人太过疑心，换言之，就是预设立场。玄鹰司启程来陵川前，官家曾叮嘱过我们，说陵川的齐州尹与宋长吏可以信任，章禄之便将此话牢记心头，等到了此地，但凡是齐、宋二人告知的线索，他从来不会有半分质疑。他查尹家，多半消息是从州府打听，结果他查到了什么呢？所有关于漱石的线索，一概指向尹弛，尹弛自小学画，尹弛是画痴，教画的沈先生走了，尹弛不得不苦读，直到考中秀才才重拾画笔，连学画时间上的间隔，都与漱石的画作两回出现的时间接近，而关于尹四姑娘，章禄之却什么也没查到。不说别的，尹四姑娘当年是一个女童，能跟着一名举人学画，此事便不简单；她年纪尚轻，却与家人疏远，独自僻居于庄子上，仅仅是因为耽搁了兄长的学业？最重要的是，漱石是当年给岑雪明留下画作的人，她一个小姑娘，却跟一个失踪的朝廷命官有关联，这里头难道没有文章？凡做过必留下蛛丝马迹，我已经说过了，章禄之办案一丝不苟，这些蛛丝马迹，他为何没有查到呢？正是因为他太相信齐州尹了，以至于他每每触碰到疑点、缺漏，这些缺漏便被齐州尹填补平整。所以到最后，他什么都没有查出来。”

也正因为此，谢容与才断定岳鱼七、齐文柏与尹婉三人之间相识。而所谓的深夜窃画，只是他们三人联合起来布的一个局罢了。

岳鱼七听罢这话，了然地道：“于是你将计就计，故意让人仿了一幅吕东斋的画？”

谢容与道：“是，晚辈请一位擅画的大人仿了一幅东斋先生的《西山栖霞留景》，随后把画送去点墨斋寄卖。”

“你让那个送画人自称是漱石，又说自己手上已经有了尹弛就是漱石的证据，把卖假画的黑锅扣到尹弛的头上。随后你招来齐州尹与宋长吏，当着他们两个人的面，把尹弛带去衙门。你这么做有两个原因，其一，你知道齐、宋二人未必会相信你，让他们两个人跟着，是为了绊住他们；其二，凭尹婉单纯的性子，见尹弛被带走，只会认为是自己害了他，无措之下一定会给我报信。你于是让你的那些玄鹰卫明面上去衙门审案，暗地里，你却跟着尹婉找到我这里。”岳鱼七道。

谢容与颔首：“是，只是晚辈没想到会在这里遇到岳前辈。”他停顿了一下，随后揖下，“原来岳前辈一番辛苦，只是在试探晚辈。”

谢容与没说试探什么，不过岳鱼七听得分明。他的确给谢容与设了难题不假，原本只想看看这小子能否找着画，没想到谢容与一石三鸟，不但勘破尹婉是漱石，连他的目的也猜到了。

岳鱼七眯着眼睛注视着谢容与，半晌，不由得吐出三个字：“小昭王？”

当年昭化帝将谢容与接进宫，正逢岳鱼七受将军衔不久，一名异姓大族的公子不但被封王，还被赐予一个“昭”字，朝中不是没有异声的，可是这样的异声，都在满朝文武看到谢容与的一刻平息下来。那是怎样一个孩子呢？便是沉静地站在宣室殿上，整个人已自染光华。

而数年过去，岳鱼七看着谢容与，只觉昭之一字果然衬得起他。

外间传来脚步声，青唯侧头看去，原来是卫玦与齐州尹等几个人过来了，尹弛跟在他们身后，他见到谢容与，上前一拜，声音温和地问："王爷，这究竟是怎么回事？月章一到衙门，卫大人便说案子是误会……"他稍微迟疑了一下，看到值房里的尹婉，诧异地问道，"婉婉，你怎么会在此？"

谢容与道："仿画的案子的确是误会一场，至于这一切究竟是怎么回事……"他停顿了一下，看向岳鱼七与齐文柏，最后落到尹婉的身上，"既然漱石画师在此，不知三位可否赐教？"

他这话问得十分有礼，齐文柏忙称赐教不敢："殿下的问题，还是由下官来作答吧，其实这事……"

"其实这事说来话长。"不待齐文柏起头，岳鱼七便打断道，瞥了一眼天色，"太晚了，都回去睡吧，有什么等明早再说。"

岳鱼七发了话，余下的人等只好称"是"，相继告辞离去。

值房院中顷刻间只剩岳鱼七、青唯、谢容与三个人。

岳鱼七扫了谢容与一眼，懒洋洋地道："太晚了，你也回吧。"

谢容与本来想跟岳鱼七提一提他和小野的事的，见岳鱼七没有要听的意思，答应道："是，那晚辈先告辞了。"

青唯好不容易找到师父，还没跟师父说上话，师父就打发自己走了，她悻悻地跟着谢容与一起离去，只听身后的岳鱼七"啧"了一声："回来。我让他回，你跟着一起走干什么？你这丫头，究竟跟谁是一家的？"

青唯愣了一下，这才反应过来岳鱼七的意思。她不由得看向谢容与，谢容与淡淡地笑了一下，青唯这才抿抿嘴，挪回院子中。

夜空中的浓云退去，小院当中月华如练，待闲人都走远了，岳鱼七盯着青唯，语气冷冷的："说说吧，你跟这位小昭王，究竟算怎么回事？"

青唯不知道应该怎么回答，她有点儿无措，一时间觉得那天晚上的噩梦成了真："就……那么回事啊……"

岳鱼七："那么回事是怎么回事？"

青唯垂着头，盯着靴子："就是……唉！说不清，我也不知道算怎么回事……"

岳鱼七有点儿明白了："你的意思是，你跟这个小昭王，是那种说不清怎么回事的怎么回事？”

青唯愣了半晌，虽然她不清楚他们究竟在说什么，但师父这么说，好像也对，青唯点点头。

岳鱼七无声地站了良久，声音淡淡地道：“行，我知道了。”他伸手拾起地上的柳条，还不待他动，青唯先一步反应过来，立刻跃上一旁的树梢，急忙说道：“师父，你不能这样！你总得等我解释一下，再打折我的腿不迟！”

岳鱼七冷笑一声：“你倒是记得为师要打断你的狗腿。”他将柳条一扔，“说吧，我倒要听听看，你能解释出个什么花儿来。”

青唯想了半晌，支吾着道：“我当初跟他就是假成亲，一开始谁都没当真，连夜里睡在一起，我都在盘算着应该怎么离开……可是后来，因为何鸿云的案子，慢慢就耽搁了，加上我又受了伤，他照顾我，不知道怎么就留了下来，习惯了……”习惯了，渐渐生根，舍不得了。直到最后离开，她竟然是被迫的。

岳鱼七听完这一番话，却拣出一个重点：“你的意思是，你们明面上虽然是假成亲，夜里却实实在在地睡在一起？”

青唯愣了一下。她还没来得及辩解，岳鱼七又问道：“你还习惯了？那这意思是不是，你们直到现在，都是夜夜睡在一起的？”

第四十九章

瞻云陟屺

夜晚安静无声，突然之间，仿佛连蛙虫的鸣叫都歇止了。

青唯眼睁睁地看着岳鱼七的目光变冷，长袍无风自动，下一刻，他的身形突然消失在原地。

青唯的脑子“嗡”的一声，身体的反应比脑子更快，一下子跃离枝梢，蹿上檐头，着急地道：“师父，你听我解释。”

岳鱼七立在梢头：“都睡在一起了，还解释什么？”

岳鱼七在梢头一踩，飘身凌空，手中的柳条急出，“啪”的一声，清脆地拍上檐头，青唯旋身堪堪避过：“我跟他虽然睡在一起，但是我们……”她想说他们之间什么都没有发生。可是，他们那叫没发生过什么吗？不说她跟谢容与……亲过几回了。多少次，她窝在谢容与的怀中睡去，又在他怀中转醒的。温小野哪怕再大而化之，也知道这些不是正常男女间该做的事。

青唯支吾着改口：“但是我们之间没发生太多……”

岳鱼七：“……”

柳鞭顷刻间像是活了，携着疾风迅雷，朝青唯席卷而去，青唯见势不好，倒身而下，除了足尖仍踏在檐头，整个人几乎与檐角平行。紧接着，她用力一蹬屋檐，快步后掠，在院中落定，转身就往院门跑。岳鱼七用柳鞭捞起数颗石子儿，尽数打向院门，直接封了她的退路。青唯也不啰唆，步子一折，奔去墙边，干脆往墙头跳。

岳鱼七“啧”了一声，几年不见，这个小丫头，功夫精进了不说，真枪实战里磨炼一番，逃命的本事简直是一等一的。

青唯跃上墙头，却也不敢真的走人，惹师父生气，干脆跟他商量：“要不师父您直接说，您要赏我几鞭子，只要不多，我站院子里不动，直接受了。”

岳鱼七冷笑：“你还有工夫跟我讨价还价，等我打折了你的腿，直接送那个小子去见阎王。”

青唯一听这话却急了，见岳鱼七也跃上墙头，她几乎是抱头乱窜：“可我不跟他在一块儿，我应该跟谁在一块儿？洗襟台塌了，阿爹过世了，辰阳的家回不了，曹昆德利用我，我不姓崔，跟崔家到底隔了一层亲缘，在外面行走也要小心翼翼的，只有谢容与在知道我是小野后……”青唯闪身一躲，避过柳鞭的一击，“只有他在知道我是小野后，信任我，真心待我，尽心保护我，我也喜欢跟他在一块儿，在他身边我才能吃好睡好，倘若这几年师父在，我也不至于漂泊这么久，可是我怎么都找不到师父，师父，你究竟去哪里了？”

师父，你究竟去哪里了？

岳鱼七听了这个问题，手上的动作停顿了一下，他看着几尺之外的青唯，片刻，飘身下了墙头，在院子中的竹椅上坐下，不出声了。

值房的灯光透窗渗出，掺着月华，将小院照得分外明亮。

青唯见岳鱼七脸上的怒容消退，也小心翼翼地下了墙头，唤道：“师父？”

岳鱼七没理她，她又凑近了些，在他的身边蹲下来，微微扯了扯他的袖口，轻声又唤：“阿舅……”

岳鱼七睨了她一眼，半晌，冷冷地道：“这小子太聪明了，我不喜欢。”

真的太聪明了，不单单因为谢容与今夜一招将计就计，轻易就勘破了岳鱼七设下的难题，还因为他自幼被赋予的昭昭之望。当年沧浪江逝去的士子太多，满朝文武在看到谢容与的一瞬间，仿佛看到了那个惊才绝艳的谢桢。

青唯听到这句“不喜欢”，眼眸中掠过一丝黯然。

岳鱼七又道：“谢家的公子谢桢是怎么长成的？他出身名门，年少踏遍山水，才养成了风流洒脱的脾气，他给自家小子取名容与，便是盼着儿子能和自己一样自在恣意，可是谢容与呢？”

谢桢过世后，谢容与被接入宫中，寄予厚望，从此夙兴夜寐，只争朝夕，十七岁那年远赴辰阳，居然是他第一回离开上京城。

“如果谢容与本来的性情真的和他的父亲一样，被拘在宫中长大的这些年，真的是他想过的日子吗？”岳鱼七吐出四个字，“慧极必伤。”

岳鱼七看了青唯一眼，见她的神色越发黯淡，淡淡地道：“不是吗？我听说洗襟台塌了后，谢容与足足病了五年，其中一年连门都出不去，后来几年，也要靠戴着一张面具才能勉强支撑。眼下他看上去病是好了，面具也摘下来了，可他的病究竟是怎么好的，你知道吗？洗襟台是他的心结，他这么不怠不懈地寻找真相，有朝一日，真相真正被揭开，如何保证他的病不会再犯？”岳鱼七说到这里，长叹一声，“丫头，你和他不一样。”

青唯是养在青天旷野里自由自在的一只鸟儿。而谢容与的心上有过云霾，不仅仅因为洗襟台，还因为他是那样负重长大。

青唯却道：“我不在乎。”

岳鱼七转过头看青唯，见她目光里的黯淡之色已经散了，变得十分平静，他停顿了一下，问道：“丫头，你喜欢他？”

青唯愣了一下。她似乎从未仔细思考过这个问题，又或是在潜意识中想到过，却避之不答。

可是这世间最美好的事物，并不是你不去理会，它就不会发生的，它总是在不知不觉中如藤蔓滋长，蓬勃而放，像春来破土的芽儿，冬来覆原的雪，秋日离梢的叶，夏日晨间，开满一整个墙头的花儿。

眼下师父既然问起，青唯也不再回避，低头细细地思忖了一阵，很快就确定了。她点了点头：“嗯，我喜欢他。”

岳鱼七看着青唯，她的目光清凌凌的，清泉一般。

青唯以为岳鱼七又会呵斥她不矜持，没想到他沉默片刻，却道：“喜欢就喜欢吧，人无完人，这小子除了心病，别的都挺好，是招姑娘喜欢。”接着他收回目光，倚着椅背，长长地、悠远地叹了口气，“小丫头长大了，也有自己心仪的人了。”

青唯望着岳鱼七，虽然乍一眼看去，师父没怎么变，可往细里瞧，师父的眼尾已经有了细纹，眼神也比从前更加深邃了，她不由得问道：“师父，您这几年究竟去了哪里？”

青唯接着问道：“我听说，洗襟台坍塌后，您是主动投案的，后来您跟着先帝的御辇回上京，在途中被人劫了囚车，这是真的吗？”

岳鱼七看了青唯一眼：“这些都是谁告诉你的？曹昆德，那个老太监？”

青唯点点头，又道：“我在上溪，遇到了一个叫葛翁的山匪，他说洗襟台坍塌一个月后，您在上溪出现过，还劝他在山中藏着，不要轻举妄动。师父，您那时为何会出现在上溪？您也在查洗襟台坍塌的真相吗？”

岳鱼七听了这个问题，反而问道：“你呢？曹昆德那个老东西，没怎么为难你吧？”

青唯摇了摇头：“我那时听闻洗襟台坍塌的噩耗，躲在崇阳等消息，可是等了快一个月，除了听说朝廷要治阿爹的罪，其余的一概不知。后来我等不及了，有天夜里溜到柏杨山上，听守卫的官差说，阿爹与许多士子一样，被埋在碎石瓦砾下，连尸体都没找到，我很伤心……”

青唯很伤心，待守卫离去，跪在洗襟台的碎石瓦砾上，徒手挖了一整夜，直到隔日天色微明，忽然被人从背后捂住嘴。

青唯：“我就是那时遇到的曹昆德。要说他待我不好，并不尽然，他算是救了我的命。送我去崔家，帮我掩藏身份的也是他。所以他让我认他做义父，骗我去上京城，让我嫁去江家，许多事只要不违背原则，我都愿意帮他去办，毕竟他有恩于我。但我也知道他是在利用我，否则不会在我失去利用价值的一刻，就把我的身份捅给刑部与左骁卫。我不清楚他的目的是什么，不知道是不是错觉，这几年接触下来，我觉得他格外在乎洗襟台，近乎是……有点儿憎恶？”

岳鱼七听了这话，沉吟片刻后问道：“这些事，你可曾跟谢容与那小子提过？”

青唯点了点头：“在上溪就提过了。后来左骁卫的一个姓伍的校尉出了岔子，导致上溪发生暴乱时左骁卫群龙无首，证人被杀，左骁卫的中郎将想要保住这个校尉，我官……小昭王写信给官家，暗中做了笔交易，他可以不追责伍校尉，与之交换，左骁卫及相关衙门，也得暂停缉拿我，至于曹昆德那边，他已经跟官家打过招呼了，所以曹昆德暂时威胁不到我，我眼下是安全的。”

“……这个小昭王，还挺有手腕。”岳鱼七齿间轻声碾出这一句话。他从竹椅上起身，转身要回值房：“行了，今夜就聊到这儿，你走吧。”

青唯愣了一下，追着要进值房："可是师父还没告诉我您这些年去了哪儿呢，我今夜不能住在这里吗？"

岳鱼七不耐烦地看了青唯一眼，抬手就要关屋门："你都是多大的姑娘了，在我这里留宿，像什么话？再说你人在留在这儿，心也能留在这儿吗？怕是早把那个小昭王当成自己官人了吧。"

青唯愣了一下，"哦"了一声，正待转身离开，身后岳鱼七道："回来。"他思量半刻，"你回去收拾收拾，就这两天，跟我去中州一趟。"

"去中州做什么？"青唯不由得问道。

岳鱼七："明天你就知道了，总之早去早回。"

青唯又哦了一声，正要走，岳鱼七"哎"了一声，又唤住她。

岳鱼七看着青唯，神色复杂，半晌才道："你跟这小子的事，我还得思量一下，怎么着都得寻个吉日告知了你爹娘才行，你……我知道你大事上有分寸，切记，你也是好人家养大的姑娘，待告知你爹娘前，定不可让他轻易……轻易……"

余下的话难以说出口，岳鱼七正在组织语言，青唯很快明白了岳鱼七的意思，笃定地道："师父放心，他不会的。"

岳鱼七见青唯领悟得这么快，不禁想起她那句"我跟他没发生太多"，一时间怒火再次蹿上心头："我是担心他不规矩吗？除非你想，谁能占得了你的便宜，我担心的是你！"他终于"嘭"的一声把门关上，眼不见心不烦地道，"赶紧滚回去。"

"中州？"

翌日清晨，谢容与和青唯在偏厅用早膳，听她提及不日要去中州，感到有些意外。

青唯点了点头："师父说的，他说这两日就动身，早去早回。"

昨夜她回来得很晚，轻手轻脚地回到了房中，谢容与竟然在等她，今早衙门还有事，两个人都没有睡太久，德荣端了醒神的汤来，谢容与帮青唯盛了一碗，想了想道："曲不惟在中州有一座宅邸。"

曲不惟出售洗襟台的登台名额，标价十万两一个。哪怕卖出去的名额很少，这么多真金白银，他藏哪儿去了呢？当年洗襟台出事，陵川、上京一带草木皆兵，这些银子他断不敢往上京运，思来想去，中州才是最稳妥的。中州与陵川离得近，又多有买卖往来，陵川近年日渐富裕，多半就是由中州带动的，借由生意的名头，将银子陆续存放到中州，最不容易被人发现。

青唯问："师父想让我去盗曲不惟的赃银？"随即她道，"这差事我办得了。"翻看卷宗查找线索她未必在行，但是暗中探访，擒贼拿赃，她最擅长不过了。

青唯一碗醒神汤吃完，谢容与吩咐德荣为她换干净碗碟，亲自帮她舀什锦粥："尚未可知，待今日问过岳前辈再说。"

谢容与的声音清脆入耳，青唯不由得转过头看他。

日晖透窗而入，将半空里的尘埃照得清晰可见，他的侧颜在这样明媚的晨光里一点儿瑕疵也没有，长长的睫毛微微下压，眸色有点儿清冷，以至于他整个人看上去都是疏离冷淡的，他似乎觉察到她的目光，回头看过来："怎么了？"

谢容与神情中的冷淡未散，眼神与语气却很温柔。青唯的心头突然一跳，她摇了摇头，收回目光，不说话了。耳畔浮响起师父那句，"丫头，你喜欢他"。

用完早膳，一行人随即去了州衙。

除了齐州尹与宋长吏，尹弛、尹婉，还有尹家老爷也在衙门等着了。

齐文柏将众人引至衙门会客的偏厅，方落座，只见岳鱼七姗姗来迟，谢容与起身对岳鱼七施以一揖："岳前辈上坐。"

岳鱼七"嗯"了一声，一点儿不客气，直接在上首坐下。

当年长渡河一役，朝廷虽然赐了岳鱼七将军衔，到底只是六品，而且岳鱼七当了几日官，称是拘得慌，很快辞官回辰阳了。眼下昭王殿下还在厅中呢，怎么由岳鱼七坐到上首去了？

齐文柏左右为难，很想提醒岳鱼七一句，奈何谢容与似乎没觉得不妥，齐文柏只得闭了嘴。

谢容与开门见山地道："岳前辈，小野说您近日要带她去中州，不知所为何故？"

岳鱼七道："你们不是在查岑雪明？中州有岑雪明的线索，我闲着没事，跑一趟无妨。”

这话掐头去尾，说得四六不着。中州怎么会有岑雪明的线索？

齐文柏见众人感到有些困惑，道：“还是由在下来说吧。”他朝谢容与、卫玦等几个人一揖，“这事还当从头说起。昭化十三年，洗襟台坍塌后，岳小将军得闻噩耗，第一时间就赶来了东安，称是要寻找自己的外甥女，即殿下身边的这位温姑娘……”

青唯是昭化十二年，谢容与来请温阡出山时，离家出走的。她并没有走太远，在岳鱼七的山居一直住到来年春天。她心中有气，生气父亲没有回来为母亲守丧，为何赶不及见母亲最后一面？可是父女之间，这样的生气又能持续多久呢？

何况，青唯知道，在温阡的心里，这座洗襟台，就是为他的亡妻建的。待楼台建好了，他希望青唯能去看看。

昭化十三年，辰阳入夏的第一个清晨，岳鱼七一觉醒来，没有看到小野，只在桌上拾到了一张字条：“我走了，去洗襟台看看。”

那年的温小野已经十四岁了，她自小跟着岳鱼七学武，论功夫早在常人之上，徒弟长大了，多少需要历练，何况，岳鱼七想，他都把软玉剑送给她了，她能遇到什么危险？温阡也在陵川呢。所以温小野这一走，岳鱼七没有跟去。

岳鱼七是个随性的人，温小野在他这儿住了大半年，他就拘束了大半年，温小野这一走，他也乐得自在，陵川的热闹他不爱去凑，转头往北走，过中州入泯江，乘船朝西，去庆明找自己的一位老友吃酒去了。所以洗襟台坍塌的噩耗传到岳鱼七的耳中，已经是昭化十三年的七月下旬了。

岳鱼七听到这个消息，第一时间便往陵川赶，一路星夜兼程，然而等到了陵川，陵川整个州已经被封禁，尤其是崇阳县一带，出入更需要朝廷特制的通行令。

所幸岳鱼七在朝中认得几个人，他找到当时陵川州府的办事推官，请他帮自己弄一张通行令。这名推官姓齐，正是后来的陵川州尹，齐文柏。

齐文柏道：“在下与岳小将军是早年在上京城中结下的情谊。长渡河一役后，岳小将军回上京领将军封衔，正逢在下述职，我二人一见如故，成为知交。昭化十三年，岳小将军辗转找到我，称是他的外甥女温氏很可能陷在崇阳县，托我给他办一张通行令，他好把外甥女救出来。岳小将军之托，在下自然义不容辞，亲自将岳小将军带到崇阳，没想到……”

“没想到我到了崇阳，不但没有找到小野，见到的却是人间地狱。”岳鱼七接过齐文柏的话头，说道。

说是人间地狱，其时已值七月末，比之洗襟台刚坍塌时，已经好了许多。

听说洗襟台坍塌那日，漭漭大雨浇注下，不断有碎石瓦砾自山间滑落，人们连靠近都不能，谈何救人？等到大雨终于歇止，每揭开一块巨岩、梁木，下头就能找到一具尸体，连小昭王被抬出来时，竟然也一身是血，生死不知了。

是人都有恻隐之心，岳鱼七找不到青唯，只能托齐文柏四处打听，等消息的几日，他念及自己在军队中学过一点儿包扎之术，便去医帐中帮忙。就是在那里，他遇到了一名姓沈的举人。

“沈举人”三个字一出，尹婉的眸色一暗。尹弛不禁道：“沈举人？他可是……可是我的先生？”

齐文柏道：“尹二少爷稍安，且待岳小将军往下说。等他说完，您就都明白了。”

这位沈举人姓沈名澜，也是洗襟台的一名登台士子。

被遴选登台的士子中，别的地方都是以进士为多，只有陵川，举人几乎占了半数。

沈澜的运气好，洗襟台坍塌时，他扶住了山间的一棵巨树，巨树虽然折断，却在废墟下给他撑起一片空间，他伤了腿，并没有性命之忧。

岳鱼七碍于与温氏有牵连，去医帐中帮忙的时候，都挑帐子里没人的时候。

彼时正是深夜，沈澜却醒着，看了岳鱼七一眼，说道：“义士，看您的样子，不像是官府的人。”

岳鱼七淡淡地道："我是过来帮忙的。"

沈澜听得"帮忙"二字，目光又在岳鱼七身上看了片刻："义士夤夜前来，又遮着脸，若不是有什么苦衷，想必就是来害人的吧？"

岳鱼七不理解沈澜一个读书人，为何会有这样恶毒的猜测，他没理沈澜，掀开沈澜腿上的伤处一看，立刻吃了一惊。不知为何，沈澜的伤口竟然一直无人上药，早已流脓生疮了。

岳鱼七当即不再迟疑，找出一瓶金疮药，转头出帐打水，沈澜一下子握住他的手腕："义士究竟是谁？真是来帮我的？"

岳鱼七道："我是谁你不必打听，你需要知道你这腿再不救治，就要废了。"

沈澜听了这话，目光有一瞬间的茫然，随后灼灼生出光来，像是看到希望，他忍痛从病榻上坐起来："义士夤夜来帐，只为救人，想必定是义薄云天之辈，在下有一个不情之请，还望义士一定答应。"他继续道，"在下姓沈，名澜，字书辞，东安人，有人……"他朝四周看了看，急忙说道，"有人要杀在下，在下恐怕活不过今夜了，如果可以，还望您能保住家中小女一命。"

岳鱼七一听这话，感觉事情不简单，问道："有人要杀你？谁？"

沈澜摇了摇头："在下也不知道，只晓得那个人是朝中的一个大人物，实不相瞒，在下之所以能登上洗襟台，就是……"

话未说完，帐外忽然传来巡逻的脚步声，是夤夜查帐的人回来了，沈澜突然甩开岳鱼七的手："义士快走，莫要被在下牵连，记得在下姓沈，还望义士一定保住小女一命。"

巡帐的是上京城中的军卫，岳鱼七没有多留，很快避了出去。他没有走远，就在附近一棵树上守着，直到翌日天明，军卫撤了出去，岳鱼七再次进到帐中，沈澜已经死了。

洗襟台意外坍塌，幸存的士人本该尽力救治，可是其中一名士子却被毒害身亡，岳鱼七的心中浮起层层疑云。他很快找到齐文柏，一方面彻查沈澜之死，另一方面，为了完成沈澜的心愿，去寻沈澜口中的小女。出乎意料地，据户籍所载，沈澜并没有女儿。他早年丧妻，后来甚至没有续弦，半生无所出，哪儿来什么小女?

齐文柏道:“这事越蹊跷，越说明里头有文章。在下于是派人暗中查访，终于在是年九月，查到了沈澜之女的下落。”

沈澜的确有一个女儿，名叫菀菀，是他的亡妻所生。

要说沈家，祖上做的是字画买卖，也算东安的大户，只是到了沈澜这一辈，家业日渐衰败。沈澜与亡妻白氏的亲事，家中的祖辈本来是不同意的，说白氏福薄命苦，八字与沈家不合，但沈澜与白氏青梅竹马，相爱甚笃，在沈澜的坚持之下，白氏到底还是过了门。

白氏当真命苦，生下小女菀菀的当夜，还没来得及与女儿见上一面，就咽了气。再后来，也不知道是这个阴时阴刻出生的女儿菀菀易招灾祸，还是沈家本来时运不济，家中祖辈相继过世，家业也一落千丈，三房老幺出生不过一个月，得了一场急病早夭了。家里的长辈执意说这一切都是菀菀的错，找算命的来给一算，算命的也说，菀菀克亲断财，她的生母在生她的当夜而亡，这就是最好的例证，沈家于是生了要把菀菀送走的念头。

所幸阴时阴刻出生的孩童，也是有好人家收的。命理上有个说法，有的人家福运太旺也不是好事，所谓木秀于林，风必摧之，得找阴时生人来压一压。

而当时在东安，恰好有一户尹姓人家想收养一个阴时出生的孩童，沈家于是就把菀菀送去了尹家。自此菀菀就不叫菀菀了，她改姓尹，唤作尹婉。

尹弛听到这里，愣道:“这么说，婉婉其实不是我的亲妹妹，她姓沈，是沈先生的女儿菀菀。可是这一切，为何从没有人跟我说起过?”

齐文柏叹道:“要说起，该从何说起呢?这个沈澜啊，他就是一个情痴……”

沈澜是个情痴，一生只爱了白氏一个人。娶回白氏的当夜，他就跪在祖宗祠堂里立誓，说他这一辈子都不会纳妾，要与白氏一生一世一双人。白氏在世时，他二人同进同出，恩爱甚笃。后来白氏过世，他的悲痛可想而知，听说他为白氏守灵，几乎不吃不睡，不到一个月整个人瘦脱了形，若不是家人把尚不足月的菀菀抱到他的跟前，他已经欲随白氏而去了。

此后，沈澜便将一生之爱倾注到了小女菀菀身上，亲自教她长大，从不因为她是一个女子就束缚她，她喜欢画画，他便教她识丹青，教她念书认字。

若不是因为家中祖辈以死相逼，父母在祠堂跪了三天三夜，沈澜说什么都不肯将菀菀送走的。

那时，沈澜已经有了举人的功名，正待朝廷分派试守，菀菀离开后，沈家的一切似乎都在好起来。

没想到弄巧成拙，沈澜打听到菀菀被送去了尹家，而尹家彼时正在招教书先生，他居然不肯做官了，转头去了尹家，称是愿做尹二少爷的开蒙先生，只求在授学时，能见到他的菀菀。

沈澜与菀菀父女离分，尹老爷不是没有恻隐之心的，再说沈澜一个举人，愿做尹弛的教书先生，何乐而不为呢?

“想必殿下一定觉得奇怪，沈澜一个举人，何故不做官，却要去当先生，何故在授学时，愿意捎上一个小姑娘，又何故会教这个小姑娘与尹二少爷一同学画呢？缘由就在这里。因为尹婉就是菀菀，她是沈先生的亲生女儿。”齐文柏道。说着，他又是一叹：“也许是天意吧。尹二少爷与菀菀一样，竟然也是一个天生的画痴，沈澜又是个不拘小节的人，认为常人不该死读书，要按照自己的心愿而活，一辈子做自己喜欢的事才够痛快。所以反而将课业抛去一边，专心教尹弛与尹婉丹青。”

可惜好景不长，尹弛苦学丹青一事，到底被尹家发现。尹老爷雷霆大怒，认为是沈澜耽误了儿子，不但撵走了沈澜，担心有尹婉在，会影响尹弛考功名，就让尹婉搬去了归宁庄里住。

尹老爷后悔地道：“说起来，这一切都是我的错，怪我彼时太冲动，太过一意孤行，其实沈先生当时劝过我，他说人这一生，并不是只有考取功名这一条路可走的，若能在喜欢的事上有一番作为，至少自己心里是满足的。就譬如筑匠温阡，曾经也是进士之才，可后来苦心钻研营造修筑之术，眼下不也成了人人敬之的大筑匠？沈先生说，人这一辈子，最难得的就是按照自己的心愿而活，尹家有条件，弛儿也肯吃苦钻研，何故不让弛儿工于丹青呢？我当时听了他的这番话，只觉得他说的都是歪理，觉得他……他是为了夺回自己的女儿才这么说的。他为了教自己的女儿学画，耽误了弛儿的课业。”

尹弛听了这话，急忙说道：“爹，您真是误会沈先生了。学画乃月章自己所愿，是月章知道沈先生家中做的是字画生意，求了他半年，否则他岂肯教月章丹青？”

尹老爷哀声叹气地道：“我当时是气糊涂了，不但撵走了沈澜，还跟他说，我知道他想要回自己的女儿，但菀菀早已入了我尹家之籍，是我尹家的人，他这一辈子，都别想把菀菀讨回去了。眼下想想，我不应该跟沈先生说这句话的，我若不说，他也不至于走到后来那一步……”

卫玦问：“走到哪一步？”

齐文柏道：“诸位还记得《四景图》吗？不是尹四姑娘后来所仿的《山雨四景图》，而是东斋先生的真迹，传世名作《四景图》。这幅《四景图》，当年就在沈家。”

沈家的祖上就是做字画买卖的，后来收到吕东斋的《四景图》，一直把它当作镇店之宝，概不出售了。

这也解释了尹婉的画风为何会类似吕东斋，为何年纪轻轻，就能仿出《山雨四景图》，抛开她是天生的丹青天才不提，她正是看着《四景图》的真迹长大的。

尹婉轻声道：“小时候，爹爹为了逗我开心，便偷偷将《四景图》拿给我看。我那时太小了，不解这幅画的玄妙所在，可爹爹有办法，四景图是由一幅底画，四幅覆画组成的，按照光影变幻，底画与覆画相结合，就形成陵川四景。爹爹常常……”尹婉说到这里，想起沈澜，声音哽咽起来，“爹爹常常把覆画去了，只留底画，随后自己画了覆画，罩在底画上给我看。他画的覆画很简单，只是一团光影，盖在底画上，就成了猫儿、狗儿，成了喜鹊和知了。这是……”尹婉的眼中滑下一滴泪来，“这是我儿时最喜欢的游戏，爹爹于是乐此不疲，画了许多许多，每一天都有新鲜的，都是不重样的，我后来喜欢上丹青，喜欢上东斋的画风，多半是因为爹爹……”

沈澜是昭化十年被撵出尹家的，尹家老爷最后放话说，菀菀早已入了尹家的籍，是尹家的人，他这一辈子，都别想把菀菀讨回去了。

沈澜已经没了白氏，不能再没有菀菀了。他还想亲自为她送嫁，将她交给一个好人家的。

直到此时，沈澜才开始后悔，他后悔自己当初考中举人，为何没有及时做官，如果自己能青云直上，成了一言九鼎的大官，是不是就没有人能从他的身边抢走女儿？是不是当他想讨回菀菀，没有人敢说一个不字？

沈澜自此入了仕，但仕途并没有他想象中的顺利，可能是他的性情所致吧，他不擅长钻营，更谈不上长袖善舞，其实一步一个脚印地办实事，怎么都有出头之日，可是沈澜等不起的，有朝一日，菀菀长大了，他还没有成为那个一言九鼎的大官怎么办？他需要一个机会，更或者说，一条捷径。

而昭化十二年，这个机会来了。朝廷决定修筑洗襟台，并在来年七月，从各地遴选士子登台。

其实最开始，沈澜并没有觉得洗襟台会是他的机会，他虽然是举人，但他政绩全无，甚至还比不上一些早早入仕的秀才，直到有一天，陵川有一个叫作岑雪明的通判找到了他。

岑雪明说，朝中有一个大员很喜欢吕东斋的《四景图》，只要沈澜愿意把《四景图》舍出，那位大员，愿意给沈澜一个洗襟台的登台名额。

《四景图》是沈家的镇家之宝，沈澜听说了此事，起初是犹豫的，可是画作再珍贵，到底是死物，菀菀一天一天地长大，父女在一起的时光又能有多久呢？

如果他能成为被选中的士子，登上洗襟台，是不是常人都会高看他许多，他想要回菀菀，也会容易许多了。

沈澜于是一咬牙，将《四景图》交给了岑雪明。

那是昭化十三年的初夏，沈澜来到归宁庄，见了尹婉最后一面，说："菀菀，爹爹近日要去柏杨山一趟，你再等一等爹爹，或许今年入秋，爹爹就能把你接回家中了。从此我们父女在一起，再也不分开了。"

尹婉自小丧母，寄人篱下，虽然年纪很轻，却十分懂事，听了父亲的话，她没问缘由，更没有催促，只说："爹爹，我近来的画技又进步了，仿东斋先生已仿得皮毛，我可以拿给您看吗？您看了定然高兴。"

因为尹弛的事，沈澜与尹家有龃龉，菀菀往来归宁庄内院取画，耽搁岂止一时？沈澜不便在此多留，想了想道："菀菀是天生的丹青家，画作已可售卖，你若希望爹爹看画，可以暂时将你的画送去顺安阁寄卖，等爹爹从柏杨山回来，自然会买回来看。"

尹婉想起东斋先生《四景图》中"越山古刹钟鸣"里枕流漱石之景，想起小时候爹爹画了猫儿、狗儿的覆画，总会顺道提上"枕流"二字，点点头说："好，那菀菀就把画作送去顺安阁，题字漱石，等爹爹回来，可记得一定要看。"

那个急雨绵延的初夏，几幅稍显稚嫩的、题着"漱石"二字的画作陆续被送到了顺安阁。

可惜卖画人等啊等，等到酷暑过去，秋凉遍生，都没有等到那个说好会来的买画人。

昭化十三年的陵川陷在了夏末的一场山摇地动中，而沈澜，再也没能如他所愿，从柏杨山回来，接女儿回家。

第五十章

白襟无垢

厅堂中一时寂静无声。

片刻后，谢容与道："所以尹四姑娘当年以漱石之名送去顺安阁的画作，最终是被岑雪明买了去？"

尹婉点点头："父亲一去杳无音讯，我不知道应该怎么找他，一直等到那年九月，岑雪明找到了我。他说他知道我是漱石，在顺安阁买下我的画作，就是为了等我去结银子时见我一面。是他告诉我，爹爹用《四景图》换了一个洗襟台的登台名额，他还说……"尹婉一时哽涩难言，沉默许久才继续说道，"他还说，爹爹已经冤死在洗襟台下了。他随后交给我一幅画，让我把画收好，说等有朝一日，朝廷来查爹爹的冤情，我就把这幅画拿出来，它自会指明证据所在。"

尹婉说着，走到厅堂左侧的柜阁，取出一个扁长的木匣。木匣里有一个卷轴，卷轴徐徐展开，映入眼帘的是一幅山雨中的亭台。

"这幅画的走笔我一眼便认得出，确实是我父亲临终所作不假。"尹婉道，"岑雪明交给我这幅画后就失踪了，这些年我再没有见过他。"

众人都朝尹婉手中的画作望去。可是这幅画瞧着平平无奇，山雨朦胧得几乎与亭台连成一片，哪里会暗藏什么线索？

这时，谢容与的眸光一动："这是一幅覆画？"

尹婉点点头："殿下所料不错，这幅画，正是可以罩在四景图上的一幅覆画。"

吕东斋的《四景图》是由一幅底画四幅覆画组成的，底画与每一幅覆画相结合，便形成新的风景。

尹婉小时候，沈澜常常自己画了覆画，在《四景图》上变出猫儿、狗儿来逗她开心。可以说，《四景图》的底画是什么样的，沈澜早就铭记在心。

卫玦道："也就是说，岑雪明最后交给四姑娘的只是覆画，想知道他留下的证据，一定要找到东斋先生的《四景图》真迹不可？"

尹婉点点头："大人说得不错。"

章禄之道："可是，岑雪明想留下曲不惟的罪证，为什么要这么麻烦呢？还有沈先生，他明摆着死得蹊跷，你们当年难道一点儿没查？"

"自然查了。"齐文柏道，"此事还是由在下来说吧。诸位还记得沈先生是怎么遇难的吗？"

青唯道："师父去医帐中帮忙，遇到了沈先生，后来军卫巡帐，师父避去帐外，隔日再去，沈先生已经被毒害身亡了。"

齐文柏点头道："正是了，所以沈澜的死因，说古怪也古怪，说明显也明显。当夜岳小将军离开医帐，并没有走远，他就藏在附近的一棵树上，可以说，一整夜，他是都盯着帐子的。而那个帐子除了巡夜的军卫，当夜再没有任何人出入了。"换言之，害死沈澜的，只能是这几个巡夜的军卫。

齐文柏道："洗襟台坍塌后，先帝很快到了陵川，柏杨山一带的巡防彼时已经全权由枢密院接管，所有医帐、营帐的巡防，都得听从枢密院统一调派，这说明了什么？"齐文柏说着，不等众人回答，径直道，"说明了真正想杀沈澜的人，在枢密院中。"

想想也是，沈澜一个清白士人，能跟巡夜的无名将卒有什么仇？想杀他灭口的，是当夜调派那几个将卒去医帐的人。

齐文柏道："眼下昭王殿下已经查到曲不惟，所有事端自然是一目了然。当年曲不惟利欲熏心，委托岑雪明贩售洗襟台登台名额。洗襟台坍塌后，曲不惟唯恐事情败露，欲杀岑雪明灭口。岑雪明料到曲不惟的心思，很早就给自己想好了退路。他先暗中救下了沈澜，请他画下一幅《四景图》覆画，并以这幅覆画为线索，指明曲不惟的罪证。"

"可是，"齐文柏说着一叹，"对于当时的我和岳小将军来说，几乎是两眼一抹黑，我们不知道始作俑者是曲不惟，不知道士子为何会死。我们知道的只是，枢密院中有人在行悖逆之事，诸位当知这意味着什么。”

卫玦点头：“枢密院既然负责柏杨山一切巡防调派，那么所有人，包括先帝的安危，都要倚仗他们。一旦巡防出了岔子，先帝的性命受到威胁，乱的就不只是一个柏杨山，说不定会波及整个泯江以南，甚至……天下。”

“是。”齐文柏道，“所以在当时，我和岳小将军更不敢轻举妄动了。那几日我二人真是草木皆兵，每一次兵卒的调派、异常的轮值，都会引得我二人杯弓蛇影。而就在这时，上溪传来了一个消息……”

青唯听到这里，眸色微暗：“竹固山的山匪之死。”

“不错，上溪竹固山的山匪一夜之间死伤殆尽。”齐文柏道。

“其实我们接到的消息很简单，称是上溪县竹固山有山匪作乱，残害百姓，朝廷已经派兵尽数剿杀。剿匪令朝廷一年前就下了，剿匪算是按规矩办事，当时陵川因为洗襟台坍塌乱得不成样子，与之相比，这则消息几乎是不值一提的。只是，我和岳小将军知道枢密院有异，任何一次将卒调派，我二人都格外在意。我们感觉竹固山的山匪之死不简单，商量后，我们分头行动，岳小将军前往竹固山，而我回到东安，查访沈澜之女的下落。”

岳鱼七接过齐文柏的话头，说道：“我到了上溪，便如你们后来查到的，遇到了藏匿在山中竹固山的山匪遗余，葛翁和葛娃。从葛翁的口中，我们才知道了洗襟台名额买卖的龌龊。葛翁彼时义愤填膺，一行想要为竹固山的山匪申冤，可我想到沈澜的死，最终还是劝他留在山中，等待时机成熟的一日。”

能出售登台名额的人必然不简单，若此人跟杀害沈澜的凶手系同一个人，说明他出自枢密院，目前必有爪牙在柏杨山。葛翁手上没有实证，执意为竹固山的山匪申冤，只会火上浇油，给自己招来杀身之祸，更有甚者，那个买卖名额的人掌军事调派大权，倘若他意识到自己的罪行暴露，就势起兵反了，陵川只会沦为人间炼狱。

齐文柏道：“岳小将军离开上溪，很快回到东安与我会合。想是沈澜死前，托付岑雪明保护蒄蒄，岑雪明用了一些法子，将尹家收养蒄蒄的记录抹去了，所以我寻到尹四姑娘很费了一些工夫。也是从尹四姑娘这里，我们再次确定了朝中有人买卖洗襟台登台名额。我们还想往下查，怎奈就是这时，朝廷定了温阡的罪名，并下令追捕温阡的所有亲眷，然后岳小将军……”

“然后我就被捕了。”岳鱼七言简意赅地道。

“怎么会？”青唯道，“凭师父的本事，要逃脱朝廷的追兵并不困难，哪怕是那时的我……”

哪怕是那时的她，只要真的想藏，绝不会轻易被官兵拿住。

“怎么不会？”岳鱼七不待青唯说完，声音淡淡地道，“当时我为了查清买卖登台名额的真相，成日在外走动，还时常跟朝中官员打交道，我又不是神仙，夜路走多了，总会撞见鬼的，自然就被官兵抓了。”

“可是即便这样，师父也不该……”青唯还是不信，总觉得岳鱼七刻意隐瞒了些什么。

谢容与看了青唯一眼，略过这一疑点，问道：“岳小将军被擒，朝中应该无人敢随意处置，岳小将军可是借此机会见到了先帝？”

“见到了，也把我们查到的一切告诉他了。不过，”岳鱼七道，“他也无能为力。”

“为何？”青唯问。

先帝是皇帝，遇到这样的大案，难道不应该第一时间彻查揪出罪魁祸首吗？也难怪青唯有此一问，她生于江野，是不明白朝中的局势的。

谢容与的眸色微暗，他平静地道：“先帝当时……身子已大不好了。”

先帝勤于政务，在位多年，常常夙兴夜寐，于龙体上本来就有所亏欠。洗襟台坍塌的噩耗传来，先帝一路劳苦奔波赶到陵川，见到那般惨象，更是一病不起。

帝王之躯事关国祚，每一回新旧皇权的更迭，都是朝政最敏感的时刻，甚至会影响许多大员的沉浮。这个时候，任何一个决策都是牵一发而动全身的，遑论彼时枢密院掌着沿途的巡防大权，哪怕是昭化帝，亦只能按下不表。

青唯道：“那先帝回到上京以后，不就可以彻查此案了吗？他为何不查？”

岳鱼七道：“先帝的确是打算一回到上京，立即彻查洗襟台登台名额买卖案件的，离开陵川前，他钦定文柏为陵川新任州尹，就是为了方便日后办事。可是在回上京的路上，发生了三件事，先帝不得不将计划搁置。”

青唯：“哪三件？”

“其一，朝中有将军擅权，借由洗襟台事件，意图扶植年幼的皇子上位；其二，先帝的病情加重，太医私下断言，余下寿数已不足一载；其三，也是最重要的，”岳鱼七说到这里，看向众人，“还记得沈澜的死，是巡夜的军卫做的吗？我们虽然查不出来这个军卫当夜是受谁调遣，先帝却查得出来，调遣他的这个人。”齐文柏停顿了一下，看向众人，“正是章鹤书。”

“彼时先帝已经立了当今官家嘉宁帝为太子，而章鹤书之女，当今皇后，是早就挑好的太子妃，两个人的亲事已经筹备了一年，只待先帝一回上京就完婚的，如果要彻查洗襟台登台名额买卖，势必要从沈澜入手。从沈澜入手，很快就要查到章家，章家一旦在这个时候出了岔子，不管会不会波及太子，那些意图扶小皇子上位的，都会利用此事做文章，把太子从东宫之位上拽下来，继而扶一个傀儡的年幼帝王上位，以掌大权。”

洗襟台坍塌，朝堂人心浮动，民间四处惶惶，这个时候皇权大变，一旦见了兵戈，往最糟糕的情况想，危及的就是整个江山，所以，先帝能在这个时候彻查此案吗？他不能，也不敢。

他甚至得利用章鹤书之力，让太子坐稳东宫之位，甚至在知道何家不干净的情况下，仍是让太子认何氏为母妃，借用何拾青这个中书令，为太子保驾护航，即便他知道将来太子登基，会成为一个空壳皇帝。

谢容与听齐文柏说完，垂下眼来。他是在深宫长大的，那些年若说与谁走得近一些，便只有赵疏了。

赵疏与章元嘉青梅竹马，情意甚笃，可是这一切在洗襟台坍塌后就变了，他们二人日渐疏离，甚至连谢容与这个隔了一层的表兄都有所觉察，原来缘由竟是这样。

想来赵疏在得知章鹤书可能犯下的罪行时，在昭化帝的病榻前接下遗诏时，已经身处两难之境。

“再者，先帝虽然怀疑章鹤书，证据呢？我们查了那么多，没有一样实证是指向章鹤书的。而且凭章鹤书彼时之力，不可能调动军队，所以竹固山的山匪之死，绝不可能是他一个人做的。”齐文柏道，“也是到了五年之后，昭王殿下才为我们解答了这个困惑。真正贩卖登台名额的人是曲不惟，而章鹤书，是曲不惟的同谋。”

于是在那之后，所有人都不约而同地蛰伏起来，竹固山中幸存的山匪，东安府那名叫漱石的画师，留守陵川等待还事实真相的州尹大人，曾经叱咤风云，然后消失得无影无踪的岳小将军，被雪藏的玄鹰司，以及那个处境艰难的，被架得空空如也的年轻皇帝。所有人，都在暗无天日中静待一个时机。

而嘉宁三年的春天，这个时机终于来了。

朝中诸位大员以章鹤书为首提出要重建洗襟台，年轻的皇帝首肯后，作为交换，复用了被雪藏的玄鹰司，洗襟台疑案重新得以彻查，岳州崔氏被缉捕，藏在崔家的温氏女护送崔芝芸去上京，并借此做掩护，救下了洗襟台的工匠薛长兴。

而与此同时，陷在深宫的帝王，召见了那个终于自心病中转醒的小昭王，这个他认为，最有能力查清一切真相的天之骄子，并把先帝临终的托付告诉他，唯愿他能散去无尽云霾，还过往以昭昭。

“那师父呢？”青唯问，“这些年，师父究竟去了哪里？您跟着先帝的御辇回上京，途中被人劫了囚车，这是真的吗？”

岳鱼七没吭声，齐文柏说道：“真的，而且这一场劫囚，本身就是先帝策划的。”

齐文柏解释道：“岳小将军如果正正经经地跟先帝回到上京，等待他的将是无穷的审问，朝廷严苛的定罪，往后岂有自由可言？还不如借一场‘劫囚’掩去行踪，藏匿在暗处静待时机。”

青唯道：“可是劫囚之后呢？师父又到哪里去了？”

“劫囚之后……”岳鱼七淡淡地道，“我自然就离开上京了。四处走了走，去了不少地方。”

“师父离开上京了？”青唯问道。不知怎么，她竟然觉得岳鱼七在骗她。这些年她为了寻找师父，费了许多周折，可岳鱼七这个人，就像凭空消失了一般，一点儿消息也没有，她不相信岳鱼七如果恢复自由，会不来找她，所以青唯接到曹昆德的信，得知岳鱼七可能就在上京，她才会那么相信。青唯感觉曹昆德没有骗她，岳鱼七这几年或许根本没有离开过上京，只是不知为何，岳鱼七不肯对她说实话。

这时，卫玦道：“齐大人、岳前辈，在下有一事不解，既然官家与几位早就怀疑章鹤书了，为何去年洗襟台之案重启，玄鹰司得以复用之时，官家对章家只字不提？”

齐文柏道：“无怪卫大人有此一问，按道理，我等既然目标一致，我们的确应该把知道的一切提前告诉昭王殿下与玄鹰司。只是，在回答此问题之前，老夫也有一问，敢问昭王殿下、玄鹰司诸位，你们这一路查来，可曾查到了章鹤书半点儿蛛丝马迹？”

这……

卫玦与章禄之、祁铭互相看了一眼，摇了摇头：“不曾。”

从上溪的孙县令、秦师爷，再到最后查到的岑雪明，这些人只是曲不惟的下线，与章鹤书没有丝毫关系。可以说，如果不是岳、齐二人亲口相告，单凭现有的证据，玄鹰司很难对章鹤书起疑。

“这就是了。”齐文柏道，“我们同样没有实证。而我们怀疑章鹤书的唯一凭据是，那几名杀害沈澜的军卫是被章鹤书临时调派去的，这一点并不能作为呈堂证供，它只是一个推论。后来风波过去，我们暗中审过那几个军卫，他们嘴硬得很，从他们口中，我们什么都没有问出来。”齐文柏接着道，“再者，敢问诸位，章鹤书是一个怎样的人？”

谢容与道：“章鹤书出身章氏大族旁支，他那一辈，章氏族中人才济济，单是进士就有三人，而章鹤书这一支太偏，几乎与寒门无异，族中荫官落不到他头上，所以他年少苦读，一心想要凭一己之力走上仕途。他年少中举，无奈考中举人后，会试屡试不第，受过族人不少嘲笑，好在他心性坚韧，终于在三十一岁之时考中三甲进士，从此入仕。”

“章鹤书的仕途并不是一帆风顺的，他在入仕之初，也曾遇到过坎坷。”谢容与回忆了片刻，“具体什么案子，本王记不清了，大概是族中有嫡系子弟贿赂朝廷命官，东窗事发后，把他推出来背锅，他因此被下放去一个偏远县城做典簿，直至几年后才得以昭雪。正因为此，章鹤书十分憎恶贪污受贿的官员，他为官近二十载中，清廉之名在外，加之他勤勉、认真，听说就连上下值的车程上，都会临灯苦读片刻，一时被传为佳话。”换言之，抛开偏见不提，章鹤书的的确确是个清廉、勤勉的好官。

齐文柏道：“眼下我们已经知道，洗襟台的名额十万两一个，如果没有十万两，那么便要用价值连城的瑰宝，譬如《四景图》换取，而章鹤书，恰恰是一个不屑于钱财的人，他参与到洗襟台的登台名额买卖中，或是与曲不惟合谋，又是为了什么呢？最重要的一点，不管是章鹤书还是曲不惟，他们手中洗襟台的登台名额，究竟是从哪里来的？”

齐文柏说到这里，长叹了一声：“说来惭愧，从昭化十三年洗襟台坍塌的那一刻起，直到今日整整五年，我、岳小将军，甚至是先帝、当今官家，并不是一点儿没有追查洗襟台坍塌的真相的。可是我们每每顺着当年的线索往下查，就会走进一个死胡同，一点儿蛛丝马迹都寻不到。有时候，我们甚至会怀疑，我们当年的推论是不是错了，章鹤书只是意外调换了军卫，那几个军卫只是意外杀害了沈澜，可我们又清楚地知道，世上不可能有这样的巧合。所以，我们思来想去，最终决定不告诉昭王殿下与玄鹰司我们所知道的一切，我们不希望因此干扰殿下的判断，让您走进与我们一样的死胡同里，也许只有从别的、新的角度切入这桩谜团，才能有所获吧。”好在，到了最后，谢容与没有让他们失望。

卫玦道：“多谢齐大人解惑，在下明白了。”

齐文柏摇了摇头：“卫大人客气了。”他说着，似乎想起什么，朝谢容与揖下，“至于偷盗尹四姑娘所作的《山雨四景图》底画，还望殿下莫怪。”他略去岳鱼七故意给谢容与设置难题不提，解释道，“我等得知曲不惟是罪魁，思来想去，决定以一幅《山雨四景图》为饵，试一试曲茂。”

至于他们为何要试曲茂，其一，当然是想通过曲茂的反应，看看《四景图》的真迹是否在曲不惟的手上。第二个原因不便宣之于口——齐文柏不够信任谢容与。

倒不是因为谢容与和曲茂走得近，谢容与作为一个异姓王，却掌着玄鹰司这样一支天子近卫，这样的官职任命，放在任何一朝都是极不合适的，也许赵疏足够信任谢容与，齐文柏到底是天子近臣，初次接触，对小昭王多少是忌惮的。所以他默许了岳鱼七出手试探小昭王。

谢容与听明白了齐文柏的言中之意，淡淡地回答了两个字：“无妨。”他又问，“你们既然以《山雨四景图》试过停岚，是不是已经知道《四景图》真迹的下落了？”

齐文柏对谢容与有愧，深觉自己以小人之心度君子之腹，听他这么问，立刻道：“正是。殿下查到了曲不惟，下官等自然不能闲着，我们已经查到曲不惟把贩卖登台名额所获的赃银与赃物存在中州的一所宅邸中。”

青唯道：“师父昨晚说让我随您去中州，就是为了去取《四景图》？”

岳鱼七点了点头，随即起身，对青唯道：“事不宜迟，你准备准备，我们立刻动身。”

青唯一愣：“立刻？”

岳鱼七看了青唯一眼：“怎么，你不愿意？”

青唯抿着嘴唇，不知道该怎么说。她不是不愿，就是觉得……太仓促了，她还以为怎么都要到明日才与谢容与辞别呢。

岳鱼七将青唯这副不舍的样子尽收眼底，又看向谢容与：“你呢？你也有异议吗？”

谢容与看了青唯一眼，沉默了一下：“眼下就走确实太仓促了，小野的行囊半点儿没收拾，不知岳前辈可否容我们半日，今日晚些时候再动身？”

岳鱼七看看谢容与，又看看青唯。不是说他们都成亲一年了，怎么还这么腻烦？当年岳红英嫁给温阡，也没见难舍难分成这样。他冷哼一声，踱步往外而去：“那就酉时正刻，多一刻都不等。”

“少夫人的行囊只收拾了衣物，小的这一包除了银票，还准备了绳索、匕首、伤药、解毒散，还有以防万一的毒药和易容粉，应该是不缺什么了。”夕阳西下，马匹已经备好了，德荣说完，帮青唯把两包行囊系在鞍鞯后。

谢容与看着青唯，为她罩上新制的斗篷，斗篷薄如蝉翼，与盛夏相宜：“本来想找个好铁匠为你打把重剑的，没来得及，我这把剑你且拿着，军器监的名品，多少比外头买的要称手些。”

青唯点点头，从谢容与的手里接过剑。

谢容与又道：“在外不比家中，虽然有岳前辈在，往来数日，风餐露宿，一定照顾好自己。”

青唯道：“好。”

“如果取不来《四景图》，”谢容与稍微停顿了一下，“也不要勉强，我总有法子往下查，你且记得，没有什么比你的安危重要。”

青唯抬眼看着谢容与。晚风拂过，带起霞光点点落进他的眼中，温煦得像月下的静湖。

对上青唯的目光，谢容与声音温和地问道：“怎么？”

青唯摇了摇头，还没来得及开口，远处巷口的马打了个响鼻。岳鱼七一刻钟前就在巷子口等她了，青唯看了一眼天色，说好的酉时正刻，容不得她耽搁。

青唯又看了谢容与一眼：“那我走了。”

谢容与“嗯”了一声：“快去吧。”

青唯将长剑与行囊一并系在鞍鞯处，牵着马往巷口走。

谢容与看着青唯的背影，沉默了片刻，唤了声：“娘子。”他没有说太多，停顿了一下，又说道，“娘子，早去早回。”

青唯的身影一下子停住。她忽然折返回来，还不待谢容与反应过来，一下子便撞进他的怀中。她说不清自己是怎么了，仿佛不这样告别，她就走得不甘心似的。

谢容与愣了一下，片刻后温和地笑了，伸手将她环住：“我送你到城外吧。”

青唯从他的怀里仰起头：“真的？”

“真的。”谢容与的目光静得像水一样，“只要娘子开心，怎么都行。”

青唯正要开口，巷口的岳鱼七看到这一幕，忍不住“嘡”了一声，倒吸一口凉气：“你俩是被捆仙锁锁在一起，天上不劈个雷，分不开了是吗？”

青唯听得这一声叱骂，终于从谢容与的怀中离开：“别送了，我自己能走，要是惹师父不开心，以后……反倒麻烦。”

她朝骏马走去，利落地翻身而上，回身对他道：“你放心，我一定能把《四景图》取回来。”

长巷中传来清脆的打马声，青唯策马朝巷口奔去，一袭青衫在夕阳下翻飞如浪，像翱空的翼翅。

谢容与静静地凝视着。他在辰阳山间邂逅的青鸟终于长大了，化身为鸾，不再彷徨流浪，无枝可栖，她会振翅苍空，亦会回到他的身边。

上京，紫霄城。

“章大人，仔细槛儿。”一场急雨刚过，上京就出了大太阳，曹昆德引着章鹤书往元德殿去，见地上的水渍未干，出声提醒。

前日是皇后的生辰宴，章鹤书有事未至，赵疏于是特批给章鹤书两日休沐，准他进宫探望皇后。

到了元德殿，章鹤书依规矩向章元嘉见礼。章元嘉忙道：“父亲快快请起。”她又吩咐，“芷薇，快赐座。”

她近来害喜的症状减轻，脸上有了气色，虽然尚未显怀，身子已经丰腴了起来。

芷薇为章鹤书端来一碗解暑的莲子羹，章鹤书接了却不吃，反而看了章元嘉一眼。章元嘉立刻明白了他的意思，屏退了侍婢，声音微微压低：“父亲有什么话？说来便是。”

章鹤书沉默片刻，“嗒”的一声，将羹碗往手旁一搁：“你是皇后，这事按说轮不到我一个臣子来教训你，可你实在……实在太不像话了！有了身孕不但不第一时间告诉官家，还四下瞒着，若不是官家自己觉察，你还打算把这件事瞒多久？往大了说，这就是欺君！我从前都是怎么教你的？皇后除了是帝王之妻，还是一国之母，既然享万民供奉，肩上就要扛得住担子，哪怕有委屈，咽不下也得咽，你也不小了，怎么还跟官家置小儿女脾气？”

章元嘉垂眼道：“爹爹教训得是，这次是元嘉做错了。”

章鹤书：“也就是官家大度能容，没计较你的欺君之过，还设法帮你遮掩过去，你可记得要跟官家赔罪。”

章元嘉轻声道："日前官家过来用晚膳，女儿已经跟他赔过不是了。"

章鹤书念及她有孕在身，到底把怒火压了下去："官家近来常来元德殿看你？"

章元嘉："是，几乎日日都来。后宫的琐事他也为女儿免了，女儿眼下除了操持仁毓的亲事，旁的一概不必管。"

章鹤书听章元嘉提及赵永妍的亲事，看了她一眼："仁毓郡主是裕亲王的掌上明珠，裕亲王去得早，临终前把女儿托付给先帝，如今先帝归天，郡主的亲事，自该由你这个皇后亲自操持。"他稍一思量，长叹了一声，"只是郡主凡事由着性子来，眼下她喜欢上忘尘，想必是非他不嫁。忘尘的父兄早逝，是老太傅教养长大的，老太傅凡事不拘着他，便是官家亲自登门说亲，也要等忘尘回上京，亲自问过他的意思。你若等不急，为父与忘尘有师徒之谊，可以帮你去信打听。"

章元嘉听了这话，微微感到讶异。她此前并未跟父亲提过这门亲事，父亲怎么会知道仁毓的心思？她一时又想到母亲与裕亲王妃走得近，或许是母亲从裕亲王妃那里打听到的，转头告诉父亲的吧。

章元嘉道："这倒不必，仁毓的亲事不急于一时，官家也已经跟老太傅提过了，老太傅称要斟酌几日，会给张二公子去信的。"

章鹤书"哦"了一声："这就好。"停顿了一下，他似乎不经意地道，"就是不知忘尘至今不娶，究竟是忙于公务无暇分心，还是心里已有了什么人……"

父女二人又说了一阵话，外间候着的小黄门进来通禀："娘娘，官家到了。"

章鹤书连忙起身，跟章元嘉一起到宫门口相迎。赵疏今日来得早，眼下尚不到申时，四下里亮堂堂的，见到章鹤书，他温和地一笑："章大人也在。"

章鹤书道："是，没想到在这里遇到官家。"他是外臣，不好在内宫多留，随即告辞道，"老臣与娘娘已说了一箩筐话了，官家既然来了，老臣这就告退了。"说完，他向赵疏与章元嘉各施一礼，退出宫去。

章鹤书从元德殿出来，由小黄门引着，很快出了玄明正华，又过两重宫门，便到了办差的地方。

天边云舒云卷，还不到下值的时候，四下里都很静。六部的衙署在东侧，枢密院还要更往里走，章鹤书四下一望，只见前方门楼处有人在等他。此人姓颜名盂，乃章鹤书手下的一名办事大员。

章鹤书缓步走近："有事？"

"是，衙门里有些差务想请示大人。"颜盂道。

章鹤书于是点头："边走边说吧。"

门楼外是开阔地带，此时风声盛烈，人在这里说话，话音落在风里，很快消弭无踪了。

颜盂："曲侯得知大人今日休沐，单这一早上，就去府上拜会过两回。好在他很小心，坐在马车里让下人敲门，沿途没让人发现。"

章鹤书冷哼一声："他眼下是狗急跳墙，烧红的铁锅烫着了他的脚底板，自然想着来找我。当初他利欲熏心，瞒着我擅自拿洗襟台的登台名额做买卖，早该想到会有今日。如今被小昭王逼得阵脚大乱倒罢了，陵川的齐文柏藏得深，居然是先帝早年埋下的桩子，眼下东安防得跟铁桶一般，曲不惟什么消息都打探不到，恐怕已经几宿没睡好觉了。"

颜盂道："封原将军快到陵川了，有他在，形势想必会有所缓和吧？"

"封原到陵川，最多只能抹去岑雪明留下来的证据，曲不惟卖出去的登台名额是实打实的，只要有心查，谢容与迟早能揪住他的尾巴。"章鹤书说着，问，"玄鹰司那边已经查到几个名额了？"

"崇阳的徐述白，上溪的方留，东安的沈澜他们似乎也有所觉察。"颜盂道，"好在当年曲侯卖出去的名额不多，否则全部被小昭王挖出来，只怕……"

"不多？"章鹤书的声音冷冷地道，"单就眼下被找到的三个，已经足够让他曲不惟的人头落地了。若不是当年我发现得早，及时阻止他，眼下上京城中有没有曲氏一门还两说。"

颜盂道："大人说得是。只是，君子不立危墙之下，眼下我们与曲侯在同一条船上，如果能共渡难关自然最好，倘若风浪太大，一个不慎船翻了，曲侯卖出去的登台名额到底是从大人您这里拿的，您还得……当断则断，独善其身才是啊。"

颜盂这话算是说到点子上了，如果能保住曲不惟，大家相安无事当然最好，万一曲不惟落网，还得想个法子不让他把自己招出来才是。

章鹤书问："曲停岚眼下在东安？"

颜盂："在是在，这位曲五公子就是个纨绔子弟，只怕派不上用场。"

"怎么派不上用场？"章鹤书淡淡地道，"曲家上下最宠的便是这个五公子。他既然在陵川，等我到了，自有法子。"

颜盂听出章鹤书这话的言外之意："大人打算亲自去陵川一趟？"

"陵川不方便，去中州吧。"章鹤书道，"你帮我给忘尘去一封信，让他半个月后来中州见我。"

"大人打算找张二公子帮忙？"颜盂愣道，"可是张二公子与我们到底不是一路人，他自始至终只是想重建洗襟台罢了。依下官看，反正大公子眼下在陵川，曲家的事，不如让大公子来办。"

"不行，兰若那个脾气，此事绝不能交给他。"章鹤书斩钉截铁地道。

章庭和章元嘉一样，好日子过惯了，半辈子没经历过坎坷，骨子里与他这个饱受摧折的父亲到底是不同的。

章鹤书这么一想，找张远岫的心思也就定了，他步子一折，便要往翰林院去，问颜盂："老太傅是不是进宫了？"

颜盂："是，好像是张二公子来了急信，走的银台，直接送到了翰林院，老太傅进宫取的信。"

章鹤书点了点头，一面往翰林院走，一面说起张远岫。

"洗襟台是怎么建的？当年长渡河一役后，士人中屡有异声，后来先帝提出修建洗襟祠，朝中也有大臣反对，若不是以张正清为首的一帮文士力持先帝之见，洗襟台未必能够高筑。张遇初是投沧浪江死的，张正清死在了洗襟台下，张远岫看着是个让人如沐春风的随和脾气，实际上他跟他的父兄一样，主意正得很，父兄丧命而余愿未尽，他这些年怎么可能甘心，单看他多想让洗襟台重建就知道了。

"人一旦有了必须要实现的愿望，旁的一切都得为此让路。你忘了当初何家的案子，宁州那些被瘟疫迫害的百姓，是他带回上京的了？后来士人如何义愤闹事，虽然是由药商之死引起，究其源头，不正是宁州这些上访的百姓吗？张忘尘颖悟绝伦，会料不到这些？他料到了，但他还是这么做了，因为他要的就是士人闹事，只有满腔义愤的士人，才能令朝廷迅速做出重建洗襟台的决定。”

章鹤书说到这里，微微一笑：“曲不惟贩卖登洗襟台名额的事一旦被揭发，朝廷势必会搁置重建洗襟台，这是张远岫愿意看到的吗？”

颜盂听了章鹤书的话，思量一阵仍是迟疑：“大人说得虽然有道理，可张二公子势单力薄，单凭他，会不会……”

“他可不见得势单力薄。”章鹤书道，“他是张遇初之子，张正清的胞弟，当今朝中炙手可热的御史中丞，最重要的是，在不久的将来，他会成为仁毓公主的郡马。当年谢桢高中状元尚荣华长公主被传为一时佳话，岂知眼下的张远岫，在士人心中，是否成为下一个谢桢呢？”

翰林院很快到了，一名年轻的编修提着袍子迎出来：“章大人、颜大人，二位怎么到翰林来了？”

颜盂道：“听说老太傅进宫了，枢密院有事相询，不知能否一见？”编修愣了一下，枢密院一个军政衙门，找老太傅做什么？他退后一步，拱手施以一礼：“真是不巧，太傅大人午过就离开了，让二位大人白跑一趟。”

章鹤书与颜盂对视一眼，称无妨，转头离去。

年轻的编修望着他们的身影，直到他们二人消失在转角，才回到衙署，穿过公堂，来到一所值房前，叩了叩门，唤道：“太傅大人。”

他并没有推门而入，只在门口禀道：“太傅大人，刚才枢密院的章大人与颜大人来找，学生已经按您的吩咐，婉拒了所有来客。”

良久，值房里才传来苍老的一声：“去吧。”

编修低低地答应一声“是”，转头离去了。

值房里再没有别的声音，门扉紧闭，只有顶上一扇高窗微敞着。透窗望去，一名鹤发鸡皮的老叟安静地坐在书案前，书案上摊着的正是日前张远岫写来的信。这封信他今日已经反复读过数次，而信的内容平平无奇，不过是些问安的话语。老太傅沉默许久，再次将信笺拿起来，逐字逐行地默读起来。

“恩师夏好。”

“近日不见恩师来信，不知安否……”

“忘尘近日留驻东安，又见故人，欣然自胜……”

直到最后一行——

老太傅看到这一行，握着信笺的手不禁颤抖起来：“……如今故人已逝，前人之志今人承之。兄长曾曰‘白襟无垢，志亦弥坚’，忘尘亦然，或待来年春草青青，柏杨山间，将见高台入云间……”

白襟无垢，志亦弥坚。

或待来年春生，柏杨山间，将见高台入云间。

卷五

第五十一章

不负尘缘

六月中旬，陵川彻底入了伏，天热得连知了的叫声都恹恹的，人站在日头下，不出半刻钟便是一身汗。

白泉把几名官差送出官邸，取出两贯钱："辛苦诸位了，这是张大人的一点儿心意，诸位且拿着吃茶。"

官邸的冰按例是五日一供，不过东安府尹为了讨好张远岫，连辰阳绛墨都舍得献，怎么会舍不得几块冰呢？自然日日送来。

官差忙说"张大人客气"，接过钱，再三道谢。

白泉送走他们，很快回到书斋。

外面虽然炎热，书斋里倒是清凉，书斋中搁着纳凉的冰盆，夏风穿窗拂入，掠过冰盆，就成了清风送爽。

张远岫正在拆信，信是送冰的官差顺带捎来的，一封是章鹤书的，被他暂时搁在一旁，手中的这封信是老太傅的。老太傅已是古稀高寿，字迹依然苍劲有力，信上只称是入夏后人越发惫懒，兼之担心耽搁张远岫的公务，所以上个月中未曾来信。

"至于重建洗襟台，依为师之见，台起台塌，天定自然，实则不必执着。近半年来，你案牍劳形，几无一日休歇，不若辞去督管洗襟台重建之差务，放空心境，陵川山秀水美，借机游历一番，忘诸凡尘琐事，焉知不得乐乎……"

张远岫看到这一段，心中不由得长叹一声。当初先帝提出修建洗襟台，张正清力持先帝之见，老太傅彼时作为翰林掌院，早年与张遇初、谢桢等人又有师生之谊，也是竭力赞成筑台纪念的。可是洗襟台出事以后，老太傅觉得是自己害了那些登台的士子，自责不已，竟辞官归隐了。

张远岫原以为重建洗襟台，恩师是乐见的，没想到年初朝廷终于首肯重建提议，老太傅不但没有半点儿振奋，看上去反而是更加心灰意冷，直到今日来信，老太傅也劝他不如放下此间事，就此不管了。

然后老太傅便说了些家常事，张远岫看到最后一行，目光微微一滞。

白泉立在一旁，见一向从容不迫的主子这副形容，不由得问道："公子？"

张远岫没说什么，把信递给他。白泉接过来，信的最后一行写着这样一句："仁毓郡主已至婚配之龄，裕亲王府属意于你，借官家之口问为师之意，郡主出身高贵，柔嘉纯良，堪为良配，然此乃你的终身大事，为师以为当由你自己决定，却不知你心意如何？"

白泉愣了一下，仁毓郡主？印象中，仁毓郡主与公子结交甚浅，也就寥寥见过三两回。公子这些年忙于公务，几乎不近女色，唯一一个稍稍放在心上的，不是郡主，而是温姑娘，只是那个温姑娘……白泉一念及此，不由得看向张远岫，他已经开始拆看章鹤书的信了。

章鹤书的信是由枢密院的颜盂代笔的，张远岫安静地看完，这一回脸上倒是没什么表情，淡淡地道："章鹤书要来中州。"

白泉的心思还在青唯的身上，他乍一听这话，问道："章大人去中州做什么？章大人知道公子在中州给温姑娘置了一所宅子？"

张远岫倚着椅背，目光静静地落在书案上："不像。他让我近日去见他。"张远岫停顿了一下，又说道，"应该和洗襟台有关。"

他想重建洗襟台，章鹤书也想重建洗襟台，当初二人合作，自然因为目的相同，至于这位章大人究竟揣着什么心思，他懒得去猜。可眼下看来，小昭王追查洗襟台坍塌之由步步紧逼，搅起漫天风浪，以至于江海里潜藏的大鱼纷纷浮出水面。而他涉江而行，被波及是迟早的事。

白泉："公子，那您要去见章大人吗？"

张远岫沉吟片刻，却问："章兰若留在东安是在等封原将军？"

白泉："是，听说小章大人与封原将军要去附近的什么地方视察，顺带找一位几年前失踪的大人，好像姓岑。"

张远岫听了这话，不置可否，拿过桌上的经纶匣，径直去了隔壁的院子。

章庭正在翻看底下人送来的案宗，听是张远岫过来，连忙迎出院中：“忘尘，你怎么得空到我这里来？”

张远岫把经纶匣递给他：“早上看完了，给你送过来。”

章庭近日得闲，几乎每日写一篇策论，搁在经纶匣中送去张远岫处请他指教。

“辛苦忘尘了。”章庭接过匣子，把张远岫往屋中引，又吩咐底下的人去沏茶，“每回看了忘尘的批注，我都受益匪浅，时常自责为何凡事不能如忘尘思虑深远。”

张远岫道：“其实兰若与我只是见解不同，并无高低之别，我看了兰若的文章，也时常有豁然开朗之感。”他说着，目光掠过章庭搁在一旁的卷宗，“兰若有差事要忙？”

章庭道：“是，陈年旧案了，里头的枝节好像出了岔子，只好翻一下案宗。”

张远岫呷了口茶，看着章庭，眸子里是非常温和的笑：“是，我听说兰若近日在找一个东安府失踪的通判，名唤岑雪明，反正忘尘近日闲暇，不知此案可有忘尘帮得上忙的地方？”

归宁庄。

“这支簪子是我们路过庆明，特地请匠人给少夫人打的。少夫人的头发又多又密，太细的簪子簪不住，簪身粗的簪饰往往花纹也繁复，少夫人不喜欢，这支正好。”

“还有这顶纱帷，少夫人的身份不便，出行总要戴帷帽。这顶纱帷纱质密薄，从里朝外看一览无遗，从外朝里，什么都看不见，少夫人定然喜欢。”

拂崖阁内，驻云和留芳把这一路为青唯采买的物件一一取出来，不过半刻钟，已经堆满了一整张桌子，一旁还有七个木箱没拆开。

谢容与和青唯重逢不久，很快写了信让留芳和驻云来陵川，谁知两个人刚到庆明，忽然又接到德荣的一封急信，称是公子的意思，让她们这一路慢慢儿走，最好拖上一两个月，顺道附上千两银票，让她们沿途为青唯买些日常所需。

“这个锦匣里装的都是我们在临港找的珍珠，挑的都是上上品，费了好些工夫呢，等以后回宫了，可以请司衣局的手艺姑姑镶在少夫人的首饰和衣裳上，一样的锦匣还有五个，玛瑙与月长石也是有的。”

“这箱子里囤的是我们在中州特地寻来的布匹，又厚又韧，不易被剑划伤，少夫人的软玉剑囊磨损得厉害，留芳打算为少夫人另外做几个，少夫人可以换着用。”

“剩下的箱子里还有为少夫人新买的衣裳，少夫人缺的绒靴，少夫人的暖手香炉，少夫人喜欢的香片……”

朝天抱着刀蹲在一旁，看留芳和驻云如数家珍般一样一样地归整着青唯的东西，挠挠头：“怎么都是少夫人的？你们这一路就没给公子买什么？”

驻云看了朝天一眼，掩唇一笑：“公子又不缺什么，少夫人缺的，才是公子缺的。”

留芳道：“给少夫人买，不就是给公子买了吗？”

朝天又挠挠头，没听明白。

留芳打开木箱，从里头取出一沓方子，递给德荣：“这个你拿着，这些都是我和驻云到处寻来的食谱，公子说少夫人喜鲜不喜腻，回头你给后厨一份，让后厨照着做，少夫人定然喜欢。”

德荣道：“我再让人抄录两份，装订成册带在身边。”

驻云笑道：“还是你想得周到。”

外间传来脚步声，几个人朝屋外一看，是谢容与过来了。谢容与迈进屋门，见留芳和驻云还在收拾，说道：“东西放着吧，过会儿我来收。”

留芳惊讶地道：“公子亲自收？”

谢容与道：“她的东西习惯放在特定的地方，你们这阵子没跟着她，收拾了我担心她找不到。”

留芳和驻云对视一眼，忍不住一笑。她们二人是今天早上到的，还以为能看到少夫人，没承想少夫人半个月前去中州了，不在庄子上。

驻云道：“公子，奴婢听说少夫人也是这两日回来。”

谢容与颔首：“信上说是明日。”

一旁抱刀而立的朝天听了这话，一下来了精神：“公子，少夫人和岳前辈明日就回来是吗？”他近来颇感聊赖，伤好过后功夫也遇到瓶颈，唯盼着有高人指点一二。日前他遇到的岳鱼七，可不正是高人吗？可惜高人与少夫人相逢不过两日，匆匆去了中州，朝天甚至没来得及在高人面前混个脸熟。

朝天目光炯炯地道：“公子，岳前辈和少夫人明日几时会到？小的愿意去城门口候着。”

谢容与看了朝天一眼，还不等回答，院外忽然传来脚步声，来人是一名玄鹰卫：“虞侯，岳前辈与少夫人回来了。”

谢容与愣了一下：“这么快？不是说明日？”

“少夫人星夜赶路，所以比预计的快了一日，岳前辈与少夫人眼下已经到庄门口了，虞侯可要……”不等玄鹰卫说完，谢容与已经迈出门槛，快步朝院外走去。

廊外另一边也传来急匆匆的脚步声，似乎有人也在朝后院赶，间或伴着岳鱼七的叱骂：“……让你去州府，非要先回庄子上，要是人不在，待会儿还要多跑一趟。这一路上也是，夜里不睡觉，急着赶路，你是把魂儿落在陵川没带出来是吗？多大的姑娘了，还这么能折腾……”声音越来越近，谢容与绕过回廊拐角，就看到回廊尽头出现一道青衫人影。

日光从廊外斜浇而下，青影停顿了一下，霎时像风，与离开时一样，下一刻便朝他这里扑来，把他撞得险些后退一步。

叱骂声还未歇止。

“……晚一天见能怎么着？也不怕跌坏了那画匣子，那里头才是稀世珍……”

岳鱼七拐入回廊，展眼一望，“嘶”了一声，倒吸一口凉气。

青衫撞入一袭月白，像流霞化进了山岚中。

岳鱼七一时间只觉得难以直视，随意点了一个人：“那个谁，你过来。”

朝天殷勤地上前：“岳前辈有事尽管吩咐。”

岳鱼七抬手捂住眼睛，把头偏去一边：“赶紧找个大夫来，给我治治眼睛，快瞎了。”

“曲不惟的私宅隐秘极了，从外头看上去，就是一户寻常人家，位置也刁钻，居然在江留最热闹的一条街上，如果不是齐大人提前查好地方，我和师父到了那儿，单是找，就要找足大半个月。”去衙门的路上，青唯坐在马车里，绘声绘色地对谢容与说这一路的经历。

“那座宅子从外头看统共两进院子，实则利用街头的死角圈进了几间暗舍，暗舍通往地下，当中一条长道，左右库房各三间，库房中有四间堆放的全是白银！我和师父点了点，如果洗襟台的名额十万两一个，曲不惟大概卖了五个。另外两间是他这些年从各地搜罗来的宝贝，单是画作就有两百多幅。我们的运气不好，宅子最近加强了守备，夜里巡卫每隔两炷香的时间就要来巡视一回，我们一幅一幅地找，一夜去两回，两百多幅画都快看完了，直到第三天夜里才找到《四景图》。你知道为什么这么晚才找到吗？”青唯问。

谢容与的眼里带笑：“为什么？”

“曲不惟把《四景图》这样的稀世名品与几幅名不见经传的画作放在一块儿，随意插在一个瓷瓶中，我和师父险些被他这一招‘珠混鱼目’糊弄了。”

谢容与看着青唯，盗取《四景图》她眼下说来简单，事实上想必惊险无比，这一点从私宅加强防备便能看出来，而且曲不惟的手下都是正经出身的军卫，如此重重戒备，还能神不知鬼不觉地取走《四景图》，恐怕只有岳鱼七和温小野有这个能耐了。

谢容与声音温和地问：“累吗？”

青唯仰头看谢容与，点点头：“我赶着回来，路上都没好好睡，能赶路的时候都用来赶路了。”

谢容与目光如水，抬手拂开她额前的碎发：“小野姑娘这么着急回来做什么？”

青唯却被谢容与这一问给问住了，愣了一下才说：“不是你让我早去早回的吗？”她目不转睛地盯着他，缓缓地说道，“你说，你让我这么早回来做什么？”

本来是一句玩笑，被她这么一反问，竟惹上了一点儿旖旎的意味，谢容与注视着青唯，正要开口，外头传来“吁”的一声，德荣道：“公子、少夫人，州衙到了。”

紧接着，朝天殷勤的声音隔着车帘传来：“岳前辈，您只管进去，小的为您拴马。”

齐文柏迎出衙外，见岳鱼七与谢容与果真到了，喜出望外：“没想到岳小将军此行如此顺利，半个月就回来了。”

众人到了会客的偏厅，尹家的三人已经到了，卫玦与众玄鹰卫也从兵营赶了过来。

偏厅当中搁着一张鉴画的长桌，青唯把画匣打开，将里头的《四景图》取出来，说道：“这幅画虽然是从曲不惟的私宅取的，为了确保是真迹，还请尹二少爷、尹四姑娘先行验过。”

青唯将底画展开，随后一一罩上覆画。底画的《陵川闹市晚照》已经巧夺天工，喧哗之景跃然纸上，覆画一盖，景致由动转静，流霞成了林间溪流，楼阁成了山中古刹，悬于天边的夕阳化作山巅古钟，画境悠远深旷，仿佛有钟声回荡在山间。

众人虽然听说过《四景图》之妙，大师之作就是大师之作，听之不过尔尔，得见才是叹为观止。难怪曲不惟肯拿一个洗襟台登台名额换这样一幅画。

尹婉仔细看过余下的覆画，说道：“诸位大人，这幅《四景图》确系东斋先生的真迹无疑。”

齐文柏催促道：“快取出你父亲留下的覆画看看。”

尹婉点了点头，依言取出覆画覆于四景图上。

映入眼帘的是一片翠竹林，下方栅栏合抱，栅栏外还搁着几块形态各异的奇石。

章禄之看了这幅画，疑惑地道：“这不是沈澜留下的证据吗？怎么又是一幅画？”

岑雪明保下沈澜，就是为了让他留下一个可以指向曲不惟的证据，章禄之以为底画与覆画相结合，哪怕不是一封书信，起码也应该是清晰明了的一行字，哪里知道居然只是一幅画作，看来还要解画。

众人围着长桌看画，一时间深思不语。

谢容与看了尹婉一眼，见她几番欲言又止，不由得问道：“尹姑娘可是有什么见解？”

尹婉踌躇片刻，怯怯地道：“我……我不知道我说得对不对。”

谢容与道：“在座诸位中，姑娘的丹青造诣最高，术业有专攻，姑娘但说无妨。”

尹婉抿抿嘴唇，说道：“《四景图》是东斋先生用墨技法上登峰造极之作，墨深墨浅自有一番文章，所谓光中藏笔，影中埋线，是以为此。爹爹留下这幅覆画，既然是为了告知线索，我……我以为，不该将它当作画来看，应该只看光影。”她说着，见众人似乎不解，犹豫了一下，在长桌上抹平一张白宣，身旁的尹弛会意，立刻取笔蘸墨，将笔递给她。

尹婉接过笔，神情便平静下来。她不再是那个怯怯的小姑娘了，左手扶袖，右手悬腕提笔，笔落纸上，顷刻就把几根遒劲的翠竹复刻下来：“父亲既然是用画传递线索，那么他唯一可利用的就是画中光影。竹林左后方，右侧的四根翠竹，栅栏的左侧，是用墨最浅，看上去最不经意的地方，我以为，要在一幅画上藏东西，只能选在此处。我把这几根翠竹栅栏单独画下来，诸位请看，像什么？”

四根竹节横生枝丫，与下方的栅栏相结合，不正是一个“曲”字？沈澜留下这幅画，无疑是告诉他们当初贩卖洗襟台登台名额的人正是曲不惟。

卫玦道：“可是岑雪明这么费尽心机地让沈澜画覆画，不可能只是为了留下一个似是而非的‘曲’字，这个曲字也不能成为呈堂证供，他必然留下了别的线索。”

章禄之道：“别的线索会不会在这几只番鸭身上啊？”

众人一听这话，一起转头看章禄之，齐文柏率先问道：“番鸭？哪里有番鸭？”

章禄之指着竹林下，形态各异的奇石道：“这几只不是番鸭吗？三只立着，一只卧着。”

众人定睛一看，果然是几只误入竹林的鸭子。

在场皆是文人雅士，就连青唯与岳鱼七，受温阡的熏陶，多少也欣赏得了雅趣，所以依照常例，将竹林之下的模糊墨迹认作了奇石，反倒是章禄之胸无点墨，一眼看出真谛。

齐文柏道："正是了！'番鸭入曲林'，岑雪明受曲不惟之托贩卖洗襟台的登台名额，这几只番鸭，极可能是岑雪明的自喻。"

祁铭道："岑雪明将这幅画交给尹姑娘后就失踪了，那么这些番鸭，会不会示意着岑雪明眼下所在的地方？"

谢容与听了这话，立刻吩咐："齐州尹、宋长吏，即刻起重新审查岑雪明失踪前后的案宗，把一切与'鸭'有关的，类'鸭'的线索，全部呈递给我。"

"是。"

谢容与："卫玦，你带着玄鹰司去周边探查，尽量找出类鸭的城镇、村落，包括山、湖。"

"是。"

谢容与："尹四姑娘，这幅画便由你带回去仔细研究，如果有新的线索，烦请告知州府。"

"殿下放心，民女知道了。"

尹弛道："殿下，此事月章也可以帮忙。"他看了尹婉画的竹枝一眼，很腼腆地笑了一下，"没想到婉婉的画技这么好，单是这几笔，已经足够我讨教的了。我……画技不如婉婉，但是在丹青里浸淫的年份不比婉婉少，我愿与她一起细研先生留下的覆画，相互切磋商量，盼能帮得上殿下。"他当真是个画痴，查找线索都不忘了要切磋画技。而他看尹婉画作的那一眼中，有歆羡，有叹服，更多的是欣喜，唯独没有嫉妒。可能一个人真正热爱什么，得知山外有山、人外有人，反倒会有一种吾道不孤的庆幸吧。

谢容与看着尹弛，颔首道："尹二少爷若肯帮忙，自然很好。"

卫玦是个雷厉风行的脾气，一时议完，很快回兵营去调派玄鹰卫了，齐文柏本欲相送谢容与一程，不想岳鱼七在后头唤道："那个谁，小昭王是吧，你留下。"

谢容与停住脚步，回身一揖："是。"

岳鱼七随即跟其余人摆摆手："行了，你们都走吧。"

偏厅中，除了岳鱼七和谢容与，只有青唯。

岳鱼七瞥了青唯一眼：“你还戳在这儿干什么，怕我吃了他？”

青唯垂眸不语。她其实知道师父从前说什么要打断她的狗腿，送谁谁谁去见阎王都是玩笑话，当不得真，但她就是不想走，担心师父刁难谢容与。

谢容与看了青唯一眼，声音温和地劝道：“去吧，我也有话想与岳前辈说。”

青唯犹豫了半晌，终于点了点头。

瞧着青唯的身影消失，岳鱼七反倒收起了一身颐指气使的架势，负手迈出厅门，淡淡地道：“跟我来。”

暮色刚至，霞染云端，岳鱼七回到住处，回屋取了一壶酒，径直在院子中的竹椅上坐下，抬眼看着谢容与：“说说吧，我家这个丫头野成这样，你是怎么把她拐到手的？”

谢容与道：“我和小野是……”

“打住。”不待他往下说，岳鱼七又出声提醒，“如果你想说你和小野是阴错阳差地假成亲，后来不知道怎么渐渐习惯彼此，又不知道怎么回事慢慢就动心了大可不必，这些话这一路上我已经被那个丫头灌了一耳朵，你们当我好糊弄是吗？既然是假成亲，何必把戏做得这么真？你们二人打从新婚第一夜没有分床睡起，这件事就不对劲。”

谢容与听了这话，愣了一下，沉默半晌，道：“岳前辈说得是，要说新婚夜没有分开睡，这事赖我。其实……我以为娶的是崔氏，早就让德荣在书斋里备好了卧榻。”他当夜喝得酩酊大醉，就是为了借着酒意去书房睡一晚，等到隔日，便把一切事由与崔芝芸说明。可是，盖头揭开，他改主意了。

“我知道小野这些年寄人篱下，无依无靠，好不容易撞到了我这里……”谢容与停顿了一下，“所以我没有一走了之，怎么说都是新婚夜，我不想让她觉得她嫁过来仍是孤身一人，是不被人喜欢的，虽然我知道她未必会这么想。”

岳鱼七闻言，忍不住看了谢容与一眼：“如果我记得没错，你此前和小野只有一面之缘。”

“是，昭化十二年秋，我去辰阳请温叔出山，在山间与小野见过一面。”谢容与道，“后来在柏杨山，温叔与我提过不少小野的事，他说等洗襟台建好，小野会来的，他也一直盼着她来。”

岳鱼七淡淡地道："你发现小野嫁过来，实则是为了利用你玄鹰司都虞侯的身份，查清洗襟台坍塌的真相，与你的目的似乎一致，所以你把她留在身边，一步一步地试探？"

谢容与："是，彼时我不知道她背后的人是谁，不敢贸然摊牌，只能试探。"

"你们想查清洗襟台背后的真相，这一点我理解，但你有没有想过，"岳鱼七盯着谢容与，"有一天，你会失败。换句话说，也许你倾其所有，都无法得知洗襟台坍塌的真相，又或者，你查到了真相，但温阡是总督工，不管是谁偷换了木料，是谁最终造成洗襟台的坍塌，他都得为这场事故负责，他的罪名或许本身就是无法洗清的，小野也将一直是罪人之女。更甚者，也许洗襟台坍塌的真相本身，已经足以让人心灰意冷，到那时，你又该怎么办？"

谢容与沉默许久，吐出八个字："尽己所能，听天由命。"他继续道，"只要有一丝希望，我都会往下查，毕竟洗襟台的坍塌牵涉了许多条人命。可是，如果真的到了查无可查的那一天，必须要直面真相的那一天，任何结果，我都可以接受。我从前囿于心结，总觉得洗襟台的坍塌我有责任，可是循着线索一步一步地走到今日，我想我问心无愧，温叔更是尽心尽责，坦坦荡荡，既然如此，小野是不是罪人之女又有什么要紧呢？最坏的结果……"他低头，淡淡地笑了一下，"那我就带她走，一起亡命天涯也无妨。"

岳鱼七目不转睛地看着谢容与，片刻后，往椅背上闲闲地一靠："不错，不将责任大包大揽，不钻牛角尖，拿得起，也放得下，尽人事，也能听天命，这样的人无论在何种境地都活得下去。"他以臂为枕，望着天边的夕阳，"到底一场浩劫，除了天，谁能左右呢？"

谢容与见岳鱼七一副悠远的样子，沉默了片刻道："岳前辈，晚辈也有一个问题。"

"洗襟台坍塌的两个月后，朝廷下了缉捕温氏亲眷之令，岳前辈称自己在陵川被捕。"谢容与淡淡地道，"其实岳前辈不是被捕的吧，您是主动投案的，为了……小野。"

岳鱼七的目光仍落在天际的残阳上，嘴角一勾，露出一个意味不明的笑容，没有吭声。

谢容与继续道："洗襟台坍塌，无数士子、百姓丧生，民怨沸腾，先帝先后斩了魏升、何忠良、玄鹰司老指挥使也不够，温叔作为总督工，无论如何都该为楼台坍塌负责，可是温叔早已死在了洗襟台下，滔滔民怨没有宣泄口，只好转向了温氏亲眷，而小野作为温阡之女，更是首当其冲，是故在彼时，只有一个法子把小野从这风口浪尖隐去，就是岳前辈以温氏亲眷的身份，主动投案。您是岳氏后人，在长渡河一役中有功，是为数不多的幸存将士，曾经更被授封为将军，而洗襟台的修筑，就是为了纪念长渡河的将士。只有您投案，人们才会想，算了吧，他是有功之将，不也作为温氏亲眷承担罪责了吗？看来朝廷公私分明，功为功，过即是过，功过不相抵，于是重拾对朝廷的信任，不去追究流亡在外的温氏女。"

海捕文书上捉拿温氏亲眷这一条，仅是朝廷之意、先帝之意吗？不，那是大灾之后民怨所致。所以只有平息民怨，才能息事宁人。若不是岳鱼七投案在先，仅凭谢容与在"温氏女"三个字上画上的一道朱圈，未必能保下青唯。

谢容与接着道："岳前辈说，后来您跟随御辇回上京，先帝策划了一场劫囚，然后就把您放了。依晚辈之见，劫囚的确是先帝策划的，但其目的并不是为了放了您，不过是帮您免去死罪，让您蛰伏起来罢了。如果晚辈所料不错，岳前辈这几年，应该是被软禁在宫中，直至何氏倾倒，官家掌权，您才被放出来。这也是这么多年，小野一直找不到您的原因。"

昭化帝到底是帝王，慈悲亦无情，不会因为觉得谁无辜，就好心地放人。他凡事都会从大局出发，如果贸然放了岳鱼七，有朝一日百姓在民间见到岳鱼七，得知岳鱼七与温氏女皆未被治罪，失去了对朝廷的信任该怎么办？昭化帝可以保住岳鱼七的命，可在当时的情况下，他必须把岳鱼七软禁起来。

岳鱼七听完谢容与的话，终于移向谢容与。良久，岳鱼七道："这些事，你不要告诉小野。"他淡淡地一笑，"这几年她背负得已经很多，不要让她觉得自己欠了谁。"她是辰阳山间一只轻逸自在的小鸟儿，是清泉水畔一只野天野地的小狼，岳鱼七希望她能一直如此。

"小野伶俐至极，有些事……"谢容与说到这里，稍稍停顿了一下。他想说，有些事即便他不说，日子久了，青唯也能想得通透，然而话说到一半，他又把话头收了回去，只点头道：“好，晚辈记得了。”

谢容与终于知道温小野为何会是这样明媚、坚定，独一无二了。因为她被这样好地教养长大。岳鱼七也好，温阡、岳红英也好，在辰阳的那些岁月里，给了她足够的自由与守候，足够到她竟然能独自支撑着走过后来那些暗无天日的年头。

暮色铺了一地，为岳鱼七的云色衣摆染上浅墨。岳鱼七道：“行了，你回吧，记得寻个吉日，把你跟小野的事告诉她的父母。”

谢容与听了这话却一愣，稍作一揖：“恕晚辈多问一句，岳前辈这是首肯我与小野的事了？”

岳鱼七扫了谢容与一眼：“我且问你，小野初到上京城时，是什么样的？”

其实与青唯重逢之初，岳鱼七也觉得奇怪，按说洗襟台坍塌过后，青唯痛失生父，或是寄人篱下，或是流亡在外，应该是饱经苦难的，可这次在东安见到她，她居然和当初在辰阳山间的那个野丫头没什么两样，仿佛从不曾受过伤。

岳鱼七原本想直接问小野究竟经历了什么，但他知道，许多事单靠问，是得不到真正的答案的。所以他不等谢容与来提亲，自顾自地把小野带走了半个月。

其实他们在中州盗取《四景图》，并不像青唯说得那么简单。曲不惟早有警觉，私宅布防重重，哪怕功夫臻入化境如岳鱼七，也得谨慎非常。然而令岳鱼七没想到的是，青唯竟然冷静得出人意料，她在闹市潜藏数日，也曾外出打探消息，却没有一个人能够真正认得她。她甚至非常疏离，几乎不相信任何人，为了等待一个时机，能够一言不发地蛰伏一整夜。可以说，这回盗取《四景图》，青唯才是功臣，岳鱼七是从旁掩护她的那一个。岳鱼七才知道，原来在外面流亡的五年，在青唯的身上不是没有烙印的，而烙印这样深，以至于她遇到危机，冷静应变几乎成为她的一种本能。

初到上京城时，青唯是什么样的？谢容与只记得她刚嫁到江府时，除了与他相互试探，其他的时候话非常少。

但岳鱼七看着青唯长大，是可以想象的。她初到上京城的当日，为了逃脱玄鹰司的追捕，带着崔芝芸躲在山间矮洞之下，又或是被卫玦带到公堂之上，直面玄鹰司的咄咄逼问，与曹昆德周旋时挖空心思，掩护薛长兴逃走，罩着斗篷引开追兵不得不撞洒江家少爷的酒水，以及立在断崖边起誓，软玉剑青芒急出，投崖而下只为寻找薛长兴留下的证据。那藏在疏离表象下的枕戈待旦，一点儿风吹草动就不得不睁眼到天明的无措、彷徨，才是这五年来青唯经历的。

岳鱼七道：“如果一个人，可以在兵荒马乱、颠沛流离中平静下来，那么一定有另一个人，在这一年时间里，毫无保留地、无微不至地照顾她。”那人将她视为眼中之珠，心上月光，给了她无尽的安宁与温暖，才让她终于做回了那个辰阳山间的小青鸟，看上去就像从没有受过伤一样。

谢容与回到拂崖阁已经月上中天了。

青唯一直等在院中，见谢容与回来，立刻上前问道：“我师父没刁难你吧？”

谢容与看着青唯，眸中盛满小池塘里浮浮沉沉了一夜的月光，几乎是带着叹息，唤了一声：“小野……”

青唯感觉谢容与的目光有异，“嗯”了一声。下一刻，他便低头吻住了她。

第五十二章

索图寻踪

这个吻来势汹汹，与以往的每一次都不太一样。带着炙热的吐息与说不清道不明的情致，青唯甚至来不及相迎，很快被他攻城略地。他伸手揽过她的腰身，把她逼得步步后退，她几乎是倒退着跨进屋门，跌坐在小榻上。

盛夏的炎热已经被夜幕洗去，屋舍里清凉宜人，却被他的气息掀起一股接一股的热浪。热浪在半空中浮沉，将这一舍意动酿化成蜜，带着甘醇的，清冽的酒香，迷离之间要让她醉在这里。

“不是问我，让你这么早回来做什么。”谢容与喘息着道，眸色深幽，“这就是我想做的。”

眼前的女子被他微微松开，碎发凌乱地拂在鬓边，呼吸也微微急促起来。

今日在马车上，她那一句类似逼问的，又并不经意的“你说，你让我回来做什么”，让他直到眼下都心旌神摇。

“你呢？”谢容与的声音很低，他又重新问一遍，“你这么急赶着回来是要做什么？”

青唯望着谢容与。谢容与修长的眉毛下面是一双非常好看的眼睛，长长的睫毛微垂，清冷的眼尾被夜色隐去，眸中星河与暮霭融在一起，将他的目光变得很深，深深地沉下去，沉到她的心里。

这世上怎么会有这么好看的人呢？青唯不由得想道。她没有出声，伸手抵在谢容与的肩头，仰脸凑上前去，落在他的唇角。谢容与偏过头来，很快相迎。

缠绵不知多久，他们才稍稍离开，青唯犹豫了一下，轻声道：“可是今日不方便。”

“我知道，岳前辈说了，我们得先寻个吉日，把我们的事告知岳父岳母。”

谢容与的声音轻而沉，“我的小野，是好人家的姑娘。”

他们上回成亲，彼此都没有用真名，遑论拜高堂呢？她是好人家的姑娘，他应该礼数周到才是。可是这么久了，离别、相逢皆是匆匆，俗物绊身，竟忘了要把成亲的事告知泉下的尊长。

“倒不全因为这个。”青唯垂下眸，“我今日……身上不方便。”

谢容与愣了一下，片刻后明白过来她的言下之意，笑着道：“无妨。”

谢容与把青唯打横抱起来，轻轻放在床榻上，俯下身来，整理了一下她微乱的头发，声音温柔地问道：“浴房的水备好了？”他是个好洁净的人，回来没有洗过，刚才那般缠绵也只在小竹榻上。

青唯点点头：“备好了，留芳每隔一刻会添热水。”

谢容与笑了笑，落了一吻在她的额头：“等我，我很快回来。”

屋子里点着宜人的香片，驻云和留芳是正经宫女出身，极会伺候人，早在日暮时便用艾草驱了蚊虫，又在风口搁上纳凉的冰盆，眼下轩窗微敞，凉风送爽。

谢容与洗好回来，屋子里只留了一盏微弱的烛火，掀帘进帐，一钩手便将青唯捞入怀中。

青唯的发间有清淡的皂角香，身上的中衣是新的，柔软的纱质，几乎能直触肌肤。青唯很瘦，在上溪重逢时，环臂一抱几乎骨瘦如柴，好在眼下养好了许多。不过她也长不胖，身姿纤细，白日里她总穿着掩人耳目的玄鹰袍，所以身形不大瞧得出来，似乎她的婀娜柔软只在夜里依偎在他怀中时才显现。以后等真相大白了，他要让她多着裙裳才是。

怀里的人动了动，青唯仰起脸来，轻轻唤了声：“官人。”

青唯已经许久没这么唤他了。一声“官人”入耳，谢容与的心头微微一动，他很轻地“嗯”了一声。

青唯：“眼下我们盗了《四景图》，曲不惟那边只要一查库房就知道，我们接下来该怎么应对？”

谢容与低头看青唯，失笑道：“好不容易回来了，你眼下就在想这个？”

倒不是她在想这个。这个顾虑在青唯回来的路上就有了，但是一直不知道应该怎么解决，所以想着回来问一问他。

谢容与道：“曲不惟知道《四景图》被盗是迟早的事，恐怕眼下不单是曲不惟，章鹤书、章兰若那边，包括停岚也有异动了。”

章庭、曲茂未必知道事情的真相，可他们作为章、曲二人之子，眼下又在陵川，多少会被卷入其中。

谢容与：“到了这个境地，冲突也许是无法避免的，眼下我们唯一能做的就是快。”他们要快一步找到岑雪明留下的证据。

青唯点点头：“我知道了。”

怀里的人又安静下来，连呼吸都很轻，谢容与以为青唯睡着了，垂眼看她，却见她微敛着双眸，眸色如雾。

“在想什么？”谢容与声音温和地问。

“官人，我跟你说一件事。”青唯沉默了许久，说道，“我师父骗了我。”

谢容与看着青唯，没有吭声。

“当年朝廷下令缉捕温氏亲眷，师父说他是被朝廷的官兵缉捕的。其实不是，他是主动投案的。那段时间我一直在柏杨山，身边有曹昆德护佑，崇阳县上是什么情形我很清楚。县城中戒备森严，要避开几个官兵还是很容易的，只要有心躲，我都躲得过，师父怎么可能轻易落网？他是主动投案的，他是为了……我。”青唯平静地道，“师父是有功在身的岳氏功臣，只有他投案，平复了民怨，朝廷才不会花大力气搜捕我，否则即便是曹昆德，也无法在那样的情形下帮我掩去身份。这几年，我虽然不知道师父究竟在哪儿，但他一定不是自由身，否则他不可能让我孤身一人，一定会来找我的。”

谢容与将青唯稍稍揽紧了些：“什么时候想到这些的？”

“当时师父一提，我就觉得奇怪。”青唯道，“后来很快就想明白了，结合当时的时局，没什么难猜的。”她说着，抬眼看向谢容与，眸子干净得像明镜一般，“不过我不会告诉师父我什么都猜到了。师父骗我，是不希望我背负得太多，他希望我能像在辰阳的那些日子一样，一直自由自在的。”那么她便装作什么都不知道，如岳鱼七所愿好了。

青唯望着谢容与："师父今日把你留下，和你说什么了？"

谢容与道："我向他求娶你，他想了想……答应了。"

青唯："师父这就答应了？"

谢容与"嗯"了一声："答应了。"

"那师父除了让我们寻吉日告知阿爹阿娘，还说过什么？"青唯问。

谢容与垂眼看她，声音柔和地道："岳前辈没说什么，倒是你，你有什么要求，再办一次亲事？只要是你希望的。"他都可以做到。

青唯摇了摇头，轻声道："不要再办亲事了。"

谢容与问："为何？"

青唯看着谢容与。微弱的灯光透纱而入，在床帐中凝成朦胧的雾。那雾笼罩着他清隽的眉眼，一时间如梦如幻。他们再办一次亲事要等到什么时候？青唯张了张嘴，可是这样的话总是无法堂而皇之地说出口的。她只好伸手揽过他的脖间，几乎是贴身而上，紧挨着他的耳朵，声音非常非常轻："官人，我不想再等了。"

这句话几乎是被风送入耳中的，在谢容与的心头缓缓落地，"不想等"三个字如细小的绒毛在他的心尖上微微一擦，霎时间，一望无际的荒野烈火燎原，不待青唯反应，谢容与抬手抵住她的后颈，转过头来与她唇齿相接，随后撑起身子，另一只手揽过她的后腰，将她环在自己下方。

天生清冷的眸中染上一团迷离的火，他的呼吸越发粗重，小园香径，分花拂柳地走下去是美不胜收的人间极景。

谢容与喘息着道："小野，我是不是说过，夜里不要这样……"

可是他们紧贴着彼此，青唯甚至能非常清晰地感受到他的异样，努力克制之下依旧情难自禁。他觉得难舍难分，拂开她的发，蜻蜓点水一般，不断地落在她的耳侧，眼睑、鬓边、下颌……仿佛这样就能缓解，亦只能这样缓解。

谢容与坐起身，将青唯揽在怀中，声音温和地问："你身上这个，还有几日才方便？"

"今天是第一日，总要五六日才彻底干净吧。"青唯道。可她想了想，很快又说："如果快的话，三四日也是可以的。"

谢容与不由得失笑，低头看青唯："五六日就五六日，身上的事不能马虎，哪有跟自己身子讨价还价的？也好，我近日多看些卷宗，顺道等吉日了。"

青唯道："你之前没日没夜地看卷宗，把自己折腾得筋疲力尽，是因为这个？"

那自然是为了案子。

谢容与低低地笑了："是啊，这么动人的小野姑娘夜夜在我身边，我怎么可能什么都不想……"

东安近来十分热闹，洗襟台重建过半，朝廷命官、商人商户，通通往这里来，早上城门一开，往来城中的百姓络绎不绝，以至于章庭一大早出城，被行人挤得是三步一停，五步一顿。好在马车宽敞通风，否则凭他这一身厚重的官袍，非得热出一身汗来。

不多时，五里亭就到了，车外的扈从伸头望了半晌，但见官道上三个人打马而来，当中一个人绯衣束甲，不是封原又是谁？扈从忙道："大人，封原将军到了。"

陵川的西边有一座矿山，叫作脂溪，盛产铁矿。昭化十二年和十三年，脂溪铁矿生产的数目与最后报给朝廷的对不上，朝廷也是今年查账时才发现有出入。

前阵子章鹤书写信给章庭，让他协助封原将军办的差事就是这个。

矿监隶属户部，出了纰漏，照理该由户部派人过来，不过五年前的这批矿有点儿特殊，是朝廷特批给镇北军的军备，所以枢密院比户部更上心，派了一名四品大将过来。

封原下了马，径直将马扔给随行的军卫，不待与章庭见礼，立刻就问道："岑雪明有下落了吗？"他是典型的武将模样，生得虎背熊腰，一圈乱糟糟的络腮胡，性子也风风火火的。

章庭没答，先将封原请上马车："章某这里暂没有岑雪明的下落，案件的所有相关线索，章某已经整理成卷宗，将军可以先行看看。"

封原是个粗人，见字就晕，见手边厚厚一摞卷宗，压根儿没有翻看的心思，跟章庭道："这个案子的关键还是在岑雪明，当初矿上的账目，就是经岑雪明核实后呈报朝廷的，他是通判，他要是不放水，区区一座铁矿山，怎么敢干欺瞒朝廷的勾当？岑雪明你究竟查没查？"

章庭看了封原一会儿，淡淡地道："查了。不过这个岑雪明身上没什么疑点，那个账本到他的手里，已经转递过两回了，除非亲自到矿上视察，否则很难发现纰漏，章某倒是认为岑雪明的失踪与这个案子的关系不大。"章庭说着，停顿了一下，"章某翻看案宗，发现岑雪明曾经效力于虎啸营，如果章某记得不错，当时虎啸营的统将正是将军，照理将军应该与这位岑通判相熟才是，他的下落，将军一点儿不知道吗？"

封原究竟是谁的人？章庭很清楚。当年封原与岑雪明所在的虎啸营隶属征西大军，彼时征西大军的统帅，正是曲不惟。

章庭这话大有试探之意，明面上说的是岑雪明的失踪，暗地里则是在追问封原此番来陵川的目的。

章庭虽然年轻，浸淫官场已久，明白水至清则无鱼的道理，地方呈报上来账目与朝廷核算的有出入，这是常有的，有时候都不是因为贪，而是因为一些非常小的事故，因此只要出入不大，朝廷一般不会细查。昭化十二年和十三年脂溪矿山的账本章庭翻了，差额尚算可以接受，这一点从户部压根儿懒得派人过来就可见一斑，枢密院却煞有介事地派了一名四品将军调查此案，章庭所以才想问问封原：你这么大费周章地来陵川，究竟是来查案子，还是案子只是一个幌子，你是打着查案的名头，寻找这个五年前失踪的通判岑雪明？

章庭见封原不说话，语气缓和了些："那么依将军的意思，眼下我们的重点，应该是找到岑雪明？"

封原颔首："正是，不但要找到他，还要查他留下了什么罪证。"

章庭"嗯"了一声，示意自己明白了。

封原看了章庭一眼，欲言又止。

眼下小昭王已经查到了岑雪明，一旦岑雪明留下的罪证落到小昭王的手里，他们这一群人全得吃不了兜着走。

封原本来想跟章庭挑开说明的，谁知他来之前，曲不惟殷切地叮嘱，说自己当年卖的登台名额虽然是从章鹤书的手上拿的，但章庭半点儿不知情，当在言语上多注意，万不可把秘密说漏了。封原是一个粗人，哪里会打什么言辞上的官司？几句话让章庭看出破绽，他是一点儿办法也没有，想了想，干脆往下问："那个沈澜你也查了吗？"

"查了。"章庭道。

此前封原来信上说过了，岑雪明失踪前，和一个在洗襟台下幸存的士子有接触，这个士子叫作沈澜，后来沈澜因为伤重不治，不幸在昭化十三年的八月故去了。

章庭道："沈澜家中是做字画买卖的，早年中过举，被遴选登台不奇怪，身上并没有可疑之处。"他说着，一双狭长的眼睛直视着封原，"说起来，岑雪明也是在洗襟台坍塌不久后失踪的，将军又着力查这个沈澜……怎么，难道岑雪明的失踪，与洗襟台有关系？"他稍稍停顿了一下，"眼下小昭王也在查洗襟台坍塌的内情，将军不如去问问殿下？"

封原被章庭这么一噎，一时间简直不知道该说什么好。他知道章庭的话只为试探，倒不怕章庭跟玄鹰司那边漏了风声，只是这么藏着掖着的，实在太难办差了。他左右为难地"总之，反正，大概……"了半晌，没憋出一句完整的话来，闭了嘴，掀帘朝车窗外看去了。

很快到了官邸，两个人刚下了马车，只闻一阵快马橐橐之音，一个人策马从巷口赶来，到了近前下马，对章、封二人各一拜，匆匆道："将军，借一步说话。"

却说此人姓杜，领着七品致果校尉的衔，乃是封原的手下，此前封原不在，陵川这边的差事都是由他办的。

封原跟杜校尉走到一边，俯身听他耳语了几句，脸色大变："你说什么？"封原意识到自己的反应过激，朝章庭那边看了一眼，走得更远了些，压低声音问，"怎么回事？侯爷中州的私宅布防严密，《四景图》怎么可能被盗？"

杜校尉道："消息确凿无疑，想来岑雪明的确与沈澜合谋留下了证据，证据的关键就在被盗的《四景图》上，侯爷知道了心急如焚，还请将军立刻想法子应对。”

封原问：“确定《四景图》是小昭王派人盗的？”

“除了小昭王，没人有这样的神通。”杜校尉道，“玄鹰司虽然没有动作，但……不知将军是否知道，小昭王去年娶了一位夫人，此人化名崔氏，实则姓温，正是筑匠温阡之女，名噪一时的岳小将军就是她的师父，她的身手极高，去年仅一人带着十几个死士，便劫了城南的大狱，中州私宅那边说，盗取《四景图》的人，应该正是温氏女。”

杜校尉说着，忧虑地道：“将军，如果《四景图》真的在小昭王那里，玄鹰司先我们一步取得罪证，后果不堪设想。”

封原皱眉深思一阵，沉声道：“此事尚不确定，我们先不要乱了阵脚。再说小昭王是局外人，能从《四景图》上看出什么还两说，他手上的线索未必有我们多，不一定比我们先找到姓岑的。”封原稍微停顿一下，“这样，我这边还是按照计划来，先跟章家这位少爷一起查岑雪明和沈澜，你去找五公子，让五公子到小昭王那边打听消息。”

“五公子？”杜校尉稍稍一愣，“将军的意思是，曲五爷？”杜校尉很快道，“不行，五爷就是个纨绔子弟，正经的忙根本帮不上，侯爷的事他一概不知，跟他说了他也未必懂，不搅和就不错了，哪儿能指着他？”

封原道：“眼下哪里是让他正经帮忙，就是让他搅和的。他这几年与小昭王的交情甚笃，先头几次办砸差事，哪回不是小昭王帮他收拾的烂摊子，朝廷不处置他，是看在侯爷的颜面吗？看的都是小昭王。五爷是个讲义气的人，他们两个人的关系这么好，小昭王却派自己的手下到他家里偷东西，你说这口气他能咽得下去吗？咽不下去他就得闹，你就让他跟小昭王闹去，你只要从旁边听一听，就知道《四景图》究竟在哪儿了。”

杜校尉明白了，这件差事好办，激怒曲茂就成。事不宜迟，他立刻道：“将军好主意，那属下这就去办了。”

曲茂今天起得早，尚赶得及吃午膳。

上溪案了结，他眼下在东安已经没了差事，按说早该带着一干巡卫回柏杨山驻扎，可天气这样热，他去了洗襟台那边，哪儿还有官邸的好日子过？东安府那个府尹近来巴结张远岫，成日往官邸里送冰，他跟着沾光，凉快得哪儿也不想去，连白水湖畔的汀兰涧也懒得光顾了。

说起来，汀兰涧的姑娘也好，各有各的姿色，可是相比之下，还是上京城中明月楼的画栋姑娘更有韵味，更令他魂牵梦萦。

曲茂坐在廊下的摇椅上，一闭眼睛，眼前全是画栋的浅笑，勾魂的玉手纤纤，伏在他耳畔的嘤咛，恨只恨这回出来办差，没跟画栋讨一张香粉帕子，眼下拿出来盖在脸上，做梦也美啊。

曲茂想着想着，一时间困意上头，正待与画栋一起坠入梦乡，只听尤绍匆匆从外院赶来："五爷，杜校尉来了。"

曲茂不耐烦地睁开眼睛，正要问是谁坏了曲爷爷的美梦，看清院中的来人，立刻起了身。

杜校尉他知道，是封原的人。封原是他爹的亲信。

曲茂这次来陵川，闯的大小祸事不计其数，虽然回回都有谢容与帮他兜着，曲不惟那一关未必过得去。

曲茂连忙把人往正厅里请，吩咐尤绍去备茶。

杜校尉把茶接在手里，不待吃，问道："不知五爷眼下方便否，能不能去小昭王那边一趟？"

曲茂看了看屋外的天，实在太热了："为什么啊？在屋里待着不好吗？"

《四景图》被盗，杜校尉心中着急，单刀直入地道："五爷应该知道，侯爷在中州有一处私宅，搜集了些古玩字画。"

曲茂道："知道啊。"那些古玩字画有的他还看过，其中有一幅叫四什么的图，可以变化出不同的风景，他爹很喜欢，却不知道为什么，一直放在中州不肯拿回上京城，要不他前阵子在顺安阁看到类似的《山雨四景图》，怎么会一掷千金地买下来呢？他不就是为了讨他爹的欢心嘛。

杜校尉一拍大腿："五爷有所不知，侯爷藏在中州私宅的《四景图》被盗了！盗画的人，正是小昭王！"

曲茂端着茶的动作一下顿住，他目瞪口呆："有这样的事？"他似乎不肯相信，“我看清执不像是干这种事的人啊。”

“还有更不得了的呢！”杜校尉道，“小昭王去年娶了个妻，身手厉害得紧，五爷记得吗？”

“记得啊，不就是我弟妹吗？”曲茂道。

后来他弟妹丢了，清执日日让人找，曲茂在风月场里混惯了，谁动心谁闹着玩一眼就看得出来，他知道清执是当真把这个温氏女放在了心尖上。

杜校尉：“五爷有所不知，其实小昭王已经在陵川找到温氏女了，那幅《四景图》就是她盗的，只有她有这样的身手。”

杜校尉这么一说，曲茂前后一想，一下子就串起来了。难怪近来清执的身边总跟着几个罩着纱帷的玄鹰卫，其中一个见了人几乎不怎么行礼，想来这人应该就是弟妹。此前他想搬去归宁庄与清执同住，清执说什么都不肯，原来清执果真是金屋藏娇了！

曲茂拍案而起：“前阵子我跟他一起去顺安阁，他跟掌柜的说喜欢前朝东斋的画风，喜欢四什么的图，还跟我借我买的《山雨四景图》，原来他是早就瞧上我家的藏画了！”

杜校尉道：“照五爷这么说，此事果然是那小昭王做的，五爷赶紧去问问看吧！”

曲茂怒从中来，恨不得能把手中茶盏捏碎：“这事不可能就这么算了！我自然得去问问看！”

杜校尉：“五爷与小昭王多年知交，当初小昭王假扮那江家少爷，五爷生气了两个月，后来也不与他计较了，没想到他眼下居然盗上门来，枉他生得一副谦谦君子的好皮囊，居然干这种勾当。”

曲茂把茶盏放下，负手来回快走，蓝衫子简直掀起风来：“你说得对，他太过分了，实在欺人太甚。”

“欺人太甚！”杜校尉附和。

曲茂转头盯着杜校尉：“他谢清执跟我曲停岚什么关系？不就是想要一幅画吗？怎么不来直接和我说？早来与我说，我曲停岚肯定会亲自帮他把画取来，犯得着让人去偷去抢？这不是瞧不起我曲五爷吗？”

杜校尉继续附和："瞧不起五……啊？"

曲茂："还让弟妹亲自去！我爹那座宅子有好些兵卫守着，也不担心伤了弟妹？"

杜校尉："……"

曲茂也不怕天儿热了，提着袍子径直往院外走："不行，我一定得亲自找清执问个明白！那幅画再值钱不过就是万儿八千两，他是觉得我拿不出这笔银子，我爹问起来我不好交差，没法帮他跟我爹把画买下来？哼，他可太小瞧我曲散财了……"

杜校尉盯着曲茂风风火火的背影。他是把曲茂激怒了，可是……好像哪里不对？

"根据《四景图》的覆画，这是我们找到所有跟'鸭'有关的线索。"书斋中，卫玦手里握着一沓竹简，一个一个地摆在桌上，"以鸭闻名的村落，一共七个；有关鸭的传说，一共四则；以鸭食著称的食馆，太多了，我们这里只列举了二十三个；类似鸭的地形山貌，大致六处，不过地图涵盖的地方有限，有些小的山丘湖泊不在其中，也许有遗漏；另外还有一些无法归类的，大大小小算起来有百余桩。"

祁铭接着道："岑雪明是通判，地方上许多案子得经过他报给朝廷，单是他失踪的前两年，他经手的案子统共就有七八十个，其中明面上跟鸭有关的似乎没有，当然如果往深处查，不排除有发现新线索的可能，只是……枝节太多太杂了，这样事无巨细地查下去，要查到什么时候？卫掌使那边的任务更繁重，在陵川的玄鹰卫却不到三百人，就算有州府的帮助，我们的人手也不够。"

章禄之听了两个人的话，感到有点儿沮丧："本来以为少夫人顺利取来的《四景图》，我们就离真相大白不远了，没想到这临门一脚竟然这么难，你说这个岑雪明，反正都留下线索了，怎么不干脆把线索写明？非得让我们在大海里捞鸭子。"

谢容与听了章禄之的话，稍作深思，说道："我以为岑雪明留下的线索未必这么隐晦。"他看向众人，"你们可曾想过岑雪明为何要把线索留在《四景图》上？”

“为什么？”章禄之问。

“因为《四景图》在曲不惟的手上。”一旁的青唯说道，“岑雪明失踪，就是不想做曲不惟的替罪羊。可是一个人要在人海里隐藏身份，他的日子必然不会好过，所以他一定盼着早日重见天日。他想了一个法子，确保自己可以晚曲不惟一步被抓，这个法子，就是把线索留在《四景图》上。因为《四景图》被查获，说明朝廷已经开始怀疑曲不惟，他在这个时候现身，一来不至于做曲不惟的替罪羊；二来，他还可以拿出曲不惟的罪证，将功补过，以免死罪。”

祁铭听了这话，恍然大悟：“少夫人说得很是，这么看来，岑雪明并不想把线索留得这样隐晦，只是他当时可利用的只有《四景图》，而沈澜的画技有限罢了。”

青唯点头道：“对。”她的目光落在卫玦搁在桌上的竹简上，她从中抽出两片，“所以，我认为，这只‘鸭’应该非常直观，传说、食馆什么的应该不大可能，玄鹰司不如多查查以鸭命名的村落，或者是类似鸭的地形。”

“以及案子。”卫玦道，“既然岑雪明也希望我们找到他，他所在的地方，很可能就在他经手过的案子中。”

章禄之嘟囔着道：“可是小祁铭刚才不是说了，案子太多了……”

卫玦看向谢容与：“虞侯，早上官家那边来了急信，信上称枢密院为了一个矿山的案子，派封原将军来陵川了？”

“这个案子虞侯已经在让属下细查了。”祁铭接话道，“矿山叫脂溪，在陵川西北，几年前报上去的矿产数目与户部核实的对不上，这个案子岑雪明也曾经手，只是奏报到他手里，已经转了两回手，他就是署个名而已，跟他关系并不大，属下……”祁铭看了谢容与一眼，犹疑着道，“属下以为，这个案子也许就是个幌子，封原将军或许是打着这个案子的旗号，来陵川找岑雪明的，不知虞侯与卫掌使怎么看？”

卫玦沉思片刻：“我也觉得是幌子。”他紧蹙着眉头，“少夫人方才所言不虚，岑雪明留下的线索应该非常直观，只是，我们尚缺一个突破口，如果能从曲不惟那边探得消息，想来一切应该容易很多……”

卫玦的话音还没落，外间一名玄鹰卫忽然来报：“虞侯，曲校尉过来了。”

章禄之急人之所急：“一定是曲不惟察觉《四景图》被盗了，让曲校尉过来兴师问罪了，虞侯，您可千万不能见他。”然而这话一说出来，一屋子人一起看向章禄之，没一个人吭声。

章禄之四下看了一圈，挠挠头：“咋了？属下说错话了？”

祁铭的年纪轻，他没忍住笑了一下：“瞌睡来了有人递枕头，虞侯自然要见。”

卫玦道：“曲校尉这个时候过来必然不简单，还请虞侯和少夫人一起会一会他，如果能找到突破口再好不过。”说完，卫玦拱手一拜，带着一众玄鹰卫退出书斋。

书斋的门敞着，卫玦刚退出去不久，曲茂就风风火火地到了。他穿着一身冰丝蓝衫子，顶着大太阳走了一遭，热出一脑门子汗，到了书斋，扫了谢容与和一旁罩着纱帷的青唯一眼，大喇喇地坐下，随后看着谢容与，笑得森冷。

谢容与不动声色地吩咐赶过来的德荣：“去给停岚沏盏解暑的银针。”

曲茂大手一挥，冷冷地道：“不必了，我可吃不起小昭王殿下的茶。”

谢容与温和地问道：“怎么？是谁招你不痛快了？”

曲茂心道自然是你。但他不回答，甚至还卖起关子，目光在青唯的身上一扫，一副“我早就看穿了你是谁但是我就不说”的样子，淡淡地道：“这位生面孔，从前貌似见过啊。”

谢容与看着曲茂，没吭声。

曲茂随即四下张望：“你这书斋也太素净了，实在衬不起你王爷的身份，照我说，怎么都应该挂上几幅名画才是啊。”

曲茂说着，稍一抬手，把书斋外候着的尤绍招进来，命他把手里捧着的几个卷轴通通放在桌上，十分从容地道：“要不我这几幅送你吧，看你怪喜欢的。”

桌上的画轴谢容与太熟悉了，俨然就是尹婉所作的《山雨四景图》，日前他从岳鱼七处寻回底画，已经连着覆画一并给曲茂送回去了。

屋子中的气氛有些诡异，尤绍无声地退了出去。

曲茂满以为自己这一番表现端的是从容大度，见谢容与不吭声，不禁有点儿耐不住性子，催促道:“快说啊，你收，还是不收？”

谢容与看着曲茂，没答话，只是淡淡地道:“小野，还不与停岚见过。”

一旁的青唯应声，揭开纱帷:“曲公子，久违了。”

曲茂愣了一下，没承想谢容与这么快就和自己摊牌了，刚要开口，谢容与却拦住他，声音温和地说道:“我的确是在上溪找到她的，不告诉你是因为小野毕竟是钦犯，左骁卫一直在追捕她，我知道你的脾气，你若知道她在，一定会帮我保她，保她就要和左骁卫起冲突，如果巡检司与左骁卫生了嫌隙，事后县衙暴乱未能及时镇压，你岂非还要背上一个包庇渎职的罪名？所以我想了想，还是尽量不给巡检司添麻烦。”

曲茂今日气冲冲地前来，哪里是为了什么盗画呢？他就是觉得清执没拿他当知己，这些大事没提前告诉他一声，眼下听了谢容与的解释，气焰顿时消了一大截。

德荣适时进来，为曲茂沏上银针：“五爷，您消消火，我家公子也是为您着想。”

朝天也跟着德荣进屋，将手里的画匣搁在桌上。画匣打开，里头赫然是《四景图》的四幅覆画。

谢容与接着解释：“至于取画一事，我其实没想瞒你，只是《四景图》曲侯收藏得隐秘，我若相借他未必会肯，而我有事急需用画，不得不出此下策，原想着用完立刻归还，没想到你先一步听到风声，这样，这四幅覆画我先还你，余下的底画等我用完了，即刻归还。”

曲茂看着谢容与，见他言辞坦然，丝毫不掩饰自己盗画之过，而且画虽然是从中州私邸那边盗的，却还给了他，足见谢容与对自己的信赖。这能叫盗画吗？这就是借上一借罢了。

曲茂的气顿时全消了，他负手来回快走两步：“你早说啊！你若喜欢这幅画，有什么是我不能给你取来的？要不是梯子不够长，天上的星星我曲停岚都能给你摘下来！”他的目光落在《四景图》的画匣上，他登时往回一推，“这画你拿着，什么借不借，还不还的？你这不侮辱我吗？这幅画就当我这个做兄长的送给弟妹了。弟妹，你拿好了，我爹那边要是有什么，我全扛了！”

青唯：“……多谢。”

曲茂又数落起谢容与：“你也真是，弟妹的身手再好，这画让几个玄鹰卫去偷不成？再不济，你来找我，我给你派几个梁上功夫好的，我家的私宅我熟啊，我还能画个图给你！你让弟妹去算怎么回事呢？你方才说弟妹毕竟是钦犯，这话我就不爱听了！什么钦犯？在我这里一概不认，你说那座台子塌的时候，弟妹才是个半大的孩子，那能怪到她身上吗？照我看，朝廷建这台子纯属多此一举，六年前不该建，眼下也不该重建，几千驻军跟桩子似的在这大热天里轮班戳着，那是人过的日子吗？要不是曲爷爷能在官邸混吃混喝，眼下怕是已经晒死在那工地上了，你说是不是？”

谢容与：“……是。”

曲茂说完这一通话，深觉自己大义凛然，身心畅快地往椅子里一坐，端起银针来猛吃几口：“对了，你说你是因为急事才让弟妹取画的，究竟什么事儿啊？”

谢容与看着曲茂。停岚的心思单纯，可今日促使他来闹这一通的人可一点也不简单，一定是曲不惟那边有人觉察到了盗画一事，特地怂恿曲茂来试探的。不过这也正中他的下怀，他们既然派人过来搅和，他自然也可以搅和回去，曲不惟是局内人，手上肯定有他不知道的线索，再搅和一通，对方的阵脚一乱，谜底自现。

谢容与淡淡地道：“洗襟台当年有一个登台士子，叫作沈澜，是一名举人。他家祖上是做字画买卖的，与中州谢氏有些渊源，曲侯手里的这幅《四景图》，最初就在沈家。这个沈澜早年有一个女儿，后来送人了。六年前洗襟台坍塌，沈澜死在洗襟台下，《四景图》不知怎么流传到了曲侯的手里。名画易主，这其实没什么，只是近来沈澜之女找到谢氏，称是希望能看一看《四景图》，毕竟那是她父亲唯一留在世上的东西，我没法子，才出此下策。”

“居然还有这样的内情。”曲茂道，“这是好事啊，你怎么不提前和我说？”

谢容与却不答这话，问道：“早上封原将军是不是到东安了？”

曲茂道：“是啊，还是章兰若去接的。”曲茂从鼻子里哼了一声，“这个章兰若，我都不爱说他，他成日嫌我住在官邸里混日子，他呢？你说枢密院的差事，跟他有什么关系？他非要来凑热闹，还不是因为东安那个府尹巴结张忘尘，官邸的冰每日一供，他跟我一样图凉快嘛……”

谢容与道：“我不提前和你说，正是因为封原将军接手的这个案子，也许和沈澜有关，沈澜遗留的物件，包括这幅《四景图》，不便现于人前，所以我不得已，只能让我娘子去中州盗画。”

曲茂闻言咋舌：“沈澜一个清白士人，他能犯什么案子？”

谢容与看着曲茂，良久，淡淡地道：“是啊，我也觉得稀奇，一个清白的登台士人，能犯什么案子？听说还是和陵川一名岑姓大人有关，实在百思不得其解。”

第五十三章

青云之台

曲茂斟酌了片刻，拍案而起："我知道了！一定是那章兰若捣的鬼。我就说，枢密院的差事，他一个工部侍郎在里头搅和什么？他来陵川是监管洗襟台修筑的，这个差事只要能跟洗襟台扯在一起，他以钦差之名协助调查，不就能名正言顺地留在东安纳凉了吗？"

曲茂一提起章庭，也不嫌政务烦琐了，对谢容与道："这样，你再和我仔细说说这个案子究竟怎么回事，我帮你回去问章兰若。"

谢容与颔首，很快说起岑雪明、沈澜……曲茂越听越义愤填膺，走的时候脚底下都快擦出火星子了。

谢容与看着曲茂的背影，唤来一名玄鹰卫："跟着去官邸看看，听到什么回来禀与我。"

官邸中，封原正被章庭灌了一耳朵矿山案的大小枝节。他是武夫，跟人明刀明枪地碰撞惯了，不明白查案是需要坐下来慢慢梳理的，一时间心急如焚，对章庭道："这样，你我兵分两头，你先在这里理着线索，我过去蒙山营一趟，先把兵马派去脂溪矿山再说……"封原一想到小昭王步步紧逼，一刻也不愿耽搁，话音刚落，起身就要离开。

他还没到院中，迎面跟曲茂撞了个正着。

曲茂今日在大热天里来回奔波，脸晒得通红，到了章庭的住处，径直进了正堂，毫不客气地端起一盏茶水猛灌一口，随后坐下来，冷笑着望着章庭："忙着呢？"

章庭的脸色沉下来。下人适时上前，为他把被曲茂吃过的茶水换了。

章庭："曲停岚，本官眼下有公务在身，你有事便说，否则，本官劝你莫要在这里丢人现眼。"

曲茂不屑地嘁了一声，脸上挂着冷笑，"怎么，许你无中生有，给士子添加罪名，借着查案的名头赖在东安，就不许我来插一脚？章兰若，你倒是教教我，怎么才能像你一样偷懒偷得正大光明呢？"

章庭根本不知道曲茂在说什么，也不在乎："尤绍，把你家少爷领回去。"

曲茂站起身，甩甩袖子，上下打量着章庭："你不认是吧？来的路上我都打听清楚了，你眼下在查的案子跟一座矿山有关，至于你为什么能掺和进来，因为你把这个案子跟早年东安府一个叫岑雪明的人联系起来，眼下岑雪明失踪了，你觉得他的失踪跟洗襟台的登台士子有关系，所以你就名正言顺地留在东安查案了。"

章庭听了这话，不由得看了封原一眼。

封原感到无比诧异，他可什么都没跟曲五爷说啊。

章庭不想跟曲茂多解释，说道："朝廷的案子自有朝廷的处置办法，曲停岚，你素日不关心政务却要在我这里信口开河，不如先检讨检讨自己成日游手好闲是否犯了渎职之过。"

"我信口开河？"曲茂有备而来，被章庭反戈一击，丝毫不慌乱，"我且问你，你们当真是在查矿山的案子吗？还是打着查案的幌子，暗地里找那个姓岑的？我也不怕告诉你，就你找的那个姓岑的，他在上溪的案子里就不干净，眼下你不就是利用他，把一盆脏水泼在沈澜的身上吗？"

章庭听了这话，愣了一下："岑雪明在上溪的案子里不干净？"这个他怎么没听人提过？

封原连忙在一旁打圆场："我们怎么不是为了查矿山的案子？蒙山营那边几百人等着赶赴矿山，章大人刚才还催老夫赶紧发兵呢。"

他们三个人的关系有点儿微妙，按说章庭一个从三品侍郎，封原一个四品将军，犯不着理会区区校尉，但是曲茂和章庭是从小一起长大的，而且曲茂的爹又是封原的主子。

曲茂又嘁了一声："什么派兵去矿山，我看就是你们的瞒天过海之计，你们刚才说在议政务，你们议的是怎么找到岑雪明吧？”

章庭没有吭声。

曲茂看了章庭一眼，知道他被自己说着了，心中得意极了，连来时的那点儿火气也消了：“行了，反正岑雪明的失踪不简单，沈澜当年死得也冤枉，你出于私心，想把案子往他们身上套，留在东安躲懒，我呢，也不拆穿你，不过你既然知道沈澜是冤枉的，我劝你做事莫要太绝，他留下一两幅名画譬如《四景图》什么的究竟去了哪儿，你睁一只眼闭一只眼，便不追究了吧？”

曲茂难得在章庭这儿占便宜，见他一直沉默不语，只当章庭是默许了自己的要求，不会追回《四景图》，满意地抖抖袍子，领着尤绍离开了。

正堂又安静下来。

曲茂可能不知道自己究竟说了些什么，章庭却听得明白。岑雪明在上溪的案子里就不干净，士子沈澜死得也蹊跷，而封原此番前来，明摆着要查这两个人，难道封原的目的，当真跟洗襟台有关？若是这样，父亲此前来信让自己协助封原，究竟知不知道内情？

封原见章庭的脸色冷下来，知道他听了曲茂的话很难不多想，一时间也不知道怎么解释，踌躇再三，却听章庭先行开了口：“将军不是要赶去调兵吗？时候不早了，将军这就去蒙山营吧，别的事待我整理好线索再议。”

封原听了这话，松了口气，心道是缓缓也好，这么大的事，让他说都不知道从何说起，随即道：“好，那老夫先行一步。”

封原离开后，章庭一个人在正堂里坐了良久，午后夏日的阳光入户，将整个堂屋照得澄静，章庭狭长的冷眸在这一片澄净中深浅不定。片刻后，他唤来底下一名扈从：“去问问曲停岚今日去了哪里？”

曲茂的去向不难打听，扈从很快回来了：“公子，曲五公子今日去了小昭王那里。”

章庭安静了半晌：“我知道了，你下去吧，我一个人待一会儿。”

曲停岚一个酒囊饭袋，差务上的事一概不知，所以矿山的案子，岑雪明、沈澜的相关线索，一定是小昭王告诉他的。小昭王去上溪，是为了查当年洗襟台坍塌的原因，具体查到了什么不得而知。章庭只是听说，当年上溪竹固山死去的山匪，还有日前上溪的暴乱，通通和洗襟台有关。曲停岚说岑雪明在上溪的案子里就不干净。这是不是说，上溪死去的县令和师爷，冤死的那么多山匪，都和岑雪明有关系吗？既然这样，封原为什么还要查这个人？父亲为何还要让自己帮着封原找这个人？难道曲侯、父亲，也与当年坍塌的洗襟台有关？

可是，为什么啊？章庭想。

父亲这样清正的一个人，从来勤勉克己，为什么会搅在这样一桩案子当中？当年父亲仕途坎坷，高中进士，本该鹏程万里，却被族中推出来为一名嫡系背罪，数年才得以昭雪，父亲自此最恨冤屈，更是一度与章氏大族划清界限，甚至不顾自己世家子弟的身份，多次为寒门之士鸣过不公，这样的父亲，眼下为何搅在了一摊浑水之中？就算朝堂之上时局纷乱，无法独善其身，父亲总该有原则与底线吧？

章庭摇了摇头，他想，或许是自己想错了，父亲说不定也被蒙在鼓里呢？这样大的事，如何能仅凭管中窥豹，就妄自猜测呢？

章庭离开正堂，往书斋走去，吩咐跟来身边的扈从："备笔墨，我有私函急发上京城。"

扈从听了这话，却问："公子可是要写信给老爷？"他又道，"公子，老爷眼下并不在上京城中，似乎去了中州。"

章庭的脚步停顿了一下，心更往下沉了沉："什么时候的事？"

"半个月前吧。"扈从道，"小的也是今早才接到的消息。"

章鹤书虽然执掌军务，枢密副使却是个文职，等闲是不离开上京的，父亲在这个时候赶来中州，这说明了什么？

章庭不安的感觉越来越盛，心上一块危石摇摇欲坠，只觉得一刻不弄清此事，那块危石就要将他砸得血肉模糊。他想起封原刚才欲言又止的模样，立刻对扈从道："备马，我要去见封原将军。"

封原正在赶去蒙山营的路上。他被曲茂闹了一通，心中其实也踌躇不安，所以路上走得并不快，刚出城不久，只听身后传来快马驰奔之声，竟是章庭打马追上来了。

暮色四合，章庭很快勒停马，开门见山地道：“封原将军，我想知道实情。”

封原咋舌：“什么……什么实情啊？”

骏马在原处徘徊了几步，章庭紧盯着封原：“你来东安，就是为了找岑雪明的，对吗？如果我所料不错，小昭王眼下也在找岑雪明，你们为什么要跟小昭王对着干？当年洗襟台的坍塌，是不是跟你们有关系？还有，我父亲他……是不是也搅在这个案子里头？”

封原被章庭这一连串的诘问逼得无可奈何。曲不惟叮嘱过他什么都不要和章庭说的。

可这个章兰若又不是三岁小儿，随便糊弄一两句就过去了，他是工部侍郎，浸淫官场多年，一点儿风吹草动就能看出端倪，眼下再被曲停岚这么搅和一通，该听的不该听的灌了一耳朵，哪里还糊弄得过？

封原心中狠狠一叹，也罢，那就繁事简说吧：“其实真计较起来，这事跟章大人的关系不大，当年朝廷不是修筑洗襟台吗？章大人的手上意外有了些登台名额……”

章庭从城外回来的时候，夜色已至。他忘了是怎么打马回的官邸，也忘了自己是怎么下的马，门前的扈从相迎，他像是听见了，又像是没有听见，脑中回响的全是封原刚才跟自己说的话。

封原说得简单，甚至没多提几句上溪的案子，只称章鹤书当年通过一桩事故，意外得了些洗襟台的登台名额，后来曲不惟生了贪念，临时起意，卖了三四个名额，然后被章鹤书阻止。眼下小昭王追查洗襟台坍塌的缘由，不慎把此案掀了出来，曲不惟想要抹去罪证，所以章鹤书才让他帮忙。

封原还说，不管是章鹤书还是曲不惟，他们都不希望洗襟台坍塌的，他们盼着洗襟台建成还来不及呢，否则从他们手上流出去的登台名额该怎么办呢？

封原的言辞虽然隐晦，章庭还是听明白了。明白得他甚至一点儿都不敢往深处想，不敢想竹固山的山匪是怎么死的？经自己之手处置的上溪暴乱之案又是因何而起？

章庭也不敢往屋子里走，觉得那些被他随手搁在手边的卷宗通通化成了附身缠人的妖鬼，要把他拽着堕入一场梦魇。他只好站在院子中，想着，不管怎么说，还是先去一趟中州，亲自问过父亲。

或许封原是骗他的呢？或许父亲跟洗襟台一点儿关系也没有呢？说不定父亲也被蒙在鼓里呢？

他始终还是相信父亲的。

“兰若。”

章庭也不知道在院子中站了多久，直到身后传来一声轻唤。

章庭深吸了一口气，回过身，眉眼间的情绪便已经掩去了：“忘尘有事？”

张远岫不知道什么时候过来的，身边还跟着白泉。

“日间听到你这里起了争执，想着封原将军在，不方便过来，你……”张远岫看着章庭，虽然章庭已经掩饰得很好了，张远岫还是在他的眼底辨出了一丝彷徨，“你没事吧？”

章庭摇了摇头，低声道：“没事，只是……可能有点儿累了。”

张远岫的声音温和得如清风一样：“是不是因为没有寻到岑雪明的踪迹？”他说着停顿了一下，“说来惭愧，日前我说过要帮兰若找这位岑姓通判，无奈一点儿忙都没帮上。”

章庭道：“没什么，忘尘不必往心里去。”

张远岫看出章庭似乎谈兴不高，声音温和地道：“好，兰若你早些歇息，我先回去了。”他说着，便要转身离开。

“忘尘。”章庭看着张远岫的背影，不由得唤了一声，“岑雪明这个人……不必再找了，我料理完手边的事，过两日要去中州一趟，这个案子……就搁置了吧。”

张远岫看着章庭，微微颔首。

章庭没在院中逗留太久，很快回了自己屋中。

张远岫也往自己的院子方向走，夜风盘旋着，不声不响地卷走白日里的滚滚暑意，拂过四下搁着的冰盆，整座官邸都像浸在一片温凉的水中。

这样安静的夜里，空中却传来扑棱拍翅之声，张远岫抬眼望去，是一只白隼歇在了高处的檐角。

白泉也看到这只隼了，隼的左脚上还捆着一个传信用的小竹筒。白泉轻声道："公子，曹公公那边来信了。"

张远岫"嗯"了一声，只是淡淡地道："纸终究包不住火啊，暗涌渐激，涛澜将起，驻足岸边的人都要被卷进去了。"他往书斋走去，"取信吧。"

隼很听话，在张远岫回信的当口，就着白泉的手吃了粟米，乖巧得近乎不像猛禽。

张远岫很快写好信，把白笺递给白泉："章鹤书快到中州了？"

白泉："应该这两日就到了。"

张远岫敛眸深思片刻："你去衙门告假，称我近日急病，概不见客，回来把行囊整好，明早天不亮，即刻赶赴中州。"

隼得了信，在高空盘旋数圈，很快掠过东安上空，往上京的方向飞去了。

东安已是深夜，从隼的视野看去，竟有许多户人家还点着灯，其中有一座偌大的庄子，一个身着玄鹰袍的人在庄子前下了马，快步往庄子中走去。

此人正是白日里，谢容与派去官邸打探消息的玄鹰卫。

"禀虞侯，曲校尉回到官邸，与小章大人起了争执，已经将岑雪明的犯案根底，沈澜之死的隐情，大致透露给了小章大人。"

章禄之问："小章大人可提到过什么？"

玄鹰卫摇了摇头："小章大人似乎对此事根本不知情，听后只是十分震惊。"

谢容与问："封原呢？"

"封原将军也不好多说什么，中途曲校尉质疑他们是打着幌子暗中找岑雪明，封原将军帮忙打圆场，说他们就是为了查案，还打算派兵去脂溪矿山。"

章禄之冷笑一声："派兵去？他们的戏做得挺真。"

书斋中的众人沉默下来。

"鸭"这条线索太笼统了，即便一再缩小范围，没有十天半个月，他们也难以找到突破口，本想着让曲茂去搅和一番，封原等几个人情急之下会透露点儿什么，到底没能如他们所愿。

这时，谢容与忽问："派兵去了脂溪矿山？封原的原话是什么？"

玄鹰卫仔细回想了一番：“封原将军辩解说，他们来陵川，就是为了查矿山的案子，蒙山营那边几百人等着赶赴矿山，正等着他发兵呢。”

几百人马？谢容与的眉心微蹙，眸底突然微光乍现：“祁铭，你立刻抽调十八名玄鹰卫精锐，随我前往脂溪。”

祁铭：“是。”

谢容与：“卫玦，你回蒙山营点兵，等封原的人离开，立刻带领余下的兵马赶赴脂溪，路上记得尽量掩饰行踪。”

卫玦拱手称“是”，犹豫着问：“可是虞侯，为何是脂溪？那座矿山不是一个幌子吗？”

谢容与道：“矿山看上去的确是一个幌子，但是，你们想想，我们取得《四景图》后，曲不惟、章鹤书等人，知道我们拿到的线索是什么吗？”

章禄之摇头：“不知道。”

谢容与：“是，他们不知道，所以他们会往最坏的情况想，他们会猜岑雪明留下的线索是一封直截了当的信函，又或是一个已经指明的地点，而非一幅意味不明的画。所以，这个时候，他们要做什么？”

青唯道：“他们一定要赶在我们之前销毁证据。”

“换言之，他们争取的是时间。”谢容与颔首道，“曲不惟六年来没找到岑雪明，并不代表章鹤书找不到。早在上溪案发之时，章鹤书已经介入此事，他们找了这么久，眼下应该已经发现岑雪明的踪迹。既然发现了踪迹，他们一定会以最快的速度销毁证据，否则晚一步，就被手中有‘清晰线索’的我们捷足先登了。”

卫玦恍然大悟道：“虞侯的意思是，封原为了争取时间，来到陵川后，一定会直奔主题——前往岑雪明的藏身之所。但是他们又不能不防我们一手，所以他们会怎么办？”

“以幌子……掩护幌子？”青唯迟疑着道，“他们昭然若揭地把脂溪矿山这一个看似牵强的案子摊开摆出来，让所有人都以为，矿山是一个幌子，分散我们的注意力，实际上，矿山根本就是他们的目的地，而他们以幌子掩护幌子，要的就是我们被虚晃一招后，那一两日的时间差？”

莫要说一两日，只要能提前半日找到岑雪明，足够他们销毁证据了。

青唯不由得问道："可是……他们的心思这样深，官人是怎么看出来的？"

谢容与声音温和地道："我没有看出来，是封原说漏嘴了。"

封原面对曲茂的质问，情急之下称蒙山营那边几百人等着赶赴矿山。如果时间不这么紧迫，拿几百人做戏说得过去。

可是曲氏一门，包括封原的性命都系在岑雪明留下的证据上，他们在这个时候把大部分兵马调去矿山，这就很古怪了。

卫玦道："属下明白虞侯的意思了，脂溪矿山路途遥远，快马也要跑十来日，还请虞侯带着精锐先行前往，至于岳小将军那边……"

"师父那边我去说。"青唯道。她说走就走，说完，一刻也不逗留，风也似的出了门。

谢容与的目光从青唯身上收回来，他深思了片刻，吩咐道："今日之事记录在案，日后算停岚告密有功，还有……"他的目光落在桌子上曲茂执意要赠给青唯的《四景图》上，"还有这幅《四景图》，也算停岚、岳前辈，还有我娘子一起呈递的证据，如实上报朝廷。"

不到子时，岳鱼七便和青唯一起赶到归宁庄了。行囊早就准备好了，六月份的一个深夜，二十余人轻装简行，打马穿过陵川的夜色，朝西北方向赶去。

中州，江留城。

七月流火，还没彻底出伏，中州已经凉爽了许多。

这日一早，一辆马车在一座宅院前缓缓停住。这座宅院位于江留城西一条僻静的街巷，听说是上京城中一名官员所置，用来作老来闲居之所。

宅前的阍人很快出来相迎，对马车上下来的年轻公子与仆从躬身一揖："张二公子，章大人已经等在厅中了。"

进门是一座鲤鱼过龙门的四方影壁，绕过影壁，张远岫带白泉进了厅中，对章鹤书拜下："学生见过先生。"

章鹤书淡淡地笑了笑："忘尘一路奔波辛苦了，茶已经备好了，快用些吧。"他说着，请了张远岫在右首坐下，自己也端起茶盏。

章鹤书此番来江留，为的是性命攸关的要事，但他的脸上丝毫不见焦急之色，反而安静地与张远岫一起品茗了片刻，提起些不相干的：“对了，老夫来之前特地拜访过老太傅，听太傅说，官家意欲为你和仁毓郡主指婚，这事是真的？”

张远岫淡淡地道：“真的。”

章鹤书哦了一声：“这是好事啊，你考虑得怎么样了？”

张远岫看着章鹤书，片刻后，笑道：“这不是被先生一封信召来中州，没来得及多想吗？忘尘急人之所急，这一路上考虑的都是先生究竟遇到什么麻烦了？自己的事反倒搁在了一边，还没顾得上给老太傅回信呢。”

章鹤书被张远岫反将一军，不急也不躁，呷了口茶：“这样也好。你我师生一场，老夫跟你说句不见外的话，仁毓郡主，单纯是单纯，人也天真烂漫，应该走不进忘尘你的心里。照老夫看，忘尘看似一副清净脾气，实则心底藏着一团火，能被你放在心上的人，除了得有盎然生气，还得是坚韧冷静的，要是身上带了些侠肝义胆，兼之自在又有趣，那就最好不过了，是不是？可惜啊，这样的女子太少了，可遇而不可求，偶尔邂逅那么一个，撞不上好时机，怕也让人捷足先登了。”

章鹤书这话究竟在说谁，再明显不过了。

张远岫眸中笑意隐去了，语气冷淡：“先生一路辛苦到中州，就是为了操心忘尘的姻缘？这不是先生的脾气吧？忘尘如果记得不错，先生早年遭受牢狱之灾，仅仅十余日，腿脚就落下了毛病，若不是出了性命攸关的大事，先生怎么舍得舟车劳顿一场？”

章鹤书长叹一声：“知我者，忘尘也。”他悠悠地道，“没法子啊！眼下小昭王已经查到了老曲买卖洗襟台的登台名额，事情到了这一步，我若不先行一步，未雨绸缪，等着我的就是野火烧身了。”他提起这样大的事，语气却这样稀松平常。

张远岫：“那先生决定怎么办呢？”

“忘尘喜欢棋吗？”章鹤书问，“应该是喜欢的吧。老太傅将你闲养，传授你最多的不是诗书，而是棋画。弈棋一道，诀窍有许多，什么入界宜缓，不得贪胜，到了危急关头通通不顶用，在我看来，都顶不过一句弃车保帅。”

张远岫一语道破玄机：“哦，先生是觉得，到了这个关头，曲侯爷肯定保不住了，所以想牺牲曲氏，保住自己？”张远岫淡淡地道，“可是曲侯堂堂一个三品军侯，哪里是这么好舍的？先生眼下与曲侯就是绑在一根绳上的蚂蚱，他下了油锅，您还盼着他不会跳出来咬您一口？”

“军侯又怎么样？军侯也是人，是人就有软肋，有软肋，就不怕没法子让他闭嘴。”章鹤书道。

张远岫盯着章鹤书：“先生想利用曲停岚？”

章鹤书道：“我没奈何啊，这不赶巧了，停岚眼下刚好在陵川。”章鹤书又叹道，“我也不是想利用停岚，只是让停岚坐实曲不惟的罪名罢了。当年曲不惟从我的手中拿走洗襟台的登台名额，你以为只是为了钱财，没有一点儿对朝廷的不满？曲不惟不满得很呢，长渡河一役，他是主和的将帅之一，事后岳翀打了胜仗，昭化帝不满他畏战的态度，将他召回上京，常年拘在上京城中。他一个战前拼杀的将帅，在这上京城里待着算怎么回事呢？兼之他自觉他当年主和没有错，心中感觉愤懑，这才搅和到洗襟台这场事端里来的。一个将军不满朝廷，这是什么？往大了说，这就是起了反心，只是这反心藏在暗处，暂且没人瞧见罢了，我让停岚把这反心剖出来，这也是为朝廷立功啊。”

张远岫听了这话，忍不住冷笑出声：“先生还真是欲加之罪何患无辞，单凭曲侯对朝廷处置的一点儿不满，非要给他扣上一顶‘谋逆’的帽子，我看先生哪里是想弃车保帅，先生是想把曲氏一门尽数灭口吧。”

张远岫接着道：“曲停岚有什么错？不过是一个心思单纯的纨绔子弟罢了，先生想要曲侯闭嘴或许容易，但你陷害到曲停岚的身上，他的母亲周氏难道会坐视不理？庆明周氏可不是好惹的。”

章鹤书道：“老夫自有老夫的法子，这个就无须忘尘操心了。到时候，忘尘只需要帮老夫一个小小的忙就好了。”

张远岫：“什么？”

章鹤书：“封原不是小昭王的对手，他的手下也敌不过玄鹰司，岑雪明遗留下来的证据，包括他这个人，最终应该会落到小昭王的手里。忘尘你呢，始终游离于事端之外，没有人会对你起疑，到时你只需稍稍先行一步，把证据里，关于章氏的那一部分抹去即可。”

张远岫听了这话，不置可否：“其实我一直有一个疑问，当年朝廷决定修建洗襟台，登台名额尽数给了翰林分配，先生一个枢密院的官员，手上为何会有登台名额？”

“因为一个案子，翰林与我做了一点儿置换。”章鹤书淡淡地道，看着张远岫，“忘尘还要往下听吗？其实这事说来简单，老夫可以知无不言，言无不尽。”

当时，翰林院的掌院是老太傅。也就是说，拿登台名额与章鹤书做置换的人是老太傅？

张远岫犹豫片刻，没有吭声。

章鹤书看出张远岫的心思，并不往下说，而是道：“多的你不必问。你只需要知道，曲不惟买卖登台名额的事情捅出去，朝廷尚能防微杜渐，任小昭王这么查下去，最后一层遮羞布被揭开，于忘尘你而言不但是一场枉然，而且朝廷恐怕也不会再修建洗襟台了。当年洗襟台修建之初，朝廷就有过异声，若非你兄长力持先帝之见，柏杨山间怎见高台？如今忘尘承袭父兄之愿，最渴盼的，不正是柏杨山中，高台入云间吗？”

张远岫听了这话，沉默许久，淡淡地道：“若要人不知，除非己莫为，看来先生也没有神通之力，到了这个当口，还不是要托人帮你抹去罪证。”

“人在泥垢里，难免会沾上污渍，擦去不就成了？老夫相信，凭忘尘的才智，不必老夫教，到那时自然知道该怎么做。”章鹤书说着，伸手一请，“快吃茶吧。”

厅中再无话。

已近暮时了，寻常人一般不在这个时辰吃茶。张远岫呷了一口，转过头去看院子。宅院中，那个鲤鱼过龙门的照壁是双面的，面门的那一面，一群鲤鱼簇拥在龙门下，周遭浪涛四起；而朝里的这一面，一条鲤鱼已经高高地跃在了龙门之上，尾鳍甩出数点浪花，似乎它正是那个得天独厚的弄潮儿。

一名仆从匆匆自院外赶来：“老爷，不好了，少爷到宅邸了。”

章鹤书一愣：“庭儿，他怎么会来？”

仆从见张远岫也在厅中，犹豫着怎么回答，听章鹤书称无妨，才道：“似乎是曲五爷到少爷那里闹了一场。《四景图》被盗，封原将军担心小昭王已经知道了岑雪明的下落，糊弄曲五爷去试探，谁知道曲五爷从小昭王那里听来一些岑雪明的案情根底，试探回来，反而质问起少爷，曲五爷的嘴上没个把门的，什么都敢说，少爷听了，对老爷您起了疑心，所以……”

章鹤书的脸色沉下来。这个封原简直跟他的主子一样愚蠢。《四景图》被盗就被盗了，关键是怎么应对，这个时候去试探小昭王，他是担心小昭王知道得不够多吗？恐怕眼下连脂溪矿山的蹊跷也被小昭王看出来了。

章鹤书冷着脸没吭声，倒是张远岫放下茶盏，说道：“看来先生还有家务事要处理，那忘尘就先行一步了。”

尚未出伏的天，秋凉已现端倪，晚风一阵一阵地卷过地面，掀起阵阵凉意。

张远岫刚离开不久，章庭就到了。他在宅子门前下了马车，推开门前的阍人，快步走入了宅院，或许因为思虑所致，额头上竟出了一脑门子汗，迎面撞上站在厅前的章鹤书，张了张嘴，竟没说出话来。

章鹤书见章庭这副急匆匆的样子，淡淡地呵斥道：“重为轻根，静为躁君，是以君子终日行不离辎重，为父怎么教你的？你是忘了吗？”

章庭听了这话，稍微忍了一下，停住脚步，拱手一揖：“父亲。”

章鹤书“嗯”了一声，折身回屋：“进来吧。”

“忽然来中州，所为何事？”章鹤书将茶盏搁在案上，整理了一下袖口，慢条斯理地说道。

章庭的个子高，他站在厅中，修长孑然。他和章鹤书长得像，只是他看上去更加冷傲些，颧骨高，眉眼也狭长：“儿子在陵川，听到了一些传言，称是……父亲让我帮忙找的岑雪明，在上溪的案子里就不干净，六年前，岑雪明的失踪也与洗襟台有关。”

晚风四起，也不知怎么，这夜的风格外猛烈，猝然而生的秋寒，像极了章庭眼中抹不去的仓皇。

章庭：“上溪的案子，儿子托人问了，似乎是上溪的县令与师爷，裹挟着竹固山的山匪，一起买卖洗襟台的登台名额，而让他们这样做的人，正是岑雪明。”

买卖洗襟台的登台名额一事虽为秘辛，章庭身为从三品侍郎，却不难知道，何况小昭王那边也无意瞒着他。

章鹤书看着章庭，淡淡地道："所以呢？"

所以呢？

章庭惊讶地抬头，愣了许久："所以，这些事情，父亲是知道的？"他觉得难以接受，停顿了片刻，又问，"父亲早就知道岑雪明涉及洗襟台的登台名额买卖一事？早就知道竹固山的山匪之死或有冤屈，甚至知道士子沈澜也是冤死的？您既然知道，为何还要我帮助封原寻找岑雪明？难道……难道你真的搅在了这场事里面？"

章鹤书不温不火地道："搅在里面自然有搅在里面的理由，你不必管，办好自己的分内之事即可。"

"什么才是我的分内之事？助纣为虐，帮助封原找岑雪明跟小昭王对着干吗？"章庭万分不解，"父亲！岑雪明一个地方通判，他手里哪里来的洗襟台的登台名额？莫不是跟您与曲侯拿的？可那时您和曲侯，一个三品军侯，一个枢密院掌事官，又是哪里来的登台名额？"

章鹤书："如果你不辞辛劳地赶来中州，只是为了问一问我手里的登台名额是从哪里来的，我可以告诉你。六年多前，洗襟台修建之初，朝廷流放过一批士子，我施以援手，用了些手段救了他们，翰林于是以登台名额相赠。"

"可是……可是父亲要这些登台名额来做什么？"章庭问，"父亲为人最是清正。当年您高中进士，大好前程在前，却被章氏推出来为一名贿赂高官的嫡系子弟背罪，十余日，在狱中受尽折磨，您宁死不肯画押，然后仕途坎坷，直到几年后才得以平冤昭雪，这段经历父亲忘了吗？您平生最恨构陷不公、暗中勾连，最恨这些世家里的肮脏，甚至不惜与章氏一门划清界限，可是为什么？为什么您眼下却做出了您曾经最痛恨的事？犯下了这样的弥天大错？"

"弥天大错？"章鹤书听了这四个字，不由得冷笑起来，"为父错了吗？那你告诉我，我究竟错在哪里？什么又是对？什么又是错？"

章鹤书看着章庭，这个被他养大的儿子实在太过刚正了。可有的时候，太刚正的人，难免天真得可笑，永远不明白是非对错，黑白之间，哪里有什么极善与极恶？章鹤书的语气非常平淡："我也不怕告诉你，正是因为这段经历，我才不希望由翰林来分配这些名额。朝廷最初遴选洗襟台登台士子，只在上京与宁州、中州等几个地方挑选，后来才延伸到陵川、同州等穷困之地，你知道促成这一切的人是谁吗？是我。如果我的手上没有这些名额，翰林怎么可能答应联合一众寒门朝臣与文士，力驳那些世家重臣之见，把名额均分到各地？你以为不经一番挫骨之争，均分名额这么简单？你当那些秀才、举人，何故会拿到洗襟台的登台名额？为何翰林会以才学、德行到各处选定登台士子，而并非以出身论之？是我。我不想让那么珍贵的名额牢牢地握在那些贵胄子弟之手，我正是不希望我的经历，要在其他人身上再来一次！"

章庭道："父亲是觉得由父亲来分配这些名额，就能做到真正的公正？许多跟您一样的旁支，甚至一些寒门子弟，也能获得出头之机？可是您又怎么保证自己是公平的呢？从您的手上，漏给曲侯的登台名额又如何解释呢？"

章鹤书："曲不惟那是意外。我事后得知，已尽力补救。"

章庭："补救的结果就是竹固山的山匪一夜之间被屠戮致死？上溪的县令与师爷也在多年后的一场暴乱里丧生？"

章鹤书："那是曲不惟自己做的，他利欲熏心，杀戮无道，并且头脑简单，心思愚蠢，此事若换我来，手脚必不会这么不干净，法子也不会这么粗暴蠢笨。归根究底，这样珍贵的名额，十万两一个，太便宜了，它应该是无价的，我根本就不会拿出去买卖。"

屋外的风声更猛烈了些，声声恍如兽吟，夜幕已经降临了。

章庭逼视着章鹤书："那么在父亲的眼里，这些登台名额是什么？是实现自己理想的一道天梯吗？还是补救自己缺憾过往的一枚筑梦之石？您觉得那些陷于泥垢里的寒门之士，那些所谓的不公只有您能拯救，您的鸿鹄之志，青云之梦只有这座楼台才能实现，所以，在您看来，这些名额应该是无价的？可是洗襟台只是一座楼台！它是为当初投江士子的赤诚之心修筑的！是为长渡河一役牺牲的将士的忠勇之心而修筑的！它是无垢的，它不该成为一种手段，它不该成为你们平步青云的……"

"你既然匆匆赶来中州，想必小昭王这一年中查到了什么，你大致都有了解。”章鹤书不等章庭说完，打断他道，“那么你去问问小昭王，问问那温氏女，这一路上，他们究竟看到了什么？经历了些什么？

“最初的徐述白，他为何要登洗襟台？因为他一无钱财，二无官职，所以他选择登上洗襟台，为的是有了名望后为自己喜欢的妓子赎身！

“上溪的蒋万谦，一个商人辛劳了半生，终于攒下了花不尽的钱财，年少的赘婿之辱却始终是他的噩梦，他想光耀门楣，无奈儿子不争气，考中秀才便停滞不前，所以他不惜为方留买下洗襟台的登台名额，为的是今后百尺竿头更进一步，让蒋氏一族在乡里更有颜面！

“还有东安的沈澜，他爱妻爱女，却懦弱无能，家中尊长要把他阴时阴刻出生的小女送人他竟无力反对，事后却假惺惺地去尹家做什么教书先生，考中举人数载碌碌无为，又担心一生无法要回女儿自苦自责，最终决定以《四景图》交换洗襟台的登台名额，以待平步青云，成为高官，正大光明地从尹家讨回尹婉！

“这还只是小昭王查到的，还有许许多多没有查到的呢？那些士人，他们当中的每一个，或是为了名，或是为了利，或是为了心中的欲望，为了再也无法实现的夙愿，才登的洗襟台，他们中，有人真的是为了纪念那些士子，那些将士而登台的吗？没有，既然如此，我希望借我之手来分配名额又有什么错？我与他们一样，也为了实现自己的夙愿！”

“可是……可是父亲这样……”狂风拍打着门窗，章庭听了章鹤书的话，茫然了许久，“可是父亲这样，洗襟台就不是洗襟台了，你把它当作了实现自己愿望的天梯，一块登上去就能触及青云之巅的垫脚石，它不再是洗襟台，而是青云之台。”

“正是青云台！”章鹤书道，“从先帝决定要修筑这座楼台伊始，从它被赋予意义的那一刻伊始，当所有人争相看着是谁被遴选为登台士子，期盼着自己能成为登台士子的那一刻，它就不再是单纯地为了那些赤诚的士子与将士而建，它满足每一个人的欲望，它实现每一个人可望而不可即的梦想，它从来就不是洗襟台，它是青云台！”

第五十四章

循迹矿山

“不，不是这样的，父亲错了……”章庭听了章鹤书的话，一时间只觉得空茫无着，可是父亲究竟哪里错了，他却说不上来。

那些被小昭王查到的士子，沈澜、方留，包括徐述白，他们难道不是为了心中的欲望而登的洗襟台吗？甚至洗襟台的登台名额流传之初，那些蒙受恩荫的世家子弟，不也争相盼着自己能登上洗襟台吗？

章庭想说，可是，这就是人啊！这就是人啊！善也好，恶也罢，心中永远有抑制不住的蓬勃欲望。

他何故要期待纯粹？以至于洗襟台最终变成了青云台，而他的父亲，为了弥补自己的缺憾，把控了几个登台名额，又有什么错呢？

章庭只觉得自己这一路行来，那颗高高悬在心上的危石不知何时已经落了下来，将他一直以来坚守的信念砸得支离破碎，只剩下多年来的教化摇摇欲坠地支撑着他说出来接下来的话：“但是……在我看来，沧浪水，洗白襟，那么多登洗襟台的人中，那么多看着这座楼台建起来的人中，哪怕有一个记得当年士子投江的赤诚，洗襟之台就不算徒有其名，譬如……譬如小昭王、忘尘，还有温氏女……”

“温氏女？”章鹤书不由得冷笑起来，“你且问问那个故去的温阡，他为何愿意出山修筑洗襟台？难道不是为了祭奠亡妻？小昭王被派去柏杨山时只有十七岁，你以为自小被封王，接进宫中，承载着士子投江后那么多人的希冀是他心之所愿吗？他厌恶得很呢，他的父亲谢桢为他起名容与，是盼着他能随心自在，可他活着的这么多年里，有过一天自在吗？幼年丧父，少年时被拘于深宫之中，哪怕前几年顶着另一个人的名字而活，不也被心魔所困，举目不能见日？你以为他这一路为何孜孜不倦地寻找真相？仅仅是为了那些丧生的士人吗？不，他也是为了自己。没有任何一个人比他更盼着能挣脱枷锁，从这泥潭里抽身而出，只是他掩藏得很好，芝兰玉树，昭昭为王，外人瞧不出来罢了。

“哦，对了，还有张忘尘。他倒是和小昭王不一样，小昭王拼了命地想从这场事端里挣脱出来，他呢？却拼了命地想要搅进去。老太傅为他赐字忘尘就是怜他命苦，盼着他能忘却尘世纷扰，可是你看看他，你以为他离开上京两年，置身事外，就是谦谦君子，不染纤尘了，从温氏女到上京伊始，他掺和得还少了？他做这一切又是因为什么？不过是担心柏杨山中不见高台，百年后世，无人再记得他枉死的父兄！

“我早已说了，青云台满足每一个人的欲望，所以小昭王也好，张忘尘也罢，还有那温氏女，他们都是为了自己，从来不是为了其他人。”

章庭愣愣地看着章鹤书，曾几何时，在他眼中清正、伟岸的父亲变得这样陌生，连说出来的话都让他无所适从。或许是他从来就不够了解父亲吧。

父亲除了是他的至亲，也是一个有血有肉的、独立的人，父亲从幼时，到年少，再到今日垂垂老矣，一路经历的悲喜坎坷，酿就了如今的执念与夙愿，这其中有许多，都是章庭身为人子，无法窥探的光景。他甚至没有资格去指摘。

章庭垂下头，年近三十岁的人了，这一刻他再也不是那副孤冷的样子，目光彷徨而无助，甚至透露着些许懵懂。

章鹤书见章庭这副模样，语气微缓了些：“封原那边你不想帮忙便不帮了，岑雪明你也不必再找，回到陵川，你如果不想留在东安，可以去柏杨山继续督工，若是不想督工了，写封奏请回上京，官家应该不会勉强你，总之，脂溪矿山你不要去了。”

“为何不去脂溪矿山？”章庭为官这么多年，嗅觉还是敏锐的，他安静地问，“矿山那边，近日会出什么乱子吗？”

“这些你不必管。”章鹤书道，“你走吧，若是被人知道你忽然来了中州，对你我而言都没有好处。”

章庭听了这话，张了张嘴，似乎想说什么。可他终究什么也没说，垂眸无声地苦笑了一下，折身往院外去了。他在院子中驻足片刻，看向那座图案是鲤鱼跃龙门的影壁。这座影壁是章鹤书当年请匠人特制的，一尾平凡的鱼儿跃上了无上之巅，从此便能鹏程万里，实现心中所愿吗？章庭不知道了。

夜风澎湃似浪涛，猛烈地灌进厅中，章鹤书沉默地看着章庭离去后，空荡荡的院子，挺直的脊背终于松弛下来，变得佝偻。这场争执让他筋疲力尽，他颓然地坐在椅子上，一瞬间似乎苍老了许多。

老仆无声地进屋，为他奉上一碗姜汤，说："老爷，当心身子。"

说起来，这名老仆当初也是一名士人，后来被人冤枉，锒铛入狱，一生仕途无望，幸得章鹤书相救，从此跟随在他的身边。

章鹤书接过姜汤："忘尘呢？"

"张二公子一刻钟前已经自行离开了。"老仆道，"老爷，可要派人追上去再叮嘱一二？"

"不必，忘尘是个明白人，知道关键时候应该怎么做。"章鹤书道，他停顿了片刻，又问，"兰若也走了吧？"

老仆道："少爷离开的时候似乎很难过，老奴担心，少爷这样的性子，刚则易折，只怕会颓唐许久了。"

可是他又能怎么办呢？他千辛万苦地走到今日，眼看着洗襟台就要再建，千万不能在这个时候出了岔子。

章鹤书淡淡地道："随他吧。调兵的急令，已经命人送出去了吗？"

老仆道："送出去了，上头的……假印也盖好了，只待曲五公子署名，急兵一发，事情就成了。"

地方的兵马也是朝廷的，想要发兵，单凭一名将军之令可不成，还得有朝廷发的虎符。不过在形势最危急的时候，还有另外一种法子，即由一名驻军将领从枢密院请一张急令，先行调兵，然后再上报朝廷。

调兵的急令上需要驻军将领署名，所调兵马不能超过一千，而之后是功是过，署名的驻军将领需要全权负责。

封原的兵马会和小昭王的玄鹰司在脂溪矿山撞上，冲突无法避免。

而章鹤书想要自保，只需要在这场冲突里耍一个小小的花招。

封原不是带兵去了脂溪矿山吗？但他的兵是用来找人、查案的，可不能用来打仗，所以一旦他的人马跟玄鹰司有了摩擦，他只能退让。但他真的会退让吗？他不会，因为只要被小昭王拿到罪证，等着他的就是死罪。所以到了最坏的情况，他必须跟玄鹰司动手。

而章鹤书要做的，就是把这兵乱之过，嫁接到曲茂头上——他让自己的人忽悠曲茂签下一纸假的调兵急令，做出封原发兵，是曲茂授命的假象。

如果兵乱之下，封原先小昭王一步拿到了罪证自然最好；如果罪证还是落到了小昭王的手里，曲不惟因为洗襟台而被问罪，这个时候，章鹤书就可以把这张急令拿出来给曲不惟看。

章鹤书可以告诉曲不惟，你看，你不招出我，那么单凭买卖登台名额的罪名，死的只是你和你的几个手下。你如果招出我，我就把这张你儿子署名的急令交给朝廷。上京城中的人都知道，停岚是个纨绔子弟，他违逆朝廷，急调兵马，那肯定是你授意的。你一个侯爷，指使一个将军跟玄鹰司动手，这是什么意思？这是行使了帝王之权，这是谋逆啊！你当年买卖登台名额，本来就有对朝廷的不满，曲氏一门父子二人皆反，诛九族是板上钉钉的。所以你好生想清楚了，究竟是你不招出我，死你一个人呢，还是我把这张急令拿出来，你我连同曲氏一门尽皆伏诛？

两害相权取其轻，是人都知道该怎么选。

章鹤书闭目养了一会儿神，缓缓地睁开眼睛：“眼下小昭王不在东安，忘尘、兰若也来了中州，曲停岚一个人在官邸待着，好糊弄得很，你督促底下的人让曲停岚签完急令，想个法子把他弄去脂溪。动作利索些，岑雪明再难找，凭小昭王的本事，在矿山逗留几日，不难发现他的下落。”

脂溪是陵川西北的一个深山小镇，因为地处偏僻，镇上的许多人家早已搬离，仅剩的几十户大都是矿工的亲眷，家中的男人去深山采矿了，妇孺们便在家中务农。

镇上没有官邸，只有西边勉强有一个客舍，凡有来客，都在客舍安顿。

这日一早，矿监的掌事听说小昭王要来脂溪，吓了一跳，临时派了一个吏胥前来相迎。

这名吏胥多年窝在山中，莫要说王，怕是连县令、州尹这样的人物都没见过，一时间只觉得神仙下凡了，提心吊胆地在镇口等了小半日，但见马蹄扬尘，数匹骏马疾驰而来，连忙提着袍子迎上去，跟当先下马的一个模样清俊的人跪下参拜："草民恭迎昭王殿下……"

祁铭好不尴尬，解释道："足下误会了，末将乃玄鹰司下属，昭王殿下的护卫，姓祁，身后这位才是昭王殿下。"

吏胥仰起头，祁护卫身后诸人个个器宇轩昂，险些把他晃花眼，不过小昭王还是不难认的，当中最引人注目的那个就是。吏胥连忙作揖赔不是，躬身起身，把人往客舍里请。

"小的姓陶，是矿监刘掌事身边的一名吏胥，殿下与诸位大人称呼小的一声陶吏即可。刘掌事也是我们这里的镇长，今早他听闻殿下到了，急忙要出山相迎，奈何天没亮，山路难走，所以吩咐小的先行接待，还望殿下与诸位大人莫要怪罪。"

众人到了客舍，茶水已经备好了，陶吏念及诸人一路辛苦，让掌柜的备菜去了。

"殿下如果有吩咐，可以先交代小的，小的识字，也念过书，许多差事小的这里都办得。刘掌事已经在往镇上赶了，估算起来，再有一日就出山了。"

他们来之前青唯看过地图，脂溪矿山的面积很大，矿监的衙署却离镇上不远，要说出山需要一整日，没到镇上，她肯定不信。眼下却信了，都说陵川多山，地势险峻，在东安等地其实是感觉不出来的，到了脂溪这边，才真正知道什么叫崇山峻岭。玄鹰司的脚程算快的，短短几百里路，他们一行人愣是走了十余日，有时候遇上险峰恶径，不得不弃马而行，几乎有半数时间宿在野外。

这样也好，他们慢，封原带着那么多兵马一定更慢，只要先封原一步找到岑雪明，这一番辛苦就不算白费。

很快上了吃食，众人在外面也不讲究，分了几桌坐下，德荣趁着这个当口，拿了青唯、岳鱼七，还有玄鹰卫的水囊子，去问小二要水了，陶吏从后厨那边过来，见众人的桌上都是青菜，肉食少得可怜，诚惶诚恐地道："这客舍往常就是矿工光顾，几个粗面馒头就着咸菜，对付了完事，月中镇口刘二家宰了头牛，送了点儿牛肉来，白水煮着也香啊，可前几日也不知怎么，天忽然热了一阵，掌柜的怕牛肉放坏了，干脆分给轮值回来的矿工吃了，小的刚才去后厨看了，实在没什么能入口的，让殿下与诸位官爷见笑了。”

陶吏非常内疚，玄鹰卫们倒是不在意，他们是来办正经事的，又不是要当飨客，章禄之径直问：“封原将军也要来脂溪，这事你知道吗？”

陶吏：“知道知道，将军再过两日就该到了，好像要查一桩案子，什么案子没细说。”

没细说也正常，封原是打着查案的名号来找岑雪明的，没必要提前告知杂七杂八的人。不过玄鹰司既然先到一步，倒是可以打听了。

祁铭道：“几年前东安府有一名姓岑的通判，你也知道？”

“岑通判？”陶吏努力回想了一阵，恍然大悟道，“是不是一个叫岑什么明的？知道啊，听说我们这里的大小事务，最后就是通过他呈递朝廷的。”

祁铭：“那你见过他吗？”

陶吏摇了摇头：“没见过。”

一名玄鹰卫拿出一幅人像画给陶吏看：“确定没见过？”

人像画上的人年近不惑，长得慈眉善目。

陶吏知道这个人就是玄鹰卫问的那位岑大人，细看了半晌，笃定地道：“真没见过。”

岳鱼七问：“你在脂溪多久了？”

陶吏道：“回官爷，小的原是陵川周口县人，昭化十一年来脂溪，眼下跟着刘掌事已经有六七年了。”

岳鱼七“嗯”了一声，停顿了一下，又问：“脂溪这一带有没有类似鸭子的地形，或者以鸭命名的地方？”

陶吏愣了一下：“鸭子？”

“没有。”他说，“别说像鸭子的地方了，我们这里连鸭都没的吃。”

祁铭问：“那矿山里面呢？”

“矿山里面可大着哩，往深里走，能走个七八日，不过那就不全是脂溪镇的地盘了，归矿监军管。”陶吏说着，见众人不明白，解释道，“脂溪矿山太大了，所以分成外山，内山。外山靠近镇上，镇上的矿工多在外山务工，可是这么大的地方，单靠这些本地矿工怎么开采得尽？内山就是大山深处了，那里产矿多，监督挖矿的是矿上的军卫，底下有许多流放来的囚犯。内山的日子可苦哩，小的跟刘掌事进去过几回，冬天饿得只能吃草根子，春夏倒是能采果子，有粮食救济，到了秋天，要看能不能猎到野兽，鸭子那是万万没有的……”他三句不离吃，仿佛这天底下所有的事情都没有填饱肚子重要，哪怕是最尊贵的王爷来了，那也得吃饱了、吃好了才算他接待好了。

很快，用完饭，众人把行囊搁回房中，稍歇了片刻，谢容与趁着这个当口，带着青唯去镇上走了走。

脂溪镇的人口虽然少，镇子却不小，有些人家甚至住在崇山峻岭之中，好在往矿山走只有笔直的一条道，要探清楚周遭环境并不难。

他们回到客栈，谢容与吩咐道：“祁铭、章禄之，你们俩抽调十二名玄鹰卫随我去矿山深处探探，天黑前回来。”

“是。”

谢容与：“小野，你跟着岳前辈，还有余下的玄鹰卫把镇子探清楚即可。”

青唯还没回答，岳鱼七就道：“我觉得这么安排不妥。”他朝矿山那边看去，“这座矿山深得很，今天这大半日，不说到内山，我们起码得把外山探个七七八八，这样，德荣，你留在客舍看东西，祁铭，你在镇上策应，剩下十八名玄鹰卫，章禄之，你们全跟着我去矿山。”

朝天立刻道：“岳前辈，小的也想跟着您。”

岳鱼七看了朝天一眼，点头道：“行。”

章禄之挠挠头：“可是这么安排，就没人跟着虞侯和少夫人了，不如这样，我留下来保护……”

“你留什么留？保护什么保护？”不待章禄之把话说完，岳鱼七就道，“你家虞侯没事不需要人保护，这丫头独来独往惯了，也不需要人跟着。咱们这些人一路赶到脂溪，谁都不是吃闲饭的，该干活都得干活，想要偷懒，干脆留在东安别来啊。就这么说定了，所有人都跟着我去矿山，镇子交给小野和容与，总之，天黑后，详尽的地图能出来就成。”

午后，山风轻拂，岳鱼七草草分派完人手，很快带着人走了。

主镇很好探，以一条平缓的山道为中心，两边错落分布着人家，难的是沿着山道往深处走，东西两面的深山里还有数条曲折向上的陡峭小道，如果岑雪明真的藏匿在这里，每一条小道通往何方，势必是要弄清楚的。

好在青唯的轻功好，她走到山腰弃了马，鸟儿一般跃上树梢高处，下头的情景一览无余。

探过东侧山间，他们又如法炮制，到了西边。西面是风口，到了山顶，山风一下子变得猛烈起来，青唯站在一块高岩上看了一阵，纵身而下，对谢容与道："这里的地形我记下了，回去我说，你来画。"

谢容与颔首，没有立刻离开，而是走到刚才青唯站立的高岩旁，举目看去，岩边有崖，崖下是一个山谷，谷不深，不知为何，这座山里四处都郁郁苍苍的，唯独这个山谷里乱石纵横，黄土遍布，狂风刮过，发出脆响。

谢容与看了一阵，说："这里有点儿像戈壁。"

青唯问："官人去过戈壁？"

谢容与摇了摇头："没去过。"他稍微停顿了一下，说道，"我去过的地方太少了，很多东西也只是在书上看过，说是劼北戈壁，风沙一线，乱石如星，又说中州多水，人在船中卧，如在天上游。我儿时反复看，闭目就能默诵，想着以后若有机会，一定要亲眼去看看。"

谢容与立在崖边，风鼓动他的衣衫，眼中是无限神往之色。玉衣飞袂，人若芝兰，看上去就如忽然现世的天人一般。

青唯看着，也不知怎么，忽然道："官人，我身上干净了。"

谢容与愣了一下，转过头来："怎么说起这个？"

青唯也不知道自己为何忽然说起这个，可是刚才那一刻，她脑子中闪过的念头就是这个，然后她这么想，就这么说了。

"之前不是说好的吗？"谢容与看着青唯，她的一头黑发全部束在脑后，被山风吹得纷乱。谢容与把她拉近了些，抬手拂开她脸颊边的头发，声音温和地道："我数着日子，这不是赶路没机会嘛。"

青唯定定地看着谢容与，非常认真地点头附和："是啊，本来以为到了脂溪就能有机会了，那客舍的屋子我看了，屋子间的墙是空心竹子，声响大了，四下里听得一清二楚，我师父还在隔壁躺着呢，他有一点儿动静就醒的。”

谢容与愣了半晌，低低地笑起来：“小野，你怎么净与我说这些？”

青唯望着谢容与：“可是，你是我官人，我不跟你说，我该跟谁说？”

谢容与安静地想了片刻，觉得是这个理。他俯下身来：“你说得对，你只能和我说。”

青唯顺势钩上谢容与的脖子，把他压得低了些，低到她的鼻尖触碰到他的鼻尖，彼此之间感觉不到风声，她望着谢容与：“官人，我听说会很疼，是吗？”

谢容与眸色转深：“我不知道，我没试过。”

青唯轻轻凑上去，贴在他的唇畔：“要不，在这里试试。”

谢容与很快相迎，在她的唇齿游走，声音沉得要落在她的心里：“这里怎么试？”

“我不知道，要是有人来了就不好了……还是算了吧。”青唯的声音腻得像刚从水中捞起来，好不容易才等到谢容与放开她，她埋头在他的颈窝，无不遗憾地道，“委屈我官人了。”

“可不。”谢容与把青唯揽入怀中，笑着道，“都成亲一年了，委屈死我了。”

“……沿山径往下，笔直的一条道，左面一共四户人家，呈‘口’字状，分布在口字四角，右边三户人家，都在道旁……”她回到客舍，谢容与取笔蘸墨，青唯便把自己看到的山径道路，住户分布说与他听。

谢容与看了青唯一眼，见她一副无精打采的样子，声音温和地问：“还在为‘初试不成’感到遗憾？”

青唯趴在桌子前，望着谢容与：“你说，我这是不是有贼心没贼胆？”

谢容与笑了笑：“也不是，这样的事，最好不要在外面，不干净，对身子不好。”

谢容与落笔从容，画下来的地图与青唯描述得分毫不差。青唯看了一会儿，忽然意识到了什么：“你不是说你从没试过吗？你怎么知道干净不干净的？”

谢容与停顿了一下：“我问过。”

青唯："问过？什么时候？"

谢容与："……去年在江家，我回过一趟宫里。"

其实也不是问，阿岑姑姑知道他娶了妻，担心他过去十多年拘在深宫勤学苦读，于男女一事上不甚明白，特地带了个嬷嬷来，隐晦地跟他提过几句。阿岑姑姑实属多虑了，谢容与十七岁之前虽然拘在深宫，扮作江辞舟的那几年，成日跟曲茂等一帮纨绔子弟混在一块儿，许多事听也能听懂。曲茂还塞过不少奇书画册与他共赏，可惜彼时他心疾难愈，翻了翻就扔在一旁了。

青唯想起来了，折枝居被炸毁后，他确实回过一趟宫里："原来那么早开始，你就对我意图不轨了？"

上山的小径画好了，谢容与看了青唯一眼，眸中带笑，声音却很平静："再往上呢？"

青唯："再往上就是我们刚才逗留的山崖，崖下有一个乱石谷，对面的山通往……"她儿时念过书，表述得非常清晰，谢容与垂下头，依照青唯所说，将乱石、断崖绘于纸上，心中想着姑娘家还是应该像小野一样，小时候念些书，长大了就做自己喜欢的事。或许不只姑娘家，以后生了小子，也要这样教导，念书明理，不求闻达，随心又自在。

他很快画完图，岳鱼七等一行人也回来了。玄鹰卫中有专门绘制地图的，到了客舍，立刻把外山的地貌也画了下来。

"我们到衙署打听了一下，镇上的这些矿工，负责的主要是矿石的运输和看守，真正采矿的都是内山的驻矿军和流放来的犯人。衙署的人少得很，我们查过了，没有可疑的人，可能还要在镇上仔细找找。"章禄之向谢容与禀道。

祁铭道："下午我和德荣在镇上走访了一圈，几十户人家，除了轮值回来休息的，男人都去了山里，看样子岑雪明也不在这里。"

镇上与外山都没有人，难不成要进内山里找？众人一时陷入思考之中，岳鱼七道："关键的线索还是在'鸭'身上，我们好不容易从《四景图》上找到线索，总不能搁在一旁不管。"

众人正说着，一名玄鹰卫进来通禀："虞侯，刘掌事和陶吏过来了。"

客舍的门敞着，刘掌事显见得是刚从矿上赶回来，身上的行囊还没搁下，立刻就跟谢容与见礼。他四十岁上下年纪，额间的皱纹却很深，脸色蜡黄，显见得是苦日子过惯了。

穷乡僻壤的官员与富庶地方的官员可以说是天壤之别。中州一个有来头的吏胥出行都是前呼后拥的，然而到了脂溪这样的深山小镇，刘掌事虽然兼任镇长，身旁除了一个陶吏，底下行走的吏目几乎没有了，许多事得亲力亲为。

谢容与见刘掌事这样辛苦，语气不由得温和几分："难得刘掌事出山相迎，路上多有劳累。"

刘掌事大为感动，忙说："只要能见到昭王殿下，一点儿都不劳累，下官身上带着干粮，终归饿不着，就是没时间猎兔子，要是能稍带几只野兔子回来，殿下到脂溪也能吃得好些。"

民以食为天，这个掌事的与陶吏一样，三句不离吃。

祁铭记着岳鱼七的提醒，声音温和地问道："敢问掌事的，这镇子上有类似鸭的地形，或者以鸭命名的地方吗？"

这个问题他们上午已经问过一回了。

刘掌事："鸭子？没有，别说像鸭的地方了，我们这里连野鸭子都难得见着一只。"

祁铭问得更详细了些："镇上与外山没有，那内山呢？内山是采矿之地，听说占地极广，那里也没有吗？"

刘掌事听了这话，仔细回想了一阵，说道："倒是有一个鸭子坡。"

众人听了这话，相互看了一眼，祁铭继续问："鸭子坡是什么地方？"

鸭子坡，顾名思义，是一个内山中产矿的矮山，这里的山都没名字，鸭子坡是矿上人自己的叫法，连脂溪镇上的人都很少听说。

祁铭打听清楚了鸭子坡，转而又问起其他，他的年纪极轻，性情又温和，男女老少都爱与他攀谈，刘掌事也不例外，竹筒倒豆子似的，把脂溪镇上有的没的说了一箩筐，直到亥时才离开。

等刘掌事走了，章禄之掩上客舍的门，向谢容与禀道："虞侯，属下总觉得这个刘掌事和陶吏有点儿古怪。"

“我也这样觉得。”祁铭道，“上午我们问起‘鸭’，陶吏推说不知，眼下我们探完地形回来，刘掌事就把内山的鸭子坡说出来了。似乎他们原本想瞒着我们，又怕我们先一步查到，计较一番，这才老实交代。”

朝天挠挠头：“可是我看刘掌事一副老实巴交的样子，不像是会干坏事的人啊。”

“作恶不至于，有事瞒着却不假。”谢容与淡淡地道，“这里流放的犯人多，矿上许多事说不清楚，他一个小小的掌事，很多时候无可奈何。只是不知，他瞒着我们的，与岑雪明有没有关系。”

岳鱼七道：“把他提过来审一审不就行了？”

谢容与却没答这话。

先不说刘掌事没有犯事，审问究竟合不合规矩，哪怕非常之时行非常之事，他们刚入山，许多情况还没摸清楚，这就提审镇长，只怕会打草惊蛇，自断线索。

他们还是先去鸭子坡看看再说。

谢容与思量一阵，问祁铭：“封原是不是快到脂溪了？”

祁铭：“应该再有一日就到了。”

谢容与道：“送信给卫玦，让他进入脂溪地界，直接带兵去内山。今晚早些歇下，明天一早，我们即刻赶往鸭子坡。”

“还有多久才到啊。”翌日一早，天刚蒙蒙亮，山间传来一声长叹。

遥遥望去，入镇的山径上一行七八人，几乎都着劲衣短打，然而当中有一个穿着冰丝蓝衫子的，居然伏在其中一个人的背上，刚才那句喟叹就是他发出来的。此人生得圆头圆眼，腰间还坠了一枚极其名贵的玉佩，一看就是富贵人家出身，不是曲停岚又是谁？

却说曲茂本来在东安躲闲，半个月前，忽然有人找到他，说封原带兵办差，忘了签调兵的急令，让他帮忙签了补过去。

曲茂知道封原，他爹的人嘛，来找他的这几个家将曲茂也熟，常年在侯府戳着。曲茂于是二话不说，拿到急令，闭着眼睛就签了。可是这调兵令不是签了就算完的，既然是他署名的，兵就算是他调的，他还得亲自送过去。

曲茂此番来陵川，屡屡办砸差事，眼下赖着不回去，就是怕回上京城后被曲不惟打断腿。眼下好了，封原办差出了岔子，他给补上了，算是在他爹那里立了大功，曲茂心想，不就进个山嘛，反正苦过这一程，他回上京城就有好日子过了，咬咬牙便答应了。

然而一进山，曲茂就后悔了，这山也能叫山？顶峰高耸直入云间，这是天梯吧？丛林间满是兽印、泥坑的小道也能叫路？连块垫脚的青砖都没有，仔细脏了曲爷爷的云头靴。

结果可想而知，入山还没走出十里，曲茂往道边一躺，宁肯死在这儿，怎么也不肯去脂溪了。一众家将们没法子，联合尤绍一起，只好轮番背着他走。

好在众人都有功夫在身，身手矫健，背着曲茂，脚程半点儿不慢，就这样，曲茂还叫苦呢，觉得自己一辈子没受过这样的委屈，伏在人背上，比马背上还要颠得慌，半个月下来，人都狠狠地瘦了一圈。

“五爷，您忍着点儿，脂溪就在前面，到了那儿就有客栈住了。”

行吧，曲茂想，他爹要是知道他忍着辛苦，办了这么大一桩好事，回去非得给他万两黄金枕着睡，他还偏偏不要，金银于他如粪土，他只要把画栋姑娘接回来当小妾。这么一想，脚下的路也美了起来，曲茂心境为之一宽，刚欲小憩片刻，一晃眼，忽然见到前方山道上有一个熟悉的身影。

曲茂一愣，这世上除了他，居然还有别的傻帽到脂溪这个破地方来？

等等，这个傻帽……怎么看着有点儿眼熟？

曲茂揉了揉眼睛，瘦高个儿，一身襕衫，背着个行囊，不是换了便服的章兰若又是谁？

曲茂不由得愣住，章兰若怎么到这儿来了？

是了，封原要去脂溪，那个什么找岑雪明的案子，章兰若好像也有掺和。

可是，他怎么一个人来呢？身边连个随从都不带。

曲茂一念及此，喂了一声。他拍拍身下的家将：“放我下来。”随后他大步追上前去，“喂，你怎么一个人啊？”

章庭停住脚步，看清是曲茂，稍微一愣：“你怎么会在这儿？”

“你管你曲爷爷做什么？”曲茂四下看了看，确定章庭的身边没人跟着，愕然道，“你一个人也敢进山？”

章庭也不想一个人到这里来，可是在中州与章鹤书一番争执后，他再也不相信身边的人了。章鹤书后来叮嘱他万万不可到脂溪来，章庭思来想去，担心脂溪出岔子，离开中州，没有回东安，反而直接来脂溪矿山了。

曲茂见章庭不说话，又喂了一声：“问你话呢？”

章庭只当曲茂是来脂溪找封原的，觉得他一个傻帽，什么都不懂，何须理会？章庭拂袖冷哼一声，继续赶自己的路。

曲茂在一旁，出声讥讽：“你一个文弱官员，这山路你走得了吗？我可告诉你，再往里走，山势陡峭得很哩！你忘了小时候，你跟我比爬假山，被我踹下池塘了？你忘了后来，你跟我比爬树，我都掏到鸟窝了，你还抱着树杆子哭呢？”

章庭根本不搭理曲茂，自顾自地往前走。

曲茂又说：“这深山老林的，可不比上京城中，到了夜里，你一旦瞌睡了，仔细要被野兽豺狼叼走，到时可别指望着曲爷爷给你收尸。”

章庭还是不理曲茂，说话间已经甩开他一大截。

曲茂盯着章庭的背影，啐了一声，骂道：“这厮……”

身后的家将追上来了，探问一句：“五爷？”

曲茂也不知怎么，凭空得来一股力气，推开家将：“起开，别挡曲爷爷的道。”随后他也不嫌羊肠小径没有青砖垫脚了，挽起袖子，铆足力气追上前去，很快赶超了章庭，随后回头得意地道，“看到了没，你曲爷爷永远都是你曲爷爷！”

章庭冷着脸没回话。

然而曲茂还没得意太久，旁边一个人风也似的掠过，原来不经意间，曲茂又被章庭超过了。

曲茂不由得咬紧牙关，再次急追而上。

陡峭的山坡上，余下的家将们愣愣地看着前方二人相互赶超，越走越快，几欲成风，把他们这些有功夫的人狠狠地甩在了后面。

五爷倒罢了，当朝三品侍郎竟然也如此……少年意气。

尤绍好不尴尬，擦着额头上的汗："诸位先喝口水，看来最多半日，脂溪就能到了……"

第五十五章

智取卷宗

“将军，沿着山路往上，就是脂溪镇上了，如果不去镇子，那就从右边的山道走，脚程快，两天就能到内山。”

这日一早，刘掌事和陶吏本来要跟着玄鹰司去矿上，临时听说封原将军到了，匆匆赶下山来相迎。

山下旌旗猎猎，数百官兵令行禁止，封原高坐于马上，听了刘掌事的话，淡淡地问：“小昭王是昨日到镇上的？”

“是，昨天早上到的，今日天不亮，昭王殿下已经往内山去了。”

封原听了这话，目光稍稍一凝：“往内山去了？他可向你们打听过内山的流放犯？”

“流放犯？”刘掌事与陶吏都不解其意，“什么流放犯？”

封原没吭声，摆摆手，让他二人去后方随行了。

见刘掌事与陶吏走远，一名参将催马赶上前来：“将军，您这么直截了当地跟这个掌事的问起流放犯，小昭王那边得了消息，只怕要疑心岑雪明藏在流放犯中。”

封原冷哼一声：“你以为他不知道吗？内山那边，除了矿监军就是流放犯，他能先我们一步赶过去，说明他早就对内山起了疑心。就算他不知道，我们到了内山，第一件事就是排查流放犯人，这件事又瞒不住，小昭王一看就什么都明白了。”

数月前章鹤书亲自整理岑雪明经手的案宗，其中有一桩盗窃案颇为蹊跷，说中州一个半疯癫的窃贼，误打误撞，盗了一户富贵人家价值千两的玉佩，后来富贵人家把这个窃贼告上公堂，这个窃贼不但不认罪，还当着富贵人家的面把玉佩砸得粉碎，出言辱骂父母官，以至于衙门最后只能从重惩处，将本来的鞭刑改判为流放。

这个案子明面上看着没什么，好在章鹤书细致，往下一查，发现这个窃贼并非流民，而是户籍清白之人，无奈他的亲友尽皆亡故，生若浮萍罢了。他与岑雪明同年出生，再一看画师所绘的人像画，与岑雪明竟有五六分相像。

让章鹤书真正起疑的是这案子的判决时间，中州衙门早在昭化十二年末就定了窃贼的罪，按说最慢三月份，这个窃贼就该流放至脂溪矿山了，然而直到是年八月份，陵川这边才予以回应，称是春夏时的一批囚犯已经安置妥善，而回应的人，正是岑雪明。

昭化十三年的八月，洗襟台已经坍塌，陵川各处一片繁乱，岑雪明开始为自己谋划后路，这一点从他暗中保下沈澜就看得出来。

岑雪明八月份回应完这桩案子，九月份就消失得无影无踪，时间也对得上。再者，有什么比一张有名有姓，来处可查的皮更能让人隐匿行踪呢？

照这么看，早在洗襟台建成前，岑雪明就在这桩盗窃案中找到了后路，后来洗襟台坍塌，他暗中顶替流放犯的名字，躲来了脂溪矿山。

章鹤书查到这些，立刻告诉了曲不惟，曲不惟于是急忙派封原来到陵川，以脂溪矿山的账目作为幌子，带兵排查冒名顶替流放犯的岑雪明。

一众官兵紧赶慢赶，很快到了矿山，矿监军那边得了吩咐，立刻调了几批流放犯过来，封原查完却没了动静，直到这日傍晚，他在矿山的空旷地带扎起营帐，命随行的军卫四面把守，再次分批次排查起囚犯。

“……封原的人查得很细致，有时候一个囚犯要盘问一炷香的时间，甚至更久，他担心有错漏，只分了两队同时排查，由封原和参将轮番盯着。”祁铭打探完消息，回到矿监军衙署，向谢容与禀道。

章禄之呸了一声，骂道：“难怪我们几方人马找了岑雪明这么久都没能找着，这厮挺能藏啊，置之死地而后生，居然躲进了流放犯里。要不是他跑路前留了个‘鸭子坡’的线索给我们，只怕我们眼下还在脂溪镇上瞎晃悠呢。”

难怪章禄之说这话，流放的苦可不是每个人都能吃的，背井离乡还是其次，时而遭受监军虐待，到了寒冬，大片大片地死人，饱受多年折磨，更不得自由，有的囚犯宁肯被处死，也不愿被流放。

章禄之说着，似乎想到了什么："不对啊，之前我们也查过岑雪明经手的案子，怎么没发现什么流放犯。"

谢容与道："应该是章鹤书先我们一步找到此案的端倪，命人把这个案子从案库里隐去了。"

岳鱼七问："小祁铭，你方才说封原早上到了内山，跟矿监军那边调过几批囚犯，之后没了动静，到晚上才大张旗鼓地排查起来？"

祁铭点点头："岳前辈，有什么问题吗？"

岳鱼七道："封原那边既然知道岑雪明顶替的这个人叫什么，犯了什么案子，到了矿山，直接把这个人揪出来即可，可他眼下查完了又查，还摆出这样的阵仗算怎么回事？除非……"

"除非他根本没有找到岑雪明。"青唯道，"也就是说，封原知道岑雪明顶替的这个人叫张三，可他到了矿山，叫矿监军提来张三，要么，矿山没有张三这个人，要么，他看到的张三不是他要找的张三？"

章禄之道："那我们问问矿监军不就行了？"

青唯看章禄之一眼："矿监军那边未必知道实情。"

祁铭道："会不会有一种可能，就是封原上午已经找到岑雪明了，并且把他暗中送离了矿山，眼下摆出这样的阵仗，就是为了混淆我们的视听？"

谢容与摇头："卫玦已经快到脂溪了，如果封原暗中送人出山，逃不过他的耳目。"

眼下卫玦没有传信，说明暂时没有可疑之人离开矿山。

众人一时又安静下来，他们比封原先半日到内山，早上先去所谓的鸭子坡瞧了瞧，鸭子坡经过多年开采，早已没了鸭子状，附近的大小山头更是一点儿景致也没有，光秃秃的连棵树都少见，风一起漫天沙尘如雾，倒是很像谢容与向往的劼北戈壁了。

半晌，章禄之叹气道："唉！我就是个榆木脑袋，原以为这个封原跟我差不多，也是个傻大个儿呢，想着等他把岑雪明揪出来，我们蹲在边儿上，正好捡个便宜，他眼下弄得这一出倒是把我难住了，该不会是这岑雪明有神通，扮作流放犯到了矿上，还能消失得无影无踪吧？”

“想要弄清楚实情，也不难。”谢容与道，“封原刚到矿山，对此地并不熟悉，兼之他不信任矿监军，如果找到了岑雪明，他相信的只有自己，所以他只能把人安放在帐子中，此其一。第二种情况，他没有找到人。岑雪明再有能耐，到了矿上只是个流放犯，一个流放犯能有什么神通？封原找不到人，只能说明案宗上有些细枝末节被他遗漏了，我们要弄清楚情况，只要看一看案宗即可。”

“可是我们根本不知道岑雪明犯的什么案子。”章禄之道。

“这个简单。”岳鱼七坐在衙署的长椅里，双手枕着头，“我有法子。”

章禄之：“什么法子？”

岳鱼七懒洋洋地吐出一个字：“偷。”

章禄之：“偷？”

岳鱼七跷着二郎腿：“偷啊。我们先去封原的几个帐子里探探，要是没关着人，说明他没找到岑雪明，那我们就去把他手上的案宗顺过来。他一个傻大个儿，那个案宗搁他手里跟张废纸似的，还不如物尽其用，交给你们虞侯帮他看看，要是得了线索，等我们拿到罪证，事后不要忘了到他坟前道个谢，也算没亏了他。”

章禄之没怎么听明白岳鱼七这一通强盗理论，愣道：“可是，我们都偷过《四景图》了，这回又偷，是不是不大……”

岳鱼七：“说你傻你还真傻，事急从权，反正都偷过了，一回生二回熟，怕什么？撑死胆大的饿死胆小的。”

众人尚未说话，朝天立刻毛遂自荐：“岳前辈说得对，岳前辈，让我去吧，我的功夫您知道。”

“你不行，你的身手太硬了，”岳鱼七道，随手一指青唯，“小野，你去。”

祁铭道：“那我保护少夫人。”

岳鱼七道：“一看你就没做过贼，偷盗这种事，能一个人最好别两个人，仔细暴露了行踪，再说你以为封原是个真傻子，没派人盯着我们这里？你一个玄鹰卫忽然不见了，他的人会不知道？想帮忙，你们几个包括我，只能给她做策应。”

岳鱼七这话说完，众人脸上的神色各异，怕谢容与不悦还是其次，主要是担心，同行这么久了，一路共经甘苦，青唯帮助玄鹰司良多，怎么都有点儿情分在的。

岳鱼七见状不由得安慰道："放心吧，她就是个惯偷，去年劫狱，今年盗画，小时候还悄悄偷学我的武功，顺走我烤熟的野兔子，眼下偷份卷宗怎么了？只要不乱来，自保绰绰有余，不信你们问她，这事是不是只能她去？"

惯偷青唯："……行，我去。"

入夜时分，矿上十分安静，只有山间的空阔地带还点着灯，封原的人马正在一个一个地排查此处的流放犯。

青唯换了夜行衣，借着一棵巨树掩藏身形，远远望过去，偌大的营地上，只有零星几个帐子。每个帐子前都有兵卫把守，前方相隔一段距离，在空地支起桌椅，流放犯每两个人同时上前接受筛查，每一次筛查，一盏茶到一炷香的工夫不等。其余尚没被查过的流放犯都在西北角等着，由封原自己的人马看守，青唯略数了数，流放犯尚有百余人，照这么看，封原应该要筛查上一夜。

青唯想起出来前谢容与叮嘱自己的话："你此行的目的有两个，第一是探清帐子里有没有关押着囚犯，如果没有，说明封原尚未找到岑雪明，那么你就需要到封原的帐子中，把岑雪明顶替的流放犯的卷宗取回来。"

青唯跃下树梢，墨黑色的斗篷几乎与夜色融在一起，她很快掠到帐子附近。

"封原的人为了赶路，临时舍弃了不少军帐，营地上的几个都是军中校尉、参将等人的住所，帐前有兵卫把守，你要进帐子，最好不要惊动兵卫，否则封原的人提前戒备，你之后再想取卷宗就很难了。"

青唯藏身在一个帐子后，拾起一颗石子儿，随后并指往远处一掷，石子撞击到山岩，发出一声脆响，帐子前的守卫被这声动静吸引，移目望过去，与此同时，青唯取出匕首，锋利的匕尖划破帐壁，一刻不停地钻了进去。

帐子中空空如也，连陈设都少得可怜，更别说人了。

青唯并不气馁，找准时机出了帐子，又如法炮制，探过余下几个帐子。

"当然帐子前的兵卫也可能是封原摆的空城计，你探过帐子，如果没人，那么就要去主帐取卷宗了，你需等到戌时三刻，到时我会托矿上的刘掌事以送囚犯名录为由，把封原支开半刻钟的时间。”

余下的帐子都是空空如也，看来岑雪明眼下还真不在封原的手上。

可是岑雪明究竟去了哪里呢？看来唯有取得当年的案宗，他们才能知悉其中因果了。

青唯到了主帐附近，借着附近一块巨岩藏入夜色中，悄无声息地等着，到了戌时三刻，前方营地有人喊“将军”，她看过去，封原果然跟着一名兵卫离开了。

“我派人看过，主帐前后都有人把守，你要进主帐，一定会被人发现，所以从哪边进，只能由你自己判断。好在岳前辈会在附近策应，届时他能够帮你转移大部分兵卫的注意力。切记，这种声东击西的法子只能用一次，两次势必会惹人生疑。”

青唯嘬指作哨，发出一声鸟鸣，不多时，西北角的流放犯处果然发出一阵骚动，附近巡逻的官兵皆被吸引，匆匆赶过去了。

青唯快步掠过夜色，闪身出现在了主帐的后方，帐前两名把守兵卫乍然见到她，刚要出声，便被她左右手各抵住嘴，她的手上沾了致晕的粉末，随后并手为刃，在兵卫的颈侧一劈，两名兵卫彻底晕了过去。

主帐的正前方还有兵卫守着，青唯不敢弄出太大的声响，伸手接住其中一个人，将另一个人踹入帐中。

“封原不可能离开太久，他回来后，如果发现帐前的兵卫有异，必然会第一时间检查帐子，所以从你进帐，到离开营帐，只有一盏茶的时间。”

“小野。”谢容与看着青唯，叮嘱道，“案宗能找则找，倘若找不到，切记不能勉强。这案子我总有法子往下查，没什么比你的安危更重要。”

微弱的灯光从帐外透进来，好在青唯早已适应了黑暗，她的眼力好，这黑黢黢的帐子于她而言几乎是一览无遗的。封原的帐子十分简陋，青唯很快翻找起来，卧铺、矮几、盔甲，甚至随意搁在一旁的刀鞘她都仔细找过了，丝毫不见案宗的身影。

时间在一点一滴地流逝，眼看一盏茶的工夫就要过去，青唯不得不从头搜寻。

官人说过的，封原此行任务艰巨，饶他是个粗人，平时最恨识文断字，也会把案宗带在身边随时查阅。而且岑雪明的下落事关他的性命，除了把案宗放在自己的帐子里，他不可能藏在别处。官人从来不会出错，案宗必然在这里，一定是自己哪里找漏了。

正在这时，帐子外忽然传来遥遥的脚步声，紧接着一个声音吩咐道："把这份名录誊抄一遍，一一核查。"

这个声音一听就是封原。

封原已经回来了！

青唯强迫自己冷静下来，她闭上眼睛，心思急转，封原此行虽然是被曲不惟急调到陵川，但封原来前就知道自己的对手是谢容与，一定是做足了准备防着他的。流放犯的这份案宗事关机密，是曲不惟手上唯一多于玄鹰司的线索，所以即便案宗交到了封原这里，也不可能堂而皇之地搁在帐子中，它一定藏在了常人看不见的地方。

哪里是看不见的地方？青唯站在帐子中，目光锐利地朝周围望去，她刚才找的卧铺、盔甲都看得见，账顶她也探过了，脚下则是黄土，唯一还没找的地方，从她眼前隐去的地方……是了，帐壁！

"将军。"帐外的两名守卫似乎在朝过来的封原拜见。

封原："怎么只有你们两个，他们两个人呢？"

另外两个人被青唯打晕了搁在帐子中呢。

青唯不为所动，冷静地一寸一寸地在帐壁上摸过去。一盏茶的时间早就过去了，青唯知道她这么做是在涉险，可是她也有自己的判断。

偷取案宗不比上次在中州盗《四景图》，她只有一次机会。谢容与虽然面上不显，青唯知道玄鹰司与封原早已到了剑拔弩张的境地，一旦封原的人马找到了岑雪明，玄鹰司能从旁捡到便宜还好，一旦捡不到，罪证被封原毁了，不但要被他们倒打一耙，恶人逍遥法外，这些日子来这么多人的辛苦都白费了！

岳鱼七有一句话说得对，他们这些人一路赶来脂溪，谁都不是吃闲饭的，每个人都得起作用，包括她。而她眼下最大的作用就是取回这份卷宗。她必须搏一回。

青唯的手触及一处帐壁，帐壁上肉眼看去并无异样，然而她细细触摸，帐布紧绷得几欲撕裂，一探便知是有夹层。

青唯毫不迟疑，用匕首划开帐布，伸手往里一探，果然是一本簿册。

她将簿册揣入怀中，刚要从后门出去，只听后门外，几名兵卫大呼道："将军，不好了，张错他们两个不见了！"

下一刻，帐帘被掀开，进帐子的封原迎面就与青唯撞了个正着。

屋中矗立的黑影犹如夜晚的精魅，封原登时一惊："什么人？"

青唯抬起头，兜帽遮住大半张脸，她似乎一点儿也不慌，声音压低，显得沙哑："将军是不是没在矿上找到岑雪明？"

封原没防着她竟然问了这么一句，一时间被她带偏了："你是……"

青唯随即淡淡地道："料你也找不到，岑雪明……他在我的手上。"

兵不厌诈，饶是封原只有一刻的分神也足够了，青唯随即闪身出帐子，趁着门前兵卫尚未集结，将身法提到极致，如离弦的利箭一般，飞也似的突围而出。

与此同时，封原看到帐壁上的划痕，什么都明白了，他大呼一声："不好！"他立刻出帐，"快追上那个女子！"

营地上迅速响起一声接一声的传令。

"有窃贼，快追——"

"快追上那个女贼——"

那个女贼到底是个惯偷，逃得这样快，身手也厉害得紧，官兵反应过来前，人已经到了营地外山间的沙径上，怎么轻易追得上呢？

好在封原的手下也不是吃素的，很快调来了快马。封原被偷到头上，正是气急，见有了马，当即跨马而上。

青唯见封原打马追来，心知自己跑得再快，人力有限，哪里比得过千里马？加上矿山这一带经过开采，山势相对平缓，她也不能借着地形甩开封原。

眼看着封原越来越近，青唯跃上一块高岩，在封原掠过的一刻，竟然飞身落在了他的刀柄上，阻止了他拔刀而出。封原也不含糊，立刻将刀柄一转，刀尖朝下弃掉刀鞘，如水的刀芒在夜中扩散出一泓危光。青唯避开他的刀锋，足尖在马背上一点，腕间的软玉剑借势挥出。封原是军队中人，早就听说过软玉剑的厉害，收刀要挡，没想到软玉剑没往他身上招呼，几鞭全抽在了骏马身上。骏马吃疼，加之对驭马人不够熟悉，一时间疯了般撒开蹄子狂奔。青唯心道，马儿对不住了，又不知从哪里变出一根细铁索，打向封原的盔甲，封原以攻为守，挥刀前劈，细索却凌空变了方向，一头穿过封原身后的甲扣，一头在鞍鞯上狠绕几圈，系了个死结，把他牢牢地固定在马上。

封原被青唯接连不断的下三烂招数震惊得哑口无言，殊不知岳鱼七的师门讲究的是“只要能胜，怎么都行”，还不待破口大骂，就被软玉剑打疯了的骏马载着远去了。

她应付完封原，身后又有四匹快马追来，不远处还跟着密密麻麻的官兵，跟捅了春天的蚁穴似的。

青唯嗞了一声，抽了口凉气，封原一定被气糊涂了，把能调来追她的官兵都调来了。

不过四匹马，反而比单个一匹好对付。她很快拢了数颗小石子儿，借着地势高，腾身而起，把石子打向迎面而来的四个人。四个人只当她有什么暗器，闪身要挡，青唯趁着这个当口，径直掠上其中一匹马。她钩肘卡住驭马官兵的脖子，回身一个倒翻，径直把人往马下带去，随后脚上用力狠狠地一踹，官兵就被甩在了马下。青唯夺了马，却不立刻策马逃走，而是急转马头，马儿在疾行之下一个回转，前蹄高扬，几乎直立而起，反而向余下三个人奔去。

青唯早有准备，见状立刻弃马后撤，余下三个人的反应却慢她一步，被这一计“回头马”撞得人仰马翻，顺道拦住了追来的一群官兵。

与此同时，山间传来利箭离弦之声，青唯举目看去，利箭径直袭向了身后的官兵，原来是谢容与听闻她惊动了封原，派人来接应她了。

可是青唯清楚，单凭她一时的小聪明与十余名玄鹰卫，或许能应付封原的人手一时，但是熬不到天亮就会力竭。而且她始终记得，今夜最重要的，是要把案宗交到谢容与的手上。

青唯见官兵暂未追来，绕过一个岔路口，掠向山间，把偷来的簿册取出来，径直塞到一名玄鹰卫手中，急忙说道：“拿给你们虞侯，让他快看。”

“少夫人呢？”

“我带他们兜几圈。”青唯朝逼近的官兵望去一眼，见玄鹰卫眼中的担心不减，“放心，我有分寸，不会有事的。”

身后又传来追兵的声音，青唯仓促间只道一声：“快走。”她跃下山坡，把自己暴露在追兵的视野中。

夜色茫茫，她眼下所处的地方是山间的一条小径，沿着山径向下，就是通往外山的路，左右山间也有小路，右边一条可以回到矿监军衙署，左边不能去，刚才疯马就是载着封原往那边去了。

青唯一咬牙，干脆往外山逃，她眼下最重要的任务是掩护揣着簿册的玄鹰卫回到衙署，自然是把追兵引得越远越好。

从内山通往外山这条路她来时走过一回，熟悉不说，这里山路崎岖，有助于掩藏身形，她只要拖到天亮，谢容与一定会派玄鹰卫来接应她，就算玄鹰卫路上被绊住了也没关系，她多撑一会儿，卫玦正带人赶来内山，只要与卫玦碰头，她也能脱险。

青唯飞也似的往山里蹿，见她跑得这样快，身后的追兵也急了，高呼一声：“在那边——”随即他们驭马的驭马，搭箭的搭箭，火把的光几乎能点亮半边山野。

山中流矢簌簌飞来，青唯听见这破风之声，心中不由得骂道，封原这老贼，怕是早起了要跟玄鹰司明刀明枪地抢夺罪证的心思，连弓矢都备好了。

她左躲右避，像一只本来就生长在深山的小野狼，一会儿闪身在了矮岩后，一会儿又跃上了树梢，箭矢如流星般在她的身边擦过，就是碰不到她，脚下的步子还丝毫不慢。只是这样一来，她的体力消耗极大，如果不尽快脱身，怕是撑不到天亮。

青唯正在想辙，忽然见到下方一条山径上隐隐有火光，一行七八人正在往内山里来。青唯愣了一下，这都什么时候了，怎么还有人往山里赶？

青唯一边逃，耳根子一边动了动，在风里捕捉这些人在说什么，居然听到一句：“五爷，您再忍忍，再有一个时辰就到了……”

青唯看过去，那个伏在人背上的穿着蓝衫子的不是曲茂又是谁？他附近不远处，一张冷脸的瘦高个儿，不正是章庭？

真是瞌睡来了有人送枕头，曲茂就是她的救星，只要他能够助自己缓上半刻，青唯就有把握渡过今夜这一劫。

身后再次传来箭矢破空之声，青唯这一回不躲也不避，任利箭擦破自己的右臂，她闷哼一声，伸手捂住伤处，滚落山坡，来到下方山径上，又往脸上抹了些血污，跌跌撞撞地朝曲茂走去，唤了声："五爷……"

夜半时分的深山里，曲茂闻得这一声唤，汗毛都立起来了："什……什么人？"

青唯又走得近了些："曲公子，是我……"

曲茂一听这个声音，实在耳熟，随后拍拍身下驮着自己的人，小心翼翼地走近一看，愕然道："弟妹，你怎么会在这儿？"

曲茂感到非常震惊："你怎么受伤了？哪个浑蛋干的？我那兄弟知道了没让人宰了他？"

青唯道："曲公子，帮我，封原的人要杀我。"

"杀你，封叔？"曲茂惊讶极了，封原不是他爹的人吗？封原没事动他弟妹做什么？

青唯点点头："五爷，您知道的，我到底是个逃犯，他们称是奉朝廷之令办事。"

仿佛就是为了印证她这话似的，山野里传来追兵之声，间或有人道："这里有血迹！她从这里滚下去了！"

曲茂听了这话，脸上一阵红一阵白。他早就在清执面前说过，弟妹的罪名他根本不认，本来就是嘛，洗襟台坍塌，跟弟妹一个小姑娘能扯上什么关系？眼下倒好，封原居然明目张胆地捉拿起他弟妹来了，这不是明摆着打他曲爷爷的脸吗？

青唯道："曲公子，您能不能掩护我在您身后的岩洞里躲上一会儿，我实在逃不动了。"

曲茂道："好说。"他见青唯进入岩洞里藏好，随后撩起袖子，声如洪钟般高喝了一声，“山上的人听好了，都给你曲爷爷滚下来！”

带头追青唯的人正是封原身边的参将，听到曲茂的声音，也是一惊，举着火把往山间照了照，留了些人在山里搜寻，立刻从山坡上下来：“五爷。”随后他向章庭一拜，“小章大人也来了。”

章庭根本懒得理这茬，在一旁并不作声。

曲茂难得发号一回，架子端得很足：“我说的话你没听见吗？让你的人都撤回来，不必在山中找了。”

“五爷有所不知，将军的一份重要案宗被盗了，我们……”

“你们在找谁？为什么找？你以为我不知道？”曲茂声音冷冷地道，又忍不住数落起来，“你们这一大帮人，欺负一个弱女子，你们也好意思！这事你曲爷爷都干不出来！”

参将愣了一下，弱女子？那个女贼但凡跟“弱女子”三个字沾一点儿边，他们一群人也不至于追得这样辛苦。

曲茂道：“你们抓住她，你们倒是立功了，我以后都没脸见我兄弟了！你是不是听不明白我说的话，让你的人赶紧撤回来！”

人是万万不能撤回来的，那个女贼的本事厉害得紧，便是耽搁这么一会儿，只怕要被她溜之大吉，正在踌躇，参将忽然见地上有血渍，血渍通往不远处的一个隐在林间的岩洞。

曲茂也注意到参将的目光了，不由自主地往岩洞那里挡了挡。他这样欲盖弥彰，参将很快明白了，原来那个女贼受了伤，眼下正藏在岩洞里。

参将也不着急了，表面上顺从地撤去大半搜寻的人手，实际暗中让人守在岩洞周遭，静等封原过来。

不多时，封原到了。他到底是作战的将军，要驯服一匹马不算困难，见曲茂和章庭来了脂溪，以为是曲不惟或章鹤书的意思，省去寒暄，略略招呼了一声，便问参将：“怎么停在这儿？那个女贼呢？”

参将向封原拜道：“将军，那个女贼受了伤，眼下应该躲在附近。”说话间他朝岩洞扫了一眼。

封原立刻会意，根本不顾曲茂相阻，径直朝岩洞走去。岩洞不深，举着火把照亮一看，除了一点儿血迹，里头竟然空空如也！

封原的眉头一皱，他恼怒地问道："不是说受伤藏起来了吗？她人呢？"

曲茂也是一头雾水，是啊，弟妹人呢？曲茂没想清楚究竟是怎么回事，一旁的章庭却看明白了。

原来刚才青唯称要藏到岩洞是一招暗度陈仓之计，她知道曲茂一向藏不住心思，如果知道她藏在岩洞，一定会欲盖弥彰地掩护，而参将便会因此顺理成章地把目标锁定在岩洞。所以青唯说逃不动了要躲起来根本是假的，她身上的伤也只是看起来重罢了，早在山上搜寻的人马分神之际，她就提前离开了岩洞，耽搁了这么久，她眼下恐怕早就在回矿山的路上了。

参将见状，脸色不由得白了，不顾曲茂就在一旁，对封原道："将军，这个女贼狡猾多端，案宗我们不能不追回啊……"

封原还用得着他提醒，觉得自己的手下全是一帮废物，居然被一个窃贼带着兜了大半宿的圈子，敛着一脸怒容跨上马，恶狠狠地道："暗的不行那就明着解决，小昭王派人偷了我的东西，还想窝藏贼人，老夫还不能人赃并获吗？"

说完，他领着兵，掉头快步往矿上的衙署去了。

青唯的脚程很快，她回到矿上，天还未亮。路上早有玄鹰卫来接应她，青唯定睛一看，正是此前从她手里接簿册那位，见了他，青唯知道案宗已经平安地送到了谢容与的手里，不由得松了口气。

玄鹰卫快跑过来，见青唯斗篷右侧破裂，周遭洇了一片："少夫人，您受伤了？"

青唯道："小伤，不碍事。"她问，"我师父和余下的弟兄呢？"

"少夫人放心，岳前辈一刻钟前就回来了，余下的兄弟们也平安，案宗属下早就交到了虞侯手里。"

青唯"嗯"了一声，刚要跟着他往衙署走，想了想，很快停住脚步："你身上的水囊借我一用。"

玄鹰卫想也不想，立刻取下水囊给她，青唯用清水抹干净脸上的血污，擦净双手，随后在右臂斗篷撕裂处系了个结，见那头岳鱼七和谢容与等几个人已经出来了，青唯步子非常轻快地过去，乖巧地喊了声：“师父。”

随后她小心翼翼地扫了谢容与一眼，谢容与的脸色沉得能拧出水来。

岳鱼七一听青唯的语气这样乖巧，就知道这丫头准没好事——拉着他陪她做戏呢——他只好面上打起哈哈：“回来了就好。”他上下打量她一眼，“没受伤吧？”

青唯道：“没有啊，我的运气好，半路上撞见了曲五爷，他帮我打掩护，我就一路跑回来了。”

一行人回了衙署，矿监军的衙署很简陋，所幸堂中宽敞，众人或坐或站，却没一个敢说话，盖因谢容与从刚才起就冷着一张脸。

明明拿回卷宗是喜事一桩。

半晌，还是岳鱼七道：“小野，我想起点儿事要问过你，你跟我来一下。”

青唯“哦”了一声，跟岳鱼七去了隔间。

隔间的帘子一落下，岳鱼七就道：“你过来，让我看看你的伤。”

“什么伤？”青唯道，“我没受伤。”

岳鱼七忍不住大骂：“连我你也想骗，你还要不要我帮你瞒着那位殿下了？”

青唯听岳鱼七的声音抬高，连忙在唇间竖起一指：“嘘，别让我官人听见。”

话音刚落，帘子一掀，谢容与“啪”的一声，将一瓶金创药搁在柜子上：“你再大点儿声，我就听不见了。”

青云台

【终章】

沉筱之 著

下

第五十六章

山风满楼

屋中立刻安静得出奇。一出瞒天过海的大戏刚起了个头，就被谢容与掐着去了尾。

岳鱼七沉默片刻，忽然转过头，劈头盖脸地朝青唯骂道："你也真是，强抢案宗就罢了，还敢带着那些官兵在山里兜圈子，半点儿不知深浅！哦，眼下受了伤，还拉着我帮你里外瞒着，我告诉你，想都别想，我肯定不会助纣为虐的！真是太不像话了，你知不知道你家殿下都急成什么样了？容与，你说说她。"说完，门帘一掀，他步履飞快地溜了。

青唯："……"

谢容与默不作声地从柜橱里取了绷带，在桌前坐下："伤口给我看看。"

青唯被岳鱼七卖了个彻底，再没有欺瞒的必要，只好哦了一声，把斗篷脱了，将夜行衣从肩头拽下来。

天色微明，屋中还点着灯，谢容与借着烛光看清她的伤势，平心而论，伤口不深，可是细腻的肌肤上满是血污，当中一道狰狞的口子，谢容与的眉心不由得一皱。

德荣适时送了清水进屋，谢容与帮青唯把伤口清洗干净，取棉巾蘸了酒，轻声道："忍着点儿。"

青唯抿着嘴唇点点头，更重的伤她都受过，这个算什么。

谢容与见青唯连吭都不吭一声，心上一阵钝涩，他的双眸微微敛着："疼就告诉我。"

青唯立刻道："我不怕疼。"

青唯越这么说，谢容与越是感到心疼，沉默了片刻，低声道："为了取案宗，拖过时辰也就罢了，你撞见封原，总该第一时间回来，我有法子应付他。”

“可这不是上策。”青唯道，“我如果第一时间回来，封原岂不是立刻找上门来？即便你保下我，案宗被他夺回去，我们理亏不说，这么短的时间，那案宗你能看多少？再说眼下卫玦没到，我们人少，不宜与封原正面对上。”

谢容与看着青唯。这些他都知道，可是……

青唯道：“官人，你不相信我吗？”

谢容与垂眸为她的伤口上药，过了一会儿才道：“我如果不相信你，今夜我就不会让你去。”

谢容与知道青唯胆大心细，也相信她在危急关头的判断，甚至认可她今夜做出的决定于大局而言是最佳的：“但是相信你，和担心你，这是两回事。”

青唯点点头：“我知道。”

“你要是真知道，就不会连受了伤也想瞒着我。”谢容与道。

青唯刚要回答，屋外忽然有玄鹰卫来报：“虞侯，封原来了。”

青唯愣了一下，她早就料到封原会来找谢容与，回来居然忘了提这茬，甚至连那个案宗搁在哪儿了都忘了问，青唯刚要开口，谢容与道：“你放心，我有应对之策。”

封原被青唯带着兜了一夜的圈子，心中盛怒难耐。一个女贼，这么好的身手，除了去年上京城劫狱的那个温小野，他就没听说过第二个。而眼下这个温小野在谁的身边，不用问他都知道。

封原一到值房，非常敷衍地跟谢容与行了个礼：“殿下，对不住了。”

随后他一挥手，身后的官兵鱼贯而入，当即就要找青唯。玄鹰卫也不含糊，立刻持刀相阻，厉声呵斥道：“封将军这是何意？竟然敢对昭王殿下无礼！”

“无礼？”封原冷哼一声，“自从到了陵川，老夫一直对殿下礼让三分，眼下我们在脂溪各办各的差事，本该互不干涉，却不知殿下忽然差使身边人到老夫这里盗取案宗是什么意思？”

“什么偷盗？莫须有的罪名我们可不担，还请封将军把话说清楚了。”章禄之道。

“昨夜亥时，一名女贼趁老夫不备，潜入老夫的帐中，不但打伤了帐前的两名守卫，还当着老夫的面盗走了一份重要案宗，此事我军中诸人均可做证！老夫的手下带兵在山间追了她十几里，不慎被她使诈逃脱，这么大的动静，敢问殿下和诸位玄鹰卫不曾听见吗？如今这座矿山之中，无论是矿上的犯人，还是矿监军与各部兵马皆是男子，只有殿下身边跟着一名武功奇高的女子，敢问这个女贼不是殿下身边的温氏又是谁？”

“大胆封原！殿下身边跟着的女子只有一个，正是堂堂王妃，你口口声声称她为女贼，你可知污蔑皇室宗亲该当何罪？”

封原冷笑道：“昭王妃？老夫乃朝廷所封的四品将军，昭王殿下成亲，老夫怎么不曾耳闻？昭王妃老夫没有听说过，昭化十三年海捕文书上的温氏女，老夫倒是知道一个。这个女贼前科累累，眼下盗取案宗，再添新案，老夫若人赃并获把她拿下，乃是为朝廷立功，何来罪过可言？”

谢容与道：“本王成亲与将军无关，为何要顾及将军有无耳闻？将军既然指天誓日称是我娘子窃取了你的案宗，单凭几个官兵在夜里瞧见一个身影模糊的女贼可不算证据，其他证据呢？”

封原：“那份被窃取的案宗正是证据！”

谢容与淡淡地道：“确定吗？将军是亲眼看着我娘子窃取了你的案宗？”

“自然是老夫亲眼……”封原说着，忽然停顿了一下，他真的是亲眼看见的吗？不，他进帐之后，确与那温氏女撞了个正着，然后见帐壁上有一个划痕，他便着急追了出去，至于她究竟拿没拿案宗，他其实并不确定。可是，封原又想，她人都来了，地方也找对了，她怎么可能不取案宗？

“好！”谢容与道，“将军既然确定是自己亲眼所见，那么便请将军在此处仔细搜过，不过本王有言在先，内子乃本王明媒正娶的王妃，拜过天地，禀过高堂，此事官家、皇后、长公主皆知，但凡有人敢口出狂言污蔑内子，本王不管他是何身份，必然，”谢容与的语气一冷，“追究到底，决不轻饶！”

这话说得封原心中一寒，到了嘴边的一个“搜”字竟一时滞涩，小昭王这般笃定，难不成那案宗真不是他派人拿的？这怎么可能？眼下想要这份案宗的只有他。

真是怕什么来什么，正在这时，封原身边的参将忽然着急忙慌地赶了过来，凑在他的耳边耳语几句，封原一听，大惊失色："怎么会？"

参将压低声音："将军，是真的，属下刚才回帐子一看，那份案宗完好无损地藏在帐壁里，似乎并没有人取走过。"

章禄之的耳根子动了动，他捕捉到他们的低语，适时讥诮地道："怎么，封将军，还要搜吗？"

封原根本不相信案宗没被人动过，看了谢容与一眼，又四下扫了周遭的玄鹰卫一眼，难不成这位小昭王看过案宗后，神不知鬼不觉地让人放了回去？这不对啊，即便他调了大半兵马去追温氏女，案宗被盗，帐子周围的守卫比先前更加严密，还是说小昭王的身边除了温氏女，还有更加厉害的高手？那会是谁呢？

封原想不到，也不可能想到。他只知道，如今证据"不翼而归"，这口恶气出不去，只能憋在心里了。

"我们走！"封原沉着脸吩咐，带上人离开了。

封原走后不久，青唯很快从隔间出来，还不待她问，祁铭就解释道："虞侯料到封原脾气急躁，寻少夫人不得，必然会带兵找上门来，虞侯自来看书过目不忘，那簿册仔细看过一遍，便请岳前辈借机送回去了。"

说话间，章禄之已经在桌案上铺好了白宣："虞侯，好记性不如烂笔头，簿册上说了什么？您快写下来让我们都看看吧！"

谢容与颔首，在书案前坐下。

白宣上的字迹竹姿霜意，不一会儿，洋洋洒洒五页已经写完。

中州有个叫蒙四的卖货郎，因为亲友亡故、身患疯病，流落街头。昭化十二年，他偷了一户富贵人家的玉佩，被人告上公堂，本来一桩盗窃案，只要退还赃物，挨一顿鞭子，案子便算结了，没想到这蒙四不但不认罪，还当着富户的面砸碎玉佩，出言污蔑公堂，险些骂到了上京城中的官家身上，官府只好从重惩处，把鞭刑改成流放。流放的地点正是陵川脂溪。

谢容与搁下笔，说道：“案宗上的人像画你们看过，这蒙四的模样与岑雪明本身就有五六分相像。”

祁铭的目光落在生辰、籍贯那一栏：“难怪章鹤书那边怀疑岑雪明顶替了蒙四，这二人长得像就算了，年纪也十分相近。”

谢容与道：“除了这些，真正令章鹤书起疑的应该是案子的判决时间。蒙四的案子，中州衙门在昭化十二年末就结案了，照理到第二年春天，蒙四应该已经流放到脂溪，可是岑雪明作为东安通判，一直拖到是年的八月才予以回函，这说明了什么？”

这说明了岑雪明做了曲不惟的伥鬼，担心招来杀身之祸，早就为自己留了后路。所以他故意把蒙四扣在东安，直到东窗事发，顶替蒙四来到脂溪，消失得无影无踪。

青唯道：“可是这一切如果是真的，封原为何没在脂溪矿上找到岑雪明呢？昨晚我去偷案宗，拿岑雪明试过封原，看他的反应，岑雪明压根儿不在他手上。”

谢容与道：“这个简单，问一问矿监军就行了。”

不一会儿，一名玄鹰卫就把矿监军都监请来了，都监听他们问起蒙四，说道：“回禀殿下，昨天封将军也打听过这个蒙四，不过他已经死了好几年了。”

谢容与：“死了？何时死的？”

“嘉宁元年，那年的冬天太冷了，他没熬过去，死在矿上了。”都监说着，抬指点了点额头，“这个蒙四，这儿有点问题，疯疯癫癫的，兼之没有亲人，我们通知了中州官衙，没等来收尸的，怕尸体搁久了腐坏，只好……一把火烧了……”

谢容与问：“和蒙四一起被发配来的犯人呢？”

都监：“有几个还在，殿下可要见他们？”

谢容与“嗯”了一声。都监于是立刻吩咐随行的兵卫，没一会儿，兵卫便把几个流放犯带来了。谢容与一一审过，这几名流放犯所说与都监刚才所言一般无二，俱称蒙四人有点儿疯癫，嘉宁元年死在了矿上。

谢容与见问不出什么，便让都监带着流放犯们退下了。

几日下来，矿上的犯人被小昭王、封将军轮番提审，都监心中难免感到局促不安，走到门口，忍不住停住脚步，朝谢容与一拜："敢问殿下，矿上……矿上可是惹上了什么大案？"

谢容与："不是大案，查条线索罢了，都监去忙吧，耽搁你的时间了。"

都监见小昭王这般有礼，十分惶恐："不耽搁不耽搁，近来秋老虎，天太热，矿上得歇工几天，殿下有什么尽管吩咐。"

待都监走远，青唯立刻道："这么说，岑雪明已经死了？这说不通啊，他费尽周折顶替蒙四来到矿上，就是为了活下去，结果就这么无声无息地死在矿上了？"

"死在矿上还不是最稀奇的，流放犯，尤其是被发配来做苦役的，总是熬不过几个年头。"岳鱼七懒洋洋地接过青唯的话，"稀奇的是那个封老头，你说蒙四要真是死了，岂不正合了他的意？我要是他，直接撤兵，还留在这矿上做什么？"

谢容与听了这话，也深以为然。倒不是说封原不能留在矿上，而是岑雪明顶替蒙四一事，至今也就是个推论，没有任何确凿的证据，故而按照正常的做法，得知蒙四已死，尸体亦被焚毁，留几个兵在矿上，其余人马大可以分去别处追查其他可能性。

封原眼下依旧把所有兵力集中在矿上，唯一说得通的解释，就是他能够确定，岑雪明就是蒙四，而且岑雪明临死前，把所有的罪证，都藏在了这座矿山之中。

蒙四人死灯灭，封原到了脂溪，什么都没问出来，他是怎么确定的呢？

谢容与正沉吟着，无意中瞥了章禄之一眼，却见章禄之正拿着自己默写下来的案宗，一行一行看得非常仔细。章禄之一个粗人，见字就晕，平日最怕查阅案宗，几时见他这么细致了？

"章禄之，你是不是发现了什么？"

章禄之听谢容与这一声唤，陡然回过神来，紧锁着眉头，指着案宗上的一处："虞侯，我觉得这里有点儿不对劲……"

封原怒气冲冲地离开监军衙，还没回到帐子中，参将就上前来道："将军，曲五爷和小章大人已经到了。”

封原“嗯”了一声，这两个人他夜里已经在山中见过了，要不是那曲五爷一通搅和，他眼下恐怕早已擒到了温氏女，岂能遭小昭王一通戏弄?

封原不耐地道：“曲停岚来脂溪干什么？”

参将摸出一张调兵的急令，呈给封原：“侯爷想得周到，差使曲五爷送急令来，将军外出带了数百兵马，虽说为了办差，万一跟……”参将声音压低了些，往玄鹰司所在的矿监军衙看了一眼，“万一跟那边起了冲突，发生个把死伤，急事急办，也得走个章程不是？那边到底是个殿下。”

封原往参将手里扫了一眼，果然是一张调兵令。他心中着急案宗被窃的事，没有细看，秋老虎的天，太阳高高地悬在穹顶，他一路赶回来，热出一脑门子的汗，又听参将在一旁劝：“将军，五爷也是好意，到底是侯府的嫡亲公子，您待会儿见了，可不能动怒……”

封原把这话听进去了，稳了稳心神，那头反倒是曲茂耐不住，把帐帘一掀出来了：“封叔，天儿太热了，这山上有没有凉快点儿的地方啊？”

封原对曲茂的怒气还没完全消下去，闻言不温不火地道：“矿山里就是这样的条件，帐子里已经算好的，五爷要真怕热，不如去监军衙问问。正好，小昭王跟玄鹰司借住在那边。”

曲茂倒是想去，但是他一夜没睡，眼下累极，实在走不动了，再说昨夜他在山上撞见弟妹，到底没帮上她什么，清执有多在乎他这个弟妹，曲茂心里清楚，眼下弟妹脱险，身上还带着伤哩，他还是改日再去赔不是。曲茂这么想着，便没在乎封原语气的不善：“算了，先给我找个通风的帐子，我睡一觉去。”

封原巴不得赶紧把曲茂打发走，随即招来一名兵卫，带着曲五爷去通风口支帐子去了。

曲茂走了，章庭还在主帐中等着封原。封原压根儿不知道章庭事先与章鹤书发生过一通争执，还以为章庭是章鹤书派过来帮他的，连忙掀帘进帐：“小章大人怎么一个人来了？”

章庭道：“我听说将军在脂溪查到了岑雪明的踪迹，过来看看，因临行绕去中州见了我父亲一面，走得急，身边没带人。”说着，他见封原眉间隐忧难消，

“怎么，将军没找到人？”

“找是找到了，就是死了。”封原说着，犹豫半晌，忍不住叹了口气，“小章大人有所不知，老夫可能闯祸了！”

“我们不是查到岑雪明冒名顶替蒙四藏来矿上了嘛。流放犯也是人，被发配做苦役，一旦有个好歹，病了死了，最后也要告知亲友是不是？这个蒙四本人吧，无亲无故，所以他如果死了，矿监军这边要联系的收尸人。他无亲无故，收尸人只能是当年给他定罪的中州衙门。但是近日我一细看案宗，才发现中州衙门里，那个所谓的收尸人，我曾经查过。”

封原心中焦急，这一番话说得颠三倒四，章庭听后，稍微整理了一下，才道：“将军的意思是，岑雪明在中州衙门有一个旧识，当年他顶替蒙四来矿上，案宗上的联系人就是这个旧识，一旦他在矿上发生意外，矿监军就可以写信给这位旧识？可是将军何错之有呢？”

封原道：“小章大人有所不知，当年岑雪明一失踪，老夫就奉侯爷之命找过他，把他的亲友都问遍了，其中包括这个中州旧识。但是……唉！这个旧识，明面上跟岑雪明的关系并不好，我万万想不到这个人会知道岑雪明的下落，所以一时疏忽，把这个人放过了。”

章庭明白了，封原当年明明可以通过这个旧识找到岑雪明的，但他马虎大意，漏掉了这个人。

封原又道：“如今……倒不是说我当年错得有多厉害，小章大人，你知道的，小昭王和手下的玄鹰司，已经找了这个岑雪明好几个月，玄鹰司办事之严谨，岂是寻常衙门可比？他们肯定把岑雪明认识的人都查遍了，包括这个旧识！我呢，因为当年的疏忽，到了嘉宁年间，以为风波过去了，就不清楚这个旧识的去向了，可是玄鹰司不一样啊，他们刚查过这个旧识，所以这个人这几年的动向他们一清二楚。再说回六年前，你道岑雪明为什么要躲来矿上？他是为了不被推出去背罪，是为了有朝一日，把藏着的证据拿出来，盼着朝廷给一个轻判，所以他身上一定带着证据。可是嘉宁元年，岑雪明不慎死在矿上了！矿上死了人怎么办？矿监军是不是就要联系这个收尸的旧识，是不是就要把岑雪明的遗物，还有骸骨交给收尸人？岑雪明能有什么遗物，他最重要的遗物，就是他藏起来的证据！”

章庭道：“就是说，岑雪明死了以后，照道理，矿监军已经把他的遗物交给了那位旧识，将军因为当年的疏忽，不知道这个旧识的去向，玄鹰司刚刚查过，却是知道的。”

“唯一的好消息。”封原长长地吐了一口气，“矿监军的人称，‘蒙四’死了以后，他们联系过中州衙门，但是那边一直无人过来收尸，岑雪明的尸骸被一把火焚尽了，死后并未留下什么。但是，我不信岑雪明藏到这座矿山来，一点儿‘傍身之物’都没带，我实在是没法子了，只好把流放犯传来，一个一个地审，没想到正是我这个举动，令小昭王生了疑。这个小昭王与温氏女厮混太久，一身江湖草莽气，尽使些下三烂招数，昨晚居然差温氏女过来把蒙四的案宗偷了！但老夫敢断定，那案宗小昭王肯定看过了，说不定他还复写了一份，眼下正仔细研究呢！”

“哪里不对劲？”监军衙里，谢容与问道。

章禄之指向案宗上，意外联系人那一行：“这个叫石良的人，属下和卫大人查过。”

谢容与：“你们查过？”

章禄之非常肯定地点头：“上溪案结，虞侯吩咐玄鹰司全力搜寻岑雪明的踪迹，我和卫大人几乎把岑雪明生前所认识的人查遍了。这个石良与岑雪明曾有袍泽之谊，两个人闹过不和，所以关系一直平平。后来岑雪明攀附上曲不惟，一路做到了东安通判，石良只是中州衙门的一个典簿。”

青唯道：“可是蒙四这个案子里，石良是他发生意外的唯一联系人，看来他们只是面上不和，私底下早已言归于好。”

“还有更古怪的。”章禄之伸手揉了揉额头，“刚才矿监军是不是说，嘉宁元年，岑雪明没熬过冬天，死在矿上了？”

“对，十月死的。”祁铭接话道。

章禄之指着案宗上的“石良”二字，“这个石良，在嘉宁元年的十二月，也失踪了。”

谢容与问：“怎么失踪的你们可查过？”

章禄之点点头：“查了，岑雪明失踪，他也失踪，卫大人觉得太巧了，叮嘱属下细查，属下细查过后，发现石良是接到一封来信后失踪的。”

谢容与：“信？”

章禄之：“对，嘉宁元年十二月，那封信直接寄到了中州衙门，石良接到信，当夜便回家收拾了行囊，往南边去了，属下循着他的踪迹往下找，只知道他最后消失在了陵川境内，至于他的目的地是哪里，眼下究竟是生是死，连他的家人都不知道。”

章禄之说到这里，十分内疚地挠挠头：“因为石良消失的起因，是收到了一封寄到衙门的信，属下还以为中州衙门内部有什么乱子呢，便没向虞侯禀过这事。”

两个面上不和、私下信任的知交、一场出人意料的失踪、一封寄到中州衙门的信，这些有什么联系呢？

谢容与的心思微转，他随即道：“我知道了。石良当年到陵川来，是来给岑雪明收尸的。嘉宁元年的十月，岑雪明死在了矿上，流放犯身死，矿监军依照规矩，应该发信告诉亲友与判案的衙门，以便地方官府归档，所以才有了一封送到中州衙门的信。信是矿监军发的，告知的正是案犯‘蒙四’的死讯。至于石良接到信后，为何没有将信的内容告诉任何人，独自赶往陵川，其一，他知道蒙四是岑雪明冒名顶替的，担心衙门中如果有人随行，一旦认出尸体，他必须承担相应罪责；其二，也是最重要的，他知道岑雪明虽然死去，脂溪山中，必然还遗留了罪证，那些罪证是绝不能轻易见天日的，所以他不敢将此行的目的地告知亲人。石良的原计划应该是等取回岑雪明的尸骸和罪证，再向官府请罪，所以借口自己赶着上路，没有与衙门打招呼，只是不知为何，他消失在了来脂溪的路上。”

祁铭道：“是了，虞侯这么一提，时间也对得上，岑雪明是嘉宁元年十月死在矿上的，石良接到信，消失在陵川境内，刚好是两个多月后。”

一名玄鹰卫道：“会不会石良其实到过矿上，并且取走了岑雪明的遗物，因为岑雪明的遗物……那些罪证，太过惊世骇俗，被有心人在回来的路上灭口了？”

“谁会灭口他？”谢容与反问，“岑雪明藏得这样深，除了曲不惟、封原这一拨人，没有人能查到石良。封原如果那时便对石良起疑，并在陵川杀他灭口，销毁了罪证，今日封原犯得着与我们在矿上抢人？”

祁铭道：“既然没有人要杀石良，石良怎么消失了呢？他不过就是来收个尸罢了。”

“最要命的一个疑点。”岳鱼七道，“石良再不济，也是一个从八品典簿，当年是矿监军写信给中州衙门，让石良过来收尸的吧，这脂溪可不比别的地方四通八达，没人接应，石良一个外乡人，怎么摸得着地方？所以照道理，石良一到陵川，应该联系过矿监军，就算他想独自进山，信上说一句‘我快到了，你们谁到镇上来接一接’总有的吧。矿监军没道理不知道石良来了，可你们仔细回忆回忆，刚刚那个矿监军的都监，跟我们怎么说的？”

青唯听岳鱼七这么一提，一时回忆起刚才都监回话时，那副谨小慎微的样子：“这个蒙四，这儿有点儿问题，疯疯癫癫的，兼之没有亲人，我们通知了中州官衙，没等来收尸的，怕尸体搁久了腐坏，只好……一把火烧了……”他压根儿就没提石良！

岳鱼七道：“眼下看来，石良的失踪，肯定不是封原那个傻大个儿干的，家仇世怨什么的也不像，因为事关生死，岑雪明不至于把自己的性命托付给一个到处结仇的人，路上出了意外倒是有可能，可是矿监军怎么不说呢？只能是矿监军有问题了。”

“不只矿监军。”青唯稍微停顿了片刻，拢起心中的团团疑云，“你们觉不觉得，这里整个矿山都有点儿邪门？”

青唯继续说道：“我们一到矿山，便跟陶吏打听过‘鸭’，陶吏却说这里连野鸭都难得见到一只，后来我们探查完地形回来，决定去内山，赶回来的刘掌事见瞒不住了，才跟我们说内山的矿山实际上就是鸭子坡。再者，刚才我们找都监问话，不提他瞒着我们石良这茬，他离开前，官人与他客气，说耽搁他时间了，可他说什么，他说‘不耽搁不耽搁，近来秋老虎，天太热，矿上歇工几天’。我爹当年修筑殿宇，遇上要赶工了，便是三伏天，也要在日头底下晒上一整日呢。秋老虎算什么？矿上的这些人只是流放犯，什么时候流放犯的待遇这么好，连秋老虎都能歇几天清闲？要是流放犯真过得这么好，也不至于每年死那么多人了。可是，你要说这个都监说的是假的吧，你去外头看看，那些流放犯，是不是除了去封原那边等候传审，每日在矿上懒懒散散地劳作三两个时辰，就去歇着了？监军们也不责骂，真跟躲秋老虎似的。如今想想，陶吏和刘掌事，只要和我们说话，三句不离吃，生拉硬拽都能和五脏庙扯上干系，明摆着是担心言辞里漏了什么，干脆拿吃的一通糊弄。都监不提石良也就罢了，刚才跟在他边上的兵卫，包括几个囚犯的供词与都监别无二致。封原那边审囚犯审了这么久，想必也是连一个人的牙关都没撬开过。”

青唯说到这里停顿了一下，看向众人：“你们说，究竟是什么事，可以让这座矿山的矿监军、矿上的囚犯、矿外的劳工、掌事，对外的说辞完全一致呢？他们究竟在瞒着我们什么？”

谢容与听了这话，思忖了片刻，问道：“卫玦什么时候到？”

“卫大人眼下已在山外了，明天一早就能到。”祁铭道。

谢容与“嗯”了一声，吩咐一名玄鹰卫：“把刘掌事和陶吏请过来。”

玄鹰卫答应下来，离开衙舍，不一会儿回来：“虞侯，刘掌事和陶吏已经回镇上去了。”

谢容与：“回去了？什么时候？”

“说是镇上有事，今早天不亮就走了。”

青唯道：“官人也怀疑这座矿上有事瞒着我们，想要问过刘掌事和陶吏？”青唯的脾气急，她立刻出主意道，“官人不如去找那个矿监军的都监，或者直接提审几个囚犯来问，他们常年在矿上劳作，想必知道得更清楚。”

谢容与却摇了摇头：“他们未必肯说。你们想想，能让矿上这么多人同时隐瞒下一桩事，原因是什么？只有一个解释，他们是得利的共同体。把事情说出来，对他们所有人都没好处，反之，对外缄默，甚至不惜对朝廷官员撒谎，才是对他们最有利的。由此可知，他们瞒着我们的一定不是小事。矿监军要对整座矿山负责，矿上出了任何岔子，他们都必须承担罪过，我们若是逼问监军，对他们而言，很可能会给他们招来杀身之祸，既然闭嘴才能保平安，他们会开口吗？

“提审流放犯倒不是不行，但会受阻，一来，从都监刚才的反应看，他们已经有所戒备，我们若是问都监讨要犯人，送来的囚犯未必知道实情，即便知道，也被事先打过招呼；二来，流放犯也是得利人，我们即便追问，他们未必会说。自然非常之时行非常之事，只要周旋下去，一定能找到突破口，可是不要忘了，封原眼下也在找岑雪明留下的罪证，时间不等人，我们必须比他快一步。”

“最快的法子是什么？”谢容与的目光落在窗外绵延的、荒芜的山顶，“如果说这座矿山是利益的核心，我们要找的，就是这个利益共同体最边缘的人，相较而言，他们所得的利益最小，隐瞒的代价却最大。从我们进山伊始，只有两个人在态度上出现过摇摆，刘掌事和陶吏。”

他先是隐下鸭子坡，然后又告知鸭子坡；送他们进山送到半途，又称要去接封原半途离开；眼下明明小昭王、玄鹰司、封原的兵马，甚至章庭、曲茂都到了内山，陶吏和刘掌事却在这个时候离开了，说明了什么呢？说明他们在害怕，来的人越多，他们越害怕，所以迫切地想逃离这场是非。

“害怕是好事，一个人只要知道害怕了，就有突破口了，兼之隐下矿山的秘密，对他们而言意义相对不大，把他们追回来，只要一诈，我们立刻就能知道这座山中的迷雾下，究竟藏着的是什么了。”

他们就能知道石良是怎么失踪的？岑雪明究竟是不是死于酷寒？而且他死后……那些被他带进深山的傍身罪证，究竟藏在了哪里？

章禄之听了谢容与的话，恍然大悟：“虞侯说得是，属下这就去把陶、刘二人追回来！”

“你去追人，封大傻那边岂不是第一时间就知道了？”岳鱼七从躺椅上起身，风似的掠过章禄之，人瞬间就已经到了衙署外，扔下一句，“你留下，我去。”

其时已过正午，封原的一番话说完，狠狠地灌了一大壶茶，随后在帐子中坐下来，其间手下的兵卫进来了三次，不但囚犯那里什么都没问出来，小昭王那边也是静得连声儿都没有了。

封原的心中越发感到焦躁起来，他才不管岑雪明是死是活的，只要找不到岑雪明留下的罪证，多一刻过去，便多一分危险。他觉得自己就好像是坠在悬崖边的一根枯枝上，脚下是万丈深渊，手上紧紧抓着的枝干正在一点儿一点儿地折裂，不知道什么时候就断了！

封原又看了章庭一眼，见他端着一张冷脸，眉间虽然凝重，目光反倒像在审视、权衡，没有一点儿想帮忙的意思。封原心中感到不满，既然他帮不上忙，还不如跟曲停岚那个废物去帐子里睡大觉呢！封原不敢把自己这点恼怒表现出来——要真出了事，一切还得仰仗章庭的亲爹——封原只好唤人进来添了茶，耐着性子陪章庭吃茶。

好在过了不久，参将就掀帘进来了："将军，曲五爷已经安顿好了，帐子扎在了山边道口，他还是嫌热，说明早起来要上山去寻凉快的地方住……"

封原不耐烦地摆摆手，意思是随他去吧，然后对章庭道："小章大人赶了多日的路，眼下想必累了，不如也去帐子中歇一会儿吧。"

章庭似乎心事重重，明知道封原在打发自己，也没有介意，把手边的茶搁下，跟着引路的兵卫离开了。

章庭一走远，封原立刻就问："怎么样？"

参将道："回将军，小昭王那边还是没动静，不过……卫大人最迟明天天明就到了。"

封原闭了闭眼睛。卫玦一来，小昭王的手上就有了两百名玄鹰卫，虽然他的人马多出玄鹰司一倍有余，但闹到兵戎相见的一步，于他而言终究是不利的。封原负手，焦急地在帐中来回踱步："不过一件遗物罢了，这座矿上的人都是锯嘴葫芦修炼成精的吗？真是奇了怪了，怎么问都问不出来？"

参将犹豫了一下，道："将军，属下有一计。"

封原："快说。"

"也不是什么好计策，眼下矿上不是关着这么多流放犯吗？不如……"他凑到封原的耳边低语了几句，随后抬起手，在脖颈间一划。

"不行！"封原立刻道，"朝廷早就颁发过禁令，流放犯也是人，额外施加酷刑，乃至滥杀流放犯者，以杀人罪同罪论处，我乃朝廷武官，罪加一等，小昭王还戳在那儿呢，在他眼皮底下动刀子，他不可能放过我！"

参将："将军，您真是糊涂啊！眼下都什么时候了？哪儿能计较这许多？再说也不是真的杀，只是扣押起来严刑逼问罢了，实在问不出，再动刀子不迟，您也说了，流放犯也是人，是人就知道害怕，后面的囚犯看到前面的死了，总得有一个说的吧。朝廷的禁令再严，这些人也是罪犯，后头官府追究起死因，只要咱们手脚干净，随便一个累死、病死、野火烧死，好填补得很。"

封原："那矿监军呢？那些监军也不是吃素的，你没瞧见每回我们提审囚犯，那都监一副警觉的样子，生怕我们把他的囚犯给吃了！流放犯如果没了，他立刻就能发现，眨眼工夫就能跟玄鹰司揭发我们，哪儿能等到我们后头填补？"

参将知道封原这样思前虑后，不是因为他的性情有多仁慈，只是担心后果罢了。参将深思了片刻，说道："如果将军只是不想被矿监军发现，属下倒是有一个法子拖住监军。"参将停顿了一下，吐出三个字，"曲五爷。"

封原："曲停岚？"

参将："曲五爷不是一到矿上就喊热吗？说想去山上找凉快的地方，等明早曲五爷起了，将军不如托那个都监带五爷上山，属下知道矿监军在山上凿了不少岩洞，用来存放矿上的石料和油罐，到时候就让那个都监带曲五爷一个一个地去瞧，凭曲五爷的挑剔，耽搁一日都是短的，那个都监在矿上说话一言九鼎，只要他不在，凭将军的神通，不管这些流放犯发生了什么，还怕不是'干干净净'的？"

"将军，"参将再次道，"只要能把眼下这一关挨过去，随那小昭王后面怎么追究，再和他周旋就是，难道杀几个流放犯，能比洗襟台那个案子的后果更严重？"

封原听了这话，负在身后的手一下握紧成拳："好！就这么办！"封原看了一眼帐子外的天色，已近傍晚了，"支开都监至关重要，这件事交给别人我不放心，这样，你亲自去，眼下就到曲停岚的帐子外守着，看着他什么时候起，什么时候上山，切记让他休息好了，否则这个废物少爷腿都不肯迈一步。"封原来回快走两步，又叮嘱，"最好把章兰若也捎上，拖得越久越好！"

直到夜里，矿上各处都熄了灯，除了塔楼还有隐隐的营火，监军衙、营帐、囚牢，俱是黑漆漆一片，似乎玄鹰司与封原的兵马经过两日的无声对峙，终于疲惫了，矿上除了呼啸的风，再难听到别的声音。

顺着这风声往山外去，一直吹拂到脂溪镇下，却见一队兵马疾驰而过。

山中的月光亮得惊人，从镇子边的山腰往下看，不难分辨出这一行官兵衣摆上的雄鹰暗纹。

“公子，是玄鹰卫。”镇边的山腰上，白泉看清来者，轻声对张远岫说道。

“玄鹰卫也到了啊。”张远岫的脸色始终淡淡的，中和了月下的清凉，似乎丝毫不受秋老虎的暑热影响。

白泉：“卫大人办事向来疾如风、快如电，这回与小昭王先后脚上路，眼下才带兵赶到，倒是有些慢了。”

“慢？”张远岫的眉梢微微一挑，“卫玦在来脂溪前，绕道去了柏杨山，眼下就到脂溪，岂止疾如风？”

白泉听了这话，诧异地问道：“卫大人去柏杨山做什么？”

柏杨山中正在重建洗襟台，那里除了工匠与驻守的官兵，什么都没有。

是的，驻守的官兵！

白泉：“公子的意思是……”

张远岫看向远山的轮廓，夜色中，起伏的山势隐约绵延起伏：“既然牛鬼蛇神都到齐了，我们也进山吧。”

第五十七章

鬼出电入

“那个谁，你过来，蹲下……蹲好了。”

翌日清晨，太阳才从云端探了个头，矿山下，一行人又沿着山路上山了。

曲茂担心双腿受累，走了没一刻钟，唤了一名家将过来，整个人往家将身上一趴，拍拍他的肩：“行了，继续走吧。”

他们这一行人是去给曲五爷寻凉快地方扎帐子的。昨天曲茂一到矿上就睡了，早上醒来，身下的席子都被热汗浸湿了。曲五爷几时吃过这样的苦？他当即要找封原抱怨，帐帘一掀，封原身边的参将已经在外面恭候多时了，称是已经跟矿上说好了，今天什么都不干，就带着五爷纳凉去。

曲茂承情。眼下他的身边除了参将和七八名家将，矿上的都监也在，连章兰若也跟来了。

曲茂这个人不爱念书，但也向往“明月松间照，清泉石上流”这样的山居日子，要是能邂逅一个归来的浣衣女，来一段楚王与神女的巫山情那就更好了。谁知他到了山上一看，别说空山清泉了，就那几个堆放物资的山洞，这是给人住的？

曲茂于是一脸嫌弃地让都监继续带路。

他们到了山腰，都监在一个岩洞边停住脚步：“曲校尉，这个岩洞是用来存放油罐的，十分凉爽，连帐子都不用扎，搭好床榻直接就能住人。”

堆放油罐的岩洞显然得经过改造，洞外有门，内里还搁着桌椅，就是看上去有点儿深，黑黢黢的，曲茂也知道矿上的条件简陋，不能太讲究，说：“行吧，你们给我多点几根蜡烛，我住这儿试试。”

都监为难地道：“曲校尉有所不知，这个山洞里油罐多，烛火不能多点，怕风来引发大火。”

“不点灯还怎么住人啊？”曲茂往那个岩洞深处望去，觉得昏黑里阴风阵阵。他喜欢的是巫山神女，夜里要飘来个美艳的夜叉，他可无福消受：“别处看看去吧。”

这个山头已经看完了，别处要去隔壁的山上。太阳当空高挂，秋老虎的暑热无孔不入地渗入林间，曲茂开始时还能让人驮着上山，眼下经不住暴晒，一心想要躲懒，他唤来家将，打发他们帮自己寻地方去：“我的要求不高，清凉宜人，桌椅齐全，里外通风，最要紧的是四面敞亮，你们找到了就来告诉我。”

几个家将应是，帮他找“四面敞亮”的岩洞去了。

都监和参将跟着离开，尤绍解下水囊子，伺候完曲茂喝水，见章庭也留在原处，连忙拢起袖口，帮他把一旁的矮岩擦干净：“小章大人，您坐。”

章庭颔首，依言坐下。

曲茂瞥了章庭一眼，他这会儿歇好了，精神头正足，出声讥诮：“有的人呢，表面端出一副公事公办、勤快务实的样子，实际上还不是和我一样，逮着空儿就躲懒。”他幸灾乐祸地道，“这回偷鸡不成蚀把米了吧，借口帮封叔查案子，找那个岑……岑什么来着，想要留在东安享清闲，结果怎么着？封叔来了脂溪，你不也得跟着来？这鸟不拉屎的地方，曲爷爷都受不了，更别提你了。这样，你真心实意地喊我一声爷爷，等接我出山的大轿来了，曲爷爷捎上你一程。”

章庭根本不想理曲茂，连看都不看他一眼。

曲茂也不恼，自觉难得比章兰若体面一回，出声炫耀：“你别不信，你道你曲爷爷为什么进山来？我是来送急令的！回头我爹知道了这件事，别说八抬大轿了，就是王母娘娘乘的仙车，他也会给我请来！”

章庭听得“急令”二字，心头稍稍一动：“什么急令？”

“急令就是……就是那个……”曲茂绞尽脑汁地想了一会儿。他哪儿知道什么急令，家将临时送过来让他签，他闭着眼睛就签了：“哎，你管这么多干什么？总之是个调兵的玩意儿。”

章庭感觉这份急令不对劲，本来想多问两句，却听曲茂又在一旁质疑道：“你该不会想抢我的功劳吧？”算了，这么个大傻帽，谁会陷害他呢？管他的死活做什么。

曲茂见章庭又不吭声，懒洋洋地数落道："你说，封叔那边你又帮不上忙，到头来还不是和我一样满山找凉快，还不如趁早走人，留在这座矿上做什么呢？"

章庭也不知道自己留在这座矿上做什么，甚至不知道自己为什么要来。在中州和章鹤书发生一番争执以后，他料到脂溪会出事，离开江留，疯了一般地往脂溪赶。然而，等到了这里，他见到封原，封原竟也不拿他当外人，事无巨细地把岑雪明的下落，与小昭王的争端告诉了他。章庭为官数载，持身清正，这还是头一回，他作为一个局内人直面这样的龌龊，而与他同在局中的，竟是他一直奉为楷模的父亲。所以今天一早，当参将问他是否要上山时，他就跟来了，他知道矿上形势危急，玄鹰卫一到，封原和小昭王说不定就要兵戎相见，但他实在不知道该怎么办。

买卖洗襟台的登台名额自然是罪无可恕，可是事情一旦捅出去，父亲也会受到牵连。

平心而论，买卖登台名额并不是父亲做的，父亲甚至极力反对这样的牟利之举，而且自始至终，至少父亲的出发点是好的，争取来洗襟台的登台名额分给寒门学士，给他们更多的机会，何错之有？既然洗襟台在修筑的那一刻就沦为青云台，他是不是不该去苛责父亲？

山风拂过，几片树叶离梢飘落，章庭只觉得自己被这叶子遮了眼，看了曲茂一眼，就这么一会儿工夫，曲茂已经打起盹儿了。都说难得糊涂，人是不是稀里糊涂地过活才好呢？

章庭突然开了口："曲停岚，如果有一天，你发现你所认为的对的，其实都是错的，你最相信的人，做了最不可饶恕的事，你要怎么办？"

曲茂已经快坠入梦乡，乍然听到章庭这么一问，迷糊了一会儿：，"什么对的错的饶不饶恕的，你在说什么啊？"

章庭："打个比方，假如有一天，你发现你爹犯了大错，朝廷要治他的罪，不让他做官了，甚至……甚至会牵连到你，你会怎么做？"

"……想这么多，你烦不烦啊。"曲茂不耐烦地道，"那我爹要真被朝廷治罪，他不还是我老子吗？我能怎么办？我见到他，还不一样得给他磕头。”

章庭：“可是，如果你必须做出抉择呢？必须在是非与亲义之间选一个呢？”

曲茂：“选？选什么选，章兰若，你知道我最烦你什么吗？你这个人，脑子不好使就算了，躺平由它生锈不好吗？你还非得让它转起来，一转就打结，越打结越转，拧成一团麻花，为难自己就算了，还来为难我。”

章庭听了这话，居然难得没和曲茂争辩：“你说得对，我的天资平平，远比不上忘尘，更不必提昭王殿下，这些年我自问勤勉克己，到了眼下，却走入一片困顿之中，可能我从一开始就错了吧。”

曲茂听了这话，也感到十分意外，难得见章庭心不高、气不傲的样子，他一时间觉得章庭没那么讨厌了，连语气也缓和了点儿：“你也是，你说你没事跟清执、忘尘这些人比什么，他们本来就比你好啊，你这不是给自己找不痛快吗？”

章庭垂着眼：“可是我直到眼下，都想不明白修筑洗襟台，究竟是对还是错？”如果修筑高台是为了缅怀先人而被赋予意义，如何确保每一个登台之人都怀有赤诚之心？

曲茂眨眨眼睛：“哦，你是觉得你爹错了呗，他不该提出重建这劳什子的……”

“不，不是这样的！”不待曲茂说完，章庭突然起身道，“我爹他只是……只是执念太深，在自认为对的道路上走得太远罢了，他一直教导我持身清正，章氏的家训如此，我和我妹妹……皇后娘娘，从来以此为己训，不敢逾越一步。”

“你跟我急什么？”曲茂莫名其妙地道，“你清正就清正呗，关我什么事？”

本来嘛，是章庭先说洗襟台该不该修的，重建洗襟台，不就是他爹提出来的吗？自己顺着章庭的话往下说，他激动什么？曲茂当即出言讥诮：“章兰若，你是不是一个人进山走得太急，被驴踹了脑子？”

章庭：“曲停岚！”

曲茂：“不然你纠结这么多干什么？你说你清正，那你问问你自己，先头那么长一段时间，你不回柏杨山督工，非要留在东安，不就是为了躲懒吗？眼下逼不得已来了脂溪，不就是怕被拆穿，做个样子吗？哪儿来那么多黑的白的，自己走的路，做出来的事才是真的，你满心计较，一副迫不得已的样子，跟谁为难你似的，脚底下的步子倒是一步不慢，不然你问问你自己眼下为什么在这座矿上？还不是跟你曲爷爷一样，哪儿清闲哪儿待着。”

“曲停岚！我身为堂堂朝廷命官，来脂溪自然是为了……”章庭听了曲茂的话，勃然大怒，他为官数载，自问在公务上没有过一丝怠惰，什么时候为了躲清闲了？然而辩解的话还未说完，倒灌入口的山风却一下子浇熄了他心中澎湃的怒意。

是啊，他究竟为什么要来脂溪？他如果真想逃离这场事端，他应该装作什么都不知道，回到东安，甚至去柏杨山，而不是赶赴旋涡的中心。

曲停岚说得不错，哪儿来那么多黑的白的，自己走的路，做出来的事才是真的。从他决定来到矿上的那一刻就有了自己的判断，那是他生而为人，在朝为官的立足根本，不会因为与父亲的一场争端就轻易动摇。

章庭重新在矮岩上坐下，双手缓缓地握紧成拳。父亲说得也许没有错，这世上有许多事，介于是与非，黑与白之间。可是，不是完全没有绝对的：手上沾了无辜者的血，就有了罪孽，若真相被埋在了尘烟之下，那便把它挖出来，让它大白于人间。他知道脂溪藏着罪证，来到脂溪，他只有一个目的，把这个罪证找出来，不管付出什么代价。

山下传来奔马之声，适时打断了曲茂和章庭的争吵，尤绍往山下一看，见是一众身着玄衣的兵马，忙道：“是卫大人带着玄鹰卫赶到了。”

参将和矿上的都监也从隔壁山头回来了，家将道：“五公子，小的们没找到四面敞亮的岩洞，听都监大人说，对面的粮仓附近有几间临时盖的棚屋，五公子可要去瞧瞧？”

曲茂歇好了，浑身都是精气神，往家将的背上一趴：“走着！”

卫玦下了马，把马交给前来接应的监军，快步去了衙舍，向谢容与禀道：“虞侯，属下已经按您的吩咐，绕去柏杨山通知各军衙驻军，届时军衙的人马到了，少夫人和岳前辈可能需要回避。”

谢容与颔首："我知道了。"

卫玦四下看了一眼，不由得问道："矿上这边怎么样了，岑雪明找到了吗？"

祁铭道："已经有线索了。"他把青唯是如何窃取了案宗，岑雪明是如何扮作蒙四来到矿上的事大致与卫玦说了一下，"我们眼下怀疑岑雪明不是没挨过冬天，而是死于非命，只是这座矿上有事瞒着我们，死活撬不开嘴，昨晚跑了两个镇上的官吏，岳前辈连夜去追了，眼下想必快回来了。"

他们正说着，只听门外一声响动，岳鱼七果然拎着刘掌事和陶吏回来了。

刘掌事和陶吏被小昭王连夜派人追回，吓得面色如土，到了衙舍，连眼皮都不敢抬，瑟瑟缩缩地站着："敢……敢问殿下，寻下官二人回来，所为……所为何故？"

章禄之知道谢容与意欲诈他们，当即怒喝一声："为什么抓你们回来，你们自己不知道吗？"

刘掌事和陶吏互相看了一眼："还请……还请昭王殿下明示。"

"你二人好大的胆子！"章禄之当即拍案呵斥道，"这么大的事，你二人拒不坦白就算了，还跟矿上合起伙来瞒着，你们可知罪？"

刘掌事和陶吏的膝头一软，他们当即跪倒在地："殿下明鉴，下官……下官当真不知道殿下想让我们说什么……"

章禄之"嗬"了一声，当即要挽袖子："死鸭子嘴硬。"

谢容与抬手将章禄之一拦，端着一盏茶，坐在上首，淡淡地道："如果你二人只是不知道应该从何说起，本王倒是可以给个提醒，三年前，也就是嘉宁元年，蒙四究竟怎么死的？"

刘掌事和陶吏听了这话，脸色果然变了。

谢容与道："本王知道他不是死于饥寒，而是死于非命。若是本王所料不错，他死前，应该还和你们说过些什么，只是你们当他是个疯子，没把他的话当真罢了，还有，"谢容与把茶盏往一旁放下，倾下身来，"石良，这位来为岑雪明收尸的中州官员，最后究竟去了哪儿？"

"还是不肯说是吗？"见刘掌事和陶吏的脸都快贴在了地上，牙关却咬得紧，谢容与道，"你以为你们瞒下去，就能保住这座矿上所有人的性命，封原带了多少人来？玄鹰司又来了多少人？你们没瞧见吗？”

谢容与的语气不温不火：“其实你们也没大错，矿上的条件如此，许多事迫不得已，不过，规矩既然坏了，朝廷自然要追究到底。刘掌事，你除了是这座矿上的掌事，还是脂溪镇的镇长，你以为这么多官兵到矿上，只为拿监军和流放犯吗？镇上的矿工一个也跑不了。实话实说尚能将功补过，本王能不能法外容情，就看你肯不肯开口了。”

谢容与这一番话恰好说到了刘掌事的痛处。他除了是矿上的掌事，到底也是脂溪镇的镇长，那么多镇民的生计都指着他，如果出了事，镇上那些妇孺还怎么活？何况小昭王已经知道矿工们也卷入这场事端里了。

“罢了。”刘掌事一咬牙，“我说。”

正午日头正盛，营地的一座帐子后帘一掀，抬出一具尸体，尸体被白布盖着，上头渗出斑斑血迹，一名兵卫立刻上前，掀开白布一看，随即摆摆手，压低声音道：“抬走吧，仔细别被人瞧见。”

抬尸的称“是”，快步去林间处理尸体了。

不一会儿，封原过来了，兵卫立刻上前禀道：“将军，刚死了两个流放犯，后头的就绷不住开始招了，不过他们说得颠三倒四的，看样子知道得都不太全，只能拼出大致真相。”

封原点点头，大步走进帐子中，拿起案上的供词看了一眼，径直问：“蒙四究竟是怎么死的？”

没有秘密能比自己的命更重要，流放犯们看着接连已有两个人受刑而死，早就想招了，眼下听封原又问一遍，其中一个人道：“回官爷，蒙四他……他是开矿死的。”

刘掌事：“这个蒙四，根本不是死于饥寒，他是开矿死的。”

谢容与：“开矿死的？”

“正是。”刘掌事道，“殿下可能对开矿的步骤不熟悉，矿山的矿，不是拿铁锹凿凿就有的，如果矿藏在深山之中，就需要炸山，就是……拿火药把山岩炸开，蹚出一条火路来。矿上有的地方存了油罐和硝石，就是为了这个。寻常炸山开矿，只要把火药放在开矿点，然后在远处引燃火绳就行了，不过说得简单，实际上却有很多困难，比如为了防止引发山火，火绳不能太长，比如有时候炸山会引发山体崩塌，人离得再远，都会遇到危险。所以朝廷司矿署很早就做出过规定，但凡开矿炸山，都得由有经验的矿工亲自上阵。只是，再有经验的矿工，一旦遇到矿难，也是躲不开的，所以早年因为炸山，矿上死过不少矿工。说回蒙四……”

“……这个蒙四，刚来矿上的时候话很少，我们同来的几个，只知道他是个半疯的疯子，没看出有什么特别的地方。”囚犯受不住酷刑，招供道，“可能是矿上的日子太苦了吧，到了三年前，就是嘉宁元年，有一天夜里，蒙四忽然对我说，他不想在矿上待下去了，在这里生不如死。我当时还以为他在开玩笑，谁知道隔一天，他就去找监军，说什么他不是蒙四，他的真正身份是一个朝廷命官，因为有人要杀他，他才顶替了蒙四来到矿上。”

封原听到这里，心中了然。嘉宁元年，嘉宁帝大赦天下，岑雪明在矿上吃尽了苦头，起了侥幸心理，想着也许洗襟台的事端早已过去，曲不惟已经放弃了追杀他，他可以离开矿上另寻法子保平安了。

“……这个蒙四本来就有疯病，他跟监军们说自己是朝廷命官，谁会信他？监军还故意逗他，说‘你是朝廷命官，那你姓甚名谁，在何处任何职啊’，蒙四却说他暂时不能说。”

他自然不能说，他若这样就暴露了自己是岑雪明，难保曲不惟不会第一时间找到他。

封原道：“说下去。”

“所以蒙四就想了一个法子……”

“因为每回炸山都有危险，久而久之，矿上就有了个不成文的习俗。”刘掌事犹豫了半晌，说道，“就是炸山不让有经验的矿工上，而是让流放犯上，自然作为回报，矿监军也会给流放犯一些好处，帮他们实现一个力所能及的愿望。

说真的，这些流放犯在矿上待久了，他们的愿望都是很小的愿望，有家人的不外乎是给家人送封信，打听打听家人的消息，没家人的就想吃好些，住好些，入秋后能吃上一顿肉，冬天能添一件破布袄子，多少也就满足了。当时恰逢矿上要炸山，这个蒙四就自告奋勇要去，作为回报，他让监军在炸山之后给中州衙门一个叫石良的人写信，他说石良会带来证明他身份的证据。石良本来就是蒙四发生意外的联系人，蒙四的这个要求可以说是很好满足，所以监军立刻就应了。谁知偏偏就是那次，炸山出了事……”

囚犯仔细回忆着三年前，脂溪矿上的那次炸山：“……火药炸崩了山体，我只记得一声轰鸣后，山间到处都是巨响，乱石、山砾从山上溅下来，矿上的人都在跑，离得远的跑掉了，离得近的，尤其是负责炸山的那几个，一个都没能活下来，全被埋在了山底，包括蒙四……”

刘掌事：“其实他们附近就有个岩穴，如果是有经验的矿工带队，这几个炸山开矿的未必会死，可是……流放犯没经验啊，见到山体崩塌，当时就乱了，到最后，包括蒙四一共七个人，一个都没活下来。流放犯炸山开矿，这是坏了规矩的，朝廷如果问责，矿监军、矿工，包括囚犯，一个都跑不了，所以怎么办呢？矿上只好称这几个囚犯是死于饥寒，然后依规矩写信让这些人的亲人过来收尸，等亲人到了，大可以称是尸体腐坏，早就一把火烧了。信寄出去超过两个月，矿上相继来了人，包括中州衙门那位姓石的典簿，石典簿一到陵川便给我们写了信，让我们去脂溪镇上接他，我们的人立刻就去了，然而在镇上等了大半个月，都没有等到他。”

“石良去了哪里？”祁铭追问。

刘掌事犹豫了片刻，好似下了很大的决心，才道：“……他死了。”

“死了？怎么死的？”

石良没有仇家，三年前，曲不惟和封原不曾怀疑过他，照理不该为人所害。

“我们的人没等到石典簿，出镇去找他，后来我们在一个山谷里发现他的尸体，应该是进山的时候失足跌落山崖……摔死了。”

摔死了？

衙舍里的众人面面相觑，虽然觉得难以置信，但是，除了意外身亡，石良的失踪找不出别的合理解释。

刘掌事：“殿下已经知道了，矿上让流放犯炸山，算是坏了法度，眼下出了事故，矿监军、矿工，包括流放犯，一个都跑不了，何况……这其实不是第一次出事，先头十多年，这样的事故发生过好几回，都被遮过去了，朝廷要是细究起来，后果我们承担不起啊。”

最重要的是，如果事情败露，往后炸山又该怎么办呢？没了流放犯蹚雷，难道要让监军和矿工亲自上阵，出了事就要填命，谁甘愿冒这样的风险？反之，对于流放犯来说，他们在矿上的日子是无望的，如果能凭一次犯险，换来给家人写信的机会，又或是得到一身过冬的袄子，他们就能撑得再久一些。所以这座矿上的所有人，无论是矿监军还是流放犯，都心照不宣地隐瞒了炸山的内情。

刘掌事：“石典簿死在了山外，我们本来应该第一时间告知中州衙门的，但是，一来，中州那边好像不知道石典簿来了；二来，一个朝廷官吏死在了我们这里，上头必定会派人来查，石典簿本来就是来给蒙四收尸的，如果上头查到了蒙四的真正死因，炸山的秘密败露，我们往后该怎么办？所以下官与矿上的监军们一合计，决定干脆装作不曾发现石典簿的尸体，今后如果有人问起，便称从没有见过他……后来的几年，从未有人跟矿上打听过石典簿，直到殿下您来了……”

青唯听到这里，想起一件事：“我看矿上的犯人们近来十分怠惰，可是因为又要炸山了？”

刘掌事没想到他们连这个都瞧了出来，只得招认道：“最近一批铁矿已经开采完毕，新的矿点也找到了，的确需要炸山。实不相瞒，殿下到脂溪当日，下官之所以没及时相迎，就是因为在跟都监商议炸山的事宜，连硝石、油罐都备好了，只是……眼下殿下、封将军都来了矿上，炸山的计划只有被搁置，囚犯们没有矿可采，看上去自然无所事事了。”

“最后一个问题。”谢容与道，“据本王所知，‘蒙四’是一个十分缜密的人，不可能算不到炸山的风险，如果事成，他的要求是给石良写信，如果失败呢，他的要求又是什么？”谢容与说着，停顿了一下，“或者本王可以换一个更加直截了当的问法，‘蒙四’进山时，一定带了一些‘傍身之物’，这些‘傍身之物’至关重要，到了炸山这个生死攸关的当口，他不可能没想法子安置好它们。本王想问的是，那些‘傍身之物’，也就是被岑雪明千辛万苦带进山的罪证，究竟被他藏在了哪儿？”

“……眼下想想，或许蒙四早就在矿上藏了东西，刚到矿上那两年，他只要有闲暇，时不时就溜去后山，炸山的前一晚，他跟矿监军说，他想一个人待一会儿，八成又是去藏东西了。”

“他把东西藏到哪儿了？”封原问。

帐子中的几个流放犯面面相觑，当时蒙四一个人待着，藏到哪儿了他们如何得知？

这时，其中一名流放犯突然开了口：“将军，小的……小的或许知道……”

“……殿下所料不错，蒙四的确算到过自己会死，他说，如果遭遇不测，他什么要求都没有，只想在炸山前，一个人待一夜。”刘掌事道，“他到底是个流放犯，人还有点儿疯疯癫癫的，矿上虽然答应了他，不可能任凭他在矿上自由来去，所以我们派了一个监军远远地跟着他。

“那个监军瞧见，蒙四似乎从后山取了什么东西出来，埋在了即将开采的矿山附近。刚才殿下说，蒙四进山时，带了一些‘傍身之物’，那么依下官之见，殿下要找的‘傍身之物’只能是那夜他从后山取出的东西。”

卫玦立刻问：“这些东西眼下在哪里？”

刘掌事支吾一阵：“不知道……”

卫玦：“不知道？”

“炸山的时候不是出了事吗？山体崩塌得太厉害，那一片都被砂石埋了，余后数日，一直有山石滑落，我们怕再出事，只挖出了流放犯的尸体，那一带再没动过。”

“你的意思是，被岑雪明带进山的证据，至今都埋在那座崩塌的矿山附近？”章禄之问道。

刘掌事茫然地点了点头。

不待谢容与吩咐，祁铭立刻取来矿山的地图，青唯急忙问道：“掌事的，你仔细想想，那些东西究竟埋在哪个位置？”

鸭子坡顾名思义，整座矿山形似番鸭。刘掌事对这只鸭了若指掌，如果说入山是在鸭尾，衙署和营地在鸭身，那么矿山便是从鸭脖子向鸭头深处推进，刘掌事的手指落在鸭脖下的一个山丘交会处：“这里。”

“卫玦。”下一刻，谢容与沉声吩咐。

“在。”

“点兵。”

“……因为小的跟蒙四住在一间囚舍，炸山前一天的夜里，小的记得他去后山取了些东西，回来搁在一个烂木匣子里，随后埋在了矿山附近。如果将军要找的是那个匣子，眼下应该就在矿山那边……”

“具体在什么地方？”不等囚犯说完，封原急忙问道。

“那边是一片山丘，应该在山丘交会的地方。”

封原听完这话，快步走出了帐子。帐外暮色四合，刚才的守卫立刻迎上来：“将军。”

封原：“立刻调派人手去矿山，掘地三尺也要把岑雪明当年留下的木匣找出来！”

守卫还没离开，军中一名校尉快步过来：“将军，不好了，一刻钟之前，玄鹰司的卫掌使忽然调集了大半兵马，朝矿山那边去了，似乎是要搜山！”

封原闻言，心不由得往下狠狠地一沉，他费尽周折，不惜逾制刑讯流放犯，居然还是被小昭王抢先一步。

“将军，我们眼下该怎么办？”一旁的守卫急忙问道。

封原看向远方，夕阳的余晖为天际染上一片片彤彩，云彩如同火烧，刚才那个流放犯说，岑雪明留下来的证据被埋在了崩塌的山体之下，哪怕小昭王知道大致位置，也要找上许久，加之眼下夜色将至，搜寻的难度增大，他还有时间！

封原对守卫道："先调集三个卫队，随我前往矿山。"他又吩咐校尉，"你召集余下人马，从左右翼绕行，我们人多，先将山上的玄鹰卫包围起来！"

"将军的意思，是要跟小昭王动兵？"校尉诧异地道。

"玄鹰司要跟我们争，不想动兵也得动兵，矿监军那边如果起疑，便称小昭王是为了包庇温氏才查的矿山，动机不纯，对天家不忠，拖上一时是一时，反正只要那个重犯温氏跟在小昭王的身边，她就是小昭王永远的软肋！"

玄鹰卫的动作很快，霞光在天际彻底铺开之前，已经确定了证据埋藏的大致位置。

当年炸山引发山体崩塌，三年过去，山坡上已经有了新生的草木，好在矿山本来荒芜，挖掘的难度并不算太大，谢容与刚分派好人手，一名玄鹰卫快步过来禀道："虞侯，封将军带兵往这边来了。"

谢容与感到有些诧异："怎么来得这么快？"

"属下过来时，遇到矿上的一名监军，称是……封将军今日扣押了几名与岑雪明同批进山的流放犯，至今没有放人。"

章禄之愕然道："封原该不是刑讯流放犯了吧？早年朝廷为防止流放犯遭受虐待，严禁定罪后无故用刑，他是将军，要罪加一等的。"

岳鱼七冷哼一声："死马当活马医，封大傻眼下哪儿还管得了这么多。"

谢容与问："矿上的都监呢？"

"都监就陪着曲校尉和小章大人上山了，似乎想找什么凉快的地方住，封将军身边的参将也跟着。"

谢容与明白了，封原是故意借曲茂支走都监，就是为了在那些流放犯的口中挖出线索。

封原应该知道这山中埋藏着罪证了。

这时，又一名玄鹰卫来道："虞侯，封将军已经兵分三路，朝矿山这边合围而来了！"

刘掌事和陶吏就在附近，听了这话，脸色变得煞白：“兵……兵分三路……封将军他这是要干什么……”

祁铭立刻朝谢容与拱手道：“虞侯，看来封原已经起了动兵的念头，请虞侯示下。”

这话一说出来，周遭的玄鹰司齐齐俯身拱手：“请虞侯示下！”

山中火光幢幢，就这么一会儿工夫，夕阳已经落了大半，谢容与环顾众人，声音淡淡地道：“卫玦，你来安排。”

卫玦：“虞侯？”

谢容与：“本王不过是一个久居深宫之人，你才是作战领兵的将帅，两兵相接，自然该听你号令。”

卫玦：“可是玄鹰司以虞侯为尊，这一年来，我等是跟着虞侯才能走到今日，到了眼下这样重要的关头，一切当听虞侯吩咐。”

“本王是一个王，玄鹰司是天子之师。”谢容与道，“纵然本王与你们合作默契，五年前玄鹰司获罪，指挥使、都点检相继负罪身死，带着玄鹰司一直撑到今日的是你和禄之。”

谢容与看着卫玦：“卫掌使，玄鹰司有兵马数千，衙下行走近万，而今日在这里的只有区区两百人，如果连两百人你都统领不了，以后怎么号令千人万人？”

卫玦一愣，突然明白了谢容与话中的深意。他扶刀后退一步，朝谢容与深揖而下，随后转过身：“众将士听令！”

待将士们相继撤去，卫玦留下谢容与、岳鱼七和青唯：“虞侯、少夫人、岳前辈，封原今夜虽然召集了兵马，依属下之见，他未必会立刻和我们动手，他的目的与我们一样，找到岑雪明留下的证据，封原的人手是我们的一倍，如果单拼速度，我们怕是比不过，故而属下有一计……”

天色彻底暗下来，封原就带兵赶到了。从他的方向望去，玄鹰卫分成数支卫队，正在山上有条不紊地挖掘，矿上的监军也被他们请来帮忙了。

封原唤来贴身护卫，低语几句。护卫听完，当即下了马，往一旁的小道去了。

上山的大路有玄鹰卫把守，封原到了道前，玄鹰卫伸手一拦：“将军，虞侯正在查案，还请将军回避。”

封原似乎感到很意外：“巧了，老夫来此也为查案。”他的语气不疾不徐，“三年前，这里的矿山发生过崩塌，老夫猜测此地埋了些东西，带人过来搜寻。”

玄鹰卫道：“既然如此，待虞侯搜完，将军可以带人上山即可。”

封原冷笑一声：“为何要等你们搜完？据老夫所知，昭王殿下查的案子应该与洗襟台有关吧？老夫来此，只是为了核实此地的矿产数目罢了，你们挖你们的，我挖我的，彼此之间并不冲突，玄鹰司何故却要将老夫拦下？”

玄鹰卫：“非是玄鹰司要将将军拦下，洗襟台乃大案，其中线索不宜透露。”

“为何不宜透露？”不等玄鹰卫说完，封原提高声音，振振有词地道，“如果老夫所料不错，一直跟在殿下身边的那位姑娘，眼下也在山上吧？谁不知道，此人正是朝廷追捕了多年的重犯温氏！前夜这个女贼到老夫的帐子中窃取案宗，矿上诸位监军兄弟想必是亲眼所见，殿下念及旧情，以一句‘内子’搪塞。老夫碍于殿下颜面，只好睁一只眼闭一只眼，只是公是公，私是私，老夫原以为殿下可以公私分明，今夜殿下拦着不让老夫上山却是何意？难不成是担心老夫窥见您找到的线索，不利于您销毁罪证？殿下，您一个人要帮温氏瞒天过海就罢了，可别连累了诸位玄鹰卫与矿上的监军兄弟啊！”

封原利用青唯倒打一耙，山上的监军们果然脸色一变。

这时，却见火光里走来一个人，谢容与听到动静，从山上下来了。

玄鹰卫立刻上前与谢容与耳语几句，谢容与听完，看向封原：“将军也想上山？”

封原端着一副冷容：“老夫想有什么用，殿下又不肯放行。”

谢容与淡淡地笑道：“怎么不肯？”他说着，让开一步，身后的玄鹰卫随之分列两旁，“将军请吧。”

封原见谢容与这个反应，不禁一愣。刚才玄鹰卫拼命拦着不让他上山，他几乎笃定这座山上藏着东西，眼下小昭王这么轻易地放了行，他却要疑心自己是不是找错地方了。

这时，刚才被他派走的护卫回来了，凑在他的耳旁低声道：“将军，属下偷偷绕去山上看了，那个温氏女……眼下不在山中，而是去了附近的峡谷。”

封原的瞳孔微微一缩：“确定？”

“确定，她一刻钟前就离开了，身边除了几名玄鹰卫，还跟着一名监军。”

封原听了这话，心中疑云四起。温氏女对小昭王有多重要，封原是知道的，今夜这么重要的关头，她为何竟没跟在小昭王的身边？

不，不对。温氏女固然重要，但小昭王对她十分信任，许多重要的任务，是交给她办的，偷盗《四景图》，窃取案宗，包括当初在上京，从何鸿云的祝宁庄中救出线人。难不成今夜也是如此？

当年炸山引发山体崩塌，数年过去，岑雪明埋藏罪证的地点早已无法确定，流放犯们只是知道大概位置，要说谁更加清楚罪证在哪儿，只能是当年参与善后的矿监军了。眼下温氏女的身边，不正跟着一名监军？

是的，小昭王此举真是一举两得，故作不在意地把他们请上山，实则声东击西，掩护温氏。

封原一念及此，淡淡地道：“既然殿下在山上查找证据，老夫也不多干涉。”他说着，唤来一名手下，留下一半人马，带着其余人很快撤去了。

山间的峡谷地带草木丛生，夜色渗入林间，浓得跟墨汁一样，这样暗的夜色中，隐隐有火光逼近，火光映出数道人影，他们似乎已经在林间搜寻了多时，片刻，其中一个人问：“找到了吗？”这是一个女子的声音，听上去十分年轻。

“……找到了，找到了！”

“快挖出来！”

从远处看去，数道人影围在了一起，他们从一个老树根下挖出了什么，罩着斗篷的女子举着火把一照，竟是一个烂木匣子，她正要伸手要拿，像是意识到什么，手中的火把突然灭了，低声警示：“林子里有人，把东西给我，快走。”

说完她一刻不停，飞也似的朝林外掠去。

寻常人怎么跟得上她的脚程？不消片刻，余下的玄鹰卫与监军被她远远地甩在了后面。

好在封原等人已经在附近埋伏了多时，他知道青唯的耳朵灵，没有靠得太近，等的就是这一刻。见青唯要跑，封原亲自带兵上前围堵。

青唯还没逃出林外，眼前火的光乍然亮起，封原的身形被这火光映照得清晰无比，手中的长刀脱鞘而出，直接朝眼前的女子劈去。他上回被这个女贼算计，并非技不如人，而是这个女贼太过狡猾，眼下成心要扳回一局，招招式式尽是杀机。

青唯见状不好，倒身下仰，整个人几乎是贴地擦过，避开封原的一招，随后她翻身而起，正待另寻出路，借着火光一看，四面八方都有官兵围过来!

有了上回的经验，封原的人马知道她是条滑不溜秋的鱼，早就在此地布下埋伏，就差在树上加一张网了。也幸亏他们没罩网，青唯的东南西北四个方向都被堵了个水泄不通，还能往上逃，她纵身一跃，朝树稍蹿去，却没有在枝头多留，横剑挂住枝头，径直荡出官兵的包围圈。

无奈封原早料到她有此一举，已经提刀在她下落的地方等着她了。

青唯落在火光之外，林间的暗处，刹那间发出刀兵相撞的铿锵之声。封原先前以为青唯只是功夫灵巧罢了，眼下发现她竟然能正面接住自己的一招，感到十分意外，借着刀光看去，原来这个女贼手上居然有一把做工精良的重剑。

青唯手里的重剑其实就是谢容与买给她的那把，朝天不辞辛劳地帮她背来了脂溪，今夜刚好派上用场。

封原：“女贼，把东西交出来，老夫或可以留你一命！”

重剑竖在身前，青唯再次接下一招：“将军让我交什么？”

封原：“明知故问！”

剑身擦着刀刃，飞溅出一串火花：“可是东西不在我这儿啊。”

封原：“女贼巧言善辩！老夫刚才明明听到他们把东西交给你了！”

剑身卸去长刀的力道，青唯将剑贴着刀往下压去，抬眼一笑：“将军确定吗？”

第五十八章

死生契阔

封原看到这个笑容，心中突然一惊。不知为何，他总觉得女贼的一笑，与刚才小昭王请他上山的那个笑容如出一辙。他该不会又被这个女贼戏弄了吧？

封原心底疑窦丛生，难道岑雪明的东西就是埋在山上，这个女贼刚才只是做戏？封原到底是领兵作战的大将军，青唯知道不能跟他硬拼，趁他分神之际，快步后撤："那么将军猜东西在哪里？"

封原提醒自己不要轻易着了这个女贼的道，小昭王如此看重这个女贼，按道理不会轻易让她离开身边，否则一旦起了兵戈，他怎么保证女贼的安全？唯一值得犯险的理由——这林间真的藏了东西。看这个女贼的反应，东西明显不在她的身上。那么会在哪儿呢？

正在这时，一名兵卫来报："将军，不好了，属下一时疏忽，林子里的那个监军跑了！"

封原怒从中来，他带了百余人过来，玄鹰卫就罢了，怎么连个给玄鹰卫引路的监军都擒不住？

他正待开口斥责，一个念头突然升起。是的，监军！刚才林中太暗了，他并没有瞧见东西最后被谁收着。平心而论，这个姓温的女贼本事再高，不可能敌得过百余兵卒，更不必提跟着她的玄鹰卫，所以他们的手上根本不可能有东西，反之，因为带路的监军不是他们的人，相较而言最不起眼，由女贼和玄鹰卫引开大部分兵马，监军趁机离开，这才是上策！

封原一念及此，吩咐过来增援的兵卒："你们困住这个女贼！"随后他跨上马，带着亲信与余下兵卫去追那个监军。

朝廷的军衙因为类别不同，衙中兵将各有所长，譬如左骁卫擅长缉盗查案，巡检司擅长检视巡逻，而封原所属的镇北军，就是纯粹作战打仗的，以武力见长，照道理由他去追监军，无疑是小菜一碟，谁知他追了好半晌，那个监军依旧不紧不慢地甩开他一段距离。

封原越追越觉得不对劲，正待重新布阵，前方的监军似乎意识到他不想追了，也停住脚步，回过身高声道："封大傻，好久不见啊。"

这个声音……怎么听着这么耳熟？

封原的眉头一皱，一阵说不清来由的怯意令他裹足不前。身后的追兵举着火把围上前来，火把的光蔓延到监军足下，只见此人的身形格外挺拔，生得长眉星眼，眉上还有一道小小的凹痕。这人居然是岳鱼七！

岳鱼七笑道："离上次见面也就十来年吧，怎么，大傻的年纪大了，记性不好，不认得了？"

封原震惊得几乎要说不出话来。岳鱼七怎么会在这儿？他不是消失了吗？不是说他死在跟随先帝回上京的路上了吗？

说起来，封原和岳鱼七一共只见过一回，那一回的记忆却不大愉快。咸和十七年，苍弩十三部入侵劼北，沧浪水畔士子投江，然后将军岳翀请战长渡河外。

岳翀出身草莽，那时不过是一名游骑将军，一名低阶将军请缨，朝廷自然要试过他的本事。

隔一日，玄明正华外设了演武场，由各司将帅上台挑战，岳翀胜了几场，却道："老夫麾下有一名少年，天生的奇才，一个人可敌百人，诸位不如与他试试身手。"

这个人就是岳鱼七。那年岳鱼七只有十八岁，那些久经沙场的老将一一上台，居然没一个人是岳鱼七的对手，封原输得更是狼狈，他的功夫以刚猛著称，岳鱼七却灵巧轻盈，又惯会使些下三烂的招数，最是克他。也是由此，岳鱼七一战成名，随岳翀前往长渡河。

可惜沙场不比演武场，长渡河一战惨烈，三万将士丧生在了劼北的风沙里，包括将军岳翀。唯一的神话，就是那个少年在乱军丛中只身杀出一条血路，将义父的尸体背了出来。

封原听说岳鱼七出身于陵川山野之中，无父无母，幼时靠挖草根、啃树皮过活，后来被岳翀捡回去，认作义子，因彼时正值七月，又见他喜欢吃鱼，任他跟着自己姓了岳，起名鱼七。

长渡河一役过后，少年染血归来，满朝震动，新继位的昭化帝授他功勋，令他成了当时朝廷最年轻的将军，半年后，他却辞了官，说自己一介草莽，当不起大任，回到辰阳山中，带着小外甥女过起了隐居山野的逍遥日子。直到六年前洗襟台坍塌，他忽然现身陵川，被朝廷官兵所擒。

封原什么都明白了。难怪温氏女盗了他的案宗后，那案宗会莫名其妙地回到他的帐子中。难怪今夜这般惊险，小昭王却放心让温氏女一个人应付这么多官兵。

有岳鱼七盯着，小昭王还有什么好不放心的？

这一刻，今夜的所有的遭遇重新在心头闪过。

山脚下，谢容与带着玄鹰卫让开一条道来："怎么不肯？将军请吧。"

峡谷林间，温小野手持重剑接住他的一式："可是东西不在我这儿啊。"

还有刚才，岳鱼七立在火光中："封大傻，好久不见啊。"

是啊，他真是太傻了。炸山引发山体崩塌，数年过去，树生石移，流放犯不确定岑雪明的东西埋在了哪儿，难道监军就能确定？如果监军真的知道具体地点，他们早就把东西挖出来了，岂能等到今日？玄鹰司又何必分成数支卫队在山中搜寻？

事实上，玄鹰司也不知道岑雪明的东西究竟埋在了何处，他们忌惮封原人多，担心他先一步找到罪证，所以使了一招惑敌之计。

封原终于反应过来。谢容与、岳鱼七和温小野的身上都没有东西，他们三人今夜的种种行为，就是为了拖住他，分散他的兵力，而他居然就这么上了他们的当，带了百余人来追温小野与岳鱼七，纵使他留了一部分兵力认真搜寻罪证，玄鹰司查证的人数多过他，玄鹰司中还有卫玦、章禄之这样的良将，这一点太不利了！

封原想到这里，立刻萌生退意。

身下的马打了个响鼻，他正要后退，岳鱼七先一步反应过来，纵身腾跃而起，袖中一道细芒挥出，直击封原的背心，封原不得已，举刀回身要挡，岳鱼七却收了细剑，趁着这个当口掠至他的马前，将他拦下：“当年比武不够尽兴，好不容易碰见，大傻留下陪我玩玩？”

转眼子时已过，两山交会的丘陵地带，火光比先前更亮了一些，卫玦从数道深坑边走过，搜寻的玄鹰卫见了他纷纷禀道：“掌使，西北第五区域尚未发现异样。”

“正西第六区尚未发现异样。”

“中间第二区没有发现异样。”

…………

两个时辰前，卫玦把这一带按照东南西北分成了三十六个区域，让玄鹰卫五人一组分批寻找。这么长时间过去了，玄鹰卫却搜寻无果。卫玦知道搜寻证据不易，他应该耐心一些，只是，虞侯那里还好说，岳前辈与少夫人的功夫再厉害，体力却是有限的，不可能拖住封原太久。

卫玦正在想辙，一名玄鹰卫忽然快步走过来，低声与他耳语几句。卫玦脸上的神色一变，他带着玄鹰卫避开封原的人：“拿出来给我看看。”

玄鹰卫从袖中取出一物：“掌使，属下在坑中找到的就是这个。”

此物是一块残缺的玉牌，上头刻有纹路，卫玦借着火光一看，像是一个官员的牌符。朝中只有有品阶的官员才有牌符，在矿监军中，除了都监，其他人都不可能有此物。既然是在坑中找到的，难道说，这就是岑雪明留下的证据？可是一个残缺的官员牌符能证明什么？

卫玦问：“坑中还有别的东西吗？”

玄鹰卫摇了摇头：“暂时没有发现。”

卫玦想了想，吩咐道：“继续往下挖，切记不要惊动封原的人。”随后他将牌符往手中一握，快步寻谢容与去了。

谢容与借着火光，把牌符仔仔细细地看了一遍，因为玉石残缺，牌符究竟是谁的已不可考，看底部纹路，应该属于一个六品及以下的官员。

岑雪明乃东安通判，官居六品，矿上的都监，官居从七品，还有刘掌事，官居九品。这个莫名其妙出现在深坑中的牌符，究竟会是谁的呢？

谢容与问："刘掌事跟陶吏呢？"

"回虞侯，他二人在山上，属下这就把他们带过来。"

谢容与道："太慢了，我去见他们。"

刘掌事和陶吏眼下在山腰的一个矮棚内，由几名玄鹰卫守着。

谢容与到了以后，没有立刻提牌符，只是淡淡地问："刘掌事的官牌带在身边吗？"

"带着带着。"刘掌事应道，随即从腰间摘下玉牌，呈给谢容与过目。

谢容与又问："矿上的都监可曾遗失过牌符？"

刘掌事摇头道："殿下，牌符乃官员身份的象征，出入辖地都要以它为凭，等闲是不敢遗失的。"

谢容与颔首，一旁的祁铭随即摊开手掌："那么敢问刘掌事，这枚牌符是谁的？"

祁铭掌中的牌符残缺不全，上头还沾了些许泥沙，一看就是刚从坑里挖出来的，刘掌事见了这枚牌符，脸色突然变得煞白，连声音也发起抖来："回殿下，下……下官不知……"

谢容与见了刘掌事的这个反应，心中一下子生出了非常不好的预感。这枚牌符既不是都监的，也不是刘掌事的，那么它可能是岑雪明的。

可是岑雪明到矿上来，就是为了躲避曲不惟的追杀，根本不敢暴露自己的身份，把这枚能证明自己身份的牌符带在身边，他不怕给自己招来杀身之祸吗？再者，到了嘉宁元年，嘉宁帝大赦天下，岑雪明起了离开矿山的侥幸心理，但是他的做法是，以炸山换取一次给石良写信的机会，让石良进山证明自己的身份，如果他的身上带着牌符，把牌符给矿监军一看不就成了，何必冒这么大的风险？由此可见，这枚牌符不可能是岑雪明的。

如果牌符既不属于岑雪明，也不属于都监和刘掌事，那么它还可能是谁的呢？在这些年当中，还有哪位官员到过矿上，并且将自己的牌符遗失在了这山野的深坑中呢？

谢容与想起一个人，石良。谢容与心中寒意遍生，今天他审问刘掌事时，这位刘掌事分明说，石良虽然来给岑雪明收尸，但他没进到矿山，人就失足摔落山崖而死了。如果石良没进过矿山，这枚牌符作何解释？

谢容与紧盯着刘掌事："石良究竟怎么死的？"

刘掌事听谢容与的语气森寒，一时间吓得面如土色，"扑通"一声跪倒在地，嘴上嘟囔着道："殿下饶命，殿下饶命……"

谢容与道："石良并不是死在山崖下是不是？他死在了这里！"

小昭王虽然生得一副清冷模样，一向都是好脾气，眼下非是他轻易动怒，而是他们在山上搜寻的每一刻，都是温小野和岳鱼七拿性命争取来的。可是刘掌事居然在这么关键的地方对他们说了谎！

谢容与声音冷冷地道："不说是吗？来人，找个坑把他们扔进去，就地埋了！"

玄鹰卫即刻应"是"，上前便把刘掌事和陶吏拖走。

刘掌事的声音颤抖得已经带了哭腔，他连声喊着"殿下饶命"，带着陶吏连滚带爬地爬回来："殿……殿下，小的不是故意要瞒着殿下的，那石典簿当年来给蒙四收尸，确实进山了，只是……石典簿听闻蒙四已死，并不离开，而是成日在被砂石掩埋的沙丘上搜寻……小的和都监初时并不知道石典簿在找什么，后来……后来我们猜，石典簿是不是猜到了炸山的内情，怀疑蒙四不是熬不过去冻死的，而是被埋在了山石之下。我们害怕极了，炸山的事情传出去，矿上的所有人都要被问罪。我们……我们真是没有法子了，本来都想和石典簿摊牌了，没想到，石典簿忽然死在了矿上。"

刘掌事说到这里，生怕谢容与不信，说道："下官敢以性命起誓，若有一句虚言，任凭天打雷劈。真的，石典簿在矿上找了数日，整个人也不知怎么，神思恍惚起来，当时这边的矿山刚崩塌过，山体不稳，之后有一日，石典簿在山上找着找着，忽然一脚踩空，从山上滚了下来，摔死了……"

谢容与听完刘掌事的话，闭目深思。先不论石良究竟是自行摔死的，还是被人为害死的，有一点可以确定，就是他进过矿山。

当年岑雪明在炸山前，明明可以把罪证留在原处，可是他在炸山的前一夜，选择将罪证转移埋在矿山附近，这是为何？

不难解释，岑雪明算到自己也许会死于炸山，一定会设法把罪证交到来为他收尸的石良的手上。矿山这么大，如果只是把罪证草草埋在一个地方，石良如何去找？故而岑雪明在进山前，一定和石良约定过一个地点，一旦他身死，石良就会去他们约好的地方取证。那么石良究竟找到了吗？

玄鹰卫几乎要把埋藏证据的这一带翻了个底掉儿，除了石良的牌符，什么都没发现，说明罪证很可能被石良取走了。

那是关乎洗襟台的罪证，牵涉到当朝诸多大员，甚至包括当今皇后的父亲。

岑雪明在躲到矿山前，也许跟石良提过自己被人追杀，提过自己必须隐姓埋名，但他绝不可能把洗襟台的秘密告诉石良，因为这些秘密对于任何一个人都是难以接受的，甚至会让一个人退却、害怕。所以，三年前，当石良在矿上发现这些罪证后，石良一定是震惊的，惊慌失措的，最重要的是，这些罪证会给石良招来杀身之祸，这也解释了为何刘掌事说石良后来精神恍惚。石良最后死在了矿上，没有把这些罪证带出山。

但是作为一个人，但凡是一个有良知的人，他的心中纵然害怕，面对这样的内幕，绝不可能想着销毁罪证，他一定是希望有朝一日这些罪证能被人发现，即便揭发的那个人不是他，所以他的做法，应该是把那些罪证转移到了一个绝对安全的，暂时不会被人发现的地方。

这座矿上，哪里有绝对安全的地方？

谢容与沉声道："拿地图来。"他眼下的所有时间都是小野和岳鱼七为他争取的，每拖延一刻，他们都会更危险一分。

谢容与的目光迅速且细致地掠过地图。矿山不行，每一回炸山，矿山都会面临崩塌的风险；衙舍不行，衙舍里有监军，倘若监军发现罪证，担心祸及己身，销毁了怎么办？除此之外就是营地，营地一片荒芜，哪里有藏东西的地方，还有……

谢容与的目光忽然落在了入山口的山间。他记得山上丛林遍布，矿上的许多粮食，尤其是炸山用的油罐与硝石，就存在山上的岩洞中。而储存油罐、硝石的地方，最怕见光，洞深处不会点灯，因为有爆炸的风险，矿上的监军等闲不会擅入。

谢容与一念及此，心道不好，今日封原为了支走都监，让身边的参将带着曲茂和章庭到矿外的山上去了！

脂溪矿，入山口的林间。

子时三刻，几名官兵从岩洞中出来，对参将禀道："大人，洞内已经收拾妥当，可以请小章大人和曲校尉住进去了。"

参将心不在焉地"嗯"了一声："让人传话吧。"

曲茂在山中没寻到合意的地方，到了夜里，只能先回白日里路过的岩洞将就一番，这个岩洞是存放油罐的，条件虽然简陋，已经是山间几个储物洞中最好的了。曲茂嫌累，让人背着自己在后头慢慢儿走，眼下岩洞中的床架好了，艾草也熏过了，他人还没到呢。

官兵应"是"离开，参将的目光重新往远处移去，今夜矿山那边一直不平静，眼下三更都过了，山上还有火光。参将感觉这火光是因岑雪明遗留的证物而起，只是他今天一天都在矿外的山上，不知道究竟发生了什么。

他正思索着，山下有几个人纵马过来，参将定睛一看，其中一个人正是常跟在封原身边的逻卒。

林中还有矿监军，参将小心地避开他们，到了山腰，问迎面而来的逻卒："怎么样了？"

逻卒把封原是如何从流放犯口中问出矿山里埋藏着罪证，又是如何与小昭王起了冲突说了，末了道："岳小将军和温氏女狡猾多端，拖住了我们半数兵马，将军被这二人耽搁了一个来时辰，只怕小昭王已经找到岑雪明留下的东西了。"

参将又往矿山那边看了一眼，明灭不定的火光中，隐约传来喧嚣之声。参将稍作思量："找到东西未必，玄鹰司的人数只有我们的一半，如果小昭王的手里有东西，一定会立刻召集人马撤出矿山，他没有这么做，说明他的手上还是空的。"

可是凭玄鹰司之能，这么久了什么都没找到，究竟是为什么？

参将想不出，道："你回去告诉将军，先机虽失，还能后发制人，莫要说小昭王手中没有证据，就算他已经拿到了岑雪明的遗物，我们的兵马多，只要能把玄鹰司困在山中，一切就还有转机，将军眼下就不能有一丝心慈手软，必要时，”参将的眼中闪过一丝厉色，他并手在身前微微一斩，“必须下死手。”

这个参将跟了封原数十年，封原对他十分信任，如果说封原是军中的矛，参将就是兵卒们的定心丸，脂溪矿山这一遭，封原能和小昭王相持到今日，参将可以说功不可没，逻卒自然把参将的话奉为圭臬：“属下记住了。其实将军也是这个意思，将军之所以遣属下过来，就是因为……”逻卒四下看了看，把声音压得更低了些，“将军在山上找到了一些炸山用的油罐与硝石，想着实在不行，一不做二不休……”逻卒凑到参将耳边，吐出几个字，“连人带山一起，炸了。”

参将沉思片刻，点点头：“也好，如果我们不能先找到东西，把东西毁了也不失为一个法子，至于有多少人陪葬，这就要看天意了。”他想了想道，“储存油罐与硝石的岩洞在这边山里，你们在矿山找到的那些，应该是矿监军数日前搬过去的，这样很好，届时山体崩塌，玄鹰卫被埋在山里，事后可推说是监军意外引燃火绳所致。你带话给将军，先以小昭王窝藏罪犯为由，给小昭王扣一顶包庇的帽子，让矿监军不敢掺和进来。”

逻卒称“是”，随即道：“也请大人稳住矿上的都监，莫让他觉察了今夜的异样。”

事不宜迟，逻卒说完便走，参将的脑中一个念头闪过，又唤住他：“你让将军派人盯紧玄鹰卫，小昭王这么久没找到东西，说不定那些东西根本没藏在矿山之中，到时我们山也炸了，人也杀了，东西却在别处出现，今夜的工夫岂不白费？”

逻卒道：“属下记得了。”说完他很快下了山，打马往矿山而去。

参将看着逻卒的身形在夜色里淡成一抹虚影，深深地吐了口气，刚要回岩洞，一转身，不经意间竟与章庭撞了个正着。

章庭不远不近地站在树林中，神色淡漠地注视着他。

参将是习武人，戒备之心极重，他知道自己刚才与逻卒的对话没有第三个人听到，可是章庭乍然出现，他难免有些感到不安：“小章大人是何时过来的？”

“刚才就到了，看参将大人在和一名官兵说话，没有上前打扰。”章庭声音淡淡地道，他的目光移向远处的矿山，“怎么，是矿山那里出了什么事吗？”

参将笑道：“没出什么事，似乎有人丢了东西，矿上的监军们正在帮忙找。”

章庭：“是吗？”

“小章大人今夜就不要下山了，营地离矿山近，想必吵闹得很。”参将道，掠过章庭，快步朝正在往矿山那边张望的都监走去，“……都监不必忧心，将军刚才派人传话了，不过是遗失了些东西……”

章庭走出林外，再次朝矿山的方向望去，不知道是不是他的错觉，此处没有林木遮挡，矿山那边的火光更盛了，隐约的喧嚣声中间或传来呐喊，还有……兵戈的碰撞声。

章庭抬起头，残月隐去了层云后。

矿山中的喊杀声越来越大，谁也说不清兵戈究竟怎么起的，起初似乎是几名玄鹰卫与封原的兵马在峡谷的林间起了冲突，随后一个黑袍女贼和一个来处不明的监军拖着封原与数十兵马打了起来，随着双方前来增援的人越来越多，这一场源自林间的微小冲突渐渐变成双方交战，由卫玦、章禄之率领的玄鹰卫，和封原麾下的镇北军精锐厮杀在了一起。

战斗从峡谷林间蔓延至山上，烈烈火光中，忽见两匹快马突出重围，为首的一匹马上是一个身着监军服的剑客，身后紧跟着一个罩着黑袍的人。

青唯到了山前，瞥见谢容与的身影，不待勒停马就飞身而下，快步上前：“怎么样了？”

他们这一处尚未被战火波及，谢容与道：“情况对我们很不利，东西不在山上，三年前就被石良转移走了，很可能藏在矿山的入山口。”

青唯不由得愕然：“山外的林间，封原身边的参将不是在那里？”

“唯一的好消息，封原还不知道东西被转移走了，仍旧让大部分兵力集中在这里跟我们厮杀。”祁铭说着，擦了一把脸上的血，似乎有急事要对谢容与禀报，刚从山上交战的地方撤回来，“我们的人少，封原麾下皆是精锐，单是应付他们，玄鹰司就十分吃力，矿监军人人自危，他们的都监不在，闹不清发生了什么，没一个肯帮忙的……”

似乎就为了应和他的话似的，祁铭的话音刚落，乱军中传出封原声如洪钟的高喊：“山上的监军都听好了，当朝昭王与麾下玄鹰卫包庇洗襟台重犯、窝藏罪证，望尔等辨清形势，速速帮助本将军擒下贼人！”

与之同时，章禄之也粗声骂道：“封原老儿，究竟是谁窝藏罪证？等找到罪证，老子看你还敢不敢再吠一声！”

祁铭的目光从乱局中收回来：“此外，卫掌使还让属下带话，说……”他犹豫了一下，“说封原不知何故，忽然让数名逻卒在矿山周围守着。”

岳鱼七道：“你们找了这么久什么都没找到，封原自然怀疑东西不在矿山上，盯着你们，是防着你们去别处取东西，今晚白白厮杀一场。”他说着，又问，“证据藏在何处，我去取。”

眼下能避过封原逻卒眼线的只有岳鱼七和青唯，唯一的办法，玄鹰卫留在矿山上继续跟封原厮杀，等岳鱼七取得了罪证再行后撤。

谢容与道：“矿山外山上有个专门储存油罐与硝石的岩洞，据我推测，罪证应该就藏在洞中。”他说着，看了青唯一眼：“小野，你跟岳前辈一块儿去。”

青唯愣了一下：“可是岩洞那边师父一个人可以应付，这里人少，监军又不肯帮忙，我留下助玄鹰卫一臂之力不好吗？”

谢容与却道：“不好，岩洞附近除了参将还有许多官兵，章兰若、曲停岚，包括矿上的都监也在，人太杂了，只怕会生变数，你跟着岳前辈走。”

谢容与很少在青唯的面前坚持什么，青唯又一贯信任他，听了这话，不疑有他，点头道：“好，听你的。”

他们所在的地方是丘陵地带，三面环有矿山，地形十分不利，兼之刚才封原为了将他们困在这里，早就让自己的兵卒从矿山的两侧绕行，眼下封原的人汇集在一处，一同从山间往下逼近，转眼已经快杀到近前。

青唯知道不容耽搁，很快跨上马，跟岳鱼七一同往山外赶去。

谢容与看着青唯走远，把目光收回来，问祁铭：“卫玦让你带的话究竟是什么？”

如果封原只是在山外布下逻卒，卫玦根本不会让祁铭这样一个大将从阵前撤回来传递消息。只是刚才青唯在，祁铭没敢说实话。

祁铭："虞侯，封原的人在山上发现了矿监军炸山用的油罐和硝石，眼下兵分两路，大半兵力拖住我们，余下的人去制作火绳了……封原似乎知道柏杨山的驻军明早会到，胜败只在今夜，大概是豁出去了……"

谢容与听了这话，闭了闭眼睛。形势比他想象得更糟糕，封原果然是豁出去了，居然不惜坑杀天子之师："卫玦的意思呢？"

祁铭拱手道："卫掌使说，玄鹰司这六年来，为的就是今日，只要能取得罪证，玄鹰司不惜一切代价。"

谢容与的目光淡淡地注视着两军交战之地，玄鹰卫因为地势被逼退，厮杀已经到了眼前，他甚至能在乱军中看到封原逼近的身影："本王也不愿意放弃。但并不认为玄鹰司上下应该为其他人的恶行赔上性命。"他稍微停顿了一下，"一个时辰。只要不遇到意外，一个时辰，小野和岳前辈应该能取得罪证了，届时玄鹰司所有人马一同后撤。一个时辰，生则生，死则死。"

"是。"祁铭拱手，"卫掌使说了，他会尽量派人突围上山，阻止封原引燃火药。"

祁铭说着，便要唤人去跟卫玦传话，刚转过身，封原已经带人杀到了近前，章禄之带兵从侧翼赶过来，手中的云头刀早已吸饱了血，刀刃上沾着的血粒子似乎也带着肃杀之气，在他的挥斩之下，跟着刃芒一起劈入封原身前护卫的胸口，与此同时，他转头道："虞侯，卫掌使命属下护您后撤！"

可惜玄鹰卫被封原杀出这么一个破口，再难成阵，下一刻，又有数根飞矢从山野间射来，祁铭迅速拔刀，将飞矢挡去，他是谢容与的贴身护卫，他分神去挡飞矢，谢容与身边立刻有了空当，封原等的就是这一刻，借着身边兵卒的掩护，顿时举刀向谢容与斩去。

章禄之在侧翼被兵卒缠住，分身无暇，见了这一幕，破口大骂："大胆封原，虞侯贵为当朝昭王殿下，你胆敢伤了他，等同谋逆！"

彼此间早就撕破脸了，封原说起话来毫不顾忌，冷笑道："他算什么王爷？不过是沧浪士子的遗孤罢了。"

话未说完，乱军中忽然传出“锵”的一声。谁也没看清谢容与是何时拔的剑，如水的剑光锋芒毕露地横在跟前，居然接下了封原的一招。

或许是谢容与素来太过清冷、沉静，又或是他是因为沧浪遗泽授封的昭王，平日里除了执笔就是持卷，所有人都快忘了，小昭王也是会武的，忘了他今夜身边一直带着一柄利剑。

封原也忘了。他知道玄鹰卫不会任他伤了他们的虞侯，这一刀斩来，只是想打压玄鹰卫的气势，没想到谢容与早就做好了接招的准备，气焰反压他一截。下一刻，谢容与居然不退，提剑在手中挽了个花，剑势刹那间占了上风，反而将封原的长刀往下压去，随后往前一送，剑尖直指封原的心口。

封原稍一蹙眉，往左侧避去，谢容与早就料到他不可能避不开，先一步收了剑，负手从容地后掠一步，月光下衣摆轻拂，这一步实乃以退为进，人与剑后撤，几道暗芒却从袖中抛出，径直击退冲上来的几名兵卒。

封原暗暗吃惊，他知道小昭王会功夫，却不知道小昭王的功夫居然这么好，小昭王果然是跟那个姓温的女贼厮混久了，招式里居然带了点儿温氏女的不择手段，身上藏了袖里箭！

小昭王学武的来由，封原隐隐听说过。

当年士子投江，朝廷痛失谢桢、张遇初等一众英才，昭化帝把谢容与接进宫以后，担心他和他的父亲一样性情太过赤诚，刚则易折，道是习武磨炼心性，便吩咐一名将军传授谢容与武艺。

这名将军和封原的交情不错，教了谢容与数年，多有称赞之言，封原也听来一耳朵，其中有一句印象最深——这世上有的人当真天赋异禀，无论做什么都很出色。

封原与谢容与又过了几招，只道是自己低估了他。倒不是封原不敌谢容与，谢容与恐怕跟岳鱼七学过几招，知道对战封原当以灵巧取胜，封原攻他就守，封原退他就进，挽剑如虹，从容得仿佛天生就该在这山野沙场上。

这一刻谢容与不再像一个读书人，也不再像一个清贵的王爷了，而像一个年轻的将军，一个烈烈火光中的白衣剑客。

封原接下谢容与带着锋芒的一剑，脑海中，忽然闪过离开上京时，章鹤书对自己说的一句话："知己知彼百战不殆，你要知道，小昭王这么尽心地查洗襟台之案，从不是为了任何人，他是为了自己，'洗襟台'三个字于他而言就是一道枷锁，他这半生，都在竭力挣脱开这道枷锁。"

小昭王究竟是谁？他是沧浪士子的后人，是先帝亲封的王，是眼下持剑的玄鹰司都虞侯？

不，都不是，火光倒映在谢容与的双眸中，眸中的目光清晰且坚定。

当年士子投江为谢家小公子的心头罩上云霾，昭化帝执意接他进宫，王爷的身份为他这后半生笼上囚牢，然后洗襟台坍塌，他在方寸天地间被挤压得无处可去，所以不得不戴上面具，化身他人。

可是谢容与太聪明了啊！他自小就知道自己想要什么。执笔也好，持剑也罢，他既不是如他父亲一样凭栏醉卧的书生，也不是一人之下万人之上受帝王信赖，朝臣看重的殿下，哪怕眼下在这乱军火光中，持剑的谢容与也是一抹假象。

封原忽然明白眼前的这个人是谁了。他应该是挣脱枷锁后，乘舟辞江去的逍遥容与。而他这一路走来，所做的一切，都是为了挣脱开一个叫洗襟台的魔障。

封原在想通这一切后，心中忽然产生了一个恐惧的念头，如果说，自己今夜不能毁掉岑雪明留下的证据，等待自己的将是死无葬身之地，那么对于小昭王来说，如果不能让洗襟台坍塌的真相昭于天日，等着小昭王的会不会是此生无尽的云霾？所以他们都是一样的，谁都没有退路，谁也不能相让。无论是小昭王还是玄鹰司，都会拿性命纠缠住他。他不能再拖下去了！

下一刻，山上的流矢再次飞来，封原立刻后撤，朝山上大喊："将士们听好了，即刻——"

不待他的话说完，谢容与似乎意识到什么，任凭一道流矢擦破自己的左臂，送剑向前，如水的剑光直指封原的肩头，封原知道不能耽搁，剑光已经没入肩头一寸，他把余下的话喊完："引燃火绳！"

山间火光大盛，山上的油罐早已被砸开，火油浇遍了整个山头，带火的飞矢落在山顶，只听"轰"的一声，山野间顿时燃起一道火线！

封原伸手拔出剑，任两边的兵卒掩护，朝山上撤去。

下一刻，震天的兵戈声中，忽然传来“刺刺”的闷响，谢容与只道不好，对祁铭和章禄之道：“不必拼了，后撤！”

与此同时，卫玦也高声吩咐：“山上的玄鹰卫听令，立刻朝西面后撤！”

他们被困住的地方三面环山，只有西面有一个豁口可以通往外山，而封原的兵马集结在东面，正朝他们逼来。

这时，两侧山间“刺刺”的引燃声突然停顿了一下，下一刻，只听一声惊雷般的轰鸣，矿山地动山摇，夜色顿时被浓烟覆盖，迸溅出来的飞石砸向人群。

虽然这些火药是封原临时所制，威力并不算大，但两侧的山体被炸松，飞石滚滚落下，玄鹰司不得不挤在山下空地，根本无法再承受一次携火的箭雨。

玄鹰司以两百人对上封原的五百人，支撑到眼下已是难得，卫玦带兵挤过来，急忙说道：“虞侯，属下留下断后，您先往西撤。”

谢容与却往西侧的豁口看一眼：“方才的火药的威力太低，那么多硝石去了哪里？”他说着停顿了一下，“西面的出口应该已经被封了。”

卫玦愣了一下，是啊，南北山间爆炸，不过炸起了一点儿烟尘飞石，封原又不是傻子，玄鹰司要往西撤，他难道看不出来？山上那么多硝石，必然早已堆去了西面的出口，只待玄鹰司的大部队撤往此地，封原的兵卒即刻引燃火绳，这样一来，玄鹰卫，包括小昭王，或许还有他们辛辛苦苦找了一年的罪证就能永远埋藏在这里了。

章禄之啐出一口血沫子：“封原这狗贼——”

朝天也从阵前赶回来了，说道：“公子，小的过去试试，看能不能拦下点火的那厮！”

两侧山间的火线顺着往下淌的火油朝玄鹰卫们逼近，封原的弓箭手收回残箭，预备放最后一轮箭雨，玄鹰司被困在山间狭地，卫玦与章禄之合力截住从正面围堵过来的兵马，朝天提着刀，拼了命地往西面的豁口赶。

山火焚灼之声不绝于耳，守在豁口的兵卒见朝天来了，大喊一声：“放——”

火把往火绳上一点儿，兵卒快步后撤，火绳如同一根迸溅着星色的蛇，迅速向火药堆蔓延，朝天见了这一幕，立即抽刀而出，朝火绳的最前端掷去，刀光如最明亮的月华掠过夜色，几乎是赶在火蛇吞噬火药的前一刻将它拦腰斩断。

朝天松了一口气，正欲上前将火药挪走，只听谢容与高喝一声："朝天，退后！"

朝天往前看去，前方的豁口处，居然还有一名举着火把的兵卒没有撤开，原来火药还连着另一根引线，这根引线跟火药离得极近，总共只有尺把长，引燃它只在瞬息之间。

朝天愣住了，还不待思量，下一刻本能地朝兵卒手中的火把扑去。他离得太远了，这一扑几乎是自不量力的。就算他能侥幸扑到火把上，火把上的火落到火药上，火药必然会被炸响。

谢容与大喊一声："朝天——"他下意识地上前就要拦朝天，与此同时，卫玦、章禄之等人也反应过来，祁铭上前截住谢容与："虞侯，快躲开——"

那名兵卒是早就被封原安插在那里的，存的就是玉石俱焚的心，他的神情近乎漠然，手上的火把毫不留情地往火绳上落去。

就在这一刻，暗夜中微光一闪，一抹如水的刀光忽然从这个兵卒的身后伸来，无声地在他的喉间一掠，径直抹了他的脖子。

兵卒尚未反应过来就断了气，手里的火把被他身后的人顺势接住，一抬手扔得很远，随后她回过身，山风吹拂她的黑色斗篷，吹落她的兜帽，露出她年轻的、清丽的面容。她的目光却有些寒凉。

堆放在豁口的火药没有被引燃，玄鹰卫的气势大振，卫玦和章禄之带兵拦下封原的人马，掩护余下人等从西面后撤，青唯却逆着人群走向谢容与，离得近了，她把手中不知从何处顺来的刀一扔，刀身"噌"的一声，没入地面三寸，她目不转睛地盯着谢容与："有危险为什么不告诉我？为什么让我先走？封原在山上找到了油罐和硝石，为何不对我说？"

谢容与沉默了一下，他的手里提着剑，左臂还渗着血，鲜血染红一片衣衫，再不像是王爷的样子了，反而像是一个自由来去的年轻剑客，与眼前的女子本该是一对浪迹江湖的鸳鸯："我不想你陪我涉险。"他停顿了一下，"小野，从我娶你过门的那一天，我就无法想象失去你该怎么办。"

青唯听了这话，更走近了一步，望着谢容与，身旁所有的喊杀与兵戈声似乎都在这一刻被略去了，只有火光映在她干净的眼睛里：“那你七年前，为何要请我父亲出山？洗襟台坍塌后，又为何要在我的名字上画上朱圈？当年……六年前，你陷在洗襟台下之时，困在暗无天日的碎石瓦砾之下，你在想什么？你是不是在想，温小野可千万不要来找她的父亲啊。因为你知道，就是因为你，我父亲才离开了家，我才颠沛流离了这么多年。既然如此，今夜何必把我支开？你我之间早在七年前，我们在山中初遇的那一刻就说不清了。”

青唯目不转睛地盯着谢容与：“是你让我无家可归，流离失所，也是你在我的名字上画上朱圈，救了我的命。要么，你把你的下半辈子赔给我，免我经年流落，要么，我把我这条命赔给你，生同生，死同死，否则我们之间这笔账，永远都算不清。”

西面豁口的火药被搬走，玄鹰卫在祁铭的带领下，从后方快而有序地撤离山谷，困在山中的监军虽然闹不明白发生了什么，但也看清了封原意图把玄鹰卫坑杀在山谷中，如果不是那名与小昭王有渊源的女子及时赶回来，他们这些监军恐怕也会陪葬此处。

两侧山间的火光蔓延，飞矢不断地射向人群，好在有了监军增援，玄鹰卫终于保存了大半实力，成功撤离了山谷地带。

青唯和谢容与不敢耽搁，跨上马，很快跟卫玦等人会合。矿山中喧嚣不断，火光灼亮了半壁夜空，卫玦的衣袍被血与汗浸透，他见了他们，根本顾不上礼数：“少夫人，岳前辈那边如何了？”

“不怎么好，”青唯身下的马儿焦躁地徘徊，她勒紧缰绳，“我们担心抓瞎，找了几个监军打听矿外山上的情况，山上存放油罐和硝石的岩洞不止一个，距离相隔得又远，师父一个人过去，得一个一个岩洞探过。”

青唯抿了抿嘴唇：“而且我临时掉头回来，惊动了封原的人，封原手下的逻卒觉察到师父的动向，恐怕已经赶去告知矿外山上的人了。”她感到非常内疚，觉得是因为自己，岳鱼七才失去了寻找证据的先机。不过没有人会责怪她，如果不是她察觉出不对劲，仓促中掉头回来，玄鹰卫只怕伤亡惨重。

玄鹰司离开山谷，只是暂时避开了火药，封原的兵马依旧穷追不舍，身后很快又传来喊杀声，谢容与看了一眼，吩咐道：“卫玦，整齐兵马，全速驰援矿外山上。”

天最暗的寅时，矿山中一片火光灼灼，百余玄鹰卫奋力朝矿山的入山口奔去，后方紧追着数百身着朱衣铠甲的镇北军精锐。

封原身下的马早已疲惫不堪，他却狠狠地挥鞭，意欲榨干马儿的最后一丝气力，让它驮着自己杀入玄鹰卫之中。

一名逻卒疾奔过来，禀报道：“将军，岳小将军两刻钟前赶去矿外山上去了！”

封原的眉头一皱：“他去那边做什么？”

“属下不知，我们跟玄鹰卫打起来的时候，岳小将军跟那个姓温的女贼便往入山口赶，途中还跟矿监军打听过山上的岩洞，那个女贼发现我们的手上有火药，才临时掉头回来。”

封原勒停马，往矿外的山上望去。岳鱼七跟矿监军打听山上的岩洞做什么？今夜这座矿上所有冲突都源自岑雪明留下的证物，难不成证物根本不在矿山这边，而是在入山口的山上？

这时，又是一名逻卒来报：“将军，不好了！柏杨山的驻军已经进山了，天亮前就能赶到内山，御史台的张大人、陵川州府的齐大人，还有几个原本在崇阳县的钦差大人也进了山，他们的脚程比驻军还快些，已经快到入山口了！”

封原听了这话，心狠狠地往下一沉。驻军与钦差们到了，他再想做什么怕就很难了！

封原急忙问道：“岳鱼七赶去入山口，你们跟老钟说了吗？”

“说了，参将大人早就打过招呼，矿山上任何异样都得及时告诉他，属下等一察觉到岳小将军的动向，就派人赶去山上了。”

封原听了这话，悬着的心稍稍稳了些。老钟遇事沉着冷静，听闻岳鱼七赶去山上，必然能猜到岑雪明的东西遗留在那里，眼下入山口的山上几乎全是他们的人，岳鱼七的功夫纵然再高，一人之力到底有限，那么多岩洞一个一个地找，他要找到几时？他快不过老钟他们！

而自己眼下需要做的，除了警示老钟事态的严重性，就是拖住玄鹰卫。

封原问一旁的护卫："鸣镝带着吗？"

护卫还没答，逻卒就道："将军，属下身上有一个。"

封原："放，都放，有多少放多少！"

随着鸣镝炸上夜空，封原举刀高呼："将士们，玄鹰司包庇重犯，罪大恶极，跟我杀！"

鸣镝一根接着一根地冲上夜空，漆黑的天幕上炸出绚烂的华彩，整座矿山都被这震耳欲聋的巨响惊醒。

幽暗的外山山野，驻军统领听到鸣镝声，心中一惊，回身吩咐："将士们，全速赶往矿山！"

脂溪镇外，齐文柏连声催促同行的钦差大员："快、快去驰援小昭王！"

岳鱼七对鸣镝充耳不闻，只身进入眼前的岩洞，这片山野的岩洞一共有五个，这是最后一个，如果没找到东西，他就得去隔壁的山上会一会封原的参将了。

张远岫抬头看向漫天流散的华彩，他离得已经很近了，就在入山口的山脚下，看着不远处的逻卒往山上狂奔，玄鹰卫和镇北军的拼杀声越来越近，淡淡地道："东西应该在这座山上。"

一旁的白泉问道："公子，我们可要上山？"

张远岫望向山中，幢幢的火光里，似乎有几个身影正在徘徊："时候还没到，再等等吧。"

岩洞前，其中一个徘徊的身影正是参将老钟。老钟一夜未睡，随着时间的流逝，他心中越来越焦躁，直到刚才鸣镝炸响，积攒了一夜的不安终于在四肢百骸中炸开，他跟了封原这么多年，这位四品将军的作战经验十分丰富，等闲不会一次性用这么多鸣镝。

老钟是个沉着的人，这座山上的人太杂了，他没有把他的忧虑表现出来，以至于矿上的都监听到鸣镝，急着要带监军下山，他也只是附和着答应一声：

“怕不是出了事，是该去看看。”

没过多久，山下便出现逻卒的身影，逻卒刚跟老钟打了个照面，便急忙说道：“参将大人，岳小将军往这边山上来了！”

“岳鱼七来这里了？”老钟一愣。他随即反应过来，他们没有援军，封原的鸣镝不可能放给别人，只能是放给他的。今夜他们所有人的目的只有一个，找到岑雪明留下的罪证。

岳鱼七好端端的不在矿山里，却来了入山口的山上，老钟突然明白过来，岑雪明留下的证物根本不在矿山，而是在这边的山上！

老钟负手徘徊几步，心思急转。山里唯一能藏东西的就是岩洞，岳鱼七眼下没到，是因为岳鱼七不确定东西究竟藏在了哪一个岩洞里，必须一个一个地探过，又不能提前惊动了他们。可是……老钟看向那个被他们收拾出来，让曲茂纳凉的岩洞，曲五爷难伺候极了，为了让曲五爷挑到称心的地方，这山上每一个储物洞他都仔细探过了，除了眼前这个储放着油罐的岩洞还没探。也就是说，岑雪明遗留的证物，很有可能就藏在他眼前的这个岩洞中。

老钟心中不由得一阵狂喜，真是踏破铁鞋无觅处，这位曲五公子也有办好事的时候！

老钟知道销毁证据至关重要，这一刻他不相信任何人，从一名兵卫手中接过火把，径直走到岩洞前，对守在门口的家将道：“我进去取个东西，不会惊动五爷和小章大人。”

家将是曲不惟的人，跟老钟算是同源，当即不疑有他，往一旁让去。老钟进到洞内，见曲茂四仰八叉地睡在榻上，连刚才的鸣镝都没把他惊醒，章庭却坐在一张方桌前，似乎早已听到外间的动静，正在等着老钟：“钟参将怎么到岩洞里来了？

老钟赔笑道：“打扰小章大人了，矿上的都监说落了些东西在岩洞里，让下官帮忙进来取。”

章庭的语气淡淡的：“落了东西？什么东西？”

“不重要的东西。”老钟说着，目光在宽敞的外洞迅速掠过，这个外洞他今天帮曲茂搭床榻、桌椅时就进来过几次，有东西早该发现了，看来还应该往存放油罐的内洞里找。

章庭见状，起了身："钟参将，你究竟在找什么？"

老钟的脚步停顿了一下，他不想在这个当口跟章庭纠缠，没答话，径直往内洞走去。

章庭不是傻子，封原到这座矿山里，就是为了找岑雪明留下的证据，今夜矿上一直不平静，刚才鸣镝连响数声，他本欲出去看看情况，走到洞门口，却听老钟对家将说想进来取一个东西。

封原最信任老钟，鸣镝响了，说明玄鹰卫已经与镇北军的精锐厮杀起来，老钟在这个时候不去支援封原，反而要到这个岩洞里取东西。岩洞里究竟藏了什么，不用猜他都知道。

眼看着老钟走进内洞，章庭这一刻根本来不及想太多，眼前掠过的是十七年前士子投江的白衣，是楼台坍塌后的人间炼狱，猛地一下朝老钟扑去。

老钟虽然防着章庭，心中却当他是自己人，根本没想到他会拦着自己，直到被他扑倒在地，才回过头，惊怒交加地问："小章大人这是疯了吗？"

章庭逼视着老钟："你想销毁证据。"他这一句话说得斩钉截铁，带着二十多年来一直秉持的清廉与刚正。他又斥道："多少无辜士子与百姓丧生在洗襟台下，买卖洗襟台登台名额罪大恶极，你胆敢销毁证据？"

老钟愣了半刻，这才意识到原来章庭自始至终跟他们都不是一路人，章庭是站在小昭王那一边的！老钟恶向胆边生，他好歹是一介武将，区区一名文臣也想阻拦他？他抬脚便朝章庭踹去，挣扎着爬起身，快步赶往内洞。章庭吃力地站起来，再次扑上前拦腰抱住老钟，章庭不会武，拦起人来全然不得章法，只知道不能撒手，任凭老钟以肘为矛击在自己的后背上，章庭吃痛，闷哼一声，朝曲茂大喊："曲停岚，你这个蠢货，赶快醒醒！"

第五十九章

不见洗襟

老钟见章庭拼死相阻，带着他直接往一旁的方桌撞去，方桌轰然倒地，巨响终于惊醒了熟睡中的人。

曲茂咂咂嘴，睁开惺忪的睡眼，眼前的一幕看得他目瞪口呆，那个清高冷傲的章兰若居然跟人动了手，被人摔翻在地又扑上去抱住对方的腿，狼狈得不堪入目。这是什么荒唐可笑的梦？

曲茂只当自己还没醒，打了个哈欠，倒头又要睡过去，章庭痛骂道："曲停岚，你不是自诩厉害得很吗？从小上树、捉鱼样样强过我吗？你不是瞧不起我亲近读书人，觉得我虚伪自大、故作清高吗？你不是认为这世上谁都没你真性情吗？怎么到了这么重要的时候，你反倒成了缩头乌龟了！"

这个声音是……章兰若？是的，除了章兰若，没人敢这么骂他！

曲茂的困意涤荡一空："章兰若，你骂谁呢？我招你惹你了！"

章庭见曲茂终于醒了，挣扎着道："快……快拦住他，他要销毁证据。"

曲茂这才发现原来刚才的一幕不是梦，章庭和老钟打了起来，老钟拿着火把要进内洞，章庭为了阻止他，拼命地抱住了他的腿。

老钟来不及跟曲茂解释太多，危机当头，只能说清利害："五爷，你可想仔细了，倘若东西落到了小昭王手上，无论是你我还是侯爷，都得完蛋！"

曲茂根本不知道发生了什么，懵懂间只听清楚了"小昭王"三个字，眼看着老钟挣开章庭，快步往内洞去。曲茂一咬牙，看在这个章兰若好像是跟清执一伙的分上，他操起手边的条凳往老钟的头上砸去，与此同时，章庭再次扑上去将老钟拦腰抱住，拼命把他往洞外拖。

老钟抬手抵住条凳，心中简直要憋出一口老血，怎么一个这样，两个也这样，这两位少爷都是他们的爹从外头捡的便宜货吗？胳膊肘尽往外拐！

老钟知道形势危急，容不得他耽搁分毫，高声唤洞外的官兵：“张错，你们进来！”

曲茂见他喊人，气性也上来了，一对二不是很公平吗？他为什么非得搬救兵，不服输地喊道：“尤绍，你们快来！”

老钟的官兵和曲茂的家将早就听到洞内的响动，原想着大家都是自己人，不可能出什么事，进来才发现三个人不知道什么时候扭打在了一块儿，曲茂和章庭仗着老钟不敢下死手，乱拳打死老师傅，把老钟困在了内洞前。

家将们立刻要上前帮忙，官兵出手阻拦，双方很快缠斗起来。洞内乱作一团，曲茂在忙乱中问章庭：“接下来干什么？”

章庭：“把他拖出洞去，拿绳子捆了。”

曲茂答应了一声，拿条凳架住老钟的一条胳膊，拖着老钟还没走出一步，昏黑中，不知道从哪儿飞来一拳，径直砸在他的鼻梁上，鼻子立刻涌出湿意，曲茂抬胳膊肘擦了一把，辨清是血，大骂一声，回头埋怨道：“章兰若，你是抢了他们的媳妇儿，还是刨了他们的祖坟，缺德别带上你曲爷爷啊！”

就这么一会儿工夫，章庭也不知道自己吃了多少黑拳，听了曲茂的话，立刻回骂：“你才缺德！”

曲茂死命地拽着老钟往洞外挪，嘴上说道：“我告诉你，曲爷爷这回为了帮你，吃亏吃大发了！回上京后，你可得摆席给你曲爷爷道谢！”

“你帮我？曲停岚，你究竟明不明白？你是在帮你自……”章庭说到一半，只道是懒得跟他争，先把眼前这一关过了再说，“……行，摆！”

曲茂：“你要宴请八方来宾，设席千张，席上要有月华居的‘醉流香’，还要有东来顺的‘鱼来鲜’！”

章庭：“好！”

曲茂：“席间你还要亲自跟我敬酒，你得当着所有人的面喊我‘爷爷’，承认你不如我，从小到大都嫉妒我！”

章庭：“……滚！”

岳鱼七已经在来的路上，山外的柏杨山驻军也在逼近，更不必说小昭王和玄鹰卫们经过一夜厮杀不拿到证据不死不休，老钟知道自己不能被这二位少爷耗着，当即将实情和盘托出：“诸位弟兄，别打了，这内洞中极可能藏着岑雪明留下的证据，二位少爷不知其中利害，难道诸位兄弟也不明白吗？”

这话果然有效，曲茂手下的几名家将立刻住了手，曲茂见状不好，大喊：“尤绍！”

尤绍是跟了曲茂十余年的贴身护卫，十分忠心，可他的功夫再高，一人之力怎么可能敌得过洞中数人？

家将们袖手旁观，曲茂和章庭很快被拥上来的官兵拖开，老钟捡起地上的火把，快步往内洞走去。

内洞和外洞之间没有甬道，洞口阔大，借着火光，所有人都看清洞内搁着的油罐，硝石中已经掺了硫黄，被油纸包了搁在另一侧，遇火即炸。老钟小心翼翼地避开火硝，在油罐后仔细翻找，他很快发现了什么，在一个油罐后面蹲下来。

油罐遮住了老钟大半身形，章庭竭力望去，过了一会儿，只看到他拿了一个烂木匣子出来。

尤绍被自家的家将缠住，曲茂和章庭都被官兵缚住了手脚，两个人拼命挣扎着，却怎么都挣脱不开，眼睁睁地看着老钟走出内洞，将烂木匣子往地上一扔，拿着火把便往木匣上点去。

章庭目眦欲裂，高声呵斥道：“钟参将，你一错再错，已经罪无可恕，如果如实呈交证据，尚能留得一个全尸，若你就地毁证，当诛！”

话未说完，身后忽然飘来一阵风。

所有人还没反应过来，一个身影刹那间掠过众人，在火把触到木匣前，劈掌往老钟胸口一推，弯身钩手拾起木匣。

老钟也是习武之人，中了这一掌，整个人脱力一般朝内洞飞去，“嘭”的一声撞到油罐上，几个油罐应声而碎，火油顿时淌了一地。

岳鱼七忍不住“啧”了一声，刚才太着急了，忘了控制力道。

他快步往内洞掠去，在老钟手上的火把触碰到地上的火油前，将火把一把夺过来，抬手往洞外扔去，对章庭和曲茂道：“两位小兄弟，多谢了。”

章庭和曲茂目瞪口呆地看着眼前长眉星目的侠士，他们不认得岳鱼七，不知道他是敌是友，但是无论如何，总比任由老钟毁证强。

老钟挣扎着爬起身，高声道："快！快抢那个匣子！"

洞中的官兵和家将顿时放开曲、章二人，齐齐朝岳鱼七扑去，岳鱼七匆忙中只来得及对曲茂和章庭道："你们先走。"足尖将翻倒在一旁的条凳钩起，条凳打着旋儿落到他手里，再不是死物了，长了眼一般，顷刻将众人打退。

老钟见来人武艺高强，是他平生仅见，知道这人就是岳鱼七，心中顿时一片冰凉。

岳鱼七既然到了，凭这么十几个人，如何从他的手中夺回木匣？不可能的。

山外传来行军声、厮杀声，柏杨山的驻军快到了，玄鹰卫挣脱开封原兵马的纠缠，也赶到了山脚下。

老钟在绝望之际，忽然平静下来。是的，岳鱼七的本事再高，也是肉身凡胎，岩洞的洞口统共就那么大，他们抢不了东西，堵住洞口拦他一会儿不成吗？

他只要拦住岳鱼七，哪怕要一起死在洞中，那些证物不也再也见不了天日了吗？

章庭跟着曲茂踉跄着挤到洞口，心头莫名一跳，他回身望去，就看到老钟的脸上露出了一个诡异的笑容。老钟不知何时回到了内洞中，任凭火油流淌，从怀中摸出一个火折子。火折子的一星微光几乎要刺伤章庭的眼睛。

章庭在仓促中大喊："前辈！"

岳鱼七被眼前的十几个人缠得分身无暇，这些人不愧是曲不惟最忠心的死士，到了这个当口，不约而同地明白了该将岳鱼七困在岩洞里——哪怕他们要陪葬。

一粒火星落在淌了一地的火油上，"轰"的一声，烈火焚灼，照亮了整个内洞。

岳鱼七早就料到这些人想做什么，岂能任他们杀人毁证，高举木匣往章庭的方向扔去："小兄弟，接着！"

与此同时，岳鱼七趁着官兵们分神，快步朝洞口逼去，还不待木匣落地，他已经掠到章庭的身旁。

然而就在这一刻，意外发生了。这个在阴暗之地存放了多年的木匣早已腐坏，到底没经受住这一投掷的力道，在半空中裂成两半，匣中的东西散落出来。岳鱼七伸手去拾，但洞中太乱了，堪堪捡到一个牛皮袋子和几封信，其中一个锦囊落在了官兵的脚边。

官兵手疾眼快地将锦囊往内洞踹去。

内洞中的火油着火，已经快蔓延到角落的火硝上，岳鱼七见状，对等在洞门口的曲茂和尤绍道："快走！"

眼见着洞中的官兵堵着洞口，曲茂操起不知道从哪儿捡来的石头往官兵的头上一砸，抬脚把他踹开，大喊道："章兰若，快出来！"

章庭盯着那个滑向内洞的锦囊，锦囊内，藏物熟悉的形状似乎令他意识到了什么，这一刻，他突然不要命一般朝内洞奔去，曲茂傻了眼："章兰若，你疯了吗？"

岳鱼七一咬牙，掉头就回洞中救人，凭他的身法，哪怕多给他一刹那，就能把章庭平安带出来。

可是凡人总是贪心，而逝者如斯从来无情，何来这多出来的一刹那？

章庭拾到锦囊，还没来得及露出来一个释然的笑，身后蔓延的火蛇狂怒一般卷噬到了角落的火硝，整个岩洞有一瞬间几乎是寂然无声的，下一刻，火蛟化龙，携着滚滚硝烟奔涌出这囚禁了它多年的山洞，"轰"的一声卷着流星般的飞石在山中炸开，山摇地动。

洞口飞溅出来的碎石崩散在地，岳鱼七几乎是被一股热浪推出岩洞，巨大的、不可抗衡的力量逼迫他不得不松开章庭的手，紧接着，他被这股热浪裹挟着，狠狠地撞在一棵巨树的树干上，顺着山坡往下滚去。

山中的震动并未停歇，火药虽然未引发山崩，却惊动了所有赶往这里的人。

驻军统领看到这漫山的硝烟，再次勒令兵马快速上山。

封原听到火硝炸响，猜到老钟或许已经死在了崩塌的岩洞内，危急的形势不容许他有一丝一毫的哀默，他甚至不知道那些被岑雪明遗留下来的证据究竟怎么样了，只清楚眼下他唯一能做的就是抢占先机，而岳鱼七和温氏女，就是他的先机。

张远岫已经到了半山腰，火硝炸响的一瞬间，白泉扑上来为他挡去了飞石，浓烟之中，张远岫隐隐约约地看到有几个人从洞口抢身而出，被热浪推到了山外的空地上，他撩开呛人的烟雾，扶起白泉："走，过去看看。"

玄鹰卫已经赶到了山脚下，青唯眼睁睁地看着一个人从山坡上滚下来，认出那是岳鱼七，打马上前，不待马停就飞身落地，急忙喊道："师父！"

好在岳鱼七并未失去意识，撞上巨树时，他用手掌撑了一下，缓解了滚落的趋势，他支撑着站起来，对一并赶到的谢容与和数名玄鹰卫摆了摆手："我没事。"

谢容与刚要开口，这时，山中传来封原的高呼："诸位，昭王和玄鹰司打着彻查洗襟台之案的幌子，包庇昔日洗襟台下重犯岳鱼七和温阡之女，并意图销毁罪证，老夫现已查明岳鱼七与温氏女正在山上，还望诸位莫要错信了贼人，让证据落入贼人之手！"

封原的话音一落，镇北军紧跟着高呼："岳鱼七与温氏女正在玄鹰军中，诸位莫要错信贼人！"

章禄之啐出一口血沫子："这个封原，简直是贼喊捉贼！"

卫玦淡淡地道："强弩之末罢了。"

玄鹰卫经一夜苦战，每一个人都挂了彩，就连谢容与的身上也染着血，岳鱼七看了谢容与一眼，正要说话，不慎被入喉的青烟呛得连咳数声，青唯连忙扶住他："师父。"

岳鱼七稍微缓了缓，把藏在怀中的几封信函与一个牛皮袋子交给谢容与："岑雪明在岩洞中留下一个烂木匣子，里头的东西，除了一个锦囊都在这里了，你拿好，锦囊遗落在洞里，最后被一个姓章的小兄弟捡回来了，眼下也不知道他怎么样，你派人去看看。"

谢容与知道岳鱼七说的是章庭，看了祁铭一眼。祁铭拱了拱手，立刻带着几名玄鹰卫往山上去了。

岳鱼七随即抓住了青唯的手腕："我们走。"

青唯愣了一下，本能地要挣脱开岳鱼七。

岳鱼七看青唯这副样子，沉声道："柏杨山的驻军已经到了，山上还有上京城里来的钦差，你我重犯之名未洗，这个时候该怎么做？不需要我提醒你吧？"

青唯抿唇不语，岳鱼七又看向谢容与："她不知道分寸，你也不知道利害？"

不待谢容与答，岳鱼七道："好，就算有朝一日你能为我和小野洗清罪名，案子是在这座山里查吗？不是，一切都得等你把证据平安地送回上京城里再说。我和小野是重犯，这是事实，我们跟在你的身边，哪怕有官家庇护，有心人也会借此作梗，让朝廷失去对你的信任，如果因为我们，这些好不容易找到的罪证不能由你亲自带回上京城，途中被人调包，甚至销毁，岂不功亏一篑？昭王殿下，证据已现，我和小野留下，只会拖累你们。"

其实岳鱼七说的道理，谢容与怎会不懂，只是……

谢容与垂眸："还请前辈，一定照顾好小野。"

"你还不知道她吗？她自在惯了，也会保护自己，等风头过去，你平安到达上京城，她想去哪里自然会出现在哪里。"岳鱼七说着，拽着青唯就往旁边的一条隐匿山径而去。

青唯被岳鱼七拽得踉跄了几步，别离不是没有预料，只是来得太仓促了，仓促得青唯甚至不知道该跟谢容与说些什么，晨风拂乱她的发，把她的目光吹得迷离，匆忙中，她张了张嘴，只喊了一声："官人。"

这声"官人"如一根细芒扎入谢容与的心中，谢容与忍不住提着剑追了几步，青唯已经回过身，翻身上了道旁的马。

山风拂过她的周身，将她遮掩身份的黑袍吹得翻飞，她却没有回头。驻军的兵马已经逼近，封原的人手正在山间搜寻所谓重犯，而温小野始终都是温小野，清醒地知道自己该做什么，总是奔走利落。

马鞭高扬，发出一声脆响，青唯跟着岳鱼七一起向着初升的朝阳打马而去，消失在了山上的晨雾和浓烟中。

山上的浓烟未散，通往山上的几条路都被翻倒的树木和石块堵住了，有很长一段时间，曲茂都不知道自己置身何处，他的身上很疼，说不清是哪里疼，恍惚中只记得火光冲过来的一瞬间，尤绍扑过来护住自己，而眼下，尤绍就躺在自己的身边。

曲茂艰难地爬起身，推了一下尤绍："绍子……"

"五爷……我没事，让我缓缓……"好半晌，尤绍声音沙哑地回道，"快去……快去看看小章大人……"

曲茂愣了一下。是的，章兰若怎么样了？他记得火硝炸响的一刻，章兰若似乎回山洞里捡什么东西，那位前辈想赶回去救章兰若，然后他们所有人就被席卷过来的火光、浓烟逼出岩洞。

曲茂四下望去，发现章庭其实就躺在离他不远的一块巨石旁，巨石阻止了章庭跌落山谷，章庭整个人却像没了意识，身下淌出一摊浓稠的血。曲茂呆了许久，有一瞬间，他觉得眼前的这个人已经死了。他说不出来心中究竟是什么滋味，只觉得空空荡荡的。

曲茂讨厌章庭，他们从小一起长大，明明半斤八两，章庭却看不起他，章庭亲近读书人，嫌曲茂不学无术，成日一副目中无人的样子。可是这些又不是什么深仇大恨，曲茂希望章庭倒霉，被他爹揍，希望他出丑，但曲茂从不希望章庭死，尤其在刚才，他们好歹共患难了一场，曲茂发现，其实章兰若也没那么讨厌……

"章兰若……"曲茂喊了一声。

章庭没有任何反应。

曲茂愣了一下，想要起身过去看看，可是脚踝不知是扭了还是断了，钻心地疼，他只得艰难地挪到章庭的身边，又喊一声："章兰若？"离得近了，曲茂才发现章庭其实有很微弱的呼吸，章庭甚至回应了他，从喉咙间发出了一声不知所谓的低吟。

曲茂手忙脚乱地把章庭扶起来："你撑一会儿，我……我给你找大夫。"他惊慌地四下张望，这才发现山前的这一片空地上，他是唯一一个能够坐起身的，远处几个家将和官兵早已不知死活，曲茂的心头涌上一阵无助，"有没有人啊，快去请大夫！"

章庭看着曲茂，他眼下说不上来身上是什么感觉，只是觉得虚弱，每一次呼吸都让他感到疲惫。他很想睡去，可是似乎有什么未完成的事，一直支撑着他的神志，好一会儿，章庭才想起来，吃力地抬起手，把手中紧握的锦囊交给曲茂："这个……你拿着……交给……交给小昭王……"

曲茂茫然地接过来。

章庭缓了片刻，深深地吸了口气，又说："还有……还有你签的那张军令……那张军令，有问题，你要当心……"

曲茂根本不知道章庭在说什么，也没心思听，眼睁睁地看着章庭每多说一个字，脸色就惨白一分，情急之下把锦囊扔在一旁："你不要说了，你歇一会儿，等……等来人了，封叔，还有清执，他们会去请大夫的！"

曲茂没有看见，其实他的身旁已经来人了。

这个人自破晓时分就等在山间，所以他比所有人都早到一步。他似乎没有被刚才的山崩波及，也没有受兵乱的纷扰，他的衣衫是干净的，脚步很轻，走到近前，弯下身，拾起被曲茂扔在一旁的锦囊。

章庭见曲茂把锦囊扔了，开口要骂，这个锦囊可以救曲茂的命，曲茂怎么这么糊涂？然而话到了嗓子眼，被一口血呛住，章庭剧烈地咳起来，任血从嘴角淌下，仰头看向这漫山遍野的青烟："算了，我管你做什么……你总是这么糊涂，糊涂……也好……"

拾了锦囊的人在曲茂的身边蹲下来，声音温和地道："兰若，你多撑一会儿，我刚才已派人去问过了，玄鹰卫、镇北军、驻军的军中均有随行的大夫，只是上山的路被碎石堵了。"

章庭看着张远岫，目光最后落在张远岫手里的锦囊上。

张远岫看出章庭的意思，沉默了片刻，将锦囊交还给曲茂。

章庭的目光追着那枚锦囊，末了，他露出一个荒唐的笑："忘尘，洗襟台……在你眼中，是什么样子的？"

晨光洒在张远岫单薄的眼睑上，他垂下眸："兰若何出此言？"

"至少……至少在我的眼中……"章庭一字一句地说道，"只见洗襟无垢，不见青云……"

张远岫听到"青云"二字，眉心稍稍一蹙，不由得朝章庭看去。

章庭已经没什么力气了，身体深处的疼痛像一只无形的手，拽着他往深渊坠去，他还有许多话未说，还有许多事未了，可那些说不明、理不清的纷纷扰扰，不过是尘网中的凡人困顿，如同每一个将登青云台的人心口满怀的希冀一样，而他一个愚人，如何妄断是非呢？

章庭最后闭上眼睛，轻声问：“忘尘，你真的能够忘尘吗？”

被堵了的山路终于疏通，漫天烟尘渐渐消散，山体在震荡后，露出它残缺的模样，五千驻军拥上山间，玄鹰卫却先他们一步来到岩洞前的空地，张远岫看着堕入昏迷，不知生死的章庭，回身便对上了谢容与。

有那么片刻，张远岫几乎没认出谢容与来。

白衣提剑，周身染血。

玄鹰司的随行大夫立刻上前验看章庭的伤势，谢容与看着张远岫：“张大人怎么来了？”

张远岫的声音温和极了：“脂溪矿山一案，惊动柏杨山的驻军，下官病好后欲往柏杨山督工，听闻此事，急赶而来。”

封原也带着兵马赶到了山上，他费了九牛二虎之力，没能在山中找到青唯和岳鱼七，已经失了先机，眼下看到谢容与手里的证物，心知功亏一篑，神色灰败下来。五千驻军在山中列阵。驻军统领在谢容与的面前单膝跪下：“昭王殿下，末将驰援来迟！”

谢容与淡淡地注视着封原，高声道：“当朝四品将军封原，涉嫌买卖洗襟台登台名额，擅调兵马，滥杀无辜，销赃毁证，本王现已取得证据，即刻将封原及其麾下所有兵卒押解至上京！”

驻军统领立刻称“是”，由卫玦和章禄之率领，在山间擒下一个又一个镇北军的精锐。

山上的硝烟终于彻底散去，草木蔓生的山间，吸饱了血的玄鹰袍摆上的雄鹰怒目而视，它们似乎终于要在壮阔的山岚中振翅，于多年后，再次尝试翱翔天际。

张远岫站在原处。四周太吵了，每一个人似乎都有许多事要做，有既定的路要走。只有他停在这里，裹足不前。他看向远方。

忘尘，在你眼中，洗襟台是什么样子的？

至少在我眼中，只见洗襟无垢，不见青云……

柏杨山的洗襟台已经快重建完成，可惜啊，洗襟台离得太远了，他们在此时此刻竟然望不见。

漫天的烟尘消散，随着起伏的山峦往上看，往远看，晨光弥散的地方，只有青云之巅。

终卷

第六十章

重回上京

两个月后。

“……根据封原的供词，昭化十二年到昭化十三年之间，曲不惟、岑雪明等人以竹固山为据点，一共卖出过五个洗襟台的登台名额，其中，除了举人沈澜的名额是以一幅稀世名画换取，其余的售价十万两到二十万两纹银不等。”宣室殿上，刑部尚书将拟好的奏报呈递御前，向赵疏禀报，“曲不惟利用陵川与中州的商路买卖，把所得纹银悉数转移到了中州私宅存放。昭化十三年，洗襟台坍塌，曲不惟唯恐名额买卖的秘密暴露，授意封原、岑雪明灭口了一批人，其中包括洗襟台下幸存的士子沈澜、竹固山的百余山匪以及勘破洗襟台名额买卖内幕，意图去上京告御状，揭发曲不惟恶行的秀才徐述白。”

大理寺卿道：“另外，曲不惟还以双倍奉还洗襟台登台名额为条件，说服了包括上溪蒋万谦在内的数名涉案人员三缄其口，直至今年春，昭王殿下通过竹固山山匪之死的疑点，到陵川上溪县查证，找到了葛翁、葛娃两个山匪遗余，事情才败露。被迫协助岑雪明进行名额买卖的孙谊年、秦景山二人已在县衙暴乱中被杀害。据玄鹰司称，县令孙谊年临终前留下供词，真正指使他们贩卖登台名额的人正是曲不惟，岑雪明只是中间人。然后昭王殿下为了获得证据，追查岑雪明的下落，发现岑雪明为了躲避曲不惟的追杀，已于昭化十三年秋冒名顶替流放犯蒙四，躲去了脂溪矿山，后死于嘉宁元年矿山的一次炸山事故当中。

“好在岑雪明未雨绸缪，死前留下了曲不惟犯案的罪证，这些罪证被中州衙门典簿石良转移去了矿山入山口存放硝石、油罐的岩洞，直到两个月前，昭王殿下查证到此，与封原叛军发生冲突，小章大人、曲校尉以及重犯岳鱼七拼死保下罪证，由玄鹰司护送至上京，昭王殿下亲自呈递朝廷。”

御史大夫紧接着道："昭王殿下呈递的这一系列罪证中，除了曲不惟与岑雪明的往来私函，还有收取银子的账簿流水，曲不惟存放在岑雪明处的一枚私章。此外，臣还根据到上京的证人葛翁、葛娃、叶氏祖孙的证词，还有东安尹家、沈澜的孤女沈氏——现更名为尹婉，陵川州尹齐大人通过昭王殿下转交的供状，重新梳理过案情，发现洗襟台买卖名额一案的经过，与昭王殿下所述的一般无二，铁证如山，容不得半句辩驳，眼下案犯曲不惟、封原等人已对所犯罪孽供认不讳，只待画押。"

"不过……"大理寺少卿孙艾接话道，"虽然曲不惟、封原等人已经认罪，臣等商议后以为，洗襟台登台名额买卖一案仍余两个疑点，并不能草率结案。其一，曲不惟售卖的登台名额究竟是从哪里来的？我们都知道，洗襟台最初只是洗襟祠，后来先帝决意让士子登台纪念沧浪洗襟的事迹，才改祠为台，昭化十二年，先帝授意翰林挑选登台士子，也就是说，所有的登台名额都应该由翰林分发。自然，翰林身处庙堂，对地方士情并不了解，让地方呈递士人名录也在情理之中，因此，七年前，名额分发到陵川，挑选士子的责任最初落到了州尹魏升的身上，不过据臣所知，魏升对挑选士子一事并不热衷，很快便扔回给翰林不管了，可是，根据曲不惟的供词，他声称自己是与陵川魏升合谋，进行的登台名额买卖，这一点与我们已知的事由有出入，而魏升已死，我们无从查证。

"另外，也是最重要的，陵川州尹齐大人在供状中称，曲不惟用来售卖的洗襟台登台名额，极可能是从枢密院章大人手中得来的，甚至幸存的士子沈澜，其实是由章大人派人灭口的。可是，臣等翻遍了所有证据，包括昭王殿下从脂溪矿山寻来的岑雪明的遗证，都无法找到任何章大人卷入此案的蛛丝马迹，臣等审过曲不惟数回，曲不惟一口咬定此事与章大人无关，与他合谋的只有魏升，说句不好听的，齐大人指认章大人，实在是空口无凭。"

孙艾说着，犹豫了片刻："陵川齐大人素有青天之名，臣等自然不能把他的话当耳旁风，商议过后，觉得是不是该从翰林院查起，毕竟这是登台名额的源头，只是……当年负责遴选陵川登台士子的几个翰林院士要么早已不在世上，要么不知情，仅剩一个老太傅可查问。老太傅德高望重，已是耄耋之年，昭王殿下说……暂时不要打扰老太傅。”

倒不是孙艾要帮着章鹤书说话，自从谢容与从陵川带回罪证，洗襟台买卖名额一案已由赵疏亲自督办，谢容与主审，三法司从旁协理，所有人都是看证据办事，证据上没有的事，他们绝不妄加揣度。

赵疏听了这话，深思了片刻，曲不惟拒不指认章鹤书这件事他早已听谢容与提过了：“不打扰老太傅是朕的意思，翰林那边该怎么查，待朕思量过后再说，你们方才说这个案子有两个疑点，另一个是什么？”

“回官家，另外一个只是臣等私下的疑虑，即曲不惟犯案的动机。照理说曲不惟一个军侯，食邑千户，不至于为数十万两纹银犯下如此恶行，臣等总觉得曲不惟买卖洗襟台登台名额，不单单为了一个‘利’字，审问过曲不惟好几回，曲不惟却什么都不说。”刑部尚书道，“臣后来试图跟曲家五公子打听，但是官家知道的，曲五公子回上京城后，除了跟昭王殿下闹过两场，对任何人都是闭门不见，臣前日好不容易登门，他似乎对自己的父亲做了什么毫不知情，只顾着说自己被昭王殿下卖了都不知道，还变着法给他数银子……”

说起来，曲茂如今也算有功之臣，岑雪明留下的证据就是由他和章庭一起保下来的，后来玄鹰司为他做证，那幅至关重要的《四景图》，也是由他交给小昭王的，所以曲不惟犯下如此重罪，朝廷并没有追责于曲茂。

赵疏颔首，示意自己知道了：“章兰若眼下怎么样了？”

“小章大人仍在东安养伤，齐大人来信说，小章大人的命是保住了，脑中淤血未清，说不上来什么时候能醒。”

山洞中的火硝爆炸时，岳鱼七到底及时把章庭拽出了洞外，但是爆炸来得太快，带着不可抗衡的力量，逼迫岳鱼七不得不松开章庭的手，章庭身上的许多伤不致命，奈何他被热浪推出山洞，撞在了巨石上，那块巨石阻止他跌下山坡，也在他的颅内留下了淤血。

赵疏看了一眼天色，想着案情已经梳理得差不多了，长长地吐了口气：“行了，就到这儿吧，诸位近日多有辛苦，今日早些回去歇着，明日准一日休沐。”

殿上立着的几位大员听了这话，才惊觉天色早已暗下来，殿中掌起了明灯。自从小昭王回上京，他们这些三司的官员几乎是日夜不休地彻查洗襟台登台名额买卖一案，虽然身心俱疲，却不敢停下来，怎么歇呢？案子的内情令人感到触目惊心，一闭上眼睛，那些冤死的亡魂几乎要飘荡在他们的眼前，士子深陷在坍塌的楼台下的哀号不绝于耳，直到今日，所有案情大体梳理完毕，才能稍稍心安。

一众朝臣向赵疏齐身拜下，安静有序地退出宣室殿。

赵疏见他们走了，闭上眼睛，靠坐在龙椅上。他累极了，已经连着几日不曾合眼，但他是皇帝，查清洗襟台的真相是他的夙愿，所有的重担扛在他的肩上，已经走到了这一步，他不敢有丝毫懈怠。没一会儿，身边传来轻微的一声："官家。"

曹昆德将一盏参汤搁在龙案上："官家，大殿里凉，暖阁里炉子烧好了，回去歇一会儿吧。"

赵疏反应了一下，才明白曹昆德说的暖阁是他的寝殿，不是皇后宫里的。他近日政务繁忙，又想着要去探望皇后，总也腾不出空闲，好在章元嘉怀胎的月份大了，这一个月来总是嗜睡，有时甚至用过晚膳就歇下了，并不多等他。

赵疏"嗯"了一声，曹昆德见他起身，连忙上前为他披上龙氅。他推开殿门，秋夜的寒凉迎面扑来，赵疏在这秋凉中走了一会儿才问："皇后近来心安吧？"

赵疏这话语焉不详，但曹昆德一下便明白了他的意思。

小昭王回上京，呈递朝堂的罪证引起了轩然大波，数名大员相继下狱，章鹤书虽然未被问罪，却被赵疏以一句"功高劳苦，回府将养"的劝说停职了。

曹昆德端着拂尘，紧跟在赵疏身后："心安着呢。宫中没什么碎嘴子，哪怕有，也不敢搁在皇后娘娘宫里。仁毓郡主近来进宫少了，约莫是裕王妃那边打了招呼，太后成日礼佛不问世事，今天一早，荣华长公主进宫了，想来是为了给官家分忧，下午去了皇后娘娘宫中，眼下应该回昭允殿了。"

赵疏听到这里，脚步停顿了一下："姑母在宫里？"

曹昆德笑盈盈地说："正是呢。"他浸淫深宫多年，怎么可能连圣上喜欢谁、不喜欢谁都猜不出？他早吩咐了墩子候在拂衣台下，招招手，墩子就从拂衣台下一路小跑过来，躬身禀道："官家，长公主说近日回宫里住，昭王殿下身边的侍从，那个叫顾德荣的似乎有什么事禀告长公主，刚才在宫门递了牌子，眼下也过去昭允殿了。”

赵疏听说德荣也进宫了，心境为之一宽。他一直独居深宫，若说与谁亲近，除了荣华长公主，只有谢容与了，可惜洗襟台坍塌后，谢容与的心绪几不外露，常年伺候在谢容与身边的德荣倒是温和、善言，偶尔德荣说起他们在宫外的经历，赵疏也是爱听的。

德荣是宫外人，能进到禁中已是破例，如果谢容与不在，他甚至不能在昭允殿留足一个时辰。赵疏到的时候，德荣正欲辞去，见了皇帝，连忙行大礼：“官家。”

赵疏将德荣略扶了扶，让德荣跟自己一起进了暖阁。长公主见赵疏一身风霜，知道他是直接从宣室殿那边过来的，这么晚了，想必连晚膳都没用，都说皇帝享万人供奉，极尊极贵，可赵疏做皇帝这些年，长公主只觉得他比寻常百姓还要辛苦，当即吩咐人去备膳食。

赵疏屏退了曹昆德和墩子，接过长公主递来的姜汤：“姑母怎么进宫了？”

“不进宫难道一直在公主府闲着？你和与儿这样辛苦，姑母看着心疼。”长公主道，“再说元嘉如今月份大了，许多事打理起来不便，你这后宫再冷清，好歹也是一座宫所，太后礼佛不问世事，余下几个嫔妾，你恐怕连她们长什么样都记不清，眼下这个当口，这后宫的事我不帮你，谁来帮你？”

赵疏吃完姜汤，撩袍在暖榻的一侧坐下：“表兄也一起回宫里住吗？”

谢容与自小封王，照说十八岁就该开衙建府，但是洗襟台坍塌，修建王府的事也耽搁了，他在上京城一直没有自己的府邸，这次回上京，也是暂住在公主府。

长公主淡淡地笑了一下：“他不来。”

德荣适时解释道：“官家，小的进宫正与夫人说这事呢，殿下不跟着进宫，打算搬去江府。”

长公主道：“他父亲和江逐年是莫逆之交，江家算他半个家。何况，那是他成亲的地方，他虽然嘴上不提，我知道他在想什么，那个温家的姑娘许久没有消息了，她不是上京城中人，如果来上京城，只能去江家找他。”

谢容与在等着她呢。

赵疏听了这话，了然地点头：“表兄这些年，学为洗襟，病为洗襟，性命险些都要折在了‘洗襟’二字上，好不容易多出来一个牵挂，其实是好事。”

下头的侍婢上了晚膳，就搁在暖榻边的方几上，菜肴不多，都是赵疏爱吃的，长公主虽然吃过了，还是命人拿了碗陪赵疏用膳，问道：“案子办得怎么样了？”

赵疏道：“已经梳理得差不多了。”他提起这个，眉间就涌上愁绪，“刚才朕还和三司说这事呢，案情虽然明白了，也不是没有疑点，其中一个，曲不惟拿来贩卖的登台名额究竟是从哪儿来的？谁都知道洗襟台登台名额的源头是翰林，今天三司也提议说彻查翰林，可是……虽然案情的具体细节没有外露，‘洗襟台登台名额买卖’这几个字，已经在上京城中的士人里引发轩然大波，不少士子，包括朝中的士大夫出声质疑当初洗襟台的修筑目的，甚至开始反对重建洗襟台，如果在这个时候，朝廷彻查了翰林，查到了老太傅身上，必将人心惶惶……”

这些话即便说给长公主听也无用，一个深宫妇人，能想出什么法子。但长公主知道，赵疏需要说出来，这些事在他的心中积压得太久，压得他夜不能寐，是故她才有此一问。

赵疏：“……眼下曲不惟也许有把柄在章鹤书手中，宁死不愿招出章鹤书，朕也知道想要真相，必须当机立断，但朕是皇帝，每做一个决定，必须考虑后果。表兄或许看出了朕的顾虑，三司说想查翰林，他力排众议将此事压后，今日去礼部彻查当年士子登台的名牌了……”

长公主听了赵疏的话，说道：“不必操之过急，这几年你一路走来，每一步都很艰难，每一步却也坚定，姑母看在眼里，姑母相信你不是做不出决定，只是心中尚有权衡，等再往前走几步，柳暗花明，你自然知道该怎么办。”她说着一叹，“你说与儿学为洗襟，病为洗襟，你又何尝不是？我年纪大了，许多事早已看开，只盼着你们都别太为难自己。”

赵疏听了长公主的劝慰，心安不少，暖阁中焚着促人安宁的沉水香，赵疏安静地用完晚膳，对德荣道：“德荣与朕说说表兄在陵川的事吧，表兄回上京后，朕与他两厢繁忙，还不曾听他提过。”

德荣依言点头：“小的是五月中旬，从中州赶去陵川的……”

陵川的经历真要说起来，那就没个头了，但赵疏还有政务要忙，朝中的事务只有洗襟台这一桩，今日买卖登台名额的案情梳理完毕，奏疏已经堆满了会宁殿的案头，赵疏在昭允殿多坐了半个时辰就辞去了。他走了，德荣自然不能多留，小黄门把他引至四重宫门之外，德荣拢着袖子在夤夜中等候。

直到子初，谢容与才从角门出来，见德荣迎上来，问：“母亲回宫了？”

“是。”秋夜清寒，德荣为谢容与罩上薄氅，“夜里官家过来用晚膳，夫人和官家说了好一会儿话。”

马车就停在宫门外，德荣在前面提着灯，正要引着谢容与上马车，忽然有一个人从道边快步上前，唤了声：“表哥。”

那是个年轻女子的声音。

谢容与愣了一下，看清她的眉眼：“仁毓？”

赵永妍有些害怕，虽说他们是表兄妹，可是比起赵疏，她更畏惧这位看似随和，实则疏离的表哥，只是眼下赵疏是君，她只好找到谢容与这里。

“这么晚了，找我有事？”谢容与问。

赵永妍看了谢容与一眼，很快低下头：“是这样的，仁毓想问问，张二公子近日是否在上京城中。因为……因为仁毓听母亲说，张二公子是跟着表兄一起回上京的，可是仁毓没有见到他，仁毓本来想进宫问问皇后娘娘，只是皇后娘娘的月份大了，母亲让仁毓不要多打扰，仁毓只好找到表哥这里……”

赵永妍这么一说，谢容与想起来了。长公主跟他提过，赵疏想为赵永妍和张远岫赐婚，此前还特地询问老太傅的意思。

赵疏这一辈没有公主，赵永妍是裕亲王之女，已经是身份最尊贵的了，寻常人遇上这样的事，高兴都来不及，却不知道张远岫因何迟迟不应。

谢容与道：“张忘尘是御史中丞，眼下三司诸事繁杂，他回上京城的当日先行去了御史台，想必你是因此才没有见到他。”

赵永妍点点头。她又犹豫了许久：“几个月前，老太傅给张二公子去信，信上问了他一些事，张二公子回信说，回上京后自会禀告官家，眼下他已经回上京半月有余了，表哥可知道……可知道此事他禀告官家了吗？”她知道自己冒昧，甚至可以说是非常唐突，可是她已经等了小半年了，原本以为一早就能有结果。

谢容与看着赵永妍，虽说他们回上京城已经超过半个月，但这十几日来，几乎每一个人都忙得席不暇暖，每日廷议过后，宣室殿中的灯火一直要掌到夜深时分，赵疏没时间单独见张远岫不提，张远岫自然不会在这样的时候为自己的私事面圣。

谢容与本想劝赵永妍安心等候，可是话未说出口，他忽然想到，不是每一个人都像小野一样，在辰阳山间自由自在地长大，来去随意，爱恨随心的，他眼前的这个表妹，她被宫规束缚着，教条约束着，今夜她背着裕王妃，偷跑到宫门口问一个结果，于她而言已经鼓起了莫大的勇气，所以何必说一些冠冕堂皇的话来搪塞她呢？

谢容与：“朝中诸事繁忙，张忘尘回上京未必有闲暇与官家说私事，好在母亲今日进宫了，你且等上几日，我回头请母亲与官家提一提。”

赵永妍没想到谢容与竟肯帮自己，听了这话，又惊又喜，连忙欠身对他行礼：“多谢表哥，多谢长公主！”

谢容与颔首，随后看了宫门一眼。

宫门外的侍卫长早就注意到这边了，眼下见谢容与望过来，立刻上前拜道：“殿下、郡主。”

谢容与道：“送郡主回王府。”

等赵永妍离开，谢容与也上了马车。江家离紫霄城有些远，走到半路，谢容与撩开车帘，朝外面看去，九月末，明月残成了半环，距离脂溪硝烟炸响，已经过去了两个多月，可是青唯一封信都没来过，谢容与知道她行事一贯小心，等闲不会写信暴露踪迹。

谢容与问德荣：“今年的桂花收了吗？”

德荣正在赶车，闻言道：“收了，小的和天儿这些天什么都没干，净顾着收桂花了，挑的都是最好的，驻云制了许多罐桂花蜜，说是等少夫人回来，要一起补过一个中秋。”

谢容与淡淡地“嗯”了一声，放下车帘，月光透过窗户洒进来，铺满一整个车室。

上京，郊外。

车窗外月光朦胧，马车在官道上行到半程，一只枯槁的手撩开车帘，唤来车旁跟着的仆从：“先停在这里，你去看看前面在查什么。”

仆从应“是”，很快去了。

已值深夜，为了避开冬雪，进上京的这一条官道上，多的是夤夜赶路的。

不一会儿，仆从回来了：“老爷，近来上京城中有大案，武德司在往来路上设了关卡，严查行人，您看……”仆从说着停顿了一下，透过车帘朝里望了一眼，“要不要请江姑娘避上一避？”

仆从的话音刚落，马车里静了一会儿。片刻后，车上下来一个罩着黑色斗篷的女子，她抬起帽檐朝远处望了一眼，只见吉浦镇驿站附近果然灯火通明，进城的车马、行人全被拦在了关卡外，武德司的官兵正在一个一个地排查。

近来上京城中生了什么大案，青唯心中很清楚，自从谢容与从脂溪矿山取证回上京，洗襟台买卖登台名额一案在上京城传得沸沸扬扬，她到底是洗襟台下的重犯，这么敏感的关头，还是不要惹麻烦为好。

青唯想了一下，对车上的人说：“顾老爷，那就依照我们说好的，我是您中州的远房侄女，也姓顾，跟着您一块儿上京省亲的。”

马车上的人连声说好：“那就辛苦江姑娘去驴车上坐一会儿了。”

驴车拉的都是货物，青唯一点儿不含糊，当即一点头，跻身在货物间坐下来。

青唯跟着的这位老爷姓顾，大名唤作顾逢音，是中州一名年近花甲的富商，前一阵因为买卖上出了岔子，顾逢音不得不亲自到上京城处理，他走得匆忙，身边只带了几个仆从，路上不幸遇到劫匪，幸得跟前这位“江姑娘”相救。这位“江姑娘”自称是陵川人士，家里是开武行的，所以身手不错，她去年秋定了亲，夫家姓谢，挺有出息的，在上京混了个芝麻大的官，可惜前阵子她未嫁的夫君被人冤枉落了狱，她着急来上京城探望，娘家这边不允许，怕她救人不成，反倒惹来一身麻烦，不但要解亲，还将她禁足在家，她不得不半夜跑出来。

未婚夫婿落狱，“江姑娘”眼下也算半个罪臣之妻，路上遇到官兵，倘若报了真名，惹来一番盘问不说，如果被官府连坐缉拿，她还怎么救人？所以“江姑娘”和顾逢音一商量，干脆假称是他的远房侄女，上京省亲的，顾逢音感念她的相救之恩，加上觉得她情深义重，自然答应。

很快到了关卡处，一名武德司的官兵举着火把过来：“马车上的人都下来。”

仆从依言将顾逢音扶下马车，管家双手奉上文牒：“官家，我家老爷姓顾，家中做绸缎买卖的，近来生意上出了岔子，所以来上京城协商。”说着，他又让一旁的斯役拿出几本账簿给官兵验看。

官兵略翻了翻，目光移向驴车上，罩着斗篷的身影：“她是何人？”

顾逢音道：“她是草民的远房侄女，家中有尊长在上京城，草民所以捎上她一块儿到上京。”

许多女子一生未必出得了一次远门，未出嫁前身份都登在娘家的户籍下，大都只写姓和齿序，连名都没有一个，更别提文牒了，所以顾逢音既然说了驴车上的女子姓顾，回头查一查中州顾氏陵川的分支，有这么一号人便行了。

武德司的官兵点点头，着人把顾逢音一行人依数记下，放了行。

众人离开关卡还没走几步，忽听身后一声“等等”。一名身着校尉服饰的武德司官兵走上前来，在驴车前停住脚步：“把帽子揭下来。”

青唯沉默了片刻，依言揭开了兜帽。火光将驴车这一片照得通明彻亮，兜帽落下，露出一张女子蜡黄的脸，她的嘴唇上一点儿血色也没有，她刚想开口说话，不期然间冷风入喉，忍不住捂唇连咳数声。

管家忙道：“官爷，我家堂姑娘身子不好，连日赶路不慎染了风寒，正急着到上京城请大夫治呢，官爷见谅，官爷见谅。”

武德司的校尉皱了皱眉，随即摆摆手：“走吧走吧。”

过了吉蒲镇便是上京城地界，南面去上京城的都走这条道，青唯去年也走过，如果快马奔驰，两个多时辰就能到城中，不过顾逢音的年纪大了，经不起颠簸，路上找了一家客舍歇了半宿，天明时分继续上路，等到了城门口，已近傍晚了。

与顾逢音同行，说不上是巧合。

离开脂溪矿山后，青唯和岳鱼七抄捷径避去了中州，青唯的意思是在中州等消息，风头一过去，她就去上京城，但岳鱼七劝她打消这个念头，洗襟台一案牵涉重大，等案子审结，怎么说都要半年，不如先回辰阳老家。青唯思来想去，觉得岳鱼七说得有理，只是她和谢容与分别数日，怎么着都得给上京城中去信一封以报平安。

青唯本来打算找中州谢氏帮忙，她听谢容与说过，他的祖母待他很好，当年谢桢过世，老夫人还亲自去上京城，在公主府住了半年陪伴孙儿。可是中州的谢府，连谢容与都没回来过，更别提青唯了，再说她上门怎么说，自报家门称自己是小昭王之妻，谢家的孙媳妇儿，让他们帮忙给谢容与送信吗？她温小野还是要脸的。

正在犹豫的这几日，青唯在江留城的上空看到了隼。白隼翔空可至千里，可它到底是禽，若无有心人豢养，它如何懂得携信往来特定的地方？

看到隼，青唯就想到了曹昆德，能养得起隼的人家不多，曹昆德算一个，虽然不确定在中州传信的这一只隼是不是上京城里那位公公的，但曹昆德这些年的筹谋明显与洗襟台有关，而眼下洗襟台登台名额买卖一案正审到关键处，容不得出现任何岔子，青唯想到这里，立刻决定去上京城，查清洗襟台的真相也是她的责任，凭她这么多年和曹昆德的接触，想必帮得上忙。

江留谢府不好登门，青唯想起另一个人，朝天和德荣的养父，当年好心收养长渡河遗孤的中州商人顾逢音。

也是巧了，青唯到顾宅当日，顾逢音正准备出发去上京。青唯想着顾逢音不认得自己，她如果自称是谢容与之妻，反倒会惹人生疑，哪有她这样一身江湖气的王妃？思前想后，她决定干脆使些手段。她雇了几个地痞流氓扮作山匪劫道，危急时刻出手相帮，随后编了一个未婚夫婿落狱的故事换取了顾家老爷信任，历经月余，总算到了上京。

马车进了城，管家找了一家客栈，正是夜幕时分，客栈多的是打尖儿住店的，小二很快上了小菜和茶水，顾逢音对青唯道：“老朽让管家多订了一间上房，江姑娘今夜暂且歇在客栈，明早再出门打听谢家相公的消息不迟。”

青唯谢过他的好意："顾老爷到上京城后如何打算？"

"老朽在上京城中有间铺子，等铺子收拾出来就搬过去住，江姑娘如果没找到落脚的地方，只管过来。"他说着，让管家把商铺的地址写给青唯，"另外老朽还有两个亲人在上京城中，他们两个……"他犹豫了一下，长叹一声，"唉！实不相瞒，老朽的这两个亲人，眼下跟在上京城中一位贵人身边伺候，谢家相公的事，如果这位贵人肯出手相帮，江姑娘就不必多虑了，不过老朽的身份低微，总不好跟贵人开这个口。"

青唯知道顾逢音说的两个亲人就是朝天和德荣，道："顾老爷不必麻烦，我官人既然是被冤枉的，想必没有贵人相帮，也能昭雪。"

小二很快上了菜，掌柜的见多识广，看顾逢音的衣着，一眼就认出他是富商，很快过来攀谈："几位这是刚到上京城？近日来得可不巧啊。"

"掌柜的这话怎么说？"管家问道。

掌柜的往外努努嘴："夜里瞧不出来，明早您推开窗瞧瞧就知道了，外头闹事哩！听说是宫里那位小昭王带回来的罪证，说什么洗襟台涉嫌登台名额买卖，上京城中那些读书人听了受不了，嚷嚷着让朝廷给个说法，单是这半个来月，就闹了三五回了。"

顾逢音听了这话，说道："朝廷给说法，朝廷不需要查吗？查案子总需要时间，这些读书的真是闲得慌。"

朝天和德荣都在谢容与的身边当差，顾逢音自然向着朝廷说话。

掌柜的笑道："客官您是明白人，要我说，这些读书的墨水吃多了，之乎者也到了肚子里，全成了道理，道理就得规规矩矩地躺在他们知道的方圆里，稍有不服帖的，那怎么办？那就得闹啊。"这个掌柜的说起话来字正腔圆，一听就是土生土长的上京人士，"也别提眼下，就说几年前，刚要建洗襟台那会儿，上京城中不是也有读书人反对吗？后来怎么着？朝廷发现是有人煽动闹事，处置了好一批人哩，总之等着瞧吧。"

顾逢音听了这话，沉默下来，小二上了菜，掌柜的亲自接过来，为他们这一桌布菜，管家道："掌柜的，跟您打听个事，城西的江府怎么走？就是礼部江大人的江府，我家老爷有亲人在江府当差，想近日抽空过去看看。"

掌柜的见他们这一行人衣着不菲，听他们认识当朝官员，倒也见怪不怪，回忆了一会儿，说道："可是我记得，那位江老爷半年前就离开上京城，去外地办差了。"

青唯听了这话，稍稍一愣。江逐年外出办差去了？她本来打算跟顾逢音一起去江家的，眼下看来，这一条路行不通了。

青唯刚要开口，忽然觉得有什么人在看她，她看过去，只见客栈门口，正有一个人向着楼内张望，正是昨夜在吉蒲镇关卡盘问她的武德司校尉！

第六十一章

既见君子

这个校尉对上青唯的目光，猝不及防间离开了客栈。

青唯知道自己的行踪暴露了，如今她虽然有谢容与、赵疏等人庇护，朝廷法度在上，当街遇上通缉犯，岂有不捉的道理？青唯刚进上京，不想惹麻烦，这家客栈不能待了，她得尽快见到谢容与。

青唯起身，与顾逢音告辞说去去就回，绕到了客栈的后院，翻墙而出。此处位于背巷，巷子南北衔接着街道，时值傍晚，这一带虽然不如流水巷热闹，也是行人如织的。

青唯仔细想了想，眼下武德司已经对她起疑，江家她是不能去了，可是除了江家，她又没有落脚的地方，贸然躲入陌生人的宅院，怕会成为瓮中之鳖。武德司的校尉请了令，很快就要在大街小巷搜捕她，她必须尽早消失在街巷中。

忽然，青唯心中生出一个大胆的念头，移目看向长街尽头，巍峨矗立的紫霄城。她官人她是知道的，回上京城这半个多月，他必是宵衣旰食、夙兴夜寐地查案，眼下这个时候，他恐怕正在衙门里办差呢。

最危险的地方就是最安全的地方，武德司再怎么搜，也不可能搜到宫里去。只是紫霄城戒备森严，她应该怎么进去呢？

暮华如水的天际传来一声啼鸣，青唯抬眼望去，只见上空掠过一行飞鸟，她神思一动，从地上拾起两颗石子儿。石子儿在掌中抛了抛，立刻有了主意。

天色稍稍暗下来，元德殿就彻底安静了。芷薇悄悄来到寝殿门口，嘱咐守在这里的宫人："去外宫守着吧，娘娘歇下了。"

章元嘉已经有六个月的身子，照说有身孕的人到了眼下这个月份，应该是最舒服的时候，不过各人有各人的症状，章元嘉近来就十分嗜睡，每每到了傍晚就歇下，隔日天大亮了才起。虽然睡的时间长，睡得却不怎么好，她十分怕吵，往往有一点儿响动就醒。前阵子内侍省派了一群小黄门过来，把元德殿外的秋蝉都网走了，只这样还不够，连夜里殿中的脚步声也是觉得喧嚣的，所以章元嘉一睡下，寝殿中除了芷薇，其余人都得退去外宫。

寝殿中焚着安神香，芷薇往炉子里添了几块香片，看到青烟浮起来又沉下去，移步到卧榻前，轻声道："娘娘，都退下了。"

好一会儿，榻中才传来起身的动静，芷薇适时打帘，拿了引枕放在章元嘉的身后，听到章元嘉道："今夜官家也在宣室殿议事呢？"

芷薇："是，昭王殿下回宫后，官家一直如此，有时候议完事，回到会宁殿，子时都过了。"

章元嘉听了这话，沉默了一会儿："母亲的风寒还没好吗？"

芷薇："像是没有，官家前日又打发太医去看了，医官还是老话，夫人是秋后天气转凉受的寒，小病而已，娘娘不必挂怀。"

当朝皇后身怀六甲，皇帝特许章氏恩典，准允章元嘉的母亲每旬进宫探望，前头几个月，罗氏都依例前来，可是近一个月，罗氏因病许久不露面了。

而周遭的异状不止这一点。章元嘉明显感觉到后宫忽然冷清下来，赵疏以担心被打扰为由，免去了嫔妃们的问安，偶尔去御苑散步，宫人总是有意无意地避着她走。半个月前，她听说住在落芳斋的美人莫名其妙地哭了一宿，隔一日再没了动静，打发人去问，小黄门回说，美人病倒了，娘娘怀着龙子，不要去看，省得沾了晦气。

病，又是病。母亲病了，美人也病了，他们总拿这样的借口来搪塞她。

一个人想要瞒下一件事容易，然而并不是人人都善于伪装，一群人合着伙隐瞒，总会落下点儿蛛丝马迹。章元嘉很快想明白了，她们这些后宫中的妇人，身与心系着的除了帝王，只有自己的母家了，那个哭了一宿的美人，恐怕连赵疏的面都没见过，倒是听说她的父亲是兵部的一名官员，所以她是为何哭？

前朝有了变动，一切的异样都源自小昭王一封即将回上京的急信，尘封的大案掀起不可告人的一角，随之惊起的涛澜从前朝波及了民间，也波及后宫。

章元嘉问芷薇："你可有法子打听到外面出了什么事？"

芷薇摇了摇头。

章元嘉眉间的郁色越来越深，她心中着急，奈何无计可施，情急之下腹中竟传来一阵隐痛，章元嘉忍不住伸手捂住腹部，芷薇见状，连忙扶住她："娘娘。"

章元嘉闭上眼睛摆了摆手，稍稍缓了一会儿，芷薇见她额头香汗密布，生怕她伤了身子，犹豫了片刻，轻声道："娘娘，奴婢有一个法子，或许可以递消息给老爷。"

章元嘉愣了一下，转过头来："你有法子给父亲递消息？"

芷薇点点头，她知道宫人往外传递消息是大罪，双膝落在脚榻上，跪着回话："不瞒娘娘，西宫宫门有个小侍卫从前受过老爷的恩惠，娘娘这边有什么话，都可以通过他带给老爷。"

章元嘉听了这话，搭在被衾上的手一下收紧，片刻后缓缓松开，她问："可信吗？"

芷薇："可信，这么多年下来，一次都没有被发现过。"

芷薇想着话已说到这个份上，干脆和盘托出："内侍省最低等的小黄门是做杂活的，往往各宫都有走动，奴婢是宫婢，自然不能直接跟侍卫接触，不过西门的小黄门里有个自己人，奴婢都是托他给侍卫传话，再由侍卫把消息带出宫外。"

是了，做杂役的小太监，是这宫里最不起眼的，死了、病了都未必有人关心，怎么会被人发现呢？

章元嘉沉默了许久，对芷薇道："那你去吧。"

天色更暗一些，芷薇提着灯从元德殿出来了。

元德殿其实离赵疏的会宁殿并不远，刚过甬道，芷薇就和曹昆德与墩子撞了个正着。近来赵疏怜惜曹昆德的年纪大了，一到黄昏便打发他去歇着，曹昆德这是要往东舍那边去，见了芷薇，墩子先行招呼："芷薇姑姑。"

芷薇福了福身："曹公公。"

曹昆德含笑道："芷薇姑姑这么晚还走动呢？"

芷薇："宫里粗心的婢子把安神香片泡水里了，娘娘近来身子重，香断了怕是睡不安稳，我只好去内库再取些。"

曹昆德听后携着墩子往道旁让了让："赶紧的，眼下这宫里什么事不紧着娘娘？辛苦芷薇姑姑了。"

芷薇回说一句分内之事，再与他一欠身，立刻去往甬道外了。

待芷薇走远，曹昆德慢慢儿往前走，嗓子唱戏似的换了腔，不再是和善的了，变得又细又沉："元德殿里的人，都是精挑细选过去伺候的，皇后身怀六甲，肚子里的那个就是国祚命脉，跟前儿伺候的要这么不仔细，早该领罚了，岂能在元德殿伺候？"

后宫的人也分三六九等，嘉宁帝继位这几年忙于政务，后宫虽然和睦却冷清，并不是个百花竞艳的场所，唯一一枝独秀，就是章元嘉的元德殿了，所以在元德殿里伺候的人，自然要高人一等，那是个后宫侍婢都争着抢着去的地儿，岂能犯把香片泡在水里的过错？

墩子道："章大人被'赐休沐'，前朝人心惶惶，后宫怎么都有所觉察，这位芷薇姑姑是打小就跟在皇后娘娘身边的，说到底，算是章家人。"

曹昆德："可不是嘛，传信儿呢，章鹤书的手伸得长，深宫里也有他的救命稻草。"

墩子："照公公看，章大人过得去眼前这一关吗？"

"难说。"曹昆德的手腕上搭着拂尘，"陵川齐文柏参他的一本雷声大，雨点小，没有实证，很难拿他怎么样，而且他手里似乎握着什么保命符，曲不惟都这样了，还是不肯招出他，官家要顾忌士人民心，迟迟不愿拿翰林开刀，更别提他还是国丈……不过，话说回来，凭他章鹤书身上的保命符再多，小昭王盯着他呢，小昭王和玄鹰司，那就是一张催命符，你看看这一年来被小昭王咬住的人，有几个有善终的？总有法子查出他。"曹昆德说着，脸上露出一个笑容，带着隐隐的得逞与张狂，"这样才好，谁都不要有善终，这样才对得起……"

话未说完，天际传来一声鹰啼。曹昆德的脸色一变，他突然抬头望去，高空中飞来一只白隼，正在他们的头顶盘旋。

曹昆德的隼是养在三重宫门外的，但是隼这种猛禽，太有灵性，天生不喜紫霄城这样波云诡谲的地方，所以他在宫外秘密置了间不起眼的院落，专门用来饲隼。知道这间院落的人很少，都是常常会带消息给他的。为了防止被人发现，隼通常都在夜深人静时分传信，眼下正是傍晚，谁会在这个时候唤隼?

曹昆德看了墩子一眼，墩子点了点头，立刻提着灯去宫门外接人了。

曹昆德等闲不能出宫，与宫外人相见，只能相约在三重宫门外的东舍，小角门那里也要经过事先打点。不过他到底是大珰，遇到这样的突发状况，也是有应对之法的，墩子的手中有朝中几名大员的牌符，到了角门，露出来给禁卫一看，称是衙署那边有大人值宿，家里打发送东西来，就把人带进来了。

曹昆德回到东舍，坐了没一会儿，就听到外间传来脚步声。脚步声很轻，像携着秋风。门一开，墩子提灯在门口唤："公公。"而他身旁的女子罩着一身黑袍，正立在秋风之中。

有一瞬间，曹昆德有点儿恍惚，依稀间仿佛回到了一年多前，年轻的姑娘刚到上京，身上带着劫狱后的血气，单膝跪在他的身前，喊他："义父。"

也就年余，世事斗转星移，一切都不一样了。曹昆德却没表露出太多意外，愣了一下，神情近乎是惊喜的："怎么到上京城中来了？快来，让义父仔细瞧瞧。"

青唯没动。她和曹昆德不一样，在外多年，迫于形势有时不得不伪装，可是能做自己的时候，她必然只是自己。去年她在冬雪中遭遇追兵的场景历历在目，左骁卫劈过来的那一刀，把当年曹昆德在废墟中捡到她的救命之恩也斩断了，眼下恩仇相抵，她既不怨他，也不欠他。

"我在中州看到了白隼。"青唯道，"是义父的吗？"

深宫中人，变脸比翻书还快，曹昆德听了这话，脸上的笑收起来了，慢条斯理地道："天上的鸟儿这么多，随便一只就是咱家的，咱家岂不手眼通天了？"

青唯跟曹昆德的债一笔勾销，今日登门，自然不是来叙旧的，她单刀直入："我一直不明白义父这样一个深宫中人，为何要卷进洗襟台这场是非，从前我只顾着找师父，心思没往这上面放，近日我闲下来，倒是有了些眉目。"

曹昆德没说话，安静地听青唯说的"眉目"。

“义父也是人，是人就有过往与来历，循着往昔去找，终归能找到一点儿蛛丝马迹。”只不过像他们这样的无根之人，人们往往会忽略他们的来历罢了。

青唯继续说道：“近日我托人查了查，义父并不是上京城中人，您早年出身一户耕读人家，进过学，也念过书，后来您被送去一家大户人家做伴读，大户人家一夕败落，把您卖去了劼北。那年间大周离乱，民生多艰，您在劼北待了几年，跟着流民一路流亡到上京城，一咬牙，进宫做了公公。”

这些来历不难查，宫中的档库里都有记载，无论是赵疏还是谢容与都能翻看，甚至更详尽的都有。

曹昆德问：“还有呢？”

青唯没说话，还有的她为什么要告诉曹昆德？一碰面就露底牌，她就不是温小野了。

曹昆德笑起来，笑声又尖又细：“可真是天地良心，咱家命苦就罢了，这么些老皇历，居然被一个刚长大的小丫头翻了个底掉儿，挖空心思地找线索，跟咱家做了什么缺德事似的，墩子，你说是不是？”他悠悠地道，“温小野，你是咱家的义女，咱们父女一场，你想知道什么，义父定然会告诉你，不如你过来，义父和你细细说。”

青唯仍旧没动：“义父在深宫行事不便，该掀的浪头却一个没少，朝中应该有人与你合谋吧？与你合谋的人是谁？”

曹昆德：“瞧你这聪明劲儿，叫咱家说你什么好呢？”

青唯道：“想来义父也不会相告，义父为人虽然不怎么有底线，但是利益至上，事情未完成前，您是不会出卖您的盟友的。”

青唯说着，看了一眼天色，夜空已经彻底暗下来了：“天晚了，青唯告辞。”她折身便走，拂来的秋风霎时间灌满了她整个衣袍，墩子被她这一身煞气震慑住，意识到她来者不善，后知后觉地上前阻拦，屋里头，曹昆德却道：“回来，你拦得住她吗？”

等青唯走远了，曹昆德看着桌上的金丝楠木匣子，定了会儿神，缓缓打开。这个匣子里的东西吸多了伤身，太医院的医官说他已老迈，身子大不如从前，这半年他有意识要戒，今日不知怎么，瘾来了竟然压不下。

粉末抖在金碟中，放在小灶中微微烹了，肉眼可见的青烟顺着细竹管一路淌进他的肺腑，百骸在沉沦后焕然一新，曹昆德这才悠悠地道："她是重犯，这么着急进上京城，城外十八道关卡外守着的官兵是吃素的？肯定早发现她了，凭她再聪明都没用。她暴露了踪迹，不敢往江家去，只能进宫找小昭王。这深宫之门哪是这么好进的？好在她知道咱家的隼养在哪里，唤来隼，骗你去宫门接她，这才是她的目的。刚才的一番话，试探咱家只是顺便，她醉翁之意不在酒，心思早就落在了别处。东舍去昭允殿的那条路，咱家带她走过一趟，原本呢，是想让她信任咱家，莫要轻易投奔他人，没想到她和这小昭王的缘分这样深，假夫妻也做成了真夫妻。不过无妨，她的罪名还在呢。去吧，深宫守备森严，有人闯入，禁卫到底该有觉察，去知会一声，就说有贼人闯昭允殿了，请禁卫前去捉拿。"

谢容与近几日都在礼部查阅登台士子名牌的相关线索，这日刚入夜，他与几位大员还未议完事，祁铭匆匆过来，在值房门前拜下："殿下。"

谢容与一见祁铭的脸色，知道事态有异，与几位大员点了点头，离开值房："怎么？"

祁铭前后看了看，低声回道："我们安放在吉蒲镇关卡的暗桩发现了少夫人的踪迹，称是少夫人已经到了上京城中，眼下……似乎闯进宫里来了。事态紧急，小的把这个暗桩带了过来，他就在衙署外等着。"

说话间，谢容与的脚步加快，他很快来到衙署门口，暗桩见了他，立刻禀道："殿下，昨晚吉蒲镇关卡，有一位中州商人过道，他们一行人中有一名女子很像王妃，小的原本有意放过，可是守在关卡的校尉大人也起了疑，连夜跟随进城。小的一路跟着王妃，王妃消失在宫门附近，似乎到宫里来了。"

谢容与听了这话，眉间微微一皱，唤了声："祁铭。"他立刻往昭允殿走去。

青唯一个宫外人避来宫中，赌的就是他或者长公主在昭允殿。皇后近来身子重，长公主协理六宫事务，直到入夜都在禁中，昭允殿今夜无主，一旦曹昆德引来禁卫搜宫，青唯就藏无可藏了。

六部衙署离昭允殿甚远，乘辇而往，再快都要半个时辰，谢容与步履如飞，等赶到昭允殿，禁卫们已经从宫院里出来了。禁卫长见了他，立刻上前拜道：“殿下。”

谢容与冷着一张脸：“怎么回事？”

“回殿下，末将接到消息，说昭允殿似乎有贼人闯入，为了确保宫人安全，不得不进宫搜查。”禁卫长说着，退后一步，又行了个大礼，“事出紧急，末将来不及禀告殿下与长公主，事后定会到官家跟前领罚，末将职责所在，还望殿下谅解。”

谢容与见这个禁卫长一脸愧色，猜到他大概扑了个空，仍是问：“找到人了吗？”

禁卫长：“不曾，可能是贼人狡猾，末将正待去别处搜寻。”

祁铭道：“六宫戒备森严，贼人岂能轻易闯入？殿前司接到消息，怎么都该先核查才是，万一有人捕风捉影，白白惹得六宫人心惶惶，今日惊动殿下，他日还要惊动官家与皇后娘娘吗？”

祁铭出身殿前司，与眼前这位禁卫长十分相熟，他为人和善，很少这样厉声说话，禁卫长知道祁铭是在提醒自己昭王殿下的不悦，再次诚恳地赔罪，称回去后必定会仔细核查消息来源，带着人退下了。

禁卫们一走，祁铭道：“属下这就着人去找少夫人。”

谢容与却道：“不必，她已经离开了。”只这么一会儿，他就想明白了青唯此举的用意，吩咐道，“派人去殿前司，把今夜递消息的人揪出来。”

青唯在宫外暴露了踪迹，躲来宫中是为了避开追捕她的侍卫，她素来胆大心细，如果不确定他在昭允殿，她一个重犯，怎么可能在宫中久留呢？她得知今夜昭允殿无主，早在禁卫赶来搜宫前就走了。

再者，武德司说白了，就是个看门的衙门，紫霄城门、上京四方城门，乃至于上京郊附近各处关卡、禁障都由他们把守，眼下集中兵力搜捕重犯，难道差事不办了？青唯躲上这么一时，武德司搜不到人，自然撤走了。

谢容与出了宫，径直上了马车，似乎想起什么，撩起车帘吩咐祁铭：“找几个你在殿前司的故旧，让他们以‘误传消息’为由，给武德司使点儿绊子。”

马车往江府而去，谢容与的手中握着竹扇，他闭上眼睛，在马车中深思。

江逐年年初从翰林迁任礼部员外郎，一开春便去庆明、宁州等地开办学府了，即便江逐年不在，小野也应该猜到他在江家等她。她孤身一人，在上京城中无处可去，只要武德司的人马撤了，她应该会回江府。

马车很快在府门口停下，德荣等人听到动静迎来府外，见是谢容与，都愣住了："公子今夜怎么这么早？小的还说去宫门口接……"

话未说完，谢容与"嗯"了一声，快步掠过德荣等人，匆匆往东院去了。

德荣见谢容与这副样子，突然间意识到什么，停住脚步，把跟来的朝天、留芳等人一并拦下了。

东院静悄悄的，正房里连灯都没点，谢容与觉得青唯应该在的，推开门，轻声唤了句："小野。"

房中无人应他。月光清凉极了，双眼适应了夜色，能辨清屋中所有物件的轮廓，屋中的确无人。谢容与正待去邻院找，正在这时，后窗处传来一声响动，谢容与愣了一下，大步过去，把窗牖拉开，秋风灌窗而入，正在翻窗的女子顷刻间与他撞了个正着，她穿着一身黑袍，茂密的青丝束成马尾，在夜风中汹涌成涛，可能没料到他这么快开窗，目光居然有点儿茫然。

谢容与一下子笑了："门都不会走了吗？怎么翻窗？"

镂花窗扉像是古画的画框，框住一个清逸俊朗的公子，一别数日，这一笑，比月光还温柔，青唯愣了一下，竟没说出话来。

青唯其实一刻钟前就回来了，曹昆德出卖过她一次，她吃一堑长一智，怎么可能被出卖第二次？离开东舍，她并没有走远，长公主和小昭王只要有一个在昭允殿，墩子必然不会通风报信，青唯在宫墙后等了一会儿，见墩子急匆匆地出来了，她当机立断，很快离开紫霄城。

是时，宫外的武德卫也撤了大半，青唯担心武德卫掉头回来，回江府没有走正门。她到后院打了井水，刚洗干净脸上的易容，就听到院子中传来脚步声，有人推门喊小野。

她应该答应一声的，应该像谢容与说的走正门的，可能是情怯心急，下意识地就翻了窗，眼下与他对面撞上，青唯愣了许久，喊了一声："官人。"

上回在脂溪矿山匆匆一别，她最后也是喊了这么一声。这两个字被秋风送入耳，落在谢容与的心里，就像有什么神力一般，她每喊一次，就搅得他心神纷乱。

谢容与没有回答，钩手揽过青唯的腰身，俯脸而下。像一点儿秋凉落在尘封已久的佳酿，坛口红绸轻启，散发出的酒香裹着秋凉荡进周遭，变作醉人心神的琼浆。琼浆里透着非常柔和的蜜意，浆液的浓度却不低，随着他在她唇齿间分花拂柳，这酒却越吃越烈，烈到即便她坐在窗栏上，也要钩手环住他才能保持平衡。

终于，谢容与稍稍松开青唯，抵着她的额头，喘着气的声音略带笑意："今夜娘子身上方便吗？"

然而还不待青唯答，他便将青唯托着抱起来，往屋中走去。他都知道的，她敢这么撞上门来找他，必然算过日子。

屋中黑漆漆的，秋风把一切事物的轮廓都吹得模糊，青唯伏在谢容与的肩头，轻声道："可是我还没沐浴……"

谢容与把青唯放在榻上，俯下身来，双唇落在她的额头，然后移向眼睑："我也没有，待会儿一起……"

风声往来呼啸，整间寝屋都像沉入了湖底，周遭清波荡漾。青唯觉得自己变回了辰阳山间小鸟儿，天上阴云密布，一场雷劫降至，滂沱的雨水将她淋得狼狈，以至于她不得不褪去外衫，等到雷劫过后化鸾时长出新的彩翼。而谢容与的吻，就像有魔力一般，每次落下，都能让天劫到来前的惊悸减少一分。

青唯伸手攀住谢容与的肩头。她说过她不怕疼，刀斧加身未必能令她皱一下眉，但是这一次是不一样的，仿佛是青鸟在等到天庭宣判的结果，去年她坐在这里，同一个地方，等着一双持着玉如意的手来掀起自己的盖头。

一个又湿又热的吻落在她的耳边，伴着谢容与的呓语："小野……"

紧接着天劫就来了。疼是一定的，严阵以待让她紧张得无以复加，脑中甚至有很长一段时间的空白，好像置身于冬日的茫茫雪原上。

谢容与发现青唯在颤抖，一时间竟不忍动，轻声唤道："娘子。"

许久，青唯才模糊地"嗯"了一声，她收拾起散落的神魂，睁开眼睛，眼神渐渐聚焦，她钩着谢容与的脖子把他压低，在他的唇角一吻。

谢容与叹息一声。叹息落下，丈尺床幔也落起春雨，雨水滂沱，掀起澎湃的浪像涨了潮，潮水几无边际，漫过整个秋夜，漫过她千里奔赴而来的上京城。

青唯也说不清自己是何时睡着的，她累极了，连沐浴都是谢容与帮她的。水中一番痴缠，捞起来时筋疲力尽，恍惚间，她记得谢容与拿被衾将她裹了，小心地放在了坐榻上，唤留芳和驻云进屋收拾床榻。

青唯其实很容易惊醒，尤其房中有人走动，或许是驻云和留芳的动作很轻，又或许是她从未感受过这样的疲惫，仿佛一只河鱼误入大海，海水涨了潮，澎湃的浪头一阵一阵地拍过，浑身上下像被下了软骨散，她很快便睡了过去。

起初是浅眠，半梦半醒间她想起去脂溪前，谢容与寻了个吉日，把他们的事告诉父亲、母亲。岳红英葬在辰阳的山中，温阡的尸体后来被朝廷找到，埋在了崇阳县的“罪人邸”。谢容与于是请专人刻了牌位，牌位搁在香案前，青唯和谢容与双手持香，谢容与说了什么她在梦里记不清了，依稀是娶她为妻，就会一辈子待她好的意思，倒是岳鱼七立在一旁，吊儿郎当的一句话让她至今记忆犹新：“这个野丫头管束不住，这几年流落在外，自作主张嫁了人，连我都没知会一声，您二位若不痛快，只管教训，偶尔托个梦，梦中拿鞭子把她狠狠地打一顿，我绝不拦着。”

青唯被岳鱼七这一句话激得愣是一句私心话没说出来，心里毛毛的，跟着谢容与拜了三拜，匆匆说了些“女儿不孝”等礼数周到的话就退下了。

可是今夜在梦中，她忽然又回到了三个月前给温阡和岳红英上香的祠堂里，祠堂有专人照看，案上的瓜果是新鲜的，周遭打扫得一尘不染，只是牌位前的香快燃尽了，青唯顺势取了一根新香，在烛上引了火，恭恭敬敬地拜下：“阿爹阿娘，上回阿舅在，小野怕他笑话，没和你们多说，你们莫要怪罪。你们不用担心，小野这几年虽然吃了点儿苦头，也长了许多见识，做了许多曾经意想不到的事，挺开心的。我还遇到了一个我很喜欢的人，他也很喜欢我，阿舅说得没错，我把自己嫁出去了，因为我觉得只要有这个人在的地方，我就能扎下根来，没有比他更让我安心的人了，就好像这天底下除了辰阳的家，我又多了一个永远可以去的地方，所以我不是仓促中做的决定。对了，这个人阿爹认识，他姓谢，名容与……”

手中的长香青烟浮动，烟雾很快凝成一片，遮去了眼前的一切事物。青烟浮上来，又缓缓沉下，等到彻底退去后，祠堂还是方才的祠堂，可是香案前，却坐了一个鬓发微霜、眉眼干净清隽的读书人。

青唯愣道：“阿爹？”

温阡笑了，声音也像青烟似的：“小野，过来，让阿爹好好看看你。”

青唯立刻快步上前，在温阡的膝前蹲下来。岳红英过世时，她是守在身边，尽孝送终的，可是辰阳山中一番争吵，她和温阡别离匆匆，没有见到父亲的最后一面。

温阡抚着青唯的发，笑着道：“小野长大了，模样倒是一点没变。”

青唯仰起头：“阿爹，我刚才跟您和阿娘说的话，你们都听到了吗？”

“听到了。”温阡道，“你的夫君，小昭王，阿爹知道。”温阡说着，似乎在回想很久以前的事，“当初在辰阳山中，我第一回遇到他，就在想，这世上怎么会有这么好的小公子，谦和有礼，好学上进，聪慧博学。可惜慧极易伤，后来到了柏杨山，他和我说，来此督工洗襟台，是他第一回出远门，我反倒有些怜他。少年男儿该当周游四方，拘在深宫算什么道理？何况中州谢氏的家风本来不羁，他是谢家的小公子，应该秉承他父亲和祖父的脾气。看到他，我就想起你，你一个小丫头，倒是被你阿舅带着，自小就去过不少地方，最远横渡白水，远上凌州也是有的。起初和他说起你的事，一为解闷，二也是看他向往山水，与他多提两句，后来……渐渐就有了私心，那年你正值豆蔻之龄，再过一两年就要及笄，你是阿爹的心头肉，在此之前，阿爹从未想过要把你嫁出去，遇到这个谢家小公子，总难免要想，如果我家小野能嫁给这样明玉般的人该多好，无奈你二人身份天差地别，如何相识相知？直至洗襟台修好前，我都在踌躇此事，想着等洗襟台修好了，让你与他见一面……哪里知道这一切都是我庸人自扰，你二人冥冥中自有缘分，并不需要谁来刻意安排……”

温阡这一番话说完，独属于这一场梦的青烟又弥散开来，将温阡整个人和他身下的座椅都沉入镜花水月的虚幻中。温阡在这虚幻中再次抚摸了一下青唯的头，温和地道："好了，眼下你有人照顾，爹终于可以安心了。"他说完，站起身，往祠堂门口走去。

祠堂门口没有院落，那里盛放着柔和的白光，仿佛相连着的不是人间，而是一个俗世中人到不了的异域。

梦真美好，可以连通阴阳两端，弥补一切缺憾。

青唯追了两步："阿爹，您还会来看我吗？"

"阿爹已是方外人，有你娘相伴身边，只是不放心你，所以回来见你一面，看你过得好，便安心了。你在俗世中的路还长，阿爹在六合之外，若无事，今后应该是不会来了。"温阡说着，辨出青唯眼中的不舍，在踏入那片白光前，俯下身，"你过来，阿爹告诉你一个秘密。"

青唯依言靠近。

"阿爹在地府，偷偷翻过阎王的生死簿，上头说，你和容与，余后一生都会过得平安顺遂，恩爱白头，相携到老。"说完，温阡挥了挥衣袖，"去吧。"

幻影消散在白光中，青唯追了几步，高喊一声："阿爹！"她却被涌来的白光逼退，祠堂中的青烟再次浮起来，漫过整个屋舍，模糊了青唯的视线，也将这个梦变得模糊。

周围只剩茫茫一片，青唯闭上眼睛，堕入更深的无梦之境。

青唯昏昏沉沉地睁开眼睛，过了好一会儿，她才想起自己身在何方。帐外的天光辨不出时辰，她本想坐起来，可是刚一用力，身下就一阵一阵发酸。帘子外留芳、驻云听到动静，打起帘子，为她端来清茶与水盆，扶着她坐起来，伺候她净了脸。

时值深秋，屋中已经焚起了小火炉。留芳端来一碗参汤："早膳在小灶上温着，少夫人先用汤。"

谢容与正在桌前看案宗，闻言搁下书册走过来："我来。"

留芳和驻云依言将碗勺递给谢容与，悄然退出去了。

谢容与舀了一勺喂给青唯，见她眼帘低低地垂着，吃得亦无声："在想什么？"

青唯犹豫了一下："我好像……梦到了阿爹。"

谢容与问："岳父大人可有训诫？"

青唯摇了摇头。真是奇怪，这些年她不止一次梦到过温阡，然而这一次的梦境非常真实，真实得就好像他昨夜真的出现在她眼前了一样。可是，本来应该清晰的梦，在她醒来以后却什么都不记得了，她拼命去回想，只能想起一点儿细枝末节："阿爹说，他知道我们成亲了，他和娘亲一切都好，让我们不必挂心。"

谢容与道："我已私下跟官家请旨，等上京城中事结，就带你去陵川，把岳父的尸骨迁去辰阳，与岳母合葬。"

青唯点点头，将参汤吃完，忽然意识到什么，不由得问道："你怎么在家中？今日不必去衙门吗？"

谢容与搁下碗："起晚了。"

青唯愣了一下，从前谢容与只有起得早与更早的分别，居然也会因迟起耽误上值。

这也不怪谢容与，昨晚他回来还不到亥时，几番痴缠，等到沐浴完，把熟睡的她抱上卧榻，已经快寅时了。青唯累，他也不是铁打的，合眼睡了一个来时辰，醒来就误了点卯。好在朝廷没有人查他的值，连着半月彻查案情，一切办事章程都走上正轨，所以早上他打发朝天跑了一趟衙门，把待看的案宗取回来，这几日都准备在家办差。

虽然房中焚着暖炉，秋凉还是无孔不入，谢容与见青唯只着中衣，倾身过来，为她披上外衫。他的气息靠近，青唯问："那你今日是不是就在家陪我了？"

青唯这话本来没别的意思，谢容与的动作停顿了一下，他抬眼看她，目光隐隐流转："是啊，你待如何？"

青唯愣了一下，刚反应过来，谢容与就靠过来了。他当真是个做什么会什么的能人，经一夜修炼，到了眼下越发精进，唇齿已能醉人，手上的动作也愈加熟稔，轻的时候发痒，重的时候带着明显的灼热与欲望，床榻间很快有喘息声如浪潮一般弥漫开，若不是西移的日光洒了一束进屋，唤回了青唯的神志，她今日该是起不来了。青唯咬了咬谢容与的下唇："天还亮着呢。"

谢容与稍稍退开："娘子还介意这个？"虽说无知者无畏吧，上回在脂溪，光天化日之下都恨不能一试的人是谁？

青唯道："……我刚回来，江家上下除了驻云、留芳一概没见，就这么在房中关上两天，这像话吗？"

谢容与一笑："好，那等天黑。"

其时正午已过，青唯刚起身，留芳和驻云就把午膳送来了，谢容与陪她一起用膳，正说话间，留芳在屋外禀道："公子，家里来客了。"

德荣是个省事的，若是寻常来客，早打发了，留芳来禀，来人定然不一般。

谢容与："谁？"

留芳："中州顾家老爷。"

谢容与反应过来："顾叔？"

留芳："是呢，把朝天和德荣都高兴坏了，没想到能在上京城中见到顾老爷，顾老爷称有事相求于公子，奴婢只好来禀。"

谢容与看向青唯："我去见见顾叔。"

青唯点点头，目送谢容与出屋。

说起来，青唯就是借着顾逢音的东风到上京的，然而昨夜重逢后，痴缠到现在，她还有许多事没来得及跟谢容与说。她这一程为了自保，诓骗顾逢音一场，心中感到十分内疚，眼下顾老爷既然登门，等他与官人说完正事，待会儿她得过去赔不是。不过这位顾老爷，到底有什么事相求官人？这一路上没听他提起有什么难处。

青唯一念及此，脑中忽然浮起顾逢音说过的一句话："老朽这两个亲人，眼下跟在上京城中一位贵人的身边伺候，谢家相公的事，如果这位贵人肯出手相帮，江姑娘就不必愁了"。

"江姑娘"的脑子蒙了一下，她把竹箸一扔，坏了，是她那"被冤枉入狱的谢家相公"！

第六十二章

雁渡寒潭

青唯火急火燎地赶往正堂，忽然意识到自己这么闯进去有点儿唐突，说不定顾逢音登门不是为她的事呢？她静悄悄地立在正堂的帘子后，听他们说了些什么。

顾逢音："……老朽想过来信，但是洗襟台的案子闹得这么大，殿下在上京城中肯定有的忙，提前告诉殿下，殿下必然派人来接，这不是添麻烦嘛，如今来往也方便，到上京城里再登门也是一样的。"

谢容与问："顾叔眼下可有落脚的地方？"

"有的，老朽在城中有铺子，院子拾掇拾掇，也是座体面的宅子。"顾逢音说着，迟疑道，"只是老朽有一事相求，不知殿下能否出面打听？"

青唯的呼吸一滞，她在帘后祈求，可千万别是她的事。

顾逢音："是这样，老朽此次来得匆忙，在半路遭遇劫匪，幸得一个姑娘相救。这位姑娘乃陵川人士，家中是开武行的，因此有些拳脚功夫。早年这个姑娘的家里为她定了亲，未婚夫婿也有出息，考取了功名，还在上京城中做了个芝麻官，可惜几个月前，这位未婚夫婿似乎因为什么事，被冤枉入狱，老朽的那位恩人姑娘心急如焚，决定去上京申冤。老朽既然被这个姑娘相救，这一路自然与她同行。她十分有礼貌，一个小姑娘，半点儿不娇气，路上对老朽多有照顾。老朽呢，自然也体谅她的难处，上京城中这样大，她一个姑娘再有本事，人生地不熟的，只怕是申冤无门。实不相瞒，昨天我们到了客栈，她为了她未婚夫婿的冤案奔波，竟然一夜未归，老朽实在担心，思来想去，只好麻烦到殿下这里，不知殿下方便相帮与否？"

谢容与道："这是小事，我差人去问问就是，不知这个女子的夫婿姓甚名谁？在哪个衙门当差？”

顾逢音：“名字老朽不知，说来却巧，他跟殿下一样，单姓谢，眼下在司天监当差，似乎是个管漏刻的。”

谢容与听到“谢”字愣了一下，忽然想起，昨晚祁铭提起青唯的行踪，说她似乎是跟一个中州商人同路来的上京城？还有上回在上溪，她编的那个“成日拈花惹草，为了攀高枝跟高门千金结亲”的负心汉，不也姓谢？

谢容与问：“那么敢问这位姑娘姓……”

顾逢音：“她姓江，水工江。”

谢容与淡淡地笑了笑，不期然地回过头，朝门帘处望去。青唯正将门帘掀开一条缝，往正堂里探看，见他招呼也不打就看过来，突然将门帘放下，后退好几步——谢容与好像知道她在这儿似的。

谢容与往椅背上一靠，坐得身姿舒展：“哦，那这位江姑娘还说过什么？顾叔不妨展开说说。”

顾逢音：“别的就没什么了，她的话不多，如非必要一般不开口，只提到她家中有尊长反对她的亲事，尤其是娘家的一个舅舅，总是使绊子，不然她早就嫁了，岂能等到今日……”

顾逢音把“江姑娘”的事说完，又坐了一会儿，见天色不早，便要起身辞去。

谢容与在宫中长大的这些年，见过的外地人，除了远道而来的祖母和几个族中尊长，再就是顾逢音了。顾逢音与谢氏的渊源颇深，当初做买卖发家，就是靠谢氏帮衬。长渡河一役后，三万将士战死，劼北一带多有遗孤，顾逢音甘作表率，带头收养这些遗孤。那年他还专程到上京城中的公主府拜访，说家中收养的孩子里，有几个十分机灵，以后可以送来给小公子当侍卫。这话本来是一句戏言，宫外的人不经层层选拔，如何能跟在堂堂昭王身边？无奈后来洗襟台出事，谢容与戴上面具变作江辞舟，从前身边伺候的人不能用了，顾朝天和顾德荣便由荣华长公主亲自挑了，来到巍峨的上京城。

谢容与把顾逢音送到府门外，对朝天和德荣道：“你们这几日不必在府里伺候，只管去陪顾叔。”

“不必不必。”顾逢音忙道，“老朽就是怕给殿下添麻烦，要不是为江姑娘的事，今日都不该登门，殿下公务繁忙，这个当口把他们俩支来陪我，像什么话。再说老朽铺子上还有的忙呢，没工夫理他们。”

顾逢音说着，唤来朝天和德荣，二人齐齐上前，喊了声：“义父。”顾逢音望着他们，经年不见，他老了，这两个小子也长大了，尤其是朝天，个头蹿得老高，他看着朝天时都要想，家里的门梁会不会修低了，还好上京城中的宅子高大敞亮。他握着朝天和德荣的手，缓缓地拍了拍：“好了，能见到你们，义父就放心了。你们好好跟着殿下，别给殿下添麻烦，知道吗？”

父子三人没说太多，反正顾逢音要在上京城中逗留数日，朝天和德荣抽空自然会过去探望。

谢容与掉头回东跨院，还没入院，就见回廊尽头飞快地掠过一抹青色的衣角，他笑了笑，到了房门前，还没推门，青唯突然把门拉开，这么短的工夫，她的一身行头已经穿戴好了，青衫罩着玄色斗篷，腰间别了一把防身用的短剑。

谢容与似乎有点儿意外：“娘子要出门？”

青唯“嗯”了一声：“师……师父吩咐了我点儿事，说想找一本兵器谱子，我才想起来要办。”她说着，没看谢容与，快步掠过他朝院外唤道，“德荣，备马车！”

德荣早跟来东院外候着了，听到青唯唤，只当自己压根儿不在家，没出声应答。他不出声无妨，昨晚朝天听说少夫人回来了，开心了一夜，要不是德荣拼命拦着，朝天早就去跟少夫人见礼了。朝天当即不顾德荣的阻拦，闪身出现在院子前：“少夫人，去哪儿？”

青唯：“去城中最远的兵器铺子。”

朝天答应一声“好嘞”，立刻去套马车。

青唯还没上马车，谢容与先一步拿折扇把车帘一挑，坐进马车里，朝她伸出手：“娘子。”

青唯目不转睛地盯着谢容与：“你跟来做什么？”

“办差。”谢容与十分从容，“听说司天监有个姓谢的漏刻博士被人冤枉入狱，我受人之托，过去关照此事，正好与娘子顺路。”

青唯沉默了一下，掀开车帘：“朝天，放我下去。”

朝天刚扬鞭，刹那间把马勒停。

谢容与问："娘子不去兵器铺子了吗？"

青唯下了马车："不去了，我是重犯，这个时辰不好在城中走动。我去东来顺吃鱼来鲜……你又跟来做什么？"

"巧了，东来顺掌柜的小妹跟司天监监正夫人是妯娌，我想了想，谢漏刻被冤入狱这事，从小处查多有不便，不如直接问衙门的掌事。"谢容与说着，看着青唯，忽然笑了，"我又没介意，你急着跑什么？怎么？情路坎坷的小江娘子一朝被打回原形，居然会害臊了吗？"

青唯没吭声。她倒不是害臊，只是一而再、再而三被他抓现行，有些没脸罢了。

谢容与又笑道："你这信口编故事的本事哪里学来的？上次说我拈花惹草，攀附高门害得你动气逃婚，这次我又被冤枉入狱，你不得不千里救夫，还有一次最离谱，我秋来染了风寒，病得快不行了，临终只求一口酒。"

青唯听了一愣，前两次她都认，第三次他哪儿听来的？

"我什么时候编过你重病不起的故事了？"

谢容与："怎么没有？你刚嫁给我没几日，去折枝居查扶冬，扶冬不在，你找到同巷子的一个老妪打听，自称远嫁到上京城，官人染了风寒，浑身发冷，久病不起，只求一口折枝居的酒驱寒。"

青唯听了这话想起来了，还真有这事。

谢容与笑了笑，扔下守着马车的朝天，上前牵了青唯的手，拉着她回院中，一边淡淡地说道："不错，有进步。"

青唯："什么进步？"

谢容与："第一回我快死了，第二回我只是拈花惹草，到了第三回，我成了个彻头彻尾的好人，落难了，还蒙你千里相救，说明在娘子的心中，为夫的地位日益变高，不枉顾叔夸赞'小江娘子'对'谢家相公'情深义重。"

青唯知道谢容与根本不会为这个跟自己置气，但是她编的故事吧，这一回还好说，头先两回着实有点儿过分，问："你真不介意了？"

桌案上堆放着没看完的卷宗，谢容与回到屋中，一边整理一边看了青唯一眼："介意，眼下介意有什么用，夜里讨回来。"

谢容与问："岳前辈打发你去兵器铺子买兵器谱，这事真的假的？"

"假的。"青唯看谢容与收拾，就在桌前坐下，双手撑着下颌趴在桌边，"师父比我还不爱念书，当年当土匪，字都认不全，后来我娘嫁给我爹，多亏我爹耐心教他，他肚子里才有了点儿墨水儿。他练武全靠自悟，什么兵谱、武谱到他手里都跟天书似的。"

谢容与点点头，将手头该办的事在心中理了一遭，对青唯道："我这里还要写一封回函，你去歇一会儿，写好了我陪你去东来顺吃鱼来鲜。"

青唯摇了摇头："我在这里陪你。"

谢容与停顿了一下，小野不是一个黏人的人，总能找到自己的事做，她说想留在这陪他，必然是此时此刻只想待在他身边了。这个念头一生，谢容与的心都软了下来，在桌上展开白宣，难得一心二用，一边写一边陪她说话："岳前辈怎么没来上京城？"

青唯听谢容与问起岳鱼七，想起一事："说到这个，我还没问你呢，昨晚曹昆德出卖我，那个被他打发去殿前司通风报信的人，你派人去查了吗？"

昨晚通风报信的人是墩子，但墩子是曹昆德的左膀右臂，真正到殿前司揭发闯宫女贼的必然另有其人。

青唯这个人，若要让她逮着机会，必然有仇报仇，去年在冬雪里，左骁卫劈过来的一刀，她不能白挨，左骁卫来追捕她，是因为曹昆德报信，这次她哪怕只能挖出曹昆德的一个耳目，她的心中也痛快。

谢容与道："查了，祁铭应该已经把曹昆德的耳目揪出来了。"

青唯道："揪出来最好，仔细审审，其实我一直有个猜测，曹昆德一个深宫里的老太监，做什么都不方便，他想谋事，朝中必然有他的同党。"当夜青唯躲进宫中，除了避开武德司的追踪，第一为报去年冬雪里的一刀之仇，第二就是为了揪出曹昆德的耳目。

青唯继续说道："我这阵子闲下来，仔细查了查曹昆德这个人。他这一二十年都在深宫，和洗襟台的渊源，必然发生在进宫之前，他出生在一户贫苦的耕读人家，十来岁被人卖到了劼北。他在劼北待了七八年，若不是得一个好心人相帮，那些年民生多艰，他根本活不下去。这个好心人姓庞，曹昆德感念这个好心人的恩情，一直将这个人奉为恩人兄长，直到后来劼北闹灾荒，曹昆德能从劼北到上京城中，也是这个庞兄帮忙。

“洗襟台坍塌的那年，我不是在曹昆德身边躲了一阵子吗？有些细枝末节我当时没注意，如今见识多了，回想起来，他身上的确保留有一些劼北人的习惯，比如朝食重，午间轻，过午不食，还有，劼北人的鬼节不是七月半，而是七月的最后一天，他也过的，过得还很隆重，朝沐浴晚焚香，夜里还要念两个时辰度亡经，他一个大活人，没事过鬼节做什么？这些应该都跟那个庞兄脱不开干系。就连他现在悉心带的小徒弟墩子，听说祖上也是劼北的。”

青唯说到这里，话锋稍转：“不过有件事我挺奇怪的，按说跟洗襟台有关系的大事只有两桩，十八年前沧浪江士子投河，与随后的劼北长渡河一役。曹昆德的那个庞兄，二十多年前人就没了，长渡河大战时，他一具泉下枯骨，能和洗襟台有什么渊源？”

谢容与问：“这个庞兄可有后人？”

青唯摇头道：“不知道，这些消息是我和师父在中州打听的，劼北跟中原有劼山相阻，消息十分闭塞，后来又闹灾荒，长渡河一役后，很多人没了，许多事不到当地，根本打听不到。你不是问我师父为什么没来上京城吗？我和师父本来打算回辰阳，后来我临时决定来上京城，师父说上京城中遍地权贵，没意思，就取道去劼北了，反正劼北他熟，摸清曹昆德的底细不算太难。我有预感，只要查清楚这个姓庞的跟洗襟台有什么关系，就能知道曹昆德这几年究竟在谋求什么了。”眼下她只等岳鱼七的来信。

青唯这话倒是提醒了谢容与，当年长渡河牺牲的将士太多，朝中不是没有过异声，后来先帝决意修筑洗襟台，起初也有不少士子反对。说不定他能以此为突破口，翻翻这些陈年旧事。

新的洗襟台建在柏杨山的外山，靠近崇阳县城，而坍塌的洗襟台旧址遗留在了深山之中，当年为防疫病，朝廷一把火烧尽了那些被掩埋的、挖不出来的尸体。只是尸体没了，焦黑的残垣断壁始终留存在原处，那是比人命更长久的事物，如今被有心人一块一块地掀开，尘嚣四起，真相即出，在人世掀起层层风浪，上京城中的学生、士人闹事，朝廷大员对洗襟台的非议日渐鼎沸，谢容与不知道最后的几块残岩揭开，他们所有人面对的又将是什么。

一封回函写完，外间天色已近黄昏，谢容与略略收拾了书桌，拿了薄氅，对青唯道："走吧。"

青唯："去哪儿？"

"东来顺。"谢容与声音温和地道，"不是说想去吃鱼来鲜？"

青唯拽住谢容与的衣袖："我随口说说的，午食吃得晚，这会儿不饿。"

谢容与笑了笑："到那儿就饿了。"

"哎。"青唯踌躇着道，"我真不想去。我身上……不舒服，不想走动。"

谢容与稍稍一愣，明白过来青唯的意思。昨夜几番情动，他食髓知味，到底累着她了。可他也是平生头一遭经历这种事，有点儿掂不准轻重："要不要请医婆过来帮你看看？"

青唯敛着双眸："不是那种不舒服。就是……乏得很，发酸。"她不知道怎么说，想了好一会儿才道，"就跟练功夫似的，好久不练，猛地练了，身上也要酸疼一阵，但是天天练，久而久之习惯了就好了。"

青唯的话就是打个比方，谢容与却听出了别的意味："娘子这意思？"

傍晚阴阳交割，天色十分暧昧，霞光斜照入户，像琉璃灯彩，谢容与抱起青唯，把她放在刚才写回函的书案上，声音沉得像夜晚流转的湖水："那先习惯习惯？"

翌日清晨，谢容与起床的时候，青唯还在熟睡。虽然"新婚宴尔"，该办的差事还是得办，衙门那边不必点卯，他今日得去曲侯府一趟。

曲侯府在城南，从江府过去，要小半个时辰，德荣知道主子要出门，一早就套好马车，在门口等着了。

如今曲不惟落难，多少波及军侯府，曾经光耀一时的高门贵户门可罗雀，之所以没彻底败落，有两个原因，曲不惟的正妻，曲茂的生母出身周氏，周氏乃名门望族，祖上更是大周朝的开国元勋，根深叶茂，要护住一个族女和外姓孙儿不难，此其一；其二，曲不惟虽获重罪，曲茂却在洗襟台登台名额买卖一案中立下大功，结案后不但不会被罚，照道理还该行赏的。

谢容与的马车在侯府门口停下，周氏一早就在门口相候，她不卑不亢，知道曲不惟是被这位小昭王送入天牢的，眼中没有丝毫怨色，依礼唤了一声：“殿下。”她得闻谢容与是来见曲茂的，打发尤绍去里院请人了。

不一会儿，尤绍一脸愧色地回来，对谢容与道：“殿下，我家五爷……五公子昨晚去明月楼吃酒，喝得烂醉如泥，三更才回，眼下怎么唤都唤不起，您看……”

曲茂爱吃酒，谢容与知道，曲茂的酒品不好，吃多了就说胡话，谢容与也知道，但曲茂从来不会喝多起不来身，他是能睡，拎着耳朵喊个两三声，人也就清醒了。眼下他没跟着尤绍出来，不外乎两个字——不见。这已经是谢容与第二回登门了。

从脂溪回上京城的这一路上，曲茂一直浑浑噩噩的。章兰若为何会受重伤？为何让他把捡到的锦囊交出去？封原是怎么被擒的？他一概弄不清状况。等行队都过中州了，他才惶惶然地回过神来，半夜溜去封原的囚车前，急忙问道：“封叔？封叔您究竟怎么了？到底出了什么事？您为什么被关起来了？”

封原的手上戴着铁枷，花白的发须在初秋的寒风中抖动，他似乎一下子就老了，见了曲茂，张了张嘴，一下贴近囚栏：“五公子，保住侯爷，侯爷纵使做了错事，可是其他人就没有错吗？侯爷罪不至此，罪不至此！”

曲茂不明白他的父亲究竟做错什么事了。直到这时，他才后知后觉地想起章庭曾经问过他的一句话——“曲停岚，如果有一天，你发现你所认为的对的，其实都是错的，你最相信的人，做了最不可饶恕的事，你该怎么办？”

曲茂这才开始怀疑，这一路他是不是踩了别人下的套了？是不是因为他，封原才变成了这样，那幅《四景图》，还有他和章兰若拼命抢回来的木匣子，都是用来害人的——害自己人的。

曲茂一夜未睡，隔了一日，找到了谢容与。晨间的秋寒未退，曲茂立在风中，问道：“你是不是……又骗了我？”

谢容与沉默须臾：“停岚，有些事我本不该瞒你……”

曲茂这才知道，原来那个陪他一起去上溪办差的护卫邱茗，其实是他父亲的眼线，派来盯着上溪衙门的。曲茂这才知道，当年竹固山山匪之死的真正缘由。那幅藏在他父亲中州私宅里的稀世名画的上头有读书人的血，有一对父女的生离死别，还有那个被他和章庭拼命抢回来的木匣子里，全是他爹犯案的罪证。

曲茂平生从未面对过这么多大是大非，这一刻他好似听明白了，又好似没有。茫然间，他甚至顾不上去分辨曲不惟究竟犯了什么事，又会有怎样的下场，只抓住他唯一听懂的一点："所以说，你就是骗了我？"

一旁的祁铭道："五公子，虞侯瞒着您也是情非得已，案情未查明前概不外露这是朝廷的规……"

"我不要听你说，我只听他说！"曲茂气愤地打断。是非对错如飘蓬，风一吹就散了，可满腔愤懑在胸中越积越深，无处可泄，曲茂自知自己是个胸无点墨的废物，所以只活一个义气，只活一个真，所以如今山陵崩塌，也只看到了自己被折断的义气。曲茂上前一步，狠狠地一推谢容与："为什么啊？你从前扮作江子陵骗我，他们说那是因为你有心病，得戴着一张面具才能活，我原谅你了，不是吗？我劝自己，那个真正的江子陵我都不熟，我这几年结交的，一直都是你谢清执！上京城中这么多名门子弟，我曲停岚败家出了名，同辈中人见了我，恨不得将两眼搁在头顶上，可他们又能好得到哪里去？我是傻，是蠢，但我眼不拙、心不瞎，我看得出这些年，只有你谢清执是真心实意地跟我结交，没有一丁点儿瞧不上我的意思，所以我一直当你是最好的兄弟，什么事都想着你，可是你为什么又要骗我？"

直到到了上京城中，曲茂跪在宣室殿上，听阶前的御史一桩一桩地念他的功劳：呈交《四景图》，拼死与恶徒搏斗，抢出岑雪明遗留的证物递交朝廷。曲茂都蒙了，他什么时候做过这种事啊？这些跟他究竟有什么关系啊？他觉得自己担不起这样的殊荣，如实说，《四景图》是他弟妹冒死取的，他只是做了个顺嘴人情，在矿洞里搏斗是为了帮章兰若，不是为了取什么证据，还有木匣子里的那个锦囊，那是章兰若交给他的，他都扔了，张远岫又捡回来塞给他。可朝廷上的人听了这话，只是笑着说他过谦，说曲不惟有个好儿子，夸曲茂的身上不愧有周氏的血脉。

大殿上，那个比他还年轻的皇帝温和地说，他大义灭亲，等结案后会论功行赏。曲茂听到“大义灭亲”这四个字，才真的意识到是他把父亲送进了牢狱，父亲虽然有时候对他严苛，私心里是非常非常宠爱他的，如果再给他一次机会，他一定不会这么做了，至少……至少在山洞里抢木匣子的时候，他会借机把那个木匣子扔进火海里，让它消失在山崩地裂中。

从前黑白分明的一切都被罩上浑浊的色彩，曲茂跪在宣室殿上，舔了舔干涩的嘴唇，最后道：“我家有钱，我不要官家的赏。”他不求功名利禄，甚至不想当官了，只想挨父亲的一顿鞭子。

周围的人都笑了。

也是因为曲茂，满朝大员都愿意相信侯府一门的清白，曲不惟的过错由他一个人承担。

只是侯府还是不可避免地凋敝了，数日来，除了谢容与，几乎无人登门造访。周氏礼数周到地在府门相迎，府中上下见了这位小昭王，却非常敬畏。

尤绍再次去里院请曲茂，曲茂还是不见。

谢容与沉默地坐了一会儿，谢过周氏，起身辞去。周氏一路将谢容与送到府外，临上马车，周氏唤住他。

“殿下。”周氏屈膝一拜，“妾身知道侯爷所犯罪孽牵扯多条人命，万死不能赎罪，这一路若不是殿下为茂儿悉心铺路，这么大的侯府，想不受牵连都难，如何能如今日这般置身事外？所以不管府中人怎么想，妾身都应该替这一府老小谢过殿下。只是茂儿他……从小就很糊涂，侯爷放纵他，妾身也以为出身军侯世家的孩子，如果不能子承父业，将来必然当不了大官，倒不如糊涂些好。毕竟心思太重的人，未尝能有一日开心，如果可以懵懂无忧地度过一生，不失为幸事，反正家底殷实，妾身所以从不劝他苦学。可惜人一糊涂，难免执着于眼前爱恨，他今日对殿下避之不见，心结难解，还望殿下能够谅解。茂儿他其实不傻，他的心是干净的，请殿下相信他，只要多给他一些时间，他就能想明白了。”

谢容与道：“夫人言重了，我本来就有对不住他的地方。我知道依他的脾气，眼下不该登门，只是……”

谢容与本来想说曲不惟眼下宁死不肯招出章鹤书，恐怕是有把柄落在了章鹤书的手中，而当时在陵川，能被章鹤书拿住把柄的只有曲茂。曲茂忽然出现在脂溪矿山这件事本就有异，他担心曲茂是着了章鹤书的道。可是即便他把这些说出来，曲茂就肯见他吗？周氏说得不错，曲茂是个又糊涂又单纯的人，一条道走到黑，一根筋从脑子直接搭到心上，曲茂得自己想明白。

谢容与摇头："算了，没什么……今日唐突登门，清执告辞。"

他从侯府出来，还没到午时。这几日都有学生、士子闹事，马车路过朱雀街一带，被游街的人群阻滞，几乎不能前行，城中各处虽然增派了禁卫，因为赵疏没有明令禁止游街，禁卫只能勉力维持秩序。禁卫长见江家的马车被阻在了巷口，上前验看，车帘一撩，里头坐着的竟是小昭王。

禁卫长愣住，连忙吩咐随行的兵卒开道。兵卒在拥挤的街道分行列阵，两旁的路人纷纷避让，一个穿粗布衣的中年男子躲避不及，撞在一旁一个学生身上，学生正义愤填膺，呵斥道："推攘什么？"

身穿粗衣的男子连忙拱手赔罪："对不住对不住。"学生的火气原不是冲中年男子，他听中年男子赔罪，摆摆手也就算了。

身穿粗衣的男子作完揖，逆着人群往另一侧的巷子走，巷子里停着一辆没有挂牌的马车，马车里坐着一个方脸长眉的中年人，正是章鹤书手下的办事大员颜盂。

章鹤书虽然被停职，他在朝中多年，在衙门岂能没有耳目？

颜盂今早本欲拜访章鹤书，章府和侯府离得近，路上不慎撞见江家的马车，知道里头的人是小昭王，只能在一旁暗巷中避上一时——眼下这个风尖浪口的时候，万事都得小心——等到小昭王离开了，他才匆匆赶到章府，被老管家请入正厅。

章鹤书正坐在厅中慢条斯理地吃茶，一见颜盂便笑道："来得正好，我近日得了些上好的翠螺，正愁无人品茗，老袁，快给宗朔沏上一盏。"

颜盂看章鹤书这副闲适的模样，忍不住回身关上门，急忙说道："我的章大人，您眼下怎么还有心情品茶？您知不知道单这几日，大理寺已经提审了曲不惟三次！今天一早，小昭王又去了侯府，那曲不惟纵然被您拿住了把柄，宁死不肯招出您，那张调兵令到底是经我们的手做的，您难道就不怕小昭王查出端倪？再说脂溪矿山这件事，您不觉得奇怪吗？岑雪明知道那些登台名额是从我们的手里流出去的，他的手上必然有我们的罪证，可他留下的证物，为什么跟我们半点儿关系都没有？您就不怀疑小昭王私底下藏了证据，等到关键时候才拿出来指证我们吗？”

曲不惟为什么不招出章鹤书？很简单，脂溪矿山事发前，章鹤书让人骗曲茂签下了一张调兵令，调兵令上言明封原麾下的几百兵马，是曲茂帮忙跟枢密院请调的。眼下曲不惟落网，封原获罪，那几百兵马也成了叛军，这一张调兵令只要交给朝廷，曲茂就是他们的同谋，侯府上下都要受牵连，再也洗不干净了。这张调兵令一式两份，章鹤书在手里留了个底，曲不惟入狱前，章鹤书把它拿给了曲不惟看，曲不惟自然知道招出章鹤书的后果是什么。

章鹤书淡淡地道：“调兵令一共两份，封原手里的那一份早就销毁了，我手里的这个底，只要镇住封原就行了，怎么会给小昭王瞧见？至于岑雪明留下的罪证里为什么没有我们的？”他用茶碗盖拨着茶沫子，笑了笑，“还能为什么？张忘尘帮我们把东西隐下了。”

第六十三章

夙愿成疾

颜盂："张忘尘？他一个乌台言官，如何帮我们隐下证据？"

章鹤书道："你别忘了，脂溪兵变当日，张忘尘比所有人都先一步到入山口，后来山洞被炸毁，上山的路被巨岩截断，他早早就等在山腰，只要想帮忙，自然有法子……"

章鹤书说到这里便收住，或许因为章庭也曾为了抢夺证据身受重伤，他竟不愿提张远岫究竟隐下了什么罪证。

颜盂看章鹤书不提，便也不好追问。章鹤书的话并没能安慰他，但凡做过必留下痕迹，何况章鹤书拿去威胁曲不惟的调兵令，是他帮忙从枢密院请的，万一还有痕迹没抹干净呢？万一那个一向糊涂的曲五爷觉察出调兵令的端倪，没有任由人把它销毁呢？

可这些话颜盂不好问，问了就是不信任章鹤书，他思前想后，只好把所有要紧的话都咽进肚子里，附和章鹤书说道："不过眼下官家倒是一副平事的态度，手中一碗水端得很平，就说买卖登台名额这事，头一个就该查翰林，查翰林就要查老太傅，官家兴许觉得上京城中士人闹得太狠了，如果老太傅被问罪，这些读书人岂不翻了天？官家担心事态不好控制，眼下已有大事化小的趋势，前阵子居然暗示三司绕开翰林，逼得小昭王没法子，成日跟礼部一起追查什么牌子。"

章鹤书道："你可别小瞧了咱们这位皇帝，追查洗襟台的真相，他的态度只会比小昭王更坚定。否则凭谢容与一个异姓王，带着天子之师远赴陵川查案，朝里就一点儿异声没有？御史台，礼、兵二部，私底下跟官家上了多少谏书，那些你瞧不见的风波，都是他为小昭王摆平的。眼下到了这个当口，他不可能就这么算了，为什么不查翰林？因为老太傅德高望重？因为士子闹事？都不是，他是因为先帝。”章鹤书说着，抬手拍拍胸脯，长叹一声，“先帝于心有愧啊。咸和十七年，苍弩十三部入侵，满朝文武主和，直至沧浪士子投江，才有了长渡河一战。投江士子的赤诚固然不可置疑，我且问你，那些主和的满朝大员，当真就是个个怀揣私心，畏而不战？他们中，难道就没有人说的是肺腑之言，在那样的情形下，不战其实比战更好？否则后来修筑洗襟台，上京城中怎么有士子反对呢？可惜先帝不听啊，先帝被一腔热血冲昏了头……”

章鹤书还没把话说完，下头的老管家来报：“老爷，东街绸缎庄的鲁三来了，说夫人前阵子跟铺子上订的软烟罗没了，问换一种行不行？”

章鹤书道：“都是自己人，让他进来说话。”

不一会儿，老管家就引着一名穿着粗衣短打的伙计过来了，伙计的个头很高，腰背挺直，见了章鹤书，立刻道：“章大人，皇后娘娘着小的带话，问外头发生了什么事？”

这个伙计不是别人，正是受了章鹤书恩惠，时而帮忙往外头递话的宫门侍卫。但章元嘉是不知道他的，递话的人一直是她身边的芷薇。

章鹤书蹙了蹙眉：“是皇后让你来的？”

“回章大人，皇后娘娘觉察到前朝出事，打听不到消息，这一个月来寝食难安，芷薇姑姑担心危及腹中的龙子，只好将传话的这条暗线告诉娘娘。娘娘听后……并没有怪罪芷薇姑姑，只让她带话问家中安否。”

章鹤书略想了想：“你给宫中回话，家中一切都好，让皇后无须担心……”

“章大人！”颜盂听了这话，刚稳当的心神又焦急起来，“我们眼下哪里一切都好了？分明一切都不好！宗朔知道您想让皇后安心养胎，不愿她为您担心，可是万一……万一出了什么岔子，皇后惊闻噩耗，岂能承受得了？只怕她也会受牵连！眼下皇后既然肯差芷薇相问，说明她并不在意您在她的身边安插眼线，哪怕避重就轻，我们也该把困境告诉她，多一分助力是一分，一旦你我行动不方便，说不定有些话、有些消息，还要通过皇后娘娘往京外递！您忘了士子名牌的事了？”

颜盂看章鹤书仍然有些犹豫，再次劝道：“章大人，官家与皇后情笃，加上皇后腹中怀有龙子，她不会有事的！”

章鹤书听了这话，终于被说动，狠狠一叹：“也罢！”

隔日一早，叶梢上的露珠还没干，江家书斋的门就被推开了，祁铭一大早便在府外让人通传，到了书斋，径直将一封手书呈上：“虞侯，士子名牌有消息了。”随后他跟立在一旁的青唯见了个礼，“少夫人。”

趁着谢容与看信，祁铭说道：“礼部那边说，当年士子登台所佩戴的名牌虽然不可复制，但是可以改制，就是用纹饰一样的士人牌符，改做成士子登台牌符。咸和十七年陵川举人、昭化元年进士，以及昭化七年中州的举人，他们的牌符上，都有同样的纹饰。”

当年修筑洗襟台，朝廷一共遴选了一百五十七名士子登台。这一百五十七人都配有一块由礼部铸印局特制的名牌，作为登台士子的象征，因为名牌不可复制，所以是独一无二的。然而蹊跷的是，后来谢容与在上溪查到蒋万谦，蒋万谦称是曲不惟为了让他闭嘴，给了他两块空白的名牌，称是今后待洗襟台再建，另外许诺他两个登台名额，就以空白名牌为证。

士子登台的名牌既然不可复制，铸印局也没有铸多余的，那么这些用来息事宁人的空白名牌究竟是哪里来的呢？

谢容与正是抓住这一点蹊跷，才与礼部一起往下追查。而且有个念头，他一直没有对外说，曲不惟的手腕简单粗暴，出了事，他喜欢直接下狠手，竹固山的屠戮可见一斑，拿名牌息事宁人，不像是曲不惟做的，反倒像是章鹤书的手笔。只要证明这几块名牌确系出自章鹤书之手，坐实章鹤书是曲不惟的同伙，朝廷便有证据捉拿章鹤书了。

铸印局的手书写得简单，只说明把举人、进士牌符改作登台士子名牌的法子，谢容与看完，问祁铭：“礼部怎么说？”

祁铭道：“礼部知道此事隐秘，暂且没有对外说，只让属下来请示虞侯，能否派玄鹰卫去中州、陵川等地征集印有同样纹饰的牌符，以便查证？”

谢容与当机立断：“派，让卫玦立刻去营里调集人手。”他说着，对青唯道，“我去一趟衙门。”他吩咐德荣备好马车，很快往紫霄城去了。

时候说早也不早，马车到了宫门口，已经快辰时了，宣室殿上还在廷议，宫门口的侍卫刚换了班，有几个正待往禁中去的见了小昭王，连忙上来拜道：“昭王殿下。”

谢容与目不斜视，径直往玄鹰司去了。

几个侍卫到了西面宫门，跟夜里守宫的交了班，其中一个高个儿的似乎想起什么，跟侍卫长说道：“瞧我这记性，内侍省那边说，入冬前各门楼瓦檐要清理一次，以防冬雪堆积太深，我们守着的这地儿眼下还没杂役来呢，可要过问一声？”

侍卫长摆摆手，打发他去了。

这个侍卫于是到了宫门后的甬道，对着那里一个洒扫的太监招招手，对他低声嘱咐了几句。

太监握着笤帚的手紧了紧，他答应一声“知道了”，随后似乎有什么急事，一路往内宫赶去。他是宫中最低贱的人，游走在宫门内外，像一个白日幽魂，没有人会注意到他的存在，只当他是墙上斑驳的苔藓，足下的一缕灰，靠近了都嫌晦气，所以当他不经意撞到元德殿的芷薇姑姑，顿时吓得跪倒在地：“姑姑饶命，姑姑饶命。”

深宫之中，皇后娘娘的柔善是出了名的，而她身边的这位姑姑自然也善解人意，芷薇丝毫不嫌弃眼前这个低贱的太监，唤他起身，声音温和地道：“莫怕，我不会怪你。倒是你，跑得这样急，可是出了什么事？”

元德殿的宫门大敞，去太医院取安神药的芷薇回来了，她见宫人来回走动，知道章元嘉已经起身了，到了寝殿门口，径直接过宫婢手里的羹汤：“我来伺候，你们都退下吧。”

待宫人们都退到外殿，芷薇把羹汤搁在一旁的高几上，快步走到章元嘉的榻前，往地上一跪，泪眼婆娑地道：“娘娘，出事了！老爷被冤枉停职，大少爷也遭横祸受了重伤，您快救救家里吧！”

章元嘉今早一起就犯了头风，此刻正倚在软榻上歇息，听了这话，她突然起身：“怎么会这样？父亲为何被停职，哥哥如何会受伤？哥哥他……不是去陵川督工了吗？”

“正是在陵川受的伤。”芷薇道，“年初小昭王去陵川彻查洗襟台之案，与大少爷有公务上的交集，后来大少爷为了帮小昭王取得证据，与歹人发生冲突，不慎撞伤了头颅。不过娘娘放心，大少爷的命已经保住了，眼下尚在陵川养伤。”

章元嘉一听“洗襟台”三个字，搭在被衾上的手不由得收紧，这座楼台，一直是赵疏的心结：“可是照你这么说，哥哥为朝廷立了功，为何父亲反倒被停职了？”

芷薇：“说是陵川的州尹参了老爷一本，状告老爷牵涉洗襟台登台名额买卖。眼下罪魁曲侯已经落狱，朝廷因为章、曲二家走得近，由官家做主，停了老爷的职。对了，前阵子落芳斋那个哭了一夜的美人，她的父亲也因此事获罪，听说大理寺的衙差连夜闯进她的家中，带走了十余口男丁。娘娘，眼下朝中风声鹤唳，只要跟这个案子沾上一点儿关系，怎么都跑不了。上京城中士子闹事，人心惶惶，外头的人听风就是雨，老爷纵然是被冤枉的，他在枢密院这么多年，对曲侯多少行过一两回方便，朝中党派林立，如果被有心人抓住这一点，把老爷打为同党，老爷再想翻身，恐怕就难了！”

章元嘉愣道：“你刚才说，父亲停职……是官家的意思？”

芷薇点了点头：“也是大理寺等几个衙门上书谏议的。”

这些话是章鹤书托人教给芷薇的，章元嘉的脾气看着温和，其实和她的哥哥章庭很像，她认死理，守规矩，如果就事论事，只说洗襟台之案，章元嘉作为后宫的皇后，未必愿意插手前朝事。反之，如果把今日的风波归咎于党争，称章鹤书之所以落到今日的境地，全是因为朝中有人借此案党同伐异，得知父亲遭受了不公的对待，做女儿怎么都会相帮一二。

章元嘉本来因为怀有身孕丰腴了一些，近一个月寝食难安，脸庞肉眼可见地削瘦了，她揪着手帕，额头渗出细密的汗珠，芷薇的话将她连日来心中的疑惑一下炸开，变成千条万条乱麻。她终于知道赵疏这些日子在忙碌些什么了，终于知道身遭的人为何不约而同地缄默起来。章元嘉竭力想把这团乱麻理清楚，她问：“父亲可说过让我做些什么？哥哥呢？哥哥怎么不回来帮父亲？”

芷薇没有把章庭昏迷未醒的事告诉章元嘉：“大少爷是在陵川一处矿山受的

伤，眼下矿山被炸毁，矿监军被捉拿，大少爷留在矿山善后了，可能还要过一阵子才能回上京城。老爷说，眼前这一关，他自有法子渡过去，只是过些日子，老爷希望娘娘通过自己的路子，往上京城外送一封信。”

章元嘉听了这话，紧握着手帕的手慢慢松开，她重新在软榻边坐下，思量了片刻，对芷薇道：“你过来，帮本宫去办一件事。”

芷薇依言附耳过去，听完章元嘉的话，脸色大变：“娘娘，不可，落芳斋的美人已经被看管起来，等闲不能召见，娘娘若贸然见她，只怕官家……”

“照本宫说的去做！”不等芷薇说完，章元嘉声音冷冷地打断，她缓缓地抚摸着腹部，“到了这样的关头，本宫不能坐视不理……”她闭上眼睛，“快去吧。”

芷薇只好跪地称一声“是”，匆匆离开了。

天际阴云密布，云层灌了铅似的低低地坠在宫楼顶，直到廷议结束，天也不见放晴。一个小黄门在深秋的寒风中缩了缩脖子，引着身后的大员登上拂衣台：“张大人，这边请。”

廷议刚结束不久，张远岫到了殿上，对赵疏拜下：“官家。”

赵疏将手里的奏疏合上：“听闻早上张卿去了城郊查访，怎么样了？”

近来上京城中多有士子、学生游街，朝廷为了平息事态，着令翰林、礼部、御史台一起查问这些士人的诉求，张远岫之父是当年投江的士大夫张遇初，他在士人中颇有威望，所以是督办此事的不二人选。

张远岫：“官家容禀，这些士人之所以闹事，多半还是因为对买卖洗襟台登台名额的不满，洗襟台在人们的心中是无垢的，岂可用来做牟利敛财的手段？只要严惩买卖名额的罪魁，给天下一个交代，风波自会平息。”

赵疏颔首：“由张卿督办此事，朕是放心的。”他随即道，“其实今日朕传你来，是为了私事，此前张卿在陵川督工，老太傅曾去过一封信，张卿可收到了？”

张远岫道：“收到了，臣也看过了。”他知道赵疏想问什么，稍微停顿了一下道，“臣身无长物，今承蒙官家赐婚，感佩在心，不胜惶恐。按说父母之命，媒妁之言，臣不该有二话，只是，一来，臣尚未有功业建树，担心自己配不上仁毓郡主，辜负了官家与恩师的一片好意；二来，”张远岫在大殿上沉默须臾，“二来，先烈在上，臣不敢僭越，不敢自比谢公。”

张远岫这话说得直白，赵疏也听得很明白。所谓先烈不是旁人，正是小昭王之父谢桢。

张远岫娶赵永妍，便如同当年谢桢娶荣华长公主，都是士人、皇女配做一对，无论旁人怎么看，私心里必会拿他与谢桢做比较。当年的谢桢如果活着，凭谢桢经世之才，眼下早该是宰执之臣，张远岫如果娶了仁毓郡主，做了下一个谢桢，自然借此在士人的心中更进一步，但是，走快了不是好事，高处不胜寒，他早就木秀于林，又岂不知山顶狂风？

赵疏看着张远岫，这个立在满殿秋日阳光中的年轻大臣，有着一双如春湖般安静的眼睛，看着一览无遗，目光却很深，难怪永妍这样不谙世事的小姑娘会喜欢他。

赵疏道：“其实这门亲事起初是裕亲王府那边提的，可能是看在你的人品出众，倒没有太多别的意思，朕和老太傅都一样，觉得终归还是要你自己愿意。也罢，朕明白你的顾虑，你既然踌躇，朕再容你些时日多想想，想好了随时来回话。”

张远岫谢过，退出殿外。刚走出一截，他似乎想起什么，脚下的步子停顿了一下，回身对大殿外的老太监道：“不知公公可方便，张某有事要去趟惠政院，公公能否帮忙引路？”

惠政院建在东宫，是太子的辅政之所，赵疏登基后，东宫空置，惠政院只余几个值勤的坊官，张远岫近日处理士子闹事，那些坊官都是名正言顺的士人出身，他要见他们无怪。

东宫虽然在禁中外围，张远岫一个外臣过去，路上禁卫多有查问，所以才劳烦曹昆德引路。

曹昆德一搭拂尘：“张大人真是说笑了，咱家能有什么不方便的？”他说着，吩咐墩子等候通传，引着张远岫去了。

二人沿着宫道一前一后走出一段，曹昆德渐渐慢下步子，慢条斯理地道：

“可真要恭喜张二公子，无心插柳柳成荫，待娶了郡主，这大周朝廷之上，您说的每一句话都掷地有声，再不用如昔日一般，为了重建一座楼台煞费苦心，千里迢迢让咱家把一个孤女引来上京城了。”

张远岫的目光直视着前方，声音淡淡地道：“公公与我各取所需，忘尘煞费苦心，公公又何尝不是？”

曹昆德的声音细而长，脸上挂着的笑像画上去似的，像个假面：“张二公子今日来找咱家，不单单是为了叙旧的吧？怎么，是咱家做了什么，惹得张二公子不痛快了吗？”

张远岫：“没什么，提醒公公一句，您要的人，我已经帮您请来上京城了，您有怨报怨，有仇报仇，洗襟台之案到此为止，多余的事不必再做。”

“多余的事？”曹昆德听到这里，嗤笑一声，“怎么，前几日温小野闯宫，咱家不过就是依规矩让人告了她一状，离要她的命还差着好一截呢，居然又让张二公子不乐意了？”

“张二公子让咱家不要做多余的事，公子多余的事却没少做。”曹昆德悠悠地道，“咱家老了，记性倒还不差。一年前薛长兴投崖，似乎就是张二公子救的；后来温小野能平安地逃出上京城，多亏张二公子相帮。要说公子优柔寡断吧，瞧您这一桩桩事情办的，真可谓一个杀伐决断。就说何家囤药的案子，要不是公子把宁州受瘟疫波及的百姓请到上京，率先引起动荡，怎么会有后来的士子闹事呢？如今买卖登台名额的内幕暴露，张二公子知道任小昭王这么查下去，洗襟台的重建早迟都要搁置，脂溪山崩地裂，也不妨着您隐下章鹤书的证据。刀尖什么时候出鞘，什么时候收回，公子一向游刃有余，怎么偏偏遇上了这个温小野，就乱了阵脚呢？怎么，温小野在张二公子心中，很特别？”

满朝大员中，希望洗襟台能够重建的不止章鹤书一个。然而不是每一个人都有章鹤书这样的权势，能和天子做买卖置换的。没有权势怎么办？不难办，找准时机在里头推波助澜即可。

嘉宁三年初春，这个时机来了。

重建洗襟台得到了嘉宁帝的应允，朝廷复查洗襟台之案的疑点，捉拿了包括崔弘义在内的一批嫌犯，与此同时，洗襟台的工匠薛长兴决定去上京，以一己之力追查洗襟台坍塌的真相。不过想要彻底掀起波澜，单凭一个工匠怎么够？张远岫知道温小野活着，甚至知道她当年为曹昆德所救，于是写信给曹昆德，请他想法子让这个逃脱了朝廷追捕，海捕文书上已经被画了朱圈的温阡之女来到上京城。

曹昆德其实知道，张远岫对青唯多次相护，未必就是生了情，她对张远岫而言很特别，这是一定的，毕竟她走入这龙潭虎穴，或多或少有张远岫的原因，但是曹昆德就是要说这样的话来刺激他。

"公公与我有约在先。"张远岫丝毫不被曹昆德激怒，语气依旧不温不火，"公公在必要的时候相帮于我，而我作为回报，也会帮公公达成心愿。公公不是想为那位庞先生报仇吗？眼下仇人我已经帮你请到上京城中了，容我提醒公公一句，不管公公想做什么，都请尽快，上京城中个个都是聪明人，晚了一步，被人瞧出了端倪，公公的夙愿也许就落空了。"

曹昆德眯着眼睛，笑声细而哑："跟咱家交心的这些人中，最有趣的当属张二公子，一脚踏入泥泞中，靴头上尽是泥垢，衣摆居然洁净，明明杀伐果决，时而又惦记着不想伤害无辜之人，看来是被老太傅用'忘尘'二字束缚得狠了。事到如今，咱家有一件事想问张二公子，如果从头再来，张二公子还愿意让温小野来上京城吗？"

张远岫没有回答这话，显见得没什么谈兴，遥遥望见东宫的一角，停住脚步："多谢公公引路，惠政院到了，公公留步吧。"

惠政院的坊官知道张远岫要来，一早就在内等候，或许因为和曹昆德的一番周旋颇费心神，张远岫今日竟然十分倦怠，把正事办完，没有回衙门值勤，看到天色近黄昏，便回家了。

近日老太傅不在上京城中，张远岫住在城西的草庐，就是太傅的旧邸。

旧邸离紫霄城很远，从宫门过去，要半个时辰，深秋的黄昏，朔风卷着秋寒一股一股地袭来，街上的行人已经很少了。张远岫掀开车帘，萧条的街景有点儿像那年戒严的陵川。

张远岫想起曹昆德问他的话。如果重来一次，他还愿意让温小野上京吗？张远岫不知道曹昆德的重来一次究竟是从何时重来，是嘉宁三年的初春，他给曹昆德写信之时，还是六年前，他跟随老太傅赶往陵川之时。

昭化十三年的五月，老太傅病过一场，待到病势好转，他们启程前往陵川，已经是六月中旬了。

所以当洗襟台坍塌的噩耗传来，他们还在路上，张远岫至今记得那个送信官兵脸上的神情："出事了，洗襟台塌了，大公子与许多登台士子陷在了楼台下，包括小昭王……凶多吉少，太傅大人、张二公子节哀。"

张远岫听到这个消息，起初是不信的。他的母亲早逝，父亲也在沧浪江水里化作一袭白襟，长兄如父，张正清是他在这个世上唯一的血亲，从小到大，张正清告诉他最多的就当年士子投江是何等壮烈，父亲虽然逝去，他们应该以此为荣。以至于后来昭化帝要修建洗襟台，即使最初朝廷上有颇多非议，张正清也力持先帝之见。

昭化十二年，张正清赶赴柏杨山之前，对张远岫说得最多的一句话就是，"待到来年草木苍郁，柏杨山中，将见高台入云间"。于是张远岫也一直向往着那座高耸入云间的楼台。

可是，明明那样无垢的楼台，怎么就塌了呢？就像哥哥，好端端的一个人，怎么就没了呢？

马车疯了一般往陵川赶，直到见到楼台坍塌后的人间炼狱，张远岫才真的明白，哥哥也许真的不在了。他忘了是哪个大员对他说的："登台的士子，很少有活下来的，尸体陷得太深，挖都挖不出来，张二公子节哀。朝廷会彻查到底，会找到真相的。"

可能人伤心到极致，总会做一些无用的事。那年张远岫还不到十六岁，听到这句话，脑中的第一个念头不是所谓是非，所谓真相，他没见过自己的母亲，父亲的样子他也不记得了，他只有一个哥哥，哥哥也只有他，如今哥哥不在了，他说什么都要把哥哥的尸体带回去。朝廷不帮他找哥哥的尸体，那他就自己找。

好几个日夜，他不眠不休地跪在废墟上，渴盼着能徒手挖出张正清的尸体，途中或有人见了不忍，想要上前相劝，却被老太傅拦下："随他吧，也许这样他的心中会好受一些。"

后来的一个清晨，张远岫终于支撑不住，在废墟上睡去，待到他醒来，远远瞧见一个穿着青衫的小姑娘身轻如燕地躲过侍卫的巡逻，四下找着什么。

张远岫沉默片刻，刚要过去，忽然见到这个小姑娘被人从身后捂住嘴，带着往远处去了。带她离开的那个人是个穿着祥纹幞头的太监，张远岫知道他姓曹。

虽然因为兄长身亡神思恍惚，张远岫还是瞧出了端倪，在这片残垣断壁之中，到处都是伤心人，有谁会刻意避开侍卫的巡逻呢？

隔了一日，张远岫找到曹昆德："被你救走的那个人是重犯吧？你想包庇重犯？"

曹昆德打量了张远岫一眼："咱家认得你，你是张家的二公子。"说着，他道，"不错，洗襟台总督工温阡之女，正是咱家救走的人。"

张远岫听了这话，头也不回地往山下临时的衙所走去。

曹昆德慢悠悠地道："你要去衙所揭发她？你想害死她吗？"

张远岫回过身来："她的父亲督造的洗襟台坍塌，我的兄长丧生在楼台之下，我如何不能揭发她？"

曹昆德摇了摇头："你想得太简单了。"

曹昆德身后的门虚掩着，曹昆德招了招手，让墩子离开，很快，昨日那个穿青衫的小姑娘就出来了，她再次去了山间的残垣之上，和几日前的他一样，跪在废墟之上，拼命地挖着什么。

曹昆德慢慢靠近："孩子，你在找什么呢？"

"我阿爹。"过了许久，青唯才道，"我阿爹被埋在下面了。"

她说这句话的一瞬间，似乎意识到了什么，或许是温阡再也回不来了，或许是辰阳山中匆匆一别，便是她和父亲的最后一面，眼泪毫无征兆地落下来，接连不断地砸在手背上，砸在眼前的石块、沙土上，可是她整个人是无声的，抬起袖子擦了一把眼泪，又继续往下挖，手指上遍布血痕。

这一刻，张远岫忽然觉得他们同病相怜。

曹昆德于是回过头，看了张远岫一眼。

张远岫看懂了曹昆德的眼神，他好像在问："现在，你觉得这座高台坍塌，是她的过错吗？"你想得太简单了，有一天你会懂的。

后来张远岫的确渐渐懂了，开始明白，洗襟台的坍塌，是因为有人偷换了底层梁柱的木料，以致楼台根基不稳，支撑不了许多登台之人。他甚至明白了这座楼台的坍塌，本来不应该怪到某一个人的身上，有人借此牟利，有人居心叵测，甚至楼台的建与不建都在两可之间。可是，那又怎么样呢？即便找到了偷换木料的罪魁，查清了一切真相，哥哥便能回来吗？

每次夜中入梦，他总能看见将赴陵川前，那个立在院中，踌躇满志地说着“待到来年，柏杨山中将见高台入云间”的张正清，看到每年在士子投江的忌日，带着他跪在父亲的牌位前，教他说“江水洗襟，白襟无垢”的兄长。

张远岫遗憾的只是，到了最后，张正清都没能如愿见到那个“高耸入云”的洗襟台。也许是遗憾太深了吧，后来不知怎么，这个楼台入云间的梦，便从张正清的梦，变成了张远岫的梦。他想，他要帮哥哥完成夙愿。

第六十四章

玉帛成空

马车到了旧邸，白泉早就在门口等候。张远岫从车上下来，白泉立刻呈上一封信："章大人来信了。"

张远岫没接，径直往府里走："说了什么？"

白泉："没什么，只是道谢。"

回上京城之后，张远岫和章鹤书一直不曾见过，章鹤书是为了避嫌，张远岫却是懒得登门，本来也不是一路人。

他到了书房，白泉打来清水给张远岫净手，犹豫着道："公子，老太傅要回上京了。"

张远岫正在擦手，闻言愣了一下："何时的消息？"

白泉："早上听说的，似乎是太傅府有人说漏嘴，让老太傅知道了上京城中士子闹事，临时决定回上京城的。"

老太傅的年纪大了，这几年每年入秋，都要搬去庆明邻郊的庄子上，否则冬天不好过。那座庄子建在山中，消息闭塞，太傅府的人也不杂，所以上京城中闹得沸沸扬扬，老太傅也不曾耳闻。

眼下三司彻查洗襟台登台名额买卖一案，朝廷的态度很能说明问题，朝廷如果不查翰林，那么至少在外人看来，翰林就是无辜的，名额可能是从地方官府漏出来的，一旦朝廷查了翰林，哪怕只是传审了老太傅，案子的性质就不一样了，因此私心里，张远岫是不希望老太傅在这个时候回来的。

张远岫感觉老太傅回上京城是为了自己。就像老太傅当年为他赐字"忘尘"一样，这几年老太傅总担心他在一条路上走得太远，忘了来路，所以想方设法地拽住他。

曹昆德问，如果重来一次，他还愿意让温小野上京吗？可能是温青唯将这一把野火点得太旺了，一切超出了张远岫的预料，扳倒了何家，重建了洗襟台还不够，还烧到了章家、翰林，包括他们每一个人身上。

张远岫当时没回答，此刻只想反问，如果他不让，温小野便不会来吗？脂溪矿山爆炸的那一刻，他站在半山腰，其实看到了那个策马狂奔而来的女子，她穿着黑袍，脸上似乎沾了血污，青丝在风中翻飞如浪，山摇地动也只让她停顿了一瞬间，可能是担心岳鱼七，她疯了一般往山上赶。

那一刻张远岫实在羡慕温青唯的义无反顾，他甚至想就这么算了，管那些证据做什么呢？就让所有的真相都大白于天下，反正章鹤书罪大恶极，他何必要帮章鹤书？不如把一切放下，他就这么离开吧。

可是他不能，如果枢密副使、翰林，包括先帝全被牵涉进来，洗襟台就再也重建不成了。至少那座楼台是无垢的。

可能是天意吧，张远岫到了山间的空地，刚好看到了那个被曲茂扔在一旁的锦囊。

这是离爆炸的山洞最近的地方，附近的几个人早就没了气息，远处甚至还有残肢，曲茂是唯一一个能坐起身的人，他扶着章庭，慌得连眼眶都红了，不断地道：“你撑一会儿，我给你找大夫，多撑一会儿，求你了……”所以曲茂根本没注意到张远岫。

但是，章庭却目不转睛地注视着这个意外的山中来客。章庭看着张远岫把锦囊拾起来，沉默地审视过里面的证物，随后将其中两样藏入袖囊里，然后，露出非常非常失望的目光。于是，章庭问：“忘尘，洗襟台在你眼中，是什么样的？”

“至少在我的眼中，只见洗襟无垢，不见青云。”

“忘尘，你真的能够忘尘吗？”

大周男子除了极少数幼时就被尊长赐了字的，大都是十八岁取字。

嘉宁元年，张远岫十八岁，老太傅问：“远岫平生可有什么愿望？”

张远岫回答说：“学生仅有一个夙愿，就是为了逝去的父兄修筑洗襟台，有朝一日，若能见柏杨山中高台入云间，学生此生足矣。”

老太傅听后，沉默许久，长长地叹了一声："为师为你想了一个字，从今以后，你就叫忘尘吧。"

老太傅想拉住他，张远岫知道。可是这世上有许多事是注定的，单凭一人之力，如何改变既定的轨道？

就好像哪怕他不给曹昆德写信，温小野还是会来上京城；那个在黑暗中沉眠的昭王还是会睁开双眼，揭下面具；而蛰伏在深宫中的帝王，静待时机到来，还是会揭开旧案的一角。他们已经各自走得太远。

张远岫看了半个时辰的书，走出了书房，天上的云层竟比白日里更厚了，低低地压在穹顶，沉得像要坠下来，快要落雪了。

雪一落，周遭就清朗了许多。上京城一扫前几日的阴云密布，看着天穹放亮，似乎人也跟着精神起来。

这日，雪一停，江家便也热闹了。人还没走近，东院里就传来说话声："竹枝三捆，木柴两捆，米糊装了一整罐，奴婢和留芳穿破的袄子也带上了。"

"够了吗？"这是一个年轻女子的声音，干净又清澈。

"足够了，少夫人。"德荣道。

青唯："行，走吧。"

几个人没从正门走，而是从东院的侧门出去的。德荣是长渡河一役的遗孤，蒙顾逢音收养，才不至于饥寒交迫。自己受过苦，便想着为他人挡风雨，路上遇到乞儿，总会施舍一二，当年在中州，他和朝天勒紧裤腰带，给小巷口的生病老叟送过三年馒头。上京城中富庶，他们又住在官邸，需要帮助的人少了，德荣便喂起野猫来。他在江家住了几年，附近的野猫都认识他，一到冬天便来跟他讨吃的。野猫很有灵性，知道他是大户人家的下人，绝不跟着进府，吃完东西"喵呜"一声便离开了。

今年的初雪来得急，云头在天上酝酿了几日，仓皇间落下，把野猫在后巷的窝给压塌了，德荣说要给猫儿搭个新窝，青唯、朝天等几个人便跟着一块儿去。

谢容与远远地看过去，几个人动作利落，尤其是青唯，她似乎得了温阡的真传，手很巧，不一会儿就把窝棚搭好了，野猫见有德荣在，其中一只没有走远，就在一旁舔爪子，它竟是第一个瞧见谢容与的，叫唤了一声。

青唯下意识地转过头去，见是谢容与，将手里的破袄交给驻云，叮嘱她铺进窝舍里，起身拿帕子擦手。她今日穿着襦裙短袄，明明厚实的衣衫，穿在她的身上却显得单薄利落，可能因为她瘦。谢容与却知道她并不太瘦，至少脱衣之后抱起来，该有肉的地方都是有的，跟她这个人一样，富有勃勃生机。

谢容与把手炉递给她，看着青唯因为专注微微泛红的眼角，笑道："小野姑娘的'差事'忙完了？"

青唯点点头："这里办好了，待会儿还得扫雪，我几日没练功，院子里的雪都积起来了。你怎么回来了？"

早几年她没人庇护，都是凭真本事活着，练功几乎从不偷懒。这些日子为何懈怠，原因只有谢容与最清楚。

朝天适时过来："少夫人，那小的扫雪去了。"

"快去快去。"

谢容与牵了青唯的手，跟她一起往院子里走，他今日一早去参加了廷议，本来应该回衙门，外头有差事要办，正好要路过江家，便回来看看她："过会儿我就得走了。"

"小野。"谢容与停住脚步，"今早我去宫里跟母亲请安，我母亲说，她想见你。"

青唯正待将手炉交给留芳拿着，还没递出去，被这话吓得手一抖，手炉往下跌落，她手疾眼快地接住，望着谢容与："长公主要见我？"

青唯上一回见到荣华长公主是意外，因为她擅自闯宫，当时长公主待她颇为严苛，一连好几个问题也有些咄咄逼人，她总觉得她给长公主的第一印象并不好。青唯的心里有点儿发毛："长公主为什么要见我？"

谢容与觉得好笑："她是我的母亲，你是我的娘子，不该见吗？"

"该见，可是……"青唯犹豫着道，"我不知道与长公主说什么。"

她有点儿怵长公主。

谢容与道："一家人能说什么，一些家常罢了。我母亲可能会问问辰阳那边纳采、纳吉有什么规矩，岳前辈有什么喜好，到时我会陪着你的。”

纳采、纳吉这些，不是成亲才有的礼俗吗？

青唯道：“可是我们都这样了，还用得着问这些吗？”

“我们怎么样了？”谢容与的声音含着笑意，握着青唯的手稍稍紧了些。他总是适可而止，停顿了片刻道：“不管怎么样，当年结亲用的到底不是你我的姓名，眼下再结一回不方便，该有的体面不能短了你，至少该把聘礼补上不是？”

谢容与又笑了笑：“也不是今日就见，我母亲近来住在宫中，不方便回公主府。”

这件事青唯听说了，皇后身怀六甲，后宫诸事都落到荣华长公主身上，得闻还能缓个几日，青唯不由得松了口气。

他们回到东院，院中厮役呈上一封信函：“公子，劼北的来信。”

信上的字迹潦草，收信人写的是谢容与，信却直接寄到江家，显然是岳鱼七寄的。

青唯和岳鱼七在中州分道而行，青唯随顾逢音北上来上京，岳鱼七则赶去劼北查曹昆德。一别两个月，岳鱼七应该是打听到一些消息了。

谢容与顺手把信递给了青唯，青唯拆开来一看：“果然有曹昆德的信儿了。”

谢容与：“怎么说？”

青唯一边看信一边道：“还记得当年曹昆德流亡到劼北，遇到一个姓庞的恩人兄长吗？这个恩人兄长全名叫庞元正，没他曹昆德活不下来。师父两个月前到了劼北，跟劼北人打听这个人，听那边的老人说，庞元正早在咸和十四年就死了。”

谢容与道：“咸和十二年、咸和十三年，劼北闹过大灾荒，那时候大周离乱，朝廷和各州府的救济粮有限，劼北民生多艰，庞元正是因为灾荒过世的？”

“不错。”青唯点头道，“师父的信上说，曹昆德早年被卖到劼北，得庞元正收留，七八年的时间，他们相处得宛如家人。咸和十二年，劼北闹灾荒，日子越过越难，三天未必能吃上一顿饭，庞元正觉得留在劼北苦无出路，便动了离开的念头。他当时已经成家了，除了发妻，还有一个六岁的儿子，他的妻子当时又有身孕在身，他走不开，于是决定把离开的机会让给曹昆德。

“他觉得曹昆德念过书，人也聪明，只要有机会，将来一定有大作为。他跟离开劼北的骡队讨了一个名额，几乎掏空所有家底，为曹昆德凑了盘缠。当时的情况几乎等同于离开劼北生，留在劼北死。庞元正这个举动，无异于把活命的机会让给了曹昆德，曹昆德也许诺，等自己到上京城谋得出路，一定会带庞元正一家人脱离苦海。

“日子太苦了，单是上京这一条路，曹昆德就走了快两年，等他终于到了上京城，庞元正已经过世了。不过曹昆德当时并不知道这事，他居无定所，劼北那边的人即便想给他写信，也不知道往哪里寄，何况他后来进了宫，与宫外几乎断了消息。一直到昭化元年，他晋了入内内侍省的押班，才有门路往宫外递信，但当时长渡河的仗都打完了。”

咸和十七年，士子投江，接踵而至的就是长渡河之战。长渡河一战惨烈，将军岳翀战亡，近三万将士牺牲，劼北一带更是哀鸿遍野。

谢容与问：“庞元正过世了，他的妻儿怎么样了？”

青唯：“师父信上正说这个呢，昭化元年，曹昆德听说庞元正离世，为了报当年的舍命相助之恩，拼命打听恩人妻儿的消息。直到长渡河一役结束，庞元正的妻儿都活着，不过后来……不知所终了。”

不知所终了？谢容与感觉不对劲，正待唤人来问，德荣进来东院，听他们议论劼北的往事，适时说道：“长渡河一战后，劼北一带的遗孤、难民不计其数，单靠朝廷的救济根本活不了，后来还是义父来到劼北，才开启了民间商人收养遗孤的先河。”

这事堪称昭化帝上位后的第一桩政绩，民间商人收养劼北遗孤，朝廷作为回报，减免行商税，开通劼北通往中原的商路，这才让劼北从连续数年的灾荒与战乱中回缓过来。

“当时商人收养遗孤，也有个先后排序的。”德荣说道，譬如他和朝天，他们的父亲是长渡河阵亡的将士，就是最先被挑走的，挑走也会好生教养。德荣和朝天小时候都有教书先生来教他们认字，看朝天喜欢练武，顾逢音甚至为他请了武艺师父。反之，如果是一般的难民遗孤，即便被收养，也是做下人的命。“像主子们刚才说的庞家母子三人，如果在劼北找不到他们的踪迹，也许是被哪家大户选去做下人了，少夫人可以请岳前辈去中州、庆明这样的富庶地方打听打听。”

“师父的信上也是这么说的，他眼下又回到了中州，说是顺便查一查之前我们在中州瞧见的白隼，师父他说……”青唯说着，目光落在信的最后两行，目光随即一滞。

谢容与见青唯的神色不对，不由得问道：“怎么了？”

青唯握着信的手微微收紧，半晌她摇了摇头：“没什么。”

谢容与把青唯手里的信拿过来细细看了，最后几行的确没写什么，岳鱼七称那只往来上京与中州的隼养在一家大户人家的院中，具体位置在江留城的榴花巷子，就目前的线索来看，似乎跟曹昆德没什么关系。

谢容与虽然是中州人士，但他生在上京，长在上京，对江留并不熟悉，正待唤人去查，外头一名玄鹰卫匆匆进府，禀报道：“虞侯，不好了，朱雀街那一带出事了！”

“早上太仆寺林家的大少爷出门抓药，跟游街的士子撞了个正着，士子里有人认出他，两边一言不合动了手，眼下林大少爷被堵在街上，已经被人潮压得瞧不见了，哦，对了，曲五公子也跟着……”

曲不惟获罪，朝廷上的一干大员受他牵连，通通下了狱，其中包括太仆寺的林少卿。买卖登台名额一案在士人中引发轩然大波，无处宣泄的怒火便对准了朝廷，对准了这些落狱大员的亲眷。林家比不得曲家，林少卿一入狱，家仆跑了，他的夫人秦氏也病倒了，林家的少爷想要出门为母亲抓药，奈何士子天天游街闹事，他如同过街老鼠，往门外迈一步都难。眼看着母亲一病不起，他实在没法子了，只好求到了曲茂跟前，央求曲茂看在昔日一同流连花丛的分上，陪他去药铺抓药。林家的少爷想着毕竟曲茂为朝廷立过功，那些士人怎么都会顾及曲茂的颜面。

谢容与的眉心一蹙：“京兆府跟巡检司呢？”

“士子人数多，闹得太厉害，道旁的百姓也被卷了进来，京兆府和巡检司竭力拦人，事态还是失控了，眼下京兆府尹已经派人进宫请禁卫了，就是不知道死人了没有……”

谢容与听了这话，再顾不得其他，快步朝府外去了。

朱雀街上沸反盈天。药铺附近已经乱作一团，冲突也不知道由谁先挑起来的，卷在其中的一个人几乎要被这推攘的人群淹没，只能竭力维持着不被人踩在脚下，他依稀间记得似乎是有人认出了买卖登台名额的罪魁之一，叫林什么的来着，然后那个人分辩了两句，一切就变成了这样。每个人都是愤怒的，恨不得亲手去惩戒那些罪恶之人的亲眷，仿佛是他们剥夺了公平、公正的机会，饶是人群已经失去了控制，还蜂拥着往药铺的门前挤。卷在其中的这个人能清楚地感觉到有人就在自己的脚下，他听到低微的呻吟声，他多么想弯下腰去拉这个人一把，可是他不能，一旦他卸了力气，等待他的将是被人群吞噬。

恍然中，他听到马蹄声，似乎有人终于冲进巷子，喝退了人群。穿着铁鏊银铠的殿前司禁卫利箭似的将人群强制分开，在他将要失去呼吸前，一把握住他的手腕，把他拽了出来，随后认出他:“尤绍？”

尤绍身上的伤还没好全，此刻他已经脱力，但他来不及顾这许多，指着药铺:“快……快救五爷，五爷还在里面。”

药铺是挤得最厉害的地方，掌柜的关门关晚了，药箱、药柜被砸了是其次，要命的是也许死了人。殿前司一刻不停地往外捞人，等到把最里头的几个人拖出来，其中两个人已经没了生气——一个是药铺的小二，一个是来抓药的妇人。林家的少爷倒有一息尚存，但也好不了哪儿去，他的身上全是被抓伤的血痕，几乎衣不蔽体，额头上还有乌紫的肿包高高隆起，已经昏死多时了。

救下尤绍的禁卫四下望去，只见角落里有个大药篓子翻倒在地，里头似乎有人在蠕动，他几步上前，直接把人从里头捞出来，正是曲茂。

曲茂的运气好，人群冲过来前，他躲进了角落里的药篓子里，保住了一命。他的身上也有瘀痕，刚才的窒息感让他以为他会死在这里。

“五爷，五爷您没事吧？”尤绍冲进药铺子。

曲茂摇了摇头，还没开口，就看到有人抬着小二与妇人的尸体从眼前走过，后头跟着的就是那位他陪着来抓药的林家少爷。腹中一阵翻江倒海，曲茂险些吐出来。他不是第一回瞧见尸体了，当初在脂溪矿山，更残忍的场景他都见过，可没有一回比今日更让他触目惊心。

曲茂其实和这位林家的大少爷并不熟，充其量就是酒肉朋友。可是，今早天不亮，林家的大少爷求到他跟前，他还是答应了。

“停岚，求求你了，我母亲再不吃药就要没命了。停岚，你是唯一一个能帮我的人，就这一回，你陪我抓药，有人遇到我们，你帮我开脱说这案子跟我没关系。”

曲茂自从回上京以后，已经连着数日不曾出门。他根本不愿意见人。但是他想，太仆寺的林少卿是受他的父亲牵连，而他的父亲，是被他害入狱的，这个忙，他应该帮。

没想到，他们到了药铺，那些人一见到他们俩，疯了一般地质问他们士子登台名额买卖的事，质问他们为何要助纣为虐，竹固山的几百条人命怎么清算，即使那位林家少爷已经拼命地解释不关他们的事了，可是那些士子说着说着，还是冲了上来。

“都是你们的错！”

“是你们害死了那些人！”

质问声直到眼下还如魔音一般回响在耳畔。

禁卫见曲茂的脸色不好，唤来一个随行的兵卫交代了两句，把曲茂引到药铺的后院，推开一间药房：“曲校尉暂时在这里休息一会儿，铺子的坐堂大夫受了伤，在下已经让人去别处请大夫了。”前头还有许多事要处理，禁卫说完这话便要离开。

曲茂失了魂一般坐着，见禁卫要走，一下子握住他的手腕，结巴着问道：“他们，为……为什么这么恨我？我跟他们无冤无仇，他们为什么这么恨我？”

这件事说起来太复杂了。竹固山的人命是血淋淋的，但是登台名额买卖的内情还在追查，眼下外头猜什么的都有，士子与百姓们的愤怒在情理之中，朝廷也没办法强压下来。

禁卫一时间难以启齿，只能劝曲茂：“少安毋躁。”随后他匆匆出去了。

曲茂在药房内茫然地坐了一会儿，忽然听到外头有吵嚷声。声音涌来耳畔，就像刚才士子的厉声质问一样，让曲茂觉得害怕，觉得恐惧，然而他经这一难，似乎无端明白了这些士人的愤怒由何而来，心中的猜测像一根引绳，牵引着他朝院子走去。

好在药铺的内院与外头隔着一道门帘，他看得到外面，外面的人瞧不见他。

人群已经彻底疏散了，今日的祸端却不好处理，因为没有罪魁。京兆府尹一刻钟前就来了，命人拿了几个带头游街的士人。这些人大都是秋试过后，上京来等明年春闱的，正是气盛，听得府尹质问，愤懑地道：“我凭什么不能打他们？他们的父亲买卖洗襟台登台名额，为了灭口杀了多少人？他们不知者无罪，那些冤死的人就有罪了？”

“洗襟台为什么会塌？它本来是无垢的，因为这些人的私欲让它脏了，这是天谴！”

“听说有一个徐姓士子得知真相，放弃登洗襟台，决意去上京告御状，结果半途被那曲贼追上杀害在荒郊野外，朝廷难道要姑息恶贼？不允许我等申冤吗？”

这些人说的每一句话如同巨石砸向曲茂的心间，似乎那日脂溪山洞的崩毁没有消殆，直到眼下热流才裹着碎岩朝他袭来，将他的意志砸得分崩离析。

这时，有一个身着襕衫，长着一双吊梢眼的文士越众而出，朝府尹施以一揖。

曲茂认得他，他是游街士子的带头人之一，旁人都称呼他蔡先生，先前那些士人出离愤怒地拿药秤、书册砸向他们的时候，这位蔡先生也在旁边冷眼看着，就像在看什么最低贱的东西。

蔡先生道：“大人，今日事情闹成这样，是草民的过错。是草民无能，才让事态失控，以致无辜百姓被卷入，丢了两条人命。朝廷要问罪，草民甘愿领罚。”

这话一出，士人中便响起异声：“蔡先生何错之有？为何要领罚？”

“是啊，人又不是蔡先生害的，朝廷要责罚，也该责罚林家与曲家的少爷。”

蔡先生抬了抬手，压下了异声：“朝廷要问罪，草民绝无二话，但，草民绝不承认今日我等做错了，曲不惟买卖洗襟台登台名额，滥杀无辜罪大恶极，还望朝廷严惩不贷！”

“曲贼罪大恶极，望朝廷严惩不贷！”

“曲贼罪大恶极，望朝廷严惩不贷！”

一声声士人的高呼再次如魔音一般灌入曲茂的耳中，逼得他跌退数步，雪后的日光照在他的身上，让他觉得无处可躲，他挖空心思想为自己的父亲辩解一二，可是他发现自己连一个像样的借口都找不出来。

就在这时，他想到了一个人。这几年曲茂每次遇到困境时，都会想到这个人，只是从前的困境可能是寻花问柳时忘了带银子，可能是差事办砸了不知道怎么善后，而今天，他是真的穷途末路。

曲茂一下子抓住尤绍的胳膊，急忙说道：“快，帮我去找他，我要见他。”

仿佛上天听到了曲茂的话似的，没过多久，一个墨色身影便出现在药铺。江家离朱雀街有些远，谢容与赶到的时候，京兆府尹已经安抚好游街士子的情绪了，谢容与正待跟府尹问明事由，铺子后的门帘被掀开，尤绍垂头立着，低低地唤了一声：“殿下。”

谢容与很快明白过来，与府尹交代了两句，跟尤绍来到后院。

后院的细雪未扫，曲茂颓然地坐在地上，知道谢容与来了，并不抬头，日晖很清淡地洒下来，却驱不走他眼底的阴霾。过了许久，曲茂才艰难地道：“我爹他，是不是害死了很多人？”

谢容与没有回答。

曲茂能这样问，便说明他已经知道答案了。

曲茂低声道：“我不明白。不是说我爹卖了几个洗襟台的登台名额吗？这跟杀人有什么关系？卖了登台名额是不对，卖来换钱，那是不义之财，我也知道的，我为他赔上不就行了……这些日子，我凑了些银子，把我从前搜罗的宝贝都卖了，你知道的，我有个古越的青铜裹玉如意，我很喜欢的，我拿去当铺抵了三千两银子。可是……可是他们说，赔银子不够，赔三倍也救不了我爹，因为我爹害死了人。”

曲茂的那支玉如意是无价古品，若真要卖，非万万两不能出手。三千两，实在是贱卖了。

这些话其实早在回上京的路上曲茂就问过谢容与了，可曲茂那时惊闻噩耗，问出来也只为泄愤，旁人说了什么，他全当作耳旁风。

谢容与知道，这一次，曲茂是真的愿意认真听。

谢容与于是道：“洗襟台修好前，侯爷卖了几个洗襟台的登台名额，后来洗襟台坍塌，买名额的人的平步青云梦落空了，侯爷担心他们或他们的家人找上门来，为了捂住这桩丑事，所以杀了不少人。”

曲茂张了张嘴，他仍穿着蓝衫子，眼神从来没有这么茫然过：“我知道，上溪的竹固山我去过，听说那座山上的山匪，因为帮我爹卖过登台名额，后来被灭口了。”他只是糊涂，不是傻，有些事只要他愿意去想，是能想明白的。眼下他终于明白了，原来当初曲不惟请命让他去上溪，并不是巧合。曲茂继续道：“还有陵川一个姓徐的书生想去上京告我爹的御状，在半路被灭口。听说徐书生家里的人都死光了，有个痴情的妓子找了徐书生很多年，一直没有找到。”

曲茂问：“这就是这些士子这么恨我的原因吗？”

谢容与道：“眼下真相尚未完全水落石出，但登台名额买卖的恶行的确有失公允，何况牵涉那么多人命，百姓的愤怒是不可避免的，朝廷也无法安抚，想要平息事端，只有彻底找到真相。”

曲茂抬头看向谢容与：“找到真相。这就是你这么久以来，一直在做的事吗？”

谢容与沉默着点了一下头。

曲茂于是安静了很久很久：“那我爹，最后会上断头台吗？”

谢容与：“……会。”

曲茂：“不管我做什么都没用？”

谢容与看着曲茂：“罪无可恕。”

曲茂的眼泪便掉下来了，他坐在雪地上，拼命地想要忍住眼泪，最终还是哭得不能自已，说：“其实我爹……对我很好很好。”

道理不难想明白，曲不惟究竟犯了多重的罪，曲茂心中亦有衡量。他起初只是接受不了，才执意地把过错揽到自己的身上，觉得是自己害了父亲。他甚至知道，曲不惟走到末路，并不是谢容与的过错，这个案子哪怕没有谢容与，也会有别人去查，毕竟这底下埋了太多的冤屈与不公。

“我回上京后，托关系去牢里看过我爹。我想跟我爹磕头认错，可是我爹一点儿都不怪我，他不让我给他下跪，还逼我跟他划清界线，让我跟朝廷说以后不认他这个爹……可是我做不到……我爹他，一直对我很好很好。”曲茂稍稍平复了一些，抬起袖子擦泪，“清执，我不想待在上京城了。”

“我想去找章兰若。”曲茂说，“在陵川的时候，章兰若问我，如果有一天，我所认为的对的，其实都是错的，我最相信的人，做了最不可饶恕的事，我该怎么办？”

那时曲茂答得轻巧，说曲不惟要真被朝廷治罪，他见到曲不惟，还不是一样给曲不惟磕头？可是时至今日，他真的到了曲不惟的牢狱前，他的父亲根本不让他磕这个头。而他得知了一切真相，也失去了磕头的勇气。因为膝头弯下去，便跪在那些冤死之人的枯骨上。

曲茂：“我觉得章兰若问我这个问题的时候，他已经知道答案了。当时在山洞里，他才是义无反顾的那个。我想去陵川，等他醒来，问一问他的答案是什么。”

曲茂虽然有功，到底是重犯之子，这样的身份其实并不方便离开，然而谢容与很快就应允了：“我会着人送你去陵川。”

曲茂站起身，望着谢容与的眼睛：“谢清执，我从前以为我很了解你，到了眼下，我才发现我根本看不透你是怎么样一个人。昭化十四年，你戴着面具站在我的面前，说你是江子陵的时候，你究竟是怎么想的？”

那日也是寒冬初雪之后，尚在病中的小昭王戴着面具走在流水巷中，听说此处是上京城中世家子弟常来的地方，然而于他而言，这里的街景是陌生的，铺天盖地的日光让他觉得心慌，因此一个不注意，他便跟一个喝得半醉的蓝衫公子撞了个满怀。

蓝衫公子见他戴着面具，指着他：“你是那个江……江……”

谢容与不想再做深宫里的昭王了，鬼使神差地，顺着曲茂的话往下应：“江子陵。”

曲茂上前拍拍他：“我知道你，怎么，伤养好了？来来来，吃酒吃酒。”他拽着谢容与便往眼前的明月楼去了。

虽然戴着面具，人的风姿浑然不减。那天明月楼的姑娘都疯了，觉得曲茂拐了一位清恣玉骨的仙人来。其实曲茂跟真正的江辞舟并不很熟，此后连着找谢容与吃了几回酒，也是因为只有他在，那些楼里的红牌才愿意露脸。

后来不知怎么，两个人就走得近了些。曲茂总觉得如今的这个江辞舟待他是不同的。他的身边，除了隔三岔五寻花问柳的纨绔公子，就是那些高高在上，瞧不起他的世家读书人，他总觉得，整个上京城真心实意地与他结交，既不把他当酒肉朋友，也没有看不上他的，只有江辞舟。那时他还在懊恼，怎么先头十几年，他结遍上京城中权贵，偏偏漏了一个江子陵呢？

直到后来曲茂才发现，江子陵早就没了，他身边的那个人摘下面具，居然是久居深宫、名满上京城的小昭王。

曲茂问："你这么一个人，为什么愿意跟我这样一个不学无术的废物结交呢？是因为成日跟我混在一起，别人才会相信你是江子陵吗？"

谢容与道："不是。因为有很长一段时间，我都不知道我是谁。"他究竟是谢桢所希望的那个逍遥自在的谢家小公子，还是昭化帝所期待的清朗若举、持身谨正的昭王？

他背负着洗襟台的重担长大，背负着先帝与老臣们的期望，日复一日地陷在深宫，性情深处仿佛被上了一道枷锁，连小时候的记忆都变得模糊。昭化十二年是他第一次离开上京，虽然只是前往柏杨山督工，他感觉他是喜欢宫外这样自由自在的日子的。谢容与本来打算等洗襟台建好以后，就跟昭化帝请命去宫外走走，这么多年为了他人的期望而活，他想离开了，想试着了解自己究竟是怎样一个人。去找找自己究竟喜欢什么。憎恶什么。没想到洗襟台坍塌，他被困在一段梦魇中走不出来，直到戴上面具。

那日在街上撞见曲茂，可能就是缘分吧。从前他没有接触过这样不学无术的世家子弟，结交最多的只有赵疏。看着曲茂放肆笑，恣意怒，糊涂又真挚，不去刻意攀附谁，也不刻意瞧低谁，他忽然羡慕起来。他的远游夭折在一座坍塌的楼台，乘舟辞江去仿佛是一场梦，他希望把它找回来。

"与你结交，是因为你很纯粹，你一直都在做最真实的自己，从不多加遮掩。"谢容与道，"那是我当时做不到的。"所以谢容与从来没有瞧不上他。

曲茂总说自己是个废物，但这世上并没有真正的废物，任何人都有旁人不可企及的长处。

曲茂听了这话，露出一个笑容来，这是他多日来第一个发自真心的笑，大概是觉得自己这几年的兄弟义气多少也不算白费吧。可他想到自己的父亲，心中还是难过的。他说："如果顺利，我明早就去陵川了。要是……要是我赶不及回来为我爹送行，就让我爹走得好受一些，别遭太多罪，算是……算是帮我尽孝了。"

谢容与颔首道："好。"

"还有这个。"曲茂在雪地里站久了，浑身冻得发麻，手指探入袖囊里，掏了许久才掏出一张纸来，"之前我在东安，有几个家将找到我，说封叔擅自调兵，不合朝廷的规矩，让我帮忙签一张调兵令给封叔送去。后来我去脂溪，路上撞到了章兰若，章兰若提醒我说这张调兵令有问题，所以有回我路过封叔的帐子，就把这张军令顺手拿了回来，想着回上京以后问问我爹。本来我也没多在意，后来脂溪矿山爆炸了，章兰若重伤昏迷前，又提醒我一次，我才上了心。我爹落狱了，回上京城后我谁也不敢相信，便把它藏了起来，跟谁都没说。不过眼下已经没有意义了，反正我也救不了我爹，调兵令给你，你看看有没有用吧。"

曲茂说着，把那张被他签了名的枢密院的调兵令交到谢容与的手上，驻足片刻，低声说了句："保重。"他带着尤绍离开了。

第六十五章

忘尘难归

“……如果末将所料不错，曲不惟不供出章鹤书，原因就在这张调兵令。”两日后，卫玦暗查结束，回到玄鹰司向谢容与禀报，“章鹤书利用这张调兵令，把封原擅自调兵的罪名栽赃到曲茂身上，一旦章鹤书拿出调兵令的存底，曲茂便从有功之臣变成曲不惟的共犯，侯府一门父子二人获罪，侯府上下一个都跑不了，曲不惟不愿家人受牵连，这才拼命把章鹤书择出来。”

祁铭道：“那卫掌使可曾告诉曲不惟，我们已经把曲校尉平安地送出上京城，只要他如实招出章鹤书，我们必会想办法保侯府平安。”

“说了，但用处不大。”卫玦道，“这张调兵令没有作假，只要签了曲茂的名，就是铁证，哪怕玄鹰司愿意相信曲茂，三司办案还是讲证据的，何况朝廷那么多双眼睛盯着，所以还是那句话，对于曲不惟来说，咬死不供出章鹤书，才是最能保住曲茂的法子。”

卫玦说着停顿了一下：“又或者，殿下可以以牙还牙，拿这张调兵令去威胁曲不惟，逼他供出章鹤书，否则就把调兵令公布于众，但末将以为，曲不惟并不会受殿下的威胁，他不傻，很清楚殿下不会拿曲茂的性命犯险。”

谢容与道：“我记得申请这样的调兵令，章程极为严苛，封原前往陵川，打的是清查矿山账目的旗号，是否申请调兵令其实在两可之间，枢密院批不批，也在两可之间，所以章鹤书想要确保拿到这张调兵令，后续拍板的一定是他自己的人。这张调兵令到了枢密院，最后究竟是谁拍板的你们查了吗？”

“回殿下，查了，是枢密院颜盂颜大人。”

颜盂？谢容与对这个人的印象不算深，只记得他官拜签署枢密院事，表面上跟章鹤书走得不远也不近。倒是近日章鹤书被赐“休沐”，他算为数几个并不趋炎附势的，还登门拜访过章鹤书一回。

“把这个人拿了。”谢容与道。

“谁，颜盂？”几名玄鹰卫皆感到震惊。

卫玦道：“可是颜盂照规矩办事，玄鹰司并没有充分的理由捉拿他。”

谢容与道：“不必找充分的理由，找个借口即可。”他想了想，“便称是封原的供词牵涉到颜盂，请颜盂过衙回话。”

至于过衙后，为何把人扣下了，余后的借口可以再想。

曲茂的这张调兵令帮了大忙。章鹤书敢在这么重要的关节用颜盂，谢容与感觉，只要撬开颜盂的嘴，章鹤书就避无可避了。

玄鹰卫连夜出动，像一场无声的风波席卷了上京城。

多亏曲茂回上京城后从未曾跟人提起这张被他偷偷藏起来的调兵令，当玄鹰卫找上门来，颜盂简直猝不及防。卫玦的话很客气，他说的是：“请颜大人回衙门协助查案。”语气却不容婉拒。

当朝四品大员被玄鹰司带走，朝野一时间异声再起。

连着几日廷议多有争辩，还好谢容与的借口找得无可指摘，只说“协助查案”绝不提“缉拿”，加上背后有赵疏的支持，异声最终被压了下去。

然而朝廷的气氛明显更加沉郁了，似乎越临近真相，越是人心惶惶，随着波及的面越来越广，谁都在想，这场旧案到底牵涉了多少人。

或许也是受上京城中氛围的影响，不过几日间，天就冷了下来。皇帝日夜繁忙，来后宫的时间越来越少，连皇后的元德殿都去得少了。反倒是章元嘉，近些日子竟养好了些。有身孕的人，一个月是一道槛儿，先头那道坎儿过去了，到了寒冬，不惧冷不说，连精神头都好了起来。

她近日不掌管六宫事，长日漫漫无从打发，便招后宫的嫔妃们过来说话。赵疏的后宫冷清，算上章元嘉，有正经封号的统共只有六人，除了皇后，最高的就是个嫔位，人少了，争端也少，这些嫔妃平日见不到赵疏，反而更敬重皇后，应了皇后的召，过来陪了她几日，见她精神好，便提议说等馥香园的梅花开了，要陪皇后过去赏梅。

新鲜的梅花映着一段日光，叫人瞧了心情开朗，怡嫔在一旁打趣说：“等这梅花谢了，小皇子也该出生了，宫里这样无趣，多了个小娃娃，姐妹们可有乐子找了。”

章元嘉笑道：“若知道你这样会逗闷子，本宫该早些召见你们，前些日子本宫总是歇不好，人也惫懒了。”她说着，四下看了一眼，“可惜芸妹妹总不在。”

章元嘉口中的芸妹妹便是落芳斋的芸美人，前些日子因为家里出了事，在宫里哭了一宿的那个。芸美人的父亲是太仆寺的林少卿，嘉宁元年她就进宫晋了美人，章元嘉性子柔和，与这宫里的老人儿相处得都好。

可能是有身孕的缘故，人说怅惘就怅惘起来，近几日章元嘉在众人跟前提了好几回芸美人，怡嫔等人知道皇后心善，牵挂姐妹，想着反正那个芸美人又没被降罪，不过忧思生疾，便陪皇后过去瞧一眼，解了她的愁思也是好的。

芸美人的落芳斋就在附近，到了跟前，院门口的内侍连忙迎上来道：“皇后娘娘万安，院子里住的这个近日身上染了病，娘娘身怀龙子，不能让她冲撞了娘娘。”

怡嫔道：“什么冲撞不冲撞的，芸妹妹身上的病本宫知道，那是心病，就是要见人才能好呢，娘娘担心芸妹妹，不过想进去看一眼，也要被你这碎嘴子拦着。”

“正是了。”一旁的褚贵人也附和，“今日是寒食节，后宫的姐妹往年这个时候都是聚在一块儿的，大不了我们陪着娘娘进去，便是心病有病气，我们也帮娘娘挡了。”

“这……”小黄门听了这话，却十分犹豫。

官家让人传话的时候，只说不让芸美人去见皇后，可没交代皇后来了要硬拦，再说硬拦他们也不敢。

小黄门正在左思右想，便听章元嘉柔声道：“本宫是个喜团圆的人，刚才褚妹妹说得不错，往年这个时候，后宫的姐妹都是聚在一起的，本宫日前听说芸妹妹夜里啼哭，十分担心，所以想进去陪她说一会儿话，公公若不放心，在一旁瞧着还不成吗？”

小黄门只是个位卑的内侍官，哪里当得起章元嘉这话？他想着反正还有这么多娘娘在，再不敢相阻，由章元嘉与众人进去了。

落芳斋不大，芸美人就歇在内院的寝屋中，她的确得了心病，不过一个月的工夫，本来丰腴的人肉眼可见地消瘦下来，听到外头有纷乱的脚步声，还以为是下头的婢子送药汤来了，本要唤人轻点儿，蒙眬间睁开眼睛，入目的竟是一袭金丝镶边褖衣，她吃惊地坐起来："娘娘，你……你们怎么来了？"

后宫姐妹和睦，没什么钩心斗角，怡嫔等几个人见芸美人消瘦成这样，忍不住上前握住她的手："要不是皇后娘娘执意来见你，我们竟不知你病成了这样。"

芸美人闻言不由得诧异起来，章元嘉在这样的时候执意来见她？

章元嘉对上芸美人的眼睛，声音淡淡地道："你们去外头守着吧，本宫有几句话想单独对芸妹妹说。"

众人只当是皇后要说体己话，答应一声"是"，很快出去了。

章元嘉又道："芷薇，你也去院外。"

寝屋中只剩章元嘉与芸美人，章元嘉在榻边坐下，沉默了片刻，说道："你父亲落狱后，你母亲病了，家中上下一夜间走的走，散的散，你哥哥为了给你母亲买药，日前不慎受了伤，好在救回来了。眼下你母亲和你哥哥都好，京兆府得了昭王的令，已经帮着安置了。本宫能打听到的只有这些。"

芸美人垂下眼，半晌，苦笑了一声："皇后都知道了。"

章元嘉一下握住芸美人的手："是，我把我知道的都告诉你了，你也把你知道的告诉我好吗？"

不待芸美人回答，章元嘉很快又道："早前林少卿落狱，你能这么快得到消息，连夜去央求官家，说明你很清楚宫外究竟发生了什么。"

章元嘉朝院子外看了一眼，低声道："我这些年太糊涂，身边被我父亲安插了眼线浑然不知，近日刻意试探才觉察出来，官家因此对我失去了信任，什么都不告诉我，我不怨他，但我不想听我父亲的一面之词，求你告诉我，小昭王在陵川究竟查到了什么？我哥哥为什么一直不回来？是不是因为我的父亲？还有洗襟台的坍塌，究竟是怎么回事？"

芸美人注视着炭盆袅袅升起的青烟，良久后才道："娘娘还是独善其身吧。您是官家的心上人，无论发生什么，官家都会护着您的。娘娘只当什么都不知道，洗襟台的案子，娘娘不要碰了。”

“到了这样的关头，本宫如何独善其身？”章元嘉道，“此前林少卿落狱，芸妹妹做到坐视不理了吗？”

其实早在数月前，章鹤书进宫来探望她，章元嘉就觉得不对劲了。那时她正在操持仁毓的亲事，赵永妍属意张远岫，是私下悄悄告诉她的，章元嘉顾及女儿家的颜面，除了赵疏，没跟任何人提过赵永妍的心意，哪怕被几个侍婢听见了，怎么会传到宫外去？然而章鹤书进宫问起仁毓是否心仪张二公子。

章元嘉道：“我的贴身侍婢是我父亲的人，她和我说，我父亲是遭到攻讦才被停职，我哥哥为了取证，在一个叫脂溪的地方受了伤，所以不能回来。但我太了解我哥哥这个人了，他去陵川，是去柏杨山督工的，绝不会因为旁的事擅离职守，如果我父亲的罪名是莫须有的，他必然相信朝廷会还父亲的清白，不可能前往脂溪，他去脂溪，只能说明……”章元嘉咬了咬嘴唇，知道时间紧迫，必须以真话换真话，“只能说明至少在他看来，那里的罪证，真的牵涉到了父亲，他是于心有愧，才会放下自己的差务，为朝廷取证。”

章元嘉紧紧地握住芸美人的手，看着她的双眼：“虽然你我位份不同，处境却别无二致。入了这后宫，除了为官家活，就是为母族活，有时候在深宫陷得久了，便把自己的来路淡忘了，以为宫外的那些事都是俗世中的沉浮，离我们很远，其实不是，身在天家，享万民奉养，身上便已经套上了臣民的枷锁，这是我嫁给官家前，哥哥亲口对我说的。我们或许失去了自由，总不能把自己也丢了，多少还要活个对错是不是？你把你知道的原原本本地告诉我，至于真相如何，我自会分辨……”

芸美人泪眼盈盈地望着章元嘉。章元嘉的这番话分明不是为了开解她，她听完之后，连日来的困顿竟散去不少，是啊，她这些日子一直沉浸在家族的横祸中，险些忘了对错。她点了点头：“其实妾身知道的也不多，只听说当年曲侯卖出过几个洗襟台的登台名额，至于那登台名额的由来……”

章元嘉没在落芳斋逗留太久，出来的时候，晴光已经消退了，天际浮上阴云，大概又是一场雪将至。章元嘉称是乏了，散去了一众嫔妃，携着芷薇往元德殿走。

芸美人其实没有说太多，只告诉她曲不惟为了掩盖罪过，犯下了许多恶行，而那些被他拿来买卖的登台名额，有人称是从章鹤书手里得来的，因为眼下没有证据，赵疏只是停了章鹤书的职。

章元嘉也不知道该相信赵疏，还是该相信父亲。

直到现在，她一直以来的困惑与不解都有了答案。洗襟台坍塌以后，赵疏待她莫名的疏远；大婚当夜，年轻皇帝没有笑容的脸；还有这些年下来，她和赵疏之间说不清、道不明的隔阂。

想明白这些以后，章元嘉居然没有多么难过。可能那些该有的、翻涌的情绪，早在此前消磨殆尽了吧，她早就预料到这一天的到来。

章元嘉是冷静的，在此时此刻，她想到的却是章庭的一封手书。手书的内容没什么特别，只叮嘱她照顾好身子："无论遇到何事，务必宁心静思，谨记家训，辨清对错，做问心无愧的决定"。

章氏的家训是"清嘉度身，兰若度心"。

章庭写这封信的时候，正是今年盛夏，他赶去脂溪取证前。她如今想想，章庭的这封来信，是为了提醒自己吗？

"娘娘。"见周遭无人，芷薇在一旁轻声唤道，"娘娘，您问清楚了吗？"

来落芳斋前，章元嘉告诉芷薇，说宫中消息闭塞，要想法子从芸美人口中问出章鹤书的处境，为此她们一起筹谋了数日。

章元嘉停住脚步，转过头来看着芷薇，仿佛在看陌生人一般。

芷薇被这目光震摄住，怯怯地又唤道："娘娘，您怎么了？"

章元嘉摇了摇头，陌生的目光仿佛只是错觉，她的眼底映着漫天的云霾，浮上忧色："问清楚了，父亲的处境很不好，如果没有人拉他一把，等哥哥回来，一切都迟了……日前父亲不是说想通过我给上京城外送一封信，你去传话吧，便说我肯了，这封信，本宫帮他送。"

上京入冬的第二场雪比初雪还要来势汹汹，上午晴光万丈，到了下午，已是"黑云压城城欲摧"了。雪在黄昏时分撒盐一般落下，一直到隔日清早才稍稍式微。刚清扫干净的街道又被一片白茫茫覆盖，尤其是城南的太傅府，因为府上久无人住，门前的雪比寻常人家积得更厚，早上老太傅回府，不慎在阶前摔了一跤。老人家经不起磕绊，不到午时身上便起了热，府上的人煎药的煎药，请大夫的请大夫，忙了一上午，总算见雪停了，拿了笤帚正待出门扫雪，便见一辆马车在门前停下。

张远岫下了马车，一面带着白泉往府里走，一面问迎上来的下人："怎么样了？"

"阶前这一跤摔得不重，病倒约莫是路上受了寒，老爷听说上京城里有人闹事，急着赶路，有两夜没歇在驿站。好在早上大夫看过，说只要养上几日，适应了上京城中的气候便能好起来。"

说话间，张远岫已经掀帘进了屋中，一名侍从正要给老太傅喂药，见状道："二公子到了。"

张远岫快步上前，将引枕放在老太傅的身后，顺势将人扶起来，又接过药碗："我来吧。"

太傅府的冷清不是没缘由的，老太傅早年丧妻，后来丧女，之后一直没有续弦，半生操持着开办学府、授学育人，那几年朝廷中的文士，一半是他的学生，昭化帝还是太子时，也受他的教导。所以虽然他眼下已经年过古稀，在士人心中的威望不减。

老太傅淡淡地长叹一声："不过是摔了一跤，下头的人小题大做，把你唤来，耽误你的正事。"

"上京城中的气候不比庆明庄子上，一入冬便冷得快，身上一处不适，处处不适，便是他们不说，忘尘也该来。"张远岫道。他在屋中看了看，唤来侍从："让人再添两个炭盆，用最好的红罗炭，都记在我的账上。"

张远岫手中的药汤还烫，热气浮上来，在他的眉眼间氤氲开："先生即便要回上京，也该提前差人与我说一声，我好安排人去接，这么急匆匆地赶路，仔细一个不适应，整个冬天都不好过。"

张远岫的话里有埋怨的意思，下头的人听了并不觉得不妥，两个人情同父子，这样的埋怨，都是身为人子的关怀。

老太傅太老了，双目已经浑浊，有时候竟看不清里头的神色："如果为师提前和你说想来上京城，你会肯吗？你只会写信来阻止我，说上京城中太冷，一切等到明年开春再说。上京城中的事我都听说了。清执在陵川找到了罪证，查到洗襟台涉嫌登台名额买卖。清执这孩子，继承了他父亲的天资，只要他想做的事，就没有做不好的。眼下上京城里闹成这样，我怎么能不回来？"

张远岫的目光还落在药汤上，他见热气稍退，自己先尝了一口，还是烫："昭王殿下一直是我们这一辈的佼佼者，从初涉朝政起，每一桩差事都办得漂亮，除了……这次也是一样，洗襟台涉嫌名额买卖，消息传出去，上京城中士人不满是难免的，好在眼下很快就要结案了，等朝廷惩治了该惩治的人，事端也就平息了。"

"真的能够平息吗？"老太傅看着张远岫，"你不用瞒我，来上京城的路上我已经打听清楚了。洗襟台的登台名额是从翰林流出去的，官家不查翰林，是顾及我这个老臣的颜面，但是翰林不能不给朝廷一个交代。那些登台士子是怎么选的，只有我最清楚，解铃还须系铃人。"

"解铃的确需要系铃人，但洗襟台是先帝说要修筑的，遴选士子登台也是由先帝提出来的，如今先帝不在了，先生如何充当这个系铃人？"张远岫道，"眼下上京城中士人闹也只是闹个一时，等到朝廷处置了曲不惟，案情公布于众，一切便会好起来的。"

张远岫说着，把药汤递出去，老太傅摆摆手推了，苍老的声音低沉得像是每一个字都要坠在地上："不是的，当年先帝决意修筑洗襟台，朝廷其实有许多反对之声，长渡河死的人太多了，留下的遗孤也太多，那些都是可怜人……是我和忆襟，联合翰林文士，力持先帝之见，为此，先帝后来还处置过一批士子……"

忆襟，就是张远岫的兄长，张正清的字。

"先生。"张远岫听到这里，声音淡淡地打断道，"不管过去发生过什么，我只知道，先生和兄长希望修筑洗襟台，是为了让后人铭记投江士子的赤诚。洗襟无垢，洗襟台的意义正在于此。不管后来那些人，何鸿云也好，曲不惟也好，更或是别的人，想要利用洗襟台做什么，这座楼台本身并没有错，'柏杨山间高台入云间’，这是兄长的心愿，也是我的心愿……”

老太傅：“忘尘，你不明白，你当真问过你的兄长吗？其实忆襟未必希望你……”

张远岫道：“我只记得，当年兄长赶赴柏杨山前，曾谓我‘只有洗襟之台高筑，那些投江的士子才会永远活在世人的心间’，那些士子里，曾经有我的父亲，如今，还有我的兄长。”他说完，再次把药汤递出去，“再耽搁药就要凉了，先生吃了吧。”

老太傅看着张远岫。张远岫太聪明了，不等他开口便知道他要说什么，只是这么多年了，心愿已经成执念了，不愿多听罢了。

老太傅：“官家意欲为你和仁毓郡主赐婚，此事你想得怎么样了？”

“还在考虑。日前忘尘已回禀过官家。官家说，可以容忘尘细思几日。”老太傅把药吃完了，张远岫接过药碗搁在一旁的方几上，“不过忘尘经多日深思，觉得娶裕亲王之女，不失为一桩好姻缘，答应了无妨。”

老太傅：“你想听听为师是怎么想的吗？”

张远岫：“先生请指教。”

老太傅抬手慢慢握住张远岫的手腕：“忘尘，你离开吧。不要答应娶什么郡主，不要陷在这里，更不要做下一个谢桢。你不是谢桢，前人已逝，大周朝已经好起来了，不需要燃尽自己以全报国执念，你如果还有抱负没有实现，凭你的本事，做一个地方州官，一个为民谋福祉的府官，去哪里不能有一番作为？你离开吧，忘尘，上京城中的一切都交给为师，等到有一天一切尘埃落定再回来。”

老太傅握在张远岫手腕的手缓缓收紧，苍老的手背筋脉蜷曲遒结，浑浊的眼眸透出殷切的盼望，仿佛他这一路奔赴回上京，就为了跟张远岫说这样一句话似的。

张远岫想起在陵川时，老太傅给他回的一封信，“至于重建洗襟之台，依为师之见，台起台塌，天定自然，实则不必执着”。可是执着之人若能为一句话而动摇，脂溪矿山山崩地裂时，他便不会拾起那个锦囊了。

张远岫的目光淡如陷在山谷里的湖，风被四面山壁挡去，漾不起一丝涟漪：

“好，但不是现在。忘尘一介庸人，没什么抱负，只有一个心愿罢了。等愿望实现了，忘尘便遵循恩师之意，与您一起离开上京城。”

老太傅的身子本就不好，今日又染了风寒，他说了这么久的话，人很快就乏了，张远岫伺候完他吃药，见他难掩倦色，叮嘱了几句便离开了。

洗襟台坍塌那年，先帝病重，老太傅也病倒了，年纪大了，畏寒畏热，自那以后，老太傅一年有多半时间在庆明的山庄休养。上京城中的城西旧邸交给了张远岫，太傅府虽然留了人，因为除了一些书册，府上没什么珍贵的事物，需要看顾的地方并不多。

张远岫从老太傅的屋中出来，却见一名仆从正往东面的厢房中送炭盆。府上的主子只有太傅一个人，是有什么下人病倒了，也要用炭盆取暖吗？

张远岫心中狐疑，唤管家来问，管家道：“二公子，不是下人，早上大夫过来看诊，说正屋久无人住，有点儿阴冷，不如东厢这间干燥、暖和，小的们打算把东厢熏暖了，让老爷搬到这间住。”

张远岫颔首，脚下步子一折，就要去东厢帮忙拾掇，正在这时，白泉匆匆走入内院，呈上一封邀帖：“公子，言大人的家宴帖子。”

言大人是礼部侍郎，也是裕亲王妃的兄长。赵疏意欲为仁毓郡主和张远岫赐亲，朝中不少大臣已有耳闻。言侍郎是赵永妍的舅父，眼下他设家宴，却给张远岫递来这么一张帖子，究竟在试探什么，不言而喻。

白泉低声问：“公子，您要赴宴吗？”

赴宴即为家人，张远岫跟言侍郎做不做得成家人，还在两可之间。

张远岫没有作声，等出了太傅府门，上了马车，才淡淡地回应了一句：“容我想想。”

其实他也没什么好想的，老太傅说得不错，上京城中的士人闹事不是这么好平息的。登台名额买卖一案，引起士子、百姓对这座楼台的憎恶，游街的士子中已有不少人请求朝廷停止重建洗襟台。等到小昭王把案情的真相披露于众，这些义愤填膺的士人不知道还要搅起怎样的风雨。

想要让洗襟台平平安安地矗立在柏杨山，必须有一个在士人心中一言九鼎的人站出来，告诉他们不管发生了什么，洗襟台本身并没有错，它是无垢的，是一尘不染的。而这个人，只能是下一个谢桢。

利弊得失，张远岫早就权衡过了，他必须要做下一个谢桢。哪怕他对仁毓郡主的印象其实很模糊，想不起来她究竟长什么样，又是怎么样一个人。

张远岫撩开车帘，对白泉道："帮我回言大人，说届时我会赴宴。"不等把车帘放下，他想了想又道，"不，这就送我去言府，我亲自向言大人致谢。"

等张远岫从言府出来，已经是日暮时分了，言侍郎留他一同用晚膳，张远岫推拒了，只称是改日家宴再叙。他上了马车，吩咐白泉回太傅府看看。谁知马车驶入一条背巷，忽然停下，白泉在车外低低唤了声："公子。"

张远岫感觉有异，撩开车帘，只见长巷里立了一个罩着黑色的斗篷的女子。虽然她没露脸，张远岫还是认出了她："温姑娘，好巧。"

"不巧。"良久，青唯才答道。她摘下兜帽，露出一张干净的脸："早就听说老太傅要回上京，我已经在附近等了张二公子几日了。张二公子，不知是否方便借一步说话？"

张远岫颔首，下了马车，独自提着灯笼走近，青唯见闲杂人等都离开了，也不含糊，开门见山地道："曹昆德一个宦官，这些年久居深宫，能掺和的事一件都没少掺和，宫外的消息一个不落，他在朝中一定有一个同党，这个同党，就是张二公子吧？"

张远岫立在暮天雪地里，眉眼沉静得如温玉。听了青唯的话，他没有回答。青唯能过来问他，说明她已经知道答案了。

青唯："去年薛叔坠崖蒙你相救，并不是巧合吧？你这些年一直希望重建洗襟台，后来你结识了薛叔，听闻他意欲去上京查清洗襟台坍塌的真相，便和曹昆德合谋，一方面以薛长兴落难引我进入上京，另一方面借我挑起风波追查何家偷换梁柱的事由，迫使士人不满，朝廷不得不答应修建洗襟台。薛叔坠崖的地点，本来就是你事先和他说好的接头地点，所以你会那么轻易地找到他。你为什么会知道我活着，是曹昆德告诉你的，还是你本来就认得我？还有去年冬天，我被左骁卫追杀，你出现得那么及时，也不是巧合。如果我所料不错，你和曹昆德虽然合作，但你们的目的不尽相同，你的目的只是重建洗襟台，当时朝廷已经应允下来，你没有必要害我，但你很清楚曹昆德的行事手段。你知道在我彻底倒向小昭王，没有利用价值以后，曹昆德会毫无顾忌地向朝廷检举我，来杀我灭口，这才是你能先所有人一步，在长街救下我的原因。”

张远岫看着青唯，许久后才道：“温姑娘既然已经知道了，何必多此一问？事已至此，温姑娘若对忘尘有任何怨言，忘尘甘愿领受，绝无多一句的分辩。”

第六十六章

青山在望

“我没有怨言。”青唯道，“因为我相信我几次落难，张二公子都是真心实意地帮我，否则你不会把中州俞大人的私宅住址告诉我。”

去年青唯离开上京，张远岫担心她无处可去，给了她一张名录，上头都是他最信赖的人。后来青唯决定去陵川，因为没有文牒，托中州的俞大人帮忙，隔日张远岫还赶来与她见了一面。

青唯：“我在中州看到了白隼。民间养得起隼的人太少了，遑论用隼来送信。后来有人帮我查证，发现这只隼被养在江留城的榴花巷子，这个住址，正是俞大人的私宅。俞大人不过一个七品地方官，他没事养隼做什么？但他是张二公子最信任的人，这只隼，他是帮张二公子养的。张二公子的心思如此缜密，如果不是为了帮我，何须把这么隐秘的私宅告诉我？”

张远岫问：“这就是你今日在这里等我的原因？”

其实青唯觉察出端倪，本可以第一时间告诉谢容与的，但是，一旦小昭王吩咐玄鹰司追查张远岫，他就再也没有抽身而出的机会了。一报还一报，当初张远岫在她落难时帮了她，如今她也愿意不计前嫌，拉他一把。

原来青唯今夜等在这里的目的，竟然和老太傅是一样的。

青唯道：“我知道每个人都有自己的执念，单凭我几句话，张二公子未必会更改心意，但我一直相信，张二公子与人为善，只是被执念束缚，才走到了今天这一步，眼下大局未定，只要张二公子愿意回头，一切都来得及。我今日到此，只有一个请求。”

张远岫：“温姑娘请说。”

青唯：“张二公子既然与曹昆德合作，应该知道他筹谋多年的目的是什么。

我感觉曹昆德想要做的事不简单，不想因此再出什么岔子，还请张二公子把你知道的告诉我。”

张远岫问：“这些只是温姑娘的猜测吗？”

“不只猜测。”青唯实话说道，“我查到了劼北的庞先生，曹昆德的恩人，还有庞元正不知所终的妻儿。”

张远岫的眼底浮起一丝意外，他似乎没想到青唯的动作这么快，然而这一丝意外很快消弭在了他淡然无波的目光中：“温姑娘既然说了每个人都有自己的执念，我有，曹公公自然也有，我知道的的确比温姑娘多一些，但是，恕我无可奉告。”

青唯听了这话并没有多意外。她只是隔着灯火看向张远岫，露出非常非常失望的神情。随后她不再说什么，转身朝巷口走去。

这副失望的神情让张远岫的心莫名地一沉，他不由得出声唤住她：“温姑娘。今日温姑娘在这里等了多久？”

青唯回过身：“重要吗？”

她午过就来了，看他驱车去言府，没有露面。她一直等到他从言府回来，才出声拦住他。言侍郎是仁毓郡主的舅父，他应下言家的家宴，以后大概真的要做郡马了。可是青唯早一步拦下他，他便不会娶赵永妍了吗？就好像老太傅千里来此，只为劝他，他答应了吗？

张远岫道：“温小野，如果一年前，崔家没有出事，薛长兴没有落狱，曹昆德也没有去信告诉你岳鱼七也许在上京城中，你还会来上京城吗？”

青唯没有丝毫迟疑地道：“会。”没有人能够教唆她来上京城，除了她流亡经年心中的冤屈与不平，也许早一点儿，也许迟一点儿，她还是会来到这个是非之地的。

张远岫笑了。看，其实每个人都有自己既定的路，他们的一切因果，都由自己所选择，旁人根本不可能左右。因此他写不写那封让她来上京城的信，结果并不会不同。其实事到如今，他一手操纵的，只有自己的航船罢了。

张远岫问道：“小昭王，他待你好吗？”

青唯没有回答，这是他们之间的事，与他无关，但是答案显而易见。

张远岫道："其实我一直知道你活着，也知道曹昆德为你更改了姓，让你寄住在崔家。崔弘义后来迁去了岳州。也是巧，嘉宁元年，老太傅为我赐字忘尘，也提议让我去岳州。老太傅说岳州虽然不比中州富庶，不如庆明繁华，却是一个远离是非的安居之地。我那时第一个想到的便是你也在岳州。"张远岫一直记得那个在洗襟台的废墟上拼命寻找亲人的小姑娘。天涯海角，有个人与自己同病相怜，实在幸甚。或许是当时执念未深吧，张远岫其实动了忘诸尘烟，远赴岳州的心思。但张远岫最终没有这么做，老太傅为张正清赐字忆襟，却要他忘尘，这是什么道理？

张远岫选择了考科举，去宁州试守。直到几年后他们翰林诗会上重逢，她左眼上的红斑也遮不住她的身姿亭亭玉立，当初眼底的迷茫散尽了，只余清明。张远岫这才发现那个与他同病相怜的小姑娘长大了，病也好了，只有他，依然在病中。

"温小野。"张远岫道，"眼下想想，幸甚你我识于缘浅。"

他们亦止于缘浅。

青唯走出了暗巷，天已经全黑了。她今日其实不是一个人来的，上京城中士人闹事，她的身份特殊，独自出门多有不便。好在朝天有侍卫身份，可以带刀缀行。朝天一直在隔壁巷子等着，见了青唯，快步上前："少夫人，他说了吗？"

"没有。"青唯摇头。她今日来找张远岫，除了试探曹昆德的目的，如果能够问出一些章鹤书的线索那就更好了。但是张远岫的态度很明确，他一个字都不愿多透露。

青唯："师父那边回信了吗？"

朝天："小的早上跑了一趟驿站，岳前辈的信还没到。"

日前青唯发现江留养隼的宅子是俞大人的私邸，立刻就给岳鱼七回了信，让他直接查中州府衙的俞清。信是八百里加急送去中州的，不出两日就该到了，凭岳鱼七雷厉风行的办事速度，加上齐文柏的帮忙，约莫近几日就能收到回信。青唯虽然愿意给张远岫机会，甚至亲自前来劝张远岫回头，但也知道事关紧急，容不得片刻耽搁。青唯站在巷子口思忖片刻，觉得事已至此，她已没有替张远岫隐瞒的必要，不如让玄鹰司早作应对。她与朝天很快回到江家，谁知谢容与不在倒也罢了，德荣竟然也不在。

他唤来一个厮役询问，厮役道："公子戌时回来过一趟，本来说等少夫人一块儿用晚膳，衙门的祁护卫过来了，说牢里关着的那位曲侯急病不起，担心出事，请公子过去看看。公子走前留话说夜里兴许回不来了，德荣收拾了些衣物，给公子送去宫里了。"

青唯道："曲侯病了？"

曲不惟除了是买卖登台名额一案的主谋，还是眼下被缉拿的嫌犯中，唯一一个知道登台名额由来的人，在水落石出前，他必须活着。青唯知道兹事体大，谢容与今夜必须留宿衙门，但她不想因为意外耽搁正事，唤来朝天，把今夜在张远岫处的所听所闻，包括张远岫与曹昆德的合谋，中州俞清养隼的私宅详细地说了一遍，催促朝天进宫告知谢容与。

是夜，大牢里灯火通明。

"下午都还好好的，晚上忽然犯了腹痛，不知道是误食了东西，还是旁的什么病症，太医已经过来了，眼下正在为曲侯诊脉。"谢容与一到刑部大牢，刑部的唐主事便过来禀道。

谢容与问："牢里的狱卒查了吗？"

唐主事："都查了，没有异样。"

两个人说话间，很快到了甬道尽头的牢房，曲不惟已经从腹痛中缓过来了，眼下正盘腿坐在草席上。太医为他看完诊，开了一服药，见惊动了小昭王，连忙道："殿下，罪犯曲不惟的腹痛乃风雪天急寒所致，大牢里潮湿阴冷，到底年过五旬的人，久居于此，身子骨多少扛不住。"

谢容与听了这话，唤来一名狱卒，嘱咐他去取干燥的棉被和取暖的炭盆，随后见高窗漏风，命人把窗栏修补了。

曲不惟冷笑一声："不要以为你施舍一点儿好处，我就会领你的情。该说的我都已经说了，旁的没有的事，你再怎么问也问不出来。"

谢容与正在看近日狱卒的排班表，闻言连眼皮都没抬："本王知道侯爷什么都不会说，也不想在侯爷这里浪费工夫，今夜前来，不过是受人之托照看侯爷，侯爷不必多想。"

一旁的唐主事见小昭王一片好心被当作驴肝肺，颇是不忿，在一旁帮腔道："曲侯大概不知道吧，枢密院的颜盂眼下已经被玄鹰司缉拿，侯爷不想说的我们自会从别人口中问出来，天网恢恢，疏而不漏，侯爷莫不是误以为自己手里握着天底下独一份的秘密？"

颜盂是章鹤书最信任的人，这些年帮着章鹤书做了不少事，明面上与章府的关系却不远不近。曲不惟听说颜盂落网，心中十分震惊，但他面上依旧平静无波："受人之托照看我，你受何人之托？"不等谢容与回答，他又道，"老夫该招的已经招了，竹固山的山匪，是老夫下令剿杀的；徐述白、沈澜等人，也是老夫命人灭口的；包括上溪衙门的暴乱，也是老夫在幕后策划的。要说其中有什么差池，当初老夫让人去竹固山剿匪，本意只想灭口那几个知情的山匪头子，后来出了点儿岔子，山上的山匪全死了，死了老夫就认，多少条人命你们都可以算在老夫的头上。洗襟台的登台名额，老夫卖了四十万两，外加一幅稀世名画，你们可以找礼部清算清算，看看老夫到底得赔多少，等老夫死了，你们大可以把老夫私藏的钱财、分封的田地，一律罚没了。"

谢容与看完了简册，吩咐唐主事增派看守大牢的人手，随后淡淡地道："本王已经让礼部算过了，侯爷一共得赔七十万两，不过这笔银子侯爷不必操心了，已经有人帮你赔过了。"

谢容与说完这话，见牢房已经整理妥当，转身便要离开。曲不惟叫住他："谁帮我赔了？"

谢容与停住脚步："怎么，侯爷不顾忌那张调兵令，眼下对本王有话说了？"

曲不惟听到"调兵令"三个字，瞳孔猛地一缩。一旁的唐主事是个明事的，见状立刻打了个手势，带着一干狱卒离开了。

曲不惟目不转睛地盯着谢容与："什么调兵令？"

"还有什么调兵令能让侯爷这样杯弓蛇影？封原手下的兵卒成了叛军，调兵令，自然是调动这些叛军的军令。"谢容与道，"停岚着了章鹤书的道，被人骗着在调兵令上署了名，如今章鹤书的手上留了军令的存底，只要侯爷多说一个字，章鹤书就会把军令拿出来，不是这样吗？”

曲不惟的眉头紧锁：“你怎么会知道这张调兵令？”

“停岚给我的。章兰若提醒过他调兵令有异，他留了个心眼，把军令从封原处拿了回来，一直贴身藏着。今夜本王来大牢，也是受停岚所托要照顾侯爷。”谢容与道，“侯爷一直以来总想着要一人之错一人担，绝不牵连一家老小，却没仔细想过停岚知道自己的父亲沦为阶下囚后会怎么办。”

曲不惟愣愣地听完，状似不在意：“这个糊涂东西惯来不争气，老子管他怎么办？反正周家会在必要时扶他一把，天塌了也砸不到他，再说……”曲不惟盯着谢容与再次冷笑一声，“他不是还有昭王殿下这个至交嘛。”

谢容与道：“他去陵川了。停岚虽然糊涂，但是不傻，临走前，他弄明白了侯爷犯下的所有罪行，大概觉得无法接受，所以无论如何都想离开。他还说，也许不会回来为侯爷送行了。”

曲不惟并不为所动，只是别开脸：“混账东西有多远滚多远。”

谢容与继续说道：“不过他临走前，为侯爷赔清了礼部清算的账目。不只七十万两，他赔了一百二十万两。中州侯爷的私库由他做主直接充公了，这些银子是他把家中值钱的东西、这么多年从各处搜罗的宝贝变卖了凑的。他本来还想赔得更多，但实在拿不出来了。侯爷知道他这么做是为什么吗？因为他说，除了本该赔付的七十万两，他更该赔的是侯爷欠下的人命，可惜那是无论赔多少都是无法挽回的。”

谢容与又问：“本王知道侯爷今日无论如何都不招出章鹤书，必定权衡过利弊。但你想过停岚真正想要的是什么吗？他掏空银子时在坚持什么？他又为什么要离开？”

“还有。”谢容与上前一步，在曲不惟的草席边上搁下一个小巧的玉如意。曲不惟的神情一滞，这枚玉如意正是古越青铜裹玉如意，流传了千百年，后来到了曲茂祖母的手上，祖母临终前把玉如意给了曲茂，曲茂这个人喜新厌旧，只有这个玉如意他一直珍藏着，是他最喜欢的：“停岚为了救侯爷，把这个玉如意当了。无价的古玉，只换来区区三千两，太不值了，我费了些工夫赎了回来，侯爷留在身边做个念想吧。”

谢容与说完，不再理会曲不惟，径直出了牢房。

牢外的唐主事迎上来低声问：“殿下，曲侯会招吗？”

“不知道，试试吧。”谢容与揉着眉心。其实玄鹰司这两日对颜盂的审讯并不顺利，归根究底还是在于他们没找到切实的突破口。

“当初曲不惟买卖登台名额，章鹤书为了安抚蒋万谦等人，承诺等到洗襟台重建，以一赔二，还给了空白名牌作保。那名牌等闲仿制不出来，只能由当年的士人牌符改制，可惜太难查了，咸和十七年、昭化元年、昭化七年，那么多士人牌符，谁知道章鹤书挑的是谁的，无异于大海捞针嘛！”唐主事垂头丧气地道，“要是能查出章鹤书到底是拿哪年的牌符改制的就好了。”

谢容与没应这话。确实是大海捞针，可他们这一路走来，哪一步不是这样艰难？那些难能可贵的线索，哪一条不是从浩繁的卷帙中摸索出来的？

他出了大牢，外头夜风正盛，谢容与一刻不停地回了府衙，曲不惟那边已经留了人盯着，但他做事谨慎，牢房刚增补了人手，为防止出岔子，今夜是没法歇了。他唤人拿了颜盂的供词，正要细看，这时祁铭带着一个内侍进来值房：“殿下，长公主称想见您。”

“这会儿见？”谢容与问。眼下已经亥末了，等他到了昭允殿，只怕子时都过了。

“是。”内侍是昭允殿的老人，十分信得过，“长公主说多晚都等着，还请殿下一定过去。”

谢容与听了这话，自然不能推托，简单收拾好案宗，跟着内侍往昭允殿去了。

外间风声渐劲，虽然是寒夜，也能瞧见天上厚重的云层。近日朝务繁忙，到了这个时辰，玄明正华外各个值房都点着灯火，谢容与顺着未歇的灯光一路到了昭允殿，阿岑把他引入长公主所在的内殿，随后掩上门退下了。

内殿明亮，长公主穿着一身宫装，待谢容与见完礼，淡淡地道：“不是我要见你。”她随后站起身，“元嘉，你出来吧。”

屏风后出来一个人，章元嘉朝谢容与施了个礼：“表兄。”

他们这一辈大都年纪相仿，谢容与身为长兄，却是最疏离的，平心而论，章元嘉与他并不很熟，只是在宫宴上略有交集罢了。只是，今夜既然决定要见谢容与，她已经想好了该怎么做，所以待长公主离开，章元嘉径直道："表兄，日前表兄赶赴陵川，究竟在查什么，元嘉已经知道了。"

小几上还搁着半碗参汤，章元嘉身怀六甲，是不该熬夜的，大概是靠着参汤才撑到这时，谢容与没答这话，先请章元嘉坐下，随后才站着回话："皇后娘娘怀有龙嗣，安心养身子便是，前朝的事，不必放在心上。"

"元嘉如何安心？眼下连表兄也要拿这样的话搪塞我吗？"章元嘉道，"元嘉今夜既然甘冒大不韪单独面见表兄，表兄该知道元嘉的目的。元嘉只希望表兄实话告诉我，我父亲他，当真有罪吗？"

谢容与沉默片刻："目下尚未有定论。"不待章元嘉回答，他忽然道，"怎么，章鹤书这几年在娘娘身边安插的眼线，被娘娘发现了？"

"表兄怎么会知道？官家说的？"章元嘉愣道。可是这话问出口，她便已经知道了答案。

赵疏和谢容与之间从来不会说这些琐碎的事。而小昭王敏锐异常，又身在宫中，有什么异样是他瞧不出来的？章鹤书这几年行事总是快人一步，加之帝后之间的隔阂，想想便能知道为什么。谢容与这么问，不为别的，只是不想兜圈子，愿意和她打开天窗说亮话。

章元嘉："表兄说得不错。我这几年，的确被蒙在鼓里。"

谢容与道："娘娘今夜见臣，不只是为了说这些吧？"

章元嘉："是，元嘉还有一个不情之请。"

章元嘉沉默了片刻，站起身来，径直绕过方几，深深地吸了一口气，突然朝谢容与跪下。谢容与的眉心一蹙，在她膝头落地前先行将她扶起来："娘娘这是做什么？你我君臣有别，这样的大礼恕臣受不起。"

"如何君臣有别？"章元嘉望着谢容与，"如果我父亲有罪，我还有何颜面做这个'君'？"她退后一步，执意屈膝跪下，"元嘉的请求之意深重，乃是把身家性命都托付在了表兄的身上，还望表兄万万领受。"

章元嘉说着，双手呈上了一封信："此前我为了骗取父亲的信任，纵容我身边的侍婢与父亲互通消息，如今父亲的处境艰难，不得不手书一封私函请我转递上京城外。这封信我不曾看过，眼下将它原封不动地交给表兄，信上的线索想必对表兄追查洗襟台之案的真相大有帮助。元嘉只有一个请求，如果章氏一门无辜，还请表兄务必还我们清白。反之，如果父亲当真有罪，任何惩处，元嘉甘愿陪同父亲一起领受。”

私函上的署名俨然是章鹤书的笔迹，章元嘉抿紧嘴唇，握着信函的指节蜷曲发白。做出这样的决定其实是很艰难的，在收到章鹤书的信后，章元嘉连续数夜辗转难眠，甚至想过，如果这封信当真可以救章鹤书于水火，她愿意通过自己的门路帮章鹤书把这封信转递上京城外。

但是章庭告诉她，要做对的事。兄妹二人的关系很好，从小到大几乎从未吵过架，小时候章鹤书忙于公务，都是章庭领着章元嘉上学堂，后来章鹤书与章氏一族划清界线，依旧延用了“清嘉度身，兰若度心”的家训，而这则家训的含义，就是章庭教给章元嘉的。

“至于我说的不情之请，”章元嘉道，“在一切水落石出前，还请表兄不要把今夜元嘉做的一切告诉官家。”她低垂着眼，露出一个惘然的笑，“嫁给官家这几年，我一直以为是我在包容他，包容他的繁忙与淡漠，纵容他莫名的疏离与沉默寡言，其实不是，直到今日我才明白，原来他身处这样的两难之地，从来就是他体谅我居多。”是故哪怕有这么深的隔阂，整个后宫也看得出，赵疏唯一宠爱的就是她。

章元嘉：“他一直是个好皇帝，从两手空空走到今日，一路行一路难，只是他走得太快，元嘉没能跟上他。如今山雨欲来，我不希望因为要顾虑我，拖慢了他的步子，我希望他能坚定如初，做出的所有决定，不会因为任何一个人而改变。”

谢容与接过信：“好，臣答应娘娘。”待章元嘉起身，他退后一步，躬身揖下，“臣也谢过娘娘大义。”

见章元嘉咬着嘴唇欲言又止，谢容与明白她想问什么，说道：“至于令兄的伤势，娘娘不必担心，令兄在脂溪的确受了伤，眼下已有好转，臣今早收到陵川齐大人来信，说令兄不日便会苏醒……”

谢容与和章元嘉说完话，没在昭允殿多逗留，很快离开了。他一向沉得住气，今夜却有些心急。眼下唯一能证明章鹤书参与登台名额买卖一案的，就是章鹤书伪造的空白登台名牌，无奈追查名牌犹如大海捞针，玄鹰司并着礼部苦查了数日，只找到了名牌的仿制之法而已。谢容与感觉手里的这封信就有他最想要的线索，刚出了昭允殿便要拆信来看，一旁的玄鹰卫见状，立刻提灯为他照明。

信是送给上京郊外辛集县一个吏胥的，章鹤书让他去一趟庆明，找城东铁匠铺子的掌柜收租。

章鹤书很谨慎，信的内容几乎全用了暗话，但谢容与还是看明白了。

谢容与把信收好："卫玦呢？"

"卫大人这几日都歇在衙门。"一旁的玄鹰卫道，"虞侯眼下要回刑部吗？属下这就去传卫大人。"

谢容与为了揪出章鹤书的罪证，这些日子在几个衙门间连轴转，听了这话，道："不必，我去玄鹰司。"

线索得来不易，他必须亲自送达。他到了玄鹰司，卫玦跟章禄之等几个人竟然还没睡，看过信，卫玦道："这就是了，章鹤书当年伪造登台名牌，肯定找了精通这门手艺的人，庆明城东铁匠铺子的掌柜，应该正是此人。收租子是暗话，大概是递消息让掌柜连夜跑路的意思。眼下这封信落在我们的手里，只要在章鹤书反应过来前，将这个辛集县的吏胥和铁匠铺子的一干人等一块儿拿下，必能人赃并获。"

卫玦根本不需要催促，立刻着人调集人手，一队去辛集县捉拿吏胥，一队跟他赶去庆明拿人，另外他还吩咐章禄之连夜提审颜盂，就拿信的内容做突破口。

卫玦随后跟谢容与请辞，连夜便要离开上京，一开门，险些与正准备进屋的两个人撞个正着。好在习武之人手疾眼快，卫玦侧身一避，朝天也拉着德荣退开一步，行礼道："卫大人。"

卫玦点了个头便离开了。

谢容与见朝天和德荣满头大汗，先一步问："怎么了？家里有事？"

德荣道："朝天有事禀给公子，在宫中兜了一大圈。"

朝天进宫的路上撞见德荣，两个人先是到了刑部，又追到昭允殿，到了昭允殿，听阿岑姑姑说谢容与已经离开了，然后又折返回玄鹰司。

"是少夫人让小的带话。"朝天道。他把青唯是如何发现曹昆德与张远岫有勾连的事情仔细地告诉了谢容与："少夫人说，虽然官家已经派人盯住了曹昆德，但曹昆德心思缜密，布局已久，宫外还有张二公子相助，曹昆德要做什么，只怕防不胜防，她那边已经给岳前辈去信了，也请公子早做防备，案情厘清在即，千万莫要在这样的当口出了岔子。"

谢容与听了这话，没有丝毫犹豫，立刻唤来一名玄鹰卫，让他把青唯的话原封不动地转述给赵疏，顺便补了一句："非常之时非常行事，还请官家寻个理由，立即把曹昆德拘禁起来。"

玄鹰卫迟疑道："可是虞侯，都这么晚了……"

谢容与看了一眼天色："还不到四更，去吧，官家定然还在看劄子。"

玄鹰卫领了命，快步往禁中走去，在玄明正华前递了牌子。与此同时，紫霄城的南门一角大敞，卫玦带着数名将卒策马疾驰而出。而礼部、刑部、大理寺等衙门灯火彻夜通明，里头的大员坐在书案前或是翻查卷宗，或是书写奏报，他们神情肃穆，几乎忘了疲倦。

在这个无雪的静夜里，每一盏亮着的灯火都像无声张开的兽目，每一个奔走的不眠人都像风雪再次到来前寻觅生机的蛰虫，他们不仅仅在消弭的风中嗅到了危机，更是为了挣脱黑暗，看到隔一日天亮起来时的光明。

也是在同样的夜里，一支细竹管一抖，落下一段烟灰。东舍里，曹昆德长长地叹息一声："老了，天一冷，连根竹管子都握不住了。"

整个屋子里弥散着一种令人沉沦的靡香，小金碟上的细末就快要被焚尽。这些细末是从一块糕石上剔下来的。前阵子青唯闯东舍，这块糕石还有拳头那么大，不过数日，只余下指甲盖那么丁点儿了。

曹昆德今年的身子不好，这东西本来下了决心要戒，不知为何，上回见了青唯，那瘾说来就来，怎么都压不住。这几日竟有成灾之势，只要一刻离了它，他浑身就提不起力气似的。罢了，反正赵疏大半年前就对他起了疑，暗中派人盯着他，最近更是拿“怕他辛苦”做借口，不让他在边上跟着了，他就顺其自然地与这糕石末子相伴，也不必担心宣室殿传唤。

墩子顺势将一张绒毯搭在曹昆德的膝头，轻声嘱咐：“师父，仔细受凉。”

好半晌，曹昆德才从沉沦中睁开眼睛，没头没尾地道一句：“是时候了。”

这句话说来莫名其妙，墩子却听明白了，膝头落地，痛喊一声：“师父！”

曹昆德望着墩子，目光近乎是慈爱的：“去吧，路咱家几年前都给你铺好了，记得咱家教给你的，把话儿带出去，把该报的仇报了，记得你曾经受的苦，记得那些跟你一样的劼北遗孤所遭过的罪，他们没你幸运，不能像你一样捡回一条命。咱家呢，就在这里为你当个铜墙铁壁，帮你把那刀枪挡上一时。”

“是。”墩子向曹昆德磕了三个响头，眼底含着泪，“墩子谢过师父。”

第六十七章 劫北旧恨

夜更深一些，城中的一间茶铺内舍发出一声杯盏碰撞声。一群士子聚在长桌前，一边围看新写的檄文，一边焦急地等待着什么。

其中有个身着破旧袄衫的耐不住性子，“嘭”的一声把茶盏放在桌上，问道：“袁四，你说的那个证人究竟什么时候到啊？”

“是啊，蔡先生被关入京兆府大牢已经有几日了，那天朱雀街踩死了人，说到底不是蔡先生的过错，谁让林家、曲家的少爷敢在这时候露面？朝廷不处置这些罪人之后就罢了，反倒捉拿蔡先生，蔡先生有什么错？不过是领着我们游街讨问真相而已！袁四，你不是说有法子让朝廷放了蔡先生吗？什么法子你倒是说呀？”

众人口中的袁四正是角落里一个穿着襕衫的中年人，此人生得一张阔脸，其貌不扬，难得的是气度沉稳，听了众人的催促，他不急也不躁：“诸位，我早已说过了，朝廷关押蔡先生，这个决定并没有错，那天朱雀街上死了人，死了人就得有人负责，蔡先生是我们当中领头的，朝廷自然要捉拿蔡先生。想要让朝廷无罪放人，只有一个法子，那就是证明当日我们游街，或是对那两名罪人之后恶语相向都是有情可原，有理可循的，是朝廷没有给我们想要的公正，才让我们气不过，当街泄愤。”

“可是如何证明朝廷没有给我们想要的公正？洗襟台这个案子，朝廷不也正在查吗？我们游街归游街，说到底也只是催促朝廷加紧厘清案情，还天下一个真相罢了。”

“所以我才让诸位少安毋躁。”袁四道，“诸位当真觉得，当年士子投江后，朝廷为之震动，改革一新，此后所有的决策都是公平公正的吗？不然，长渡河一役结束，劼北一带满目疮痍，朝廷为了收拾这个烂摊子，没少做脏事。我已经说了，我有一位故人，他深知当年朝廷犯下的过错，所有的内情由我说来只是转述，诸位还是等他现身说法吧。”

“说来说去还是要等你那个证人！本来说好的子时到，眼下都快寅时了，人影都没瞧见一个，再等下去天都快亮了！”身穿破旧袄衫的忍不住心急，脱口道，“袁四，该不会根本没有这个人，一切都是你杜撰出来蒙我们的吧？”

袁四没吭声，回答他的是门扉的一声轻响，众人转头看去，进来的是一个眉清目秀的年轻人。如果有宫中人在此，一眼就能认出来人便是曹昆德身边那个影子似的小太监，连个正经名儿都没有，因为刚入宫时，干的是趴在地上，给宫中各位贵主当垫脚的差事，所以人称一声“墩子”。然而墩子眼下换上襕衫，看上去竟跟寻常书生没什么两样，只有那双眼睛是幽深的，让人辨不清此人的过往如今。

“曹先生来了。”袁四立刻起身，将墩子迎进屋中。

墩子四下望去：“诸位有礼，敝人姓曹，单名一个穗字，取来年谷穗丰收之意。”

“你就是袁四说的那位证人？”一众士人将信将疑地看着墩子。

长渡河一役已经过去了十八年，熟知这场战事的后续因果的，多少应该有些年纪了，众人本以为他们等的证人是一个劼北的老人儿，没想到来人竟然这样年轻。

墩子道：“不错，你们在等的人正是我，我便是当年劼北一带的遗孤。”

“可我观公子的模样，并不像遗孤啊。”

“是啊，公子说话的口音也是正经上京城中的官腔，听不出在劼北生活过。”

“你拿什么证明你是劼北人？”

“对，我们不能这么轻易地信了你，除非你证明给我们看！”

墩子没吭声，似乎早就料到了这些士人会质疑他，神情没有丝毫变化，一言不发地解下薄氅交给袁四。

众人不知道他要做什么，都安静地看着他。

墩子手上的动作并没有停止，随后解开襟口的盘扣，将外衫也脱了下来。

外衫褪下还有内袄，袄子去了，剩下还有一层中衣。但墩子依旧没有停手，直待将中衣也褪下，屋中的众人俱是倒吸一口凉气。

裸露的肌肤没有一处完好的地方，密密麻麻地遍布着伤痕，这些伤显见得是旧伤，有些成块的伤疤因为身体的成长，新肤的生成，被撕裂得支离破碎。然而伤处太过狰狞，不难辨出是怎么形成的，有鞭痕，也有火炭的烙印，左胸下有一片皮肤是凹进去的，大概是肋骨断后没仔细接遗留的疮迹。

屋中的人震惊得说不出话来，墩子的口音一改，变成了劼北的家乡话："没有人会往自己的身上施加这样的伤痕，除了那些饱经苦难的，在家乡根本活不下去的劼北遗孤。诸位，你们眼下肯相信我的话，听我细细说来了吗？"

一匹快马冲破黎明前的夜色，在江府的门前急停下来，驭马人下马时摔了一跤，然而他根本顾不得疼，一面匆匆往府中奔去，一面高喊道："少夫人，信到了，岳前辈的信到了！"

此人乃江家的一名护院。

昨晚青唯回家后，越想越觉得不安，她虽然让谢容与提防曹昆德了，可是曹昆德蛰伏了十几年，他的预谋岂容他人轻易破坏？直到深夜，青唯才和衣躺下，半梦半醒间，竖着耳朵都在听外间的动静。因此朝天和德荣一回来，她就起身了。听朝天说官家已经派人临时拘禁了曹昆德，她仍不放心，催促家中的一名护院再去驿站看看，好在结果没有让她失望，岳鱼七八百里加急把信送来了。

青唯收到信立刻拆开来看，岳鱼七不擅文字，写信一向简短，这封信却足足有三页，开头连寒暄都省去了：

小野，为师近日照你说的，会了会中州的俞清。此人确实备受张远岫的信任，是这位张二公子在中州地界的接头人。他的嘴有点儿硬，为师用了点儿你不需要知道的办法才让他把实话吐出来。

曹昆德的事俞清知道得不多，不过关于曹昆德的那个恩人，庞元正妻儿的下落为师已经问清楚了。庞元正过世没几年，劼北很快打了仗，就是人们熟知的长渡河之役。这一战过后，勐北一带哀鸿遍野，本来还能勉强过活的人彻底活不下去了。活不下去怎么办？朝廷的赈济粮到底有限，只能让民间帮忙想法子。中州有个商人，也是你的老熟人顾逢音，他因为去勐北做买卖，不忍见民生多艰，回到中州后，便收养了几名勐北遗孤。这事由他开了先河，随后受到朝廷鼓励，渐渐就传扬开了，以至于中州、庆明一带的商人纷纷效仿，也开始收养勐北遗孤。

我眼下才弄明白，原来朝廷的鼓励不只是说两句赞扬的话而已，而是有切实的政策的。比如江留，当时江留的官府声称，凡收养五名以上的勐北遗孤，可减免三成的行商税，如果这些收养遗孤的富商有买卖往来勐北，行商税不但可以全免，官府还会予以资助。这是好事，对不对？一方面，解决了部分勐北难民的生计；另一方面，朝廷又通过经商，带着勐北从苦难中走出来。我听人说，勐北有名的渠茶和勐绸，就是这样时兴起来的。

可惜事有两面，这样一个决策，多少也造成了些恶果。当时商人收养勐北遗孤，先挑长渡河将士的亲眷，没有了之后才挑那些剩下的。商人收养了将士遗孤，说出去面上有光，这些遗孤多少也会受到善待，哦，商人那个经常来向我讨教功夫的小子，叫顾朝天的，不就是这样的出身吗？至于那些剩下的，本来就吃不饱、穿不暖的勐北人，会不会被收养，收养之后的遭遇会怎么样，就听天由命了。那时官府的政策大致是，收养五人减免三成税，十二人减免五成税，二十人减免七成税。显而易见，收养得越多，赋税越低。可是二十个人，哪怕都收来做下人，做最低贱的仆从，那也是二十张吃饭的嘴要喂，所以……

岳鱼七写到这里，似乎觉得不堪，晕了好大一团墨渍，另起了一行，写道：

所以，当时商人中有人钻空子，专挑那些难养活的收养，等在官府登记好了，得了便宜，便将人扔在一旁，三天喂不了一顿饱饭，过得连狗都不如，还不让人自己出门找吃的，怕被官府知道了遭到惩处。他们暗中把这些人关起来，这些人有的熬不下去，很快就没了。自然官府也是要管的，派人定期上门寻访，也会抽查难民与遗孤的状况，可是那么多难民，总有漏网之鱼，再说表面功夫谁都会做，是不是？官府又不可能派人住到这些商人家里。

其实这还算好的，更有甚者，有极少数人有一些不为人知的癖好，专门以折磨人取乐，甚至……太不堪，我就不多说了，被收养的遗孤和难民饱受摧残，在劼北好歹算个人，离开劼北，连人都不是了。据俞清说，庞元正的妻儿很不幸，就是被这样一户人家收作了下人。这家人的家主姓廖，简而言之，不是个东西，庞元正的妻儿三人去廖家不过一年，就被先后折磨死了。当时正是昭化元年。也正是同一年，曹昆德晋了内侍省的押班，终于有门路往宫外递消息。

曹昆德这个人吧，说他阴毒、心狠不为过，不过单从这件事来看，他也算是个人物。他离开劼北这么多年，为了活下去咬牙净身，在宫中也混出头了，却依旧惦记着庞元正将他送出劼北的恩情。滴水之恩，涌泉相报，能做到这一点的人不多。曹昆德一直希望能报答庞元正，所以在得知庞元正身死，余下的妻儿受尽折磨也不在人世后，他把所有的错都归咎在自己身上，他觉得是因为自己没能早一步回报庞氏一家，才让他们落得如此下场。曹昆德随后决定为庞家的妻儿报仇。

按理说，曹昆德的仇家是谁很明显，正是那个收养庞氏妻儿的廖姓家主。不过有件事说来也怪，早在曹昆德找到庞氏妻儿前，这个廖姓家主已经死了，曹昆德折磨长渡河遗孤的案子也大事化小，不了了之了。听俞清说，曹昆德之所以与张远岫合作，是因为曹昆德有旧怨未了，依然有仇人逍遥法外，曹昆德在等一个合适的时机揭发此人的恶行，所以在宫中蛰伏下来。

这就是我从俞清这里打探到的，关于曹昆德的全部，俞清肯定隐瞒了一些跟张远岫有关的线索，可惜我没问出来。对了，上回你提到的曹昆德身边那个墩子我也查了查，也是巧，曹昆德虽然没能从廖家救出庞元正的妻儿，阴错阳差地救下了这个幸存的小儿。至于日前你在中州看到的白隼，那隼确实是由曹昆德豢养的，在上京与中州之间往来送信的。小野，我感觉这件事不简单，曹昆德究竟想做什么？他的仇人究竟是谁？他蓄势待发地在等着什么？一切虽然未知，但浮出水面之时，必定有迹可循，你在上京城中还需趁早提防，珍重。

青唯蹙眉看完最后一行，不禁感到费解，一切正如岳鱼七所说，廖姓的家主已经死了，曹昆德的仇人会是谁？他说的合适的时机，到底是怎样一个时机？

青唯思及眼下顾逢音也在上京城中，这个廖姓家主也是中州人，指不定顾逢音知道他呢。

她正待吩咐德荣与朝天去打听，一抬眼，却见德荣双手握着信纸，指尖不断地颤抖着，脸上更是连一点儿血色也没有了，他抬眼看向青唯，向来平静的眼里露出少见的惊慌："少夫人，出……出事了……"

城中，茶舍内。

"……长渡河一役后，劼北一带遗孤无数，我便是其中之一。奈何像我这样出身低微的，即便被收养，也是那些商人为了减税用来凑数的，遇上好的人家，勉强有口饭吃，遇上不好的人家，等着我们的就是地狱。"

墩子环顾四周，目光是幽静的："是年，我被中州一户廖姓人家收养，做了一年下人。诸位看我的模样，便知在短短的一年之内，我遭到了怎样的虐待，然而还不止这些。"墩子说着，握住腰间的裤带，朝外一扯。亵裤落地，映入眼帘的疮疤狰狞恐怖。

士人中不禁发出阵阵低呼，有人不忍直视，不由得别开脸去。

曹昆德救下墩子的那年，已是入内内侍省的押班，凭他的地位，在上京城中为墩子置一处安身的宅子不难，何必让这个苦命的孩子跟自己一样做那无根之人呢？可是曹昆德没法子，因为墩子遇到他时已经残缺不全了。

这时，一名士人说道："曹兄弟的遭遇在下十分同情，但是，那个残害你的歹人已经不在了，事情过去多年，今日重提又有何用呢？”

“正是，平心而论，官府做得并没有错，曹兄弟实在是命不好，遇上了这样的恶人。”

他们今日聚在这里，究其原因，是为了营救蔡先生。还是那句话，除非能证明朝廷在洗襟台一案上的处置有失，他们是没法要求官府放人的。

“诸位别急，我的话还没说完。”墩子道，“诸位只道是那个姓廖的恶人已经死了，可你们知道，朝廷是怎么惩处他的吗？朝廷根本没有公开他的罪行，只是秘密将他处决了，他的同党，他家中那些助纣为虐的家眷，至今依然逍遥法外。当时我们一共七个人被那个姓廖的收养，除了我，其余六个人，一个也没活下来，其中包括一家母子三人。而且据我所知，那年中州、庆明等地，姓廖的这样的恶商不止一个。然而官府碰上这样的事，都是秘密处决，决不追查！诸位知道这是为什么吗？因为官府不敢将这样的腌臜宣扬出去，否则百姓们还怎么夸赞官府？岂不污了先帝的卓然政绩吗？更有甚者，当时中州有一个颇有名望的富商，不但亲手将我们推入火坑，在发现我们被虐待后，还包庇姓廖的，正是这个富商和官府联手，才将此事大事化小，小事化了，把数十条因为受虐待丧生的性命视为儿戏，反倒全了富商的名声！”

墩子说到这里稍微停顿了片刻，语气从激昂变得沉郁：“而最重要的一点，我想请问诸位，长渡河那一仗，真的需要打吗？诸位想想，长渡河一役前，劼北是什么样的？长渡河一役后，劼北又成了什么样？”

长渡河一役前，劼北闹灾荒，劼北人虽然穷，多多少少还能苟活；长渡河一役后，劼北哀鸿遍野，遗孤无数，以至于朝廷不得不联合民间商人收养遗孤。

这时，先前那个穿破旧袄衫的人道：“曹兄弟这么一说，在下想起来了，当年长渡河战事前，朝廷中便有人主和，是士子投江过后，朝廷才一致决定迎战苍弩十三部。”

“是，我也记得昭化十一年还是昭化十二年来着，先帝提出要修筑洗襟台，当时其实有不少人反对，上京城中一些士人说，与其修筑楼台劳民伤财，不如拿这笔银子去安抚劼北遗民。后来这批士人还被问罪了。”

“先不论这一仗该不该打，照这么看……”坐在角落里的几名士子相互对视一眼，“朝廷在劼北的处置上的确有失偏颇。”

“事后居然还有颜面修筑楼台纪念他们的功绩！”

身穿破旧袄衫的人问：“曹兄弟，你敢担保你说的字字属实？”

“我敢以我的身家性命起誓！”墩子竖起三指赌咒发誓，接着又道，“而且我的手上还有一名关键的证人，正是我刚才说的那个跟官府联手，包庇姓廖的中州富商。”

“这名富商眼下人在哪里？”

墩子：“已经被我的人拿住了。他现在下距这里有点儿远，诸位若肯等我一个时辰，我把他带来，让他亲口说出实情。”

“好！”穿破旧袄衫的人高呼一声，转头看向舍中的所有士人，“各位，眼下看来，朝廷的确在整个洗襟台大案，包括十余年前的长渡河之役中有所隐瞒，而我们皆被蒙在鼓里！事不宜迟，我提议我们现在便去朱雀街，要求朝廷公开真相，无罪释放蔡先生！”

“去朱雀街做什么？依我看，直接去宫门口！”

“对，粉饰太平有何用处？不如直接去宫门口！那么多死去的劼北遗孤，洗襟台下那么多冤屈与不平，难道还不够让朝廷还我们一个真相吗？”

满堂士子的愤懑之情被彻底点燃，穿破旧袄衫的人点了一下头，转头对墩子道：“既然如此，劳烦曹兄弟待会儿直接将那个恶商带到宫门口，让他当着天下人的面招出他的罪行吧。”

江家。

青唯见德荣的神色有异，问：“你是不是想到了什么？”

“少夫人，”德荣咽了口唾沫，“能不能让小的看一下最后一张信纸？”

青唯毫不犹豫地将手里的信纸递给德荣，德荣一行一行地看完，竭力平复了一会儿：“这个收养庞元正妻儿的廖姓家主，我应该认得。他是义父的朋友，做瓷器买卖的。为了减免行商税，有一回他到家里，专程向义父询问如何收养劼北遗孤。义父心地善良，为了鼓励他帮助劼北孤儿，还带我去见了他。义父也劝过他，让他量力而行，说收养孩子，不像猫儿、狗儿，给口饭就行了，既然养了，就要好好对待，没想到一年后……”

德荣抿紧嘴唇，沉默了片刻才道：“一年后究竟发生了什么我不太清楚，只知道那些被廖姓家主带回去的劼北遗民出事了……那天，他找到义父，说官府查到他的身上，求义父为他做证，说他是无辜的。义父很生气，说什么这一切都是他咎由自取，帮不了廖姓家主，为此还气病了一场。后来……似乎江留府的大人也登过门，跟义父商议廖姓家主的案子，具体怎么说的我不记清了，只记得他们让义父不能宣扬出去。其实那段时间江留传过流言，称义父沽名钓誉，包庇恶人，不过我相信义父的为人，没把这事当回事，久而久之也就淡忘了，如今想起来……”

德荣抬眼，愣愣地看向青唯：“少夫人，岳前辈的信上说，曹昆德有仇没报，他的仇人，会不会就是义父？说到底，是义父鼓励那个廖姓家主收养遗孤，也是义父帮廖姓家主隐瞒下了罪名，不然义父怎么忽然来上京城了呢？”

青唯听德荣这么一说，霎时犹如醍醐灌顶，此前怎么都想不明白的几个疑点相互串联了起来，真相刹那间浮上水面。是了，她就说怎么会这么巧，她要来上京城，顾逢音也来上京城了？

原来她在中州看到的那只白隼，当真携着曹昆德的信函，只是那封信既不是给张远岫，也不是给俞清的，而是托俞清转递给顾逢音的，目的就是为了逼迫顾逢音上京。

顾逢音来上京城这一路一直忧心忡忡的，到了上京城，不但不与朝天、德荣住在一起，朝天、德荣几次去探望他，他也避而不见，青唯原以为这养父子三人并不亲近，照这么看，顾逢音早就知道曹昆德要找他寻仇，不想把两位养子牵扯进来罢了。

最重要的一点，依曹昆德今时今日的地位，他早就可以报仇了，岳鱼七的信上却说，曹昆德在等一个合适的时机。那么这个时机是什么时机呢？

彼时青唯赶到中州撞见白隼，正值谢容与去脂溪取回证据的半个月之后，那时消息传到上京城中不过几日，刚好能让白隼飞个来回。所以曹昆德是在等真相即将水落石出的这一天。

曹昆德选在这个时机的原因是什么？他除了跟顾逢音寻仇，还想要做什么？

极度不好的预感席卷了青唯的心头，她根本来不及细思，当机立断道："德荣，你立刻进宫找官人，让他借我点儿人手，当务之急保住顾叔要紧。朝天，你这就跟我去顾叔的铺子上瞧一眼。"

天已经渐渐亮了，一夜风停，天际竟不见朝霞，云团积得很厚，雪却没有落下，青唯快马加鞭赶到城西的铺子前，很快下了马。

跟青唯同行上京的那位顾府管家正焦急地在门前徘徊，看到青唯与朝天一起，惊讶地道："江姑娘、三少爷，你们怎么会同路过来？"

他不知道青唯的真正身份，故有此问。

朝天解释道："这位是我主家夫人。"

管家没反应过来所谓的主家夫人正是昭王妃，正要细想，青唯问道："刘管家，顾叔呢？"

刘管家："我正着急这事呢，刚才铺子上忽然来了几个身穿粗衣的壮汉，老爷跟着他们走了。"

青唯："具体什么时候的事？"

刘管家："半个时辰前吧，当时天还没亮。"

青唯眉心一蹙，紧赶慢赶，还是晚了一步。

刘管家见青唯的神色不对劲："江姑娘，是不是出什么事了？"他一拍大腿，懊恼地道，"我就说，我当时就觉得那几个身穿粗衣的壮汉有点儿古怪，我应该把老爷拦下来的！"

青唯道："刘管家，您先别急，先回答我几个问题。第一，顾老爷上京，其实不是为了处理生意上的岔子，而是因为收到了上京城中的一封来信对不对？"

刘管家犹豫再三，这事顾逢音原本谁都不让说的，可是眼下老爷被歹人劫走，他管不了那么多了："不瞒江姑娘，老爷的确是收到一封信才决定来上京城的。这几日老爷在铺子上也没忙别的，只是反复查验各地的账目，大有要把家业分出去的意思。老爷昨夜还说，家中这么多少爷里，属二少爷最聪明，上京城和中州的买卖，以后就交给二少爷来管，二少爷要是管不过来，小昭王自然会帮二少爷。”

顾家的二少爷正是德荣。顾逢音这话，大有交代后事的意思。

青唯又问：“类似的信函，顾叔并不是第一次收到，是不是？”

如果曹昆德一早便认定仇人是顾逢音，应该许多年前就联系过他，否则顾逢音不会在收到曹昆德信函的第一时间便决定来上京城。

果然，刘管家道：“这样的信，老爷的确不是第一回收到了。此前一共寄来过两回，第一回在……在……”

“昭化元年？”青唯问。

昭化元年，曹昆德得知庞元正的妻儿的下落，救下墩子，写信质问顾逢音。

“对、对，昭化元年，老爷收到信后，十分自责，还大病一场，说什么他做错了事，会遭报应的。”刘管家道，“第二封信大概在两年前，老爷收到信后，又郁郁寡欢了数日。”

两年前，正是朝廷决定重建洗襟台之时。这第二封信，应该就是曹昆德与顾逢音约定来上京城的信，顾逢音因为自责，答应了曹昆德的要求，直到今年初秋，接到第三封由白隼送来的信，与青唯同路来到上京城中。这样就没错了，顾逢音一定是被曹昆德的人带走了。可是他究竟去了哪里呢?

青唯知道单凭自己和朝天，想要在这偌大的上京城找一个被有心藏起来的人无异于海底捞针，好在德荣已经赶去宫中向谢容与借人了，与其无头苍蝇似的乱撞，她眼下最好等玄鹰卫的增援。

青唯焦急地在原处徘徊，直到半个时辰过去，街口才传来马蹄声。数匹骏马疾驰而来，正是祁铭等一众玄鹰卫，德荣也在其中。

青唯快步上前：“你们怎么才来？”

祁铭一边下马一边解释道：“今天不知道怎么回事，城中各条街巷一早便有士子游街，纷纷往宫门的方向拥，把各个街口堵得拥挤不堪，若不是虞侯早有防备，天还没亮便让我等出宫听少夫人的调遣，属下恐怕眼下都赶不过来，少夫人莫要怪罪。”

青唯意识到自己的语气不善，缓声道：“你别误会，我没有怪你们的意思，我就是有点儿着急。”她紧接着问，“曹昆德已经被拘禁了吗？”

祁铭："官家一接到消息，立刻派人去东舍把曹昆德带走了，但是……墩子不见了。"

青唯听了这话并不意外，曹昆德如果没有后手，就不是曹昆德了。所幸她等的这一时没有白费，已经把顾逢音可能去的地方细想了一遍。

曹昆德一个大珰，朝臣虽然会给他面子，多少瞧不上他，他的本事顶了天，能够真正收买的人，除了手底下的内侍，只有各宫的侍卫了。这两年青唯能顺利进出东舍，除了有墩子引路，角门的侍卫"功不可没"。要说这些轮班的侍卫不是曹昆德的人，青唯是不信的。而眼下墩子一个内侍能顺利地离开宫禁，必然有侍卫与墩子里应外合。墩子一个内侍在城中没有落脚处，这些侍卫却是有的。

"如果我记得不错，外重宫门和城门，都是由武德司看守对吗？"青唯问。

祁铭："少夫人说得不错。"

青唯："好，你们这就去取武德司的排班表，我想查一下这两年我每一回进出东舍，角门都是由谁看守的。"

祁铭听了这话，目光中流露出些许讶异之色。

青唯问道："怎么了？有困难？"她也知道擅自取其他衙门的排班表绝非易事，可是性命攸关，再难只有克服。

"不是。"祁铭道，随即唤了身后的一名玄鹰卫一声，玄鹰卫应声上前，呈上三册卷宗，祁铭解释道："这是属下出宫前，虞侯派人向军衙讨来的。武德司近三年的排班表都在这里了，虞侯说，虽然不知道少夫人查出来了什么，这些排班表想必对少夫人有用。"

城北的余沟巷有间破旧的宅子，主人家一旬只回来一回，每回提着刀来，提着刀走，邻里瞧见了也不稀奇，偌大的京畿之地，有皇亲国戚，自然就有三教九流，余沟巷里住的都是下三等，哪怕传来杀人的动静，住在隔壁的也该吃吃、该睡睡。

今早天不亮，破旧宅子的门"吱呀"一声被推开，杂乱的脚步声踩破了清晨的宁静。附近的人听了，只当是那个提着刀的主人家又回来了，正要闭上眼睛睡下，忽然听见一声哀号，间或伴着低声的呵斥声。巷口的一个乞丐不胜其扰，推开宅门正待大骂，瞧见院子中的场景，不由得傻了眼。

院子中的人哪里是什么下三等，分明是数名身着赭衣的侍卫。院子当中还搁了一把紫藤交椅，上头坐着一个目光阴郁的公子，更离奇的是，这位公子的面前还跪着一个衣着富贵的老叟。

乞丐知道撞见了别人的私隐，转身正要走，忽然被一只大手拖入宅中，随后脖间一凉，什么都不知道了。

墩子蹙了蹙眉，叮嘱那个武德卫："清理干净。"随后他看向跪在地上的人，"继续说吧。"

顾逢音眼下已经知道眼前的内侍就是当年廖家那个幸存的孩子了："……你说得不错，当年的确是我鼓励廖兄收养劼北遗孤的，没想到后来出了那样的事……我知道你活着，原本想要收养你，可是你不见了……"

"死到临头了，装什么济世的菩萨？"墩子嗤笑一声，"当初不是你把我和庞氏母子推入火坑的吗？你分明可以出堂做证，揭发他的恶行，你却联合官府一起包庇他。"

顾逢音没有作声。墩子的话都是实情，这些年他一直活在自责中，是他让廖昌收养遗孤，也是他亲自帮忙挑的人，后来官兵从廖家抬出庞元正的妻儿的尸体，顾逢音甚至不忍多看，余后多年从未有一日心安。良久，他长叹一声："冤有头，债有主，曹昆德当年写信质问我，我便想过有今日，你因此要怨我，要恨我，甚至想要我的命，我都认了。顾家的家业，我为你留了一份，算是对你当年的遭遇聊作补偿了。"

"聊作补偿？几个铜子儿就能把我过往的遭遇抹去吗？你这一条命，能换得回那些遭受不公的所有劼北人的性命吗？"墩子声音冷冷地呵斥道，他的神色随后缓了缓，语气却更加低沉，"我要你去宫门口认罪，当着所有人的面，撕开你伪善的面具，你肯吗？"

顾逢音沉默了一会儿，低声应道："好。"

墩子："我还要你亲手写下一封血书，把你所有的罪状尽诉在内。"

顾逢音没有迟疑："好。"

墩子朝身后的武德卫看了一眼，武德卫会意，扔下一张白绢和一把匕首。

顾逢音割破手指，将自己当年是如何激进地帮助劼北孤儿，以至于酿成大错，间接害死十数劼北人的性命，然后又是如何为了保全自己的名声，没有出堂做证，一字一句地写了下来。

顾逢音写的时候，墩子就站在一旁看，就在他写到末尾时，墩子一下抓住他的手腕："等等，最后这一段，我说一句，你照着写一句。当年苍弩十三部入侵，长渡河之战打与不打皆在两可之间，盖因朝廷主战，才酿成了劼北惨祸，以致劼北难民不得不远离家乡，去别处求生。其时劼北人已经怨声载道，后来中州廖昌等人虐待遗孤案起，朝廷为了掩盖过失，防止劼北重翻旧账，揭开长渡河一役的疮疤，不惜包庇恶人的罪行粉饰太平，今我以数十年所见所闻起誓，我之所言句句属实，劼北遗民的不幸，皆源于长渡河一役，源于朝廷的漠视与放弃，源于……"

顾逢音听墩子说到一半，忽然停了手，急忙说道："不行，我不能这么写，你说的……根本……根本就是不对的！你只看到了长渡河一役后，劼北人的不幸，可是你没有想过，那一仗如果不打，外族一旦入侵，劼北人又会遭受什么！再者，当年官府并非有意包庇廖兄的恶行，不公开他的罪行，是因为有更多的劼北遗孤受到了善待，如果此事宣扬出去，反倒会浇灭了各州府对劼北的积极相助之风，我承认我不出堂做证，确有保全名声的私心，但官府这么做，实乃为了大局着想。你太偏激了，一个决定本来就有两面性，如果我这么写，所有人的目光都会聚焦在那些不好与不幸身上，言语是真正的杀人利器，引着人们把劼北的灾难归咎于长渡河一役，对你而言有什么好处？"

墩子淡淡地道："没什么好处，在我看来，这就是实情。"不是吗？十几年来，人们歌颂士子投江的赤诚，长渡河将士的英勇，却没有一个人看到因此生活在地狱里的劼北人。士子已经拥往宫门，时机即将到来。他和师父蛰伏了多年，今日，他们就要把这些肮脏的、不为人知的阴暗揭开，彻底颠倒乾坤。

墩子的语气突然变得严厉起来："这一段你写也得写，不写也得写，来人！"

两名武德卫制住顾逢音，其中一个人抓着他的手，仿着他的笔迹写下最末几行，顾逢音挣扎着道："你便是逼着我写了，到了宫门口，我也不会照着你交代的说，我……”

“你觉得你还有命去宫门口吗？”墩子拿帕子擦自己的手，“劼北的证人，有我一个就够了。至于你，所有人都知道中州的顾老爷来了上京城，他无法面对自己的罪行，自戕前写下血书，由我带去宫门口公布于众。不必担心他们会质疑我，毕竟你的字迹，你的尸体，还有你出于愧疚分给我的那一份家业都是最有力的证据。”

墩子说完，收好血书，正要吩咐人动手，忽然门口传来一声响动，他的反应极快，立刻闪身避开，然而提刀的武德卫却慢了一拍，被袭来的石子儿击中手腕，长刀落在地上，发出“当啷”一声，青唯的动作不停，她一面闪身入院，一面高呼一声：“朝天！”

一个时辰前，青唯拿到武德卫的排班表，很快找出东边角门的可疑看守，随后发现这些看守俱是效力于武德司一名赵姓校尉。青唯与玄鹰卫于是赶到京兆府，从衙门调出赵姓校尉的档册，查找他名下的宅子。宅子一共三间，俱在幽僻的地方。青唯与祁铭等人兵分三路前往搜寻，果不其然，顾逢音被带到了城北的余沟巷。

玄鹰司的人马多半在上京城外，今日驰援青唯的人并不多，眼下再一分兵，跟着青唯的只有几个人，远不及院中武德卫的人数。好在众人的目标明确，知道当务之急是救下顾逢音，相互之间甚至不需要通气，由朝天带人拦下武德卫，青唯赶到近前，抢身夺过跟前一个人的腰刀，长刀在掌中一个回落，便要割去绑在顾逢音身后的绳索。

正在这时，凌空伸来一只手，挟住顾逢音快速后退三步，居然让青唯扑了个空。

此人正是墩子。他竟然是会功夫的。

只是墩子的功夫再高，哪里比得过岳鱼七教出来的青唯呢？眼见着墩子一掌劈来，青唯侧身灵巧地躲开，步子不停，很快再次掠到近前，不过三五招的工夫，便从墩子的手中抢下顾逢音。

院中武德卫的功夫都不弱，何况玄鹰卫寡不敌众，青唯审时度势，救下顾逢音，立刻便要带着他后撤，谁知顾逢音瞧见墩子翻墙欲逃，居然从青唯的手中挣脱开，大喊道："江姑娘，别管我，抢血书，快抢血书！"

青唯问："什么血书？"

来不及等顾逢音回答，青唯顺手将顾逢音交给朝天，立刻去追墩子。几名脱身的武德卫见状，飞身扑来，与此同时，一墙之外的暗巷传来骏马嘶鸣，原来墩子担心有异变，早就在墙外准备了快马。

青唯心急如焚，虽然不知道血书是什么，却猜出此物事关紧要，八成与曹昆德的预谋有关，三下五除二地解决掉武德卫，纵身跃出墙外。

谁知只这么一会儿工夫，外头已经彻底乱了。青唯追出暗巷，只见士子与百姓从四面八方拥上街道，他们不知道听说了什么，每个人的眼中都饱含着愤怒，纷纷高喊着让朝廷还予真相。青唯蒙了一下，她早上听闻士子堵了街口还不以为意，眼下这个状况，又岂是寻常的游街？

墩子必然追不上了，她被困在拥挤的人群中，想要脱身都难。不多时，朝天等几个人顺着暗巷找到了她，见了眼前的情景，瞠目结舌地道："少夫人，这……这是怎么回事……"

青唯摇了摇头，刚想问顾逢音，街口再次传来马蹄声，数名披甲持锐的殿前司禁卫艰难地从人群中辟开一条道，来到青唯跟前。

青唯到底是重犯，玄鹰卫警觉地挡在青唯的身前，好在禁卫并没有无状之举，为首的十分有礼貌地向青唯躬身一揖："想必阁下便是王妃殿下，属下奉官家之令，上京城中发生急变，请王妃殿下立刻进宫。"他说着，知道青唯不会轻易相信自己，取出一把竹扇，"此乃昭王殿下的信物，殿下眼下也在宣室殿中等着王妃。"

第六十八章

武不死谏

这把竹扇正是青唯劈了江家后院的湘妃竹，送给谢容与的。

青唯瞧见竹扇，不疑有他："带路吧。"

几个人在僻巷上了马，前面引路的殿前司禁卫道："城里被堵得水泄不通，朱雀街走不了了，我们只能从北门绕行。"

北门一带的住户本来就少，只要顺利绕开人群，大约半个时辰便能到宫中。

糟糕的是城中一带，街巷中几乎没有下脚之处，不断有人加入游街的队伍，他们中有向朝廷讨问真相的士人，有一知半解、自以为在申张正义的平民，更有什么都不知道、跟着去凑热闹的百姓。

今日没有廷议，朝臣们上值的时间要比平常晚一些，他们不是被堵在路上，就是被这副情景吓得不敢出门。

京兆府尹听完捕头的禀报，连声吩咐："快！调集城中所有衙差，千万不能出事故！"

祁铭望着黑压压的人群，在巷口勒转马头，对身后的玄鹰卫道："先不回宫了，你等随我去城北的塔楼待命，一旦瞧见宫中传信，立刻去北大营调兵！"

与此同时，城南太傅府的府门被推开，张远岫看着眼前急掠而过的士人、百姓，声音淡淡地道："是时候了，我们走吧。"

他还没走下台阶，身后传来急促的拄杖声，老太傅追到院中："忘尘，你去哪儿？"

"去宣室殿。"张远岫回过身，很温和地笑了笑，"可能路上会走得久一些，不过到的时候，应该刚刚好。"他的语气波澜不惊，似乎只是在说一桩平常事，老太傅却听出了异样。

老太傅甩开拐杖，步履蹒跚地追到近前，眼底的浑浊就像泪花："忘尘，听为师一句劝，离开上京城，今日便离开！再也不要执着于'沧浪水，洗白襟'，也不要想着修筑洗襟台了！把剩下的都交给为师，其实这一切归根究底，原本就是为师……"

"先生这几年僻居庆明山中不问俗世，怎知外间变迁几何？把一切交给先生，先生便能给出所有人都满意的答案吗？"不等老太傅说完，张远岫便打断道，他的语气随即缓和下来，"先生放心，只待明日天亮，云霾便会彻底散去，柏杨山的楼台会永驻世间，一切都会结束的。"

"不是这样的！"老太傅追着张远岫下了石阶，可是他太老了，微湿的阶沿令他险些栽倒，好在身后的仆从赶上来搀扶住了他，然而张远岫已经走出去很远。老太傅唤道，"忘尘，你回来，其实……其实你哥哥他从不希望你……"

然而张远岫的身影已经消失在街口。老太傅的话他都听到了，可是他没有回头。有时候世事就是这么可笑，正如他被赐字忘尘的这几年，心中的执念不敢放，从未有一日忘尘。

青唯跟着禁卫穿过三重宫门，来到玄明正华候命。宫门口的侍卫早就得了赵疏的吩咐，缴了青唯的软玉剑与随身暗器，很快放她入内。

这是青唯第一回来到禁中，拂衣台连接着一百零八级汉白玉阶，直直地通往高处的宣室殿。

青唯拾级而上，到了宣室殿门口，禁卫跟她打了个手势，带她退到一旁待命。

青唯看不见殿中，只听见里头有人正禀报着什么。

"……这些士子起初聚在城北的一间茶舍中，目的只是为了商议如何救下被京兆府关押的蔡先生，后来不知道听说了什么，开始质疑朝廷对劼北遗孤的处置……"

另一个人接话道："安置劼北遗民、开通商路复兴劼北，乃先帝上位后的第一桩政绩，在此之前，劼北先是灾荒，又是战乱，乱了不是一年两年了，朝廷的决策按说该是功大于过，可是眼下游街的人居然把劼北的苦难与长渡河一役联系在一起，说正是因为打了仗，劼北才苦上加苦。这倒也罢了，之后他们称是找到了劼北遗孤的证人，又说七年前，先帝为了修筑洗襟台，处置过一批说真话的士人，然后把这些事件串联在一起，弄得倒真像是朝廷在掩盖什么似的！”

这时，有人似乎低声提议了什么，刚才说话的人一下子就急了：“解释？你倒是说说怎么解释，长渡河一役是错的，劼北遗孤遭受虐待，朝廷为了堵住天下人的嘴，秘密处决了商人，没有把他们的罪行公布于众，数年后，先帝想要修筑洗襟台，有士人站出来说真话，于是先帝处置了他们，这才是那些人愿意相信的‘真相’！流言最怕的不是空穴来风，而是有人故意曲解事实！何况眼下又出了买卖登台名额这么大的案子，真是跳进黄河都洗不清！”

这一番话说完，宣室殿上安静了一瞬间。

赵疏问：“外头可是温氏女到了？”

禁卫闻言，应了一声，立刻带着青唯进入殿中。

其时已有不少人尊称青唯为王妃，但青唯知道自己仍是重犯，并不以王妃自居，到了殿上，跟着禁卫向赵疏叩首：“罪人温氏，见过官家。”

赵疏很快让青唯平身：“你提前窥破墩子的动向，警示朝廷扣押曹昆德，可是查到了什么？”

谢容与就立在陛台之下，青唯先是看了他一眼，见他点头，才如实说道：“回官家，我查到得不多，只知道曹昆德恩人的妻儿当年惨死，而曹昆德把这一切过错都归咎于顾叔……就是商人顾逢音的身上。我为了救顾逢音，追查到了墩子的动向，他早就在士人中安插了自己的耳目，煽动士人的情绪，连夜写下檄文，并利用士人救蔡先生心切，透露朝廷在长渡河，包括在洗襟台的处置上有误，怂恿他们向朝廷讨问真相……更重要的是，墩子掳走顾逢音后，逼迫顾逢音写下了一封血书，正如刚才那位大人所说，血书上，墩子把劼北遗孤的不幸、朝廷的包庇，包括洗襟台修筑之初士人们的反对，跟长渡河一役联系在了一起。”

带青唯进宫的禁卫道：“末将已经派人在各条街巷搜捕墩子，一经发现，立刻捉拿。”

宫门前已经聚集了上万人，国以民为本，水能载舟，亦能覆舟，若是墩子把这封激进的血书带到众人面前，后果不堪设想。

毕竟不是每一个人都像青唯与谢容与一样，对“沧浪洗襟”这一段过往了解得这样深，数年孜孜不倦地追寻真相，更多的人是在奔忙的长日中捕风捉影地听说过一点儿传闻，如今有心人将实情掀开一角，露出来的恰好是一则骇人听闻的秘辛，他们便自以为看到了全部真相，对所谓的不公口诛笔伐。

宣室殿上，几乎每一个人都是心急如焚的，那封血书像一簇明火，霎那间引燃了火绳的一头，随着墩子每多一刻的下落不明，火绳便短一寸，直待烧到紫霄宫门，“火药”彻底炸响，支离破碎的不会是那上万人的肉身凡骨，而是民心。

民心碎了，国本随之动摇，即便能拼凑起来，也会留下创痕。

赵疏看向谢容与：“昭王可有提议？”

谢容与的目光是安静的，似乎他的心中早就有了答案，他将思绪整理了一遍，说道：“回官家，臣以为，民心之所以浮动，是因为曲解真相，而朝廷之所以想不出应对之策，是因为……其实迄今为止，我们也不知道真相的全部，买卖的登台名额从何而来？当年先帝决意修筑洗襟台，究竟有没有更多内情？臣以为，与其临时想一个应对之策驱走民众，抑或是派兵镇压，不如彻底找到真相，还以真相。”他说着，拱了拱手，“臣昨夜得到一条重要线索，已经派卫玦连夜去查了，如果顺利，最快今晚就有新的证据。当务之急，臣建议对外，第一，派人探听清楚这些游街的士人究竟听说了什么，与我们已知的真相有什么出入，然后派翰林速拟咨文以便澄清；第二，查出士人中，究竟是谁在煽动情绪，故意闹事，找到这个人这么做的原因，知其然不够，知其所以然，才能将这引火之风彻底扑灭。”

“对内，刘大人，”谢容与对大理寺卿施以一礼，“眼下形势危急，请您亲自提审曹昆德。切记，此人狡猾多端，如果直接问，他恐怕一个字都不会吐露，好在他心结难解，对庞氏一家心存内疚，若能以此为突破口，想必会容易许多。另外，”谢容与说着停顿了一下，“臣还有一个不情之请，臣请当堂传审曲不惟，并以无论发生什么，都恕曲茂无罪为前提，请曲不惟招出所知的一切，非常之时非常行事，还望官家恩准。”

谢容与的话音一落，便有人出声质疑：“这样能行吗？曲不惟嘴硬得很，这都快一个月了，他什么都不肯说，连蒙带诈的法子刑部又不是没试过，他一个也不上当。”

“正是，万若那曲停岚当真有罪，我们大殿审讯又落了空，岂不赔了夫人又折兵？官家三思啊。”

然而还不待赵疏应答，刑部的唐主事在殿外求见。

唐主事似乎有急事要奏，连行礼都行得囫囵：“官家，禀官家，曲不惟刚才说，他愿意招了！”

赵疏道：“把他带来宣室殿。”

倒是殿上有人耐不住，低声嘀咕了一句：“如何就愿意招了，难不成听闻外间士人围堵宫门了，想要将功补过？”

唐主事正快步往殿外走，闻言不由得嗤笑一声：“宫外的动静又传不进宫里，他怎么听说？”随后唐主事回身一揖：“禀官家，臣也不知道曲不惟怎么就愿意招供了，只听守夜的狱卒说，昨晚曲不惟对着一个颇为名贵的玉如意看了一夜，今早忽然就想通了。”

不多时，那个饱经风霜的军侯被人带到了大殿外。他的双手与双足都套着镣铐，凌乱花白的发须在寒风中颤抖，步履却依旧稳健，跪倒在殿门之前：“官家，只要官家肯保证吾儿停岚不受牵连，罪臣愿意如实招供，绝不隐瞒。”

“……罪臣十四岁跟着家父上了沙场，半生征战南北。后来家父战亡北境，罪臣袭家父爵，封晋阳伯。

“咸和十二年，西楚凉部入侵，一夜间渡夜河、过邙山，西北常昌将军命丧蛮敌弯刀之下，罪臣一日内调集北境兵马，驰援邙山以南，大获全胜，被晋为镇北侯。可惜也因为此役，罪臣的腰、背落下不治之伤，无法再上沙场，在北境驻守三年，承蒙朝廷不弃，咸和十六年，罪臣被召回上京，时任枢密院兵房掌事。

“一个武将提不起刀枪就算废了，好在罪臣出身武将世家，对各方驻军分布、将卒调遣流程十分熟悉，兵房掌事这个职衔，干的正是调兵遣将的活，大到剿匪缉盗、小到押送犯人，都是罪臣这里批的。

“昭化十一年末，先帝第一次提出修筑洗襟祠，虽然朝廷大多数人支持，也有反对之声，尤以士人为首。他们称长渡河一役后，劼北哀鸿遍野，十年时间，劼北看似缓过来了，仍有许多人活在苦难之中，与其劳民伤财修建大祠，不如拿这些银子去抚恤难民。其实昭化年间，国库已经相对充盈，修筑祠堂、抚恤难民，这两桩事大可以并而行之，所以虽然有异声，先帝也没怎么听，尤其在老太傅、张正清等人的大力支持下，昭化十二年初，朝廷很快定下在柏杨山修建洗襟祠。

“这个消息一传出来，当初那些士人见反对无用，大多放弃了，但其中有那么几个，可能是偏激吧，朝廷的决定反而激发了他们的反骨。他们走上朱雀街头，声称当年长渡河一役，根本不是主战与主和之争，而是百姓与疆土的取舍，最后朝廷舍了劼北人，保下劼北土。这些士人在街上闹了两日，还和京兆府发生冲突，打伤了一名官差，先帝听闻后震怒，立即下令捉拿他们。人是罪臣带兵拿的，京兆府的过堂都没走，直接关去了大牢，没几日罪名定下来，判了流放七年。这事想必诸位都有印象。”

曲不惟说到这里，停顿了片刻，似乎跪得久了，双腿有些发麻，稍稍挪了一下膝头，脚上的镣铐随之“当啷”一声：“流放，哪怕只是七年，也实在有点儿重了，可能是先帝杀鸡儆猴，除了老太傅反对过几回，朝廷没有异议。罪臣自然也没有，这些关罪臣什么事呢？然而就在这时，章鹤书找到了罪臣……”

“……还请侯爷行个方便，过了庆明，便把这些士人移交给章某提过的，姓瞿的那位亲事官。”

曲不惟记得，当日章鹤书登门，一盏茶还没吃完，便这样说道。曲不惟时任西府兵房掌事，押送犯人的差事本来就归他管，指定一名沿路负责的亲事官，对他而言，无疑是小菜一碟，只是……

“本侯为什么听章大人的？这个姓瞿的是章大人什么人吗？”

“曲侯既然这么问，章某也就直言不讳了。”章鹤书合上茶碗盖，狠狠地一叹，“实不相瞒，章某想救下这些士子，给他们留一条出路……”

“章鹤书说，流放几年事小，可一个清白士人，背上了这样的污点，一辈子就没有翻身的机会了，衙门不收，连当教书先生，别人也是不要的。可说到底，他们又有什么大错呢？不过是有亲人、故友在劼北，为他们鸣不平时，说错了几句话罢了。十年寒窗，何至于被辜负？

“章鹤书说，只要罪臣指定这个姓瞿的亲事官押送犯人，余下的事罪臣不用管，他自会处理。他还交给罪臣几封他和这个亲事官的亲笔信，说之后万一出了事，罪臣把信函交出来，过错由他来背，绝不会牵连到罪臣。”

“你答应了？”谢容与的声音冷冷的。

良久，曲不惟点点头：“答应了。因为章鹤书答应了罪臣一件事，来日洗襟祠建成，随御驾前往祭拜的臣工中，会有茂儿的一席。”

“罪臣半生征战，膝下的儿女不少，头前四个出生时，罪臣都在战场上杀敌，感情也不怎么深。茂儿生下来的时候，恰好是罪臣从北境受伤归来，那是罪臣第一次感受到为人父的喜悦，加上伤病缠身，心思便也不在沙场上了。罪臣当时，就想好好地把茂儿教养长大，可惜……”曲不惟苦笑了一声，“可惜不得其法，宠的时候太宠，严的时候太严，本来也不是什么好苗子，越管越废。”

“罪臣那些年一直发愁，侯府就算能养茂儿一辈子，可是人，终归还得自己有点儿本事，别人才瞧得上你，茂儿成日这么不学无术，难道一辈子就混个荫官吗？所以章鹤书说，洗襟祠建成，茂儿可以跟随御驾前往祭拜，罪臣就答应了。罪臣想，这样至少说明茂儿是被先帝挑中的人，他以后的路也会好走一点儿。

“是年春，先帝骤然病重，太医称先帝需静养一年，不能行远路，否则会加重病情，所以洗襟祠先帝是不能去了。先帝自己也改变了主意，他决定改洗襟祠为洗襟台，召大筑匠温阡出山督造，等楼台建好那天，遴选士子登台祭拜。茂儿不是士人，也就是说，这座洗襟台茂儿是去不了了，章鹤书对罪臣的承诺，也无法兑现了。那日，罪臣找到章鹤书商量补救之法，章鹤书却异常高兴……”

“曲侯，这是好事啊！这样每个寒窗苦读的士人都有登台的机会，你不知道一条青云之路对一个陷在泥沼中的人意味着什么，他们再不用像我当初那般……”章鹤书说到这里停住，只是兴奋地搓着手，不断地来回踱步。

“罪臣不知道他在高兴什么，看他这样兴奋，罪臣反而有点儿生气，觉得他是在敷衍罪臣，不想兑现对罪臣的承诺。章鹤书却反过来劝服罪臣，他说，先帝是个明君，太子……就是官家您，看着也是个好苗子，边疆安定的盛世朝堂，必然是文士出，武将默，单凭茂儿一个人，又能走多远呢？但是有人一路帮扶着，那就不一样了。罪臣和他都老了，扶得了一时，扶不了一世，将来，还要靠年轻的这一辈。只要我们挑几个长势好的笋尖，对他们施以小恩，等他们成了翠竹，自然知道回报我们。那么什么样的‘小恩’，能让人一生铭记呢？”

大殿上静静的，只有谢容与道：“知遇之恩。”

“不错，正是知遇之恩。章鹤书说，他能够拿到洗襟台的登台名额，到时候分罪臣几个，罪臣看中了谁，尽可以与他说，他会想法子让这些人登上洗襟台。罪臣是个粗人，只知道一些很粗浅的道理，章鹤书的话，罪臣当时并不全明白，也不知道该不该答应。然而这时，发生了一个意外。

“诸位还记得，咸和十二年，西北常昌将军命丧蛮敌弯刀之下，罪臣疾奔三天三夜驰援邙山以南吗？罪臣到的时候，邙山之所以没有被攻陷，是因为常昌将军麾下，有一个姓茅的校尉带着残余兵力扛住蛮敌，这个茅校尉后来被封了游骑将军，他和罪臣一样，在此役中受了重伤，几年后被朝廷召回。

“他不是世家出身，大字不识一个，在上京城中仅领了个吃俸禄的虚衔，过得并不好。但他真正过不好的原因并不是这个，咸和十七年，苍弩十三部入侵，茅将军托人代书，上过十七封奏帖主和。诚然当时主和的大臣里，有许多人的确是畏缩不战，可是茅将军不是，否则他不会落下这一身伤。他在西北驻守多年，深知劼北一带百姓的疾苦，他们早就经不起一场战争的摧残。茅将军的奏帖里，议和只是缓兵之计，他希望朝廷先遣使议和拖住苍弩十三部，然后将劼北百姓撤去邙山以南，此后再打仗不迟。”

“咸和年间的朝廷，”曲不惟苦笑了一下，“哪来的银子撤走劼北人？要真有银子，当年灾荒的时候，就不至于易子相食了。退一步说，即使有银子撤人，耽搁几个月的军资又怎么算？不过罪臣已经说了，茅将军就是个粗人，他算不来这些细账，他的心里、眼里只有岢北的那片土地和土地上的人。他一个低阶将军，没有面圣的资格，廷议也轮不到他，他写好奏帖，就去跪枢密院，跪京兆府，跪那些他熟悉的将门府邸。还真有人被他说动，为此向咸和皇帝进过言，他甚至被那些真正畏缩不战的主和派利用过，当成最锋利的矛。

“可惜，就在满朝相争不下之时，士子投江了。

“一百三十七名士子命丧沧浪江中，包括张遇初和当朝驸马谢桢。沧浪水，洗白襟，天下为之震动，朝廷上的主和派一夜间息声，将军岳翀随即请战。可是战与不战有了答案，一百三十七条士子的命该由谁来还？民间与士大夫很快便将矛头对准了那些主和的将军，说他们懦弱无能，自私虚妄，若不是他们坚持主和，也不会逼得士子投江。为了安抚民怨，朝廷自然有所处置，不少武将被革职罚俸，包括罪臣说的那位茅将军。

“其实这事在许多行伍出身的大臣心中埋下了病根，觉得朝廷重文轻武，官家继位之初，朝廷有将军擅权，其因果大抵也缘于此。不过这些都是后话了，说回昭化十二年，朝廷要建洗襟台的时候。

“昭化十二年，先帝决定改洗襟祠为洗襟台，并遴选士人登台，章鹤书告诉罪臣，说可以分给罪臣洗襟台的登台名额。罪臣当时很犹豫，倒不是怕犯错，不过是不知道这些名额拿来有什么用罢了。可是这时候，发生了一个意外，就是罪臣刚才说的那位茅将军——他死了。”

宣室殿上没人出声，或许当时有人听说过这件事，并不在意罢了。

“一根结实的草绳搭在房梁上，罪臣到的时候，人早就没气了。有人说他是吃酒吃糊涂了，把自己挂上去的，但罪臣知道不是。士子投江后，他被革了职，十年间穷困潦倒，就这样，还要被人指着鼻子骂是畏缩不战的懦夫。他是懦夫吗？如果他是，那他当年为何会在常昌将军战死后，带着残兵守住邙山之南，落下一身伤病？他只是……他只是，想得没有那么深远，那么周全罢了。后来罪臣也懂了，人有骨，国也有骨，社稷有骨，苍弩蛮敌已经入侵大周疆土，这时候议和，那就是折了国骨，人折骨而不能行，国折骨，今后如何立于世？所以哪怕议和只是一个权宜之计，那些士人也分毫不让，因为有的东西，比如心，比如骨，是不能让的，这才是他们投江的目的。投江的士人没有错，赤诚之心天地可鉴，可谁又有错呢？茅将军有错吗？劼北受苦的百姓有错吗？都没有。错的只是在当时，根本没有一个万全之策，就是需要取舍。”

而一取舍，有些本不应该对立的人和事，便站在了黑白两端，比如投江的士人与主和的将军。而中间模糊不清的一团灰，太少人能看明白。

“罪臣看见茅将军的下场，忠肝义胆，戎马征战，最后却在一间漏风的瓦房里草草了却一生，罪臣觉得兔死狐悲，章鹤书说得对，乱则武，盛则文，将来的朝廷文臣出武将默，罪臣扶得了茂儿一时，扶不了茂儿一辈子，得有别的人来牵着他走。

“罪臣从来都不是一个好人，戎马生涯单纯，又有家父管教，所以没出大岔子。回上京后的数年，为这纸醉金迷颠倒，喜欢上功名利禄，也用过一些不干净的手段敛过财，手上沾过人命。章鹤书说，那座楼台是镶着金子的青云之路，罪臣便信了章鹤书，想着……反正要把这些名额赠人，白给出去反倒显得动机不纯，万一有人忘恩负义怎么办？还不如拿出来卖，一笔交易白纸黑字，登台的士人也有把柄在罪臣的手里，不愁他以后不为罪臣所用。

“后面的事，官家与昭王殿下大抵知道，罪臣找到在陵川当差的岑雪明，让他帮罪臣出售登台名额。岑雪明颇有本事，是他帮罪臣挑的上溪这个闭塞之地，他说他手上有孙县令的把柄，不怕他们把内情说出去，登台名额就交给竹固山的山匪来卖，毕竟任谁都想不到一个士人的登台名额能和江湖草莽扯上干系，而且朝廷下了剿匪令，以后事成了，直接以剿匪的名义灭口便是。

“就这样，岑雪明帮罪臣找到了几个买家，一个想为妓子赎身的书生，一个想与女儿团聚的画师，一个为了满足父亲愿望，想光耀门楣的秀才……罪臣在这时，也明白了章鹤书为何说这座洗襟台是青云之台。”

因为换取名额的每一个人，他们都有一个此生难以实现的心愿想要实现，又难以实现，而洗襟台，可以实现他们的愿望。它铺开了一条青云路，像捷径一样，直接把人带到心愿彼端。

“罪臣也是一样的，虽然说出口有些堂皇，罪臣的心愿，就是希望吾儿能安度这一生，走得比罪臣顺，比罪臣稳，甚至比罪臣高。他没出息，需要人来扶着他走，那么有什么比把柄握在自己手里，可以恩威并施的几个士人来得妥当呢？洗襟台对罪臣而言，原来也是青云台。

“罪臣手上的登台名额是从章鹤书那里来的，所以卖登台名额这事，罪臣没想瞒着他，没想到章鹤书知道以后，反倒说罪臣办事不够周密。他说，罪臣不该让外头的人晓得我们手上有登台名额，罪臣瞧上了谁，直接把姓名、籍贯给他，他自有法子让这些人的名字出现在翰林甄选的名单上。可惜登台名额已经卖了出去，事已至此，只能以后多加注意。

“本来一切都好好的，谁知道昭化十三年的七月，洗襟台忽然塌了……”

谢容与打断曲不惟，问道：“洗襟台坍塌真正的缘由，曲侯也不知道吗？”

“不知道。”曲不惟道，“我怎么会希望它塌？我盼着它能建成才好。”他说着，苦笑一声，“洗襟台一塌，一切都变了。那些买登台名额的人，最后没能登上青云台，愿望落了空，还赔了人命和银子，一定会闹的。他们只要一闹，什么都完了。罪臣……不是个好人，第一时间便想到了灭口，罪臣也的确这么做了。罪臣找到岑雪明，让他立刻借由剿匪的名义，灭口竹固山的山匪。其实罪臣当时只想灭口那几个山匪头子，但是当夜发生了点儿意外，山上的二当家和几个山匪不在，有人怀疑他们是报信去了，二当家回来以后，索性……全杀了。

“可是这样还不够，那些幸存的士人怎么办？他们的家人怎么办？罪臣不可能无休止地杀下去，纸包不住火的，罪臣只好找到了章鹤书……”

“杀是杀不完的。”章鹤书淡淡地道。他似乎早想到了应对之策，并不显得慌张：“如今之计，是得想个法子让他们闭嘴。”

曲不惟：“如何闭嘴？人死了，他们的愿望落空了，难道我把银钱赔给他们，他们就什么都不会对外说吗？”

章鹤书：“自然不是赔银子。你卖登台名额有错，他们买登台名额就没有错吗？你情我愿的买卖嘛。再者说，难道洗襟台塌了，他们的愿望便不用实现了？

蒋万谦不必光耀门楣了？沈澜不想和女儿团聚了？你可别低估了人的欲望，有时候，那是比命还重要的东西。只要你拿出足够的诚意，让他们相信你日后会再次助他们登上青云台，他们便什么都不会说。”

曲不惟：“我如何让他们相信？我又有什么本事让他们重登洗襟台？难不成洗襟台还会重建吗？”

“重建洗襟台这事你不必管。至于如何让他们相信，”章鹤书笑了笑，“只需要给一个信物就够了。”

“这个信物就是士子名牌？”谢容与问。

“不错，正是名牌。章鹤书说，因为士子登台是为了纪念沧浪江的投江士子，所以他们的名牌上，用了咸和十七年进士牌符的紫荆鎏金花纹，这个花纹是特制的，等闲仿不来。好在名牌铸制的时候，铸印局的官员与章鹤书闲话，说类似的名牌他们以前做过，昭化年间，有几个地方的举人牌符跟登台士子的名牌一样。章鹤书已经找好了匠人，只要能拿到同样花纹的牌符，就可以做出空白士子名牌。他亲自联系了岑雪明，让他用空白名牌作保，许诺以一换二，让蒋万谦等人闭嘴。

“岑雪明太聪明了，他知道章鹤书把这件事交给他去办，事后一定会把他灭口，所以他背着我联系沈澜，在《四景图》上秘密留下线索，消失得无影无踪。罪臣找了他许久，本打算亲自去陵川，后来……却不方便再找了……”

洗襟台坍塌，昭化帝一病不起，朝政动荡，文士息声，大权落在了百年不败的世族手里，其中尤以几个掌兵的将军为首，满朝文武各自站队争抢不休，朝堂浑浊不堪，今日东风压倒西风，明日西风又压倒东风，而那个德高望重的老太傅，因为洗襟台的坍塌大病一场，回上京后闭门静养半月，此后第一件事便是到大殿上请辞，他说自己老了，不堪大任，愿去庆明的山庄长居。

昭化帝没法子，知道自己时日无多，只能扶何氏、帮章氏，为实权已经被瓜分殆尽的赵疏保驾护航，随后于昭化十四年的秋天撒手人寰。

新皇帝是个空壳皇帝，章、何二人起初也在风浪中颠簸，那时候朝政有多乱呢？似乎每一个人都在盯着敌手的把柄，稍有不慎，就会被浪头打得葬身海底，所以曲不惟虽然一直在找岑雪明，动作却不敢太大，更不方便让身为国丈的章鹤书出马。岑雪明就这样，彻底成了一条漏网之鱼，消失在了浮浪之间。

而曲不惟也以为，随着岑雪明的消失，所有的楼台起、楼台塌，都被埋在了残垣断壁之下，彻底过去了。

“朝廷的底子好，官家继位后没两年，一切都好了起来，所以章鹤书找到罪臣，说是时候重建洗襟台了，罪臣也没想太多，当年许诺了蒋万谦等人两个名额，还给他们就是了。罪臣自以为是地想，即使重建了洗襟台，又能出什么事呢？官家和皇后恩爱，章鹤书就是皇后的父亲，何家会被我们先踩下去，唯一有本事、有资格翻案的小昭王自洗襟台坍塌后就在病中，连玄鹰司都被雪藏了，怎么可能……怎么可能出事呢？”

曲不惟说到这里自嘲地笑了一声：“世事难料啊，原来不只罪臣与章鹤书在等着洗襟台重建的这一天，还有许许多多的人……”

曲不惟的目光，从赵疏，移向谢容与，移向大殿上为数不多的玄鹰卫，最后落在青唯的身上：“他们都在等着这一天。”

蛰伏在深宫里的龙会回归他的王座，沉沦在病痛中的王会醒过来，无辜受牵连的将卒会追随新的将军，浪迹天涯的孤女放不下心中的不甘，来到了这个是非之地。

还有更多的人，藏在宫中的侠客，避身在山中的匪，与父亲走散的画师……一切都在改变，唯一不变的是埋在残垣断壁下，不被风吹动的尘埃。

所以只要有一天，有人掘开往昔，那些被掩埋的一切便会如烟尘一般扬起。

第六十九章

洗襟尘下

大殿上安静得落针可闻。

曲不惟说完这一切，整个人似乎放松下来。他一下子就变老了，挺了一生的脊梁被误入的歧途与罪孽在一瞬间压弯，变得佝偻起来。

谢容与："本王还有一问，章鹤书的登台名额是怎么来的，曲侯可知道？"

曲不惟摇了摇头："我没问他。"曲不惟仔细回想了一会儿，"当初我和章鹤书，就是做买卖，我帮他救流放的士人，他给我洗襟台的登台名额，银货两讫，互不相欠，至于他的'银子'哪里来，洗襟台要是没塌，这是小事，我懒得知道。洗襟台塌了，这事太大了，有时候知道得太多反而不好，我便不想问。不过照我猜，应该与当初流放的那批士子有关。"

赵疏问刑部尚书："口供记好了吗？"

"回官家，记好了。"刑部尚书将供状呈到御前，给赵疏过目。

赵疏看过后，沉默了片刻："殿前司听令，立刻带兵去章府，缉拿章鹤书归案。"

待禁卫离开，曲不惟也被带下去了，刑部的唐主事很快上前："官家，既然曲不惟承认洗襟台的登台名额是章鹤书给的，那么登台名额必然是从上京城中流出去的，此事与翰林脱不了干系，臣听闻老太傅已经回上京了，眼下可要传审他？"

之前曲不惟拒不招出章鹤书，朝廷没有实证，一直不好传审老太傅，眼下有了供词，传审也有理有据了。

"官家容禀。"这时，殿上的一名大员拱手道，"纵然曲不惟所述事实骇人听闻，诸位莫要忘了，眼下亟待解决的是，如何给宫门口讨问真相的士人与百姓一个交代。老太傅在士人的心中是何等地位？朝廷传审枢密副使便罢了，这时候派人去太傅府拿人，必然引发士人的骚动，事态只会恶化！”

“徐大人言之有理。”另一名大员越众而出，“老太傅自然要审，但决不能派人登门缉拿，除非太傅愿意自行进宫，否则要传要召都待来日。恕臣直言，刚才昭王殿下说，想要彻底驱走民众，只有找到真相，还以真相。然而今日这个真相听下来，至少曲侯招出来的这些，越听越令人感到心惊，纵然当年没的选，朝廷最后确实有负于劼北人，先帝确实处置过为劼北说话的士子，包括茅将军的死，曲不惟买卖登台名额的真正原因，当朝国丈在大案中的翻云覆雨，这一桩桩一件件说出去，只会让这些士人感到越发愤慨，不闯进宫门就不错了，又当如何平息众怒？”

此问一出，恰好殿外又传来一阵急促的脚步声。

大理寺卿审问完曹昆德，几乎是趔趄着撞进殿里，跟赵疏拜下：“官家，曹昆德招了……”

大理寺卿的头上顶着一片花白，像是雪，众人顺势朝殿门外望去，这才发现一时不觉，外间真的下雪了。

大理寺卿似乎觉得难以启齿，踌躇片刻才说道：“臣照着昭王殿下教的法子，拿庞氏一家刺激了曹昆德。原来曹昆德得知了庞氏妻儿的遭遇后，从十多年前就筹谋着今日了。曹昆德说，既然先帝要修筑洗襟台，要让人记住他的功绩，记住那些投江的士子和战死的长渡河将士，那么同样，曹昆德也要让所有人铭记当初劼北人受的苦。曹昆德还说……还说……”

“还说什么？”

大理寺卿：“他还说，他早就安排好了，士人中有他的人，早上墩子已经告诉他们，朝廷早就知道了一切，只是刻意隐瞒，秘而不宣罢了。”

唐主事不由得怒道：“朝廷什么时候知道一切了，朝廷不也在查证……”

“朝廷知不知道不重要，重要的是，有了这句话，那些士人必然会守在宫门口，直到朝廷给出交代为止。”不待唐主事说完，刑部尚书长叹了一声，“老臣刚才还想，如果今日想不出对策，就派人去宫门口交涉，看能不能暂缓三日，眼下看来，行不通了……”

这话一说出来，青唯的心没由来地凉了一分。

外间风雪肆虐，宣室殿中，每个人的脸色都是焦灼的，青唯的耳力好，在萧肃的风雪声里，她似乎听到了曹昆德回荡在宫院里狂放的笑，那是一种再也没人能阻止他的得意。

“难怪了，就说士人为何会聚集起来，原来他早就在里头安插了人！”

“这个老太监真是疯了！”

“街上这样乱，如果那封血书落在了士人的手中，如何是好？等我们查到真相，黄花菜都凉了！”

“我看曹昆德哪里是想让人知道劼北人的苦难，他就是想闹得天下大乱！”

殿外再次传来急促的脚步声，一个小黄门在殿外禀道：“官家，张大人在拂衣台下请求面圣。”

今日没有廷议，大臣们上值的时间比平常晚一些，不是被堵在半路，就是连门都出不了。宣室殿上的这几个大臣都是昨晚夜宿当值的，能想法子的全都凑齐了，所以像青唯这样的重犯来了大殿，也没什么人有异议，因为洗襟台的事她清楚，多少能出点儿主意。

众人正疑惑张远岫是如何排除万难进宫的，小黄门在殿门外添了一句：“张大人说，他有法子……劝走围堵在宫门外的士人。”

外间风雪纷扬，不过片刻，一个眉眼温和的人便在大殿上拜下，他的目光风雪不染，比大殿上任何一个人都要平静从容。

唐主事的性子急，他立刻问：“张大人说有法子劝走士人，究竟是什么精妙法子？”

“是啊，张大人，眼下那些人已经在宫门口聚了大半日了，如果再不能劝走他们，这样冷的天，一旦冻死了人，后果不堪设想！”

张远岫的语气十分平静：“禀官家，臣的法子称不上精妙，臣想的其实与昭王殿下一样，是给闹事的士人一个真相。不过……这个真相怎么说，如何说，还需讲究一个方法。臣以为，至少在洗襟台这个案子上，士人与百姓对朝廷的信任，源于他们对‘沧浪江，洗白襟’的信任，他们知道当年士子投江的壮烈，所以他们支持修筑洗襟台；眼下他们知道了与之相关的龌龊，所以他们反对洗襟台的重建，想要讨回所谓的公道。可是事实的真相本来就有许多面，端看我们从哪一面解释，想要劝走宫门口的士人、百姓，不难，我们可以返璞归真，寻找一个最简单的办法，那就是让‘洗襟’二字，重回天下百姓的心间。”

这话一说出来，殿上众人面面相觑。什么叫作让“洗襟”二字重回百姓们的心间？

张远岫继续说道：“此事做起来其实不复杂，最难的一步，就是让这些士人平静下来听我们说话。臣不才，因出身，与上京城中的士人交好。此次回上京城后，臣领受朝廷之命，追查士子游街闹事的根由，其间听说上京城中有士人大肆宣扬当年长渡河一役另有内情，臣于是命人暗中追查是谁在误传流言，煽动士人情绪。”

“居然有这样的事，张大人为何不早说？”

张远岫声音温和地解释道：“张某当时也没想到事情会闹到今日这般地步，何况臣追查不过几日，直至昨天夜里才拿到证据，发现原来是以袁四为首的几个士人在作祟。”张远岫说着，呈上几封信函，“这是在袁四的宅子搜出来的手书，信中交涉的正是如何掳走商人顾逢音、逼他写下血书、做证劼北一役另有内情的筹谋。通信人是谁不详，不过臣刚才在拂衣台下等候面圣，听大理寺的人说，士子闹事极可能为曹昆德所筹谋，内侍墩子昨夜逃出宫外，想来袁四的通信人，应该正是墩子。

“只要以这些信函为证，揪出袁四，告诉士人他们今日聚集在宫门之外，其实是被人刻意煽动，他们至少会冷静下来听我们说话。这是第一步。

“不过，这么多百姓聚集在宫外，朝廷不给说法说不过去，何况劼北之苦是事实，登台名额买卖也是事实，朝廷想要安抚士人，必须立刻告知他们真相。”

“那么真相是什么呢？”张远岫说着停顿了一下，从衣襟上摘下一片附在此处的雪花，声音淡淡地道，“譬如臣的手中之物，远看是雪，近看是冰，待片刻过去，它会化成水，等它落在地上，半日后去看，它便会消失不见，变作一团虚无。有人问臣刚才从衣襟上摘下了什么，答案是雪，可臣要说它是冰、是水，甚至什么都不是，就是错的吗？所以真相也是一样千变万化，就看你站在何种角度去诠释。

“洗襟台亦是如此。当年人们看洗襟台，看的是投江士子的赤诚，阵亡将士的英勇。今日人们聚在宫门口，他们看洗襟台，看的是登台名额买卖的龌龊，看的是战乱之后刮北人的疾苦。所以我们要做的很简单，就是把名额买卖的龌龊、刮北人的疾苦，从洗襟台上剔去，让无垢的‘洗襟’二字重回人们的心间，甚至比过往的位置更高，高到不容诋毁，不容质疑。

“怎么做？第一，洗襟台登台名额的买卖，重在买卖二字，据臣所知，买卖登台名额的人，只有曲不惟一个人，至于他背后有谁，朝廷先行不追究，只称是曲不惟徇私枉法，故意玷污‘洗襟’二字。”

唐主事愣道：“张大人的意思是，先不追究章大人了？”

张远岫看了唐主事一眼，没答这话，继续说道：“第二，刮北遗孤的疾苦是事实，这一点任凭朝廷如何辩解都无法改变，只能承认。但承认也有承认的方法，臣刚才已经说了，当年百姓们支持修筑洗襟台，支持朝廷的决议，是因为士子投江的壮烈，因为‘沧浪水，洗白襟’。刮北遗孤受苦，朝廷或许鞭长莫及，地方官府或有失察之处，但洗襟台的登台士子没有。换言之，朝廷可以错，‘洗襟’始终是无垢的。

“臣手上有家兄生前上书给朝廷，请求安抚刮北遗孤的手书，还有家兄与几个登台故友当年节衣缩食，救济刮北难民的凭证。如果长渡河一役是主战与主和的取舍，那么家兄与登台士子后来的作为，就是沧浪洗襟的后人，为刮北所尽的绵薄之力。朝廷或许忽视了刮北人，但被沧浪水涤过的后人没有。

“人们太愤怒，他们都忘了，往事不可追，所能改变的只有当下与将来。当年刮北受苦的人已经不在了，刮北的疾苦也已经过去了，他们能换来的，想换来的，不过是一个朝廷的低头。他们想要低头，朝廷就给他们。朝廷低完头，‘洗襟’二字更加干净，也证明了朝廷重筑洗襟台这个决定并没有错，这不但是朝廷的决心，也是朝廷的悔悟，所以朝廷才要筑高台，祭奠沧浪洗襟的士子，甚至要在那座高台上立下丰碑，刻下投江士子、登台士子的名字，让世人永远记得他们，缅怀他们。”

刑部尚书问道：“张大人的意思……就是让朝廷承认，当年朝廷在主战与主和之间，选择了抵抗蛮敌，的确有愧于劼北人，事后虽然力图补救，由于朝廷鞭长莫及、地方官府失察，以至于许多劼北难民未能得到妥善的安置。但是朝廷愧对劼北，沧浪洗襟的士人不曾，当初士人投江，是为了不折国骨，让大周久安于世；后来以张正清为首的士人节衣缩食，接济劼北难民，是他们帮助劼北做出的表率。当初朝廷修筑洗襟台，或许只是为了纪念沧浪洗襟的赤诚，如今朝廷重筑洗襟台，却是悔悟当初取舍之间牺牲了劼北的安稳，因此，才更要以洗襟士人为楷模，为他们筑高台，立丰碑？”

“张大人的这个主意好！”刚才那名徐姓大人接话，“正所谓人无完人，朝廷也不可能事事周全，但是朝廷早就先所有人一步意识到了当初的决定有愧于劼北，而重筑洗襟台，正是朝廷得知了士人接济劼北后，悔悟自身，做出的决定！‘洗襟’二字一直是无垢的，后来彻查洗襟台登台名额买卖一案，也是为了洗去‘洗襟’二字沾上的尘埃。只要按照这个方向去解释，那么嘉宁朝后，朝廷迄今为止的决定都没有错，只要低一个头，人们自会重新以‘沧浪江，洗白襟’去看待这段历史，如今的洗襟台，是为投江的士人与他们的后人而建的，人们的怨怒平息了，‘洗襟’二字更加高洁，今日的危机也就解除了！”

张远岫合袖拜下：“官家，臣甘做使者，到宫门口与士人及百姓们交涉。”

此时也没有比张远岫更合适的人了。他是士大夫张遇初之子，是登台士子张正清的胞弟，老太傅是他的恩师、他的养父，如今他将要迎娶仁毓郡主的消息传遍上京城，人人都在说，他将是下一个谢桢。

然而还不待赵疏回答，殿上响起一个清澈的声音：“不妥！”

青唯目不转睛地盯着张远岫：“这就是张二公子的目的吗？把士人们聚在这里，给出一个你希望他们知道的答案，然后让洗襟台变成彻底纪念洗襟士人、登台士人的楼台永立世间？”

青唯朝赵疏拜下：“官家，民女认为张二公子所言不妥，这个方法看似能解决眼前的问题，实则是在避重就轻，至少……至少洗襟台坍塌的真正原因，我们尚不清楚，难道只是因为何鸿云偷换了木料？曲不惟说登台名额是从章鹤书那里来的，那么章鹤书的登台名额又是从哪里来的？如果是翰林，那翰林为何要把登台名额分出去？这些因果缘由我们通通不知，这就去对人们解释，我们究竟在解释什么？解释我们希望他们看到的真相吗？官家忘了何氏偷换木料、曲不惟买卖登台名额的案子是怎么被挖出来的了？那是因为真相被埋在了尘埃之下！张二公子的方法，涤净了‘洗襟’二字，安抚了士人，给朝廷铺了后路，可他唯独忘了一点，就是真相。或许由他去交涉，民众之怒可平，拥堵在宫门口的人群会散去，但民女知道，如果此时此刻，民女也站在宫门外，听到这样一个说辞，民女一定是不甘心的！”

殿上有人很轻地冷哼一声，大概想说青唯一个江湖草莽，只知道说空话，不懂得权衡利弊。

赵疏问：“听温氏的意思，可是知道些什么？”

青唯想了想，揖得更深了一些：“官家，民女的规矩不好，有些话也许不敬，请官家相信民女绝非故意冒犯。民女请求与张二公子对质。”

赵疏：“但说无妨。”

青唯点点头，转身逼视着张远岫：“张二公子，在你心中，先帝为何要修筑洗襟台？是为了纪念沧浪江投江的士子吗？”不等张远岫回答，她径直道，“不必你说，答案我们都知道。咸和十七年，士子投沧浪江，还是太子的先帝深受震动，立志振兴大周，他登基以后无一日不勤勉，创下丰功伟绩，仅十年便让大周从咸和年间的离乱走向盛世。先帝也是人，他自得于自己治下的盛世，但他不可能堂而皇之地为自己筑丰碑，所以怎么办？他想到了修筑洗襟台，所以这座楼台在当时，除了纪念沧浪江投江的士子，纪念长渡河阵亡的将士，更是为了纪念先帝的功绩，纪念他这个大周开国以来的第一帝王！那么我再问张二公子，你想要的洗襟台是什么？”

“你想要的洗襟台，”青唯看着张远岫，声音里透出一股冷意，“是一座跟先帝无关的，剥离了一切皇权外衣的，只为纪念投江士子的丰碑。换言之，你希望它是纪念你的父兄的。重筑洗襟台，并不完全是你的目的，重筑一个只为纪念士人的高台，这才是你的目的。你不希望百年后，有人看到这座高台，第一个想到的是先帝，你希望他们想到的是那些投江士子的壮烈，甚至这些士子每一个人的名字！可是要做到这一步实在太难了，所以你选择了与曹昆德合作。

“其实我一直觉得奇怪，你的愿望是洗襟台高筑，而曹昆德，他分明是憎恶这座楼台的，因为他认为是沧浪士子投江，才让劼北人饱受苦难，你们的目的明明截然相反，为何会互为同谋？如今我明白了，曹昆德的目的，恰好是你的一个契机，只要将劼北人的苦难掀开到世人面前，就能换来朝廷的低头，朝廷只要承认当初取舍之间，未能妥善地安置劼北人，就能把先帝的功绩，从洗襟台上抹去。你说'朝廷有错，洗襟的士人无垢''今日的洗襟台只为当初的投江士人而筑'，这一切不正是按照你的计划进行吗？

"你刚才还说，你是因为领命追查士子游街闹事的缘由，才查到了士人袁四，这话是真的吗？根本不是。你早就知道袁四，你甚至早就知道曹昆德、墩子在筹谋什么，但他们所做的正合你意，所以你没有阻拦他们。你说你搜到了袁四和墩子的通信，这还需要搜吗？曹昆德养隼，隼帮他往宫外送信，可曹昆德久居深宫，他的隼如何认得去往大周各地的路，不是你的人帮他在宫外驯隼吗？对你来说，取得这些信函易如反掌，你只是秘而不发，等待最好的时机罢了！"

"何鸿云的案子里，你带宁州白衣来上京，逼得朝廷重建洗襟台。曲不惟的案子里，你知道登台名额买卖的内幕泄露，上京城中势必群情激奋，你任由曹昆德在后方布局，甚至不惜答应迎娶仁毓郡主，成为士人心目中的下一个谢桢。你做的一切都是为了今日，今日士子聚集在宫门口，对曹昆德而言，是揭开劼北疾苦的时机，对你而言，何尝不是把先帝之名从洗襟台洗去，让'洗襟'二字更加无垢的机会！"

青唯的话如金石坠地，声声叩人心扉。然而张远岫听后笑了，他的笑一直是温和的，让人如沐春风，然而此时此刻，他微弯的唇角却带着一丝讥诮。他也许根本不在乎旁人看出了什么。

"温姑娘说得不错，曹昆德的筹谋，我的确早就知道。"张远岫的目光淡淡地扫过众人，"可是这又如何呢？眼下士子、百姓围聚在宫门口，想要解决事端，除了让'洗襟'二字无垢，难道还有第二个解决办法吗？至于朝廷想要治臣不敬先帝、私通宦官的罪，待今日事结，在下任凭处置。"

"再说，"张远岫问道，"就算我想筑一个只为纪念投江士子的洗襟台，有错吗？让"洗襟"二字更加无垢，有错吗？洗襟台本该为士人而筑，如今我让它回归本质，有错吗？”

“不去追查真相的全貌，只给人们看你希望他们知道的半个内幕，不是错吗？”这时，殿上响起另一个清冷的声音。谢容与缓步上前，在张远岫跟前停住脚步：“纵容他人的恶行，刻意煽动士人情绪，不是错吗？你说想要重筑的洗襟台是只为纪念士人的洗襟台，想让‘洗襟’二字更加无垢，可你却忘了‘洗襟’两个字本身的含义是什么，那是投江士子的无上赤诚，而你在这个过程中丢了赤诚，这样还不是错吗？”

“如果能以我一个人丢掉赤诚为代价，换得洗襟台更加干净，却又何妨？”张远岫道，“昭王殿下既然这么说了，在下也有一个问题想要请教殿下。十八年前，你我同失生父，‘洗襟’二字贯穿你我的一生，然而自从洗襟台坍塌，殿下一直孜孜不倦地寻找真相，在下想请问，所谓的真相，究竟是什么？是一片雪，一粒碎冰，还是水渍化去后的虚无？

“殿下还不明白吗？先帝筑高台，为了纪念自己的功绩；章鹤书分去登台名额，是为了实现自己寒门与世族同贵的理想；曲不惟买卖登台名额，是为了给自己的儿子铺一条平坦的路；还有更多的，为了光耀门楣的商人，为了和女儿团聚的画师。对他们而言，‘洗襟’二字皆是虚妄，他们的眼中唯有青云！而殿下所寻的真相，到最后也不过是青云，我要做的，却是要将这青云从洗襟上剔去，只有这样，洗襟台才能回归它的本意！”

谢容与道：“张大人说得不错，本王这一路行来，看到的无不是把‘洗襟’当作青云之阶的人。可是本王也想问问张大人，你想重塑的楼台是什么？你说想让‘洗襟’重回百姓心间，那么你所谓的‘洗襟’究竟是什么？到底是无垢的‘沧浪江，洗白襟’，还是你父兄的姓名？是你永远无法释怀的他们的仓促离去？你说那些人把洗襟台当作青云台，可你何尝不是把它当作你父兄永存于世的丰碑？在你张忘尘的眼里，洗襟台难道就只是洗襟台？”

声声诘问灌入耳中，张远岫的心头不由得一滞。不知怎么，他忽然想到了那日在脂溪矿山，满身是血的章庭望着他，一字一句地问：“忘尘，在你眼中，洗襟台，是什么样子的？”

难道不也一样是青云台吗？他的背心涌上一片凉意，张远岫移目去看，原来是外间风雪变大，透过门的缝隙灌进殿中，这片凉意让他清醒。他拂袖冷笑："昭王殿下说得好听，你这样不怠地寻找真相又是为了什么？名唤容与却不得逍遥，不是深宫中人却被当作王而养大，顶着一张面具才能活得像自己，如今摘下面具背起王的身份不得不再次束手束脚，你不恨吗？洗襟台，台起台塌，我好歹愿意走入旋涡，而你无一日不是想离开。你说我重筑洗襟台是为了父兄，我承认，可你拼命查清真相，何尝不是把这个真相当作挣脱这个枷锁的救命之钥？真相水落石出，你才能彻底离开，你我半斤八两，谁不是别有用心。"

"不错，从前我的确是恨的，也想过只要找到真相就能彻底离开。"谢容与道，"如果说今日有什么不同，唯一的一点，就是我看到了许许多多和我一样的人。你以为洗襟台的坍塌，伤害的只有登台的士子吗？不，还有很多你不曾见过，甚至不曾听说过的人，荒僻山中的县令、只会卖唱的妾室、坎坷来上京的妓子、匿居山中的匪贼、隐姓埋名的画师，坍塌的洗襟台、沧浪江水，都在这些人的心中留下了不可磨灭的伤痕，他们和我一样，都在等待一个真相，只有真相才能让他们解脱，这些人，数以千计，是不容你拿一套说辞去敷衍的！

"而百姓是什么，三人成户，十户为村，百户为镇，三镇为县，如果一个事端，它波及了数千人，算上它的过往，如今，它殃及的有万人之多，那它就不单单是一个事端，而是民众心中的一道伤痕，是咸和、昭化、嘉宁三代的创口，你说宫门外的士人、百姓知之甚少，可以拿你的说辞去劝服，他们不是百姓吗？不是民吗？你今日拿这套说辞去打发他们，改日又该拿什么说辞令天下人信服？"

"你刚才不是问我真相是什么吗？"谢容与说着，大步走向殿门口，霍然将殿门拉开，呼啸的风雪立刻灌入殿中，扑撒在他的眉眼间，他伸手接了一片，转身看着张远岫，"你说这片雪，远看是雪，近看是冰，坠地成水，时久消散，那就把雪为何是冰，冰如何化水，水如何消弭的因果过程给他们看，这样才是真相，而不是指雪为雪，点冰是冰！洗襟为何成了青云？朝廷在主战与主和间如何做的取舍？取舍之后失察在何处？良策是什么？谁人有功？谁人犯错？谁人罪大恶极？谁人含冤至死？包括你的兄长做了什么？不必用话术，也无须多余的解释，甚至洗襟台的登台名额是哪里来的，翰林为何要赠给章鹤书登台名额，原原本本地摊开在所有人的眼前，这样才是真相！”

“不是只有‘无垢’的楼台高筑，洗襟台才有意义，找到真相，本身就有意义。”谢容与道，“我也不知道真相是什么，但是，只有了解冰如何化成水，以后才懂得该如何保住冰。或许你说得对，查到最后，所谓洗襟不过是一片青云虚妄，但至少我们能知道对在哪儿，错在哪儿，又或者当是非对错混淆在一团模糊中的时候，我们知道该往哪里走。拼命盖住流血的伤口，只能让它溃烂、腐坏，越裂越开，想要愈合，得将它敞开来，即使会结出狰狞的疤。”

这一番话说完，殿中诸人似乎为之震动，久久沉默不语。

“官……官家。”半晌，刑部的唐主事才朝赵疏拜道，“臣以为，昭王殿下说得对，洗襟台登台名额买卖一案，尚有内情未曾查明，这时候就与宫外的士人交涉，无疑于敷衍应付，倘若往后有人把更多的真相掀开来，譬如……洗襟台的登台名额为何落到了章鹤书的手上，反倒会让百姓失去对朝廷的信任。”

“臣以为，昭王殿下的话虽然有理，未免把一切想得太过简单。而且不说一日之间想要把一切查清有多难，哪怕查清了，又该由谁出面解释，他的话怎么让百姓的信服？解释后，如何确定宫外的士子是散去，还是越闹越乱？”徐姓大人说道，“再者，张大人的说辞虽然不是真相的全部，决计谈不上敷衍，至少也是句句属实的，对宫外聚集的人来说，这样的说法其实就够了，事缓则圆，先把燃眉之急解决了，事后要审章鹤书，要问责翰林，加紧再办不迟，等全部查完了，最后酌情昭告天下，这样不是更好吗？”

这时，一名禁卫急匆匆地进得殿来：“官家，末将率人找到墩子了，墩子公公他……已经死了。”

青唯听了这话，感觉有些不对劲，一时间顾不上礼数：“墩子死了？怎么死的？”

禁卫解释道：“士人暴动，上京城中有歹人趁机流窜犯案，官兵只能在外围守住秩序，深入不到人群中，墩子公公……似乎遇上了歹人，身上的钱财被洗劫一空，背上中了两刀，人在雪地里咽了气，至于血书，”禁卫从袖囊里取出一条薄帕，“应该是此物，请官家过目。”

很快有小黄门将薄帕呈到御前，赵疏看过后，又交与群臣验看，刑部尚书将薄帕递给一旁的唐主事，阔步上前：“官家，臣本来赞同昭王殿下之言，以为务必要查清真相，可是眼下……唉！”他长长地叹息一声，“既然城中有歹人借机作乱，当务之急还是采用张大人的法子，先行让围聚的百姓散去，臣以刑部尚书之衔担保，待今日过去，臣一定全力协助昭王查清真相。”

刚才的禁卫听了这话，思量片刻道：“官家，末将进宫时，发现有百姓不敌风雪侵骨，在宫门口晕了过去。宫门口围聚的士人见状，不但没有生出退意，反而更加愤懑。”

大理寺卿大步上前，与刑部尚书并肩拜下：“官家，臣其实也赞同昭王殿下的说法，认为真相必须水落石出，但……驱散民众实在是迫在眉睫，眼下看来，只能先用张大人的法子，先把百姓们劝走，臣愿意以这半生为官的名声担保，只要熬过眼前难关，臣定当不眠不休，与诸位同僚共寻真相。”

“官家，不可！”青唯急忙道，“民女是不如殿上诸位大臣懂得权衡利弊，但民女出身草莽，是货真价实的民，最懂得民意。张二公子的说辞是可以劝走大半围聚的民众，殊不知此刻宫门外，也有和民女一样，在等待真相的百姓。”

青唯听说扶冬和梅娘在何氏案结后，一起从了良，在上京郊外开了一间很小的酒舍；她听说葛翁、葛娃，还有叶绣儿为登台名额买卖一案做完证后，并没有离开，而是暂时留在了上京。而她听说的、看到的只是零星，只是这么寥寥几个人，或许还有更多在暗处静候的人呢？

青唯：“民是这样，一旦对朝廷失去了信任，再要拾起就很难了。以后哪怕彻查出真相昭告天下，失望也是抹不去的。”

“朕以为……”赵疏斟酌须臾，安静地开了口，“昭王言之有理，找到真相，还予真相，方为正途。其余的一切做法，岂知不是敷衍？”

“可是官家……”徐姓大人还待要辩，赵疏抬手止住了他的话头：“洗襟台已经加诸给世人太多创痛，经不起这样的一次失望了。朕虽然为君王，但在这场事端中，朕与昭王、温氏，还有温氏提起的诸多被波及的百姓是一样的，都是在等待真相的那个人。传朕口谕，再派三支殿前司禁卫开道，务必尽早带回章鹤书，无论多久朕都等，直到厘清一切真相为止。”

殿前司晨间在各条街巷搜寻墩子，傍晚方归，紫霄城附近何等拥堵可想而知，眼下哪怕派三支禁卫开道，等带回章鹤书，怕也要等到隔日天明了。

可是这个年轻而沉默的皇帝，遇事等闲不开口，一开口，那便是字字千金。嘉宁帝的心意已决，诸臣再劝已是不能了。

宣室大殿再次安静下来，只余外间风雪声声，苍茫的暮色在殿前铺开一片，白茫茫的，也像雪。外间竟还光亮些，晚霞透过云端，为天地点上昏黄的灯。守在殿外的内侍这才发现一时不察，已经到了掌灯时分。他端着长烛，与数名内侍鱼贯而入，在大殿各处无声地点燃灯火。殿中安静得落针可闻，有个内侍按捺不住好奇，悄悄地抬头看了一眼，有的人神情焦灼，有的人目光平静，他看到那个误入大殿的孤女抿着嘴唇，一直眺望宫外，也看到眉眼清冷的小昭王眼底铺开的暮色，官家的双目中满是天地风雪，张二公子眸底自带的杨柳春风不见了，沉入深深的深潭中。

他们似乎都在等着什么。

可究竟是什么？值得这样一群人如此等待呢？

内侍不解。

也不知道过了多久，殿外传来一阵急促的脚步声，众人一同朝殿外望去，看到传话的小黄门跪倒在殿前，唐主事按捺不住，先行问道：“可是章大人到了？”

“不……不是……”小黄门跑得上气不接下气，缓了缓才道，“禀官家，是……是老太傅进宫了。”

张远岫震惊地看向内侍。

赵疏听了这话也是一愣：“确定是老太傅？”

小黄门：“是。老太傅是自行进宫的。听说今天一早老太傅就决定面圣了，街巷拥堵，车马难行，太傅不得不绕行北城，从北宫门涉雪而入。”

老太傅的身子一直不好，尤其畏寒，听说他一到上京便病了一场，两日前还请了太医上门看诊。

赵疏立即道：“快宣。”

少倾，一个鹤发鸡皮，拥着裘袄的老叟拄着拐杖入得殿中，他将木杖缓缓地放在身旁，双膝落在地上，竟是要行大礼：“拜见官家。”

老太傅师德出众，桃李遍天下，咸和年间，他开办府学，到了昭化初年，朝堂上一半文士是他的学生，连昭化帝都曾受教于他。

赵疏虽然是君，自认不能受他的大礼，连忙下了陛台，伸手亲自去扶："太傅如何行此大礼？快快请起！"

"官家，"老太傅竟不肯让赵疏搀扶，往一旁避开，执意磕下头去，"官家，臣是来认罪的。"

赵疏的眼中掠过一抹怔色，但他似乎很快想到了什么，目光随即恢复平静："太傅说笑了，太傅何罪之有？"

"不，臣有罪，臣罪该万死……"老太傅太老了，说起话来也像风声呜咽，"昭化年间，先帝处置过一批为劼北人说话的士子，那批士子……那批士子，是老臣请章鹤书救的。"

老太傅："……昭化年间，老臣的身子骨每况愈下，收的学生其实已经很少了。但是昭化十一年秋闱过后，在上京的会元中实在有几个好苗子，其中一个老臣很喜欢，他的母亲，是劼北人……

"其时恰逢先帝决意修筑洗襟祠，上京城中的士人多有反对之声，其中反对得最厉害的，当属老臣看重的那个学生和他的几个好友，他称是朝廷愧对劼北，以致他母亲亡于战乱，眼下与其劳民伤财，修筑大祠，不如拨银抚恤劼北。

"人年轻，行事难免冲动，有时候心里想的是一回事，脱口而出的义愤之言又成了另一回事，无心的几句话，被有心人听去，反倒成了亵渎朝廷，诋毁投江士子的罪证，加上他们和京兆府起了几回冲突，有人失手打伤了官差，先帝就杀一儆百地治了罪。

"判的是流放，实在太重了，老臣跟先帝求过几回情，先帝只松口把流放十年改成七年。年份长短有什么用？他们是士人啊，一个被流放过的士人，背了亵渎朝廷罪名的士人，此生都不能再入仕，连当教书先生，别人也是不要的。满腹才学这样被埋没，老臣当了一辈子教学育人的先生，最不忍见这样的遗憾。就在老臣愁绪满腹不得解法的时候，章鹤书找到了老臣……"

“……太傅大人可是想救那几个被流放的士子？”章鹤书登太傅府门，开门见山地说道，“依下官之见，眼下明路已经走不通了，如果走暗路，还是有法子的。”

老太傅犹豫许久，问道：“敢问元启，这暗路，该如何走？”

章鹤书：“这倒不难，只需在押送士人的路上，想法子把士人换出来，随后为他们改名换姓。”

老太傅：“改名换姓，那他们岂不是不能参加明天春天的殿试了？”

章鹤书笑了笑：“到底是有罪在身的人，本来就该活得低调些。再说官家的处置也不算冤枉了他们……不过太傅大人不必可惜，入仕当官这条路虽然走不通了，跟在一个清白的大人身边当个掌文书的吏，又或是开办私塾，像太傅大人一样，将诗书传授于人，也算不负十年寒窗，毕竟太傅大人最可惜的，不正是他们的满腹才学吗？”

老太傅道：“老臣自然知道章鹤书这样登门，必定是所求，老臣问他想要什么，章鹤书说，他听说洗襟祠修好以后，先帝会亲自前去祭拜，到时候朝廷会挑品行好的世族子弟随行，他想亲自选几个读书人，请老臣把他们的名字提交给先帝。”

谢容与问：“太傅大人，章鹤书可提过为何要这么做？”

“提过。”老太傅点点头，“章鹤书说他虽然出身世家大族，早年的遭遇十分不堪，甚至被族中人推出去为嫡系子弟顶罪，历经一番坎坷才走到今日，那时他就下定决心，有朝一日要让寒门与世族同贵，各自凭本事说话。他挑的这几个读书人，都是他看重的世家大族的偏远旁支，有才学，好读书，他希望他们不必重蹈他的覆辙，走得平顺一些，所以想给他们铺一条青云路。”

“其实在老臣看来，无论选谁去洗襟祠祭拜都无伤大雅，重点不在‘随驾’，而在‘洗襟’，何况章鹤书也是为了帮助他人，这是小事，老臣就答应了他。”老太傅道，“洗襟祠修筑后不久，先帝就病了。太医说先帝操劳过度，不能再行远路，所以洗襟祠先帝不能去了。很快，先帝就变了主意，决定改祠为台，于来年遴选士子登台。改祠为台，祭拜的士子也不再局限于世族子弟，这对章鹤书来说是好事，老臣自然也按照当初的承诺，赠予他洗襟台的登台名额。”

老太傅说到这里，长叹一声：“老臣久居庆明山庄，月前才听说昭王殿下查获了曲不惟买卖登台名额一案，昭王殿下所料不错，那些被卖出去的登台名额，就是从老臣这里来的。官家要治罪，要把老臣的罪名昭告天下，老臣都认罚。老臣只有一个请求，就是……忘尘……”

老太傅浑浊的双眼低垂，声音变得越发沙哑起来：“忘尘这一路，也许走得远了一些，但他只是一个可怜的孩子，没做过什么坏事，父兄之死在他的心中扎根太深，他放不下罢了。老臣恳请官家，要罚只罚老臣一个人，不要牵连他……”

赵疏却没有正面回答：“朕这样听下来，曲不惟买卖登台名额与太傅无关，太傅实则被蒙在鼓里。”

老太傅：“不，官家，老臣并没有那么无辜，老臣其实什么都知道，洗襟台的坍塌……也跟老臣有关。”

这句话的话音刚落下，宣室殿上变得异常安静。然而没有一个人露出异色。诚然老太傅所言出乎诸人意料，便如云团积得太厚，风雪终会落下，因果堆砌至今，真相也当坠地有声。

“章鹤书很快拟好了士子名录，然而不待老臣进宫，先帝先行召见了老臣，先帝说，他想在那春的杏榜上挑选三十人登台。洗襟台是改祠为台，改过后的图纸，楼台建造简单，根本站不下太多人，所以杏榜上的三十人，加上章鹤书拟给老臣的名录，人数就超了。于是老臣找到了章鹤书……”

章鹤书思忖片刻：“这事倒也好解决，问题既然出在楼台上，那就改建楼台。”

老太傅：“他很快找匠人新制了一张图纸，改建后的楼台，台高三层，高耸入云，老臣于是把新的图纸呈给先帝，先帝虽然应允了，但这样巍峨的楼台，寻常匠人无法督造，先帝将这当朝第一要务交给了小昭王，小昭王随后赶赴辰阳，请筑匠温阡出山。

“彼时洗襟台已经开始建造了，但温阡到柏杨山勘察地形，说山中筑台不能高过山端，又说柏杨山入夏雨水多，楼台基底薄弱，修筑高台不易，再次修改了洗襟台的图纸，不过他还是按照朝廷的要求，保证了届时至少能有一百六十人登台。”

青唯听到这里，想起薛长兴交给她的木匣里放着四张洗襟台的图纸，除去一张洗襟祠的，其余三张都是后来改建的。后来，青唯再次遇到薛长兴，曾问过他这些图纸有什么异样。

薛长兴说没有异样，只是他当这么多年工匠，觉得一座楼台罢了，没必要改这么多次。

大周精于营造之术的人本来就少，何况宫宇大殿多修在地势平缓的背风之处，很少在半山腰修筑高台。而温阡的妻子、内弟皆出身岳氏，温阡对柏杨山的地貌、气候知之甚深，所以旁的匠人觉察不出的端倪，他能从图纸上看出来。

青唯问：“太傅大人，洗襟台坍塌，是因为一而再、再而三的改建吗？”

老太傅却摇了摇头。他对青唯说话时，语气异常温和：“小姑娘，洗襟台最后是按照你父亲画的图纸建造的，你父亲这样一个筑匠，怎么可能出错呢？”他说着，又苦笑一声，“要是问题当真出在图纸上，那就好了……”

老太傅继续说道：“温阡到了柏杨山，洗襟台开始按部就班地修建，昭化十三年春，老臣把各地提交的名录与章鹤书草拟的名额合并，呈递到御前。因为登台的半数是寒门子弟，朝廷上自然有世家不满。正因为此，那段时间，老臣不断地遭到世族大员的参奏攻讦。好在先帝相信老臣，又有章鹤书帮忙暗中斡旋，风波很快平息了，之后老臣便病了。人老了，总会病，遵太医医嘱静养便是，然而是年五月，发生了一桩意外……”

这时，张远岫哑声问：“是……哥哥回上京了？”

那是张远岫与张正清见的最后一面，他一直记得清楚。张正清本来在柏杨山督建洗襟台，听闻老太傅急病，星夜兼程赶回上京。然而令张远岫感到不解的是，回上京城的第二日，张正清竟与老太傅大吵一架。

“忆襟那孩子尊师重道，对老臣从来恭敬有加，但是那一回，忆襟他……在老臣的柜阁里看到了一封信函。是章鹤书写给老臣的，老臣还没来得及烧……”

张正清握着信函，一脸愠色地进了正屋，他竭力压着怒火，对榻前伺候的张远岫说：“岫弟，你出去，我有话要单独对先生说。”

张远岫不疑有他，把药碗搁在小几上，掩上了门扉。

张正清将信函扔在地上：“这是什么？先生竟然拿祭拜先烈的名额做交易？”

老太傅：“……忆襟的指责没有错，即便老臣是为了帮助被流放的士子，可这是老臣的私心，如何能拿来做交易呢？忆襟得知此事，已经不只是失望了，而是忧愤难平。他说，白衣洗襟无无瑕，如何能够沾染尘埃？他还说，故人已逝……”

“故人已逝，前人之志今人承之。”张远岫闭上眼睛，缓缓地念道。那是他兄长离开上京前，最后叮嘱他的话，带着一点儿决绝的意味。以至于他在兄长彻底离开后，在无数个难眠的夜中，这些话反复浮响在他的耳边，直到铭刻心间。

“故人已逝，前人之志今人承之，岫弟，你要记得，洗襟无垢，志亦弥坚。洗襟台是干净的，是为投江的士子而建的，不允许一丁点儿的玷污。”

老太傅继续说道：“那次忆襟在家中待了两日就回了陵川。这回他路上走得很慢，等他到柏杨山的时候，已经快七月了……”

柏杨山的雨水自暮春就开始落下，温阡怕排水有问题，中途喊过几次停工，但为防耽误工期，最后都作罢了。

七月前后，柏杨山连续数日暴雨如注，温阡越发感到忧心忡忡。其实真论起来，洗襟台的选址并不好，它建在山腰，正面是直接受风的，为防止修建的时候出事故，温阡让人在背山的一面斜着支了一根巨木的木桩。

七月初，洗襟台快建好了，然而温阡望着连日不休的雨，决定等七月初九早上再拆木桩，叮嘱工匠们日夜不休地挖渠排洪。

“可惜那年夏天的雨没有停，到了七月初六，竟然有变得更大的趋势，登台的士子都已到了崇阳，昭王殿下忙于安排登台祭拜事宜，下山了两日，柏杨山中，便只有忆襟日夜跟着温阡。那两日，温阡几乎只忙一件事，检查水渠的排水情况……”

“太傅大人。”唐主事打断了老太傅的话，“恕下官直言，洗襟台建好前后的事，您为何知道得这样清楚？”

是啊，小昭王不在山中，涉事的温阡和张正清已经离世了，那些挖渠的匠人即便没被治罪，也接触不到老太傅，老太傅怎么会知道得这样详尽？

老太傅只是露出了一抹苦笑：“……且听老夫往下说吧。”

七月初八，柏杨山的大雨还是没停，张正清见温阡满眼忧色，问道：“温督工，可是有什么不妥？”

温阡犹豫许久，最终还是把顾虑说了出来：“登台祭拜，恐怕需要延期。”

“延期？”张正清听了这话愣住了，“为何需要延期？可是因为这雨？”

温阡点点头：“雨势绵延不止，排洪太难了，一刻不清理山渠，就会造成渠道淤堵。淤积太厚，雨水无法及时泄出，很有可能反冲楼台，即便今日建好，来日为防坍塌，也需要多次加固，不如干脆让士子们延期登台，等雨灾彻底过去再说。”

“这……”张正清问，“可需要请示昭王殿下？”

温阡点点头：“你先下山告知殿下一声，待我验过水渠，再做定夺不迟。”

老太傅看向谢容与：“殿下当日并没有在山下见过忆襟吧？”

谢容与垂眸不言。昭化十三年的七月初八，他没有见到张正清，当晚深夜，他冒雨回到山上，甚至没有见到温阡。没有人告诉他登台的日子或许需要延期，从来没有。

“因为……忆襟他以为，殿下您不会应允。”老太傅道。

先帝有多看重洗襟台，张正清是知道的，小昭王督造楼台领的是先帝之意，如何会同意延期呢？更何况，小昭王的父亲是投江的士子谢祯，张正清以为，他应当比任何一个人都希望士子们能在七月初九登台祭拜先烈。因此彼时的张正清，心中早已生出了一个隐秘的，不为人知的念头……

张正清没有去寻谢容与，他坐在山路旁一块矮岩上，天地间，雨水急浇而下，心中那个疯狂的念头似乎就在这大雨中滋长、蔓延。

那些登台的名额被老太傅拿来做了交易。士子们登台已经不仅仅是为了纪念沧浪江投江的士子。洗襟台不再是无垢的了。既然如此，这些士子有什么资格在七月初九登台？

七月初九，是他父亲和投江先烈的忌日啊。张正清想，如果能延期三日，不，哪怕只延期一日，只要错开七月初九再让士子们登台祭拜，那么沧浪江水涤净的白襟就不算沾上尘埃。

张正清害怕那个天资聪颖的小昭王在得知登台需要延期后，不但不应允，还会与温阡一起想出解决的法子，甚至找出新的通渠点，增派人手挖渠，所以他没有下山寻谢容与。他得想一个办法，让一切变得刻不容缓，让登台的日子必须延后，让小昭王甚至没工夫想对策。

张正清绕去了背山的一个排水渠点，对餐夜通渠的排水劳工说："诸位都辛苦了，回去歇着吧。"

劳工头子在雨水中转过头，问道："是温督工的意思吗？"

张正清笑了笑，没有说是，也没有说不是："明早士子就登台了，通渠也不赶在夜里的几个时辰，诸位回吧，省得明早朝廷大员和士子们上山，以为洗襟台还没建好呢。"

劳工们听了这话，不疑有他，很快离开了。

子夜时分，许多人已经睡下。张正清撑着伞，独自立在雨里，借着风灯微弱的光，他看着眼前如小河般流泻的渠水，渠底很快积起淤泥，水流被截断，汇成一摊摊水荡子。

当夜子时，温阡没有等到谢容与，再次巡视山中各个渠点，直至到了后山，看到了积起的水洼与截断水流的淤泥，大惊失色。

温阡顾不上其他，立刻寻了附近的玄鹰卫，要求立即排查各个渠道，看看有没有渠水反冲楼台的情况，并且，延后登台。

“可惜，”老太傅惘然地笑了一声，“温阡当时找到的玄鹰卫，是玄鹰司的都点检。”

彼时崇阳县中士子、朝臣聚集，玄鹰司老指挥使和小昭王一起下了山，山中的巡防交给了都点检。这个都点检尽职尽责，只一点不妥，他是曲不惟和章鹤书放在陵川的眼线。

士子登台的意义非凡，早一日晚一日祭拜，或许对温阡来说没什么两样，可是对那些士子来说，是天差地别，好不容易被选中，七月初九忌日登台，那是天子骄子，搁在七月初十，事后被人说起，出身也不那么“正统”了。而对于要踏上青云路的登台士子来说，最重要的就是这点儿“出身”了。

都点检心知其中的分别，得知温阡希望延期祭拜以后，他只问了一句话：“待会儿士子们登台，这台子会塌吗？”

温阡：“那倒不会，可是楼台根基不稳，哪怕建好了，日后也需要时常加固，还请点检大人速速增派人手通渠，并禀知昭……”

还不待温阡把这话说完，都点检左右看了一眼，两名玄鹰卫便上前捂住温阡的嘴，把他带走了。他们把温阡软禁在后山，只道是待明日登台祭拜礼过了，再把他放出来。

这一夜注定不平静，很快又有一个士人寻来山中，要求见温阡和小昭王。这个士人便是后来死在上京路上的徐述白。

都点检敷衍他说：“温督工和殿下一起检查水渠去了，你如果有什么事，不如写成信函，等温督工回来，我一定代为转交。”

彼时隼部的老掌使和玄鹰司的几个校尉都在，包括卫玦和章禄之，得了信，并没有拆开看，唤来一名亲信，让亲信把信交给温阡。

其实都点检并不希望洗襟台出事，但他不敢让人知道自己软禁了温阡，一直到老掌使和几个校尉离开，他才匆匆按照温阡说的，亲自带着人去后山疏通水渠。

昭化十三年七月初九的清晨，暴雨如注。

天刚亮，谢容与就到了洗襟台下，他寅时才回到山中，几乎一夜没睡，然而他在雨中等了许久，登台的士子与诸多官员都到齐了，依旧不见温阡的身影。

“找不到温督工了，这可如何是好？”有人撑伞在谢容与的身旁问道。

雨太大了，高台在雨中看不清轮廓，谢容与抬眼朝洗襟台望去：“加派人手去找，洗襟台是温先生督造的，没有他发话，祭拜之礼……”

祭拜之礼暂缓吗？

谢容与愣住。可没有十足的理由，这样盛大的祭礼，如何说缓就缓？

玄鹰司指挥使领命，调集了所有能用的人手，迅速在山中寻找温阡，隼部的老掌使干脆带着卫玦、章禄之往后山找去。

卯时已到，士子登台的时辰定的是卯时三刻，在此之前，还需要拆去斜在楼台外支撑的木桩。

后山的山路崎岖，终于，老掌使与卫玦等几个人在密林间，隔着滂沱的雨声，听到了温阡的呼救。

温阡被软禁在林中一间废弃的木屋中，手指上满是血痕，手臂露在外面的地方布满瘀青，似乎他曾妄图凭借一己之力地把这扇门撞开。

而地上摊着一封信。是徐述白写的信，信上说，那几根支撑洗襟祠的主柱被他叔父徐途以次充好换过了。

徐述白不懂营造之术，更不知道洗襟台是祠上筑台。而那几根主柱，是洗襟台的基底支撑。

老掌使与卫玦等几个人找到温阡的时候，温阡的脸色白得连一点儿血色都不剩了，他甚至来不及解释，只是声音颤抖地道：“不能登，不能登……会塌的……”他便朝柏杨前山奔去。

时隔很多年之后想起来，其实从来没有人希望洗襟台坍塌。每个人都希望它好，希望它能高高地矗立在柏杨山中，永垂不朽。只是，可能每一个人都有自己的一份私心吧，然后又为着这份私心，多走了一步，或是数步。

何鸿云为了立功，为了敛财，换了洗襟祠的几根木柱。

昭化帝在得知自己不能亲自前往洗襟祠祭拜后，改祠为台，以一场盛大的祭礼，纪念自己的功绩。

老太傅太惜才，为了救被流放的士子，拿洗襟台的登台名额跟章鹤书做了交易。

章鹤书为了让自己看中的士子登台，与老太傅拟奏，修改了洗襟台的图纸。

张正清希望将祭礼延后一日，赶走了连夜通渠的劳工。

而都点检，为了让祭礼能如期进行，软禁了温阡一夜。

可惜他们都忘了，洗襟台只是洗襟台。

连日不断的，天谴一般的急雨都没能让人意识到，这座楼台之上，只有永远无法散去的水雾，没有青云。

洗襟祠的木料被人偷偷换过，章鹤书想让更多的士子登台，修改了图纸，新的图纸哪怕后来被温阡再次改过，对于被偷换的次等底柱来说，也是不妥的。即便如此，洗襟台也不至于立即坍塌，无奈连日的滂沱大雨让陷入地底的木桩腐坏无声，温阡虽然竭力命人通渠排水，张正清为了让祭礼延期，连夜赶走了劳工，虽然都点检在软禁了温阡后，亲自带人疏通了水渠，但他忘了去验看地底有无积洪反冲楼台。

渠洪在土壤之下汇聚，通往山下的路被淤泥堵截，早就趁着暗夜悄然冲向楼台。本来还需多日才会腐坏的底柱被连日急雨浸泡得腐朽，又被错误高筑的楼台压损，于是无法排泄的地底之洪成了摧枯拉朽的最后一根稻草，让洗襟台彻底沦为失根的浮萍，只靠着一根斜在山间的、即将要被拆除的巨木支撑。

卯时三刻就快到了，雨水丝毫没有减缓之势。

谢容与撑伞站在雨里，身旁不断地有人问：

“拆吗？”

“找不到温阡了，快拿个主意，拆吗？”

“定的是今日，不能不拆，拆吧！”

雨水急浇而下，遮去了眼前的事物，甚至遮去了光，谢容与看不到山的另一端，那个眉眼温和的、善良的筑匠正疯了一般朝他奔来，朝将要坍毁的楼台奔来，哪怕他根本不能用血肉之躯抵挡即将倾倒的高台。

大雨淹没了一切声音。

谢容与抬眼望去，雨水中，他已经彻底分辨不出洗襟台的样子了。在天地彻底暗下来的一瞬间之前，他轻声说："拆吧。"

第七十章

兰因絮果

“这就是全部……”老太傅说到最后，是摇摇欲坠的，“这就是洗襟台坍塌的全部……雨太急，事情发生得太突然，许多人没有反应过来。昭王殿下受伤自责，一病数年，其实洗襟台坍塌，原本与您无关的。”

然而殿中无人应声。老太傅的话语像落入一片苍茫里，谢容与闭上眼睛，殿中的其他人也仿佛重温了那场噩梦，连赵疏都沉默着。

天早就黑尽了，只有宫灯照亮大殿，可那灯光太明亮，明亮得让人觉得心慌，倒不如那一片片暗影令人心安。

“这些……先生是怎么知道的？”这时，张远岫声音嘶哑地问道。

这个问题唐主事已经问过一次了，眼下被张远岫再次提起，带着一丝不可名状的意味，似乎他从老太傅的话语里听出了一些旁人觉察不到的、被坍塌的楼台遮去的秘密。

张远岫是老太傅教养长大的，有些事他一直觉得有异。老太傅一向是个恪尽职守的人，那年，洗襟台坍塌，先帝病重，老太傅不但没有扛起朝政的重担，反而一回上京就请辞，甚至后来大权旁落，新帝在风雨飘摇中登基，老太傅也不曾露过面。

几个士子的前途老太傅尚且愿意不遗余力地挽救，看着新帝与小昭王深陷水火，老太傅为何不曾出手相帮呢？何况那些年老太傅的病情不算严重，他为何要避居庆明不见外人，仅仅因为自责自己拿登台名额做了交易？

张远岫想起他十八岁那年，老太傅为他赐字忘尘，张远岫曾问：“太傅为哥哥赐字忆襟，为何却要我忘尘？”

老太傅沉默许久，说：“其实，你哥哥也希望你能放下。”

……哥哥？那时张正清都过世两年了，老太傅怎么知道哥哥的愿望？

张远岫的目光惶然，心中的念头简直令他心生恐惧：“哥哥早就不在了，他最后做的这些事，先生是如何知道的？”

老太傅对他们兄弟二人寄予厚望，一直都盼着他们考取功名，洗襟台坍塌后，他却改教张远岫作画、弈棋，说什么功名利禄不过云烟。

每次张远岫提及“柏杨山中，将见高台入云”的心愿，老太傅都要劝他山川辽阔，不如放空心境，忘诸琐事寄情山水。

张远岫想起来，昭化十三年洗襟台坍塌，他和老太傅是最早一批赶到柏杨山的，死的人太多，州尹魏升早就乱了阵脚，山中一片忙乱，他听说哥哥陷在楼台下，徒手搬开乱石，自顾自地在废墟下寻找张正清的尸体，那几日他几乎睡在了废墟之上，而老太傅到了柏杨山以后，便避于深帐之中，直至御驾赶到，数日不曾露面。

张远岫本以为彼时老太傅和他一样，太过伤心所以不愿见人。如今他细想却不尽然，张正清生死不明，老太傅为何不寻找呢？老太傅不是最关心哥哥吗？

直到柏杨山防止瘟疫的大火燃起，张远岫都不曾找到张正清的尸体，有人和他说，可能是他的兄长陷得太深，埋入了山体里，没法往下挖了，所以上京郊外立了六年的丘冢下，埋的一直是一袭衣冠。

张远岫想起，太傅府的正屋坐北朝南，温暖干燥，老太傅既然畏寒，在正屋住着即可，日前他过府探望太傅，府中的仆从为何要往东厢送炭盆？那个门窗紧闭的东厢，究竟是给谁住的呢？

张远岫的声音几乎是支离破碎的：“我哥哥他……哥哥他……”

老太傅磕下头去：“官家，今日进宫请罪的，除了老臣，还有一个人。”

四更时分，风声像是被浓稠的夜色扼住了喉咙，发出细微的呜咽，一个罩着宽大斗篷的人入得殿中，他的兜帽压得很低，叫人看不清他的脸，跟从前在外逃亡的青唯很像，但他又与青唯不同，青唯是不能见人，他是不敢见人。他向赵疏跪下行礼，撑在地上的双手嶙峋、苍白：“官家。”

然后他沉默了许久，终于掀开兜帽，看向张远岫，唤了一声：“岫弟……”

张远岫定定地看着张正清，刚才神情中的仓惶、难以置信全不见了，只余下一片空白。

张正清似乎不忍见张远岫这样惊慌失措，微微抬手，想要向他靠近一些，又唤一声："岫弟。"

张远岫却突然后退一步。他们本来是最亲密的兄弟，是这世上相依为命的两个人，时隔多年再次相见，张远岫的眸中一点儿欣喜也没有，他的眼神是陌生的，仿佛眼前这个"死而复生"的人他根本不认识。

其实张正清的样子并没有太大变化，只是瘦了许多，眼中再没有从前的意气了。

如今想想，张正清能够活着，在场的诸人一点儿也不感到意外。

七月初九是张正清父亲的忌日，洗襟台沾上尘埃，他不希望士子们在忌日登台，自己怎么会踏上那青云之阶？

洗襟台是在士人登台至一半时坍塌的，张正清本来就缀在最末，何况他知晓登台名额买卖的事情，又连夜赶走了通渠劳工，他会比所有人更快地反应过来发生了什么，连小昭王都活了下来，他怎么会活不下来呢？

只是在苏醒之后，他开始渐渐明白自己背上了怎样的罪孽，于是再也无法面对。纵然洗襟台的坍塌不是他一个人之过，在之后的每一个日夜，张正清都在想，倘若他肯稍稍退让一步，又或是他们中的任何一个人能够做出妥协，这一切何至于此？

老太傅跪地向赵疏解释，说自己当年是如何救下了张正清，又是如何自私地将他生还的消息瞒了下来。张正清伤得太重，那一年身子很不好，加上添了畏寒的毛病，一直在生死边缘徘徊，所以他带张正清去了庆明山庄。

老太傅说，他们本来无意隐瞒这么久，甚至在最初，他们也是费解的，不明白洗襟台为何就这么塌了，等他们弄清一切后，先帝的大限将至，朝政已乱，任何一点儿风吹草动都会动摇国之根本。再后来，张正清便病了，身上的伤是次要的，要命的是心病。他害怕见光，不敢见人，他一年的时间里甚至有大半时间是不清醒的，不断地回溯的噩梦让他活在混沌之中。他陷在无尽的恐慌里，却又不敢以死赎罪，因为他生，无法面对人间，死，无颜面对逝者。

这样的恶疾纠缠着张正清直到今日，饶是眼下他跪在殿中的一片阴影里，额头上、手背已经渗出了大量的汗水，只这么一会儿，他脸上的血色便褪尽了。

这样的症状众人再熟悉不过了，那是和谢容与一样的心病，因不堪背负的过往而生，真实的梦魇攫去人的呼吸，无以复加的自责里滋长出恐惧、惊悸，甚至幻觉，逼着人失去神志。

唯一的不同，谢容与是无辜的，所以他最终慢慢地走了出来，而张正清有罪，于是他病入膏肓。

张正清的声音颤抖着跟赵疏求情："官家，这一切皆是罪人之过，罪人愿意承担一切责罚，也愿意将真相说与宫门外等候的百姓，还请官家……还请官家宽恕岫弟。岫弟他虽然做错了一些事，但他的本性是善良的，他从没想过害人，他只是太想修筑洗襟台了，他太想念我们的父亲，所以……"

张正清的话还没说完，就被张远岫一阵嘶哑的笑声打断了。

"父亲？"张远岫的声音充满讥诮的寒意，"我早就不记得父亲长什么样了，把我养大的人是你！教给我'洗襟无垢'四个字的人是你！我重建的这座洗襟台是为了父亲吗？不，是为了与我骨血相连的兄长，为了完成他的夙愿！可是你却……你却……"

得知张正清为了把登台的日子延后，连夜赶走通渠劳工，支撑张远岫多年的信念已经破碎。而张正清出现在大殿之上，那座重筑在张远岫心中的、无垢的洗襟台便彻底崩塌、腐坏。

"原来忘尘竟是这样的意思，你想让我忘却的不是沧浪洗襟的过往前尘，而是洗襟台的残垣断壁下沾着罪孽的烟尘，你连让我忘尘都是自私的，诉诸你自己的悔恨！"张远岫声音冷冷地质问，"既然如此……既然你早就知道先生拿登台名额救了士子，既然你早就打算不在登台之日登台，甚至不惜赶走劳工令水渠淤堵，你最后一次离开时，为何要告诉我'故人已逝，前人之志今人承之'，为何还要说'洗襟无垢，志亦弥坚'？"

张正清张了张嘴，想要解释，却发现自己什么都说不出口，的确是他的一念之差，才让张远岫在这条路上走得太远。后来宁州白衣请愿致使药商被害，脂溪矿山爆炸张远岫取走罪证，或是今日士子义愤，百姓围堵宫门，都是张远岫重蹈他的覆辙。

张正清说："岫弟，你听我说，所有的一切皆是我一个人之过，你只是在一条错误的路上走得远了一些，我都听先生说了，你至今恪守本心，帮助过不少与洗襟台有牵连的人，那个姓薛的工匠，还有温阡之女，他们都是得你相护才活了下来，你还能够回头，你……"

不等张正清说完，张远岫闭上眼睛。

"太晚了……"张远岫说，"太晚了。"

种树人伐树，过河人沉桨，筑高台者亲手拆去底柱，夙愿被彻底焚毁的样子实在太难看了，昨日的种种都变得荒唐可笑，张远岫随后睁开眼睛："你当初不如死了。"

大殿再次归于寂静。

许久，唐主事问："官家，可要发告示昭告天下？"

殿中无人回答。

暗夜过去了，天色即将破晓，然而，饶是一切水落石出，真相却这样无奈。它是越过洗襟，跨向青云的每一步，是从先帝、老太傅开始，再延伸往下，其中每一个人或是罪该万死，或是情有可原，都不是无辜的。这样的真相说出去，谁都不会知道世人将会作何反应。只是，与其让青云累积于高台聚沙成塔，直至最后不堪重负，是时候该有一只手来拂去尘埃了。

刑部尚书先一步上前："官家，臣愿意前往宫门，解释洗襟台坍塌的前因后果。"

大理寺卿亦道："官家，臣愿随刑部同往。"

赵疏看向余下人等："其余众卿的意思呢？"

徐姓大员迟疑了一会儿："如实说……吧？"

唐主事道："那就说。"

谢容与缓缓地点了点头。

一直守在殿外殿前司禁卫单膝跪下："官家，末将已调集全数殿前司将士，一定严加防范，力保百姓安全。"

“刑部、大理寺听令，你二人随昭王前往宫门，向围堵的百姓如实解释洗襟台坍塌的全部因果，包括长渡河一役朝廷主战、主和的取舍，劼北遗民安置的功过，并携太傅、罪人张正清同往；御史台，立即草拟相关告示张贴在城门处，并说明有关洗襟台一案嫌犯的处置结果，待此案审结后，再发告示昭告天下，另外，”赵疏转移视线，看向殿外单膝待命的禁卫：“殿前司。”

“末将在。”

“整军。”随着最后两个字干脆利落地落下，宣室殿殿门大敞，谢容与带着刑部与大理寺率先退出殿外，随后是余下大员，他们步履坚定、有条不紊地奔赴各处。整军的号角响彻禁中，玄明正华轰然开启，随后是第二重宫门，第三重宫门，与此同时，四野也慢慢变得鲜亮起来，落了一夜的雪，原来天早就放晴了，青唯离开大殿，抬眼望去，刚到卯时，居然有晨曦穿透薄薄的云层洒落下来。

真好，青唯想，天色昭明。天亮了。

半个月后。

上京在破晓的第一缕阳光中苏醒过来，几场雪过后，连着多日都是晴天，明净的天光让人的心境也跟着敞亮起来，整座城市都是热闹的，流水巷的里里外外全是人，吆喝声、叫卖声，自早晨起就络绎不绝，城门口排着出入城的长龙，好在大案将结，已经不必查得那么严了。

德荣将一盒留记的糕点交到顾逢音的手上：“天儿听说义父爱吃这家的点心，一大早赶去流水巷买的。他难得细心一回，义父拿着路上填肚子，等上京城中铺子的账算好了，我让人捎去劼北。”

青唯把几身新制的厚袄交给随行的管家，对顾逢音道：“顾叔，天气冷，您路上多加小心，我就不远送了。”

顾逢音道：“少夫人当真客气了，其实老朽不是第一回去北边，劳您亲自为老朽添置这么多东西。”

青唯莞尔：“顾叔到了劼北记得来信。”

顾逢音是临时决定去劼北的，墩子死了，他留给墩子的那一份家业没人接手，上京城中的铺子德荣和朝天又不要，顾逢音这些天反复思量，心道罢了，自己老归老，身子骨还经得住折腾，从前他收养遗孤，把劼北的劼绸贩向大周各地，以为这样就是帮了劼北。如今想想，他尚有做得不够的地方，半生攒下许多积蓄，临到头了他想再拼一把，从前他把劼北的货物贩向他乡，今后他要把他乡的货物带到劼北。

几个人在城门外说了一会儿话，趁着日头还早，顾逢音很快启程了。

德荣赶来马车："少夫人，回家吗？"

周遭的日光鲜亮极了，青唯想了想说："不回，四处走走。"她穿着御寒的斗篷，斗篷没有兜帽，所以她的一张脸就这么干干净净地露在外头。她长得很好看，叫人见之不忘，一旁有官兵路过，似乎认出了她，稍一点头，策马离开了。

虽然朝廷最终的判决还没下，上京城中的官员似乎达成了某种默契，已经不再有人对海捕文书上的温氏女喊打喊杀了。

许多年了，青唯从没有像眼下这样不避不藏地走在大街上。

朝天小心翼翼地请示："少夫人，城东新开了间兵器铺子，小的想去看看。"

"行。"青唯不假思索地点头，"瞧一眼去。"

城中有一种别样的宁静，这种宁静不是安静无声，而是糅杂在热闹里的，让人心安的祥和。

其实那日谢容与携三司，到宫门口说明因果的过程并不算顺利，有人听到一半已经激奋不已，还有人要求朝廷立刻处斩所有嫌犯，直到最后所有的真相被揭开，人们的愤懑虽然平息了，取而代之的却是茫然。

有的事是这样，捕风捉影最容易让人感到义愤填膺，而真相是难以承受的庞然巨物，摊开来摆在眼前，直要压得人缄默无声。

人们久久地聚在宫门前，从天明再次等到天色将暗，这一回，他们却不知道究竟在等什么，直到黄昏风起，不知道是哪个士子嗫嚅着说："都散了吧。"人群才陆续散去。

然而那一天过后，一切便莫名地都好了起来，人们开始耐心地等待朝廷的审判，时而有士子三五成群地去宫门口看有无新的告示张贴出来，他们已经不再聚集闹事了。

与此同时，朝廷各部衙司忙碌得不可开交，章鹤书、老太傅和张正清等人俱已入狱，曹昆德也被拘禁在宫中，随着审讯的进行，地方涉案人等也被陆续押解回上京，信函雪片似的往来上京城中与各地，银台的官员几乎是轮轴转。所幸在这期间，不是没有好消息的，今早陵川八百里加急送来一封急函，说章庭醒了。

不知道是不是孽缘，章庭是在曲茂到东安的当天彻底苏醒过来的。

曲茂如今有了心结，去陵川的一路上噩梦连连，没有一日能睡好。曲茂本来想着章庭与自己同病相怜，或许有法子开解自己，然而等曲茂赶到官邸一看，章庭他老子都快没了，他依旧昏迷着。

曲茂忽然觉得，章兰若不过如此。

从小到大，章庭样样都比曲茂强，眼下曲茂好不容易占了上风，心境也随之一宽，浮在心上的霾散去稍许，满腹困乏之意乘虚而入，曲茂觉得眼皮渐重，伏在章庭的床头就打起瞌睡来。

屋中的小厮见曲五爷在床前守着，放心地煎药去了。

也是不巧，章庭恰好在这时候醒来。他近两日其实睁过一回眼，但很快又睡了过去。眼下章庭却再合不了眼了，因为曲茂的呼噜震天响，吵得他根本睡不着！

章庭哑着嗓子喊了几声“水”，曲茂睡得云里雾里，压根儿听不见。

章庭只好强忍着怒火等小厮回来。

得知小章大人醒了，小厮很快请来了大夫，齐文柏、宋长吏等人也从州府赶来了。屋中络绎不绝的脚步声、说话声终于把曲茂从睡梦中唤醒，曲茂睁开惺忪的睡眼，抻了个懒腰，刚好打偏小厮喂药的手。

小厮一个趔趄，一碗药汤半碗灌进章庭的喉咙里，半碗泼在章庭的脸上，章兰若大梦初醒，不知今夕是何夕的神志被彻底拽回人间，他怒不可遏地大骂：“曲停岚，我真是……我真是上辈子欠了你的！”

“……齐大人说，小章大人的身子已无大碍，只是大病初愈，尚需静养几日，小章大人本来一醒来就要写奏帖的，齐大人做主，给拦着了。”刑部尚书接到急函，与大理寺卿一起面圣时说道。

赵疏道：“此事不急，你代朕去信一封，叮嘱章兰若养病为重。”

“另外……”刑部尚书迟疑了片刻，“官家，张二公子五日前离开上京城了。”

玄鹰司并着三司连审了章鹤书、老太傅等人多日，张远岫有罪无罪尚在两可之间，药商之死在他的意料之外；帮曹昆德养隼传信并非罪大恶极；教唆士子聚集在宫门口的人是曹昆德，他虽然知情不报，所幸朝廷处理得当，并未酿成任何恶果。所以张远岫被关押了数日后，刑部尚书亲自打开牢门，对他说：“走吧。”

张远岫抬起眼睛，安静地问：“朝廷不治我的罪吗？”

刑部尚书没有回答张远岫。

张远岫想了想，什么都没再问，无声地离开了。他没有回城西草庐，而是去了太傅府，那个曾经他和张正清一起长大的地方。

太傅府养的都是有情人，饶是眼下老太傅、张正清双双落狱，府里的仆从也一个都没走，张远岫独自在他从小学书学画的书斋里坐了三天三夜，然后对白泉道：“我们走吧。”

马车是五天前的早上离开上京的，车前就挂着“张”字牌子，城门的守卫不知道受了谁的嘱咐，居然不曾相阻。

刑部尚书道：“马车是往南走的，看样子张二公子去陵川了。”他说着，突然跪下，“官家，臣罪该万死。”

照理眼下张远岫是万万不能离开上京的，其中若没有人斡旋，他怕是连城门都迈不出。而有本事让他平安离开的，除了皇帝，只有几位手握重权的大臣了。

老太傅桃李满天下，刑部尚书虽不曾受教于他，早年这位尚书大人仕途坎坷，幸得老太傅爱惜人才，多番向朝廷举荐，他才有了今日。

老太傅垂垂老矣，生命与仕途都走到末路，唯一放不下的便是张忘尘，饶是深陷牢狱，老太傅也反复恳求刑部尚书：“告诉忘尘，他尚没有行远，他还有回头路可走……”

刑部尚书于是想，那么就让他擅自做一回主，也算报了老太傅的恩情了。

赵疏看着跪在大殿上请罪的刑部尚书，缓缓地说道："朕记得朕作为皇帝的第一回廷议，几位将军跟章、何二位大人争吵不休，朕就这么干坐在龙椅上，连句话都插不进去，像个无关紧要的看客，末了，还是大理寺的孙艾和几个翰林文士站出来，问，'官家的意思呢'。之后的两三年，每到廷议时，孙艾他们几个都会问'官家的意思呢'，虽然朕的答案在当时并不重要。老太傅总说，朕继位后，他不曾帮扶过朕，但朕知道，孙艾与那几个文士，都是他的学生。"

这个年轻的皇帝在经此一案后显得越发沉稳："卿平身吧，人非草木，孰能无情，虽然说律法严苛，不得逾越，但是纵观此案，没有谁是不曾有私心的，朕时而觉得，或许在法度之内，该要给情留寸许余地，才能真正长治久安。"

刑部尚书依言起身："多谢官家宽宥。"

"只是，"赵疏长叹了一声，"张氏父子三人的执拗是一脉相承的，朝廷宽恕了张忘尘，张忘尘自己能否放过自己，难说了。"

赵疏点到为止，随后问："你们刚才说此案有几个人不好定罪？"

"是这样，"大理寺卿接过话头，"曲不惟、封原等人自然是严惩不论，难就难在章鹤书。虽然曲不惟、老太傅都指认章鹤书参与了登台名额买卖的事实，章鹤书自己也招了，可是，没有实证。"

换言之，没有证物。唯一能证明章鹤书参与登台名额买卖的证物就是他伪造的空白士子名牌，此前谢容与虽然查到了制造名牌的匠人，无奈这个匠人一年前就过世了，玄鹰司在庆明扑了个空。

如果是寻常案子，所有罪犯的供词一致并且完整，嫌犯本人也招了，那么就足以定罪，可是洗襟台之案牵连甚广，章鹤书的罪名大小，直接关系到老太傅、张正清等人的处置结果，如果连一个物证都没有，总是难以让人信服。

"物证还是其一，其二……"大理寺卿迟疑许久，"章鹤书他，到底是国丈。"

仿佛就为了应答这句话似的，一名小黄门赶到宣室殿外，在殿门口跪下："官家，您快去元德殿看看吧，皇后娘娘她……她请出了凤冠与袆衣，说要将贵物归还皇祠。"

将大婚时的凤冠与袆衣归还皇祠，这是废后才有的礼制。章元嘉这是……要自请废后？

刑部尚书与大理寺卿听了这话，连忙退到一旁。

赵疏的脸色也变了，他下了陛台，快步朝元德殿赶去。

午后的元德殿格外安静，日光斜照入户，浮在半空的尘埃清晰可见，守在殿门的侍婢见赵疏到了，无声地退下。

章元嘉等候在殿中，她穿着一身素衣，两侧长髻是垂下来的，没有佩戴环钗，这是戴罪的发饰。看到赵疏，她难得没像从前一样恭敬地上前行礼："官家有日子没来了。"

袆衣与凤冠就搁在章元嘉的左边，赵疏的目光落在其上，他"嗯"了一声："前朝事忙。"

章元嘉于是笑了笑。她都知道的，宣室殿夜审过后，朝政从没有这样繁忙过，各部官员为了厘清案情几乎夜夜点灯熬油，卯时不到就有大臣在文德殿外等候面圣。

章元嘉道："早上收到陵川的急函，说哥哥醒了，臣妾很开心，把那封信反复看了好几遍。"

赵疏隔着一张龙凤案，在章元嘉的身旁坐下，声音温和地说道："章兰若病势无虞，朕早已叮嘱陵川州府仔细看顾，你眼下当以身子为重，不必为其他事挂心。"

"臣妾没什么好挂心的。"章元嘉说，"后宫诸事有姑母帮忙打理，元德殿的宫人服侍妥帖，早上太医来为臣妾诊脉，说腹中的孩子很健康，生下来一定和官家一样聪颖明睿。唯一担心的就是仁毓，张二公子在狱中婉拒了与她的亲事，她到臣妾这里哭了一宿，说不管张二公子是堂上宾，还是阶下囚，都愿意嫁与他为妻，听说后来还是官家给裕亲王府下了一道恩旨，她才不闹了。"

赵疏道："裕亲王去得早，朕答应了父皇要照顾她，总把她拘在上京城中，实在太约束她了。朕这次的恩旨没什么，只是答应让她一个人出去走走，除了两个武卫，不让任何人跟着。她经历得太少，不明白做夫妻是要缘分的，张忘尘的眼中没有她，这桩亲事哪怕成了，今后也会离心离德，等她走的路再多一些，看过天地间的广阔，便不会被一时的爱恨得失障目了。"

“官家总是比臣妾有法子。”章元嘉淡淡地笑了一下，“小时候每逢年节，同辈的兄弟姊妹进宫了，要是闯了什么祸，官家就要帮着收拾烂摊子。臣妾还记得有一年，颐郡王府的四哥儿顽皮，把官家春礼上要念的颂词给涂花了，那颂词等同于皇旨，颐郡王府的另外三个哥哥在东宫的宫门口跪了一地，给官家请罪，但官家谁都没怨，只叮嘱宫人不要把此事说出去。隔日一早，官家着太子服，到了春礼上，竟然把那聱牙拗口的颂词一字不差地念了出来。后来要不是东宫的小黄门心疼官家多说了一句，臣妾都不知道，官家担心颐郡王被责罚，一宿没睡，把过去几十年的春礼颂词全看了一遍，发现惠政院的春官居然偷懒，每隔二十年就用回同样一份。那时臣妾就觉得官家不一般，看着静静的，话也很少，但无论遇上什么事，总能不声不响地想出应对的法子。”

后来事实的确如此。赵疏初登帝位的头几年那么难，可他还是一步一步地走了出来，兑现了他当初在先帝病榻前的承诺，找到了他要的真相。

常人也许只看到小昭王与玄鹰司是如何排除万难地厘清案情，却不曾想过，在这一程风雨里，那个高坐于宣室殿上的皇帝给予了他们怎样的支持，朝堂异声如万丈涛澜没顶，他每一次力排众议的坚持，才让他们所有人能够坚定地迈出每一步。

“是啊，你是知道朕的。”赵疏越过龙凤案，握住章元嘉的手，“所以你再等等，朕总能想到解决的法子。”

章元嘉垂着眸：“表兄都和官家说了吧。”

章鹤书曾经雇庆明的一名匠人仿制士子登台名牌，如今东窗事发，章鹤书不得不托章元嘉送信到上京城外，请那名匠人尽早出逃。章元嘉后来将这封信交给了谢容与，玄鹰司的卫玦等人连夜离开上京寻找证据。

可惜卫玦晚了一步，那名匠人早在一年前就去世了。

宣室殿夜审过后，真相水落石出，每个人都要面对自己的因果，谢容与不是个多嘴的人，向赵疏禀明禀完此事后，只说了一句：“娘娘不告诉官家，是不希望官家因为她分心，但臣作为兄长，并不忍心看到官家与娘娘兰因絮果。”

章元嘉道：“臣妾了解官家，遇上再大的难事，官家都会一声不吭地想法子。可是，官家如果想到了办法，早就来看我了不是吗？官家为什么不来？因为朝政汹涌，民怨沸腾，把官家逼得无路可退，官家明白踏入元德殿的一刻，就到该做出决定的时候了。”

“我明白的，都明白的，”章元嘉静静地说道，“我知道官家尽力了，所有人都尽力了，包括洗襟台坍塌的前因后果，我也了解清楚了，那些罪过，不是一纸昭告天下的告示就能揭过去的，需要有人切切实实地付出代价，去偿还，去赎罪。”

“即便有人需要为此付出代价，那个人也不该是你。”赵疏道。

章元嘉定定地望着赵疏，然后浅浅地又笑了一下：“官家在旁的事上透彻明白，怎么偏偏想不明白此事呢？温小野做错过什么吗？洗襟台坍塌时，她甚至不在现场。可她想为父亲昭雪为什么这么难？因为温阡是洗襟台的总督工，哪怕查清了何氏偷换木料，曲不惟买卖登台名额，我的父亲与老太傅三改图纸，张正清赶走通渠劳工，他还是要为这场事故负责，所以朝廷至今未能下一旨免罪诏书。

“玄鹰司曾经的老指挥使做错了什么吗？可是都点检软禁温阡导致洗襟台坍塌，他只能自戕谢罪。

“我知道哥哥为此案取证立功，朝廷可以赦免他的牵连之罪，甚至可以让他官复原职，但是不一样的，哥哥是臣，臣者讲究的是功过，皇后不同，为后者，天下只认一个‘德’字，父亲失德，即是元嘉失德，德不配位，元嘉已经不能再做这个皇后了。”

章元嘉说着，朝赵疏跪下身：“官家，降旨吧。”

“臣妾趁着这几日，已经把后宫的事务交代好了。后宫琐事繁多，官家日后若缺人打理六宫，可以提怡嫔摄六宫权，她性子干练，做事最省心。要是遇上什么烦心事，缺个人说知心话，官家可以去歇芳阁寻秦贵人。秦贵人的性子安静，擅倾听，最善解人意。”章元嘉轻声道，“臣妾近来想了许多，才发现有件事臣妾一直做错了。臣妾嫁给官家后，时而觉得与官家有隔阂，臣妾想不明白，总以为是至亲至疏夫妻，所以有时候放不下架子，甚至会与官家使些小性子。后来臣妾想，臣妾嫁给官家的那天，是下了决心要做好官家的皇后的，但是这几年，臣妾做的从来都不是皇后，而是一个寻常的妻，如果是皇后，她不会因为官家的疏离而心怀芥蒂，她应该会明白官家的忧患与顾虑，应该和官家一样心中装着江山、臣民，而不是只有你我，是臣妾没有做好，才让官家一个人在这条路上走了太久。”

赵疏听章元嘉说着，垂在身侧的手缓缓收紧。他有一种得天独厚的本事，天生就懂得如何控制脾气，所以他一直是温和的，连爱恨在他的眼中都是淡淡的。

只有他自己知道不是。他还记得遇见章元嘉是在多年前的一次宫宴上。

照理章鹤书脱离章氏大族以后，他的儿女是没资格参加宫宴的，但是章元嘉的母亲罗氏与裕亲王妃是表姐妹，裕亲王妃很喜欢这个性子温和的表侄女，那次宫宴便将她带在身边。

赵疏到了宫宴，一眼就看到了章元嘉，她穿着一袭杏色绫罗裙，安静地坐在角落里，像雨后初绽的新菊。

到了下一回家宴，赵疏便不经意地在荣华长公主的面前问了一句：“章家的元嘉姑娘也来吗？”

长公主何许人也，闻弦音而知雅意，后来大小宫宴、家宴，几乎都有章元嘉的一席。偶尔到了乞巧、寒食这样的小节，赵疏去西坤宫请安，也能在何太后的身边瞧见章元嘉。

章元嘉一直以为她与赵疏是在后来许多次的相遇中，渐渐滋生出情意，后来有一回，她和赵疏坐在宫楼上等日出，相互依偎着睡过去，醒来后不知时辰，她还担惊受怕了许久，害怕让人发现自己的心意，她喜欢的人，毕竟是东宫太子。

其实那次不久后，荣华长公主便对赵疏说：“你若看中了谁，只管说来，姑母帮你与官家说说看。”

就连一向严苛的昭化帝都在“姻缘”二字上遂了赵疏的心意：“帝者孤独，身边有个能说话的知心人，是难得的福气。太子妃，‘德’之一字为上，门第低些倒是无妨，你一直是个让人放心的孩子，朕相信你的眼光。”

赵疏于是如愿以偿地娶了章元嘉。即使大婚之夜掀开盖头之后，洗襟台未歇的烟尘让他的脸上失了笑颜，那份藏在平静下的温柔也一分不曾减少。即使在他跪在先帝的病榻前，许诺会厘清案情，还以真相，许下那个天地自鉴的决心后，他也从未想过要舍下章元嘉。

只是可能这就是为帝者的宿命吧。有人相伴只是一时，这条长路注定孤寂，前尘因果汹涌澎湃地把他们推向分岔口，他们却不能像寻常夫妻那般抛下一切奔往彼端。是故没有两全之法。

赵疏道："你说这些年你做错了，你不应该是只做朕的妻，而是朕的皇后。昭化十四年初春，朕大婚，朕在东宫等候迎娶的，从来就不是一个皇后，只是朕的结发妻。"

赵疏蹲下来，看着章元嘉的眼睛，她的眼中有泪光："你说这一路你没有陪着我，你也错了，正因为你我总以寻常夫妻彼此相待，我才不是孤单的，这几年我才能撑下来，所以今后无论发生什么，在我这里，"赵疏伸手抚上自己的心口，"结发妻的这个位子，谁也不能夺去。"

废后的旨意下得无声无息，几日后的廷议上，赵疏拟好圣旨，仿佛是顺带着提了一句。

随后群臣沉默，只有礼部的官员站出来接了旨。

圣旨废章氏元嘉皇后之位，降为静妃，罚去大慈恩寺思过赎罪，十年不得返回上京。

章元嘉是在三日后离宫的。

这年的冬天竟然不太冷，几场急雪过后，很快有了回暖的迹象，章元嘉离宫当日落起雨来，细雨缠绵不舍，宫中的妃嫔都来送她，连尚在病中的芸美人也来了。章元嘉站在雨中轻笑着与众人道别，随后带着医婆与婢女，轻装简行地上了路，驶往远方。

章元嘉离开的当夜，已经归还皇祠的皇后凤冠与袆衣就被宫中的一个姑姑从皇祠中请出，重新捧回了元德殿。

跟在姑姑身旁的小宫女问："姑姑，官家让我们把废后的袆衣放在这里，今后新后瞧见了问起，奴婢们该怎么答呢？"

"新后？"姑姑笑了笑，"哪里还有什么新后？咱们这一朝，再也不会有皇后啦。"

她收拾好袆衣，走向殿门，天上的月是圆的，元德殿的宫人散去多半，今夜格外寂静，好在静夜不冷，今年的冬天是个暖冬，姑姑笑着道："暖冬好，暖冬宜养身，等静妃到了大慈恩寺，小皇子也能平安地生下来了。"

宫女不解地问："姑姑，静妃是戴罪之妃，她的孩子还是皇子吗？"

"当然了。"姑姑望着天上的圆月，"在官家心中，不会有一个孩子比得过静妃之子，静妃腹中的这个孩子不但会是皇子，许多年以后，待一切彻底过去，他还会是我们的太子呢。且待来日吧。"

第七十一章

魂归劫北

“待会儿长公主要是问我到上京城这么久了，为何没去拜见她，我该怎么回答呢？”

“长公主如果不喜欢我准备的礼物，我该怎么办？”

“我和官人就这么成亲了，我却连盏茶都没给长公主敬过，她会不会不高兴？”

马车是往宫里去的，长公主早就提过要见青唯，宣室殿夜审过后，谢容与一直忙于公务，直到这日才抽出空闲带青唯进宫。青唯一路上都惴惴不安，接连不断地问道。

德荣在车前，闻言笑道：“少夫人放心，长公主人很好，不会为难少夫人的。”

留芳和驻云也道：“是，少夫人只管把心放回肚子里，再说此前您不在上京城里，公子在长公主的面前说过不少您的好话，长公主其实是很喜欢您的。”

青唯诧异地看了谢容与一眼：“你真的和长公主说过我的好话？”

“嗯。”谢容与淡淡地颔首，眉眼间笑意舒展，“说过几桩你幼时在辰阳山间闯的祸，母亲听了也觉得有趣。”

青唯不满地道：“你怎么……”她本来想质问谢容与怎么能告诉长公主这些，然而转念一想，他还能说什么？她从小到大，几乎没有一日像大家闺秀一般好好地待在闺阁里。

“所以，”谢容与声音温和地继续道，“母亲知道你是怎样长大的，也知道我喜欢的娘子是什么样的人，你到了她跟前，只管做自己，她问什么，你如实回答，爱屋及乌，她会喜欢你的。”

马车到了紫霄城，宫门守卫见了德荣，知道是小昭王进宫了，牌子都没查，径直将他们请入宫门。阿岑姑姑早就在昭允殿外等着了，见了谢容与，迎上来道："长公主知道殿下要来，午前推了好些事务，亲自盯着膳房备了许多小点。"

殿中设了主席和次席，次席是一张双人的长案，案上果然搁着琳琅满目的糕点。谢容与带青唯向长公主见过礼，到了次席坐下，长公主看了青唯一眼，缓缓地道："上回驻云来宫中，提起你的饮食，说你不嗜甜，吃东西却不能少了甜味提鲜，你眼前的芋子糕只搁了点儿梅子蜜，你尝尝，可还可口？"

青唯依言尝了一口，随后谨慎地放下："可口的。"

长公主见青唯一副局促的样子，不由得笑了笑，语气更加柔和："你不是宫中人，照理本宫该把地方定在公主府，但是近来宫中事务繁多，只能让你奔波一趟了。"

公主府在城东，离江家不远，谢容与有一回还带青唯回去过。

如今皇后被废，怡嫔等几个后妃对六宫事务还待上手，不怪长公主不能离宫。

青唯忙称："不碍事的，我是小辈，本来就应该我来拜见长公主。"她停顿了片刻，想起自己给长公主准备了礼物，连忙从驻云的手中接过锦匣，亲自呈到长公主的桌前。

匣子里，三个用玉髓雕制的福、寿、禄仙人活灵活现地立在核桃木盘上，一旁还有玉制的仙鹤与莲池，左边栽着一棵青松，青松下搁着对弈的棋桌、棋盘，地上散落着棋子。

长公主面露悦色，见核桃木盘上的仙人、青松与棋盘是用竹节制成的，不由得问道："这是你自己做的？"

青唯道："是。"她不是那种能很快与人亲近的人，嘴不甜，更不会刻意讨人喜欢，如实说道，"玉器匠人是官人帮我找的，玉雕是留芳和驻云陪着我选的，只有青松是我自己做了放上去的，我不比父亲，不会做太精巧的东西，让长公主见笑了。"她说是这么说，但那小巧的青松与棋盘看上去竟跟真的没什么分别。温小野虽然生了个岳家人的脾气，但手巧这一点，到底继承了温阡。

长公主想到谢容与有一把竹扇，听说是青唯亲手做的，他日日带在身边，眼前的核桃木盘越看越喜欢。青唯见长公主不发话，像一个学堂里等候先生判词的学生，忐忑地立在案前，直到谢容与唤了一声“小野”，她才后知后觉地坐回去。

长公主嘱咐阿岑把核桃木盘收好，对谢容与道：“与儿，你出去吧，我与小野单独说说话。”

长公主待青唯的态度，谢容与看在眼里，闻言放心地应了一声，很快出去了。

“在上京城中还住得惯吗？”谢容与离开后，长公主问道。

青唯：“住得惯，江家上下都待我很好。”

长公主：“以后呢？打算在上京城中长住下去吗？”

青唯愣了一下，突然想起一年前她夜闯宫禁，谢容与带她来昭允殿，长公主也是问了她这两个问题。

住得惯吗？能长住下去吗？

那时她身无牵挂，独来独往，所以答得干脆，说自己生于江野，只属于江野，如今不一样了，她不再是一个人，她和谢容与是结发夫妻。

青唯道：“我不知道。从前我觉得上京城中不适合我，但经历了这么多，尤其是那日宣室殿夜审过后，我觉得上京也没有我想得那样不好，我自己其实是住在哪儿都行，上京、中州、辰阳，或者更远的地方，全看官人的意思。只是近日我师父来信，催我回辰阳给阿娘修墓，我还得去一趟陵川，把我阿爹的尸骨从罪人邸迁出来，所以大概得离开个一年半载。”她说着，似乎想到什么，很快又道，“长公主不必忧心，如果您希望官人留在上京城中，这些事我一个人去办就行。”

长公主不禁莞尔：“你们是夫妻，本宫把与儿拘在身边，让你一个人离开上京城，这是什么道理？再说你们成亲了，你的爹娘，不也是与儿的爹娘吗？”长公主看着青唯，或许正是温小野这个说走就走，干脆利落的脾气，容与才这么喜欢她吧。

长公主又问：“你知道上京城中为何没有昭王府吗？”

谢容与是王，按说十八岁就该开衙建府，眼下他都二十三岁了，上京城中的昭王府却迟迟不建。莫要说青唯每回来上京城都住在江府，这么多年下来，连谢容与自己也是昭允殿、公主府、江家三个地方换着住。

朝廷从来没有苛待过小昭王，不建昭王府，只能是谢容与自己的意思了。

青唯问："他不让建？"

长公主悠悠地长叹了一声："与儿出生的头五年，一直是跟着他父亲居多。他父亲出身中州谢氏，谢家的人，一个比一个不羁。驸马少年时越过劼山去过苍弩，远渡东海到过吉比，可能行的路越多，越知道大周山河的壮美，越不忍这样的疆土被异族践踏。他父亲去了后，先帝就为与儿封王，把与儿接进宫了。与儿小时候的性子其实像他的父亲，有点儿关不住，有时他父亲在惠风楼上与一群士人吟诗酬唱，他居然也要跟在身边。可是与儿到了宫里，性子一下就变了，变得少言寡语，人也越来越沉静，我本来以为是他父亲离世让他伤心所致，后来想想，伤心是其次，终归是先帝将'洗襟'二字强加在他的身上，束缚了他吧。昭化二年，他的祖母到上京城中来看他，他问我'能不能随祖母回江留'，怨我竟没意识到这句话才是他的真正心意，他一直知道自己想要什么，我应该答应他的，如果答应了，后来也不会……"长公主说到这里，语气无限遗憾，"一辈人有一辈人的债，沧浪洗襟的过往加诸在他的身上，太不公平了。"

直到后来，长公主才发现，谢容与除了公文上会署清执，与亲近人的私函上只写容与；发现他不愿在上京城中建昭王府，是因为哪怕他生在上京长在上京，他于上京而言，始终是个过客。

长公主："洗襟台坍塌以后，本宫听救治他的大夫说，人抬出来的时候浑身是血，右臂的骨头当时就折了，左腹破了个口子，流血流了近三天，差点儿活不成了。"

最可怕的是他陷在暗无天日的残垣断壁下，不知道什么时候会死去，听着身旁先前还在痛苦呻吟的人慢慢失去气息，然后把这一切的错归咎于自身，还未殒命，人已身在无间。

青唯安静地听长公主说着。其实她从没问过谢容与当年陷在洗襟台下，究竟经历了什么，因为担心触及他的心结。但是他左腹上长长的伤疤她都看过，甚至一遍一遍地触摸过，眼下听长公主说起，才发现纠缠了谢容与许多年的噩梦远比她想象得要可怕许多。

青唯问："官人的心病，后来是怎样好起来的呢？"如果她记得不错，直到一年前，谢容与在凛冽的冬雪里摘下面具，他的病情还很严重，甚至不能久立于天光之下。然而五个月后，他们在上溪重逢，他的病情已经好转许多。五年都治不好的宿疾，为何能在短短五个月里好起来，哪怕像德荣说的，因为谢容与决定要查清洗襟台背后的真相，缠绕他多年的噩梦呢？化不开的心结呢？

长公主听了这话却笑了。原来容与竟没把全部的心里话告诉这个姑娘。原来他还留了那么点儿根，沉默不言地种在了心中。

谢容与的病是怎么好起来的呢？

彼时温小野伤重离开上京，谢容与忧重以致旧病复发，隐隐竟有加重之势，长公主赶去照顾他，却见他面色苍白地倚在床头，安静地道："母亲不必担心，我会好的。"

长公主只当谢容与是在安慰自己，正欲嘱咐他休息，他却接着说道，"因为我想明白了一件事。倘若朝廷从未修筑过洗襟台，倘若洗襟台不塌，我会遇见温小野吗？所以，如果不论及他人生死，不细算楼台坍塌后的一切代价，如果仅仅计较个人得失，如果洗襟台的坍塌，只是为了遇见她……"

谢容与闭上眼睛，五年前无以复加的伤痛，五年下来如同凌迟般的悔恨与噩梦，不见天光的每一个日子在脑海中浮掠而过，最后却定格在流水巷，身着斗篷的女子撞洒他的酒水，新婚之夜，他挑起玉如意，掀开她的盖头："那我愿意承受这样一场灾难。"

也许谢容与从未有一日放弃过要厘清真相，要还无辜丧生在洗襟台下的人一个公道，因为遇见她，他终于从暗夜踏入白日天光。

长公主于是什么都没解释，只是缓声道："没什么，心结解开了，噩梦也不再是噩梦，他的病便好了。"她说着，温和地笑道，"小野，你和容与既然成亲了，以后见到我，不必再称长公主，改口唤母亲吧。"

很快到了傍晚，长公主与青唯又说了一会儿话，见谢容与还没回来，唤阿岑来问，阿岑道："刚才玄鹰司的祁护卫来找，殿下赶去衙门了。"

如今结案在即，各部衙司已经没有之前那么繁忙，然而，虽然宣室殿夜审后，上京城中士子的怨怒平息了，消息传到地方，反倒是质疑声居多，有人甚至怀疑朝廷刻意隐瞒真相，推出老太傅、张正清等人做替罪羊，时有地方士子联名上书，要求拆除新建的洗襟台，又给朝廷增添新的公务。

此事青唯和长公主都知道，听说是谢容与被唤走，只当地方士子又联名上书了，谁知没过一会儿，谢容与就回来了，他行色匆匆，唤道："小野，你过来。"

青唯见谢容与面露急色，猜到出了事，到了他的跟前，只听他低声道："曹昆德快不行了，你可要去见见？"

青唯诧异地看向谢容与。上回她夜闯宫禁，曹昆德面上虽有病色，看上去似乎并无大碍，怎么这么快就撑不住了？

然而青唯转念一想，曹昆德常年吸的那个东西，本来就对身子有害，上回她去东舍，搁着糕石的金石楠木匣上已经积灰了，若不是得了重病，有太医叮嘱，这东西哪儿有那么好戒的？可惜曹昆德后来压不住瘾，身子彻底亏损了。

青唯点点头。

于是谢容与拉着青唯跟长公主行了个礼："母亲，失陪。"

曹昆德成了重犯，自然也不住在东舍了，或许因为他伺候过两朝皇帝，刑部倒是没把他关在牢里。

衙门后院有间单独的罩房，青唯推开门，简陋的木榻上躺着一个银发苍苍的老叟。

曹昆德很老了，但是青唯从前从来没把这个太监跟"老"这个字眼联系在一块儿，似乎这样去了根的人，浮萍一般来去，岁月的增长被他们身上日益加重的奸猾盖过，"老"反而不突出了，就连此时此刻，他都不是老态龙钟的样子，面色虽然灰败，目光中还透着一丝刁猾，听到开门声，他偏过头来定睛看了一会儿，随后笑了一声。

笑声是干巴巴的，紧接着一阵短促沙哑的呛咳，显见是许久没喝水了。

青唯在门前驻足片刻，走到方桌前，斟了一盏清水递给曹昆德。

曹昆德的手已经有点儿拿不稳东西了，水接在他的手里，还是洒了一些出来。他慢慢地吃下，吃过水，人就好了许多，连声音也跟从前一样长长的：“道是谁会在这个时候赶来见咱家呢，除了你这个丫头，也不会有旁人了。”

曹昆德眯着眼睛，就着屋中唯一一盏油灯，仔细地端详青唯。青唯的脸上干干净净的，如果说小时候她的明丽是内敛的，要多看一眼才觉得好看，如今她长大了，嫁了人，那收在内的美一下子发散出来，没有宽大的黑斗篷遮挡，整个人都是夺目的。她已经不必拿那块丑斑掩饰自己的身份了，曹昆德问：“朝廷把你父亲的罪名去了？”

青唯道：“还没有。”

曹昆德慢悠悠地道：“可说呢，要剥除温阡的罪名，哪儿有那么容易？他是总督工，哪怕再冤枉，他都得为这场事故负责，除非有人愿意站出来，替他承担过失，否则或轻或重，朝廷总得罚，你这个罪人之女的身份呀，去不掉的。”

青唯：“我知道。”

曹昆德见青唯一副惜字如金的样子，笑了一声：“当初捡到你，你就是这么个模样，这么多年过去了，你一点儿没变，遇到不喜欢的人，一个字都不多说。当初咱家就想啊，这个小丫头，主意倒是正，话不多，骨子里透着一股明白劲儿，留在身边，今后能有大用处。”

青唯：“所以义父把我留在身边，是猜到我不甘心父亲无辜丧生，总有一天会查清这一切，您到时候就能顺势而为，把朝廷是如何辜负劼北人的昭示天下，让所有人都唾弃洗襟台？”

“可不是吗？”曹昆德慢条斯理地道，“可你到底是个重犯，咱家没想到小昭王会醒，你再好用，还是比不上小昭王的。只有小昭王，才能把案子查到这一步，才能掀起这么大的动静，让士子聚集到宫门口追问真相。”曹昆德的语气里透出一丝得逞的兴奋，“眼下你们虽然安抚了上京城中的百姓，各地是不是已经有士人上书，为劼北鸣不平，质疑先帝的功绩，要求拆除洗襟台了？”

青唯没回答这话。

曹昆德太聪明了，哪怕关在这个暗无天日的地方，他猜测的与外间发生的一丝不差。

青唯也不想解释，曹昆德有自己的执着，她说什么，他都不会听的，她只是问："值得吗？义父可知道，士子闹事的当日，墩子就死了。"

曹昆德的目光闪过一瞬间的茫然。他或许料到了，但听人亲口说来，到底还是不一样，墩子毕竟是他养大的。

"怎么死的？"许久，曹昆德问。

青唯："士子聚集在宫门口闹事，街巷中劫匪趁势流窜作案，墩子不常在宫外行走，钱袋子露在身外，被匪贼瞧见劫杀了。"

"被人劫杀了？"曹昆德听后，冷笑一声，"真的是被人杀了吗？"

这声笑耗去曹昆德不少气力，他喘着气道："墩子不够聪明，棋差一着罢了。"

曹昆德随后又问："那个顾逢音，他也死了吗？"

"没有，被我救下来了。"青唯想了想，还是决定告诉曹昆德，"顾叔把上京城中的铺子关了，以后会把买卖迁去劼北。虽然义父一直质疑当年朝廷在主战与主和之间的抉择，质疑先帝以收养遗孤鼓励商人开通劼北与中原腹地的商路，这么些年过去，劼北的确日复一日地好了起来，顾叔以后会把铺子开在劼北，说要把中原的好东西贩去劼北，让劼北比从前更好。"

"虚伪。"曹昆德听了青唯的话，吐出两个字，慢慢地道，"咱家查过顾逢音的底儿，他就是这样一个伪善的人。当初要不是谢氏帮他，他做不成买卖，所以他巴结谢家，他知道谢家的老夫人最心疼小昭王。小昭王一出事，他巴巴地把两个最称心的孩子送到小昭王身边。那两个孩子……叫什么来着？顾德荣、顾朝天，在顾府是主子，到了小昭王身边，就成了下人。此前他收养遗孤也是，中州那么多卖劼绸的，你当他的买卖是怎么做大的？就是靠收养遗孤挣来的名声，吆喝大伙儿都去他家铺子买货。一桩一桩，一件一件，他都心思精明地算计着呢，你当他是个大好人吗？他就是个伪善的商人。"

"顾叔是不是真的虚伪，我不知道，对我来说并不重要。"青唯沉吟片刻，说道，"私心谁都有，可我觉得，论人论迹不论心，一个人如果伪善，若是伪善一辈子，不做一件伤人的事，那他就是个好人。相反，哪怕一个人的初衷是好的，表里如一，干净纯粹，只要越线犯错过一回，那也会万劫不复。"

曹昆德听了青唯的话，又一次露出笑容来，这次的笑却是无声的、不屑的，他似乎并不明白青唯的话，也不愿明白，说到还是底道不同。曹昆德道："你走吧，咱家和你的缘分到此为止了。"

青唯点点头，走到门口，忽然停住脚步，回过身："不管怎么说，我至今依然感激当初义父在废墟上捡到我。海捕文书上的朱圈、师父主动投案，虽然让我暂时免于朝廷的追捕，如果不是义父把我藏起来，送我去崔家，又为我改换身份，提醒我提防所有人，凭当时的我，根本活不下来。"

曹昆德没回答这话，他似乎太累了，闭着眼睛倚在榻上。

青唯沉默片刻，看着暮色浮荡在曹昆德的周遭，而他这个人是比暮色还沉的朽败，轻声说："义父总说自己是个无根的人，可是人若没有根，哪里来的执念？等义父去了，我会把义父的尸骨葬去劼北。"

曹昆德还是没有动，直到青唯离开，直到罩房的那扇门掩上许久，屋中所有的阳光尽数退去，曹昆德的嘴角才颤抖了一下，像是一件存放了许久的陶土器不堪风霜侵蚀，终于出现一丝裂纹。他的神情说不清是哭是笑，带着一丝难堪，与被人勘破的愠怒，还有一点儿将去的释然，最终平静下来。

青唯离开刑部，祁铭迎上来："少夫人，虞侯刚才有事赶去玄鹰司了。"

青唯颔首："走吧。"

正是傍晚时分，冬日的傍晚总是很长，到了申时云彩便厚重起来，但是太阳落山要等到戌时，阴阳长长地交割，青唯在晚风中跟着祁铭往玄鹰司走，忽然想起从前有那么几回，都是墩子在前头提着灯，带她穿过宫禁长长的甬道。如今景致如旧，人却不在了。

青唯想到这里，忽然忆起曹昆德刚才问墩子是怎么死的。

"被人劫杀了？真的是被人杀了吗？"

"墩子不够聪明，棋差一着罢了。"

曹昆德固然是个无情人，墩子毕竟是他一手养大的，得知墩子在街巷中被劫杀，他为何既不伤心，也不愤怒，而是质疑？他为何要说，墩子"棋差一着"？

青唯突然停住脚步。

"少夫人？"祁铭问。

青唯:“当日墩子的死，是谁彻查的？”

“好像是殿前司。”祁铭想了一会儿，说道，“那日太乱了，殿前司找到了墩子的尸体，直接交给京兆府，京兆府收尸后似乎并没有细查，本来也是该处死罪的重犯。”

祁铭见青唯的神情有异：“少夫人是不是想到了什么，虞侯那边应该有京兆府送来的案录，少夫人可以去问虞侯。”

青唯的脸色变了:“快带我去见他。”

第七十二章

坠身洗襟

“……案发当日，墩子在长椿巷遭遇劫匪，现场有挣扎的痕迹，身上的财物被尽数取走，劫匪于当晚被捕，然后被送去京兆府待审。”

到了玄鹰司，谢容与听说是青唯要问墩子遇害的细节，一边回忆案情，一边翻出案录。

案录上记载的内容不多，谢容与快速看了一遍，不由得蹙起眉头。

青唯见谢容与这副形容，立刻问：“官人，百姓聚集到宫门口当日，上京城中遇害的是不是只有墩子一个人？”

谢容与看了青唯一眼，没回话，吩咐祁铭：“你立刻去京兆府，问问墩子的案子审结否，取一份劫匪的供词给我看。”

祁铭应“是”，很快打马出宫，不出一个时辰就回来了。

“虞侯，京兆府那边说，当日士子聚集在宫门口，上京城中虽然有不少人遇劫受伤，但因此被害的的确只有墩子一个人。京兆府审过劫匪几回，这个劫匪始终狡辩说，他遇到墩子的时候，墩子已经奄奄一息，他只拿了钱财，抵死不认墩子是他杀的，京兆府是故至今没呈交结案文书。”祁铭说着，拱手请示，“属下把那个劫匪从京兆府提来了，虞侯和少夫人可要亲自问话？”

被提来劫匪一见谢容与，像是见到救命稻草，“扑通”一声跪倒在地：“官爷，官爷明查，小的确实抢了不少人的钱财，但绝对不敢害人性命的。”

“你说你不曾害人性命，那你留在尸体身边的凶器怎么解释？”青唯问。

“凶器……”劫匪愣了一下，似乎想到了什么，随即道，“小的当日的确带了一把匕首，不过这把匕首只为吓唬人，绝不敢真的伤人，后来小的遇到那个衣着富贵的公子，就是那个死了的公公，本来想吓唬他，让他把钱财自行交出来，等走近了，发现他的脖子上有一圈瘀青，人已经快断气了，慌忙间取了他的钱袋子……至于为何落下匕首，当时巷口有官员经过，小的怕极了，逃跑的时候不小心落下了匕首。”

祁铭跟谢容与二人解释：“属下问过京兆府，墩子的尸体上有两处伤，一处就是这个劫匪说的，脖子上的瘀痕，另一处是腹部的刀伤，仵作验过尸体，致命的是腹部的刀伤。”他说着，质问劫匪，“你还不说实话？墩子公公分明就是被你用匕首所杀害。你说长椿巷口有官员路过，所以你慌忙间落下匕首，殊不知当日士子聚集宫门，朝廷停了廷议，各部官员几乎都待在府邸中，除了在大街小巷巡查的殿前司禁卫。禁卫本来就在找墩子，他们若一早瞧见你和墩子，必然当场将你抓获，岂会容你躲到夜里？”

“官爷，小的口中都是实话，绝无半句虚言啊。”劫匪的眼神无助又惶恐。

这时，谢容与忽然想到了什么，问道：“你说你在长椿巷口看到了官员，所以慌忙间落下匕首。你看到的官员，他是什么样的？”

劫匪努力回想了一会儿：“不……不知道。小的没瞧清他的脸，他穿着官袍，他边上还跟着几个人，小的太害怕了，没仔细看，立刻逃了。”

谢容与：“什么样的官袍？”

劫匪瑟缩地抬起眼皮，看了谢容与一眼：“跟……跟大人您这身，有点儿像。”

谢容与今日没着玄鹰司虞侯服，只穿了一身墨色常服。大周四品及以上的文官袍服，也是墨色的。

如果劫匪没说谎，那就是说，当日他在长椿巷，遇到奄奄一息的墩子时，巷口处出现的官员不是在大街小巷巡视的禁卫，而是一个四品及以上的文臣。这个文臣定是瞧见墩子了，可是他一没施救，二没禀告朝廷，任凭墩子的尸体被殿前司的禁卫带走，任凭劫匪被京兆府抓获，至今未发一言。这位文臣，究竟是谁呢？

青唯一时间想起曹昆德说的“墩子棋差一着”。

当日墩子赶去宫门口，是要以自身为证，宣读逼迫顾逢音写下的血书，揭露劼北遗孤数年遭受的苦难的。这封血书一旦被宣读，必将引起民怨沸腾，百姓的耳朵被一种声音蒙蔽，朝廷即便查出真相昭告天下，也很难令人信服了，这也是殿前司拼命搜捕墩子的原因。然而就是这么巧，墩子死了，死的时候，身上竟然还带着那份血书，被殿前司轻易搜了去。如今想想，真的有这样的巧合吗？

血书公布于众，民怨沸腾的后果是人们对洗襟台的怨憎，柏杨山重建的洗襟台必定不堪长伫，朝廷会被怨声没顶，不得不人为催塌已经再建的洗襟台。这样的结果，是谁都最不愿意看到的？

张远岫和曹昆德一路合谋，但是士子聚集到宫门口后，他们希望士子听到的声音却截然相反。他们一个希望沧浪洗襟的不朽能永驻世人心间，一个却希望劼北遗孤的痛恨能令这座楼台再次坍塌，区别就在于谁棋高一着。

谁最希望洗襟台建成？谁能最清楚曹昆德与墩子等人的去向？谁能在殿前司都搜不到的街巷中，先一步寻到墩子的踪迹？

青唯的心头涌上一股寒意。墩子不是被劫匪所害，墩子是被张远岫杀的。青唯想起那夜夜审，张正清出现在宣室殿上，张远岫眼中近乎荒唐的绝望；想起老太傅和张正清劝张远岫说他还可以回头，他却不断地说，太晚了，太晚了；想起张远岫最后闭上眼睛，对张正清的最后一句话字字泣血，你当初不如死了，不如就死在洗襟台下。

青唯的声音是无力的，她问："官人，张二公子他……他是不是去陵川了？"

谢容与也反应过来了，沉声吩咐："祁铭，立刻派人赶去陵川，不，去柏杨山新筑的洗襟台！"

天际月朗星稀，一刻钟以后，三匹快马从紫霄城东侧的角门冲出，疾驰向南。

可是，饶是不眠不休，千里加急，等他们赶到陵川，也得是三日之后了，而张远岫于半个月前启程，眼下，应该已经到洗襟台之下了。

洗襟台无声地矗立在夜风中，天上星子萧疏，过了中夜，洗襟台下只留了一老一小两个值宿的官兵。本来也是，一座楼台，有什么好守的？何况外围还有驻军呢？

两个官兵也不大提得起精神，驻守洗襟台，本来光宗耀祖的一桩差事，临到楼台快建成了，上京城中先是传出了买卖登台名额的案子，后来又说什么当年洗襟台的坍塌和老太傅有关，眼下各地士人联名上书，要求停止重建洗襟台，甚至有人称只有推倒重建的楼台，才能真正警示世人。

官兵心道是管不了那么多了，朝廷爱怎么办怎么办吧，反正碍不着他们，两个人守在楼台下，想着年节近了，反倒聊起过年要置办什么年货。

不知道过了多久，近处传来“辘辘”的车轮声，小官兵警觉，见一辆马车在道旁停住，立刻起身问道：“什么人？”

马车上下来两个人。一个人背着书箱，看打扮是一名仆从，另一个人穿着一袭青衫，周身的气息温润得像白云出岫，可他的目光有些冷，整个人像在风霜里浸过一遭。

或许是没穿官袍，等走近了，老官兵才认出这人，愣着问道：“张大人？”

“张大人，您怎么来了？”大案将结，朝廷接连处置了一大批人，老官兵也不知道张远岫有没有被牵连，看他平安无事地出现在这里，想来应该无罪，毕恭毕敬地问，“是朝廷派您过来继续督工的吗？”

张远岫不置可否，许久后，才说：“我来看看。”他抬眼望向洗襟台，“建好了吗？”

“快了，就差台下的一座丰碑还没刻字。”老官兵说，“眼下各地士人不是闹吗？这边已经停工好几日了，唉！不知道该怎么办，正等着朝廷吩咐呢。”

张远岫听了这话，目光落在左手旁尚未刻字的丰碑上。

曾几何时，昭化帝希望这座丰碑上能刻上自己的年号，而他希望抹去“昭化”二字，只留沧浪洗襟的士子的名讳。

“我……上去看看。”张远岫说。

新筑的洗襟台遵循了旧的图纸，古拙巍峨，一百零八级石阶蜿蜒往上，每层都是三十六级。它没有像从前的洗襟台一样建在山腰，而是修在了两山之间的避风处，直到登上了楼台顶，才感受到冬夜的寒风。

旧的洗襟台，张远岫看到时已经坍塌，至于这座新的洗襟台，他此前督工时还没建好。所以这座洗襟台，张远岫从前一次都没登上来过。

眼下站在这里，他只觉两山苍茫，天地广阔，而楼台其实很渺小。

张远岫想起张正清曾说“前人之志今人承之”，想起“柏杨山间，将有高台入云间”。呵，这就是他们兄弟二人心心念念要建成的台子吗？

岂不知那苍天白云之远，即便站在楼台之上伸出手，依然有万万丈之遥。

张远岫觉得自己真是不合时宜，六年前到这里，满目凄惨，皆不入眼，唯有刻骨的思兄之情盖过一切人间哀恸。

如今到此，极目所见皆是山河平静，那座楼台坍塌，丧生无数的恐怖才姗姗来迟，他这才想到原来除了张正清，还有许多人丧生在这座楼台之下。

旧日废墟尚且藏在月光照不透的地方被一把火烧得荒凉，他们居然在邻近处另起高台。

“白泉，备笔墨吧。”

书童低低地应了声“是”，以书箱作案，铺好纸张，两个官兵举着火把上前照亮。官兵不识字，不知道张远岫写了什么，依稀间只见张远岫执笔的侧颜沉静而温和，让人不由得想起他的别称，“忘尘公子”。

信很快写好了，张远岫把信封好，又从袖囊里取出一个锦囊，连着信一起交给身后的两个官兵：“你们去东安寻章兰若章大人，请他派人快马赶至上京，把锦囊交给小昭王，把书信呈递御前，交给官家。”

两名官兵恭恭敬敬地接过来。

张远岫于是淡淡地道：“好了，你们都下去吧。”

“公子？”白泉上前一步。

张远岫笑了笑，那笑里竟有一丝难得的释然：“下去吧，我想一个人在这儿待一会儿。”

楼台上少了两山的阻隔，夜风寒冷而刺骨，张远岫想起不久前，他去宫中见曹昆德，深宫的甬道间也涌动着这样的寒风。那个老奸巨猾的太监嘲笑他说：“跟咱家交心的这些人中，最有趣的当属张二公子，一脚踏入泥泞中，衣摆居然洁净，明明杀伐果决，时而又惦记着不想伤害无辜之人，看来是被老太傅用‘忘尘’二字束缚得狠了。”

所以，直到士子聚集在宫门口，这个老太监都觉得自己会赢。他知道张远岫想做什么，但他赌的就是忘尘公子心中存留的那一丝洁净。可他没想到，张远岫还是狠下心，迈出了他以为永不会迈出的一步。

“忘尘”二字最终没能拉住张远岫。

士子聚集在宫门口的当日，墩子带着血书赶赴紫霄城，张远岫在墩子必经的长椿巷中截住墩子，随后转过头，吩咐身旁的暗卫：“动手吧。”

墩子的呻吟声很快被卡在喉咙里，然而就在这时，一名劫匪流窜到此，暗卫不得不随张远岫避到巷口。

劫匪为财而来，没有救墩子的意思，看到巷口官员的身影，匆忙逃走间遗落了匕首。

暗卫于是走上前，拾起匕首跟张远岫请示：“大人？”

张远岫知道暗卫的意思，用匕首，人死得快，也容易脱罪。他沉默了许久，点了点头。

匕首入腹的闷响，让张远岫想起许多年前，他还小，张正清带他去沧浪江边，告诉他父亲就是在这里投江自尽的。

那时张远岫从江边捡起一颗石子，掷入江水中，问：“父亲就是这样没了的吗？”

石子入江的声响，与此时此刻夺人性命的动静一模一样。

张远岫怕张正清伤心，一直不曾坦言，其实他对父亲早就没有印象了，否则他不会轻易拾起石子投入江中，在他的心中，他唯一的、仅剩的亲人，就是张正清。

所以哥哥说沧浪洗襟，他便记住了“洗襟”二字；哥哥说要修筑楼台，他便向往着柏杨山中高台长驻。

如今梦醒，他才发现这一路走来，步步荒唐。而洗襟台只是洗襟台，登上台顶，才发现它不过如此，空旷而且荒芜，没有那么多的意义。

这几夜，张远岫又做梦了。梦境反复而惊悸，不再是缠绕了他多年的，废墟之上遍寻不着亲人尸体的惶恐，亦不再是张正清远赴陵川前，踌躇满志地说着诺言，梦中，他好像变成了张正清，在洗襟台坍塌前的雨夜，亲口赶走了连夜通渠的劳工。但是赶走劳工后，他没有像张正清一样离开，他一整夜都站在那里，看到水渠被淤泥堵塞，原处积起一摊摊水洼，地底之洪无处可去，不得不倒流反冲楼台。

他在梦里绝望地看着天明，声嘶力竭地劝说每一个登台的人，不要登，会塌的，他甚至寻到了谢容与，请谢容与不要拆除那根支撑楼台的巨木。

可是梦里的那些人都葬在了昨日，任凭他如何相劝，一切也回不去了。太晚了！就如同张正清出现在宣室殿上，老太傅劝说他还能够回头，太晚了。老太傅希望忘尘盼着忘尘的今日，都太晚了！

洗襟台的坍塌与张正清有关，那他作为张正清的至亲，是不是也背上了那些无辜的人命呢？如果他的执念能浅一点儿，当初不带宁州白衣来上京，那些药商是不是就不会死？

甚至墩子死前，暗卫在捡起匕首，向他请示时，他其实有过一瞬间的动摇。他在那一刻看到了墩子求生的、挣扎的眼神。他想，墩子有什么错，不过是一个劼北的可怜的孩子罢了。可是到了最后，张远岫还是不曾回头。他只是在登上拂衣台时，捡起雪来，擦干净沾血的靴头，随后踏入宣室殿中。

太晚了！有时候人踏错一步，就万劫不复了。从前他抬眼见日，低头见尘。如今他抬眼看见的是苍茫的夜，低下头双手鲜血淋漓。

从大牢出来以后，张远岫总觉得无处可去，循着直觉来了这座新修筑的洗襟台。而到了这座楼台之上，才发现自己曾经在许多个岔路口没有回头，于是终于走到了这条路的尽头。

洗襟台下夜风无尽，这么望去，倒像是无声、汹涌的沧浪江水。沧浪江可以涤尽白襟，是不是也可以涤尽他这周身风尘呢？

既然他都走到了这里了，那么就再往前一步吧。往前一步，他就能够彻底忘尘了。

张远岫安静地闭上眼睛。

天上响起隐隐的雷声，中夜寒风四起，陵川的冬雪很少，反倒是雨水居多，两名官兵守在楼台下，心道是又要下雨了，叫上白泉正欲寻避雨的地方，就在这时，暗夜里传来一声闷响。

闷响伴风而坠，惊心而绝然。

白泉的眼神一瞬间变得空茫，他扔下书箱便朝洗襟台下奔去，两名官兵茫然片刻，脸上渐渐变了颜色，他们似乎想到什么，踉跄着循着白泉的方向追去。

冬雷在天上翻滚，雷声覆过整个陵川。

章庭自病愈后，一直歇得很好，这夜不知怎么辗转难眠，到了后半夜，竟然被一阵阵雷声嚷得惊悸不安，他不得不起身，正欲关上窗户，忽然看到一名官兵连滚带爬地进了官邸，声音几乎要撕开夜色："章大人、曲大人，出事了！"

"这半个月，中州、庆明、岳州等地士人纷纷联名上书，诚然其中不乏有地方支持朝廷的决策，大多数士人在质疑洗襟台的坍塌始末，甚至有士子情绪过激，要求推倒已经重建的洗襟台，究其根本，臣以为，乃是因为朝廷至今未能出具告示，以致真相在流传中逐渐失实，各地百姓以讹传讹。"宣室殿上，礼部尚书向赵疏禀道。

赵疏问："告示还没写好吗？"

大理寺卿道："告示已经写好了，但还是之前的问题，没有证物。时间过去太久，无论是老太傅赠予章鹤书登台名额，还是章鹤书后来参与名额买卖，朝廷都拿不出实证，如此告示即便张贴出去，百姓恐有不信服之处，所以目前玄鹰司仍在……"

这时，宣室殿外忽然传来高昂的一声："殿前司携陵川急函请见！"

赵疏点点头，一旁的内侍唱道："宣。"

殿前司禁卫大步迈入殿中，跪地奉上信函："官家，两封急函与证物是小章大人千里加急送来上京的，三天前的夜里，张二公子他……"

禁卫抿了抿嘴唇，没把话说出口，他的额头上有细细密密的汗，显见得是一收到信就往宫里赶。

内侍将信呈到御前，赵疏打开来一看，脸色突然变了。

刑部尚书感觉有些不对劲，忍不住问："官家，张忘尘他？"

赵疏沉默许久，将章庭送来的信物交给小黄门："……三天前的深夜，张忘尘坠洗襟台而死。临终前，他在洗襟台上写下一封罪己书，连着他在脂溪矿山隐下的罪证，托章兰若送来上京城。"

小黄门接过信物，交给殿中的大臣传看。

张远岫隐下的罪证是两块空白的名牌，和章鹤书让岑雪明用空白名牌安抚登台士子家人的亲笔信，铁证如山。

赵疏的语气怅然："三天前，昭王夤夜见朕，称墩子非被劫杀，而是被张忘尘蓄意谋害。昭王说，张忘尘一意孤行，走错了路，但他性本洁净，这些年行事到底在方圆之内，更是多次相助温氏女、工匠薛长兴等人。宣室殿夜审过后，张忘尘心灰意冷，若是自责于手染鲜血再难回头，只怕他不肯放过自己。昭王恳请朕赦免张忘尘死罪，并连夜派玄鹰卫赶赴陵川，到底……还是晚了一步。"

殿中诸人皆是沉默。

良久，大理寺卿道："也罢，有了张忘尘转交的证据，章鹤书等人的罪名就彻底坐实了，朝廷也可以发告示昭告天下了。"

殿中诸人于是齐齐揖下："请官家恩准，即刻发告示昭告天下！"

赵疏却没有回答，静坐片刻，从御案旁拿过一个白玉匣。

这个白玉匣自赵疏登基那日就在了，但是这位年轻的帝王从未把它打开过。它本不属于皇案，人们看惯了，久而久之，便忽略了它的存在，直到赵疏此刻开启，从中取出一张明黄发旧的绢帛，殿中的大员才大惊失色。

明黄，这是大周皇帝独用的颜色。所以，玉匣子里久日深藏的，是一则圣诏。

赵疏轻声道："再等等，朕这里，还有一物。"

这个隆冬，朝廷各部官员几乎没有一日休歇，蜡梅沿着玄明正华开满宫墙，可惜往来的人行色匆匆，竟无暇来赏。直到嘉宁五年来临，年节过去的七日后，宫门口与城门口一同张贴出告示。告示从长渡河一役主战与主和的争端说起，到士子投江的决然；从洗襟台修筑伊始的纷争，说到洗襟台开建后的登台名额买卖；从温氏女来上京，小昭王带着玄鹰司彻查楼台坍塌真相，到一个月前，张远岫坠洗襟台而亡。

而随告示贴出来的，则是两封以罪人之名写下的信函。

一封是张远岫在洗襟台上留下的罪己书，而另一封，是昭化十四年，先昭化帝临终前亲笔写下的罪己诏。

告示张贴出来当日，上京城中的百姓尽皆去看，倘若有不识字的，就请一旁读书人模样的帮着念诵。

直到罪己诏、罪己书都念完，原本热闹的人群沉默下来，静立片刻，无声地散去。

“……余平生为‘洗襟’二字所困，误入歧途，后登洗襟台，方知皑皑暮云笼罩此生，昨日不谏，不可悔兮，来路阑珊，终难追矣。字忘尘而不得忘尘，余愿忘尘……”

“……朕近日悉数功过，朕继位之初，立志振兴，大周百年在朕之手始得荣昌。朕非圣贤，居功自得，凡网中生贪欲，筑楼台以求名垂千秋。直至洗襟台坍塌，数年功绩毁于一旦，方知朕所求青云而非洗襟，楼台坍塌不明其因，罪责在朕。望此楼台坍塌，以筑我朝臣民心中高台，留下此诏罪己，警示后人……”

初春乍暖还寒，告示张贴出来半个月，围着看告示的人才渐渐少了。谢容与一直到二月份才独自来到城门口，这张告示是他斟酌过后亲笔写的，自是熟悉，但是随后附上的罪己诏，他却不曾仔细读过。城外桃花初绽，清香沁人心脾，谢容与一字一句地将罪己诏看完，心中低叹一句：“是时候了。”

一日后，天色鲜亮，一名小黄门入宣室殿禀报：“官家，昭王……昭王殿下求见。”

谢容与见赵疏再正常不过了。

可是今日不一样，谢容与只着一身青衫，王的朝服与玉印被他捧在手里。

赵疏正在批复奏章，闻言，朝殿外候着的青衣公子看了一眼，他似乎早就料到了这样的结果，默默地长叹一声，淡淡地道：“表兄进来吧。”

谢容与到了殿中，径直跪下：“请官家降臣之罪，褫臣王名，赐臣白身。”

王被贬为庶民，本该是罪罚，谢容与却用了一个“赐”字。

赵疏：“表兄想好了吗？”

谢容与：“官家早就知道答案，不是吗？”

一年多前，何鸿云死在刑部牢狱，谢容与曾闯入宣室殿质问这个初初掌权的皇帝，那一刻兄弟之间不是没有过猜疑，赵疏看着一脸愠色的谢容与，问：“表兄不愿追查洗襟台的真相了吗？”

谢容与：“查，怎么不查？我还盼着有朝一日，官家答应我一个请求呢。”

什么请求？

等真相大白那天再说。

谢容与：“昭王是为洗襟台而生的昭王，眼下洗襟台风波平息，天下也不需要这个昭王了。臣姓谢，臣之所求，不过是做回谢家人。”

赵疏听了这话，叹道：“表兄起身吧。”

“眼下各地士子书信如雨，礼部回应不及，朕本来还想着，令表兄辖着礼部、翰林，以安抚士人。”赵疏道，“人才不可或缺，朕并不介意什么异姓王，朕私心其实希望表兄留下，为朕分忧。”

谢容与道：“两年前，官家夤夜唤我进宫，打的就是这个主意吧？”

两年前的一个秋夜，戴着面具的谢容与夤夜进宫面圣，赵疏亲自交给他一封信：“父皇临终前交给朕两封信，这是其中一封。”

信是宫外一个叫扶夏的女子写给小昭王的，称洗襟台的坍塌另有内情，其时谢容与在病中，昭化帝于是将这封信隐下，临终才转交给赵疏。

谢容与却问：“我能知道先帝留给官家的另一封信是什么吗？”

赵疏沉默许久，才说：“若朕此刻拿出来给表兄看，表兄肯答应朕，从此在朝安心做一位辅政大臣吗？”

谢容与想也未想：“那还是不了。”

如今，谢容与知道了，昭化帝留给赵疏的另一封信，就是那一则随告示张贴出来的罪己诏。

赵疏道：“小时候，朕觉得表兄不好亲近是生性疏离所致，后来朕发现，表兄其实并不疏离，只是你不属于深宫，所以显得格格不入。”他说着一叹，“可惜千军易得，良将难求，治国之道也是如此，人才可贵，朕有惜才之心，总想着把表兄长留朝中。”

谢容与听了这话就笑了：“天下人才济济，官家不能总紧着我一个人使唤啊。”再说为君者清明，普天之下心怀抱负的有才之士自会向其靠拢。

一封罪己诏，让六年前跪在先帝病榻前的太子立下决心，坚定不移地走了这样远。君王之心天地可鉴，大周在嘉宁帝的手中，只会更好。

赵疏也笑了："好，表兄的请求，朕准了。"

三天后，朝廷下了一道圣旨，虽然洗襟台修筑后期，谢氏容与分管崇阳县上洗襟台相关政务，楼台坍塌，其确有失察之过，朝廷现褫夺谢氏容与昭王封号，贬为庶人，念在其追查洗襟台坍塌真相有功，即日逐出上京城，不另责罚。此外，洗襟台总督工温阡在楼台修筑期间尽心尽责，并无失职之过，经朝廷商议，决定免除其罪人之名，并免除温氏女、岳氏鱼七等人牵连之罪……

谢容与和青唯离开上京城的那天，是一个细雨迷蒙的春日清晨。因为谢容与是领旨离开上京的，旁人不能相送，他们一行六人走得无声无息。不过无妨，这是一场早该到来的远行，原本也无须道别。

细雨倾洒在城楼上，卫玦携着章禄之等几个人长久驻望，一个新来的小兵不解，问："指挥使大人，您在望什么？"

卫玦道："有故人离开，我目送一程。"

近午间的流水巷人来人往，东来顺的掌柜眺望着路口，旁边铺子的掌柜见了问："吴掌柜，望什么呢？有客人在楼里订了席？"

东来顺的吴掌柜摇头道："城东有一对很恩爱的小夫妻常来我这儿吃鱼来鲜，前日他们说要走了，打发小的来我这里抄了鱼来鲜的方子。不知道他们的马车会不会路过巷子口，我想送送他们。"

更早一些的时候，晨间廷议伊始，等候在宣室殿外的大臣鱼贯而入，不约而同地空出了左列的头一个位子，赵疏的目光看过去，那是小昭王廷议时站的地方。可这天下，已经没有昭王了。

谢容与的马车很快出了城门，还没走远，忽然几个风尘仆仆的士子赶到城门口，跪地托举起手中的信函，高声道："草民梁泽，岳州举人，代父呈上罪己书。"

"微臣何高岑，凌州河沂县县令，呈上罪己书。"

“草民侯信……”

自开春洗襟台的告示张贴出来，或许是受昭化帝与张远岫罪己书的影响，各地的士人已不再单一地对洗襟台加以抨击，那些有亲人丧生洗襟台下，或是被卷入其中的，开始反思自身，或赶往上京城门呈上同样一封罪己书。

这样的人尚是少数，楼台坍塌，以筑楼台，另一种声音出现，大约也是好事吧。

罢了，谢容与放下车帘，心中想，洗襟台是毁是立，余波未定，但他已经做了所能做到的全部，余下的，就交给赵疏吧。这个温和寡言、心志弥坚的皇帝，会给出令天下臣民满意的答案的。

马车一路向南，初夏入了陵川，待从罪人邸迁出温阡的尸骨，辗转往东，进入辰阳地界，已经是秋天了。

初秋辰阳的天气很好，青唯的家在辰阳近郊的一座镇上，镇子依山而建，流水环绕，灵韵十足。

镇子还是从前的样子，镇上的人还是从前的人。

他们似乎早知道青唯会回来，青唯下了马车，喊水边浣衣的妇人“菊婶儿”，喊背着竹筐从山上采药归来的壮汉“四叔”。

这些人满面笑容地应道：“小野，回来啦！”

“你阿舅早你几个月回来，已经在山上等你多时了。”

“大虎，快看，这就是你的小野姑姑，小时候比你还淘气哩。”

谢容与跟在青唯的身后，从往来的行人中依稀辨出几个熟悉的面孔，七年前，他到辰阳山间请温阡出山，曾经向其中几个人问过路。

辰阳山间的小镇就像避世的桃源，丝毫不受外间风雨的侵蚀。唯一的不同，谢容与想，或许是上一回他来，只在山间邂逅了小青鸟一面，这一回他来，那只青鸟一路雀跃着，拉着他的手，在前方为他引路。

七年前，他们尚不相识，却同一天离开，七年后，他们又在同一天携手归来。

而故居还是老样子，温厚地接纳终于回家的他们，将一切的楼起楼塌、生死功过都排除在外面的世界。

“到了到了！”青唯指着山上的竹舍，无比欣然地道。

岳鱼七抱剑倚着门栏，不耐烦地抱怨：“早知道你们这么慢，我该去凌州吃几壶酒再回来，我早就馋那里的‘上瑶台’了。”

朝天听了这话，提刀铆足力气往山上赶。

留芳和驻云笑着，和德荣一起从马车上搬下行囊。

故居近在眼前，不知道是不是近乡情怯，青唯反而慢下脚步，这时，却听谢容与在一旁低声问：“是那片竹林吗？”

“什么竹林？”青唯循着谢容与的目光望去，突然想起来，小时候她为了追一只兔子，一夜间把家里后山腰的竹林劈秃了半片。后来温阡到了柏杨山，把这件事当作趣闻，说给谢容与听。

直到七年前她离开家，那片竹林都没长好。

而今日望去，秋日的阳光伴风而来，洒落在竹林上，翠竹早已似海，碧海成涛。

尾声

尘埃散尽

两年后。

辰阳的清晨被第一缕朝阳叫醒，岳鱼七到了山间，见道旁花叶静好，就知道青唯这半年肯定没回来过，她如果在，这些树啊草啊哪能这么完好无损地长着？

两年前，青唯和谢容与回到辰阳，岳鱼七跟他们一起为岳红英修了墓，又把温阡的尸骨合葬入墓中，很快就去凌州吃“上瑶台”了。青唯和谢容与自然也没多留，他们在辰阳小住一个月，便过白水，去了中州。

岳鱼七知道小野这丫头不喜管束，便也不拘着她，只叮嘱她定期回辰阳看看，得空报个平安信，眼下别说信了，看这座故居干干净净的样子，怕也是容与那小子细心，雇人时时上山打扫的。

岳鱼七正在气闷，忽然听门口传来“吱呀”一声，一个虎头虎脑的孩童推开门，探出一个脑袋。对上岳鱼七的目光，他弯眼一笑：“岳叔，您回来啦！”

这小孩儿，辈分净乱叫，见了小野喊姑姑，见了他喊叔，敢情他跟温小野是一辈的？

大虎蹿进屋，把手里的一沓信交给岳鱼七：“岳叔，小野姑姑给您的信，寄到山里没人收，阿娘、阿爹帮您藏着哩。”

信不多，两年下来只有五六封，小野那个丫头还算有良心。

岳鱼七的心情稍霁，他对大虎道：“领你的情，夜里到山上来，教你几招功夫。”

大虎欢呼一声，雀跃着下山了。

信是按日子远近码好的，大虎走后，岳鱼七径直拆了两年前的第一封来看。

师父，我和官人到中州了。中州的江留是官人的故乡，我来过两回。我们一起回了谢家，见到了官人的祖母，祖母对官人十分照顾，也很喜欢我……

儿时总听你和阿娘说起阿翁、阿婆，说阿翁在长渡河之役里，是如何骁勇善战，可惜我没见过他，一直觉得遗憾，眼下有了官人祖母的疼爱，这个心愿算是全了。祖母说，官人从前在宫中拘久了，应该出去四处走走，她不留我们在中州陪她。官人孝顺，还是决定陪祖母到秋天，然后西去劼北，陪朝天、德荣去看看顾叔，顺带……我想给曹昆德修墓。

第二封信大概是到了劼北后写的，信很短，信纸上还沾着尘土。

师父，我眼下是在戈壁的帐子里给您写信。我和官人到了劼北才知道来得不巧，劼北秋日起风沙，风沙太大了，一张口满是沙尘，气候也干燥。朝天和德荣本来就是劼北人，倒是适应，我和官人也没事，留芳就不行了，一到劼北鼻衄不止，多亏顾叔给了一张土方子，她才好了起来。我本来觉得劼北不宜居，后来有一日，我和官人远上戈壁，借住在当地人的帐子里，夜深时走出帐子，忽然见星河漫天，黄土千里，觉得壮阔无比，或许这世间的地方并不以宜居区分，万千世界得一点儿美景，便有人常往。

岳鱼七看到这里，笑了笑，拆开第三封信。

师父，年余不见，您过得好吗？想来凭您的本事，没有过得不好的道理。离开劼北后，我和官人偷偷回了上京城一趟。官人思念长公主，我也思念她。年节总该陪着母亲过嘛，不过我和官人陪她过完年，很快就离开了。我们在上京郊外的酒馆逗留了一夜，这家酒馆是扶冬和梅娘一起开的，位置挑得巧妙，酒也香，所以生意很好。薛叔重操旧业，做回了工匠，一年到头天南海北地走，但梅娘说，只要他得空，都会回酒馆来住上一阵。离开上京城，我和官人去了庆明。可能因为章鹤书，小章大人暂且不愿长住上京，开年自请去庆明做了州尹，曲停岚也被调了过去。官人到了庆明，和章兰若、曲停岚吃了一回酒，不过我没跟着去。听官人说，曲停岚和章兰若已经各自成家了，曲停岚还是那样糊涂，好在有章兰若在必要时拉他一把，有洗襟台那么一段往事吊着他一丝清明，他不会走岔了路，以后也会越来越好的。

…………

师父，我到岳州了。您猜我在岳州见到了谁？我见到芝芸了。芝芸和从前大不一样了。从前她不谙世事，是个养在深闺里的小姑娘，如今崔家在岳州的十七家渠茶铺子，都是她在打点，哪家铺子有哪位贵客，铺子盈利多少，亏损几何，需要囤多少货，伙计还要拿算盘来算，她在心里记得清清楚楚。她也嫁人了，相公是她自己挑的，一个被家里逼着考了功名的举人，听说两个人是两情相悦，水到渠成。

举人没什么功名利禄心，开了间私塾授学。年前芝芸生了个女娃娃，举人怜她辛苦，把私塾关了半年，在家安心照顾她，照顾娃娃。我们到岳州那天，芝芸来了城门口相接，她带我们回了崔宅，回了我从前住过的院子。院子还是老样子，只是添了许多物件，芝芸说，这里永远都是我的家，她会一直把这个院子留给我……

…………

师父，您以后来陵川，一定要去东安城东杏花巷的茶铺子吃茶。您知道这间茶铺子是谁开的吗？就是我去上溪，带我进山的绣儿姑娘。葛翁、葛娃也在茶铺子里打杂，他们眼下已经不是山匪了，我后来才知道，早在离开上溪以后，官人托人帮他们上了户籍。对了，小夫人也在茶铺子里。小夫人不是喜欢唱曲儿吗？绣儿就在茶铺子里给小夫人搭了一个戏台子，小夫人偶尔上去唱，更多的时候，是让自己的弟子来唱。她的几个弟子和她一样都是身世凄苦的孤儿，七八岁的年纪，被她捡回来，闲着没事就在铺子里打杂，绣儿说反正铺子的生意好，再来几个也养得起。

我和小夫人还回了上溪一趟，一起给孙县令和秦师爷扫了墓。墓前有还没开败的桃花，小夫人说，大概是上溪乡人过来祭拜时放在这里的。小夫人还说，不管孙县令在洗襟台一案中做过什么，他是一位很好的父母官，也是一个好人，总有人会记得他……

…………

师父，前日陵川的齐大人邀官人去顺安阁看画，我们又去了诗画会，会上有一幅画被卖出了两千两，居然是漱石画的。原来我们离开陵川这几年，画师‘漱石’和画师‘月章’都出了名，陵川士人对他二人的画趋之若鹜，因他们画风迥异，时时有人争论谁的画作更好，殊不知月章和漱石本是兄妹，月章是尹二公子尹弛，漱石则是尹四姑娘尹婉。

……对了，师父，日前我在东安街头看到了一个熟悉的身影，不知道是不是看走眼了，您这几年走的地方也多，不知是否也见过此人。也罢，信中不便多提，见面再说。师父，您什么时候来找小野呀……

…………

六封信看完，余下还剩一封，是谢容与写来的。

舅父，一别两年，万望安好。今年晚夏入秋，我和小野会去洗襟台看看，洗襟台是毁是立争论未休，好在余波过去，民间怨声已平，听闻近年已有多人祭拜，舅父若得闲，不如同来柏杨山，小聚一番。小野十分思念您。容与敬上。

岳鱼七看到这里，把本来解开的行囊重新系上，他枕着竹笛歇了一夜，隔日天刚亮，拎着行囊又下了山。

大虎追出来：“岳叔，岳叔，您又要走啊？”他的脸上有明显的失望，他才跟岳叔学了几招拳脚功夫呢。

岳鱼七看了大虎一眼，笑了一声：“没有一口吃成的胖子。你岳叔的几招功夫，够你受用一辈子，先练好再说吧！”

“岳叔，您去哪儿呀？”大虎忙不迭地追了几步。

岳鱼七头也不回地道：“赴约。”

嘉宁八年的陵川，一场细雨过后，陵川的暑气消退，天气凉了下来。

初九这天早上，柏杨山下的茶舍刚开张，迎面来了一位眉眼不凡的布衣剑客，掌柜的连忙上前招待，一边沏茶一边道：“客官，吃点儿什么？”

剑客显然渴极了，就着茶猛吃了一碗：“不必，我等人。”

不一会儿，山脚一行好几个人也朝茶舍这边来了，当先一对年轻夫妻模样的极其好看，女子明丽，男子清隽，一看就是江湖儿女。那青衣女子的眼力好，瞧见茶舍里的剑客，快走几步，高声唤道：“师父！”

“师父什么时候到崇阳的？”到了茶舍里，青唯吃下一碗茶，拿袖口擦了擦嘴，问道。

“刚到。”岳鱼七问，“你们呢？”

谢容与道：“我们三日前就到了，在城里住了两晚，今早天不亮往山上来的。”

只这么一会儿工夫，铺子里又多了几位客人。

虽然没人提，众人都知道今天是什么日子。七月初九。咸和十七年，张遇初、谢桢等士人便是在这一日投的江，昭化十三年，洗襟台便是在这一日坍塌的。

如今新的洗襟台已建成近三年，大案平息，虽然士人中对洗襟台是毁是立争论不休，但已有越来越多的人前来祭拜，尤以七月初九这一日居多。

青唯与岳鱼七等几个人在茶舍里闲谈片刻，德荣唤来掌柜的，要给他结账：“掌柜的，茶钱您算算，我结给您。”

掌柜的忙说不用，又道：“看几位的样子，今日是过来祭拜的吧？我这茶舍有个规矩，七月初九这日过来祭拜的，一律不收茶钱。”

这话一说出来，青唯等几个人皆感到诧异。

谢容与问：“掌柜的，您这茶舍开了多久了，怎么从前没见过您？”

“快三年啦。”掌柜的讪讪地笑道，“从前敝人也是开茶铺子的，只是没开在这儿。”他说着又道，“这会儿祭拜时辰还早，诸位要是得闲，不如去士子碑那边看看？”

“士子碑？”

掌柜的唤来小二，把茶壶递给他，嘱咐他招待客人，对青唯等几个人道：“敝人与诸位有缘，不如由敝人带诸位过去。”

士子碑就在洗襟台旧址的后山，说是碑，实际上是一片衣冠冢。也不知道是谁第一个来立的，后来人有样学样，在原先的碑旁，也为自己的亲人、故友竖了碑，渐渐成了碑林。

青唯在这片碑林里，看到了二十余年前，沧浪江投江士子的冢地，也看到了八年前，丧生在洗襟台下的士人与百姓。她一个一个地看过去，找到了徐述白之墓，立碑人是妻徐氏扶冬，找到了方留之墓，立碑人是父蒋万谦，找到了沈澜之墓，立碑人是遗女菀菀，她甚至找到了数个她熟悉的工匠叔叔、伯伯的墓，立碑人是友人薛长兴。

这些她熟悉的人不知道什么时候来过了，带着或许已经平复的伤痛，为逝去之人立下碑，随后悄然离开。

山中风声涌动，德荣不知道从哪里寻来长香，青唯、谢容与、岳鱼七，还有德荣、朝天，留芳、驻云，手中持香，对着这片碑林无声地拜下。

带他们过来的茶舍掌柜看到这一幕，似乎被山风迷了眼睛，不由得抬手擦了擦眼角。他或许也与洗襟台有一段悲喜渊源吧，否则不会在这僻静的山野里搭一间茶舍，守着这么多不归人。不过说不清了，也不深究了，谁没有一段自己的故事呢？

前山传来令行禁止的声音，间或伴着人们的议论：

“朝廷怎么来人了？”

“这么多官兵，是上京城里来的吧？”

“上京城里来人做什么？真要拆毁洗襟台？”

青唯与谢容与听到议论声，快步朝前山赶去。

来的人竟是玄鹰卫，为首二人青唯和谢容与分外熟悉，正是卫玦和章禄之，另外，刑部尚书、礼部尚书，还有陵川州尹齐文柏也来了。

谢容与离开上京城前，祁铭回了殿前司，成了赵疏身边的一品带刀侍卫，而卫玦则升任指挥使，掌管整个玄鹰司。

谢容与也不知道玄鹰司为何会来，在此之前，谢容与其实见过齐文柏，赵疏并未给陵川下过任何文书。

在人们的议论声中，卫玦带着工匠登上洗襟台，似乎低声吩咐了什么，但山中的风太大了，青唯没有听清，紧接着，玄鹰卫驱赶着围观的人朝山外避去，举斧凿台的动静传来。

朝廷真的要拆洗襟台？

人群中，有人不禁发出这样的低呼。

难道朝廷真的不堪士人异声重负，决定摧毁重筑的洗襟台？

山外看不到洗襟台上发生了什么，在这一刻，青唯的脑海中竟浮响起在那一段挣扎的、逐光的长日中，每一个与这座楼台有关的人愤怒而悲怆的声音。

“这座楼台，不登也罢！”

“洗襟台原本就不该建！”

“洗襟台只是一座楼台，它有什么错？”

“洗襟台是无垢的，它是为沧浪江投江的士人，长渡河牺牲将士而建的！”

“在你的眼中，洗襟台是什么样的？”

“可是……可是这样一来，洗襟台就不是洗襟台了，它是青云台！”

“至少……在我眼中，只见洗襟无垢，不见青云。”

……

伴着一声轰然的坍塌声，洗襟台的动静歇止了，山外拦着人们的玄鹰卫尽数撤开，然而人们相顾茫然，踯躅着往山前行去。

直到到了山脚下，青唯仰头看去，才发现洗襟台并没有被毁去。

这座楼台仍旧矗立在未散的烟尘里，而刚才被拆去的，只是登上洗襟台的阶梯。三重楼台高筑，可是，再也没有人能登上洗襟台了。

这样也好，早已有人去洗襟台上看过了，这座楼台上本没有青云，只有无法散去的雨雾。

天边的薄云酝酿着一场雨，细雨迷蒙而下，山脚下，不知是谁第一个抬手，对着这座楼台无声地揖下。

随后，士人、百姓、玄鹰卫、大臣，甚至远在上京的君王，也抬手合袖，对着失了登台之阶的洗襟台拜下。

细雨缠绵不休，有人祭拜过后，很快离去，有人却愿意在这将入秋的山雨里守着一份心静，停留片刻。

青唯透过雨幕朝洗襟台望去，目光却在对面的山脚下定住。

朦胧的雨雾中，她看到一个眉眼温和的公子坐在木轮椅上，身后的书童背着书箱，正推着他离开。公子的气质绝然，目光平静似已忘尘，很快消失在苍茫的烟雨中。

“在看什么？”谢容与轻声问。

青唯摇了摇头：“没什么，我们也走吧。”

谢容与颔首，携着青唯的手缓缓离开。

尘埃散尽，人已远去，余下一地烟雨不歇，赋予高台。

（正文完）

番外

番外一

花开烂漫

“小二，上茶水！”

初春，江留的桃花开了，城外的茶铺刚开张，就看到一行六位来客。

这六个人瞧不出是什么身份，看样子像江湖儿女，可气度很不一般。

掌柜的不敢怠慢，亲自提了茶壶，一边为他们看茶，一边问道：“听几位的口音，可是上京城里来的？”

其中一个面容清秀、身着白袷的仆从道：“我家主子就是江留人，从前客居上京几年。”

这六个人不是别人，正是谢容与一行主仆。

青唯四下看去，这里是城外的驿站附近，江留城自古富庶，每日城门一开，进出城的商队、百姓络绎不绝，眼下已经是辰时了，莫要说茶铺生意萧条，连城门外也人烟稀少。

青唯疑惑地说道：“掌柜的，我记得原先这里很热闹的。”

“几位有日子没回来了吧？”掌柜的将擦桌的布巾搭在肩上，“近来城中闹贼呢！”

“闹贼？”

中州治安一向很好，到了嘉宁年，有“路不拾遗，夜不闭户”之称。官府也很清明，眼下江留府的推官正是谢容与的堂兄，谢琅。

“可不是，动静还不小哩，那大盗别的地儿不偷，专挑私塾偷。城东几家私塾的值钱物件都快被他搬空了，府衙的大人领着人追查了好几日，愣是一点儿线索都没找到。”

听闻此言，谢容与和青唯不由得疑惑起来。

谢琅为官清廉，也有些本事，不过一桩偷盗案，为何竟查不出线索？再者说，私塾值钱的物件少，事情又容易闹大，这个窃贼为何别的地儿不偷，偏偏要挑私塾呢？

时值嘉宁九年，去年青唯拜祭过洗襟台，跟岳鱼七去了辰阳，今年开春，她和谢容与回中州小住，没想到遇到了这样的事。

罢了，多思无益，一切还待他们回家问过谢琅再说。

中州谢府坐落在江留城长阳弄子，嘉宁五年到嘉宁八年，青唯跟着谢容与回来过两回。

谢家的人口简单，家中旁支已经分出去住了，老宅里除了谢老夫人，只余二房一家，谢琅就是二房的庶长子，昭化七年考中进士，时任江留府六品推官。

马车到了谢府，府上的厮役见了青唯和谢容与，急忙去正堂通报。

不一会儿，正院里迎出一位鹤发童颜的老妪。

“月前得了你们的信儿，日也盼，夜也盼，总算把你们盼回来了。”

谢老夫人年近古稀，身子骨尚健硕，只是腿脚不好。

青唯连忙上前搀住她：“祖母。”

德荣与不需叮嘱，立即吩咐下人将礼箱搬入屋中。谢容与和青唯一同问了安，四下看了一眼，问道：“怎么家里人都不在？”

“没想到你们这么快回来，谢三儿他们几个去铺子上了，你大哥的衙门上出了点儿事，你嫂子昨儿急病了，眼下估摸正歇着，我没让人唤她。”谢老夫人说着，借着光细细看着青唯：“我怎么瞧着，小野的气色不如上回好了？”

谢容与看了青唯一眼：“路上请大夫看过，说可能是连日赶路累的，加上身上的旧伤牵扯，养养就好了。”

“没有大碍就好。”谢老夫人收起忧色，转而笑道，“叫我说，不然就在江留住上一段时日。”

“我们也是这样想的。”谢容与说着，正准备吩咐掌事的去请保安堂的大夫，院中忽然快步走来一人。

来人身着鹅黄襦裙，生得细眉淡眼，正是谢容与的长嫂吴氏。

吴氏一脸愁容，扶着门框期期艾艾地唤了一声："容与，弟妹，你们可算回来了。"她一副有事相求的模样，咬咬牙，终于下定决心，几步上前，说话间竟然要跪下，哭泣着道："容与，你大哥这回遇着大麻烦了，你可得帮帮他啊！"

青唯将吴氏扶住："大嫂多礼了，大哥遇到什么麻烦？您先说来听听看。"

吴氏含泪起身，看了谢容与一眼，见他没有反对，捏着帕子揩揩眼眶："是……是一桩私塾失窃案。"

"一开始只有留春街的一家私塾失窃，后来附近几家私塾也被盗了。丢的东西很杂，有书册，有玉镇纸，好像还有学生抄的文章。二月头，阳和书居存的前朝《行云策》孤本没了，事情一下子就闹大了。

"你大哥追查了好几日，一点儿有用的线索都没找着，昨儿我去衙门给你大哥送饭，听到府尹训斥他，说他不会办事……

"你大哥在任这些年，兢兢业业，两袖清风，一直是江留府为人称道的好官，几曾受过这样的冤枉？"

吴氏说着说着又啜泣起来。她对案子了解不深，说到后来反倒宣泄起情绪来，谢容与问她，"失窃案最初是怎么发生的""私塾的坐堂先生是什么人""丢东西的几家私塾有什么关系"，她一概不知。

好在说到一半，谢琅回来了。

谢琅本来在衙门办案，家中仆役说谢容与到家了，他连忙往家中赶。

谢琅到家后，见吴氏和谢容与说起了失窃案，心中感到十分不快，但谢琅转念一想，前小昭王名满天下，江留官府人人敬他，失窃案闹得大，不可能瞒得住他，这麻烦不想添也得添了，不如如实相告，如果容与肯帮忙，那就再好不过了。

见吴氏说得颠三倒四，谢琅干脆接过话头："留春街私塾的坐堂先生姓周，是咸和年间的举人。咸和年间后来不是乱嘛，他索性辞了官，回乡办学。他授学很有本事，这回被盗的阳和书居、春阳学堂等几个私塾的坐堂先生，都是他的学生。哦，对了，前几年，他的学生里还出了个进士，周老先生因此很有贤名。也不知道哪家贼这么不长眼，居然偷到周老先生头上，如果不是这样，事情也不会闹得这么大。”

青唯问：“听大哥这意思，被盗的几家私塾不是周老先生自己的，就是他学生的？”

谢琅答道：“正是。”

青唯不由得犯起嘀咕，照这么看，这个案子应该不难查的。这个盗贼明摆着是冲着周老先生去的，从周老先生的身上入手不就行了？

谢琅看了青唯一眼，说道：“我知道弟妹你在想什么，你觉得可以从周老先生查起，是不是？是，我们起初也是这么想的。周老先生长居江留，这些年从未与人结仇，干净得很，提起他的本家宗族，你们必然知道，庆明周氏。”

庆明周氏是开国功勋，江留周老先生这一支是分支，曲茂的母亲周氏，就是庆明本家那边的嫡女。

“虽说江留这一支跟庆明本家的亲缘有点儿远，周老先生的生平，周氏族谱上一查即知，加之他这些年教书育人，常人只有敬重他的，哪儿有恨他的？”

谢容与问：“私塾失窃案的卷宗有吗？”

“有，容与你想看，我去衙门取回来给你，周老先生还有他的学生并着几桩失窃案的卷宗都在我的案头搁着呢。”

谢琅说着，叹了一声：“说回失窃案本身，这个案子本来也怪，那个盗贼本事高得很，神不知地来，鬼不觉地去，几乎没留下任何踪迹，我查了好些日子，什么有用的线索都没找着，真是抱着黄连敲门，苦到家了！”

失窃案说起来纷纷扰扰，不知不觉间，小半日都过去了。

谢老夫人用过膳，午歇去了。谢容与从前在朝廷做事，知道把衙门的卷宗取回家不妥，干脆跟谢琅一起去衙门。

谢容与回房换了衣衫，临出门前，青唯叫住他：“官人，我能不能……”

“不行。”谢容与逆光站在门前，“你是觉得这个盗贼的功夫古怪，想跟着我去衙门看卷宗，试试能不能帮到我，对不对？”他说着，眉间浮上些许忧色，“小野，你的身子从没有出过这样的状况，大夫也说了，你需要好生将养，保安堂的坐堂医师我已经派人去请了，你在家安心等着，如果医师确认你没事，你再陪我不迟。”

也不怪谢容与担忧，回中州的路上，青唯晕过去了数回，每次醒来都是一身冷汗，人也虚乏无力，谢容与请了好几个大夫为她看过，却诊不出是什么毛病，后来听说她从前受过重伤，才断言是旧伤埋下的病根。

谢容与走了后，青唯本来打算听他的劝，安心等大夫上门看诊。她躺在榻上，越想越不对劲，且不说这桩失窃案古怪，单是这偷盗后，一点儿痕迹不留的作风，青唯莫名间觉得熟悉，似乎在哪里听说过。

青唯回到中州后，自觉身体状况已经好了许多，不再觉得疲乏了。再说了，将养将养，也不是闷在家里才算将养，偶尔出去透透风，走动走动，对身子也有好处嘛。

青唯这么想着，避开府中的仆役，来到后院。后院的围墙有丈尺来高，青唯上下打量一眼：就凭这儿，能困得住她？

嘉宁三年，青唯在张远岫的帮助下逃离上京，当时张远岫塞给她一张名录，说如果遇到困难，可以找名录上的人帮忙，青唯因此结识了中州衙门的俞清。

后来张远岫获罪，朝廷宽厚仁德，并未因此牵连俞清。

这位俞大人是有真本事的，历经几载沉浮，眼下已经升任中州府府丞。

青唯此行正是寻俞清去的。

谢容与不让她跟去衙门看卷宗，她去被盗的几家私塾转转还不成吗？

她在中州又不是没熟人！

俞清听闻青唯的来意，只道这事简单，吩咐身边的胥吏领青唯去私塾，还特意叮嘱不要惊动江留官府。

被盗的私塾都在留春街附近。

胥吏得了俞清的吩咐，带着青唯一家一家地看过去，凡青唯有疑问，必定知无不言。

青唯跟着胥吏来到阳和书居。

胥吏道：“最值钱的《行云策》孤本，就是在这里丢的。其实私塾失窃这事，一开始并没有传开，但是这个阳和书居的梁先生吧……”胥吏停顿了一下，犹豫着该怎么措辞，“他很能闹。”

他很能闹？

青唯正待问很能闹具体是什么意思，身后传来官差的声音：“……是，书舍里的笔墨都收起来了，锁在库房里，十二个时辰有人看守，梁先生可以放心……”

青唯回头看去，只见一个身着襕衫，留着两撇八字胡，大约三十岁左右的男子正跟着官差迈进书居：“……我连着想了好几宿，眼下哪里都不安全，指不定那个贼是冲我来的呢？阳和书居这里他已经偷过了，但我家他还没来过，要是他再来我的宅子里干上一票，那我还过不过了？是故我连夜收拾了些值钱的物件，拿来这边库房存着，你们不是说这里一天十二个时辰……”

男子的话未说完，看到院子中清一色的官差中，站着一个身着青裳、清雅好看的姑娘：“这位是？”

胥吏迟疑了一会儿。

昭王已经是过去的昭王了，可洗襟台之案后，谢氏公子的名望不减反增，又深得今上的信任，如果说眼前的女子只是一名普通民妇，岂不是怠慢了她？

胥吏的态度恭敬：“这位是俞大人请来帮着缉拿盗贼的。”他又对青唯道，“这位先生姓梁，正是阳和书居的坐堂先生。”

梁先生一听青唯竟然是俞清亲自请来的，只当她是真正的高人，又见她身姿亭亭，气度不凡，更以为得了救星。

对梁先生来说，这天底下没什么东西能比《行云策》更重要了，那可是他打算当作传家宝传给子孙后代的孤品！

他几步上前，合袖对青唯一揖：“阁下既然受俞大人之托，前来缉拿盗匪，一定要明察秋毫。阁下不知那盗贼猖狂，当日在下分明……”

梁先生说着，把《行云策》孤本是怎么丢的？何时丢的？他这几日是如何愁的？统统和青唯说了一遍。再到那孤本是什么来历，和梁家有什么渊源，如何几经坎坷到了他的手上，再到别的私塾丢了什么，值不值钱，来历、渊源云云，总之有用的没用的说了一箩筐，加上他的嗓门大，人又容易激动，胥吏和青唯试着打断了好几次，都没能成功。等到天色昏暗，隔壁秋浓书堂的林先生过来寻他，他还没絮叨完。

林先生和梁先生相交莫逆，见状，知道梁先生的老毛病又犯了，拉着他跟青唯和胥吏赔礼，这才告辞离开。

这回不需要胥吏解释，青唯也知道所谓的梁先生“很能闹”是什么意思了。

胥吏看了一眼天色，已近黄昏，晚霞初上，说道：“夫人看可是要回家？马车就停在巷口。”

青唯略一思索：“我且问你，适才梁先生说，《行云策》孤本失窃的当夜，你们本来已经追上盗贼，后来却给他溜了？”

“是，说起那日也是碰巧。留春书堂丢的东西不算贵重，所以一开始，官府没把这个案子当大案办，就连周老先生自己也没放在心上。后来连着几家私塾失窃，官府才重视起来。夫人刚才过来的时候也看过了，这条街上，凉夏书堂、秋浓书舍、阳和书居等几家私塾是挨着的。哦，秋浓书舍的坐堂先生夫人您看见过，就是适才把梁先生拽走的林先生。

“春、夏、秋三家私塾先后失窃，官府于是派了巡卫盯梢，是故等到第四家私塾，阳和书居被盗当夜，附近是有人把守的。

“那晚盗贼来后不久，巡卫就觉察到了，等到盗贼取了《行云策》孤本出来，整条街的官差都惊动了。统共二三十人吧，分了三条街去追……”

胥吏记得，当夜并不算晚，很多铺子还点着灯。

盗贼一出现，四下里登时火光冲天，官差们追出留春街，眼看已经快擒住盗贼了，却被他翻墙避入一条窄巷。

“那条窄巷是卖杂货的，左右都有铺子，奇怪的是，盗贼避入这条巷子后，几个还开着的铺子却没受惊动，照常做营生，咱们的人去问，都称没见过盗贼。”胥吏说道，“哦，还有一点最为古怪，阳和书居失窃当夜，道上还有积雪，那盗贼起先逃跑，雪地上还有他的脚印，等他翻入窄巷，脚印也消失了。”

青唯听完胥吏的话，心道就是这个了。莫名其妙地出现，莫名其妙地消失，驱使她今日前来询问究竟的熟悉感就是这个。这种盗贼，她总觉得在哪里见识过。

“带我去那条巷子看看。”

窄巷离阳和书居不远，出了巷弄拐两个弯就到。

胥吏给青唯指明了盗贼翻墙过来的路线，来到墙根前：“那个盗贼的脚印就是在这里消失的。”

昨夜下过春雨，墙脚下还有一层泥，青唯上下打量了一眼：“这不难。”她说着，顺手摘下几片树叶，往墙头一抛，随后纵身跃上墙头，足踩片叶，疾行数步，等她飘身从墙头落下，泥间只有几道落叶的浅痕，哪儿有什么脚印？

胥吏目瞪口呆地看着这一幕。如果说他之前对青唯的敬重是因为昭王妃这个身份，眼下却是真正佩服她的本事了。

青唯勘破盗贼“踏雪无痕”的真相，心中的疑惑更深。

照理说，盗贼有这等本事，被官差发现之初，就可以把他们甩开了，何必带他们兜这么久的圈子？还有，为何偏偏到了这条窄巷，盗贼便不愿留下脚印了？难道这条巷子里，有他想护着的人吗？

青唯忽然想到胥吏说，“盗贼避入这里后，街上几个还开着的铺子却没受惊动，照常做营生，咱们的人去问，都称没见过盗贼”。

她问道：“当夜街上做买卖的人，你们都查问过了吗？”

“夫人是怀疑这条街上有盗贼的同伙？”胥吏问。他又道：“全都查问过了，有做茶水营生的，有卖杂货的，还有夫妻开铺卖糖饼的，都是些平头老百姓，根底干净，名声也好，不像跟江洋大盗有瓜葛的。”

总而言之，线索千端，理不出个头绪。

如果说青唯起先过问这个案子，只是为了帮谢容与和谢琅，眼下倒真来了点儿兴致。她利索地往长街走去，语气干脆：“走，我们再去铺子转转。”

天色渐暗，德荣焦急地在谢府门口踱步。遥遥闻得骏马嘶鸣，一辆马车驶近，他快步上前打帘，把谢容与从马车上迎下来，低低地唤一声：“公子……”

谢容与“嗯”了一声，随口问：“保安堂的大夫来了吗？”

德荣支支吾吾地道："来是来过了，但是少夫人……"

不待德荣说完，只听朝天咳嗽了一声打断他的话："公子，大夫来过了，也为少夫人看了诊，少夫人吃过药，等了公子一下午，适才忽然说有点儿乏，要睡一会儿，眼下恐怕才歇下。"他稍微停顿了一下，又扶着刀，提着嗓门道，"公子，老夫人那边晚膳已经备好了，就等着您过去用膳呢。"

谢容与一看朝天这副"堂堂正正"的模样，就知道有事，一言不发地往内院而去，推开屋门。

桌上新沏的春山叶动都没动过，床铺整整齐齐的，上头哪儿有什么"有点儿乏才歇下"的少夫人？

"人呢？"谢容与声音冷冷地问。

朝天垂着眼不开口。

谢容与知道朝天惯爱给青唯打掩护，看向德荣。

德荣道："午过大夫来时，里屋已经没人了，天儿在后院的墙根下找到了脚印，少夫人八成是翻墙走的。留芳说这事不好惊动老夫人，跟驻云一起去老夫人那儿打掩护了。小的本来想托人去找少夫人，但是少夫人的脚程，寻常人哪里追得上……"他说着，抬眼看谢容与一眼，声音怯怯地问，"公子，您知道少夫人去哪儿了吗？"

那头好一阵沉默。半晌，谢容与才开口："中州衙门有个叫俞清的，是她的熟人。她午前跟我提过想去衙门看卷宗，我没同意，她的主意正得很，应该去找俞清帮忙了。"

马车到了巷口，青唯撩开车帘，左右看了一眼："就到这里吧。"

谢府尚远，胥吏以为她客气："小的把夫人送到府门口。"

青唯忙道"不必"，径直下了马车，绕去后巷。

谢府横跨三条街巷，占地很广，青唯眼看天晚了，快步来到后巷，打算走老路，翻墙溜回屋中。

她的心中抱着一丝侥幸，失窃案头绪繁多，官人不通宵耗在衙门就不错了，应该不会提早回来。再说朝天惯会给她打掩护，官人如果不问，德荣也不会多嘴……

青唯这么想着，纵身跃上高墙，夜色深沉，四周幽静，她四下观察一番，脚尖无声地落地，正欲神不知鬼不觉地溜回屋中，后墙根下忽然绕出一个人。

一身月白直裰，肩头罩了一身御寒的薄氅，笑容里藏着一丝冷淡："小野姑娘辛苦了，这是办完案刚回来？"

"我该在家休息我知道，我说真的，那个窃贼的功夫我真的觉得熟悉，一定是从前见过或听过，但我想不起来了。再说我身上已经没有大碍了，你看我这几日能吃能睡的，可能就是路上累着了。大哥也说这个案子棘手，我去私塾就是为了帮你和大哥，我知道你担心我，我道歉还不行吗？"

回房的路上，谢容与一言不发地走在前头，青唯跟在后头解释了一路。到了房中，谢容与在桌前坐下，看了她一眼："过来。"

青唯犹豫了一下，依言坐下。

谢容与："祖母那边我已经替你解释过了，说你舟车劳顿，明早不必去请安了。"

青唯点点头，"哦"了一声。

谢容与："保安堂的大夫明早会再来，他是江留的名医，很难请，你到时不可再放他鸽子了。"

青唯："哦。"

谢容与看青唯认错的态度尚算诚恳，语气温和了些："吃东西了吗？"

青唯摇摇头。

谢容与于是吩咐驻云把备好的晚膳送进来，陪她吃完，又催她去更衣沐浴。

春夜凉凉的，被衾也浸着一缕寒气，好在谢容与的身上温暖，青唯沐浴完，依偎进他的怀里，暖意就透过薄薄的中衣传递过来。

青唯知道谢容与这会儿不气了，仰头问道："你今日怎么这么早回来？"

"你知道我去衙门翻卷宗，算着我会晚？"不然她怎么掐着点儿回家呢？

谢容与垂眸看青唯："你说呢？"

他是担心她。初春的海棠开了，一枝花影映在窗纸上，窗棂隙着一条缝，隐隐约约的幽香飘进屋中，谢容与看着青唯，他的小野姑娘近日的确养好了些，浸着淡香，颊边如染桃花。

谢容与的目光似水，水波微微一晃，他俯下身去。

一时不知云深几何，青唯在他越发粗重的呼吸间想起正事。自从她在路上犯过头晕，请过大夫，他已经克制了七八日，今夜好不容易放开，依他的常例，只怕要到天明。她近来记性不好，今天查到的线索又隐晦，折腾到天明再睡一觉，指不定就给忘了。

青唯推推谢容与："等等，我有要紧事跟你说。"

谢容与撑起身，看着她，那目光在问，这时候有什么要紧事？

青唯道："是我今天查到的线索。"

谢容与一愣，欲言又止半晌，吐出一个字："说。"

青唯道："我去几家被盗的私塾看过了，那个窃贼的功夫很好，如果私塾没有防备，偷个东西对他来说如同探囊取物。不过他的运气不好，去阳和书居那晚，恰好惊动了官差，被官差追了三条街，后来不得不使出真本事，隐去了踪迹。

"这听起来没什么奇怪的，对吧？但是，阳和书居在留春街的岔路口，有很多条路可以逃跑，这个窃贼偏偏选了最难的一条，这便罢了，他明明早就有本事甩开官差，偏偏到了卖杂货的窄街才隐去踪迹，你说这是为什么？"

青唯不等谢容与回答，径直说道："反正照我猜，他是故意把官差引到杂货街的，他希望官府怀疑这条街上有他的同伙，去查这条街。"

事实上官府的确查了。可惜什么都没查到，街上都是本本分分做买卖的人。

谢容与听了青唯的话，若有所思，半晌，他翻身平躺在榻上："你知道为何这个案子至今没有头绪吗？"

青唯："为何？"

谢容与："因为找不到动机。"

青唯不解。

谢容与继续说道："官府其实查到很多线索，譬如这个窃贼三番五次偷盗不是为财，至少在留春、秋浓几个私塾拿走的东西不算太贵重，至于《行云策》

孤本，也是有价无市，而且官府至今没在黑市上发现任何被盗取的财物；这个窃贼偷盗也不是为了私仇，留春的周老先生不提，夏、秋、阳几家私塾的先生也从未与人结仇，而他们的学生对他们只有敬重，没有不满。”

青唯问：“这些都是你在衙门的卷宗上看来的？”

谢容与微微颔首。

这就奇怪了，不是为财，不是为仇，那偷盗还能为了什么？总不能是闹着玩吧？

青唯百思不得其解，这时，谢容与却道：“其实，我想到一种可能。”

青唯：“什么？”

谢容与看了青唯一眼，吐出两个字：“义匪。”

青唯听到“义匪”二字，一下子来了精神：“你是说，行侠仗义的义匪？”

青唯出身岳氏，咸和年间民生艰难，岳氏可不就是柏杨山的义匪吗？

谢容与道：“江留太平太久了，即使在昭化初年，也甚少有义匪出没，是故江留官府漏掉了这种可能，没有方向，所以没有头绪。”而他为什么能想到，一是因为他身边的温小野，原本就是义匪出身；二是因为在追查洗襟台真相的日子里，他所接触的岳鱼七等人，无一不是为了一腔热血奔走四方的。

青唯豁然开朗：“你这么说，一切就解释得通了，这窃贼为什么专挑私塾偷盗，因为他就是想把事情闹大，想引起官府的注意。偷走《行云策》不是目的，关键在于《行云策》的主人梁先生太能闹了，梁先生一闹，事情就能传开，官府才能更加重视。之后这窃贼为什么往卖杂货的窄街跑，一定是这条窄街上有不平事，他想引官府去查。窄街上自然都是本本分分的买卖人，可是正因为太本分了，所以可能会遭受冤屈和不平。至于窃贼为何不直接报官，这一点我想不出，会不会私塾也脱不开干系？官人，你觉得呢？”青唯说着，双手支颐，趴在谢容与的身边问道。

谢容与看着青唯，半晌问：“说完了？”

青唯没反应过来，“嗯”了一声，下一刻谢容与将她身上往上一提，把她的一只手缚去身后，撑着坐起身来。

屋中再没了私语声，纷扰的动静间，窗外拂过阵阵风。

海棠花枝摇曳在春风中。

“夫人脉象康健，此前体虚乏力，应当是舟车劳顿，抑或是水土不适所致，是故到了江留，一切便好转了。”翌日午间，保安堂的坐堂大夫为青唯诊完脉，如此说道。

德荣道：“可是我家夫人年少游历四方，从未出现过水土不服的症状，我们路上也请过好几位大夫，都说夫人的病势来得蹊跷，也许是身上的旧伤所致，还请大夫为夫人仔细诊过。”

坐堂大夫捋了捋长须：“夫人此前脉象迟缓，兼之找不到病因，的确像旧伤引起的体虚。然而，伤病畏寒，眼下冬寒已去，春暖宜人，夫人若是旧伤复发，何故会在暖春发作呢？再者，旧伤复发，伤病必定绵延时久，绝无可能三五日就痊愈，是故老夫敢断定，夫人的身子康泰，绝无大碍，就是……”大夫停顿了一下，颇是小心翼翼地问，“路上那些大夫可曾给夫人开过活血化瘀、散郁开结的伤病方子？”

谢容与道：“开了，但我没让她吃。”他解释道，“她自小习武，身子底子很好，这几年从未有过病痛，兼之路上那些大夫的诊言都是‘或许、大概’，无法肯定，所以我们只用了些安神的药调养。”

大夫松了口气：“这就好，这就好。”他说着，起身请辞，“夫人的身体安泰，公子自可安心，不过，夫人既然病过一场，眼下还是应当悉心调养为主，听闻夫人自小习武，照老夫说，近日……还是暂时不要使功夫了。”

眼前这位是中州最好的大夫，堪比深宫的御医，他的话，谢容与还是信的。谢容与微微颔首，命一旁的断役把大夫送出府。

谢府的断役很有规矩，到了府外，拿出一个绣福禄吉祥纹云缎制成的荷包递给大夫：“辛苦大夫了。”

坐堂大夫心有余悸地回头望了府门一眼，问道：“适才那二位，果真是贵府的谢二公子和公子夫人？”

这位江留名医常为贵人看诊，谢府二公子是什么身份，他岂有不知道的道理？而今谢容与因为洗襟台，昭王封衔被褫夺，可明眼人都知道，远在庙堂的官家对他无比信任，兼之他在士大夫心中的地位，谁敢说他不是“王”了呢？

而今他回到江留，门庭这样清净，不是因为世态炎凉，而是因为门槛太高，饶是中州世家权贵云集，也不敢轻易拜访。

是故坐堂大夫有此一问。他不敢相信自己竟然这样见到了小昭王和昭王妃。

厮役的礼数周全，笑道：“可不是，我家二公子这次回江留长住，日后若有叨扰，还请大夫不要嫌麻烦。”

“不麻烦不麻烦。”大夫原地徘徊数步，再次低声叮咛，“你回头告诉府中上下，好生照顾少夫人饮食，清淡为主，近日……一定仔细将养，切忌动武……”

“我说什么来着？我的身子好，一点儿事没有，之前就是路上累的，你竟然不相信我。你看大夫是不是也这么说？”保安堂的大夫一走，青唯沾沾自喜地道。

谢容与在她的身旁坐下，端起案上的凉茶，淡淡地道：“大夫也说了你应该在家调养，不可动武，最好也不要四处走动。”

青唯连声说知道了，看谢容与坐在旁边一点儿要动的意思都没有，纳罕道：“失窃案不是有线索了吗？你怎么还不去衙门跟大哥说一声？省得他着急。”

谢容与道：“去过了，也交代过了，那几家私塾我也看了，有了头绪这案子就不难办，如果不出意外，今晚就见分晓。”

青唯感到更诧异了：“你何时去的？我怎么不知道？”

谢容与看了她一眼，合上茶碗盖，嘴角悠悠浮上笑意：“自然是早上去的，你不知道不奇怪，你今日起得太晚了。”

当日正午，留春街杂货巷。

“带走，都带走！”随着一声呼喝，几名官差从一家糖饼铺子带出一对夫妇。

妇人二十来岁，一身素衣拙钗，她的丈夫是个跛子，被官差半拖半拽着出了巷子。

巷口围了一群人，有不怕事的四处打听：“出了什么事？张家大哥大嫂怎么被带走了？”

有人低声回道：“好像跟私塾失窃有关。”

打听的人根本不信："怎么可能？张家大哥大嫂都是本本分分的老实人！"

谢琅没在意这些议论，吩咐官差把嫌犯押上囚车，扬长而去。

官差一走，围观的人群也散了，这时，一名身材魁梧、五十岁上下的男子扛着两捆木材来到杂货巷，巷口小食铺的掌柜招呼他："李叔，过来啦。"

李叔边走边往回看："张家兄弟怎么被官府带走了？"

"谁知道呢？好像说张家夫妇是偷东西的贼，我们都不信。可有什么办法，官府要拿人，拦又拦不住！"

李叔若有所思地"哦"了一声，把两捆木材放下："罗掌柜，您今儿的柴火。"

罗掌柜道了谢，见李叔往巷外去，招呼着问："李叔，您今儿还有活啊？"

李叔似乎心里有事，没答应。

罗掌柜也没在意。

这个李叔是一年前来到他们这条巷子的，说是儿女没了，来中州投奔侄子，却不知道侄子住在哪里。杂货巷的人看他一把年纪孤苦伶仃，便每户分给他一点儿零活干，左右这条巷子的人做的都是小本买卖，有时候忙不过来，也是要雇临工的。

李叔出了巷子，却没有去他做临工的地方。

他在后街的陋舍里歇了一会儿，再出来时，身上的衣着已经变成一身灰扑扑的短袍。

时近黄昏，他离开留春街，逆着人群，默不作声地来到官衙的后巷。

后巷里，一堵半丈高墙隔出衙地内外，墙内传来鼎沸的人声，似乎是私塾的先生闻讯赶来了。

李叔的年纪大了，有点儿耳背，隔着墙听不清他们在说什么。但他一点儿不急，四下望去，见墙头西角有一片屋檐，脚跟在地上略微借力，轻而易举地跃了上去。

暮色与他周身的灰袍融为一体，他往下看去，院中立着的两位先生他认识，秋浓书舍的林先生和阳和书居的梁先生，难怪这么吵呢。

"那条杂货巷卖糖饼的人干的？我怎么这么不信呢？"

"他们能有这个本事？那还卖什么糖饼？"

“我的《行云策》追回来了吗？还待审？这要审到什么时候？”

梁先生听闻大盗被捕了，拉着林先生火急火燎地赶过来，一连串的问题险些没把衙门的典吏问蒙了。

典吏道：“二位先生少安毋躁，案子的细节还待审查，至于二位遗失的财物，我等一定会为二位追回，只是……”典吏说着，苦恼起来，“二位也知道，这个案子闹得太大，远在上京的官家也听说了，咱们的府尹大人昨儿得了官家的口谕，一定要严办此案，嫌犯在咱们衙门审过不算，还要等上京的钦差问审，钦差现今还在路上，可有的耽搁了。”

这话一出，林、梁二人诧异地对看一眼，林先生问：“此言当真？”

“确凿无疑，携官家口谕的‘黄符’已经被供奉在衙署公堂，正是因为钦差要来，在下过会儿还要把两位嫌犯移送至军衙看守呢。”说罢，他拱手跟林、梁二人请辞，办差去了。

典吏一走，梁先生迟疑着说道：“他们是不是说要押送嫌犯，要不我们去看看？那条杂货巷我去过，我觉得那边的人不像贼。”

林先生却道：“是不是贼我们说了不算，得听官府的。”

“如果官府断错案了呢？你不是听到了吗？官府要等钦差，万一要把嫌犯押送至上京，这二人岂不冤枉？”

林先生往关押犯人的方向望了一眼，淡淡地道：“押送至上京岂不更好？有官家亲自过问，你的《行云策》也不愁找不到了。”说罢这话，他很快从官邸的侧门离开。

李叔望着这两个人的背影，轻蔑地冷哼一声。他在心中盘算着时辰，官府傍晚会把嫌犯押送到军衙，他要救人还来得及。

张家兄弟有腿疾，最忌湿寒，是蹲不得牢狱的。

很快到了戌时，府衙的侧门“吱呀”一声开了，几名衙差驱着一辆囚车往东而去。

李叔暗中跟上，等囚车来到城郊林外，两名官差去驿站交接，他跃下树梢，以迅雷之势劈晕两个人，余下二人正欲大喊，口鼻立刻被李叔掩住了。他的手掌不知沾了什么粉末，被二人吸入肺腑，随即晕了过去。

囚车里的张家夫妇反应过来，又惊又疑地问："李……大哥？"

"是我。"李叔扯下蒙面巾，"此事是我连累了你们，你们先走，余下的交给我。"

张家妇人诧异地道："李大哥，你在说什么？什么连累？难不成……难不成，那几家私塾的东西，是你盗的？"

李叔来不及解释："这事说来话长。"他从衙差腰间借来钢刀，一刀劈开囚车的铁锁链，"总之你们只管回家，我保证衙门事后绝不会找你们麻烦。"

张家夫妇下了马车还没走远，林间忽然刮过一阵微风，像群鸟离枝引起的晃动。

李叔忽然意识到不对劲，高喝一声："快躲开！"

就在这时，树梢头跃下一个人，此人一身黑色的斗篷，举掌就往李叔的左肩劈去。

李叔闪身避开，掌中药粉挥出，直袭黑衣人的面门。

黑衣人似乎早有准备，撩起黑袍遮住口鼻，轻飘飘地后撤。

李叔闹不清来人是什么路数，看她的身形明显是个女子，可招式居然有点儿江湖匪气，连他备的药粉也算到了。

她适才几次出招都游刃有余，功夫极可能在他之上，李叔只道来者不善，叮嘱张家夫妇离开，引着女贼往另一个方向奔去。

女贼与李叔一追一逃，眼前的密林渐渐变得萧疏，前方一座高山耸立，居然是条断头路。

李叔一不做二不休，正打算调头和女贼拼了，两旁的林间忽然拥出数名官兵，火把的光霎时间照亮四野。

李叔这才意识到自己中计了，适才林间有三条路，一条回城中，一条去军衙，还有一条就是这条断头路，女贼这是吃不准他的根底，故意把他往这条路上引！

官兵将李叔团团围住，谢琅问："盗取私塾财物的窃贼就是你？"

李叔冷笑一声："老夫还道江留官府都是一群酒囊饭袋，原来竟然不赖。"

反正被擒住了，他也懒得挣扎，径直把心底的疑惑问出口：“你们是怎么查出我和张家的关系的？”

他和杂货巷的人关系都不错，官府如何判断出他偷盗私塾，是为了张家夫妇？再者说，他去私塾偷盗这件事，张家夫妇也不知道啊。

“这……”谢琅听了这一问，犹豫地着看向谢容与。

“没查出来。”谢容与干脆利落地道。

“没查出来？”

谢容与：“是，阁下藏得很好，我们除了判断出你在杂货巷有熟人，什么都没查出来。”

“既然什么都没查出来，你们为何就拿了张家夫妇？你们就不怕拿错了人，不能逼老夫现身吗？”

“阁下不是义匪吗？”谢容与淡淡一笑，“张四哥的腿脚不好，急需医治，如果被关入牢中受湿受寒，腿就废了，就算我们拿错了人，以阁下的侠肝义胆，难道不救吗？阁下应该跟杂货巷的人关系都不错吧？”

《行云策》失窃当晚，官兵追到杂货巷，盗贼就不见了，之后官兵挨家挨户地查问，杂货巷的人均称当夜没有见过行踪诡异的贼人。

当夜的动静那么大，盗贼逃到巷子，不可能没有人见过，按理说，见到他的人甚至不止一个，而事发仓促，杂货巷的人也不可能合起伙来撒谎。

那么杂货巷众口一词又是为什么呢？

解释只有一个，盗贼应该是一个经常出现在杂货巷，与所有人都熟悉的人。

加上谢容与推断盗贼是义匪，青唯查出这个义匪有故意把官差引去杂货巷的嫌疑，官府自然断定，杂货巷中有不平事。

义匪盗窃，本来是为了帮人，最后弄巧成拙，害得杂货巷的人被官差带走，甚至可能要废了一双腿，他怎么可能不出面救人呢？

知道这一切后，谢容与就有了计策。他先让官府假意带走张家夫妇，然后散布钦差将至，要把张家夫妇押解军衙到关押的消息，逼得盗贼李叔出面救人。

自然，李叔也不是傻子，不可能旁人一下饵他就上钩，听说钦差要来，他先去衙堂确认了黄符的真伪。岂不知这枚黄符是真，官家的口谕却是假的。

这枚黄符是赵疏私下赐予谢容与的，以防他在外遇到急难，可以传天子口谕暂缓事态。

李叔听完谢容与的解释，声音冷冷地道："江留官府请来高人，今日老夫计输一筹，落到你等手中，老夫认了，你们要杀要剐，请便吧！"

话音落下，却见林子另一头有两个人快步赶来，其中一个人还拄着木杖。是张家夫妇，他们竟然没有离开。

到了近前，二人相互搀扶着冲谢琅拜下："官爷，请您宽宏大量，放过李大哥吧，李大哥他不是贼，草民适才想明白了，李大哥去私塾偷盗，他都是……都是为了我们！"

李叔见状却道："张家兄弟、张家妹妹，你们起来！何必求官府，官府从来都是为贵人办事的，权贵狼狈为奸，哪里会听贱民求情？"

这话谢琅不爱听了，他两袖清风，办案从来公允不阿，怫然道："足下行盗窃之事，却把脏水泼到官府身上，这是什么道理？"

"老夫可不是平白无故说这话，老夫问你，今年年关前，江留官府可曾接到状书，状告秋浓书舍的林居尤林先生仗势欺人？"

这……

谢琅是江留推官，经手的案子过目不忘，印象中没有看过这样的状书。

但是状书递到推官手里前，底下的录事还会帮着过一遍，否则状书太多，官府忙不过来不说，有些扯皮的事，实在不必闹上公堂。

谢琅看向一旁的录事。

录事想起来了，拱手回说："是有这么一个状子，说是林居尤仗势欺人，譬如一户姓张的人家开酒水铺子，他就介绍人去旁的酒水铺子吃酒；这家人请大夫看病，他就横插一脚，把大夫请走，总之这家人做什么，他拦什么……下官仔细看过状子，也私下查过，因为状子上写的都是些鸡毛蒜皮的小事，介绍旁人去其他铺子吃酒，临时重金请大夫，这些都不触犯律规，加之林居尤从未在背后诋毁过张姓人家，下官以为不必闹上公堂，便将状子按下了。"

"压下了？那状子老夫帮忙递了三回！最后一次说明了林居尤和张姓人家的私怨，你们管了吗？你们还是没管！"

谢琅微微蹙眉:“什么私怨?”

录事道:“回大人,那私怨分属家事,官府就更不好管了。事情是这样的,秋浓书舍的林先生,就是林居尤……”

原来林居尤年少清贫,十七岁娶了邻村张家的大姑娘,就是张氏。

娶妻后,他依旧苦读,终于考中秀才,远去县里求学,张氏就在家等他回来。

没想到这一去,张氏一等不回,二等不回,直到十年过去,林居尤一点儿消息都没有,家乡的人都以为他死在外头了。这十年中,张氏帮他照顾重病的父母,为二老操办后事,其间托人给林居尤去了无数封信,林居尤一封也没有回。

张氏守了寡,有回去县城为老父买酒,遇到了开酒水铺子的张四哥。张四哥为人老实憨厚,只是因为腿脚有毛病,怕耽误人家姑娘,所以至今未娶。

张氏和张四哥相遇后,二人情投意合,张四哥也不在乎张氏是寡妇,很快娶她为妻。

张氏嫁给林居尤,林居尤就考中秀才;嫁给张四哥,张四哥酒水铺子的生意就越发兴旺。

几年后,有乡人从中州回来,与张家夫妇说起异地见闻,说江留城何等繁华,江留的货物何等琳琅,还说江留的大夫医术高超,有回春之妙手,什么疑难杂症都能治。

张四哥与张氏成亲后,什么都好,就是腿脚越发不灵便,夫妇二人一商量,干脆把家乡的酒水铺子关了,去江留另开一家,一边做买卖一边求医。

没想到张氏到了江留后,有回照管铺子,居然遇到了前夫林居尤上门买酒。

原来林居尤并没有死在外头,他去县里求学不久,遇到了一位在官府颇有人脉的老先生。

老先生还有一个小女儿,比林居尤只小三岁。

林居尤自觉资质平平,单靠自己,什么时候才能出人头地?就在这时,他接到张氏的信,说他的父母病重,请他速归。

林居尤本欲跟老先生请辞回乡,老先生却先一步告诉林居尤,自己要携家人迁往江留，此一别不知何时再见，望他来日珍重，老先生的女儿望着林居尤，更是泫然欲泣、依依难舍。

善恶取舍只在一念之间。

林居尤蓦地心一横，双膝落地，将要说出口的话变成了自己的父母早已过世，从今往后，只愿侍奉老先生左右。

林居尤原先并不叫林居尤，是老先生怜他无父无母，孤苦伶仃，才让他改随自己姓林，赐名居尤，还把他的户籍落在了自己的名下。

林居尤到了江留，便下了决心与过去彻底割断，不过他没有娶老先生的小女儿，而是娶了一位七品官爷家里的千金。

七品官爷本想为他谋个好前程，可惜林居尤心中本来就有杂念，见识过江留的繁华，哪里还静得下心用功？他连个举人功名都屡考不中，后来七品官爷只好让他跟着周老先生，又借周老先生的名，给他办了书舍，这样旁人见了他，好歹称一声“先生”。

林居尤在酒水铺子见了张氏，心中自然害怕不已，他担心张氏记恨他，一心要把他过去的丑事捅出来，这些事如果被他的老丈人知道了，只怕把他撵出家门都是轻的。

林居尤于是一心想逼张氏夫妇离开江留。张家做酒水买卖，他就介绍人去别家吃酒，张家好不容易请来名医看诊，他就临时花重金把名医请走。

“老夫到了江留，受过张家兄弟的恩惠，得知此事，自然为他们打抱不平。老夫乱世年间也是一条好汉，劫富济贫、仗义疏财不在话下，原以为江留官府清明，老夫起初还循规蹈矩地帮着递状子，哪里知道你们根本不接！张家兄弟息事宁人，老夫却没这么好的脾气！林居尤忘恩负义，连病重的老父老母都能割舍，你们看得惯，老夫可瞧不下去！你道老夫为什么要偷私塾的东西？老夫就是要把事情闹大，周老先生的名望不是高得很吗？那个梁什么的不是宝贝他的《行云策》吗？老夫就专盗他们的物件！等到失窃这事传得人尽皆知，老夫就把姓林的恶行写成状子，贴得江留城大街小巷处处都是，让所有人都知道周老先生的门下，秋浓书舍的林先生，究竟是什么样的人！”

李叔说到末了，只觉恣意痛快，嘲弄地大笑起来。笑过后，他继续道：“你们今日擒住我又如何？那状子我已经请人抄好了，明早随便一个巷口都能瞧见，我李瞎子这一遭痛快得很，值了！”

李瞎子？

青唯听到这个名字，错愕异常，叫“李瞎子”的她知道一个，她揭开兜帽：“……李前辈？”

李瞎子听到这个称呼，朝适才追他的女贼看去，火光映照下，女贼的面容清丽动人，可眉眼里却藏着英气。

李瞎子的年纪大了，记性不大好了，可这样熟悉的气度，他只在一个人身上见过。

“小丫头，柏杨山岳翀……是你什么人？”

青唯张了张嘴，没说出话来。

那是一段她数度听说，却不曾参与的往事。

咸和十三年，温阡去上京赶考，在明州邂逅岳红英，彼时岳翀带柏杨山岳氏投军，岳红英为了证明自己，愿只身擒住明州城大盗李瞎子，得温阡相救，二人因此结缘。

可以说，后来温阡成为筑匠，岳氏能够顺利投军，都源于此。

“多少算个特别的人吧，你外祖父劝他劫富济贫终非正道，他却说这世间有些事不是单靠一个‘正’字就能解决的，柏杨山的匪不就是这么起家的吗？至少有人在他的帮助下好起来。所以对了错了，谁说得清呢？反正我说不清，我也懒得说清。”后来岳鱼七跟青唯提起李瞎子，如是说道。

烈烈火光中，李瞎子终于反应过来眼前的人是谁了：“你是……温小野？岳翀是你的外祖父，温阡和岳红英就是你的父母？难怪你有这么好的功夫，岳鱼七那小子教你的吧。”

青唯点了点头，语气里带着恭敬：“没想到会在江留遇见前辈。”

李瞎子大笑起来：“我李瞎子平生最敬重的仅有一人，就是柏杨山的岳翀！江水洗白襟，沙场葬白骨，他说到做到，今次能遇见故人后人，值了，太值了！”

他知道自己所为终非正道，行侠仗义一生，有今日这样的结果，不算坏。

他不欲让青唯为难，伸出双手：“上镣铐吧。”

官差迟疑地看了谢琅一眼，谢琅点了点头。

官差拿着镣铐上前，这时，周遭忽然刮来一阵怪风，吹得四野的火光皆是一暗。

一道人影如鬼魅般，仿佛凭空出现在这荒野，轻飘飘地落在李瞎子的身旁，抓住他的肩膀，道一声："走。"那个人轻而易举地带他脱离了官兵的包围。

等官兵再要去追，哪里还瞧得见盗贼的影？

唯一追得上的青唯却没动，那道人影离开时，掠过她的身旁，往她的手里塞了张纸条。

青唯展开纸条一看，上面的字迹可太熟悉了。

"我们温、岳二家结缘，说起来还得多谢李瞎子，这个人情债算在你爹身上。你师父我帮他还了。"

这行字下，还有一行小字，字迹十分潦草，显然是仓促间写的。

"你不是病了？怎么还这么野来野去，再这样当心为师打断你的狗腿！"

青唯来中州路上忽然体虚，这事岳鱼七知道，因为谢容与曾写信问他温氏、岳氏祖上可有过类似病症。

岳鱼七一个江湖逍遥客，这些年自在来去惯了，听闻小野病了，自然来江留看她，没想到一到江留就撞见故人，顺手就把人给救走了。

青唯已经大半年没见到岳鱼七了，得知他到了江留，高喊一声："师父！"她立刻就要去追，谁知她刚一提气用力，忽然一阵眼花，还没反应过来，腿一软，落在急忙跟过来的谢容与怀中，什么都不知道了。

"老夫再三说了不能动武，不能动武，夫人怎么就不听劝呢？"

"捉贼是官府的事，劳动夫人大驾做什么？看不住？看不住捆起来也得看住！"

"如果有个三长两短，老夫一条命都不够赔的！"

保安堂的坐堂大夫听说昭王妃在城郊晕过去了，提起医箱火急火燎地往谢府赶，到了府中，看人面色苍白地半躺在榻上，不等把脉，先把人一通训斥。

谢容与道："此事怨我。"

捉贼当晚，青唯说想跟去看，谢容与知道拦不住她，便带着她一块儿去了，想着有他在身边看着也好。然而到了城郊，等到李瞎子救下张氏夫妇，青唯非说李瞎子的功夫熟悉，说不定是故人，想要出手相试。她的主意正得很，话说出口，人已举掌劈向李瞎子了，谢容与无奈，只能与谢琅一起在小路另一头把二人截下。

德荣道："大夫，您快别说了，您先为少夫人看看。"

坐堂大夫这才意识到自己情急之下竟把小昭王一起训斥了，不免胆战心惊，但他见多识广，面皮子上依旧强撑着一副肃容，本来嘛，请大夫看病，大夫说的话最管事！

他在榻边坐下，隔着帘为青唯诊脉。上回来还不太明显，时像时不像，也就一两日工夫，已经这么明显了。

他淡淡地收回手："身上没有大碍，很康健，只是……"

一屋子的人都屏住呼吸，等着他说只是后面的话。

大夫叹了一声："只是我说了不算，你们请医婆来吧。"

众人都露出不解之色，德荣又问："大夫，为何要请医婆？"

"为什么？你们说为什么？老夫是男子，夫人有了身孕，难道还请老夫看嘛？自然得请医婆！"

屋子里的人都愣住了。

"你说什么？"青唯一掀被衾坐起身来。

大夫高深莫测地捋着长须。

谢容与怔怔地问："大夫您是说，我娘子她，有身孕了？"

小昭王亲自问了，自然得知无不言，大夫站起身，对谢容与恭敬地一揖："回公子的话，有孕者初时症状大有不同，体现在脉象上，通常要足一月有才能诊出，夫人此前体虚、晕眩等症状，大抵都是有孕所致，只是有孕尚不足一月，脉象又康健有力，是故先前的大夫以为是旧伤牵扯，如今夫人有孕月余，在下自敢断言。"他说着，再次一拜，"恭喜公子。"

谢容与听了大夫的话，立在暖意融融的春风里，好半晌说不出话来。这几年他和小野一起游历山河，看她自在恣意，从未与她提过自己想要个孩子，怕因此束缚了她。可是他总在心里想，有朝一日，能看着一个跟小野一样的小姑娘，或者像小野一般自在的小公子长大，会是什么样子。

微风拂面，谢容与在风中回过神来，忽然道："德荣。"

"公子。"

"仔细天冷，快给小野备汤婆子！"

三月尾，江留城百花争春，青唯漫步在江畔，忽听邻街传来喧哗声。

她心中好奇，踱到邻街去看，只见一个蓬头垢面的男子抱着一捆书，被人从一间宅邸中推搡出来。

门前阍人似乎多看他一眼都觉得晦气："走走走，我们老爷放话了，绝不请你这样的先生！"

有好事人上前打听，周遭便有人解释说："那是原先秋浓书舍的先生，叫林居尤，他的事情传开后，妻子跟他和离了，老丈人也不认他，周老先生把他逐出私塾，他吃不上饭，出来找活干，被人撵出来了呗。"

好事人听了这话："原来是他啊，这种人，真是活该！"

"谁说不是呢？"

青唯路过似的，在人群喧闹处站了一会儿，接着往江边百花盛开的地方去了。

她的步子明显欢快了一点儿，惹得留芳和驻云在身后直追："少夫人，慢点儿，公子叮嘱了，您一定要慢点儿。"

青唯却想，管他呢，前路花开烂漫。

她只管往前走，什么都不用管。

番外二

朝朝暮暮

嘉宁八年秋，大慈恩寺。

“娘娘，仔细槛儿。”

刚下过雨，山门前一摊水洼。

一只金线镶东珠的绣鞋跨过门槛，绣鞋的主人穿着大袖绫罗宫装，生得秀丽端庄，正是如今宫中最得宠的怡妃。

怡妃就是从前宫中的怡嫔，嘉宁六年，她被晋妃位，摄六宫权。此后每年大慈恩寺的秋礼，嘉宁帝都携她同来。

怡妃望着眼前冷清的山居，心中叹了口气，问道：“这里一切都好吧？”

“都好。”身边的姑子答道，“静娘娘日前病过一场，眼下已经无碍了。”

怡妃点点头，对侍婢们道：“你们都退下吧，本宫自己进去。”

山居前垂着一道竹帘，屋中人听到帘外的动静，出来相见，见是怡妃，福身行礼：“娘娘。”

怡妃连忙搀扶她起身：“姐姐真是折煞我了，我怎么能受您的礼？”

章元嘉摇了摇头：“元嘉戴罪之身，不能失了礼数。”

怡妃暗自又叹一声，环目望去，山居简陋，除了一方长案、一张木榻，便只余几个书架了。唯一丰富的，就是书架上层层堆积的佛经。

洗襟台之案过去已三年有余，章元嘉每日都在佛堂抄写佛经，她的字迹娟秀，佛堂流出的佛经传到民间，百姓也喜欢。

或许因为操劳，入秋后她受寒病过一场。怡妃在宫里听说，私下吩咐人送来药材和木炭，章元嘉没有拒绝她的好意，悉心调养数日，眼下相见，果真痊愈了。

每年大慈恩寺的秋礼，怡妃都来探望她，念及她在山中的日子寡淡清净，与她说起路上的见闻。

“……出了城先走官道，之后上山，大慈恩寺便望得见了。秋来红叶满山，好看极了，我看到红叶，就觉得人间什么烦恼事都没有了。春来乞丰收，秋来丰收了要谢礼，这就是咱们的秋礼。满山山叶茂盛，你会觉得明年也是一个丰收年……”

“哦，对了，路上撞见一只红狐，惠政院的春官玩笑着说想打秋猎，官家竟然应了，我们在山中扎营两日，猎到了不少东西，官家还亲自上马搭弓，我这才知道官家竟然是会武……”

怡妃说得兴起，不期然地提到赵疏，话头戛然而止。

自从嘉宁四年深冬一别，章元嘉与赵疏已阔别三年之久了。

嘉宁五年春，章元嘉在大慈恩寺诞下皇子，取名为潇，朝廷仁厚，准她把赵潇留在身边抚养，直到大半年后，才派人接赵潇回宫。但那日赵疏没有出现。

就如同这三年来的秋礼，赵疏每年都来大慈恩寺，却从不曾探望章元嘉。

章元嘉听怡妃提及赵疏，目光平静：“大周重文，当年却是马背上打的天下，天家的每一位皇子都要习武，官家自是弓马娴熟。”

倒也是，看被昭化帝教养长大的小昭王就知道了。

屋中好一阵寂静。

章元嘉垂下眸子，轻声问：“官家他……还好吗？”

“还是老样子，官家你还不知道吗？政事上殚精竭虑，听长聘说，官家议完事就看劄子，劄子看完就看卷宗，常常快到天明了才歇下，可能是累坏了，这次秋礼，官家来的路上还好好的，这几日受了秋凉，竟然病了……”

怡妃说到这里，蓦地停住。她直想掴自己一巴掌，瞧她这嘴！

虽然章元嘉从来不提，但她对赵疏的牵挂，明眼人都瞧得出来。

“你放心，官家没有大碍，之后三天的秋礼，官家还去呢。”怡妃说着，摆摆手，“唉！不说这个了，你跟我来，我带你看个开心的。”

离章元嘉的山居不远，有一片密林。

时值正午，山风微拂，天光清朗，章元嘉跟着怡妃靠近，隐约听见密林里传出笑闹声。

“殿下，在那儿，奴婢帮您捡。”

“殿下，这边，这边。”

章元嘉意识到什么，脚步忽然加快，很快在密林中瞧见一个身着云团锦衣的小小的身影。那是她的潇儿。

这几年章元嘉和赵潇不是没见过，每逢年节，宫中时不时地会把赵潇送来山中小住。但小孩子记忆疏薄，每次好不容易亲了一点儿，又不得不分开，等到再见，便要重新认一遍。

小身影摇摇晃晃地去捡木球，忽然觉察到身边安静了下来，回身看向林间。

密林中，站着一个身穿素衣、眉眼清雅温柔的女子。

小赵潇愣了半晌，忽然扔下球，蹒跚着奔向女子，脆生生地喊了一声：“母妃。”下一刻他就扑进章元嘉的怀里。

章元嘉也愣住了，等到怀里多出一个温暖的小人儿，才意识到这回赵潇竟然记得她了，上次分别，他才不到三岁，从那以后，他一直都记得她。

长聘捡起球，对章元嘉行了个礼，笑道：“小殿下不便去山居，在这里等娘娘，等得久了，所以奴婢们陪殿下踢了会儿蹴鞠。”

长聘是这几年跟在赵疏身边的内侍。

赵潇仰起头，看着章元嘉：“怡娘娘说这里可以见到母妃，潇儿果然等到了。”

怡妃伸指点了一下赵潇的额头：“小机灵，你这样思念你母妃，你母妃不知道多高兴呢。”

章元嘉仔细看着赵潇：“高了，也长好了。”眉眼间已明显有赵疏的影子，“听说你已开始念书了，都学了什么？”

赵潇道：“学了《千字文》《增广贤文》，母妃，我念给您听？”他邀功似的，不等章元嘉回答，一丝不苟地背起书来。

章元嘉看着小小的赵潇，依稀想起赵疏少年时。

有回宫宴，宗亲们进宫，有位郡王家的小公子拿着一本《千字文》问他“天地玄黄，宇宙洪荒”的意思。

少年太子于是坐在一群年幼的孩童中间，一字一句地解释着并不算生僻的文章，温和而有礼。

一晃儿这么多年过去，那个闭目诵读《千字文》的已变成他的小皇子，可这山间人世还是老样子。

章元嘉虽然身在大慈恩寺，对宫中事也有耳闻。

嘉宁六年，后宫三年一度的大选，赵疏从秀女中挑了五人充入后宫，自此后宫不再那么冷清了。

嘉宁七年起，朝中已有人谏言立后，赵疏只以国政繁忙推之。

至今年七月，洗襟台的登台阶梯在一场烟雨蒙蒙中被毁去，自此再也没有人能登上洗襟台，有关洗襟台的一切自此尘埃落定。

外间已是新的天地，而她停在山中一隅，与他隔着从前人间。

天色渐渐暗了，此后还有为期三天的秋礼。赵潇临走前，依依不舍地跟章元嘉招招手，奶声奶气地说："母妃，等秋礼结束，潇儿再来与您道别。"

天色微明，秋礼伊始的钟声响彻山间。

章元嘉在钟声响起前就醒了，站在山居前，朝大慈恩寺的方向看去。

重重树影间，依稀可见一个穿着玄色冠冕的人领着群臣对着天地朝拜。

她看不清他的样子，但她能在心中勾勒出他的模样。

每一年，她都能从这个方向看到他，不同的是，嘉宁五年到嘉宁七年，他的身后总是空了一席。

那是群臣留给小昭王的。

洗襟台坍塌的真相大白，朝堂能有今日的清朗，小昭王功不可没。

虽然谢容与被褫夺昭王封衔，但在在群臣和君主心里，他依旧是王。

直至今年洗襟台的登台阶梯被拆毁，赵疏的身后已不再有空席。

人世滚滚向前，没有人会停在原地，朝廷与君主也是，章元嘉心想。

是夜，章元嘉回到山居，坐在长案前，摊开一卷经文，抄写起来。

一旁的婢子念及她寒疾初愈，劝道："娘娘，今年的经文已经抄完了，这些日子就好生调养吧。”

章元嘉只静静地“嗯”了一声，笔下却没停。

婢子于是不再劝。

大慈恩寺秋礼，山居书架上的佛经这几日已被陆续送往山下了，只有一个书橱中还放了佛经。

这些佛经不是为佛堂抄的，不是为赎罪，是章元嘉为赵疏和赵潇抄的，是祈福。

昨日怡妃来探望，无意间提起赵疏病了。

人世滚滚向前，只有她还停在原地，连心中爱着的、恨着的，也和十七岁大婚当夜，等待盖头被掀起时没有分别。

三天的时间很快过去，赵潇来与章元嘉道别。

小小的皇子站在满山红枫中，分外认真地对章元嘉说：“母妃，太傅说，等我把书读好了，明白事理，有些事便可以自己做主了，我回去以后一定加倍苦读，等我学有所成，便自行请旨来看您。”

章元嘉笑着点头，柔声说：“母妃等着你。”

宫辇起行的号角吹了第一遍，长聘在一旁道：“小殿下，咱们得走了。”

赵潇点点头，牵着怡妃的手，跟着她一起往山下走去。

临到山脚，怡妃忍不住回头望了一眼，章元嘉依旧独自站在山间望着他们。

怡妃忽然觉得分外心酸。

怡妃是个心直口快的人，不懂那些弯弯绕绕，洗襟台如何，跟章元嘉有什么相关？她只是一个深宫中不知情的妇人，品性正直，对任何人都很和善。

赵潇看了怡妃一眼，似乎知道她在想什么，晃了晃她的手：“怡娘娘别担心，母妃会回来与我们团聚的。”

怡妃不由得失笑：“你一个小孩子，懂什么？”

赵潇一板一眼地道：“我自然知道。母妃的父亲犯了错，母亲为他赎罪，这是必须为之。因为她曾经是皇后，享天下供奉，不能失德。但母亲有德，清嘉度身，兰若度心，她一直做得很好，所以她值得原谅，她会回来的。”

怡妃震诧地听着赵潇的话。

清嘉度身，兰若度心，这是章鹤书立的章氏家训，而章鹤书是罪人。没有人敢跟赵潇说这样的话，除了……赵疏自己。

怡妃蓦地忆起一些无关紧要的事。

这些年，都说她是深宫最受宠的妃子，赵疏甚至给她伴驾秋礼这等皇后才有的殊荣，但怡妃知道，这是因为她心大，不受规矩约束，且待人真挚，只有她会在秋礼这几日不顾宫规，前来探望章元嘉。

赵潇出生的第一个年关，赵疏想把赵潇送来大慈恩寺陪伴章元嘉，可章元嘉是罪臣之女，宫中群臣反对，末了，赵疏只淡淡地道："朕只有这么一个儿子，朕希望他仁爱宽厚，否则有朝一日他继承大统，该怎么治理天下？"

有父母相伴，童年才是完整的。

连自己的母亲都无法原谅，如何做到宽仁？

这些年每次赵疏想把赵潇送来大慈恩寺，都会面对这样那样的异声。

而赵疏自继位那一日起就明白一个道理，这世间从来没有说一不二的帝王，为人君者，就是要在取舍中不断地权衡。

洗襟台一案，他要给天下人一个交代，所以这红枫山间，他和赵潇只能来一个，否则置律法于何处？

章元嘉身为母亲，不能错失潇儿的童年。

小小的皇子仰头望着满山秋叶："父皇说，他会和我一起等着母亲回宫。"

山中响起辘辘车轮声，是帝辇远去了。

章元嘉隔着重重树影望着山脚下的队伍，这时，身后忽然传来脚步声。很轻，像风中秋叶落地。

章元嘉似乎意识到了什么，但她不敢相信。

那个人的声音传来："朕装病，骗过了群臣，山中的景色这样好，朕不愿错过，在这里逗留几日，再快马追上帝辇，想必那些老顽固不会觉察。"

章元嘉回过身去。

赵疏还是从前的样子，眉眼清朗温柔。

"洗襟台下尘埃落定，朕也做了一个决定，从今以后，对自己宽容一点儿。"

他笑了，朝章元嘉伸出手，“过来，让我好好看看你。”

山间拂来一阵清风，小太监长聘坐在风里打瞌睡。

官家今年自己上了山，今年他终于不用在山里费劲捡枫叶了。

帝王孤独，官家每次在会宁殿通宵达旦地看劄子，身边的碧玉瓶里都要插一枝红枫，所以他每年秋天来大慈恩寺，都要在山中拾够三百六十枝红枫。

好似有这枫叶相伴的朝朝暮暮，官家便不再孤单似的。

山岚中，枫叶片片落地，小太监这一觉睡得酣畅淋漓。

（全文完）

图书在版编目（CIP）数据

青云台．终章：全2册/沉筱之著．-- 南京：江苏凤凰文艺出版社，2022.7
ISBN 978-7-5594-6836-9

Ⅰ．①青… Ⅱ．①沉… Ⅲ．①长篇小说－中国－当代
Ⅳ．①I247.5

中国版本图书馆CIP数据核字(2022)第080463号

青云台．终章：全2册

沉筱之 著

责任编辑	周颖若
特约编辑	薛天舒
装帧设计	小茜设计 Miniqian Designstudio/QQ:310094811
责任印制	刘　巍
出版发行	江苏凤凰文艺出版社
	南京市中央路165号，邮编：210009
网　址	http://www.jswenyi.com
印　刷	天津鑫旭阳印刷有限公司
开　本	680毫米×970毫米 1/16
印　张	39.25
字　数	600千字
版　次	2022年7月第1版
印　次	2022年7月第1次印刷
书　号	ISBN 978-7-5594-6836-9
定　价	78.00元（全2册）